अनुत्तर योगी

तीर्थंकर महावीर

प्रथम खंड

वैशाली का विद्रोही राजपुत्र

वी. नि. ग्र. प्र. समिति, इन्दौर, प्रथम संस्करण : 1974
राधाकृष्ण प्रकाशन, नयी दिल्ली, प्रथम आवृत्ति : 1993
भारतीय ज्ञानपीठ, नयी दिल्ली से प्रथम संस्करण : 2008

अनुत्तर योगी
तीर्थंकर महावीर

प्रथम खंड

वैशाली का विद्रोही राजपुत्र

वीरेन्द्रकुमार जैन

भारतीय ज्ञानपीठ

लोकोदय ग्रन्थमाला : ग्रन्थांक 893

ISBN 978-81-263-1563-5

अनुत्तर योगी : तीर्थंकर महावीर (खंड-1)
(हिन्दी उपन्यास)
वीरेन्द्रकुमार जैन

प्रकाशक : भारतीय ज्ञानपीठ
18, इन्स्टीट्यूशनल एरिया, लोदी रोड, नयी दिल्ली-110 003

मुद्रक : आर.के. ऑफसेट, दिल्ली

आवरण-सज्जा : ज्ञानपीठ कला प्रभाग

ANUTTAR YOGI : TIRTHANKAR MAHAVEER (Vol.-1)
(Hindi Novel)
by Virendra Kumar Jain

Published by
Bharatiya Jnanpith
18, Institutional Area, Lodi Road, New Delhi-110 003
Ph. : 011-24698417, 24626467; 23241619 (Daryaganj)
Mob. : 9350536020; e-mail : bjnanpith@gmail.com
sales@jnanpith.net; website : www.jnanpith.net

Second Edition : 2017
Price : Rs. 350

विश्वधर्म के अधुनातन मन्त्रद्रष्टा
पूज्य मुनीश्वर श्री विद्यानन्द स्वामी के
सारस्वत कर-कमलों में

मेरी दिवंगता बा
कस्तूरी-बा
की
पुण्य-स्मृति में,
जिसने मुझे
इस योग्य बनाया

अनुक्रम

वैशाली का विद्रोही राजपुत्र

परिशिष्ट

प्रथम खंड

वैशाली का विद्रोही राजपुत्र

मैं कौन हूँ

मैं कौन हूँ? देख रहा हूँ कि पिछले क्षण जो मैं था, वह इस क्षण नहीं हूँ। कुछ है जो बीत गया है, कुछ है जो नया आ गया है। फिर मेरे मैं होने का क्या अर्थ रह जाता है? एक और अन्तिम, ऐसा मैं कोई हूँ? भीतर से उत्तर आया : अरे, यह जो पूछ रहा है कि 'मैं कौन हूँ'—यह कौन है?...यह जो देख रहा है कि 'पिछले क्षण जो था, इस क्षण नहीं हूँ...कुछ बीत गया है, कुछ नया आ गया है'—यह कौन है? और अविकल्प इसका एक ही तो उत्तर भीतर से आ रहा है : 'निश्चय, वह तो मैं ही हूँ : ध्रुव मैं'।

देख रहा हूँ कि मैं अच्युत स्वर्ग का इन्द्र हूँ। गणना और वर्णना से परे है मेरा वैभव, मेरा भोग। मेरा ऐहिक सुख। इतना ही कहना होगा कि सृष्टि की चिति-शक्ति मेरे चित्त की हर इच्छा-तरंग पर उतरकर मेरा मनचाहा रूप, रस, गन्ध, वर्ण, स्पर्श बन जाती है।...

यह अच्युत स्वर्ग है : यहाँ ऐन्द्रिक सुख समाधि की तल्लीनता तक पहुँचे हुए हैं। तरल रत्नों की ऐन्द्रजालिक मायापुरी में काल-बोध सम्भव नहीं : दिन-रात का भेद अनुभव में नहीं आता। आयु के बीतते वर्षों का पता ही नहीं चलता। रत्नों की नानारंगी प्रभा-तरंगों में एक अन्तहीन स्वप्न चल रहा है।...

...पर आज एकाएक यह क्या घटित हुआ है कि, सपने की यह धारा कहीं से सहसा टूटी है,भंग हुई है। और काल की गति को मैं अपनी सुषुम्ना नाड़ी में, उत्सर्पित और अवसर्पित होते देख रहा हूँ।...इन्द्रनील मणि के इस प्राकृतिक सरोवर की सुरम्य सीढ़ियों पर अकेला बैठा हूँ। लगता है जैसे किसी सन्ध्या के तट पर, नितान्त एकाकी उपस्थित हूँ। पदार्थ में, अपने में, क्षण-क्षण कुछ बीतते और उत्पन्न होने के क्रम को मैं हथेली पर रखे रत्न की तरह देख रहा हूँ। द्रव्य अपने मौलिक रूप में नग्न होकर, मानों मेरे सामने प्रवाहित है। ठीक वैसे ही जैसे इस सरोवर के नीलमी जलों की ये झलमलाती लहरें।...इन पानियों की सुगन्धाविल शैया में अनेक बार अपनी इन्द्राणियों और बल्लभाओं के साथ क्रीड़ामग्न होकर भी, इस तरह प्रवाह को ऐसा प्रत्यक्ष कभी नहीं देखा, नहीं जाना, जैसा कि आज देख-जान रहा हूँ।...

...मेरे वक्ष पर झूलती यह सहजात माला! उपपाद शैया पर मुहूर्त मात्र में, अँगड़ाई भरकर जाग उठने की तरह जब मेरा यह दिव्य शरीर आविर्भूत हुआ था, तब

यह माला, मेरे साथ ही जन्मी थी। जिस द्रव्य से मेरी देह बनी है, उसी से निर्मित है यह माला। पर सारे स्वर्गों के विविध कल्पवृक्षों के तमाम फूलों से जैसे यह गुँथी है : और हर क्षण एक नयी सुगन्ध इसमें से तरंगित होती है।...माला तो अपनी जगह वैसी ही नवीन, भास्वर, ताज़ा है : सुगन्ध का प्रवाह भी वैसा ही है।...किन्तु इस काल-सन्ध्या के तट पर से देख रहा हूँ, कि यह मेरी वैसी सहजाता माला नहीं है। जाने कौन एक अलक्ष्य पंखुरी छिन्न हो गयी है, जाने कहीं कुछ छूट गया है : विघटित हो गया है।

...और अभी इस क्षण, यह माला मेरे वक्ष पर है, फिर भी दूर उन चैत्यवृक्षों की हरियाली मर्कत आभा में दूर-दूर, दूर-दूर चली जा रही है। और मुझे लग रहा है, मैं इस इन्द्रनील मणि की लहरीली सीढ़ी पर हूँ, फिर भी जाने कहाँ-कहाँ चला गया हूँ। जाने कितने आपों में बँट गया हूँ, बिखर गया हूँ। एक और अखंड कोई मैं हूँ, बेशक, जो देख रहा है : पर जाने कितने 'मैं' के कक्ष एक पर एक खुल रहे हैं, चैत्यवृक्षों की उन नाना रंगी रत्निम उजियालों में। आँगन के पार अन्तहीन प्रांगणों की परम्परा : असंख्यात समुद्रों में आवेष्टित, जाने कितने लोकों में, पृथ्वियों में, स्वर्गों के पटलों में, नरकों की अतल पृथ्वियों के अन्धकारों में...मैं...मैं...मैं...जाने कितने मैं। अनगिनत जन्मान्तरों के चित्रपट खुल रहे हैं। स्पन्दित, उच्छ्वसित, जीवित, संवेदित, बोलते चित्र। कितना दबाव है, तनाव है मन पर, इस धातु-अस्थि, रक्त-मांस-मज्जाहीन, कोमल तन पर मेरे। भव-भवान्तरों में भोगे सुख-दुःखों का एकाग्र संवेदन मेरी कुंडलिनी में अजस्र धारा रूप से प्रवाहित है।

...काल-बोध? बाईस सागर बीत गये हैं इसी अच्युत स्वर्ग में। गणना से परे पल्यों से परे, हजारों या करोड़ों वर्ष : क्या अन्तर पड़ता है। विशेषकर इस सन्ध्या के तट पर, आयु के दर्शन-बिन्दु पर, जहाँ मानो असंख्य जन्मों और देश-कालों को एक साथ अपने आसपास चक्रायित अनुभव कर रहा हूँ। जी रहा हूँ। कोड़ा-कोड़ी सागरों के पार, गणनातीत काल में चला गया हूँ—अपने से पार...और देख रहा हूँ अपने को जाने कहाँ-कहाँ।

...जम्बूद्वीप के पूर्व विदेह क्षेत्र में, सीता नदी के उत्तरी किनारे पर, पुष्कलावती देश। वहाँ मधु नामा कोई वन।...भीलों का राजा पुरुरवा, अपनी काली नामा अर्द्धांगिनी के साथ तमसाच्छन्न अरण्य में मृगया खेलता हुआ।...दूर कहीं चमकती आँखें देख भील ने तीर ताना। कन्धे पर झूमकर काली चीख उठी : 'आह...उतार दो तीर...वह मृग नहीं है।' 'कौन है?' 'ये वन-देवता हैं, पुरु! अनर्थ हो जाता! उन्हें मारकर हम कहाँ जिएँगे?' पुरुरवा मानो शरीर था : काली थी उसका प्राण : उसकी आत्मा। वह स्पन्दित हो उठी। अचूक और निगूढ़ था यह संवेदन। भील-युगल उस सुदूर नेत्राभा से खिंचता चला गया। अबोध, नग्न बालक-से सामने आ रहे थे

योगीराट् सागरसेन। काली उनके चरणों में लोटकर बिलख पड़ी। भील स्तम्भित, अभिभूत देखता रह गया, योगी की वीतराग मुद्रा। वह पाषाण हो रहा : उसके भीतर से निकलकर कोई, दूर वनान्तर में ओझल होते योगी का अनुसरण कर गया।

...देख रहा हूँ : वह भी तो मैं ही था...पुरुरवा : और काली कहाँ चली गयी? अनुभव कर रहा हूँ इस क्षण : वह मार्दवी कोई अन्य थी ही नहीं। मेरी ही अपनी मौलिक मृदुता थी वह। प्रकट होकर मुझे अपनी पहचान कराने आयी थी। अपने को पहली बार जाना, अपनी आत्मा को : और वह मेरे हार्द में अन्तर्लीन हो गयी। मैं अपने प्रति पहली बार जागा था उस दिन।...

...फिर सौधर्म स्वर्ग में जन्म लेकर, वहाँ की पद्मगन्धा मृदुताओं में जाने कितने पल्यों तक सुख भोगकर, सो गया एक दिन पुरुरवा।...एक और मैं!

...तीर्थंकर ऋषभदेव की राजनगरी अयोध्या। वहाँ के सर्वतोभद्र प्रासाद में, उनके ज्येष्ठ पुत्र भरत चक्रवर्ती का किरण-सा कान्तिमान पुत्र मरीचि। राजयोगीश्वर भरत भोग-समाधि में लीन थे। और कोमल किशोर मरीचि महाश्रमण ऋषभेश्वर का अनुगामी हो गया। सुकुमार वय में ही, दिगम्बर आरण्यक। अवधूत वृषभनाथ की मृत्युंजयी तपोसाधना उसे सह्य न हो सकी। काषाय और त्रिदंड धारण कर, स्वच्छन्द विचरता रहा मरीचि। पर भगवान के प्रभामंडल के परिसर में ही। अपनी दुर्बलता और अपनी सीमा जानकर आत्मनिष्ठ, मौन, प्रकट में योग-भ्रष्ट, पर अन्तर में निरन्तर योगी, मरीचि समर्पित था, अपनी आत्म-प्रभा को। किन्तु अन्यों की दृष्टि में पथ-भ्रष्ट, कुमार्गगामी, मिथ्यादृष्टि। सांख्य तत्व के उपदेष्टा कपिल का गुरु।...दूसरे की आत्म-स्थिति के निर्णायक हम कौन होते हैं? हम जो स्वयं अज्ञानी हैं।

...देख रहा हूँ, तीर्थंकर वृषभनाथ का अनन्त आलोक-वैभव से जगमगाता समवसरण! गन्धकुटी के शीर्ष पर कमलासन पर अधर में आसीन प्रभु के चरणों में नम्रीभूत भरतेश्वर ने जिज्ञासा की : "भगवन्, आपकी अमिताभ ज्योति से लोकालोक प्रकाशित है! क्या फिर भी कभी पृथ्वी पर ऐसा युगन्धर ज्ञान-सूर्य उदय होगा? क्या ऐसा कोई भव्य इस समय लोक में उपस्थित है?"

"देवानुप्रिय भरत, तुम्हारा पुत्र मरीचि, यहाँ उपस्थित है! अब से सत्ताईसवें भव में वह भरत क्षेत्र में तीर्थंकर के रूप में अवतरित होगा। अवसर्पिणी काल में हमारी कैवल्य-परम्परा का अन्तिम ज्योतिर्धर—जिसका ज्ञानसूर्य अन्धकार की आगामी अनेक शताब्दियों को प्रच्छन्न रूप से प्रकाशित और जीवन्त बनाए रखेगा। उसे पहचानो भरत! योगी वेश से नहीं, विभा से पहचाना जाता है!

"...और सुनो भरत, लम्बी अनुभव-यात्रा के चक्र-पथों को पार करती हुई, हर आत्मा एक कुँवारा जंगल चीरकर, अपने विकास का पथ प्रशस्त करती है। मुक्ति का मार्ग कोई राज-पथ नहीं : वह सबका अपना-अपना होता है। मरीचि को अभी

कई अँधियारे भवारण्य पार करने हैं...।''

''मरीचि की अगली भव-यात्रा सुनना चाहता हूँ, भगवन्!''...और तीर्थंकर की दिव्य-ध्वनि में तब वह चक्रावर्तन घोषित हुआ।

भरत अपने पुत्र का योगैश्वर्य सुनकर प्रसन्न हुए। फिर मरीचिकुमार के समीप जाकर नमित हुए : ''धन्य हो मरीचि! कलिकाल के भावी तीर्थंकर को प्रणाम करता हूँ। सुनो देवानुप्रिय, भगवान की दिव्यध्वनि में घोषित हुआ है : आगामी भवों में मरीचि पहले त्रिपृष्ठ नामा प्रथम वासुदेव होगा, फिर प्रियमित्र नामा दूसरा चक्रवर्ती, फिर अवसर्पिणी काल में अन्तिम तीर्थंकर!...सो कलिकाल के भावी तीर्थंकर की वन्दना करने आया हूँ!...''

तन से कुमार, मन से बालक, अन्तरंग से योगी मरीचि, सुनकर आह्लादित और गर्वित हो उठा। '...पितामह आद्य तीर्थंकर, पिता आदिचक्रवर्ती, और मैं प्रथम वासुदेव, द्वितीय चक्रवर्ती—और फिर अन्तिम तीर्थंकर! ऐसे महाप्रतापी सूर्यवंश का वंशधर मैं स्वयं केवल आज का दुर्बल मरीचि नहीं, यह सब हूँ, एक साथ : इस एक देह के रक्तकोशों में, मैं एक बारगी ही कई शलाका-पुरुष हूँ।'...प्राण-शक्ति प्रमत्त और अदम्य हो उठी। अपने भविष्य में आश्वस्त मरीचि ने, अपने को काल के उद्दाम प्रवाह में फेंक दिया। पर भीतर कोई था, जो अपने में अचल था, और केवल अपने को देख रहा था।...भरत क्षेत्र के चूड़ान्त पर खड़े दिगम्बर आकाश-पुरुष को।

...अन्तिम क्षण तक जागतिक ऐश्वर्य में चिद्‌विलास करते हुए राजर्षि भरतेश्वर, अन्तर्मुहूर्त मात्र में, बिना तपःक्लेश के ही केवली हो गये : अरिहन्त जीवन्मुक्त। किन्तु मरीचि का यात्रा-पथ कुटिल था। भीतर निरन्तर परमहंस रहकर, उसे स्वर्गों, नरकों, पाशव तिर्यंचों तक के भीतर से आत्मानुभव की यात्रा करनी थी। नारकी और पशु की यातना और अन्धता तक से वह गुजरा। क्योंकि उसे पाशव-शक्ति प्रधान कलिकाल का तीर्थंकर होना था। पशुपतिनाथ होकर, मानवत्व को पशुत्व से उबारकर, देवत्व तक पहुँचाना था।...

...उस पार अशोकवन में क्रीड़ा-पर्वत पर, उसे सहस्रों देवांगनाओं के बीच नग्न विचरते देख रहा हूँ।...कैसा निजत्व अनुभव कर रहा हूँ। मेरे अपनत्व की प्रतिमा। फिर भी कितनी अलभ्य है मुझे! चाहूँ तो अगले ही क्षण वहाँ हो सकता हूँ, अपनी इन्द्राणियों के बीच। वहीं मैं!...पर अशक्य, बीच में देश और काल के दुर्लंघ्य समुद्र पड़े हुए हैं। क्योंकि अभी इस क्षण में मरीचि भी हूँ, केवल अच्युत स्वर्ग का इन्द्र ही नहीं।

...फिर ब्रह्म स्वर्ग, ईशान स्वर्ग, सौधर्म स्वर्ग के मकरन्द-सरोवरों में स्नान-

केलियाँ : तन्द्रालस कल्प-लताओं की छाँवों में आत्म-विस्मृत ऐन्द्रिक सुखों की मूर्च्छा। फिर जाने कब कोई गहरा आघात : जागृति : स्वयंबोध। माहेन्द्र स्वर्ग से च्युत होकर, पृथ्वी पर जगत्-प्रसिद्ध भारद्वाज : त्रिदंड से सुशोभित तेजोमान ब्रह्मर्षि। किन्तु अपूर्ण ज्ञान के अभिमान से फिर भटकन।...एकेन्द्रिय स्थावर से त्रस निकाय के जीव-जन्तुओं की असंख्यात योनियों तक में भ्रमण।...

...देख रहा हूँ, जान रहा हूँ यह सब : नानाविध सुख-दुःखों की अन्तहीन संवेदन-परम्परा।...मूर्च्छा और जागृति की इस शृंखला की कड़ियों को जोड़ नहीं पाता हूँ। मंडलाकार चक्रायित चल-चित्रों की इस जीवन-लीला का एक ही नायक, नाना देश-काल, नाना-रूप, भाव, वेश में। प्राण का एक निर्बन्ध प्रवाह!

...मगध देश की राजगृही नगरी के राजा विश्वभूति का पुत्र विश्वनन्दी। पिता अचानक प्रव्रज्या ले निष्क्रमण कर गये। भाविक, भोला, सौन्दर्यानुरागी युवराज विश्वनन्दी, राज्य की ओर से उदासीन!...अपने स्वप्न को पुष्प-करंडक उद्यान में रचकर, उसी में अपनी युवरानियों के साथ क्रीड़ालीन रहता। चाचा विशाखभूति राज्यासीन थे। उनके मूर्ख पुत्र विशाखनन्दी को विश्वनन्दी के सुरम्य उद्यान से बेहद ईर्ष्या हुई। पिता ने लाड़िले बेटे की इच्छा पूरी करने का षड्यन्त्र रचा। कुमार विश्वनन्दी को किसी युद्ध पर भेज दिया। युद्ध जीतकर लौटे विश्व ने पाया कि विशाख उसके उद्यान की स्वामी हो गया है। एक तीव्र आघात से उसका उद्यान-स्वप्न छिन्न हो गया। नहीं...नहीं है उसके स्वप्न का उद्यान यहाँ बाहर कहीं! वह उद्यान, जिसकी प्रभुता अखंड रह सके।...विरक्त होकर वह वन-गमन कर गया। अपने आन्तर उद्यान की खोज में, वह भूख-प्यास, तन, मन, वसन की सुध भूल दिगम्बर विचरने लगा। अति कृषकाय वह तापस एक बार मथुरा के राजमार्ग पर एक गाय की लपेट में आकर गिर गया।...संयोगवशात् इस समय मथुरा में आया, प्रमत्त दुराचारी विशाखनन्दी, एक वेश्या की छत से यह दृश्य देख अट्टहास कर उठा : "वाह रे तपस्वी, वाह तेरा आत्मबल, एक बेचारी गाय की टक्कर से धूलिसात् हो गया!" तपस्वी की संचित योगाग्नि भभक उठी। मन-ही-मन उसने संकल्प किया : "अच्छा, किसी दिन मेरा तपोबल, तेरे इस दुर्दान्त अभिमान को चूर-चूर कर देगा। छिन्न-भिन्न कर फेंक देगा तुझे, धूलभरी हवाओं पर!"

...अमोघ होता है योगी का संकल्प। वह ब्रह्मांड पर लिख जाता है। जन्म और मृत्यु के कई अँधेरों-उजालों को पार करते इस संकल्पी की उग्र कषाय ने, उसे लोक की शील-मर्यादा तोड़कर जन्म दिया।...पोतनपुर के दुर्दंड प्रतापी राजा प्रजापति ने अपनी ही पुत्री मृगावती पर आसक्त होकर उसे पट्ट-महिषी बना लिया। उसकी

विषम कोख से विश्वनन्दी त्रिपृष्ठ नामा प्रथम वासुदेव होकर जन्मा। तमालपत्र-सा श्याम वर्ण, पीठ पर तीन अस्थि-बन्ध धारण किये, वह अपने बाहुबल से त्रिखंड पृथ्वी का अधीश्वर अर्ध-चक्री हुआ। समुद्र-पर्यन्त पृथ्वी पर उसका निसर्गजात चक्र शासन करता था। विजयार्ध की दक्षिण श्रेणी में विद्याधर राजा ज्वलनजटि की देवांगना-सी रूपसी कन्या स्वयंप्रभा, स्वयंवरिता होकर उसकी राजेश्वरी हुई।

...अपने कर्मों के अनेक दुश्चक्रों को पार करता, विशाखनन्दी विजयार्ध की उत्तर श्रेणी में विद्याधरराज अश्वग्रीव होकर जन्मा। स्वयंप्रभा पर वह चिरदिन से आसक्त था। किन्तु त्रिपृष्ठ वासुदेव ने उसे जीत लिया है : सुनकर, प्रतिवासुदेव अश्वग्रीव क्रोध से उठा। चतुरंग सैन्य लेकर आँधी की तरह, वह रथावर्त पर्वत पार कर, मगध पर चढ़ आया। त्रिखंड पृथ्वी में दुर्जेय त्रिपृष्ठ कुमार, अकेला, केवल अपना चक्र लेकर सन्मुख आ डटा। अश्वग्रीव के सैन्य उस मूर्तिमान प्रभंजन को देख स्तम्भित हो रहे। ललकार कर त्रिपृष्ठ ने अश्वग्रीव को द्वन्द्व-युद्ध के लिए आवाहन दिया। निश्चल खड़े रहकर कहा : "आक्रमण करो मुझ पर, अश्वग्रीव!"—निःशस्त्र भुजा उठाकर उसने चुनौती दी। अश्वग्रीव ने हुँकार कर चक्र चलाया। चक्र त्रिपृष्ठ की प्रदक्षिणा देकर उसकी भुजा पर आ बैठा। खेल-खेल में, त्रिपृष्ठ ने उसे हवा में उछाल दिया। चक्र सन्नाता हुआ अश्वग्रीव की गर्दन के पार हो गया। त्रिपृष्ठ पूर्व वैर के प्रतिशोध से तुष्ट होकर, गर्वपूर्वक अट्टहास कर उठा : "मात्र मेरे चक्र ने तुझे धूलिसात् कर दिया, तेरा चिरदिन का उद्धत अभिमान मिट्टी में मिल गया!"

वैरी का अभिमान चूर-चूर हो गया, पर विजेता का अभिमान हरसम्भव नियति को चुनौती देने लगा। तीन खंड पृथ्वी कम पड़ गयी। त्रिलोक और त्रिकाल को अपनी चरण-धूलि बनाने को वह प्रमत्त हो उठा। प्राण का यह उद्दंड आवेग, सारी संयम-मर्यादाएँ तोड़कर, पृथ्वी के हर पदार्थ को अपनी विषयाग्नि में आहूत करता चला गया। लोक और काल के छोरों पर पछाड़ें खाकर भी उसे चैन न मिला। हर लक्ष्य से टकराकर वह गुणानुगुणित होता गया। जब कहीं भी उसे जी चाहा प्रतिरोध न मिला, तो अपने चरम वेग से उन्मत्त होकर, वह लोक के अतलान्त में, सातवीं पृथ्वी पर आ पड़ा। महातमःप्रभा पृथ्वी—सातवाँ नरक।

घनोदधि-वातवलय पर आश्रित इस पृथ्वी पर, घनघोर प्रलय-डमरू-सा घोष करता हुआ अपरम्पार तमिस्रा का समन्दर तटहीन अन्तरिक्ष में घहराता रहता है। इसकी हर अन्ध लहर में कोटि-कोटि नरक हैं। हर नरक में लावा की उबलती नदियों पर, असिधार पत्रों वाले वृक्षों की बेशुमार श्रेणियाँ हैं। इस नीरन्ध्र अन्धकार राज्य की भी अपनी एक प्रभा है। कृष्ण-प्रभा। क्या तमस की यह प्रगाढ़ता, चरम सन्त्रास की यह घुटन, अपनी ही अनिर्वारता के प्रवेग से, अपने पटलों को न भेद जाएगी? अन्धता ऐसी कि, उसे प्रभा होने के सिवाय चारा नहीं है। वासुदेव की प्राण-ऊर्जा इस

महातमस्-राज्य को भेदे बिना कैसे चैन ले सकती है? पाप इससे आगे नहीं जा सकता : तो वह अपनी पराकाष्ठा पर प्रभा होकर रहेगा। यातना इससे आगे नहीं जा सकती : तो अपने परान्त पर वह यति होकर रहेगी। और त्रास अन्ततः तितिर्षा के सिवा और क्या हो सकता है? और तितिर्षा तुरीया के नीलान्त को भेदेगी ही। सातवें नरक जो आया है, वह एक दिन ऊर्ध्वान्त में सिद्धारूढ़ होगा ही।...

...पाप का समर्थन नहीं है यह : मात्र उसकी प्ररूपणा है। उसका बोध आज जितना स्पष्ट और अविकल्प पहले कभी नहीं हुआ। वैतरणी की तिमिरगर्भा अग्नि-शैया पर, तैंतीस सागर पर्यन्त (करोड़ों वर्ष) छटपटाते त्रिपृष्ठ वासुदेव के नाड़ी-केन्द्र में से बोल रहा हूँ। वही होकर भी, अन्य हूँ—अभी और यहाँ मैं : इसी से बोध सम्भव हो सका है। दुःख की यह समग्र अनुभूति, कहने में नहीं आती। कहते-कहते, एक विचित्र मुक्ति का-सा अनुभव कराती है।...पाप के इस चूड़ान्त पर, जाने किस अज्ञात दूरी में, यह कैसी आभा-सी छिटक जाती है! कृष्ण-प्रभा...। महातम-प्रभा, अन्तिम पृथ्वी। इससे नीचे अवरोहण सम्भव नहीं। आरोहण...अनिर्वार आरोहण...ऊपर...ऊपर...ऊपर...और ऊपर। पतन नहीं, उत्थान। पतन की सीमा है, पर उत्थान तो अनन्त में ही होता है। वही मेरा स्वभाव है : पतन नहीं, यह नरक नहीं—दुःख नहीं। दुःख की अवधि है। पर यथार्थ सुख निरवधि है।...त्रिलोक और त्रिकाल के राजराजेश्वर के पद-स्पर्श से यह अतल का नरक-राज्य अस्पर्शित कैसे रह सकता था। इसमें डूबकर ही इसे तैरने का परम तरणोपाय शायद जगत् को सिखाया है,जगदीश्वरों ने।...वासुदेव कृष्ण के रक्तदान से कभी इस महातमस् में नीली प्रभा झलमला उठी होगी!....

...जाने कब इस तमस में से सहसा एक खिड़की खुली।...जम्बूदीप, भरत क्षेत्र। गंगा तट के समीपवर्ती कान्तार में सिंहगिरि पर्वत। उसका सम्राट केसरी सिंह...मैं। मेरी दहाड़ से दिगन्त काँपते हैं...। नरकों की शुद्ध तात्त्विक हिंसा से मेरी डाढ़ें अभी भी चसक रही हैं। बड़ी भोर एक कृष्णसार मृग को पंजे से विदारकर, कलेवा कर रहा हूँ। मेरी डाढ़ों से झरते निर्दोष रक्त में कैसी मृदु और मधुर गन्ध है।...मैं सिहर कर उस मृत मृग की जड़ीभूत आँखों को देखता रह गया। भयभीत, निरीह, अवश, समर्पित। कातर होकर, मैंने दिशाओं में ताका। पास ही के उस कूट पर आकाश में से दो नग्न, उज्ज्वल कुमार उतर आये। प्रबोधन का हाथ उठाकर बोले, "वनराज, अपने आश्रित जीवों का भक्षण तुम्हारे योग्य नहीं। रक्षक होकर भक्षक हो गये? अपने को पहचाने। सत्य है इस क्षण का तुम्हारा यह अनुकम्पन!...जाग रहे हो, हम तुम्हें तुम्हारी महिमा का स्मरण कराने आये हैं।...हज़ारों बार ऐसे कितने ही प्राणों

की बेबसी को भोजन बनाया तुमने? क्या तृप्त हो सके? और यदि तुम्हें ही यह मृग, यह वृक्ष, यह पर्वत कभी इसी तरह अपना भोजन बनाए तो...?"...मेरे तलातल काँप उठे, जाग उठे।...मैंने देखा अपने ही भीतर, मैं स्वयं अपने को खा रहा हूँ : अपनी डाढ़ों से अपना ही हृदय विदार रहा हूँ। यह वेदना अन्तिम थी...। अपने को बींधती, अपने ही में से निष्क्रान्त होने को छटपटा रही थी।...कूट पर से वे युगल मुनि कुमार फिर बोल उठे, "वनराज, त्रिलोक के भावी सम्राट हो तुम। जानो, और देखो। सकल चराचर, तुम्हारी उन्मुक्त, अकारण प्रेम की प्रतीक्षा में है।...तीर्थंकर वर्द्धमान...!"

...मैं चित्र-लिखित-सा रह गया। सारा कान्तार मेरे भीतर संचरित हो गया। शान्त और निस्पन्द, सब को समाये-सा विचरता हूँ। इस वनभूमि में ऐसा कभी नहीं हुआ पहले।...मृग और शशक मेरी छाती में सुख की नींद सोते हैं। पंखी मेरी अयाल में नीड़ बनाकर रहते हैं। मयूर मेरे माथे पर कलगी बनकर नाचता है। चिरकाल की भूख शान्त हो गयी है।...इन सबको देखता हूँ, कण-कण मेरी आँखों में खुलता चला जाता है। कैसी विचित्र संतृप्ति है यह..! बिन खाये ही सारा वन मेरा आहार बना हुआ है।...

• ...देख रहा हूँ, अब आगे की गेल उजियाली है। सुगन्धित भी। वसन्त के मंजरी छाये पथ पर जैसे यात्रा हो रही है।...पुष्कलावती देश, पुंडरीकिणी नगरी। राजा सुमित्र और रानी मनोरमा का पुत्र मैं, प्रियमित्र। आपोआप ही जनमे मेरे कोषागार में चौदह रत्न, सारी सम्भव ऋद्धि-सिद्धि, सुख-सुषमा के स्रोत। ससागरा पृथ्वी के षट्खंड मेरे चरणों पर नमित हैं : छियानवे हज़ार रानियों का रमण मैं—एकमेव, अकेला पुरुष : प्रियमित्र चक्रवर्ती। खंड-प्रपाता गुफा के वज्र-कपाट खोलकर, मेरा पराक्रम-रत्न उसका भेदन करता चला जा रहा है। उस पार अखंड-प्रपाता गुहा के द्वार पर, गंगा के समुज्ज्वल तट देश में सिद्धियाँ, और निधियाँ मेरी प्रतीक्षा में खड़ी थीं। चौदह महारत्नों का स्वामी, नव निधियों का ईश्वर मैं—प्रियमित्र चक्रवर्ती! तन-मन की हर कामना पूरित। इतनी कि एक जड़त्व से घिर गया। एक उपरामता। एकरस, धृष्ट भोग। कोई नवीनता नहीं, गति नहीं, विकास नहीं, प्रकाश नहीं। मणिदीपों की ठहरी हुई प्रभा। एक दुहराव के अतिरिक्त और कुछ नहीं।...

...तभी सम्बुद्ध अर्हत् क्षेमंकर के समवसरण से सुना : 'तत्त्व कूटस्थ नहीं, परिणामी है। उसे यथार्थ जानना, नित-नवीन में जीना है। नित नये फलोद्यानों में रसपान। पुराना, जड़ वह है जो पर्याय से चिपटा है। पुरुष और पर्याय दोनों प्रतिक्षण नये हैं। उन्हें जानो, और सदा यौवन, सदा वसन्त भोगो, जियो!'

...एक नयी आँख खुल गयी। महल से निष्क्रान्त होकर, मन्दरचारी हो गया। हवाओं में महकते मलयवन : उस गन्ध से सूक्ष्म और स्थूल की अनुभूति समरस थी। बिना किसी बन्धन के सभी कुछ तो भोग रहा था।

...शरीर बहुत कम हो गया। ईहा और कषाय मुझे कस नहीं पाते थे।...तो मेरी वह देह विसर्जित होकर, सहस्रार स्वर्ग के अपरूप कमनीय देव के रूप में जनमी।...दिव्यांग कल्प-वृक्षों तले आलोटते, हर इच्छा सहज तृप्त होती। इस स्निग्धता में एक विचित्र मृत्यु-सी अनुभव होती। सहस्रों कल्पों की आयु असह्य लगी।

...उत्तीर्ण था भीतर। नियत मुहूर्त में जन्मान्तर से गुज़रा। जम्बूद्वीप की जम्बू-श्याम कसैली धरती ने फिर खींचा। छत्रा नगरी का नन्दन राजा, मैं। राजैश्वर्य सहज ही भोगते बनता है। भोगूँ, ऐसी कोई वासना मन में नहीं है। अपना या बिराना, जैसा कुछ लगता नहीं। जो है ठीक है, अपनी जगह पर है। मैं अपनी जगह पर हूँ। अपने आप से ही तुष्ट हूँ। कण-कण अपना ही लगता है। सकल चराचर को सहज देखता हूँ, जानता हूँ, यथार्थ स्वरूप मैं पहचानता हूँ। सबका अवबोधन अव्याबाध है, शुद्ध है। जैसे अपने और सर्व के विशुद्ध दर्शन में जीना चल रहा है। निरावेग, सरल, ऋजुगति से बहती कोई नदी हूँ। कहाँ जाना है, क्या करना है, इसकी कोई सतर्कता नहीं, संकल्प भी नहीं। सो विकल्प भी नहीं। नदी जो तटवर्ती कण-कण की वल्लभा है, माँ है। सर्वोदय और सर्वकल्याण के अतिरिक्त और कोई काम्य अब शेष नहीं।...

...एक दिन वन-विहार में देखा, प्रकृति के केन्द्र में एक प्रकृत पुरुष निश्चल खड़ा है। जातरूप नग्न। उस पुरुष के आभावलय में सारी प्रकृति अनावरित होती-सी लग रही है। कण-कण पारदर्शी हो उठा है।...रहस्य खुलते ही चले जा रहे हैं। जानने और देखने का अन्त नहीं।...उस पुरुष को देखकर मेरे शरीर के वस्त्राभरण यों उतर गये, आपोआप, जैसे ऋतुकाल पाकर सर्प की कंचुल अनजाने ही उतर गयी है।...और मैं भीतर की राह अनन्त में अतियात्रित हो चला।...उस भीतरी यात्रा में कहीं एक पद्म का द्रह आया। उषा का सरोवर था वह जैसे। अनुराग के इस सूक्ष्म गुलाबी जल में अपने को डूबता, तैरता पाया।...और जाने कब आत्म-विस्मृत हो गया।...

...देख रहा हूँ : एक सुनील जलकान्त स्फटिक कक्ष में, एक अपूर्व सुरभित शैया में से अँगड़ाई भरकर जाग उठा हूँ। विचित्र है नीलाभ नीहार का यह महीन कक्ष, जो चारों ओर से बन्द है। उठते ही संचेतना-सी हुई, यह स्वर्ग का उपपाद कक्ष है। इसकी महार्घ शैया में से मैं देव के रूप में जनमा हूँ।...अच्युत स्वर्ग का इन्द्र—मैं—अच्युतेन्द्र। और मेरे गले में ठीक मेरे शरीर के ही द्रव्य और वर्ण की एक दिव्य सुन्दर माला झूल रही है। सहजात माला। उसकी सुगन्ध, मानो अपनी ही अन्तर्तम सुगन्ध है।...लगा, यही मेरा प्राण है।

...एक गहन गगन-घोष के साथ कक्ष में एक द्वार खुला, जो पहले कभी नहीं खुला था। रूप-लावण्य की तरंगों से हजारों देव-देवांगनाओं ने 'जय नन्द, जय नन्द!' पुकारते हुए आकर मुझे घेर लिया।...फिर मुझे ले जाकर, अच्युता नाम की इन्द्र-सभा

में, पीताभ रत्न के एक गरुड़ाकार सिंहासन पर मेरा अभिषेक किया गया।

...तब से आज बाईस सागर बीत गये हैं, इस अच्युत स्वर्ग, के ऐश्वर्य में विलास करते हुए। अवकाश, विस्तार, काल यहाँ मानो गणना से परे स्वायत्त हो गये हैं। असंख्य योजनों में फैला है मेरा यह पुष्पोत्तर विमान। हजारों देव-देवांगनाएँ प्रतिपल मेरी सेवा में उपस्थित हैं। नीलराग, पद्मराग, पीतराग रत्नों के अकृत्रिम द्रहों में, वे जीवन्त रत्न ही विचित्र सुरभित जल बन गये हैं। उनमें अपनी महिषियों और वल्लभाओं के साथ नित्य स्नान-केलि। ये इतनी सारी प्रियाएँ, जो मेरी ईहा से ही उत्पन्न काम-कन्याएँ हैं। लक्षावधि वर्षों से इनके भीतर रमण किया है, पर ये सदा कुँवारी है। अविक्षत हैं इनका रूप, लावण्य, सौन्दर्य। मानो क्षय ही नहीं होता। चुकता ही नहीं।

पदार्थ और उसका भोग यहाँ सूक्ष्मतम हो गया है। भौतिक पुद्‌गल द्रव्य का इससे सूक्ष्म रूप सम्भव नहीं। धातु-मुक्त है मेरा दिव्य शरीर। इसमें रक्त, मांस, मज्जा, अस्थि, स्नायुजाल, कुछ भी नहीं है। विशुद्ध, तरल, सुरम्य, पुद्‌गल द्रव्य से यह निर्मित है। कैसा अव्याबाध लोच है, लचीलापन है, मेरी इस तन्वंगी काया में। स्वाधीन विक्रिया शक्ति से यह सम्पन्न है। इस एक शरीर को अनगिनत बना सकता हूँ। मूल शरीर यही रहता है : और जब चाहूँ, मनचाहा इच्छा-शरीर धारण कर चाहे जहाँ जा सकता हूँ, चाहे जो हो सकता हूँ। यहाँ रहते हुए भी, स्वयम्भूरमण समुद्र के तटवर्ती लवंगलता-वन में, अपनी ईहा मात्र से अपनी मनचाही महिषी और वल्लभा के साथ क्रीड़ा-केलि कर सकता हूँ। कभी मानुषोत्तर पर्वत के शिखर पर, कभी हिमवान् के निर्झर-तटों पर, तभी विजयार्ध की रत्न-गुफाओं में, कभी तीर्थंकर के समवसरण में, कभी नरकों की यातनाक्रान्त पृथ्वियों में।

इतनी शक्ति है मुझमें कि जम्बूद्वीप को, अपनी हथेलियों में मनचाहा उलट-पलट सकता हूँ, वहाँ के जीव मात्र का पोषण या विनाश कर सकता हूँ।...श्वास तक की बाधा यहाँ अति अल्प हो गयी है। बाईस पक्ष में एक बार श्वास लेता हूँ। तन भी शुक्ल है,मन भी शुक्ल है। क्षुधा की व्याधि नाममात्र रह गयी है। बाईस हज़ार वर्ष में एक बार, इच्छा होते ही, मन में अमृत झरने लगता है। सहज तृप्त हो जाता हूँ।

जाने कितने महिषियाँ हैं मेरी। उन सुदूर तट-वेदियों के हेम प्रासादों में वे स्वच्छन्द आमोद-प्रमोद करती हैं। उनके प्रासादों से भी ऊँचे हैं, मेरी वल्लभाओं के प्रासाद-शिखर। एक अनोखा विदग्ध सुख है, स्वाद है उनके अनुराग और सौन्दर्य का, जो महिषियों के आगे का है। एक स्वच्छन्द आत्म-संवेदन। और फिर दुर्दाम विलासिनी कितनी ही गणिकाएँ, अप्सराएँ। एक विलक्षण उन्मादक आनन्द है, उनकी रति में। ये सब मेरे सहज अधीन हैं। इनके पास मुझे जाना नहीं होता। चित्त में। काम

की तरंग उठते ही, इनमें से किसी के भी साथ, आत्म-रमण का-सा सुख पा लेता हूँ। एक स्वाधीन रभस, स्पर्श का तरंगिम सुख। किसी सघन द्रव्य-संसर्ग के बिना ही, विशुद्ध और सूक्ष्मतम, यह परस सुख है। एकतात्त्विक स्पर्श।

आत्मा का भाव, दर्शन और ज्ञान इतना उज्ज्वल और शुद्ध है कि, अन्तर में ऊर्ध्व तरंग उठते ही, ज्योतिर्मय अर्हत् और ज्ञानाकार सिद्ध के दर्शन हो जाते हैं।...देह, प्राण,मन, इन्द्रियों का सूक्ष्मतम अनुबन्ध है मेरा यह दिव्य अस्तित्व। इन्द्रियाँ मात्र विशुद्ध पंच तन्मात्राएँ हैं। प्रकृत और तात्त्विक है मेरी रूप, रस, गन्ध, वर्ण,ध्वनि की चेतना। इनकी अनुभूतियाँ मेरी अन्तश्चेतना की धारा में कहीं बाधक नहीं। निर्बाध सुख की इस निमग्नता में बाईस सागर जाने कब बीत गये, पता ही न चला। काल और अवकाश भी जैसे इस सुखलीनता में अन्तर्मुख होकर रहे हैं।

...जाने क्यों, कैसे सुख-भोग की यह समाधि, आज एकाएक भंग हो गयी है! निमग्नता टूटी है : उन्मग्न हो उठा हूँ। एक उन्मनी चेतना के तट पर आ बैठा हूँ। भोग्य से उद्भिन्न होकर, भोक्ता भोग की इस पराकाष्ठा को, उसके सीमान्तों पर विलय पाते देख रहा है। मेरी यह सहजात माला, अनायास आहत और कम्पित हो उठी है। मानो कुछ व्यतीत हो गया है, अतीत हो गया है। स्वप्न की रत्न-तरंगित मायापुरी लुप्त होती-सी लग रही है।...

मृदुलता, सौरभ, संगीत का यह स्निग्ध प्रवाह, एकाएक किसी अदृश्य चट्टान से टकराकर चूर-चूर हो गया है। विनाश के तट पर आ खड़ा हुआ हूँ। मृत्यु की अभेद्य अन्धकार गुहा सामने खुल रही है। देख रहा हूँ, सहस्रों देव-देवांगना पंक्तिबद्ध चारों ओर घिर आये हैं। एक नानारंगी रत्न-स्तूप की तरह यहाँ का समस्त वैभव सामने आ खड़ा हुआ है। वह कातर है, प्रार्थी है, विरहाकुल है।...ये महिषियाँ, वल्लभाएँ, अप्सराएँ। एकाग्र सब मुझे देख रही हैं। नीलोत्पला, हेमांगिनी, हिरण्यानी...उदास क्यों होती हो! अपनी ओर देखो! जो यहाँ है, वही वहाँ है। भोग की वियोग-रात्रि बीत चुकी। सीमा विरह की होती है : मिलन की नहीं!...

साक्षात्कार हुआ है कि, मृत्यु अभी विजित नहीं हुई है। भोग की इस सुलभ, स्निग्ध, संवादी धारा के भीतर भी वह है। मृत्यु की इस चुनौती के सम्मुख ज़रा भी उद्विग्न नहीं है। अचंचल चित्त से इसे देख रहा हूँ। इसकी सीमा को जानता हूँ। मैं इसमें से गुज़रूँ, या यह मुझमें से गुज़रे, कोई अन्तर नहीं पड़ेगा।

कोई उदासी नहीं, विषाद नहीं। भय नहीं, विरह-वेदना भी नहीं। बस उच्चाटित हूँ, उच्छिन्न हूँ, गमनोद्यत हूँ। अपार ऐश्वर्यों से भरा यह स्वर्ग मुझमें अन्तर्धान हो रहा है। मैं हूँ, हर भाषा से परे, एकमेव मैं हूँ। मैं सदा रहूँगा। यह निश्चित है।

पर केवल होने के अतिरिक्त, क्या मेरी और कोई सार्थकता नहीं है? कपूर की

तरह बेमालूम उड़ रही इस काया के चहुँ ओर यह कैसी विराट् महिमा की ज्योति स्फुरित हो रही है!

...एकाएक प्रकांड तड़ित-घोष से जैसे सोलहों स्वर्ग थर्रा उठे। समस्त ऐश्वर्यों की दीप्ति घायल हो उठी। क्षत-विक्षत।...स्वर्ग के पिंडों में यह मर्त्य रक्त की धारा कैसी? आश्चर्य। कहीं परम सत्य की मर्यादा भंग हुई है।...

मेरे गरुड़ासन में बिजलियाँ तड़तड़ा रही हैं। सर्वनाश यह कैसी हिल्लोल है : मेरे चारों ओर। अगोचर में कहीं दूरातिदूर असंख्य चीत्कारें सुन रहा हूँ। मृत्यु स्वीकार्य है, पर यह क्रन्दन असह्य है। हज़ारों वर्ष बाद, मेरा प्राण एक गहन मानवीय अनुकम्पा से आर्त हो उठा है।...पुरुरवा भील का आदिम प्राण...।

अन्तरिक्ष के अन्तराल में लपलपातीं एक उद्दाम अग्नि की ज्वालाएँ। समवेत मन्त्रोच्चारों के साथ उसमें आहुत होते अश्व, वृषभ, गौ, मनुष्य...। सकल चराचर के भयभीत, त्रस्त प्राणों की ब्रह्मांडव्यापी चीत्कारें—जो मुझे पुकार रही हैं, केवल मुझे। मैं कौन हूँ?...मैं कौन हूँ?

मैं ही अपनी अग्नि हूँ...मैं ही अपनी आहुति। मैं आ रहा हूँ...। मैं आ रहा हूँ...मैं आ रहा हूँ।...

यज्ञ-पुरुष का अवरोहण

मैं कहाँ चली गयी थी? ब्राह्म मुहूर्त में उठकर इस शिलातल पर आ बैठी थी। तभी से जाने कहाँ खो गयी थी। और अब पूर्व में द्वाभा फूट रही है। ऐसा लग रहा है, इस एक प्रहर में जन्मान्तर की एक दीर्घ रात्रि में भटककर लौटी हूँ। नये सिरे से अपने इस पिंड और परिवेश को पहचान रही हूँ। ...हाँ, मैं ही तो हूँ, जालन्धर गोत्रीया देवानन्दा ब्राह्मणी। और मेरे पति हैं, कोडाल गोत्रीय ब्राह्मण ऋषभदत्त।...यह वसतिका है, ब्राह्मण-कुंडपुर। लोक में यह ब्रह्मपुरी के नाम से ही अधिक विख्यात है। मेरे पति ऋषभ इसके स्वामी हैं। और मैं हूँ इसकी स्वामिनी।

...सामने दूर पर बह रही है हिरण्यवती नदी। उस पार दूर तक फैला है बहुसाल चैत्य का विशाल उद्यान। उसके पूर्वी छोर पर है क्षत्रिय कुंडपुर। उसके भवन-शिखरों की पताकाएँ आज किसका आवाहन कर रही हैं?

यह विदेहों की वैशाली है। विदेशी यात्री दन्त-कथाओं की तरह, देश-देशान्तरों में इसके वैभव का गान करते हैं। यहाँ विदेहराज जनक ने देह में रहकर

ही राजभोगों को भोगते हुए, देहातीत के मुक्त ऐश्वर्य को पृथ्वी पर प्रकट किया था। यहाँ याज्ञवल्क्य ने वेद-पुरुष को साक्षात् किया था। इस हिरण्यवती के जल सीता, मैत्रेयी और गार्गी के स्नान-जल से प्रभाविल हैं। याज्ञवल्क्य और मैत्रेयी : उषा और पूषन् का दिव्य युगल! सविता और गायत्री ने यहाँ मधुच्छन्दा की नयी स्वरमाला रची है।

...हाँ, यह लिच्छवियों की वैशाली है। पूर्वीय आर्यावर्त के इस जनपद में, ब्राह्मणत्व नये सिरे से परिभाषित हुआ है। जो ब्रह्म जाने वही ब्राह्मण। 'ईशावास्यमिदं सर्वम्' : सर्व के भीतर वही एक परब्रह्म ईश व्याप्त है। इसी से यहाँ अहिंसा का महामन्त्र उच्चरित हुआ : 'मा हिंस्याः'। इस पूर्वांचल में वेद-पुरुष की नूतन परम्परा प्रकाशमान हुई है। विश्वामित्र, देवापि, जनमेजय, अश्वपति कैकेय, प्रवहण जैबलि, अजातशत्रु काशेय, जनक विदेह और महाश्रमण पार्श्वनाथ के रूप में यहाँ प्रजापति ने नया अवतार लिया है। इनकी ऊर्जस्वला मन्त्र-वाणी में ब्राह्मण-संस्कृति यहाँ श्रमण-संस्कृति में उत्क्रान्त हुई है। सत्, ऋत् और तपस् ने यहाँ अपने मर्म को प्रकाशित किया है। सकल चराचर के कण-कण में जो परब्रह्म व्याप्त है, वही सत् है। सर्व के प्रति आप्तभाव, अणु-अणु में अपने को देखना, वही ऋत् है। यही परम नियम है। उसके अनुसार सर्वत्त अप्रमत भाव से विचरना, सत्ता मात्र के प्रति अहिंसक आचरण : 'आत्मनः प्रतिकूलानि परेषां न समाचरेत्' : यही तपस् है।

...स्पष्ट प्रतीति हो रही है, लोक और परलोक के दैहिक सुख-भागों की प्राप्ति के लिए यज्ञ नहीं है। वह जड़त्व है। निरन्तर श्रम के तपस् द्वारा, देह को श्रान्त कर, परमत्व में विश्रान्त हो जाना है। वही एकमात्र अविनाशी सुख है। श्रम के संघर्ष से ही सोम प्रकट होकर, प्राण को अमृत से आप्लावित कर देते हैं।...इसी से कहती हूँ, आत्माहुति का यज्ञ करो : उसी से अविनश्वर श्री और सविता प्राप्त होते हैं। 'नाना श्रान्तस्य श्रीरस्ति। पापो नृषद्वरो जनः। इन्द्र इच्चरतः सखा। चरैवेति चरैवेति!...' निरन्तर चलते रहो : जो चलता रहता है, उसके पाप क्षीण होकर झर जाते हैं, उसे श्री प्राप्त होती है, और सर्व ऐश्वर्यों के प्रचेतस् अधिष्ठाता इन्द्र से मित्रता प्राप्त होती है। 'सूर्यस्य पश्य श्रेमाणं, यो न तन्द्रयते चरन्' : अरे सूर्य की श्रम-लक्ष्मी को देखो, तन्द्राहीन भाव से वह निरन्तर चलता रहता है।...इस तरह ऐहिक और पारलौकिक सुखों की लिप्सा से जड़ीभूत हो गये ब्राह्मणत्व को, इस पूर्वांचल में, श्रम के तपस् द्वारा, निरन्तर गति-प्रगति का नया उद्‌बोधन प्राप्त हुआ है। देवाधिदेव अग्नि ने साक्षात् अवतरित होकर, यहाँ मित्रावरुण का भाव प्रकट किया है, और यावत् प्राणि-मात्र को अभय का आश्वासन दिया है। महाश्रमण पार्श्व ने कहा था : 'मित्ती में सव्वभूयेसु' : 'सर्व भूतों में मेरी मैत्री हो!...'

...पर कल सन्ध्या में मामा भवदत्त कुरु-पांचाल से लौटे हैं। उनसे जो वृत्त

सुना है, उससे सारी रात सो नहीं सकी हूँ। कुरु-पांचाल में सर्वमेघ यज्ञ चल रहा है। एकबारगी ही सौ-सौ अश्वों, गौओं, वृषभों, भेड़-बकरियों की आहुति दी जाती है और फिर एक बारगी ही कई सर्वांग सुन्दर-मानवों को होमा जाता है। चीत्कारते पशुओं और मानवों के आक्रन्दन से अन्तरिक्ष विदीर्ण हो रहे हैं, भूगर्भ काँप रहे हैं। जिस क्षण से सुना है,मेरे गर्भ में बिजलियाँ कसमसा रही हैं। शरीर में रहना कठिन हो गया है। हजारों प्राणियों की वे 'त्राहि माम्' पुकारें, मेरे भीतर नाड़ियाँ बनकर व्याप गयी हैं।...उनसे भिन्न अपने प्राणों को सुरक्षित रखने की कोई जगह, अवकाश मैं नहीं पा रही हूँ।

...हमारे जिन आर्य पूर्वजों ने ऋकों का गान किया था, वे मन्त्रद्रष्टा थे। उशनस् थे, कवि थे। अन्तस् की समग्र संवेदना से उन्होंने सत्ता का भावबोध पाया था। प्रकृति की नाना रूपात्मक लीला में, उन्होंने उसी एक दिव्य हिरण्यगर्भ पुरुष का दर्शन किया था। इसी से कण-कण, तृण-तृण के स्पन्दन और कम्पन के साथ वे एक-प्राण हुए थे। सर्व के भीतर वे प्रतिपल जिये थे। फलतः 'रूपं रूपं प्रतिरूपो बभूव' और 'एकं वा इदं, वि बभूव सर्वम्' का मन्त्रोचार उन्होंने किया था। इन्द्र थे इस सृष्टि के प्रज्ञाता, प्रचेतस्; और अग्नि थे इसके केन्द्रीय चित्पुरुष। असत्ता की अन्धकार रात्रि में से प्रकट होकर अज्ञान के दस्यु और पशु, रह-रहकर सूर्यसवितुः की सृष्टि को आक्रान्त करते रहते थे। इस कारण, उस एकमेव में शृंखलित सृष्टि का सुखद संवाद भंग हो जाता था। तब ऋतम्भरा प्रज्ञा से आलोकित ऋग्वेद के ऋषि, अपनी अन्तस्थ चिदग्नि को प्रज्वलित कर, प्रचेता इन्द्र का आवाहन करते हुए, सर्वमेध यज्ञ किया करते थे। 'मेध' का अर्थ है 'संगमन'—एकत्रित करना। तमस्-पुत्र दस्युओं द्वारा छिन्न-भिन्न सृष्टि को पुनः एकत्रित करने को ही इन यज्ञों का आयोजन होता था। उनमें से अपने ही भीतर घुस बैठे अज्ञान के पशुओं की आहुति देते थे। पाँच यज्ञीय पशुओं के रूप में असंख्य पशु-सृष्टि का ग्रहण होता था। पुरुष, अश्व, गौ, अवि और अज के इन पाँच पशु-रूपों में समस्त पशुत्व का सारांश समाया था। यदि आर्यों के सर्वमेध में इन पाँच प्राणियों की नहीं, इनके पाँच तमसाकार आक्रामक पशु-तत्त्वों की आहुति दी जाती थी। उत्तर आर्य अपनी ऐन्द्रिक वासनाओं के वशीभूत होकर, इन पशुजयी यज्ञों के बहाने पशु-बलि चढ़ाकर, स्वयं ही पशुत्व के ग्रास होते चले गये। लेकिन यथार्थ में परा-पूर्वकाल में, सर्व को एकत्र करने के लिए ही, सर्वमेध यज्ञ में, सर्वपशुत्व की, विकारों की आहुति दी जाती थी।

...पर, हाय रे हाय, अर्यमन और प्रजापति के ऋक्-धर्म की यह कैसी अनर्थक ग्लानि हुई है! ऋकों का अपलाप हुआ है। वृत्र का तिमिरान्ध सैन्य फिर लोक पर छा गया है। क्या प्रज्ञाता इन्द्र पराजित हो गये हैं? सप्त-सिन्धु की मातृगर्भा घाटियाँ और आंचल प्राणि-शिशुओं के वध और दहन से आक्रन्द कर रहे हैं। परावाक् को

वाक्मान करनेवाली सरस्वती के पयोधर पानी अपने ही बालकों के रक्त से पंकिल हो गये हैं!

...ओ माँ अदिति, तुम कहाँ हो! तुम्हारे देवांशी पुत्रों पर फिर दिति के असुरांशी पुत्रों ने अधिकार कर लिया है। मैं ब्राह्मणी हूँ : तुम्हारे ब्रह्मतेज की बेटी हूँ। नारी होकर, धरित्री और जनेत्री हूँ, सो अपनी ही सन्तानों का यह निरन्तर वध मुझे असह्य हो गया है। मेरे गर्भ में जैसे ब्रह्मांड छटपटा रहा है।

...देख रही हूँ, हिरण्यवती के जलों में उषा आज नहाने को नहीं उतरी है। एक काली बदली से किंचित् झाँककर, वह लौटी चली जा रही है। दिवो दुहिता ने आज नहीं छोड़ी हैं अपनी नयी किरणों की गौएँ, इस तटांचल में। वह अपने आगे-आगे अपनी धेनुओं के यूथ को लौटा लिये जा रही है। हिरण्या के कछार में आज स्वर्ण शस्य लुप्तप्राय हैं। उसके उज्ज्वल जलों में काले रक्त की लहरें उफन रही हैं।...आह, दिगन्तों में गायत्री नहीं गूँज रही। वहाँ प्राणियों की चीत्कारें हैं। चटखती अस्थियों और चड़चड़ाती चरबी से वायुमंडल उद्विग्न और मलिन हो गया है। लोक-व्यापी मांस-गन्ध से प्राण घुट रहे हैं : शवों से पट गयी है धरणी। सरस्वती तीर के तपोवनों में कदली-पत्रों की पावन पत्तलों पर पवित्र मधुपर्क नहीं, चटचटाती चरबी, अस्थियों और नसों के स्तूप सजे हैं। कल्मष के अवरुद्ध इस जड़त्व में मन्त्र-वाणियों का दम घुट रहा है। ऋग्वेद की ऋतम्भरा धारा भंग हो गयी है।

...कितना समय बीत गया, सामने की यज्ञशाला अवसन्न पड़ी है। आलेपनहीन वेदी सूनी पड़ी है। हवन-कुंड अन्धे कुएँ-सा मुँहबाये खड़ा है। घृत-कुम्भ में रूक्ष अन्धकार ने आश्रय पा लिया है। अरणि धूल से आच्छादित है। हव्य-चषक म्लान और उदास पड़े हैं। प्यासे द्रोण सोम-सुधा को तरस रहे हैं। चमु कटे हुए हाथ-पैरों की तरह छितरे पड़े हैं। छिन्न-मस्तक धड़ की तरह विकलांग यज्ञ-देवता की छाया सारी यज्ञशाला में मँडरा रही है। इस समूची ब्रह्मपुरी में तीनों यज्ञसन्धाएँ, मन्त्रोच्चारहीन सूनी ही बीत जाती हैं।...ब्राह्मणत्व क्लान्त और निस्तेज हो गया है। अरे, यज्ञ क्या हमारे किये हो सकता है? यज्ञ-पुरुष स्वयं ही मानो रूठकर कहीं चले गये हैं! देख रही हूँ, वे हिरण्या-तट के उस सप्तपर्ण-वन में, पीठ फेरे दूर-दूर चले जा रहे हैं। क्या उपाय है उन्हें मनाने का? हमारे हृदयों में वे स्वयं ही जब तक जागृत न हों, उन्हें कौन लौटाकर ला सकता है?

...लो, आर्य ऋषभदत्त नदी-स्नान करके लौट रहे हैं। कभी इस पीताम्बर में, वे स्नान कर लौटते हुए, पूषन की तरह प्रतापी और कान्तिमान लगते थे। आज मानो इनके पैरों में गति ही नहीं है।

''देवि, देख रहा हूँ, गयी सारी रात तुम जागती रही हो। और ब्राह्म मुहूर्त से ही इस शिलातल पर मूर्तिवत् बैठी हो। यह कैसा विषाद छा गया है तुम पर?''

"भूदेव स्वयं ही कहाँ प्रसन्न हैं? अर्द्धांग का अर्द्धांगिनी से क्या छुपा है?"

"तुम्हारे रहस्य को कब थाह सका हूँ, नन्दा?...दिनों हो गये, बात तक नहीं होती। इस गम्भीर मौन का कारण जान सकता हूँ?"

"आपे में नहीं हूँ, तो कारण क्या बताऊँ, आर्य!"

"महीनों हो गये, हवन-कुंड में अग्नि नहीं प्रकटाये तुमने? सो सारी ब्रह्मपुरी निरग्नि, निष्प्राण हो पड़ी है। अग्निदेव मानो सदा को सो गये है!"

"सोना अग्नि का स्वभाव नहीं, आर्य ऋषभ। अग्नि तो सदा-जागृत दैवत् हैं। अन्य देवता उषा में ही जागते हैं। पर अग्नि तो जड़त्व की घनघोर अन्धकार रात्रि में भी जागृत ही रहते हैं। वे नित्य चैतन्य चित्पुरुष हैं। निखिल चराचर के भीतर वे निष्कम्प दृष्टि रूप से सदा जागृत हैं। वे सो जाएँगे, उस दिन तो सृष्टि का ही लोप हो जाएगा।"

"तुम्हारे भावाशय को समझ रहा हूँ, जालन्धरी। पर द्रव्य-यज्ञ के सहारे ही तो भाव-यज्ञ चल सकता है। द्रव्य-पदार्थ में उन वैश्वानर को प्रकट करो, तो बहुत दिनों से अवसन्न अन्तराग्नि आपोआप ही चैतन्य हो उठेंगे।..."

"होम-कुंडों में उन्हें प्रकट करते, और हव्यों की आहुतियाँ देते, हमारी पीढ़ियाँ गुज़र गयीं। उनके द्वारा अब हम प्रजापति, अर्यमन और अंगिरस आदि पितृ-जनों को प्रसन्न नहीं कर पाते। यज्ञों द्वारा अब हम ब्राह्मण केवल अपनी ऐहिक लिप्साओं को तृप्त करते हैं।"

"सच कह रही हो, आर्ये! अंगिरा के स्मरण मात्र से ही रोमांचित हो उठा हूँ। उन्होंने ही सबसे पहले अग्नि का उद्घाटन किया था। उन्होंने ही सबसे पहले प्रकाश के दर्शन किये। यज्ञ के आदि पुरोधा वे ही थे।..."

"सुनें भूदेव! उन अंगिरा द्वारा प्रकाशित, सर्वपावनकारी अग्नि को हमने अपनी ऐन्द्रिक लालसाओं से अपावन कर दिया है। वे आदि अग्नि वैश्वानर हैं। ब्रह्मांड के कण-कण के वे जीवन हैं। उन्हीं से सबकुछ चिन्मय है। वे सम्यक् दर्शन हैं, सम्यक् ज्ञान हैं, वे ही हमारे भीतर सम्यक् चारित्र्य प्रकट करते हैं। 'अग्निमीले पुरोहितम्'। वही हवन-कुंड में सत्य की ज्वाला के रूप में प्रकट होते हैं। वही अपनी आहुति हैं। वही अपने पुरोहित हैं। अपने भीतर की चैतन्य अग्नि में, अपने अहम् और तज्जन्य वासनाओं की आहुति देना, यही सच्चा यज्ञ है। उत्तर आर्यों ने विषय-प्रमत्त होकर, यज्ञ के उस स्वरूप को भुला दिया है। आज वे केवल लौकिक और स्वर्गिक सुखों की प्राप्ति के लिए यज्ञ करते हैं। इसी से यज्ञेश्वर रूठ गये हैं। केवल बाह्य होमाग्नि प्रकट कर, उनका दर्शन और पूजन सम्भव नहीं। कामार्त और स्वार्थान्ध यज्ञों से उन्हें प्रसन्न नहीं किया जा सकता। वे सर्व चराचर के कल्याण के लिए हमारी आत्माहुति चाहते हैं...!"

"तो देवा, बहुत दिनों से सूनी पड़ी यज्ञशाला में, अपने हाथों उन्हें प्रकटाओ। तुम्हारे हाथों वे सत्य रूप में प्रकट होंगे।"

"नहीं, अब वे बहिर्यज्ञ से प्रीत नहीं होंगे। अन्तर्यज्ञ में ही वे प्रकट हो सकेंगे। गयी रात मैंने देखा : वे मेरे अन्तर में शत-शत जिह्वाओं से जिवह्निमान हैं। मेरे रोम-रोम में आज अंगिरा अंगारों-से धधक रहे हैं। भूदेव, जाकर कह दो अपनी इस ब्रह्मपुरी के समस्त ब्राह्मणों से, कि अंगिरा तुम्हारे सर्वस्व की आहुति माँग रहे हैं। तुम्हारी लिप्साओं और वासनाओं का भक्षण करने के लिए वे सहस्र जिह्व होकर लपलपा रहे हैं।...अपनी ब्राह्मणी को पहचान सको तो पहचानो, ब्रह्मदेव!..."

"देख रहा हूँ, तुम साक्षात् गायत्री हो, जालन्धरी! अंगिरसों, अत्रियों और भार्गवों की देवांशिनी बेटी हो। तुम्हीं यज्ञ की अग्नि बनकर प्रकट होओ! अपने हुताशन के श्वेत अश्वों पर आरूढ़ होकर, अन्तरिक्ष में धावमान होओ। द्यावा की उषा, पृथिवि पर उतरने के लिए तुम्हारे रथ की प्रतीक्षा में है। हमारी यज्ञशाला का द्रोण-कलश, उसकी सोम-सुरा का प्यासा है। उस सोम का अमृत सिंचित कर मृतप्राय ब्राह्मणत्व में नवजीवन का संचार करो, देवा..."

"ब्रह्मदेव की अभीप्सा पूरी हो! तब अन्तिम रूप से जान लो, हवन-कुंडों की स्थूल अग्नियों से अब परम अग्नि जागृत नहीं होंगे। अब हमें श्रवण-चर्या अंगीकार करनी होगी। अप्रमत्त भाव से दिन-रात तपस् के श्रम द्वारा, संघर्ष द्वारा, अन्तश्चैतन्य के वैश्वानर को प्रकट करना होगा। निरन्तर श्रम की आहुति से उन्हें तृप्त करना होगा। जब वे आप्यायित होंगे, तब आपोआप ही उनमें से नवजीवन की उषा प्रकट होगी। उसके वक्षोज कुम्भ से सोम की अमृत-सुरा प्रवाहित होगी।"

"मधुच्छन्दा का कोई नया छन्द सुन रहा हूँ, देवा!"

"ठीक सुन रहे हैं,आर्य ऋषभ। तप के प्रचंड घर्षण और आताप से ही सोम-सुरा प्रकट होती है। तपस् ही अमृत का स्रोत है। आत्म-संयम के कण-कण को अभय करना होगा। भगवती अहिंसा ही सर्व को नवजीवन देनेवाली उषा है। स्वयम् निरापद जियो, सर्व को निरापद जीने दो। स्वयम् अघात्य बनो, सर्व को अघात्य रहने दो। स्वयं मृत्यु को जीतो, सर्व को मृत्यु से अमृत में ले चलो। पहले आत्म-मेध यज्ञ करना होगा, तब सर्वमेध उसमें से स्वयम् ही प्रतिफलित होगा।"

"लेकिन हमारे ऋषि-पूर्वजों ने जो मन्त्र-दर्शन किया था, वह तो...।"

"हमारे ऋषि पूर्वजों ने सत्यतः इसी सत् का मन्त्र-दर्शन किया था। कण-कण में स्वतः व्याप्त अबाध आनन्द का बोध उन्होंने पाया था। अपनी विषय-वासनाओं से हमने भूमा के उस आनन्द को अल्प और मर्त्य कर दिया। हमने श्रौत यज्ञों के स्वार्थी, कर्मकांडी शास्त्र रचकर, परमाग्नि को अपनी ही ईहा-तृप्ति का साधन बना लिया। हमने वेद-पुरुष का घात किया है। आज ब्राह्मणत्व वेदच्युत हो गया है। वेद

वेदाभास होकर रह गया है। दिवो-दुहिता गायत्री के स्तनों से भर्ग का दूध नहीं, आमिष रक्त की धारा बह रही है। मेरा रोम-रोम घायल है आज।...मेरी वेदना को समझो, कोडाल-पुत्र!"

"समझ रहा हूँ, भार्गवी। लेकिन श्रौत यज्ञों की जो परम्परा चली आयी है, वह क्या वेद-विहित नहीं?"

"सुनें आर्य, वेद के ऋषि मूलतः कवि थे। उन्होंने सृष्टि में व्याप्त अनन्त सौन्दर्य और आनन्द का भाव-बोध पाया था। ऐन्द्रिक-मानसिक चेतना के स्तर पर, वे यज्ञों द्वारा उसी को अभिव्यक्त करने लगे। पर वह आनन्द जब ऐन्द्रिक सीमा में अवरुद्ध होकर, मांस-माटी के मर्त्य अन्धकार में लुप्त होने लगा, जब श्रमणों ने प्रकट होकर उसे मांस की कारा से मुक्त किया, और फिर से भूमा के चिदाकाश में विस्तीर्ण कर दिया।..."

"तो इस परम्परा के आदि पुरुष कौन थे?"

"भगवान ऋषभदेव। हमारे काल में जनक विदेह, याज्ञवल्क्य और महाश्रमण पार्श्व में वही वेद-भगवान नवीन रूप में उपनिषत् हुए हैं। ब्राह्मण केवल भोक्ता होकर नहीं, श्रमण होकर ही ब्राह्मणत्व को चरितार्थ कर सकेगा। सम्मेद शिखर के चूड़ान्त पर, जातरूप दिगम्बर पार्श्व में, महातपस् के भीतर से परम अग्नि प्रकट हुए थे। उनके जाज्वल्यमान अंग-अंग से अहिंसा और अभय का अमृत सोम प्रवाहित हुआ है। उन मृत्युंजय को अब भी हमने नहीं पहचाना! हमारा दुर्भाग्य।"

"लेकिन देवा, कुरु-पांचाल के ब्राह्मण कहते हैं कि यह ब्राह्मणों के विरुद्ध क्षत्रियों का षड्यन्त्र है। उनका कहना है कि हम पूर्वांचल के ब्राह्मण, पार्श्वापत्य श्रमणों के अनुयायी होकर वेद-विद्रोही हो उठे हैं, कि हम वेद की मिथ्या व्याख्याएँ कर रहे हैं।"

"यह स्वार्थियों का ज्ञानाभास है, ऋषभ। ब्राह्मण और श्रमण में कोई मौलिक भेद नहीं। एक ही परम चैतन्य की ये दो परस्पर पूरक धाराएँ हैं, जो आदिकाल से चली आयी हैं। कलहप्रिय अज्ञानी और स्वार्थी ही भेद की दृष्टि उत्पन्न करते हैं। ब्राह्मण द्रष्टा है, श्रमण स्रष्टा है। ब्राह्मण ब्रह्म का दर्श करता है, श्रमण उसका आचरण करता है। दर्शन और आचारण के बीच की खाई जब बहुत बड़ी हो जाती है, तभी हमारे भीतर के चित्पुरुष महाश्रमण के रूप में प्रकट होते हैं।..."

"समझ रहा हूँ, देवी। इस श्रृंखला को कुछ और स्पष्ट करो।"

"जब विश्वपुरुष प्रजापति के परमानन्द को ब्राह्मण अज्ञानवश मात्र ऐहिक ऐन्द्रिक मानकर, उस आनन्दाभास की तृप्ति में ही प्रमत्त हो गये, तब वातरशना ऋषभदेव ने प्रकट होकर श्रमणचर्या द्वारा, स्वाधीन चैतन्य के अतीन्द्रिय आनन्द का मार्ग प्रकाशित किया। बार-बार जब ब्रह्मानन्द का मार्ग भ्रष्ट हुआ, तब यथा-समय

अजित, घोर आंगिरस अरिष्टनेमि, याज्ञवल्क्य और पार्श्व के रूप में परब्रह्म ने प्रकट होकर तपःश्रम द्वारा चिदग्नि को पुनः प्रज्वलित किया। आनन्द के उद्गाता स्वयं वैदिक ऋषियों ने ही क्या इन अर्हतों का जयगान नहीं किया है?''

''और आज के इन क्षत्रिय राजर्षियों के विषय में क्या कहना चाहती हो, देवा? कहीं यह क्षत्रियों का ब्राह्मण-द्रोह तो नहीं?''

''यह द्रोह नहीं, आर्य ऋषभ। मिथ्यावाद का प्रतिवाद कर, फिर से मौलिक और नित-नव्य संवाद को प्रस्थापित करने की प्रक्रिया है। आज जब फिर से आत्म-धर्म का विच्छेद हुआ है, तो अंगिरा और अत्रियों का प्रखर ब्रह्मतेज क्षात्रतेज बनकर पथ-भ्रष्ट ब्राह्मणत्व के विरुद्ध उठा है। परम शान्त प्रजापति, तप और ज्ञान की वह्निमान तलवार लेकर, हिमाद्रि के शिखर पर विष्णु के रूप में प्रकट हुए हैं। अज्ञानान्धकार का ध्वंस करने के लिए उनके दिगम्बर रोम-रोम में अग्नि रुद्र बनकर फुंकार रहे हैं। विलुप्त वेद और भ्रष्ट ब्राह्मणत्व का परित्राण करने के लिए ही, स्वयं आनन्द-स्वरूप प्रजापति ने क्षात्रतेज धारण किया है। एक ही वेद-पुरुष की दो भुजाएँ हैं—ब्राह्मण और श्रमण। उनमें भेद कैसा?''

''फिर भी सुन तो रही हो नन्दा, कुरु-पांचाल में अकुंठ भाव से हिंसक सर्वमेध यज्ञ हो रहे हैं! कहाँ हैं जनमेजय, देवापि, जनक विदेह, याज्ञवल्क्य? कहाँ हैं महाश्रमण पार्श्व?''

''यही तो सारी रात अपने से पूछती रही हूँ! मेरा अणु-अणु इसी प्रश्न से उत्पीड़ित है।...ओ वेद-पुरुष, प्रकट होकर भी तुम फिर लुप्त हो गये?...निखिल चराचर का प्राण हत्यारों के छद्म यज्ञ में आहुति हो रहा है!...'मा हिंस्याः' कहकर तुम फिर कहाँ चले गये...?''

''शान्त होओ देवांशिनी, ऋषभ तुम्हारे साथ है। जो चाहोगी वही होगा।...पाकशाला में चलो। दोपहर टल रही है।...भोजन नहीं दोगी आज?''

''भोजन?...कुरु-पांचाल में सहस्रों प्राणियों की निरन्तर आहुति हो रही है।...कैसे भोजन करें हम? उन प्राणों को अभय दे सकूँ, यही तो एकमात्र भोजन आज तुम्हें दे सकती हूँ, आर्य।...जीवन भर इस तन की भूख को अन्न का भोजन दिया। क्या वह तृप्त हो सकी?...लगता है आज मेरी भूख में स्वयं भार्गव प्रकट हुए हैं। वे भोजन से शान्त नहीं होंगे। इस तन के पिंड की आहुति पाकर ही वे सन्तुष्ट होंगे। आज हमें स्वयं ही, अपना भोजन बन जाना होगा, ऋषभ। अपने ही से आपको तुष्ट करना होगा। यही तपस् है, यही यज्ञ है। इसी से सोम प्रकट होंगे। कुरु-पांचाल में अहोरात्र जल रही हिंसा की ज्वाला को इसी से शान्त करना होगा।''

''तथास्तु देवि!...तो फिर क्या होगी आज की दिनचर्या?''

''देख सको तो देखो, देवता, नदी-तट के गोचर में कुंडपुर को सहस्रों गाएँ

उन्मन भटक रही हैं। आज वे चारा नहीं चर रहीं, केवल उदास विचर रही हैं। लोक में विश्व-प्राण की सामाग्रिक हत्या हो रही है। उसकी समवेदना से ये तिर्यंच पशु तक घायल हो गये हैं। पशुत्व तक भोजन से विमुख हो गया है।...हो सके तो जाकर, आज सारा दिन उन्हीं के प्राणों में अपने प्राण की धारा को एकाकार करो...। और क्या कहूँ...?''

...चले गये ऋषभ? जाओ, अपने नाम के अनुरूप ही ऋक् और धर्म का अचारण करो। हतप्राण गौएँ ऋषभ की खोज में हैं।...

संजीवनी उषा पीठ फेर कर चली गयी।...परम सत्य के स्वामी सूर्य भी आज उन्हीं की जामुनी कंचुकी में छुप गये हैं। पर-रहकर बादल छा जाते हैं, उनकी कोरों पर से सविता की स्वर्णिम आभा किंचित् आभा किंचित् झाँककर फिर स्तिमित हो जाती है। नदी के इन बहते जलों में, वनस्पतियों में, हवा और बादलों में, जीवन-मात्र में उन्हीं की ऊष्मा अन्तर्निहित है।...अपने पूर्ण और प्रचंड प्रताप से प्रकट होओ, सविता। हे भर्ग, गायत्री आज मात्र मन्त्रोच्चार होकर तुष्ट नहीं। मेरी देह का रोम-रोम आज 'ओम् भूर्भुवः स्वः तत्सवितुर्वरेण्या' हो उठा है।...हे महातपस्, दर्शन दो : इस मध्याह्न में अपने समस्त तेज से मेरे अणु-अणु को प्रतप्त और वह्निमान कर दो...।

...मैं कृतार्थ हुई : मेरी प्रार्थना प्रतिफलित हुई। सब दिनों से असाधारण है आज तुम्हारा उत्ताप।...मुझे दहो, मुझे दहो। मुझे गहो : मुझे गहो...! बाहर से रुद्ध हो रहे हैं मेरे तन, मन, इन्द्रियों के द्वार। मैं रह गयी हूँ मात्र हवन-कुंड। चेतो...चेतो परमाग्नि, भस्म कर दो मेरे मांस-पिंड को। प्रस्रवित होओ मेरे भीतर अखिल के संजीवन सोम बनकर!...मैं मुँदी जा रही हूँ, मैं निरस्तित्व हो रही हूँ!

'प्रचोदयात्' सविता दिनभर समरस तेज से जाज्वल्यमान रहे। साँझ होते-होते घनघोर बादल घिर आये हैं। उनके गर्जन से वन-भूमियों में रोमहर्षण हो रहा है। धेनुओं को लेकर ऋषभ लौट आये हैं।

आकर देखा, देवानन्दा उसी शिलातल पर, मुद्रित नयन, ऊर्ध्वमुख, जानू सिकोड़े बैठी है। उसके ओठों पर अस्फुट-सी मुस्कान खिली है।

ऋषभ की उपस्थिति का बोध पाकर, देवी ने सहसा आँखें खोलीं।...

''सारे दिन प्रचंड सूर्य के तेज में आतापना झेली है तुमने, देवा। तपे हुए सुवर्ण-सी तुम्हारी यह मुखश्री अपूर्व है, देवी। चलकर अब विश्राम करो।''

''आओ देवता, तुम आ गये? अब पर्जन्य होकर प्रकट हुए हैं सविता। इनकी शीतल आद्रा के सिवाय और कहाँ विश्राम है?''

''देवा, पर्जन्यों की इस जामुनी छाया में तुम्हारा मुख कैसे अनूठे मार्दव से भर

आया है।...इतनी कोमल तो तुम्हें कभी नहीं देखा! जैसे पुंडरीकिनी खिल आने को आतुर है!"

"जो है, उसे देखो आर्य!"

"इन मन्द्र गभीर गरजते पर्जन्यों तले, इस तड़कती विद्युत् से, मेरे प्राण भयाकुल हैं...और तुम्हारे इस सौन्दर्य का पार नहीं! आज जितना अकेला तो मैं कभी नहीं हुआ।...भीतर चलो देवा!"

"नहीं!...आज अकेले ही रहना है, तुम्हें मुझे। यही शुद्ध स्वभाव है। चरम विरह के तट पर ही, परम मिलन होगा, ऋषभ। इस विरह को सहो, इस परमाग्नि में तपो। विश्व-प्राण में ही अब मिलन सम्भव है, तुम और मैं के खंडित प्राण में नहीं।...जाओ देवता, अपने ही भीतर लौट जाओ।...वहीं मैं मिलूँगी।"

पर्जन्यों की घनघोर आक्रान्ति के साथ, रात गहराती चली गयी। अन्धकार का राज्य अपनी पराकाष्ठा पर पहुँच रहा है। सब कुछ अचिह्न, असूझ, अभेद्य हो गया है। क्या अन्धकार अपनी ही निदारुण आकुलता से छटपटाता हुआ, अपने ही भीतर फूट पड़ेगा? तमस् के सारे कोषावरण भिदते जा रहे हैं। फूटकर, इसके सीमान्त पर क्या होगा?

...माँ अदिति, कहाँ हो तुम? असह्य है यह अन्धकार की कारा। विवश, असहाय, विशीर्ण हो रही हैं मेरे तन, मन, प्राण की पर्तें, इस तमस् की गहराइयों में। मेरी विरह-वेदना का अन्त नहीं है। निखिल प्राण की धारा से बिछुड़ी जा रही हूँ।...दूरियों में देख रही हूँ—हज़ारों पशुओं और मानवों की करुण-कातर, मूक आक्रन्दभरी आँखें सौ-सौ सर्वभक्षिणी ज्वालाओं को विवश ताक रही हैं।...वे मेरे सारे शिशु,मुझसे किसने छीन लिये हैं? आर्त नयनों से वे दिगन्तों में मुझे ही तो टोह रहे हैं। उनके अवरुद्ध रुदन से मेरी कोख फटी जा रही है। मेरी नसें छिन्न-भिन्न हो रही हैं।...

...मेरे नाड़ी-केन्द्रों में फूटो माँ, उठो माँ अदिति। तुम्हारे जाये को धारे बिना मेरी देह की धरित्री अब अस्तित्व में नहीं रह सकेगी। अस्ति के इस छोर पर, मेरी वेदना और भय का अन्त नहीं। इसके आगे नास्ति का अन्धकार है...असत्ता की बीहड़ अथाह खाइयाँ हैं।...

...मेरे भीतर प्रकटो माँ, मुझे थामो माँ। मैं गिरी...मैं गिरी...मैं गिरी जा रही हूँ। ये कैसी मूर्च्छा की दुर्दाम हिलोरें हैं।...मैं गयी...मैं डूबी...मैं डूबी...मैं नहीं रह गयी...

...फिर यह कौन है जो देख रहा है, अनुभव कर रहा है, कि अन्धकार का सीमान्त टूटने जा रहा है...लो, यह टूटा, वह विस्फोटित हो गया। मेरे मूलाधार में से मेरी कोख ऊपर उठी आ रही है। अशेष ऊपर उठती ही चली आ रही है। देख रही हूँ, एक शुद्ध रक्ताभ कोकनद, ध्वान्तों के वातवलयों को चीरकर, ऊर्ध्वों में उत्तरोत्तर

ऊपर–ऊपर...और ऊपर उठता जा रहा है। मेरे नाड़ी–मंडल को तोड़कर उद्‌भिन्न है मेरा यह अस्तित्व। मेरी सत्ता मात्र कोख बनकर दिगन्तों तक व्याप गयी है।...ओर तू, तुझे धारण करूँ, या फिर विदीर्ण होकर शून्य में विलीन हो जाऊँ!...

...देख रही हूँ, ऊर्ध्वान्त में से यह कौन सुवर्ण–पुरुष सिंह पर आरोहण करता चला आ रहा है। एक अमिताभ तारुण्य, जो मेरी अभीप्सा की अनी पर आकार ले रहा है।

...लो, यह मेरी उद्‌भिन्न कोख के जाज्वल्य कमल में उतरा चला जा रहा है।...आह, असह्य है इसका तेज, इसका प्रताप, इसका अजर यौवन और सौन्दर्य। ओ अनन्त, कैसे समा सकूँगी तुम्हें अपने में...! फोड़ दो मेरे इस मांसल गर्भ की मर्म ग्रन्थि को! मुझे विस्तीर्ण करो मनचाहा, और समा जाओ मेरे भीतर।...मेरी वेदना और व्याकुलता का अन्त नहीं।

...उतर आये तुम!...मैं फैल चली अपने से परे। ओ विशुद्ध, नग्न वैश्वानर, तुम जो मेरे अगाधों को भेदते चले आ रहे हो...तुम कौन हो?...

और देवानन्दा शान्त, निस्तरंग, निःस्तब्ध, निस्पन्द, एक अथाह समाधि–सुख में जाने कब तक निमज्जित हो रही।...

एकाएक वह प्रचेतस् हुई।

...समाधीत हुई मैं, कृतकाम हुई मैं, परिपूरित हुई मैं। यज्ञ–पुरुष, परित्राता, तुम आ गये...!

परम समाधान की मुद्रा में, पूर्ण जागृत, उद्‌ग्रीव होकर देवानन्दा ने चहुँ ओर निहारा...दिखाई पड़ा : वह सिंह पर आरूढ़ सुवर्ण–पुरुष, हिरण्यवती को पार कर, क्षितिज को चीरता हुआ, क्षत्रिय–कुंडपुर की ओर धावमान है।

प्रतीक्षा करो, प्रियकारिणी

आज सवेरे जागी, तो देखा कि फूलों के समुद्र में से उठी हूँ। अंग–अंग फूलों से लदी डाली हो गया है। रोम–रोम में से रह–रहकर नये फूल फूट रहे हैं। परिमल से भीनी हवा में, जाने कैसी पीलिमा छा गयी है। सारा दिन एक विचित्र डूबन की तन्द्रा में बीता है।

अब साँझ होते–होते, जाने कब इस सत–खंडे महल की उत्तुंग छत पर चली

आयी हूँ। चारों ओर देख रही हूँ, तो पाती हूँ कि दिशाओं की नीलिमा जैसे चिन्मय हो उठी है। तमाम दूरियों के पार, वहाँ अन्तिम पानियों के किनारे हैं। एक लहर वहाँ से आती है तो यह सारी सृष्टि उसके बहाव में तरल हो जाती है। सब कुछ के भीतर की द्रव्यता अपने आर-पार प्रवाहित-सी लगती है।

और अपने पूरे अस्तित्व को, अपने समूचे आसपास को, एक नये ही सन्दर्भ में पढ़ रही हूँ। अपने को एक नयी रोशनी में पहचान रही हूँ। मैं त्रिशला, विश्वविख्यात वैशाली के गणाधिपति महाराज चेटक की सबसे बड़ी बेटी हूँ। वाशिष्ठ क्षत्रियों का यह कुल, इक्ष्वाकुओं की गौरवशाली परम्परा है। अभी कल ही की तो बात है कि हमारे पूर्वज जनक ने विदेह होकर, सदेह जगत् के तमाम ऐश्वर्यों को यहाँ अचूक भोगा था। उससे ऐसी महिमा प्रकट हुई थी कि आर्यावर्त के इस प्रदेश का नाम ही विदेह हो गया। जानकी सीता वैदेही कहलायी : और मेरी शिराओं में गूँज उठा है : 'तू भी तो वैदेही है, त्रिशला!' चाहने को और क्या रह जाता है।

और ब्याहकर मैं ज्ञातृ-वंशीय महाराज सिद्धार्थ की महारानी बनकर, क्षत्रिय कुंडपुर के इस राजमहल में आयी हूँ। इस समूचे कोल्लाग सन्निवेश की अधीश्वरी हूँ। अपने स्वायत्त राज्य के सीमान्तों को देख रही हूँ। पूर्व में वह अरण्यों का प्रदेश है। सुनती हूँ, उसके कई वन-खंड अभेद्य हैं। वहाँ आज तक मनुष्य का पद-संचार नहीं हुआ। पश्चिम में कोसल, कुशिनारा और पावा के प्रबल मल्लों के राज्य हैं। दक्षिण में हहराती विशाल-वक्षा गंगा, जैसे इस क्षण मेरे आँचल में उफन आयी है। पश्चिम में हिमालय की तलहटी के वे उत्तुंग देवदारु वन जैसे मेरी बाँहें बनकर फैले हैं।

लिच्छवियों की इसी वैशाली में, गणतन्त्र राज्य की नीवें पड़ी हैं। यहाँ के संसार प्रसिद्ध सन्थागार में, हर नागरिक अपने अधिकारों का स्वायत्त निर्णायक है। अभी और यहाँ, मनुष्य की प्रासंगिक स्वतन्त्रता यहीं समीचीन रूप से परिभाषित हुई है। विदेहों की वैशाली में परम मुक्ति का ही नहीं, प्रासंगिक स्वातन्त्र्य का सूर्य भी अपनी परिपूर्ण प्रभा से जगमगाता है। इस हद तक कि हर लिच्छवि अपने को राजा कहता है। हर मनुष्य यहाँ अपना राजा है।

वैशाली के महलों में हो कि कुंडपुर के इस 'नन्द्यावर्त प्रासाद' में हो, संसार का कोई सुख मुझे अनजाना नहीं रहा। किसी भी चीज़ की तो कमी नहीं रही। केवल एक ही कमी आज हृदय को साल रही है, कि कोई कष्ट, कोई कमी तो होती, कि जिसके झरोखे से संसार की सीमा का बोध हो सकता। दु:ख के बिना, यह सुख चित्र-लिखित-सा लगता है। इतना सपाट कि इसमें कोई गहराई, ऊँचाई, चौमुखता, विविधता हाथ ही नहीं आती। इस आयामहीन सुख में अब मन रमता नहीं। आज लग रहा है, जैसे इससे निकलकर कहीं चले जाना है। कहाँ, सो नहीं मालूम।

ऐसा भी क्या पुण्य कि अपने जीवनकाल में, पीहर और ससुराल में कहीं भी मृत्यु नहीं देखी। शुरू से ही स्वतन्त्र स्वभाव की हूँ। और फिर स्वातन्त्र्य सूर्य के अप्रतिम देश वैशाली की बेटी और बहू हूँ। इसी कारण, अपने स्वभाव के अनुरूप ही, लड़कपन में जब चाहूँ कहीं भी विचरने की छुट्टी मुझे रही है। महल के रत्न-कान्तारों की जड़ रोशनी से भागकर, कई बार अपने राज्य के नगर-ग्रामों और वन-कान्तारों में भटकी हूँ। वैशाली की राजबाला ने रथ की मर्यादा तोड़कर, धूल-कंकड़, काँटों, चट्टानों का अनुभव भी किया है। इस जनपद में अन्न-वस्त्र-आवास का अभाव बेशक नहीं है। पर धनी और निर्धन के अन्तर को अपनी आँखों से देखा है। क्षय, रोग, बुढ़ापे और मृत्यु के दृश्य देखे हैं। दूरी में ओझल होती शव-यात्रा और धाड़ मारकर रोते वियोगियों का शोक-सन्ताप देखकर, मेरी तहें काँपी हैं।

याद आ रहा है, एक बार अर्थी पर लेटे, सुन्दर मृत युवा के चेहरे को देख, घर लौटने से मन ने इनकार कर दिया था। ऐसा लग रहा था, जैसे रथ पर चढ़कर महल नहीं लौटी थी, अर्थी पर चढ़कर उस युवा को जीवन में लौटा लाने की ज़िद लेकर श्मशान के पार कहीं भटक गयी थी। पर क्या लौटाकर ला सकी?...अपनी फूलों छायी रत्न-शैया पर कितनी अकेली, वियोगिनी पाया था अपने को। क्या इस क्षण तक का कोई भी सुख, मेरे वियोग के उस क्षत को भर सका है?...भवन-द्वार में भीगी शेफाली-सी, उस तन्वंगी लड़की का सोहाग-सिन्दूर, और भाल-तिलक अन्तिम रूप में पुँछते देखा था : उसके धूल-चाटते कंकण और सूनी कलाइयाँ देखी थीं। उससे अपने को अलग नहीं रख सकी थी। इसी से तो मेरी चेतना, राजरथ को ठेलकर, श्मशानों के पार भटकने चली गयी थी।...लौटकर, अपनी बिछुड़ी काया को, क्या रत्न-शैया में जीवित पा सकी थी? आज अपने फूलों छाये अंग-अंग में उस मृत्यु को गुँथा देख रही हूँ। उस वियोगिनी बाला का वह आँसू धुला आक्रन्दित चेहरा, इस क्षण मेरी आँखों की पुतलियाँ बन गया है।

...लो, पश्चिमी क्षितिज पर गहरे-गहरे बादल घिर आये हैं। आषाढ़ के बादल। याद आया, आज आषाढ़ की शुक्ला छठ है। चन्द्रमा उत्तराषाढ़ नक्षत्र में आये हैं। सुदूर द्युतिपलाश-चैत्य के उपवन पर, कचनार के फूलों-से हल्के जामुनी बादल घने हो रहे हैं। एक गुलाबी-सी बिजली उनमें रह-रहकर कौंध उठती है।...

सल्लकीवन की गन्ध लिये हलकी-सी फुँहार बरसने लगी है। और देखते-देखते पारान्तर में हिमालय की हिमावृत चोटियाँ पिघल चली हैं। क्षितिज में भरे वृक्षों की हरियाली श्रेणियाँ बह निकली हैं। ग्रीष्म में दहकते केशरिया पलाश, और कृष्णचूड़ा के कुंकुमी फूलवन बादलों में घुल रहे हैं।

...औचक ही यह क्या देख रही हूँ कि फुहारों की बेमालूम-सी नीहार में, जाने कितने रंगों की रत्न-राशियाँ जगमगा उठी हैं। और अगले ही क्षण धारासार तरल रत्नों

की वर्षा होने लगी है। हिमालय की चूड़ाएँ हीरक तुहिन होकर बरस रही हैं। दूर-दूर की वनालियाँ, मर्कत की धाराएँ हो गयी हैं। द्युति पलाश उपवन के पद्म-सरोवर पद्मराग मणियाँ बनकर चारों ओर छा गये हैं। दिशाओं की चिन्मय नीलिमा, नीलम की द्रवित शिलाओं-सी उमड़कर नन्द्यावर्त महल की इस छत पर आकर जड़ गयी हैं।...द्रव जलधाराओं में जाने कितने रंगों के रत्नों की आभाएँ, एक-दूसरे में मिल-जुलकर एक विराट् इन्द्रधनुष की तरह समूचे लोकाकाश में छा गयी हैं। और जैसे एक तैरते शृंग पर अकेली खड़ी हूँ मैं, त्रिशला। और रत्नों का यह आप्लावन मेरे पैर पखार रहा है।...

आज लगभग छह महीने हो गये हैं। चाहे जब इसी तरह रत्नों की वर्षा होने लगती है। तरल जलधारों में बरसकर, ये रंगीन द्रव, पृथ्वी छूते ही कई-कई पहलुओं वाली जग-मगाती शिलाएँ, रत्न-खंड, भास्वर कणिकाएँ, चमकीली धूल हो जाते हैं। सुनती हूँ, सारे जनपद में लोगों ने इतने रत्न बटोर लिये हैं, कि इनके घरों में इन्हें रखने की अब जगह नहीं रह गयी है। नागरिक अब इनकी परवाह तक नहीं करते, और जाने कब ये फिर माटी हो जाते हैं। वैशाली की हर कन्या, इन दिनों रत्न के दर्पण में ही अपना शृंगार-प्रसाधन करती है।

और हमारे इस नन्द्यावर्त महल में तो हर क्षण एक चमत्कार हो गया है। महीनों की इस रत्न-वर्षा से, महल का एक-एक कक्ष दिन-रात तरल-रत्नाभा में तैरता रहता है। और जाने कितनी विचित्र सुगन्धें, स्पर्श और ध्वनियाँ, इन द्रव्य-तरंगों में महसूस होती रहती हैं।...दीवारों पर आपोआप ही रत्निम रंगों के दिव्य चित्र अंकित हो गये हैं। इन चित्रों की आकृतियाँ और भाव इतने सूक्ष्म, जटिल और बहुआयामी हैं, कि कुछ भी समझ में नहीं आता, बस एक घनीभूत, अविरल सौन्दर्यानुभूति होती रहती है।

आये दिन राजसभा में द्वीपान्तरों और देशान्तरों के वणिक, मनिहार और मल्लाह महाराज को अकारण ही अजूबा वस्तुएँ भेंट कर जाते हैं। उनका मूल्य आँकना मानवीय बुद्धि से परे हो गया है। अभी उस दिन पूर्व के अगम्य अरण्य की एक भीलनी आयी थी। वह एक विचित्र रत्न-करंडक दे गयी : कहती थी, इसे खोलें नहीं, बस कक्ष के कोने में रखे रहें, इसमें बसे हैं नागेन्द्र। हर इच्छा के उत्तर में सामने एक मणि तैरा देते हैं। इसी सामने के कक्ष में वह करंडक रखा है : इस क्रीड़ा-कौतूहल से खेलते अब मन में कोई इच्छा ही नहीं बची। नागेन्द्र जाने क्या सोचते

होंगे? ऐसे ही जाने कितनी धरती में गड़ी निधियाँ, वैभव-विलास की सामग्रियों से भरी अपार्थिव मंजूषाएँ, अगम्य समुद्रों के मल्लाहों द्वारा लाए गये अपूर्व विशाल मुक्ताओं की झारियाँ और चषक। विचित्र रंगीन धातुओं के भांड, प्रकृत प्रभास्वर शिलाओं के भद्रासन, सिंहासन, पर्यंक और पालकियाँ। हमारे वन-उपवन और इस राजोद्यान के केलि-सरोवरों में कमलों की पाँखुरियाँ, सुगन्ध और पराग तक जैसे रत्निम रसायनों की हो उठी हैं। सारी पृथ्वी और स्वर्ग का ऐश्वर्य इस महल में एकत्रित हो गया है। इतना कि वस्तु और उसके सुख की यह संकुलता अब असह्य हो गयी है।

...कोई इन आश्चर्य घटनाओं का कारण नहीं बूझ पाता है। कई ज्ञानी-विज्ञानी प्रयत्न करके थक गये। एक श्रमण आज सवेरे ही द्युतिपलाश-चैत्य में आये थे। मेरे जिज्ञासा करने पर बोले, ''महारानी, इस रहस्य को खोलना उचित नहीं। द्रव्यों के अनन्त गुण और पर्याय हैं। कुछ भी सम्भव है। असम्भव कुछ नहीं। ज्ञानी के लिए कुछ भी चमत्कार नहीं। सब हस्तामलकवत् है। अज्ञानी के लिए, सच ही यह रहस्य है, चमत्कार है, जादू है।'' और अन्त में मेरी ओर दृष्टि स्थिर कर बोले थे—

''प्रतीक्षा करो, प्रियकारिणी त्रिशला, कुछ अपूर्व होने वाला है!''

''भगवन्, जिज्ञासा तृप्त करें। क्या होगा वह अपूर्व?''

''कथन में आ जाए तो अपूर्व कैसा! घटित होने पर जानोगी ही। प्रतीक्षा करो, प्रियकारिणी!''

मैं पूछती रह गयी। योगी चपुचाप चल दिये।

ग्रन्थिभेद की रात

'प्रतीक्षा करो, प्रियकारिणी' : ये शब्द उसी क्षण से मेरे आरपार गूँज रहे हैं। मेरा अस्तित्व स्वयं ही जैसे बोल उठा है। याद आ रहा है, जिस दिन से होश में आयी, अपने को निरन्तर जाने किस अज्ञात की प्रतीक्षा करते पाया है। यही मेरे प्राण का एकमेव संवेदन और आनन्द रहा है। इसी पुकार से विवश होकर तो, जाने कहाँ-कहाँ भटक रही हूँ। जाने क्या-क्या खोजती फिरी हूँ।

...और इसी खोज की राह में एकाएक पाया, कि सब मुझे प्रियकारिणी कहने लगे हैं। राजपुत्री की तरह, दुर्लभ मैं कभी नहीं रह सकी। समग्र जनगण की बेटी होकर ही मानो जनमी थी। इसी से बचपन से ही, वैशाली के जनगण के बीच अबाध

विचरने लगी थी। धनी-निर्धन सभी के घर-आँगन समान रूप से मेरी दुरन्त बाल-लीला के प्रांगण हो रहे। राजमहल से लगाकर, वन के पहाड़, पेड़, पंछी, नदी, घास-पात, फूल-पत्ती, कीट-पतंग सभी के प्रति मेरे जी में एक-सा प्यार उमड़ता रहता था। कई बार हिमालय की नीरव चोटी से डाक सुनाई पड़ी है : 'प्रियकारिणी!'

और यहाँ ससुराल में आकर पाया, कोई त्रिशला कहकर नहीं पुकारता। सभी के ओठों से एक ही नाम निकलता है : 'प्रियकारिणी!' ऐसा क्या है मुझमें, कि अकारण ही सबकी यों प्रिय होकर रह गयी हूँ।

...रत्नों की वर्षा अब विरल हो गयी है। बहुत महीन, कई हल्के-हल्के रंगों की नीहार दूरान्तों तक व्याप्त है। और मैं इन नानारंगी आभाओं के प्रान्तरों में अकेली विचर रही हूँ। निरी नग्न और अन्तहीन प्रतीक्षा!...मैं नहीं।

एकाएक पश्चिम में एक प्रचंड विस्फोट के साथ बिजली कड़की। विद्युत की एक सर्पीली शलाका मेरे मेरुदंड में लहरा गयी। मन्द्र गभीर घन-गर्जन में घिरती चली जा रही हूँ। यह क्या देख रही हूँ।...बहुसाल-वन के शिखरों के पार, हिरण्यवती की लहरों पर सुवर्ण की रज बरस रही है। देखते-देखते वह अपसारित हो चली। और हिरण्य के एक विशाल प्रभामंडल में आकृत हो गयी। एक दूसरा ही सूर्य हो जैसे, जो अस्त होना नहीं जानता। सान्ध्य नदी की शान्त लहरों पर गतिमान वह प्रभामंडल, मेरी ओर चला आ रहा है।

...कब आँखें मिंच गयीं, नहीं मालूम। कब इस गगन-अटारी के शयन-कक्ष में आकर लेट गयी, सो भी नहीं मालूम। कुन्द, कचनार, बेला और पारिजात के विपुल फूलों और मालाओं से आवृत इस पद्मराग मणि के गुलाबी पर्यंक पर अकेली लेटी हूँ। गवाक्ष की जाली में, पानी भरी एक गर्भित बदली के भीतर, अन्तिम किरण नाग-चम्पा के एक फूल-सी ठहरी है।...देखते-देखते वह भी झर गयी। वहाँ जामुनी अँधेरा उभर रहा है।

इस विशाल कक्ष का रत्न-परिच्छद कितना कोमल और तरल हो गया है। बहुरंगी मणियों की मीनाकारी और चित्रसारी से खचित छत और दीवारें कितनी उज्जीवित हो मुझे ताक रही हैं। उनमें जड़े विशाल हीरक दर्पणों में यह एक ही कक्ष सहस्रों कक्षों में खुलता जा रहा है। दोनों ओर अन्तहीन पर्यंकों पर, अनन्त त्रिशलाएँ लेटी हैं। मैं कौन हूँ इनमें, पहचानना कठिन हो गया है। हंसगर्भ शिला में से तराशा हुआ वह सिंहासन, लोहिताक्ष मणि के वे भ्रदासन, माणिक और पन्नों की चौकियाँ, उन पर पुखराज और ज्योतिरस की झारियाँ, वैडूर्य के चषकों में प्रियंशु और सहकार फूलों की सज्जा : इन सब में जैसे कई-कई आँखें खुलकर मेरी ओर एकटक देख

रही हैं। उस कोने में पड़ा है, कुंडीकृत नाग-सा वह रहस्यमय करंडक, जो वह भीलनी लायी थी। मेरे न चाहते भी, तरह-तरह की इच्छा-मणियाँ उसमें से तैर आती हैं। और फिर विफल होकर स्यमन्तक रत्न की इस लहराविल फर्श में लीन हो जाती हैं।

ऊपर वहाँ पारस्य देश की पारसमणि में से तराशी हुई गन्धकुटी में अर्हत् की जलकान्त प्रतिमा आसन से उत्थान करती दीख रही है। उसकी पाद-कर्णिका में अवस्थित निष्कम्प दीपशिखा, अनायास संचारित है। एक लौ, दोनों ओर के दर्पणों में हजारों पंक्तियों में मंडलाकार मेरे चहुँ ओर घूमती-सी जंसे मेरी आरती उतार रही है। कालागुरु और दशांग धूप की पवित्र सुवास में कोई निराकारता, कहीं आकार धारण कर रही है।

अलक्षेन्द्रा के फुलैलों की मंजूषाएँ, आपोआप खुलकर सामने प्रस्तुत हैं। कलशाकार शीशियों में भरे द्रव स्वयमेव ही हवा में तरंगित हैं। द्वार-कक्ष में पड़ा है वह प्रचंड बिल्लौरी भांड। उसमें सात समुद्रों के जल, अलग-अलग सात तहों में झलक रहे हैं। उनकी अलग-अलग रंग-प्रभाएँ साफ दीख रही हैं। दीवार में टंगी स्फटिक मंजूषा में नीलनदी की जलधारा स्वाभाविक-सी प्रवाहित है।

पायताने कोने में निरवलम्ब खड़ी-सी वीणा मानो आज अपने आप ही अनेक राग-रागनियों में बज रही है। उसी संगीत की गहरी और ऊँची मूर्च्छाओं के साथ, मेरी शैया में से कैसे आरोह और अवरोह स्पन्दित हैं। जैसे हिंडोलते पानियों के गहरावों में लेटी हूँ। कुछ भी स्थिर नहीं रह गया है। एक निरन्तर उर्मिलता के लोक में जाने कहाँ उत्तीर्ण हो गयी हूँ।

सिरहाने की हंसतूली अवकाश में यह कैसी बारीक चित्रकारी-सी कर रही है। वस्तुमात्र उसका रंग-चषक बन गयी हैं।...अलक्ष्य शून्य में से रेखाएँ उभर रही हैं। वर्तुल बनते-बनते, चौकोर हो जाते हैं, चौकोर षट्कोण हो जाते हैं। षट्कोण सहस्र कोण हो जाते हैं। एक वृहदाकार हीरे के सहस्र पहलुओं में द्वार के पार द्वार, वातायन पर वातायन, आँगन के पार आँगन खुलते ही जा रहे हैं। और फिर एक अन्तहीन स्फटिक का दालान : हजारों खम्बों की सरणियाँ। छोर पर एक अथाह जलिमा : नीलिमा का शून्य। वीणा की रागिनी के छोर पर खुलता-सा। मेरी प्रतीक्षा का सीमान्त!...

कौन आने वाला है?...कौन...कौन...कौन? आओ न...आओ! चिरकाल से तुम्हारी राह बनकर बिछी हूँ।...अणु-अणु में तुम्हारी नीरव पदचाप सुनी है। तुम्हारे आने और न जाने का अन्त नहीं। मेरे ही भीतर की शुद्ध उर्मिलता के सिवा और क्या हो तुम? आज उसे नग्न, अपने भीतर उभरती देख रही हूँ। ओ शुद्ध परिणमन, आकार धारण करो मेरी बाँहों में...आओ...ओ तुम!

'प्रियकारिणी...!'

दूर के पानियों पर से आती आवाज़ सुनकर मैं जागी। सामने के इन्द्रनील पर्यंक की कचनार शैया में महाराज अध लेटे हैं। पर सम्बोधन आज कितना गहरा और एकान्तिक है।

"स्वामी...! आ गये!"

"हाँ,...देख रहा था तुम्हें...जाने कब से!"

"और पुकारा, इतनी देर के बाद?"

"नहीं तो! मैंने तो नहीं पुकारा!"

"मैंने जो वह अचूक सम्बोधन सुना है अभी, और मैं जग पड़ी!"

"त्रिशा, बस देख रहा हूँ तुम्हें अन्तहीन। केवल आँखें रह गया हूँ। एकाग्र आँखें। वही पुकार उठी हों, तो बात दूसरी है।"

"नाथ!"

"आज पहली बार वैशाली की वैदेही को देखा!"

"नहीं, इस शून्य में मुझे यों अकेली न छोड़ो। यह विदेहता असह्य हो गयी है। मुझे देह के तट पर खींचो।...स्वामी!"

"देह में ही तो देखा है आज वैदेही का सौन्दर्य! तुम्हारे सर्वांग रूप में देखी है, वह चम्पक आभा। इतना स्पर्शित मेरी देह से सहज, कि पुकारना, छूना, कुछ भी आवश्यक न रहा।"

"देव, लगता है,आज पहली बार आये हो मेरे पास! इससे पहले जो तुम आये, नहीं जानती कौन थे?"

"मैं सिद्धार्थ नहीं था?"

"नाम-रूप से मुझे मत परखो। तुम, जो केवल तुम हो, आज ही तो आये हो!"

"मतलब?"

"...देश काल के जाने कितने असंख्य कुंचित यात्रा-पथों में तुम्हें पुकारती भटक रही थी, जाने कब से। उस भटकन में आज तुमने पहली बार पुकारा, और मैं लौट आयी...। निरी वायवी हो गयी हूँ। मुझे देह-तट में खींच लो समूची!"

महाराज अपने तन-मन में समूचे आलोड़न को आँखों में एकाग्र कर, त्रिशला की आँखों की उस अगाध डूबन में जैसे तैर गये।

"...स्वामी, पा गयी तुम्हारी तैरती बाहुओं के किनारे।"

"प्रियकारिणी, कैसी सुहानी रात है यह! बाहर आषाढ़ की पहली बदली बरस रही है। सबकुछ एकाकार हो गया है। जल...जल...औ केवल जल।"

"और प्रियतम, हवा में यह कैसे अज्ञात फूलों की विचित्र गन्ध महक रही है।

जलफूलों की गन्ध, बादल–फूलों की परिमल! ये पार्थिव फूल नहीं। जाने किस शुद्ध पानी के लोक से आ रही है यह गन्ध!"

"लावण्य का वह अन्तिम समुद्र, यहीं तो लेटा है, इस सामने की शैया में! अपने बाहुतट की जलजूही को पहचानो, प्रियकारिणी।"

"ओह...सचमुच! तुम्हारी आँखों से ही तो अपने को देख सकती हूँ, मेरे वल्लभ। आज सबेरे ही, जैसे फूलों के समुद्र में से उठी थी। कैसा विचित्र अनुभव था। मेरी हर अनुभूति में खेल रहे हो तुम। केवल तुम्ही!"

"काश्यप सिद्धार्थ हुआ तुम्हें पाकर, त्रिशा!"

"लेकिन मेरे प्रभु, बाहुतट के ये फूल झर रहे हैं, एक–एक कर। एक दिन ये सब झर जाएँगे। तब... ?"

"तुम्हारी बाहुएँ सदा–वसन्त हैं, रानी! वे नित–नूतन पुष्पित होती चली जाएँगी...।"

"पर, मैंने देखा है, इन फूलों की नसों मे व्याप्त मृत्यु को!...नहीं, मैं अब किसी भ्रम में नहीं हूँ। कभी नहीं थी।"

"क्या कह रही हो त्रिशा?"

"वैशाली के आँगन में, मैंने एक शेफाली को अन्तिम रूप से झरते देखा था। उस बाला की एक निष्प्रभ मुखश्री भूलती नहीं है। पहली रात ही, तुम्हें वह कहानी कही थी, और तब मैं बहुत अनमनी हो गयी थी। और तुम मुझे किसी भी तरह मना नहीं सके थे।...हमारी सोहागरात अछूती ही बीत गयी थी!"

राजा सुनकर सहम उठे। उनके भीतर अँधियारे अतल खुल पड़े। भयार्त, वे चुप हो रहे। एक गम्भीर सन्नाटे में, तमस् का एकाकी द्वीप तैर रहा था।

"प्रियकारिणी... !"

"पहली ही रात, तुम्हारी अप्रिय हो रही। प्रियकारणी कैसी...मैं?"

"वह सर्व की प्रियकारिणी का विषाद था। और भी अधिक प्रिय लगी थीं तुम, अपनी उस चरम विरह–वेदना में।...और अब आज तो, बरसों की आहुति के बाद, तुम्हारी अग्नि सोम बनकर झर रही है तुम्हारे सर्वांग में। सोम तो सुधा है, रानी। सुधा–सरोवर के तट पर कल्प–लताएँ बन छायी हैं, आज तुम्हारी बाहुएँ। इन फूलों में मृत्यु कैसी... ?"

"उत्तर नहीं मिला, देवता, भाषा में समझा नहीं सकूँगी।"

"तो मेरा स्पर्श तुम तक नहीं पहुँच सका, प्राण!"

और महाराज अंजुली–से नम्रीभूत हो रानी को निहारते रह गये।

सोमसुधा से छलकती गहरी आँखों में त्रिशला, महाराज की उन आँखों में बेबस ढलक पड़ी।

"...अँधेरी जो हो गयी हूँ, शून्य। तुम्हारा दोष नहीं, अपने इस विचित्र मन से हार गयी हूँ।"

"वहाँ मेरा प्रवेश नहीं?"

"क्यों कातर हो गये! मेरे अणु-अणु में तुम्हारा प्रवेश निर्बाध है। पर मेरी चेतना की यह ग्रन्थि, किसी तरह खुल नहीं पा रही। और तुम्हें अपने भीतर लेकर भी, बार-बार मैं तुमसे बिछुड़ी ही रह गयी हूँ।"

"तो सुनो, उस ग्रन्थि को भेदे बिना मुझे भी चैन नहीं।..."

"तो और आगे आओ, मेरी वेदना के ज्वालादेश को पार करते चले जाओ!...विश्वास रखो, तुम्हें जलने नहीं दूँगी।..."

"तुम मुझे खींचती चली जाना : तुम्हारी कलाई की तनिमा, तुम्हारी मुट्ठी का मार्दव मुझे अव्याबाध कर देगा। तब तुम्हारा पूर्णकाम पुरुष तुम जहाँ तक चाहोगी, चला आएगा तुम्हारे भीतर।"

"उस अथाह अन्धकार का अन्त नहीं, देवता! मेरे छोर पर पहुँचकर, मृत्यु की खन्दक में कूद जाना होगा।"

"कूद जाऊँगा, क्योंकि तुम्हें पाकर प्रतीति हो गयी है, कि मृत्यु ही जीवन का अन्त नहीं है। उस अन्धकार में भी तुम्हीं हो, मृत्यु में भी तुम्हीं हो, और पर पार के तट पर भी तुम्हीं खड़ी हो, एक नये सूर्योदय में।"

"आह, अपूर्व है आज की यह रात। ग्रन्थिभेद की रात! मेरे चिर दिन के मुद्रित कमलकोश में, आज तुमने यह कैसी सिहरन जगा दी है। पाँखुरी-पाँखुरी में एक लोहित ज्वाला खेल गयी है।...फूट आने को व्याकुल हो उठा है कमल। पर उसके हार्द की ग्रन्थि...मेरे पुरुष के तेज का अन्तिम आघात चाहती है...। अपूर्व है यह रात, मेरे सूर्य, जिसमें तुम उगा चाहते हो!"

"...लो, तुम्हारी अँधियारी खन्दक के तट पर प्रस्तुत हूँ। अपनी आँखों से एक बार कह दो : और उस मृत्यु में कूद पड़ूँगा!..."

"तो कूद पड़ो, आत्मन्! मैं ही वह खन्दक हूँ। ओ दिगम्बर पुरुष मुझे भेदो, मुझे पार करो...और जानो कि मैं कौन हूँ...? इस पार मिलन सम्भव नहीं!"

मर्यादा तोड़ बहता महासागर

...खन्दक की गुफा अपने को ही पार कर गयी। इस तट पर अँधेरा भी नहीं है, उजाला भी नहीं है। केवल अपनी ही आभा है। अपने सिवाय यहाँ और कोई नहीं। अपनी ही प्रभा के विस्तार में अकेली लेटी हूँ।

यह कैसी सभरता है...! भीतर के जाने किस उद्गम से यह उमड़ी चली आ रही है। केवल स्पर्शबोध शेष रह गया है। अपनी ही छुअन से आप ऊर्मिल हूँ। सारी इन्द्रियाँ उस उर्मिलता में तिरोलीन हो गयी हैं।

समूचे अवकाश में यह कैसा अव्याबाध मार्दव व्याप गया है। जाने कैसी एक सुनम्यता का लोच अंग-अंग में भर आया है। स्वयं ही अपने में चुम्बित : स्वयं ही अपने से आलिंगित हूँ। भीतर से उमड़कर, जाने कैसा यह द्रव मुझे आप्लावित किये दे रहा है। देह की घनता और अवयवों के आकार इसमें रह-रहकर सिरा जाते हैं, और फिर उभर आते हैं। किसी विशुद्ध एकमेव द्रव्य के अतिरिक्त और कुछ नहीं। निरी नग्न सत्ता रह गयी हूँ : अपने ही बहावों और लचावों में, मनचाहे आकार धारण करती हुई।

...यह कैसी सुरभित-सी गहन तन्द्रा आवरित किये ले रही है। अपने को, अपने ही से ओझल होते देख रही हूँ। नम्यता, मार्दव, सुगन्ध, संगत के एकाकार समुद्र में डूबी जा रही हूँ।......

...यह क्या देख रही हूँ, किसी अचीन्ही गुफा में से, ऊपर को उठी आ रही एक शुंड : उसमें से शाखायित हो उठी हैं सात सूँडें। फर एक रुंडमुंड विशाल पशु-काया।...ओह, अपनी चिंघाड़ से दिगन्तों को हिलाता इन्द्र का ऐरावत हाथी : मेरे जघनदेश पर खड़ा है : अपनी कई-कई सूँडों से आकाश को छाता हुआ।

...देखते-देखते वह हवा में तैरते बादलों में छितरा गया।...एक बादल उजलता-सा ऊपर आने लगा है। चन्द्रमा की एक द्रवित-सी शिला। उसमें तरंगायित होती-सी एक प्रचंड आकृति।...अरे यह तो वृषभ है, बड़ा-सा सफेद बैल। इसके चौड़े कन्धों में जैसे नगाड़े बज रहे हैं। और पूरे आसमान को वह नीली घास की तरह चर रहा है।...

...इसकी कूबड़ में से खुल पड़ी है एक भयावनी गुफा। उसके चट्टानी गर्भ में घुमड़ रहा है, प्रच्छन्न मन्द्र गर्जन। सहसा गुफा-द्वार में फट पड़ी एक दहाड़ : एक विराट् श्वेत सिंह लाल धारियों वाला : उसकी विपुल सोनहली अयाल में सूरज अन्तरित है।...लो, वह पर्वत से पर्वत तक छलाँगें भरता हुआ, क्षितिज के मंडल को फाँद गया।...

...उसके ब्रह्मांडीय पदाघात से और अन्तिम दहाड़ से मेरी त्रिबलि की रेखाएँ साँकलों-सी टूट पड़ीं। मेरी नाभि में से प्रस्फुटित हो उठा एक दिगन्तव्यापी लाल कमल : कमल पर कमल, उस पर फिर कमल...कमलों की आकाशगामी गन्धकुटी। शीर्ष पर आसीन है यह कौन दिव्यांगी सुन्दरी...लक्ष्मी! और उस पर दोनों ओर से शुंडों द्वारा कलश ढालते दो गजराज...। अरे वह तो और कोई नहीं है, मेरी ही श्री-शोभा वहाँ आकार ले उठी है।...और अपनी भरी-भरी बाहुएँ उठाकर, मैं स्वयं ही तो अपना अभिषेक कर रही हूँ— केवल मैं।

...शेष रह गया अभिषेक-जल का दूर जाता शान्त प्रवाह। उस पर अन्तरिक्ष में से झूल आयी हैं दो मन्दार फूलों की मालाएँ। जाती हुई मालाएँ...बहुत दूर जाती हुईं...बहुत पास आती हुईं। उनमें से चू पड़ा है एक फूल।...

...और यह क्या?..वह फूल मेरे कुन्तलों के घने नीले पारावार में उग आया है, एक बड़ा सारा विपुलाकार चन्द्रमा होकर। पूर्ण चन्द्रमंडल, ताराओं से घिरा हुआ। अरे यह तो मेरा ही चेहरा है! ऐसा कि उसे प्यार करने को जी चाहता है। पर अपने ही चेहरे को कोई कैसे चूमे... ?

मैंने अपने से ही लजाकर, मुँह अपनी छाती में छुपा लिया।...नहीं, यह मेरी छाती का कोमल गहराव नहीं, यह उदयाचल का उत्तुंग कठोर उभार है। और उस पर उदीयमान है, एक प्रकांड प्रतापी सूर्य।

...उसके असह्य उत्ताप से व्याकुल होकर मैंने अपनी दोनों हथेलियों से अपने वक्षमंडल को कसकर आच्छादित कर लिया।...तो क्या देखती हूँ कि वे मेरे उरोज नहीं, दो सुवर्ण के कुम्भ अधर में उत्तोलित हैं, लाल कमलों से ढँके हुए।...

...लो, दोनों संयुक्त हो गये। उस संयुति में से खुल पड़ा एक नीलमी सरोवर। उसमें क्रीड़ा करती तैर रही हैं, दो मछलियाँ। नहीं, ये तो मेरी ही लम्बी-लम्बी कान-चूमती आँखें हैं।...

...सजल हो आयीं मेरी आँखें, अपने ही सौन्दर्य के इस साक्षात्कार से। देखते-देखते, मेरा चेहरा प्रफुल्ल तैरते कमलों की केसर से पीला एक सरोवर हो गया। द्रवित सोने के जल से वह छलक रहा है।...लो, वे पानी फैलते ही जा रहे हैं, निगाहों के पार। और देख रही हूँ, एक तरंगों से हिल्लोलित, विक्षुब्ध महासागर।...और देखते-देखते यह समुद्र, अपने तट की मर्यादा तोड़कर बह निकला है। अनर्थ...! समुद्र ने प्रकृति के नियम को भंग कर दिया। एक प्रलय की बहिया से घिर गयी हूँ।...

...डूबने ही को थी, कि मेरे लिलार का तिलक मेरु पर्वत बनकर ऊँची हो उठा। उसके शिखर पर आसीन है एक अखंड हीरे का सिंहासन : वह जाने किसकी प्रतीक्षा में है। उसके पादतल में फैली हज़ारों सृष्टियाँ प्रतीक्षामान हैं।

...अरे यह तो सिंहासन नहीं, रत्नों की रेलिंग, वातायनों, जालियों वाला कोई

स्वर्गिक विमान है, अन्तरिक्ष में तैरता हुआ।...और भीतर वह कौन लेटी है, प्रसूति की शैया पर?...

...उस आसन्न प्रसविनी माँ के उरु प्रदेश को भेदकर उठ आया किसी नागेन्द्र का भवन। पृथ्वी-गर्भ के अनादि नागेन्द्र, अपने फणामंडल से समूचे लाक को छाकर, स्वर्गों के वैभव को ललकार रहे हैं। धरती ने द्यावा को हतप्रभ कर दिया है।...

...नागेन्द्र का वह उन्नीत फणामंडल, देखते-देखते रत्नों की एक स्तूपाकार ढेरी हो गया। उसकी चूड़ा सिद्धशिला को चूम रही है : उसके पादमूल में नरकों की सात पृथ्वियाँ आनन्द से रोमांचित हैं...

...और जाने कब, वह रत्नों का स्तूप विगलित होकर, दिक्काल व्यापी ज्वालाओं से जाज्वल्यमान हो उठा। देख रही हूँ, एक कोणाकार विराट् अग्नि-शिखा। भूगर्भ के हवनकुंड में से उठकर, व्योम में लपलपाती हुई एक निर्धूम ज्वाला। ओह, अंगिरा!...ये दुर्दान्त अग्नि, अन्तरिक्ष के पटलों को भेदते हुए, कण-कण को प्रज्वलित किये दे रहे हैं। अरे साक्षात् वैश्वानर...विश्वपुरुष। मेरी ही उरु-गुहा में से उठकर ये धधक रहे हैं। मैं काँप-काँप आयी : ये कौन-सी आहुति चाहते हैं? मेरी देह के अस्तिबन्ध स्नायुबन्ध टूट रहे हैं।...हाँ, मुझे ही आहुति हो जाना है। ...शान्तम्...शान्तम्...देवता। लो, मैं आयी।...

...और पल मात्र में पाया कि, वह वराट् वह्निमंडल मेरे ही भीतर अन्तर्धान हो गया...

...यह कैसी गहन शान्ति अनुभव कर रही हूँ। सारी देह, जैसे कपूर का सरोवर हो गयी है। और मेरे उस अन्तर-गह्वर में से उठ आया एक विशाल धवल बैल। मेरे वक्ष-तट पर वह खड़ा है। और उसकी टाँगों के बीच लोक-लोकान्तर झाँक रहे हैं। कितना प्रीतिकर और सुखद है इसका स्पर्श।...और मेरी पुलकित रोमलियों में संचारित होता हुआ, वह पीत-धवल वृषभ मेरे मुख में प्रवेश कर गया।

...वह कौन आ रहा है, मेरी छाती में लात मारता हुआ? उस अपूर्व सुखद पदाघात से मैं जाग उठी।...

सचेत होकर पाया कि अपने कक्ष में ही हूँ। अपनी शैया में बहुत शान्त समाधीत लेटी हूँ। एक भारहीन फूल की तरह।...भीतर-बाहर सबकुछ विश्रब्ध हो गया है। प्रसन्न जिज्ञासा के साथ सोच रही हूँ : कहाँ-कहाँ घूम आयी हूँ। सपनों के जाने किस श्वेताभ देश में यात्रा कर रही थी। एक ही स्वप्न-कक्ष में जाने कितने सपनों की एक चित्रमाला खुलती चली गयी।...और मेरी समूची चेतना अनोखे उल्लास में उन्मेषित है।

इस सुख को अपने ही में समाकर न रख सकी। उठकर 'उनके' पायताने जा बैठी। 'उनकी' पगतलियों पर माथा ढालकर, संकुचित-सी लेट गयी। मन-ही-मन पुकारा : 'देवता, इतने प्रिय तो तुम पहले कभी नहीं लगे। मैं कृतकाम हो गयी'...

"ओ...प्रियकारिणी!"

उठकर वे मेरे ढलके केशों को चुपचाप सहलाते रहे।

"उठो...क्या बात है, विदेहा?"

उठकर, उनकी गोद में सिमट गयी...और फिर भरे-भरे गले से, अपनी स्वप्न यात्रा की कथा उन्हें सुनाती चली गयी।...

"क्यों चुप हो गये? कहो न, क्या रहस्य है, सपनों की इस माया भरी अलौकिक यात्रा का?"

फिर भी वे मुस्कुराते हुए, चुपचाप बड़ी देर तक एकटक मेरा मुख देखते रह गये। मैं लाज से ढलकी पलकें मात्र हो रही। फिर धीरे से मेरी बाँहों को सहलाते हुए वे बोले, "आत्मन्, आज की रात, हम दो नहीं रहे। संयुति का यह सुख अकथ्य है।...तुम्हारी कोख धन्य हो गयी। केवल एक देश और काल का नहीं, त्रिलोक और त्रिकाल का चक्रवर्ती तुम्हारे गर्भ में आया है।"

"नाथ, समझ नहीं पा रही, कुछ भी।"

"वही है पर्वत-से-पर्वत तक छलाँग भरता सिंह! वही मर्यादा तोड़कर बहता महासागर। वही है सुमेरु शृंग पर प्रतीक्षमान हीरक सिंहासन का आगामी अधीश्वर। वही है निर्धूम वह्निमान अग्नि-पुरुष! लोक के समस्त दुःखों का ध्वंसक : धर्मचक्रेश्वर!..."

"मेरे देवता..."

"तीर्थंकर की भावी जनेता को, सिद्धार्थ प्रणाम करता है।"

अपने पदनख पर झुक आये उनके भाल को, मैंने बाँहों में थाम, अपनी भर-भर आयी छाती से सटा लिया।

...दूरियों में ये कैसी जयकारें सुनाई पड़ रही हैं!...

ओ मेरी देह के सारांश

आकाश की बहती नीलिमा में से, जैसे किसी शिल्पी ने तराश दिया हो, ऐसा पारदर्शी लगता है यह कक्ष। और मानो लहरों से निर्मित शैया पर लेटी हूँ।

दूरियों से आती हुई कई विचित्र वाद्यों की समन्वित सुरावलियाँ। शंख-ध्वनियाँ और शहनाइयाँ। पानीली गहराइयों में, शंख में गरजता एक पूरा समुद्र। गहराती हुई एक मन्द गभीर संगीत की रागिनी। सारे वातावरण में व्याप रही नृत्य की तालबद्ध

झंकारें। वनराजियों के पल्लव-परिच्छद में यह कौन सारा दिन लयकारी और चित्रसारी करता रहता है!

...उस रात स्वप्न देखकर जागी तब से मानो सपनों के देश में ही जीना चल रहा है। मेरे आसपास केसरिया कौशेय पहने, जाने कितनी सारी बालाएँ सदा घिरी रहती हैं। एक ही रूप के साँचे में ढली हैं, ये सब सुन्दरियाँ। इनके शरीरों में से विचित्र फूलों की-सी महक आती है। माँ आजकल वैशाली से आयी हुई हैं। इन लड़कियों के बारे में उनसे जिज्ञासा की थी। मेरे विस्मय का समाधान करते हुए वे बोलीं :

"ये दिगन्तों से आयी हुई छप्पन दिक्कुमारियाँ हैं, लाली। देवलोक ने इन्हें तेरी सेवा में नियुक्त किया है।"

"देवलोकों की बात कहानियों में ज़रूर सुनी है। पर धरती पर, और वह भी मेरी सेवा में देवियाँ आ गयी हैं! विचित्र लगता है न! और तो कहीं ऐसा देखा-सुना नहीं, माँ!"

"देख लाली, हमने देखा-सुना ही कितना है। जितना देख पाते हैं, क्या वही सबकुछ है? श्रमण प्रीतिंकर ने एक बार बताया था : जाने कितने ही जगत् हैं, लोक-लोकान्तर हैं। जाने कितने ही वैभव, विभूतियाँ, सौन्दर्य और आश्चर्य लोक में जहाँ-तहाँ विद्यमान हैं। हमारा ज्ञान सीमित है। इन्द्रियों से जितना हम देख-जान, सुन पाते हैं, उससे परे भी बहुत कुछ है। स्वर्गों के अकथ सुख हैं, वैभव है। नरकों की अकथ यातानाएँ हैं। संयोगवश सामने आने पर ही हम उन्हें अनुभव करते हैं। नहीं तो पार नहीं है पदार्थ का।"

"हमारा ज्ञान तो माना, सीमित है, माँ। पर कोई ऐसा ज्ञानी है भी कहीं, जो हर समय सबकुछ जानता है, देखता है?"

"वही तो तेरे गर्भ में आया है, लाली। पूर्णज्ञानी, केवलज्ञानी। इसी से तो, हमारे ज्ञान से परे, अनन्त ज्ञान-क्षेत्रों की वस्तुएँ यहाँ प्रकट हुई हैं।..."

यों ही पूछ लिया था माँ से। पर एक अचल प्रतीति मन में सदा बनी रहती है। भीतर जाने कितने रहस्यों की मंजूषाएँ खुलती रहती हैं। सबकुछ स्वीकारते ही बनता है।

ये दिक्कुमारियाँ नाना प्रकार की अजूबा वस्तुएँ लायी हैं मेरे लिए। एक लड़की ने मुझे मर्कतमणि की कंघी दी है। उससे बाल सँवारती हूँ, तो केशों में आपोआप ही, विचित्र वनस्पतियों की गन्ध बस जाती है। एक कन्या ने कोई ऐसी पारदर्शी शिला दी है, जिसमें एक झील सदा लहराती रहती है। किसी ने बड़ी सारी सीप के करंडक में एक ऐसा मुक्ताफल दिया है, जिसमें पूर्ण चन्द्रोदय के तले आलोड़ित जीवन्त समुद्र की अनुभूति होती है। मेरे हाथों में इन्होंने ऐसे वलय पहना दिये हैं, और पैरों में ऐसे

नुपूर, कि औचक ही चाहे जब इनमें से संगीत और नृत्य की सूक्ष्म-ध्वनियाँ सुनाई पड़ने लगती हैं।

...दिन, सप्ताह, मास बेमालूम से बीतते जा रहे हैं। मुझे तो मानो कुछ करना ही नहीं पड़ता। करने की इच्छा भी नहीं होती। जो आवश्यक है, वह अपने आप होता रहता है। सौन्दर्य की तरंगों-सी ये लड़कियाँ, सदा मेरी नाना सेवाएँ करती दिखाई पड़ती हैं। विपुल व्यंजनों से भरे स्वर्ण थाल सामने धर देती हैं। एकाध खीर का चम्मच, किसी फल की एक फाँक, एकाध द्राक्ष, बस, तृप्त हो जाती हूँ। ताम्बूल लिये सामने खड़ी लड़की, डाल की नोक पर बैठे तोते-सी लगती है। पान के स्वाद में वन-सरसी पर छायी लताओं की शीतलता अनुभूत होती है। ये सब मिलकर स्नान, उबटन, प्रसाधन करती हैं। तब जैसे किसी गन्ध-सरोवर में सुषुप्त हो जाती हूँ। केश-विन्यास करती हुई, जाने कितनी पहेलियाँ पूछ, ये मेरा मनोविनोद करती हैं। इन पहेलियों में कई प्रश्नों के उत्तर अपने-आप मेरे मन में स्फुरित हो जाते हैं। जैसे ज्ञान की राशियाँ खुल रही हों। ये कहानियाँ सुनाती हैं, तो कितने ही जन्मान्तरों के संवेदनों में एक साथ जीती चली जाती हूँ। इनके समवेत संगीत-नृत्यों में, कितनी ही रागनियों, लयों, तालों के मूर्त स्वरूप आँखों के सामने चित्रित हो जाते हैं।

ऐसा लगता है जैसे सृष्टि के केन्द्र में, किसी विशाल अश्वत्थ की छाया में लेटी हूँ। एक श्वेत तन्द्रिलता में बही जा रही हूँ। और आसपास कितने ही देश, काल, वीणा की संगीत सुरावलियों में आरोहित-अवरोहित होते रहते हैं।

कभी-कभी एकाएक, सामने के दीवार-दर्पण में अपने प्रतिबिम्ब पर निगाह चली जाती है। लगता है, मेरा चेहरा नहीं, हिरण्यवती के सुदूर दिगन्त पर फूटती उषा की स्वार्णाभा है। अभी-अभी सूर्य की रक्तिम कोर झाँकने को है। मेरे हृदय में जैसे वह कहीं कसक रही है। कैसी विदग्ध मधुर कसक है। सारा शरीर ऐसा लगता है, जैसे पीले मकरन्द के सरोवर में नहाकर, निर्वसन उठी हूँ। प्रत्येक अवयव में एक द्वाभा-सी छिटकी है।

भोजन, वसन, सुगन्ध, शृंगार, किसी भी भोग की कोई ईहा मन में नहीं जागती। कोई चाव नहीं, चुनाव नहीं। एक सहज तृप्ति भीतर से ही उमड़ती रहती है।...वातायन पर कभी-कभी जा बैठती हूँ। दूरियों में फैले भू, द्यु, जल, वनस्पति के प्रान्तर ऐसे लगते हैं, जैसे सर्वत्र मेरा ही आँचल फैला हो।...... कुछ भी अपना या पराया नहीं लगता। सभी कुछ अपना है : सभी कुछ पराया है। कोई ममता-माया अलग से नहीं : कण-कण के साथ, घर पर हूँ...फिर भी एकदम अकेली, अलग, किसी अज्ञात तट पर निश्चल खड़ी हूँ। और केवल देख रही हूँ...।

...पर कल आधी रात से अचानक यह कैसी उत्कट संवासना, मेरे प्राण में सुलग उठी है। यह कोपल मसृण सुख-शैया, यह परिचर्या, यह दिव्य ऐश्वर्य, ये रत्नों की दीवारें, ये महलों के परकोट मुझे कारागार-से लग रहे हैं। मेरे रक्त की बूँद-बूँद में यह कैसा दुर्द्धर्ष आलोड़न है, उत्तोलन है। अंग-अंग में यह कैसी कसमसाहट है। कैसी उद्दाम है यह उत्कंठा, कि मेरी नस-नस इसके असह्य उद्वेलन से काँप रही है। कई महीनों से सारी इच्छाएँ सो गयी हैं। पर मेरे अन्तिम प्राण की यह महावासना, हर शारीरिक, ऐन्द्रिक इच्छा से परे की है। एक दुर्दान्त अभीप्सा, जिसमें सारी इच्छाएँ एकीभूत और समाहित हैं। एकमेव, एकाग्र अनिर्वार महा इच्छा।

...ऐसी एक निर्बन्ध संवासना,जो कि शुद्ध क्रिया है। भाव, विचार विकल्प से परे, बस जो मात्र होना है। सोच नहीं, अनुभव नहीं, मात्र जिसे पूरी होना चाहिए। अभी यहाँ, इसी क्षण। इसकी कल्पना मेरे मानुषिक मन में सम्भव नहीं। मुझसे परे की यह कोई दुर्दान्त महाशक्ति है, स्वायत्त इच्छा है, स्वयंभू क्रिया है। ऊर्जा के इस महाप्रवाह में, मैं कोई नहीं, मेरा निर्णय कोई अर्थ नहीं रखता...

...नहीं, अब और रुक नहीं सकती। जाना होगा, तत्काल, इसी क्षण। कहाँ... ? नहीं मालूम।

"दिक्कुमारियो, सब चली जाओ यहाँ से। मैं तुम्हारे दिगन्तों की मर्यादा में नहीं हूँ। और अब... !"

"जो आज्ञा महादेवी! कुछ और आदेश?"

"श्री, ह्री, धृति, कीर्ति, लक्ष्मी, बुद्धि, विभूति, तुम सब जाओ। मेरे पास रहे अकेली वह तन्वंगी कन्या क्लीं... !"

निमिष मात्र में सब कुमारियाँ वहाँ से चली गयीं।

"क्लींकारी कामरूपिण्यै... ! देवी, आओ मेरे पास!"

"बोलो माँ..."

"वन-विहार को चलो मेरे साथ। तुम्हें मेरे रथ का सारथ्य करना होगा!"

"और कौन चलेगा? संरक्षक अश्वारोही?"

"कोई नहीं : केवल मैं और तुम!"

"महाराज की अनुमति?"

"सारी आज्ञाओं से ऊपर है यह आज्ञा अनिर्वार!"

"माँ...!"

"क्लींकारी, अन्तःपुर के उत्तरी गुप्त द्वार पर रथ प्रस्तुत है।"

"कहाँ से कैसे, कैसे?"

मैं नहीं, कोई तीसरी ही क्रिया-शक्ति मुझमें से बोल रही है। कक्ष के द्वार तक अदीठ, निर्बाध चली आयी। मेरा 'अम्बर-तिलक' नामा रथ वहाँ प्रतीक्षा में था।

अविलम्ब मैं रथ पर जा बैठी। और क्लीना ने वल्गा को एक झटका दिया, और रथ हवा पर आरोहण करने लगा। एक अजस्र वेग में, जाने कब कैसे, जाने कितने ही वन-उपवन, नदियाँ, अरण्य, पर्वत पार होते चले गये। चिरकाल से अगम्य कहा जाता, रुद्राक्ष-कान्तार भी हम पार कर गये। उत्तुंग, दुर्द्धर्ष हिमवान् की उपत्यका में जाकर, रथ आपोआप ही स्तम्भित हो गया।

''क्लींकारी, यहीं रहो तुम,...मैं अभी आती हूँ...!''

''माँ...अकेली?''

''नहीं, मैं अकेली नहीं हूँ।''

जाने कितने दुर्गम बीहड़ पहाड़ियों, चट्टानों, झाड़-झंखाड़ों को मैं पार करती ही चली गयी। त्रिशला नहीं : सूर्यवंश की आद्या क्षत्राणी—सूर्या।

एक उद्ग्रीव विशाल हिमानी चट्टान पर जाकर मैं लेट गयी। जाने कब मेरी आँखें मिंच गयीं। देखा, अपने उस स्वरूप को। निरावरण प्रकृत मैं, उस हिमानी के भीतर से ही उभर आयी-सी प्रलम्बायमान हूँ। उन्मुक्त फैली हैं, निर्गन्ध मेरी बाहुएँ, मेरी जंघाएँ। मानव के पद-संचार से परे है यह प्रदेश। मेरे ऊपर छाया है निःसीम उज्ज्वल नग्न आकाश।

एक निगूढ़ मर्म-पीड़ा से उद्भिन्न होते जा रहे हैं मेरे वक्षोज। ऊपर और ऊपर...और ऊपर। सहसा ही एक चिंघाड़ से अन्तरिक्ष थर्रा उठे। मेरी आनन्द-वेदना अपार हो रही है।...पल मात्र में ही चेतना डूब गयी। किसी अन्तर्तम बोध के स्तर पर मैंने देखा :

एक प्रचंड सुवर्ण सिंह मेरे अंग-अंग को सहलाता हुआ, अवश समर्पित होकर, मेरे एक उरोज को पीने लगा। इस दंश की कठोरता, क्रूरता, सारे मार्दवों से अधिक मधुर है, आह्लादक है। उसकी आदिम हिंस्रता, मेरे निःशेष उत्सर्गित उरोज में चुक गयी है।...मैं जैसे दूध का समुद्र बनकर उमड़ पड़ी। और उस आप्लावन में ऊभचूभ होते मेरे दूसरे स्तन को पी रहा है एक चन्द्रमा-सा उजला वृषभ।...और उन दोनों को ढाँपती मेरी बाहुओं के वलय में जाने कितनी गायों और हरिणों की टुकुर-टुकुर निहारती आँखें। और उन आँखों में, जाने अनजाने राशि-राशि जीव-जन्तुओं की सृष्टि, अभय, अबाध, आनन्दित, मेरे अंग-अंग में लताओं-सी लिपट गयी।...मानो अखिल चराचर मेरे भीतर सुरक्षित, अघात्य हो गया है : और उसके भीतर मैं जैसे अमर्त्य हो गयी हूँ। अपनी शिराओं से संचरित होते अमृत के स्रोतों को मैंने देखा। मैं उनमें घुलती ही चली गयी। फिर नहीं रह गयी...।

...लौटकर आयी तो इतनी दुरन्त और चंचल हो गयी थी, कि क्लीना को गोद में भर, जाने कितने चुम्बनों से उसे ढाँक दिया। जुड़वाँ-सी सटकर हम दोनों ही, सारथी के आसन पर बैठ गयीं। और चार हाथ से संचरित चार वल्गाओं से रथ

हाँकती हुई, हम दिन ढलने से पहले ही द्वार पर आ लगीं।

न जाते, न लौटते, किसी ने हमें देखा। इस निर्बाधता के साम्राज्य की अधीश्वरी पा रही हूँ अपने को। पर समझ से परे लगता है, इसका रहस्य। इसे थाहने को जी नहीं चाहता। केवल इसमें खो जाना चाहती हूँ।

रात के पहर, मुझ पर से पानी की पर्तों-से सरकते जा रहे हैं। नींद हिरन हो गयी है। जी की इस उमड़न और बेचैनी में अकेली हो जाना चाहती हूँ। उषीर के विजन झलती कुमारियों से कह दिया है, जाकर विश्राम करें।

कोमल से कोमलतर उपधानों को छाती से सटाकर लेटती हूँ। पर सब व्यर्थ। किसी बाहरी साधन की स्निग्धता और मृदुता में जी की इस कलक को सहारा नहीं। मन्दार के गजरे, अनेक बारीक फूलों के आभरण, फेन-सा हल्का अंशुक, सब फर्श पर फेंक दिये। शैया के गहराव में गुड़ी-मुड़ी होती चली जा रही हूँ। शरीर के कोश भी जैसे एक-एक कर उतरते जा रहे हैं।

...ओ मेरे शरीर के शरीर, मेरी देह के सारांश, तुम्हें देखना चाहती हूँ! मेरे अन्तिम और चरम शरीर के भीतर जाने कहाँ छुपे हो तुम, ओ अतिथि, ओ अज्ञात। ओ मेरे अन्तिम परिचय...! चिर परिचित, फिर भी अपरिचित। मेरी ममता की मूरत।...

अपने ढेर-ढेर आलुलायित कुन्तलों के शीतल, सुगन्धित अन्धकार में समूची सिमट गयी। वलयित ग्रन्थीभूत अंगों के भीतर, मेरा केशाविल मुख, छाती में विसर्जित हो गया। भीतर से भीतर के भीतर में संक्रान्त होती चली गयी। एक-एक कर जाने कितनी पँखुरियाँ खुलती गयीं। इस अमूल पद्म के द्रह में देख रही हूँ: एक पारदर्शी रोशनी की झिल्लिम जाली का हृदयाकार करंडक तैर रहा है। निर्मल, अस्पृष्ट। रक्त-मांस के भीतर होकर भी, उससे उत्तीर्ण, उसका सार-तत्व। और उस जाली के भीतर यह कौन स्पन्दित है? एक आरपार झिलमिलाती, बन्द सीप में कम्पित मोती। और मोती के भीतर समुद्र। एक उन्मुक्त ज्योति-पुंज। मानवीय अवयवों का एक सम्पुटित सौन्दर्य-मुकुल।...आओ न मेरी बाँहों में, मेरी गोद में, मेरे ओंठ जनम-जनम से तुम्हें चूमने को तरस रहे हैं।...

...चूमने को मेरे ओंठ उमग आये। सचेत होकर अनुभव किया, एक चुम्बन हवा में तैर रहा है।...मेरे ओंठ उसके आसपास मँडरा रहे हैं। पर वह पकड़ाई से बाहर है। मेरा रोम-रोम कैसी ऊर्मिलता से, निरामिश पेशलता से स्पर्शित है, बिचुम्बित है। मेरे एक मात्र अपने...!

...और जाने कब, मैं गाढ़ी नींद में डूब गयी।

त्रैलोक्येश्वर का अवतरण

...इतना तन्मय और गहरा ध्यान तो आज तक मुझे नहीं हुआ। देह, प्राण, मन, इन्द्रियाँ सहसा ही एकत्रित हो गये हैं। चित्त ही एकाग्र होकर चिति हो गया है। अन्तर्मुख होते ही, देख रहा हूँ कि बन्द आँखें कहीं और ही खुलकर अपलक देखती रह गयी हैं।

...क्षण भर पहले तक मैं पार्श्वापत्य श्रमण केशीकुमार था। अब खुली आँखों, अभी-अभी देखा है, श्रमण केशी मुझमें से निकलकर, पीठ फेरे चले जा रहे हैं। देखते-देखते वे कहीं वनान्त में ओझल हो गये। और अब अनुभव कर रहा हूँ कि मैं कोई नहीं : बस केवल एक नाम-रूप से परे शुद्ध मैं हूँ। मानो केवल दृष्टि हूँ, अनुभूति हूँ। मैं भी हूँ, वह भी हूँ। दर्शक भी मैं ही हूँ , दृश्य भी मैं ही हूँ।

बन्द आँखें भीतर खुलते ही देख रहा हूँ, सभी कुछ बदल गया है। एक विराट् नीरवता सर्वत्र व्यापी गयी है, और उसे सुन रहा हूँ। दिशाएँ इतनी स्वच्छ तो पहले कभी नहीं हुईं। जैसे दर्पणों के विश्व में संक्रान्त हो गया हूँ। तमाम चराचर इस दर्पण-गोलक में अपने को निहार रहा है। वातावरण में निर्मलता मानो एक उजली नदी-सी प्रवाहित है। हौले-हौले बहती हवा में एक अद्‌भुत लयात्मकता की अनुभूति हो रही है। संगीत का ध्रुपद रह-रहकर कई चित्रों में उभर रहा है। रागों और रंगों में नवनूतन और विचित्र सुगन्धें वाष्पित हो रही हैं।

...भार की अनुभूति ही गायब हो गयी है। किसी महाप्रवाह में, एक फूल की तरह हल्का होकर, अनायास तैर रहा हूँ। भीतर की गोपनता में कहीं सुख का वह अनाहत सोता-सा उमड़ रहा है। और वह चारों ओर के चराचर में व्याप्त हो गया है। पहाड़, पेड़, पंछी, नदी, मैदान, तृण और कण-कण में सुख छलक उठा है। अकारण सुख। लगता है जैसे नरकों की यातनाएँ इसी क्षण थम गयीं हैं। सहस्रावधि वर्षों से नाना सन्त्रास भोगते नारकी जीव, अपनी चिर पुरातन यातना-शैया से उठकर प्रसन्न मुस्करा उठे हैं। जीव मात्र की वह सुखानुभूति अपने स्नायुओं में प्रवाहित-सी अनुभूत हो रही है। जैसे समूचे देश-काल में दुःख इस क्षण अवसान पा गया है। प्राणि मात्र अभी और यहाँ एकाग्र भाव से निर्बाध सुख भोग रहे हैं।

कासनी रंग की एक विचित्र सुगन्धानुभूति के साथ, जैसे दिनमान ही बदल गया है। छहों ऋतुएँ एक साथ घटित हो गयी हैं। उनके सम्मिलन से एक विलक्षण सातवीं ऋतु सब तरफ खिल उठी है। आसपास की इस दिगन्तव्यापी वनभूमि में पेड़-पौधे एक बारगी ही सब ऋतुओं के फूलों और फलों से लदकर झुक आये हैं। प्रकृति रस-सम्भार से विनत नववधू-सी जानू सिकोड़कर लज्जानत बैठी है। ऐसे सोहाग से दीपित तो उसे पहले कभी नहीं देखा। किस प्रियतम की अगवानी में उसकी रूपश्री ऐसी खिल उठी है!

अरे...यह क्या? मेरी आँखों से आँसू झर रहे हैं! मैं तो कठोर वीतरागी, श्रमण संन्यासी हूँ। श्रमण तो सारे रस-राग से परे होता है। वीतरागी की आँखों में आँसू कैसे? नहीं, कोई व्यथा या विषाद नहीं है मुझमें। एक आनन्द का समुद्र भीतर से उमड़ा चला आ रहा है, और दिशाओं के आर-पार बह रहा है। ऐसे आनन्द की अनुभूति तो पहले कभी नहीं हुई। अकारण और अनाविल है यह आनन्द। उस मिलन का सुख, जिसके लिए संसारी जीवन में सदा तरसता रहा, पर पा नहीं सका।

कब साँझ हो गयी, पता ही न चला। और अब तो रात भी बीत चली है। ऐसा लग रहा है जैसे किसी अन्तहीन रात के सवेरे में एकाएक जाग उठा हूँ। ब्राह्म मुहूर्त में असंख्य शंख-ध्वनियों से आकाश का गुम्बद गुंजायमान हो उठा है। आम्र-मंजरियों की भीनी-भीनी गन्ध में, कोयल कुहुककर कह रही है : यह उत्तरा-फाल्गुनी नक्षत्र है। चैत्र शुक्ला त्रयोदशी की पीली महीन चाँदनी में दूरागत मंजीरों की झंकार सुनाई पड़ रही है। वैशाली के प्रान्तरों में सौ-सौ शहनाइयों की रागिनियाँ अन्तहीन हो उठी हैं। घंटा-घड़ियाल और मृदंगों के घोष गहराते जा रहे हैं।

एकाएक क्षितिज पर की अरण्यानी एक विशाल द्वार की तरह खुल पड़ी। एक झटके के साथ जैसे मेरा आसन उत्थान हो गया। ध्यानस्थ पद्मासन में ही ऊपर से ऊपर उठा जा रहा हूँ। मेरे वश का कुछ भी नहीं है। मेरा कर्तृत्व शेष नहीं रहा गया है। केवल देख और अनुभव कर सकता हूँ।

अन्तरिक्ष में कहीं एकाएक मेरा आसन स्थिर हो गया। सीढ़ियों की तरह कई भास्वर रंगों के चित्रपट-से मेरी आँखों के सामने खुलने लगे। सोलहों स्वर्गों के अपार ऐश्वर्यशाली विस्तार मेरे सामने फैले हैं।...ज्ञानवृद्ध श्रमणों के सुख से लोकान्तरों और देवलोकों के वर्णन सुने थे। मान भर लिया था, पर विश्वास नहीं जमता था। आँखों के देखने से आगे भी कुछ है : उस पर मन में विकल्प कम नहीं था। पर आज तो खुली आँखों प्रत्यक्ष जाने कितने दिव्य लोकों के वैभव देख रहा हूँ।

आँखों में तैरता एक नील बिन्दु अचानक विस्फोटित हुआ। और उसकी प्रकाश-तरंगों में से एकाएक सौधर्म स्वर्ग सांगोपांग साकार हो उठा। रत्नों से जगमगाते विशाल सभागार के शीर्ष पर सौधर्म इन्द्र का सिंहासन कम्पायमान हो रहा है। प्रचंड प्रतापी शक्रेन्द्र का मुकुट झुक गया है। और उसी के साथ देख रहा हूँ, पंक्तिबद्ध रूप से, सोलहों स्वर्गों के तमाम इन्द्रों और देवों के मुकुट नम्रीभूत हो गये हैं। चौंककर पुकारा सौधर्मेन्द्र ने :

"शची, मर्त्य पृथ्वी ने इस क्षण, अमरों के स्वर्ग को ललकारा है। मेरा गर्व खंडित हो गया, मेरा प्रताप भूलुंठित हो गया।...किसने कहा...ओ स्वर्गो, तुम अमर नहीं हो। अमरत्व ने मर्त्यों की पृथ्वी पर जन्म लिया है...!"

शची काँपते सिंहासन पर डोलते इन्द्र के चरणों को पकड़कर बैठ गयी।

"स्वामी, तुम्हारे दोलायमान सिंहासन से मेरा गर्भ कैसे आनन्द से रोमांचित हो रहा है। स्वर्गों की इस पराजय में अद्‌भुत सुख अनुभव हो रहा है।"

"शची...शची...सुनो! बिना बजाये ही सारे स्वर्गों की दुन्दुभियाँ घोषायमान हो रही हैं। सारे दिव्य वाद्य और शंख, एक स्वर में संवादी होकर आपोआप बज रहे हैं...आनन्द...आनन्द..."

"किस बात का आनन्द, प्रभु?"

"भरत क्षेत्र के आर्यखंड की वैशाली नगरी में, त्रैलोक्येश्वर तीर्थंकर का जन्म हुआ है। सर्व चराचर के ज्ञाता परित्राता और प्रियतम ने पृथ्वी पर अवतार लिया है। तीन लोक और तीनों काल मर्त्य माटी में मूर्तिमान हुए हैं...।"

"नाथ, मेरे आँचल में क्षीर-समुद्र उमड़ रहा है...।"

"समस्त स्वर्गों के सारभूत ऐश्वर्य और सौन्दर्य से शृंगार करो, शची...! हम पृथ्वी पर तीर्थंकर प्रभु का जन्मोत्सव मनाने जा रहे हैं।"

इन्द्र उठकर सीधे अपने प्रांगण के मानस्तम्भ के निकट गया। शीर्ष पर चतुर्मुख अर्हत् प्रतिमा से प्रभास्वर, उत्तुंग मणिजटित मानस्तम्भ के एक तोरण में टँगा, विशाल रत्न-करंडक उसने उतारा। अनादि-निधन है यह करंडक। और अनन्त काल से इसमें बाल-तीर्थंकर के अविनश्वर वस्त्राभूषण सँजोकर रखे हुए हैं। उस करंडक को दोनों भुजाओं में समेटकर सौधर्मेन्द्र धवल पर्वतकूट के समान अपने ऐरावत हाथी पर इन्द्राणी सहित सवार हो गया।

एक निमिष को मेरा पलक टिमकार-सा हुआ। और अगले ही क्षण देख रहा हूँ : अन्तरिक्ष में अन्तहीन नीलम की सीढ़ियाँ-सी खुलती जा रही हैं। और उन पर से उतरकर सोलहों स्वर्ग अपने समस्त वैभव के साथ पृथ्वी की ओर धावमान हैं। सहस्रों देव-देवांगनाओं और अप्सराओं की अर्ध-मंडलाकार पंक्तियाँ, दिव्य वाद्यों के तुमुल घोष और जयकारों के बीच, नृत्य करती हुई आकाश के पटलों में आरपार छा गयी हैं। जैसे विराट् नीलिमा के पट पर अनन्त-रंगी रत्न-प्रभाओं का कोई जीवन्त चित्र किसी अदृश्य तूलिका से उभरता चला आ रहा है। सारा लोकाकाश देव-दुन्दुभियों के प्रचंड घोष से थर्रा रहा है।

...इसी बीच जाने कब मैं फिर धरातल पर लौट आया हूँ। ब्रह्मांड में कम्पन की लहरें दौड़ रही हैं। पृथ्वी अपने पर्वतीय स्तनों को दोलायित करती हुई, ऊपर से उतरती देव-सृष्टि का स्वागत कर रही है।

क्षत्रिय-कुंडपुर के 'नन्द्यावर्त प्रासाद' की छतें और गुम्बद, कल्पवृक्षों के बरसते फूलों से छा गये हैं। उसके कंगूरों, वायातनों, और रेलिंगों पर अप्सराओं की पाँतें नृत्य कर रही हैं। उसके गोपुर और तोरण गन्धर्वों के समवेत संगीत-वाद्यों से गुंजित हैं। हजारों देव-देवांगनाएँ केशरिया आभा बिखेरते हुए राज-प्रांगण में अविराम

जय-जयकार कर रहे हैं।

महादेवी त्रिशला के वातायन तले ऐरावत हाथी ने शुंड उठाकर किलकारी करते हुए प्रणाम किया। इन्द्राणी ने वातायन द्वार से महारानी के कक्ष में प्रवेश किया। शची ने लेटी हुई मानवी माँ के वक्ष-पार्श्व में तीर्थंकर-शिशु को देखा : हिल्लोलित समुद्र की फेनचूड़ा पर झलमलाता मुक्ताफ़ल। सारे कक्ष में जैसे ज्योति के भँवर पड़ रहे हैं। पार्थिव माँ के इस वत्सल सौन्दर्य को देखकर देवेश्वरी के मन स्वर्गों के सारे ऐश्वर्य और सुख-भोग मानो फीके पड़ गये।

शची का अंग-अंग किसी अपूर्व स्पर्श की पुलकों से तरल हो आया। उसने हलके से एक महीन मोतियों का विजन झलकर माँ को अवस्वापिनी निद्रा में सुला दिया। फिर एक मायामय शिशु चुपचाप उनके उरोज-तट पर लिटा दिया। और शिशु भगवान को उसने अपनी हीरक-कंकणों से झलमलाती बाँहों में उठा लिया। उसकी दिव्य देह के सूक्ष्मतम परमाणु, इस स्पर्श के मार्दव में पिघल गये। शक्रेन्द्र की परिमल भरी सुगोल बाहुओं का रभस-सुख, इस स्पर्श की विपुलता और शुचिता में पराजित हो गया। शिशु प्रभु को गोदी में भर इन्द्राणी चली, तो लगा कि उस छोटे-से ज्योतिर्मय पिंड को अपने में समाने को उसकी गोदी गहराती चली जा रही है।...

इन्द्र ने नतमाथ होकर, 'जय त्रैलोक्येश्वर!' उच्चरित करते हुए, शिशु को अपनी बाँहों में झेला। उसकी दो आँखों में प्रभु का सौन्दर्य समा न सका। अंग-अंग में सहस्रों चक्षु खोलकर शक्रेन्द्र बालक भगवान की रूपाभा को निहारता रह गया।

...ठीक अपनी खुली आँखों के सामने यह सारा दृश्य देख रहा हूँ। इन्द्रियाँ अपने से उत्तीर्ण होकर इस दिव्य लीला के अवबोधन से सार्थक हो गयी हैं।

...देख रहा हूँ, अपनी विशाल देव-सृष्टि के साथ सौधर्मेन्द्र, तीर्थंकर शिशु को ऐरावत हाथी पर, अपनी केयूर-दीपित बाँहों में उठाये, सुमेरु पर ले जा रहा है। ऐशान इन्द्र प्रभु पर श्वेत छत्र ताने है। सनत्कुमार और माहेन्द्र क्षीर सागर की लहरों जैसे चँवर उन पर ढोल रहे हैं। स्वर्गों की बहुरंगिणी सेनाओं और दिव्य वाद्यों की रागिणियों से आकाशमार्ग विह्वल हो उठा है।

पृथ्वी के छोर, और स्वर्गों की तटवेदी के ठीक बीचों-बीच अवस्थित है सुमेरु पर्वत। इसकी ऊँचाई और विस्तार का माप नहीं। यह सृष्टि का अनादिकालीन पर्वत है। अनन्त कालों में कितने ही उदयों और प्रलयों का यह अविचल साक्षी रहा है। इसके कूटों पर शोभित शाश्वत उपवनों और सरोवरों में नित्य देव-देवांगना क्रीड़ा करने को आते रहते हैं।

क्रमशः यह शोभायात्रा ज्योतिष पटल का उल्लंघन कर ऊपर जाने लगी। ताराखचित आकाश की रत्निम वनानियों को वे पार कर रहे हैं। सुमेरु पर्वत की उपत्यका में पहुँचकर पहले जुलूस भद्रशाल महावन की सघन पन्निम छायाओं में से

गुजरा। फिर उसकी मेखला में स्थित नन्दनवन की घनी सुरभित मन्दारवीथियों को पार किया। उसके उपरान्त सौमनस महावनी के चित्रा-बेलियों से छाये काम-सरोवरों को पार कर यात्रा ने पाण्डुक वन में प्रवेश किया। और वहाँ से स्वर्गतट-चुम्बी पाण्डुक-शिला पर आरोहण किया। अनन्त कालों में इस प्रकृत स्फटिक शिला की आभा अमन्द रही है। निरन्तर देवों के पूजाभिषेक से यह पवित्र और सुगन्धित रहती है। इस अर्ध-चन्द्राकार शिला पर स्वयं काल मानो महानील सिंहासन बनकर अवस्थित है। सौधर्मेन्द्र ने बड़ी ही मृदुता और सावधानी से शिशु प्रभु को उस पर विराजमान किया। आसपास का तमाम अन्तरिक्ष सहस्रों देव-देवांगनाओं, और नर्तित अप्सराओं से व्याप्त हो गया है।

...लोकान्तिक क्षीर-समुद्र से देवगण एक हज़ार आठ कलश भर लाये हैं। सौधर्मेन्द्र ने प्रथम विशाल रत्नाभ स्वर्ण-कलश उठाकर बाल तीर्थंकर के मस्तक पर अभिषेक की जलधारा बरसायी। किसलय से भी कोमल नन्हें-से प्रभु : और एक हज़ार आठ कलशों से उनका अभिषेक! इन्द्र शंका से काँप-काँप आया : उसके हाथ का अभिषेक करता कलश थरथराने लगा। जलधारा भंग होने लगी।

शिशु तीर्थंकर इन्द्र की शंका का बोध कर मुस्करा दिये। अपने बायें पैर के अँगूठे से उन्होंने सहज लीला भाव से सुमेरु पर्वत को किंचित् दबा दिया। सुमेरु के शिखर झुक गये। सारा पर्वत कम्पायमान होकर समुद्र की तरह हिल्लोलित होने लगा। कालोदधि समुद्र, तट की मर्यादा तोड़कर उछलने लगा। महाकालेश्वर ने अपनी शक्ति का परिचय दिया। निःशंक होकर, परम उल्लास से जय-ध्वनियाँ करते हुए सैकड़ों देवों, इन्द्रों और माहेन्द्रों ने अनवरत जलधाराओं से भगवान का अभिषेक किया। उस अभिषेक जल से प्रवाहित कई नदियों ने स्वर्ग के पटलों को पृथ्वी की आँचल कोर से बाँध दिया।

अति मृदु सुरभित अंशुकों से शिशु भगवान का अंग-लुंछन करके इन्द्र ने अनादि रत्न-करंडकों में सुरक्षित वस्त्राभूषणों से उन्हें अलंकृत कर दिया।...

...लौटकर इन्द्राणी ने विश्व जननी त्रिशला को भगवान के स्नान-गन्धोदक की हल्की-सी बौछार द्वारा अवस्वापिनी निद्रा से जगा दिया। प्रभु को माँ की बाँहों में थमा दिया। फिर जगदीश्वर को गोद में लिये बैठी जगदम्बा के चरणों में, स्वर्गों की अधीश्वरी निछावर हो गयी।

...देख रहा हूँ : उसी क्षण देवों, इन्द्रों तथा अपने परिजनों और पार्षदों के साथ महाराज सिद्धार्थ, प्रसूति-कक्ष के द्वार पर उपस्थित हुए। हर्ष-गद्गद कंठ से राजा बोले :

"अमर और मर्त्य साक्षी हैं, इस बालक के गर्भावतरण के साथ ही, हमारी वैशाली का वैभव, दिन-दूना और रात-चौगुना वर्द्धमान होता गया है। राजमहल और

समस्त प्रजा श्रीसम्पदा से ढँक गये हैं। इसी से हम घोषित करते हैं कि यह बालक वर्द्धमान के नाम से पुकारा जाए।''

...बालक भगवत् वर्द्धमान की, समस्त लोकाकाश में व्यापती जय-जयकारों के साथ मेरी गहन ध्यान-समाधि उन्मग्न हो गयी।

काल की धारा से बाहर की, किसी महा स्वप्नभूमि से सहसा इस स्थूल ऐन्द्रिक शरीर में लौट आया हूँ। पर लग रहा है, इस जागृति से वह स्वप्न अधिक सत्य था। अन्तर्ज्ञान में, अपार सृष्टियाँ एकबारगी ही झलकती रहती हैं। आज प्रतीति हुई कि हमारा ऐन्द्रिक ज्ञान कितना सीमित है। भीतर के अनन्त ऐश्वर्यलोकों से उसका किंचित् भी परिचय नहीं। चिन्मय भूमा से, मृण्यम भूमि में लौट आया हूँ।

...पर इसी मृण्यमयी वैशाली के एक राजमहल में अन्तर-साम्राज्य का चक्रवर्ती प्रभु, रक्त-मांस की देह में जन्मा है। और अपने भीतर देखा वह स्वप्न इसी पृथ्वी पर प्रत्यक्ष साकार हुआ है। इन्हीं खुली आँखों से उसका सौन्दर्य, प्रताप और पराक्रम देखा है। लग रहा है, मनुष्य की महावासना और चरम अभीप्सा का उत्तर मानवी नारी की गर्भ से सदेह अवतरित हुआ है।

उस परिपूर्ति के अन्तर्तम में अनुभव कर रहा हूँ। पर उसे क्या संज्ञा दूँ, नहीं जानता।

बाल भागवत के लीला-खेल

नन्द्यावर्त प्रासाद के चौथे खंड में, एक विशेष प्रकार के नये अलिन्द का निर्माण कराया गया है। यह अष्ट पहलू दालान आठों दिशाओं में खुला है। स्फटिक-शिला के शीशों से जड़े, विशाल किंवाड़ों से यह निर्मित है। चाहे जब ये किंवाड़ पूरे खोल दिये जाते हैं। हवा, आकाश और प्रकाश इस अलिन्द में आरपार बहते हैं। इसकी छत और फर्श भी किसी बहुत हलके नील रत्न की टाइलों से बनाई गयी है।

इस दालान के बीचों-बीच गरुड़ के आकारवाला, एक पुखराज का पालना झूल रहा है। खरगोश के अति कोमल रोमों तथा पक्षियों के मसृण परों के बिछौनों पर बालक लेटा है। इतना चंचल और उद्दाम है उसके अंगों का संचालन, कि पालना बिना झुलाये ही झूलता रहता है। सुदक्ष वास्तुकार ने अलिन्द और पालने के धरातल को इस तरह समायोजित किया है कि दूर पर बहती हिरण्यवती नदी के प्रवाह का मानो यह पालना तटदेश हो गया है। पालने का सिराहना, उदयाचल के शिखर के

साथ मानो समतल है। अस्ताचल जैसे उसके पायताने लेटा है। सूर्य और चन्द्रमा बालक के मस्तक पर भामंडल की तरह उदय होते हैं, और उसके पायताने के तट में ही मानो अस्त होते हैं। वास्तुकला का एक अनुपम निदर्शन है यह अलिन्द।

आरम्भ में महारानी-माँ के शयन-कक्ष में पालना बाँधा गया था। पर बालक क्षण भर भी पालने में ठहर नहीं पाता था। माँ और धाय-माताओं की सारी सावधानी और जतन के बावजूद, जाने कब शिशु एक दुर्दाम लहर की तरह उछलकर फर्श पर आ गिरता था। और गिरकर रोने के बजाय, एक चौड़ी मुस्कान के साथ किलकारी कर उठता था। माँ चिन्ताकुल हुई : कैसे बच्चे को पालने में झाला जाये। पालने पर बँधे सोने-चाँदी के सारे झुनझुने, झूमरें और महीन घंटियों के रव बालक को बहलाने में सफल न हो सके। तभी एक रात माँ को सपने में यह अलिन्द सांगोपांग दिखाई पड़ा था। एक अतिथि शिल्पी एक दिन एकाएक राजद्वार पर प्रकट हुआ। ठीक माँ के उस स्वप्न के अनुरूप ही, इस अलिन्द का निर्माण उसने कर दिया। दीवारें टूट गयीं : खुली दिशाओं के बीच पालना झूलने लगा। बालक-देवता ने प्रसन्न भाव से पालने में लेटे रहना स्वीकार लिया।

...हिरण्यवती की लहरें सारा दिन जैसे बालक पर अपनी नीली छाया डालती हुई बहती रहती हैं। दूरगामी वनों के मर्मर-संगीत की लय और ताल पर बच्चे के अंग थिरकते रहते हैं। उसकी नीलाभ काली आँखों में समुद्र की अगाध गहराई है, पर साथ ही वे तरल स्फटिक जल की तरह पारदर्शी भी हैं। तमाम प्रकृति अपनी सूक्ष्मतम जीव-सृष्टि के साथ मानो उन आँखों में सदा झलकती रहती है। आकाश जैसे उन आँखों की कोरें बन गया है और समुद्र इन पुतलियों की गति में बिछलता रहता है। चाहे जब बालक की आँखें अपलक और स्थिर हो जाती हैं : पुतलियाँ एकाग्र और निश्चल। शिशु के अंग एक विचित्र ध्यान-मुद्रा में समतल और अवस्थित हो रहते हैं। बड़ी देर तक यह लीला चलती है। माँ चिन्ता से उद्विग्न हो जाती है। सारा अन्त:पुर बालक को चंचल करने की चेष्टा में हार जाता है। एक से एक अनोखे रागों में लोरियाँ गाई जाती हैं। बड़े-बड़े संगीतज्ञ अपनी तमाम विद्याओं का ज़ोर लगाकर, वादन-गायन करते हैं। दिव्य शंख और घंटा-घड़ियाल बजाये जाते हैं। पर बालक टस से मस नहीं होता। फिर अपनी ही स्वतन्त्र मौज से जाने कब इतने उद्दाम वेग और चांचल्य से हाथ-पैर उछालता है कि पालने में मानो स्वयम्भू-रमण समुद्र खेलने आ गया हो।

प्राय: शिशु हाथ के अँगूठे का धावन करते हैं। पर इस छौने को इतना सुलभ धावन पसन्द नहीं। पूरे दायें पैर को अपने ऊपर प्रत्यंचा की तरह तानकर, वह मस्ती से पैर का अँगूठा चूसता रहता है। माँ के स्तन दूध की उमड़न से असह्य हो उठते हैं, पर कई बार शिशु उन्हें धाने में मुकर जाता है। माँ अपनी वह पीड़ा किसे बताये।

उसकी आँखों से अविरल आँसू बहने लगते हैं।...और कभी यह होता है कि एकाएक माँ-माँ की अविराम टेर लगा देता है। माँ पुचकार-चुम्बन से उसे शान्त करने की अनेक चेष्टाएँ करती हैं। तभी वह नटखट, दुरन्त छौना अपनी नन्हीं उँगलियों से स्वयं ही माँ का आँचल खसकाकर, कंचुकिबन्द तोड़ देता है, और अविकल ओठों से ऐसा कसकर धावन करता है, कि माँ को लगता है, जैसे उसकी समूची देह दूध बनकर उमड़ रही है। झर-झर आँखें झरने लगती हैं, और महारानी माँ की पलकें मुँदती चली जाती हैं। जाने कैसी आनन्द-वेदना की समाधि में वे मानो मूर्च्छित हो रहती हैं।

शिशु वर्द्धमान के अलौकिक सौन्दर्य और अनोखी क्रीड़ाओं की वार्ता हवाओं में गूँजने लगी। वैशाली और उसके पड़ोसी जनपदों तक ही वह नहीं रुकी, सारे आर्यावर्त में नव वसन्त के मलयानिल की तरह व्याप गयी। लोक के वात्सल्य की ऐसी लहर फैली, कि केवल वैशाली के ही नहीं, भरत-क्षेत्र के दूर-देशान्तरों और द्वीपों तक के आबाल-वृद्ध-वनिता वर्षा की नदियों की तरह नन्द्यावर्त-प्रासाद के द्वारों पर उमड़ने लगे। राजमहल की आभिजात्य मर्यादा आपोआप टूट गयी। बालक को दुलराने और झूलना झुलाने के लिए सारे दिन नर-नारियों और बालकों की एक धारा-सी बहती रहती।

एक और भी अद्‌भुत घटना घटी। जो भी मानव-जन उस अलिन्द के वातावरण में आते थे, उन्हें वहाँ गहरे सुखद स्पन्दनों की अनुभूति होती। चारों ओर से ऊर्मिल होते एक अत्यन्त मृदु ज्वार से उनके तन-मन स्तब्ध और शान्त हो जाते। उन्हें एक अजीब निर्विकारता और निर्विचारता का अनुभव होता। हृदय चन्दन-सा शीतल हो जाता। स्नायुओं में ऐसे सुखद स्पर्श का संचार होता, कि सर्व के प्रति एक निर्लक्ष्य प्रेम से वे आकुल -व्याकुल हो उठते। यह अनुभूति धीरे-धीरे कुछ इस तरह लोक में व्याप चली, कि वन्य पशु-पंखी तक एक अनिर्वार आकर्षण से खिंचे, निर्बाध शिशु के पालने तक पहुँच जाते। कोई वर्जन सम्भव नहीं रह गया था। वे विभोर अपनी जीभों और आँखों के रोओं से बालक का रभस करने लग जाते। आसन्न प्रसवा माएँ इस सुख-संचार से ऐसी बेसुध हो जातीं, कि बिना प्रसवशूल के ही अचानक वे अर्भक का प्रजनन कर देतीं।

दूर-दूरान्त देशों के कवि और यात्री दुर्गम पर्वत और समुद्र लाँघकर इस विचित्र बालक को देखने आते। उसके पालने के पास बैठकर, उसके विवरण लिखते, काव्य रचते, तत्काल नवसंगीत रचकर गान करते।

रात के पिछले पहरों में जाने कौन आकर, बालक के सिराहने कोई मणिकरंडक धर जाता है। उसमें फेन से हल्के अंकुश और आभरण होते हैं। दिव्य स्वाद वाले मधुपर्क और सुगन्धित अंगराग होते हैं। कहा जाता है, बालक के लिए ये भोग-सामग्रियाँ नाना देवलोकों से आती रहती हैं। इस शिशु को तो सारे मौसम एक-से हैं।

वसन धारण करते ही उतार फेंकता है। मुक्ता-मालाओं और पहोंचियों से थोड़ी देर हर्ष की किलकारियों के साथ खेलता है। फिर चाहे जब उन्हें लीला मात्र से तोड़कर फर्श पर बिखरा देता है। आगंतुक लोकजन पलना झुलाते-झुलाते उन बिखरी मुक्ता-मणियों को बटोर लेते हैं। आँखों और अंगों से छुआकर, दुर्लभ प्रसाद की तरह उन्हें अपने पास सहेज लेते हैं।

ना कुछ समय में ही शिशु ने पालना अस्वीकार दिया। घुटनों के बल चला न चला कि, सहसा ही वह पैरों चलता दिखाई पड़ा। तोतली बोली में या तो अविराम कलरव करता है : या फिर एकदम ही मौन हो जाता है। उसकी तुतलाहट में भी लय होती है और मुख-मुद्रा में सचोट अभिव्यक्ति होती है। लगता है उसे कोई अबूझ गहरी बात कहनी है। उसकी मधुर काकली से सहसा ही कविजनों को किसी वाङ्मय का-सा बोध होता है। उनके हृदयों में नितनयी कविताएँ स्फुरित होतीं।

...अब वह चलने लगा है, तो विशाल महल के किस खंड या कक्ष में होगा, कहना कठिन है। पीछे दौड़ती दासियों की रखवाली उसे रुचिकर नहीं। भ्रू उचकाकर, उन्हें ऐसी वर्जना का इंगित करता है कि बेचारी दूर खड़ी ताकती रह जाती हैं। और आप देखते-देखते जाने कहाँ चम्पत हो जाते हैं। दिन में चाहे जब बालक खो जाता है। उसकी खोज-तलाश में सारा परिकर हिल उठता है। हर बार वह नये ही स्थान में जा बैठता है। ऐसे-ऐसे कोने उसने खोज लिये हैं, जहाँ कोई झाँकता तक नहीं। एक बार सातवें खंड के एक ऊँचे गुम्बद पर चढ़ बैठा था। वहाँ से उसे उतारने में प्रतिहारियों की पगतलियाँ पसीज गयी थीं। एक दिन आप पाँचवें खंड के एक रेलिंग पर अश्वारोहण करते दिखाई पड़े थे। देखकर माँ और दासियाँ भय से चीख उठी थीं।

बालक के हर अवयव में अद्भुत गोलाई और सुडोलता है। उसके अंगों में स्निग्ध कोमल आभा के भँवर पड़ते हैं। हर किसी का मन उसे गोदी में भरकर दुलारने को मचलता रहता है। सुन्दरी परिचारिकाओं में कुमार को गोद खिलाने की होड़ मची रहती है। पर उसे पकड़ पाना आसान नहीं। किन्तु किसी परिचारिका की गोद उसने स्वीकार ली, तो उसकी शामत आ जाती है। उसकी सुन्दर फूलों गुँथी वेणी को चपल हाथ के एक ही झटके से खींचकर खोल देता है। उसके तन-बदन के सारे वसनों को ऐसे खींचता और खसोटता है, कि लज्जा और वात्सल्य से विभोर हो उसे अपने को सँभालना कठिन हो जाता है। चाहे जब दौड़कर किसी भी परिचारिका की चोंटी खींच, उसे अपना घोड़ा बना सवारी करने लगता है। तो कभी बहुत प्यार से उसके केशपाश को अपने गले में लपेटकर, उसे चुम्बनों से ढाँक देता है।

कभी उसके मन में आ जाए, तो माँ को आज्ञा देता है कि चुपचाप भद्रासन पर बैठ जाओ : हिलो-डुलो नहीं। एकदम चुप मूरत हो जाओ। फिर कक्ष में से आप

कई श्रृंगार-मंजूषाएँ उठा लाएँगे। बड़े कौशल से माँ का श्रृंगार-प्रसाधन करेंगे। फिर चुन-चुनकर अनेक अलंकारों से उनके हर अंग-प्रत्यंग को सजा देंगे। तब बड़ी कलात्मक उँगलियों से माँ का केश-विन्यास कर, नित-नये ढंग से जूड़ा बाँधेंगे। स्वयं ही अपने मन चाहे नवीन वस्त्र उन्हें धारण कराएँगे। बीच-बीच में माँ और परिचारिकाएँ हँसी नहीं रोक पाती हैं, तो तर्जनी दिखाकर सबको धमकाएँगे : 'चुप...चुप...चुप!' और फिर अनगिनती प्रदक्षिणा माँ के ओरे-दौरे देते हुए, मनचाहे गीत गाएँगे। और सब दासियों से अपने सद्य रचित गीतों की कड़ियाँ दुहरवाएँगे। और अचानक जाने कब माँ पर टूट पड़ेंगे, और उसके एक-एक अंग को ऐसे लाड़ से सहलाएँगे, चूमेंगे कि सारी परिचारिकाएँ हँस-हँसकर दुहरी हो जाएँगी। फिर बहुत सयाने बन माँ की गोद में राजा बनकर बैठ जाएँगे। तब धीरे से उनकी चिबुक उठाकर कहेंगे : 'हमने तुमको इत्ता प्यार किया : हमें प्यार नहीं करोगी?' माँ तब अपनी रुकी हुई उमड़न से उन्मुक्त होकर इस दुलारे को छाती से बाँध लेने को बाँहें उठाएँगी, तो पाएँगी कि निमिष मात्र में लालजी जाने कब छटककर, सारी सेविकाओं के कन्धों पर छलाँगें भरते दूर जा खड़े हुए हैं, और ताली बजा-बजाकर अपनी विजय घोषित कर रहे हैं कि वर्द्धमान सबको पकड़ता है, बाँधता है, वर स्वयं पकड़ाई में नहीं आता।

कुमार वर्द्धमान को खेल के साथियों की खोज नहीं। अकेले अपने साथ खेलने में उसे बहुत मज़ा आता है। अपने लिए कई स्वायत्त खेलों के आविष्कार वह हर दिन करता रहता है। उसका एक सबसे प्यारा खेल यह भी है कि महारानी के हीरक-दर्पण जटित कक्ष में चला जाता है। ऊपर-नीचे, और चारों दीवारों के दर्पणों में उसे अनन्त वर्द्धमान दिखाई पड़ते हैं। उन सबको एक साथ पकड़ने को वह कक्ष में चारों ओर बेतहाशा दौड़ लगता है। अपने सहस्रों प्रतिबिम्बों को अलग-अलग कई नाम देकर पुकारता है। दीवार में झलकते किसी एक प्रतिबिम्ब को जी भर आलिंगन करता है, चूमता है, प्यार करता है, उससे तरह-तरह की बातें करता है। कभी उसे चिढ़ाता है, उस पर गुस्सा भी करता है, उसे चपतें भी लगाता है। अन्ततः श्रान्त होकर, बीच में साँकलों पर डोलते इंगलाट पर जा लेटता है। छत में झलकते वर्द्धमान को लक्ष्य कर अपनी एक लम्बी साहस-यात्रा की कहानी सुनाता है। उपसंहार में कहता है : "अरे देखो राजा, वहीं ठहरे रहना, हम सफेद घोड़े पर चढ़कर, रात-दिन तुम्हारी ओर आ रहे हैं...एक दिन तुमसे मिलेंगे...फिर.." और जाने कब बालक गहरी नींद में सो जाता है।

क्षत्रिय-कुंडपुर के अनेक बालक-बालिकओं के झुंड कुमार के साथ खेलने को आने लगे हैं। कुमार ने तमाम परिकर को आज्ञा दे दी है, कि सबको हमारे पास आने दो। राजमहल के सारे कक्ष, नगर के बालकों के लिए निर्बाध खुल गये हैं। पर कक्षों और दालानों में खेलना कुमार को पसन्द नहीं। वह तो पौर और प्रांगणों में सवेरे से ही आ धमकता है। सबको पुकारता है : 'आओ, अरे सब आओ, मैं आ गया, मैं आ गया!' बात की बात में सैकड़ों बालक-बालिकाओं के झुंड दौड़े चले आते हैं। कुमार उद्यान के किसी मर्मरी सिंहासन पर बैठ जाता है। फिर अपने इंगित से हर दिन कोई नया और मौलिक खेल रचता है। खेलों की दुहराना उसे पसन्द नहीं : कुछ भी दुहराना उसका स्वभाव नहीं। अपने से लगाकर, अपने भोग-उपभोग, लीला-खेल सबको वह हर दिन नये रूप में पाना चाहता है, रचना चाहता है।

कभी कहेगा : "आओ, सब आओ, देखो मैं बीच में खड़ा हूँ। देखो, मैंने हाथ पसार दिये हैं। लड़कियो, मेरी पसरी बाँहों को अपने माथों पर थामो।...अच्छा, अब लड़को, तुम मेरी बाँहों पर पंक्ति बाँधकर खड़े हो जाओ।...अच्छा, एक-एक लड़की मेरे कन्धे पर चढ़ जाओ...। हाँ, अब एक लड़का इन दो लड़कियों के माथों पर लेट जाओ। बहुत अच्छा...मेरा सिंहासन बिछ गया...अब मैं उस पर बैठने को आता हूँ।"...और फिर आप उछलकर ऐसी उड़ी लगाएँगे ऊपर को, कि सारे लड़के-लड़कियाँ पटखनी खाकर लुढ़कते दीखेंगे। और आप हवा में छलाँगें भरते नज़र आएँगे। हर बालक-बालिका उसे झेलने को हाथ पसारेंगे। तभी अचानक किसी बड़े-बड़े बालों वाली लड़की के दोनों कन्धों पर पैर डाले, आप सिंहासन पर बैठे आएँगे।...तो कभी क़तार-दर-क़तार, लड़के-लड़कियों को ऊपरा-ऊपरी चुनकर सतखंडा महल बना देंगे। और उनके अगल-बगल के द्वारों के चक्कर लगाते हुए, सबसे ऊपर बैठी बालिका के सर पर जा बैठेंगे। इतना हलका-फुलका है यह बलशाली राजपुत्र, कि इसका भार किसी को पीड़क लगता ही नहीं। मानो इसे अपने ऊपर धारणकर वे सब अपने को हवा में तैरता-सा अनुभव करते हैं।

एक दिन राजकुमार अपने राजोद्यान के सबसे ऊँचे पेड़ की फुनगी पर जा बैठे। फूलों और पत्तों के बीच से सर उठाए, उस वनस्पति-जगत् को अपनी नन्हीं-नन्हीं उँगलियों से रभस-दुलार करने लगे। लड़के-लड़कियाँ हाथ बाँधकर, वर्तुलाकार चारों ओर घूमर देते हुए, गाते जा रहे थे, कुमार का बनाया कोई गीत।

तभी ऊपर अन्तरिक्ष में, संजय और विजय नाम के दो चारण ऋद्धिधारी दिगम्बर मुनि, अनुलोम गति से तैरते विहार कर रहे थे। उनके मन में 'सत्' को लेकर शंका उत्पन्न हो गयी थी। सो अस्तित्व असह्य लगने लगा था। अब 'सत्' कुछ है ही नहीं, तो हम कैसे अस्तित्व में रहें? वैशाली के आकाश में तिर्यक् गति से उड्डीयमान उन मुनि कुमारों की दृष्टि एकाएक, विशाल वृक्ष की फुनगी पर बैठे,

राजपुत्र वर्द्धमान पर पड़ी। उन्हें एक अदम्य आकर्षण अनुभव हुआ। वे कुमार की ओर बरबस खिंचे चले आये। पल्लवों और फूलों से लिपटे उस भव्य कुमार का दिव्य प्रेमल स्वरूप देखकर, औचक ही मुनियों के हृदय की शंका-ग्रन्थि खुल गयी। उद्‌बुद्ध होकर वे पुकार उठे। : "सत् का साक्षात् रूप देख लिया हमने। कितनी सुन्दर, रसाल, संजीवन है सत्ता। सत्...सत्...सत्...! जीवन...जीवन...जीवन! चिरं जीवो हे परम सत्, हे सन्मति, हे बाल भागवत, हम निःशंक हुए, सत् स्वरूप हुए, हमारे प्रणाम स्वीकारो!"

मुनिकुमारों को केवल वर्द्धमान ने देखा। पर उनकी अन्तरिक्ष-वाणी नीचे के बालकों ने भी सुनी। वे पुकार-पुकारकर गाने लगे ... 'जय सन्मति हे, जय जय जय।'

और यह गीत नन्द्यावर्त-प्रासाद, और कुंडपुर में अनुगुंजित होता हुआ, दिग्-दिगन्तों में गूँजता ही चला गया।

हम राजाओं के राजा हैं

बालक तीन वर्ष का है कि तेरह वर्ष का, निर्णय करना कठिन है। माँ और पिता से तो वह तुतलाता ही है : पर पुरजन कहते हैं कि, एकदम ठीक जनपदी भाषा बोलता है : पंडित कहते हैं कि शुद्ध संस्कृत बोलता है। परिजन सब सुनकर अचरज से ठगे-से रह जाते हैं।

...इधर एक नया उपद्रव खड़ा कर दिया उसने। राज-प्रांगण की सीमा लाँघकर नगर में भी फेरी दे आता है। राह चलते लोगों से बतियाता है। प्यार से कोई पकड़ने दौड़े तो हवा की तरह हाथ से निकल जाता है। पूजा-पाठी ब्राह्मणों की शामत आ गयी, जाकर कहता है : "ओ भूदेव, पाठ बन्द : हमारी बात सुनो! पूजा बन्द : हमें पूजो! यज्ञ बन्द : हमारा यज्ञ करो!" बेचारा ब्राह्मण आपा खो देता है। 'अग्निमीले पुरोहितं' कहते-कहते ही 'नमः श्री वर्द्धमानाय!' बोलने लग जाता है।

कब कहाँ दिखाई पड़ जाएगा कुमार, कहना कठिन है। नगर में एक प्रवाद फैला है और खबर राजमहल में भी पहुँच गयी है। एक सवेरे किसी नगरजन ने देखा : हिरण्यवती के तट पर एक मुक्तकेशी ब्राह्मणी, बछड़े के लिए रँभाती गाय-सी दौड़ी फिर रही थी। इस ओर से दौड़ता आया कुमार वर्द्धमान। भान भूली ब्राह्मणी ने उसे छाती में भर लिया। उसके स्तनों में गंगा उमड़ पड़ी : हिमालय-सा उजला कुमार धाता ही चला गया। ब्राह्मणी इतनी विकल और आत्म-विभोर हो गयी, कि

उसे होश ही नहीं...एक अन्तिम आघात-सा पाकर वह होश में आयी। देखा कि लड़का दौड़ता हुआ कछार के पार दूर निकल गया है। आँचल से आँखें पोंछती, वह स्तम्भित देखती रह गयी। उसे नहीं समझ आया कि कहाँ जाये...!

इसके बाद तो ऐसी और भी कई खबरें मिली हैं। नगर-वधुओं के पानी खींचते हाथों की कंकण-ध्वनि में सहसा शिशु का पैंजन छमक उठता है। हाथों की रस्सियाँ छूटकर रहँट पर से उतर जाती हैं। भरकर ऊपर आती गागरें, डूब-डूबकर बावली की गहराई में डूब जाती हैं। इतनी सारी पनिहारिनें, और वर्तुल में घिरा नन्हा राजा। उफनते आँचलों, चूमते ओठों में होड़ मच जाती है। किस छाती में खो गया कुमार, पता नहीं चलता। किन्तु सब कृतार्थ भरी गागरों-सी छलकती, छमकती, माटी की गागरें कुएँ में डुबाकर, घर लौट पड़ती हैं। सास, ननद और पतियों को उत्तर नहीं दे पाती हैं। कोहराम मच जाता है।

बालिका हो कि युवती हो, कुँवारी हो कि ब्याही हो, प्रौढ़ा हो कि वृद्धा हो, किसी भी जाति या वर्ण की हो, नगर के राह-चौराहे पर हो, या वनांगन की डगरिया में हो, गदबदा, गोरा, डाल-पके आम-सा केशरिया-गुलाबी बालक हर किसी की राह रोककर खड़ा हो जाता है। बेखटक आँचल खींचकर कहता है :

"ओ अम्मा, दूध पिलाओ...। तुम्हारा दूध बहुत मीठा है।" कुँवारी किशोरियों के ही नहीं, बालिकाओं के आँचल भी, उसके निर्दोष माधव ओठों को देखकर अकुला उठते हैं। किसी भी वय की स्त्री हो, देश-काल, लोक-लाज की मर्यादा भूल, निरी माँ हो रहती है। वैशाली के चौराहे, एक अपूर्व दृश्य से धन्य हो उठते हैं।

और अभी उस दिन राज-ग्वाले ने गौशाला में जाकर अचानक पाया : कुमार वर्द्धमान, नन्दी गाय के चारों स्तन अपनी मुट्ठी में एक साथ पकड़कर पी रहे हैं।

सुनकर राजकुलों की मर्यादाओं में पली त्रिशला की भौंहे ऊँची हो गयीं। रोष से डपटकर बोली :

"ये कैसे ऊधम मचाये हैं तेने? खबरदार आज के बाद, महल से नीचे उतरा! मैं क्या मर गयी हूँ? हर किसी का दूध पीता फिरता है! गाय के थन भी पीने लगा है। तेरे उपद्रवों की हद हो गयी है। राह चलती स्त्रियाँ? कौन हैं वे तेरी...?"

"अम्माएँ हैं, माँ...इतनी सारी अम्माएँ। सब मेरी अम्माएँ!"

"अरे तो मैं क्या कम पड़ गयी तेरे लिए?"

"तुम तो हो ही माँ, पर मुझे सब अम्माएँ चाहिए।"

"तू मेरा बेटा है, और किसी का नहीं...।"

"तुम्हारा भी हूँ, पर केवल तुम्हारा नहीं, माँ। लगता है सब अम्माओं का बेटा हूँ।"

"अम्मा तेरी एक है, समझा! मैं...! सब अम्माओं की बात फिर कभी न

कहना।..."

विश्वम्भरा, क्षण भर को साधारण नारी के एकान्त वात्सल्य-अधिकार से ईर्ष्यालु हो उठी। बोली भर्राये गले से :

"मेरा आँचल तो अब तुझे देखा नहीं सुहाता! तरसती रह जाती हूँ...दूख-दूख जाती है मेरी छाती! मेरा हाथ झटककर भाग जाता है। दुष्ट कहीं का!..."

माँ की सुन्दर बड़ी-बड़ी आँखों में आँसू देखकर कुमार गम्भीर हो भर आया। चुपचाप पास आकर अपनी नन्हीं-नन्हीं कली उँगलियों से माँ के आँसू पोंछ, उसे खूब चूम-चूम लिया। और फिर माँ का मनचाहा, उसकी छाती में ढलक गया।...

...फिर तृप्त प्रसन्न होकर महारानी बेटे को तरह-तरह से लाड़-प्यार, रभस-दुलार करती रहीं। एकाएक माँ का हाथ पकड़कर कुमार शरारत से भौंहें नचाकर बोला :

"बस इत्ती-सी बात में तुम रूठ गयीं, अम्मा? हो...हो...हो...मेरी अम्मा पागल है...मेरी अम्मा पागल है!"

आँसुओं में घुलती हँसी से बेतहाशा हँसकर बोलीं, रानी-माँ :

"बोल, अब नहीं जाएगा न कहीं, मुझे छोड़कर?"

"कभी नहीं माँ, देख लेना। तुम कितनी अच्छी हो, माँ। पर पागल हो, कुछ नहीं समझतीं...!"

महारानी सच ही मन-ही-मन अपने अज्ञान पर लजा गयीं। जानकर भी अनजान हो गयीं। बोलीं :

"समझती हूँ लालू, सब समझती हूँ तेरे खेल!...पर, अब तू कहीं जाना नहीं, यहीं रहना...।"

"बापू के पास भी नहीं? उन्हें प्रणाम करने भी नहीं...?"

"सो तो जाएगा ही। लेकिन..."

"अच्छा-अच्छा। बहुत अच्छा। हम सब समझ गये तुम्हारे मन की बात। किसी को बताएँगे नहीं। चुपचाप यहीं रहेंगे।"

"चकोर, चुगलखोर कहीं का...!"

इन निरे सरल, पर अथाह बेटे को छलछलाती आँखों से गर्व भरी-सी ताकती रह गयी माँ।

खिलौनों का कक्ष। देश-देशान्तरों के अजूबा और चित्र-विचित्र खिलौनों से भरा है वह। चीन देश के रंग-बिरंगे, बोलते-से गुड्डा-गुड्डी हैं। बारीक मणियों गूँथी पिटारियों में तरह-तरह के रत्न के चौपड़-पासे हैं। हाथी दाँत के महल हैं। चन्दन

और चम्पक-काष्ठ के रथ हैं। विशाल क्रीड़ा-दालान के सिरे पर मंडलाकार लोकों, द्वीप-समूहों, पाँच मेरुओं, स्वर्ग-पटलों की रचनाएँ हैं। उनमें यथास्थान कृत्रिम जंगलों छाये पर्वत हैं, सुनहली मछलियों से भरे पानी के सरोवर हैं, नदियाँ हैं। उनमें नन्ही नौकाएँ हैं, जिनमें डांड चलाते हुए कुमार नौका-विहार कर सकता है। कृत्रिम वनानियों में, सवार होते ही अपने आप चलने वाले हाथी हैं, हिरन हैं। सवारी करने को घोड़े हैं, और सिंह भी। ऐसी चन्द्रशिलाएँ हैं, जिनमें आपोआप पानी भरकर, सरसी बन जाती है : उसमें कमल खिलते हैं।...

कुमार का मन खेलते-खेलते, क्षणभर में ही उचट जाता है। बाहर जाना तो वर्जित है, तो बाहर की लम्बी गेलरी में जा खड़ा होता है। टकटकी लगाये मन-ही-मन हिरण्यवती में तैरता है, नौका विहार करता है। अपने को सुदूर हिमवान् के बर्फानी पर्वत-शृंगों पर चढ़ता हुआ देखता है। एक दिन ऐसे ही कल्प-विहार के हिमाद्रि के एक चूड़ा-वातायन पर जा बैठा था। तभी माँ ने आकर अचानक पीछे से उसकी आँखें भींच लीं। कुमार उष्ण वत्सल हथेली का स्पर्श पाकर महल की परिधि में लौट आया :

"अरे छोड़ दो माँ, कैसी हो तुम भी। हमारा खेल बिगाड़ दिया। बस, तुम्हें तो प्यार और महल की लगी रहती है।"

"खेलने में तेरा मन ही कहाँ लगता है लालू? इतने बहुमूल्य खिलौनों से भरा क्रीड़ा-कक्ष छोड़कर, चाहे जब यहाँ आ खड़ा होता है। क्या देखता रहता है सारा दिन यहाँ?"

"खेलता रहता हूँ माँ! देखते-देखते सब खेल हो जाता है।"

"खिलौने तो सब अन्दर मुँह ताक रहे हैं। यहाँ काहे से खेलता है रे?"

"कमरे के आनमान के खिलौनों में मेरा मन नहीं लगता, माँ। देखो न, यहाँ तो सच्चीले पहाड़ हैं, नदियाँ हैं, बड़े-बड़े कमलों भरे तालाब हैं। वे पहाड़ की चोटियाँ मुझे बुलाती हैं, मुझमें बातें करती हैं। कहती हैं—मेरे पास आ, तुझे अपनी गुफाओं में बहुत-से गुप्त ख़जाने दिखाऊँगा। अपने झरनों में नहलाऊँगा...अच्छा माँ, वहाँ एक सोनहला आठ पैरोंवाला व्याघ्र भी रहता है।...कहता है, आ मुझ पर सवारी कर।...और वहाँ कई रुपहले हिरन मेरे मित्र हो गये हैं। बहुत अच्छे लगते हैं...मुझे अपनी पीठ पर बिठा, खूब सैर कराते हैं...। और वहाँ बेलों छाये घरौंदों में कोमल-कोमल ख़रगोश रहते हैं। वह सब बिछौना बनकर मुझे सुलाते हैं। इतना प्यार करते हैं, कि मैं भी उनके साथ खरगोश हो जाता हूँ।"

सुनते-सुनते माँ को लोकान्तर-सा अनुभव हुआ। कितनी ही आदिम स्मृतियों में वह खो गयी। जिज्ञासा से भरकर बोली :

"अच्छा मानू, और क्या-क्या हैं तेरे खेल... ?"

"और तरह-तरह के पेड़ हैं वहाँ। भेदभरी वनियाँ हैं जिनकी कहानी तुम सुनाती हो। उनमें सुनहले-रुपहले साँप हैं। बहुत सारे साँप...मेरे हाथ-पैरों में लिपट जाते हैं—और सर पर छत्र तान देते हैं। बापू के रत्नों का छत्र फीका लगता है, उसके सामने।"

"और क्या-क्या हैं तेरे खिलौने? कौन हैं तेरे खेल के साथी?"

"यहाँ के सखा-सहेली तो तुमने सब छुड़ा दिये, माँ। और ये खिलौने तुम्हारे सब छोटे लगते हैं, झूठे खिलौने! हम तो सच्चीले खिलौनों से खेलते हैं। सूरज से कभी गेंद खेलते हैं, कभी उसे लट्टू बनाकर घुमाते हैं, कभी उसे चकरी बनाकर फिराते हैं। और कभी मन में आता है, तो उसे विमान बनाकर आसमान की सैर करते हैं।...जाने कितने लोगों और देशों में वह हमें ले जाता है। तुमने सुने भी नहीं होंगे, ऐसे-ऐसे देश वह हमें दिखाता है। बेचारा सूरज, अच्छा लड़का है। खिलौना भी बन जाता है, साथी खिलाड़ी भी, और हमारी सवारी भी।"

"और चाँद?"

"अरे माँ, चाँद के तो क्या कहने हैं? वह तो शीतल हीरों के पानी से भरा तालाब है। रात को तुम सो जाती हो न, तब हम उस तालाब की लहरों पर अपना बिस्तर लगाते हैं। और चाँद खुद भी आकर, हमारे साथ बैठकर बातें करता है। और हमारी तो सब लड़कियाँ तुमने छुटा दीं। तो क्या हुआ, हज़ारों तारा-लड़कियाँ आकर हमें घेर लेती हैं। हमारे साथ आँख-मिचौनी खेलती हैं, घूमर नाचती हैं, हमें रंग-बिरंगे कंडील देती हैं, फानूस देती हैं। और सब मिलकर कहती हैं—अब हम पर लेट जाओ, सो जाओ, आराम करो, राजकुमार!"

महारानी-माँ, इस क्षण न रानी रह गयी हैं, न महल में हैं। न जाने कहाँ, कहीं और हैं। ऐसे जगत् में जो कहने में नहीं आता।

"अच्छा लालू, हमें भी अपने खेल की सहेली बना लो न, हमें भी अपने खेलों के आँगनों में ले चलो!"

"अरे वाह, तुमने भी खूब कही, माँ। लो, अभी चलो। आओ...मेरे बहुत पास आ जाओ...आओ न माँ!"

माँ ने बेटे के विशाल मस्तक को छाती से चाँप लिया। और लगा कि, सारा लोक उनके वक्षतट में छौने-सा दुबक गया है।...

माँ ने मर्यादा की लकीर खींच दी है, तो लड़का कई दिनों से अन्तःपुर की सीमा के बाहर नहीं गया। या तो उसकी बातों से, महल से लगाकर नगर तक में कोलाहल मच गया था। या अब एकदम ही चुप हो गया है। बुलाने पर भी किसी के पास नहीं जाता। दासियाँ दूर से ही बलाएँ लेती रहती हैं। उसे परवाह नहीं। माँ

भी पास आने की हिम्मत नहीं करती हैं। कभी क्रीड़ा-कक्ष में खिलौनों को देखता चुपचाप डोलता है। कभी अलिन्द के डोलने पर अकेला झूलता रहता है, कभी गेलरी में, और कभी इस या उस वातायन पर खड़ा, दूरियों में निगाहें खोये रहता है। माँ का मन चिन्तित, कातर हो आया। बुरा किया मैंने इसे बाँधकर।

"क्यों रे लालू, मैंने तुझे क़ैद कर दिया न?"

"नहीं तो। हम तो, जहाँ मन आये वहाँ जाते हैं। हमको कौन-क़ैद कर सकता है?"

"कितने दिनों से यहीं तो बन्द है तू!"

"अरे वाह माँ, तुम तो कुछ भी नहीं जानतीं। हम तो सब जगह हैं, भई, यहाँ भी हैं, और कहीं भी हैं।"

"झूठा कहीं का, मुझे बनाने भी लगा है रे?"

"सच्ची मैया, हम तो फिरते ही रहते हैं। देखो न अम्मा, वह पहाड़ की चोटी है न, वह हमारी सहेली हो गयी है। गलबाँहीं डालकर हमें अपने पार, जाने कहाँ-कहाँ घुमाती है। कित्ते देश, कित्ते लोग दिखाती है। तुम्हारी कहानियों में भी वैसे देश नहीं हैं, माँ!"

"बहुत अकेला पड़ गया है न! अकेलै-अकेले तुझे अच्छा नहीं लगता न, बिट्टू! सब संगी तेरे मैंने छुटा दिये!"

"अरे नहीं माँ, तुम तो अपने ही मन से चाहे जो सोच लेती हो। हमको अकेले रहना अच्छा लगता है।"

"झूठा कहीं का, छुपाता है।"

"सच माँ, अच्छा लगता है। देखो वह हिमवान् का कूट कितना अकेला है। और रात को नदी भी तो अकेली बहती है...अरे वह देखो माँ, उस टहनी पर अकेली बैठी चिड़िया कित्ता बारीक गाती है। उसका गाना मैं समझने लगा हूँ।"

"नहीं, तुझे अब अकेला नहीं रखूँगी कल से!"

"अकेला मैं कहाँ हूँ माँ!...मैं तो अपने साथ हूँ। अपन तो अपन के ही दोस्त हो गये हैं।...और देखो न, हवा हर समय मेरे साथ है, मुझे दुलारती रहती है। और इत्ता बड़ा आसमान, सदा मुझे घेरे रहता है। छोड़कर जाता ही नहीं कभी। और चाँद-सूरज, तारा-लड़कियाँ...। और लड़के-लड़कियाँ तो छोड़कर भी चले जाते हैं। पर ये तो सदा के साथी हैं। इत्ते सारे खेल के सखा-सहेली। अब तुम्हीं बताओ, मैं अकेला कहाँ हूँ?"

"अच्छा लालू, सारे दिन क्या सोचता रहता है? बोलता ही नहीं किसी से!"

"हम तो कुछ भी नहीं सोचते। सब देखते रहते हैं। इत्ती सारी चीज़ें हैं देखने को। और जानने को भी कित्ता सारा है उनमें। चीज़ के भीतर चीज़ है। पिटारी के

भीतर पिटारी है। देखने और जानने में कित्ता मज़ा आता है! फिर सोचना क्या?...तुम भी देखो तो पता चले माँ? फिर सोच में कभी नहीं पड़ोगी। समझी कि नहीं...!"

माँ को लगा, उनकी बुद्धि से परे है ये बेटा। इसे पहचानना कठिन हो जाता है। उसे अपना कहने का साहस नहीं होता। पर आज उनसे रहा न गया, लगा जैसे कोख का जाया हाथ से निकला जा रहा है, पराया हुआ जा रहा है। एकदम मोहाकुल होकर उन्होंने उसे बाँहों में भर गोदी में बैठा लिया। फिर उसके माथे पर चिबुक टिका, अपनी उँगली से उसकी चिबुक उचका, उसकी बड़ी-बड़ी आँखों में आँखें उँड़ेल भर्राये कंठ से पूछा :

"तू मेरा बेटा है न, मानू?"

"अरे वाह माँ, यह भी क्या पूछने की बात है! वह तो हूँ ही।"

"और तेरे बापू का बेटा है न?"

"हाँ, तुम कहो तो उनका भी हूँ।"

"तू केवल मेरा बेटा है न, मेरा राजा बेटा!"

"कह तो दिया है कि हैं। बार-बार क्या कहना!" लड़का ज़ोर से हँस पड़ा।

"सिरफ़ मेरा लल्लू, और किसी का नहीं!"

"हाँ-हाँ तुम्हारा भी..."

"भी नहीं... मेरा ही...बोल न!"

"ही नहीं माँ, भी।"

"इसका तो कोई अर्थ नहीं हुआ!"

"अर्थ क्यों निकालती हो माँ, जो है सो तो है...।"

"मतलब?"

"मतलब, तुम्हारे भी हैं हम, सबके भी हैं।"

"तो फिर हम तुम्हें नहीं रक्खेंगे।"

"भई देखो, सच्ची बता दें।"

"बता न...! छकाता क्यों है मुझे?"

"हम तो किसी के बेटे नहीं...अपने ही बेटे हैं।"

"मेरा और बापू का भी नहीं?"

"अच्छा तुम भी हमारी बेटी हो, बापू भी हमारे बेटे हैं, और सब अपने-अपने बेटे हैं। तुम अपनी बेटी हो, तात अपने बेटे हैं। हम अपने बेटे हैं। हम तुम दोनों के बेटे हैं। हम सबके बेटे हैं। हो गया न ठीक। और क्या चाहिए!"

माँ कुछ न समझकर भी जैसे एक गहरे बोध में डूब गयी। उसके मन में प्रश्न रहा ही नहीं। बस आँसू झर रहे हैं अविरल, आँखों से। और बेटे को समूचा आँचल में समेट स्तब्ध हो गयी हैं। और छाती में वह बेटा अचल है : जो चाहें वे उसे मान

लें, जो चाहें उसके साथ करें, वह समर्पित है।

साँझ बेला में महारानी-माँ कुमार को लेकर उद्यान-विहार को निकली हैं। दासियों, परिचारिकाओं से घिरी हैं। बीच में हरी दूब का एक बड़ा-सारा गोलाकार मंडल है। उसके केन्द्र के अकृत्रिम-सा लगता एक क्रीड़ा-पर्वत है : उसमें जगह-जगह फव्वारे छूट रहे हैं।

कुमार चुपचाप पेड़-पौधों, फूलों की शोभा निहारता अपने में तन्मय, छिटका-सा चल रहा है। उसकी देखने, भोगने की अपनी दृष्टि है। हर वृक्ष, गुल्म, लता, पत्ती, फूल को समूचा देखता है। फिर उसके रंग, आकृति, किनारों को देखता है। फिर एक-एक पत्ती, फूल, पाँखुरी, उनकी बारीक नसों में तन्तुजाल, और उनमें बहते हरियाले रस-रुधिर, सबके साथ तन्मय होता चला जाता है। हवा में हिलते, मर्मराते डाल-पत्तों के इंगितों को बूझता है। डोलती लताओं के आवाहन से विभोर हो जाता है। सरसियों की ऊर्मियाँ उसके अंगों में कम्प जगाती हैं। उनमें छाये कमलों की मरम-केसर और पराग-रज उसके तन-मन को जाने कैसे स्पर्श बोध से बेसुध कर देती हैं।

महारानी अपने परिकर के साथ विचरती हुई, हरी दूब के उस विस्तृत मंडल में विहार करने लगीं। ग्रीष्म की सन्ध्या में नंगे पैरों उस पर चलकर, भीगी दूब का शीतल सुख वे पाना चाहती थीं। कुमार मंडल के बाहर खड़ा उन सबको ताकता रह गया। माँ के बहुत पुकारने पर भी दुर्वांगन में उसने पैर नहीं बढ़ाया। माँ से रहा न गया। आप ही दौड़ी आयीं और बेटे को अपने से सटाकर बोलीं :

''यहाँ क्यों खड़ा रह गया, बेटा। चल न भीतर, देख तो दूब कैसी शीतल और शाद्वल है, कोमल है। और देख तो वे मर्मर के फव्वारे।''

बालक चुप रहा। बोला नहीं। माँ ने उसके गाल, चिबुक, बाल सहलाकर निहोरा किया, ''चुप क्यों है? चल न, देख न, सब कितना सुन्दर है।''

...अरे बेटे के गाल गीले क्यों हैं? आँसू... ?

''अरे तुझे यह क्या हो गया रे लालू... ?''

''तुम सब इस नन्हीं कोमल दूब को गूँधती हुई चलती हो न, तो हमको बहुत दुःख लगता है। लगता है, हमारे ऊपर ही तुम सब चल रही हो। हमारी सारी पीठ छिल गयी...हाँ... !''

माँ ने पीठ सहलाते हुए वहाँ देखा, तो जगह-जगह कई पैरों के निशान पड़ गये हैं, और लगा जैसे अभी-अभी रक्त छलक आएगा। माँ एकदम नीरव, स्तब्ध, रुआँसी हो आयीं। विस्मय से परे, वे बस द्रवित होती चली गयीं : एक साथ विबुध,

और सम्बुध हो रहीं। एक प्रतीति है, जो अपने से भी कही नहीं जाती।

...बड़े सारे बेटे को गोदी में उठाकर क्रीड़ा-सरोवर की ओर निकल आयीं। बोलीं :

''चल लालू, हम सब स्नान-केलि करें सरोवर में : तेरी पीठ छिल गयी है न...शीतल हो जाएगी!''

''नहीं...नहीं...नहीं माँ। तुम तो कुछ भी नहीं समझतीं। देखो न, साँझ की हवा में सरोवर की लहरें कैसे आनन्द में लीन हैं। कैसी शान्त बहती हुई, जल का नीरव गीत गा रही हैं। हम केलि करेंगे, तो हमारे थपेड़ों से उन्हें चोट लगेगी न! उनका आनन्द भंग हो जाएगा। तो उन्हें रोना आ जाएगा। तब हमारा तो सारा तन छिल जाएगा। ऐसी बातों से हमको दुःख होता है, माँ...तुम तो कुछ समझती भी नहीं।''

महारानी चुप हो गयीं। वितर्क नहीं आया मन में। एकाएक जैसे जाग उठी हैं, खुल पड़ी हैं। उनकी त्वचा बेहद संवेदित हो गयी है। रोयाँ-रोयाँ, जाने कैसे चारों ओर के वत्सल स्पर्शों से भर उठा है। अरे, वे तो केवल वर्द्धमान की माँ नहीं, कण-कण की माँ हैं। बस, केवल माँ।

शिशिर के सवेरे, परिचारिकाओं ने कुमार को नहलाकर, सुगन्धित पद्म-मकरन्द से अंगराग लेपित कर दिया। केशों के बेमालूम फुलैल-सुगन्धों से सँवारकर, चूड़ा में मुक्ताबन्ध से हीरक-चन्द्र, बंकिम-सा अटका दिया। कलाइयों में महीन मणियों की पहोचियाँ, भुजाओं पर पतले-पतले मरकत के भुज-बन्ध। कमर पर नन्हीं-नन्हीं बजती घंटिकाओं की लटकन वाली करधौनी। टखनों पर सोने के घुँघुरवाले पायल। तब मुलायम रोमों का अंगा पहना न पहना कि उतारकर फेंक दिया।

''नहीं, हमको शीत अच्छा लगता है। कुछ नहीं पहनेंगे।''

''अरे कुमार, अब तो बड़े सारे दिखते हो। अच्छे बच्चे नंगे नहीं रहते। देखो न, कितना तीखा शीत है। अंग थरथरा रहे हैं।''

''देखो न, शीत हमारा मीत है। हमारे अंग तो नहीं थरथराते। हम अच्छे बच्चे थोड़े ही हैं। हम तो ख़राब बच्चे हैं। माँ कहती हैं, लालू बड़ा नटखट है।...नटखट बच्चे नंगे ही डोलते हैं। तुम सब इतना भी नहीं समझतीं...?''

...ख़बर सुनकर महारानी आयीं।

''अरे लालू, ऐसी खोटी हठ ठीक नहीं। देख बेटा, शीत लग जाएगा।''

''शीत तो लग चुका माँ। अन्दर आ गया है। मुझे बहुत अच्छा लग रहा है।''

''तेरी तो सब बातें उलटी हैं। सब काम उलटे करता है।''

''मैं तो जनम का ही उलटा हूँ माँ, सीधा कब चला! और देख लेना, आगे

भी उलटा ही चलूँगा। सारी दुनिया से ठीक उलटा चलना हमको अच्छा लगता है। क्या करें...!''

माँ और दासियाँ हारकर इधर-उधर व्यस्त हुईं, कि इतने में कुमार गायब।

...प्रभातकालीन राज-सभा में महाराज सिद्धार्थ अपने रत्नों से जाज्वल्यमान भव्य सुवर्ण सिंहासन पर गौरवपूर्वक आसीन हैं। मंगलाचरण के उपरान्त बन्दीजन महाराज का यशोगान कर रहे हैं। एकाएक दिखाई पड़ा, नग्न बाल केसरी-सा कुमार, केशरिया आभा बिखेरता, झाँझर झनकाता चला आ रहा है। सब अचम्भित और आनन्दित थे, बालक-राजा को पहली बार यों राजसभा में आते देखकर। कुमार सीधे राज-सिंहासन के पास पहुँच, एक पैर उनकी सीढ़ी पर रखकर बोला :

''अय महाराज, हम राजा हैं, तुम नहीं।...अच्छा तुम भी राजा, हम भी राजा। पर हम तुम्हारे भी राजा हैं, हम सबके राजा हैं। सिंहासन पर हम बैठेंगे। महाराज, खड़े हो जाइए न, सिंहासन हमें दीजिए। हम चक्रवर्ती राजा हैं, हमको पता चल गया है...!''

महाराज आनन्द-विभोर हो, अश्रु-गद्‌गद से उठ खड़े हुए। बेटे को बहुत प्यार से बाँहों में भर मान-सम्भ्रमपूर्वक सिंहासन पर आसीन कर दिया। स्वयं पास ही नम्रीभूत आज्ञावाहक-से खड़े हो गये।...ठीक सम्राटों की गरिमा को पराजित करनेवाली, किसी अपूर्व गौरवभंगी से, निर्वसन बाल प्रभु ने सिंहासन को अपनी महिमा से मानो क्षण भर में पराभूत कर दिया। सिंहासन ने मान भंग का जैसे आघात अनुभव किया।

''अय बन्दीजनो, हमारा यशोगान करो। हम राजाओं के राजा हैं...!''

अन्तःपुर के झरोखे पर से महारानी त्रिशला अपने परिकर सहित यह दृश्य देखकर स्तम्भित और आत्मविभोर थीं। उनकी आँसुओं में डूबती आँखों में जैसे झलका : कुमार मानो अन्तरिक्ष में सिंहमुद्रा से आसीन है, और सिंहासन उसके चरणों में समर्पित है।

बन्दियों के मुख से कोई अभूतपूर्व स्तुतियाँ उच्चरित होने लगीं। नर्तकियों की हारमाला, समवेत संगीत की लहरों पर आलोड़ित होने लगी। महाराज और सभापद स्वयं, मात्र दृश्य होकर रह गये। और उस सबका एकमेव द्रष्टा कब वहाँ से चम्पत हो गया, पता ही नहीं चला।

अनहोना बेटा

महारानी त्रिशला अपने कक्ष में, एक पूर्णकार शीशे के सामने खड़ी, फूलों से अपने केशों का सिंगार कर रही हैं। तभी किसी ने सहसा टोका :

"अरे माँ, तुम यह क्या कर रही हो?"

"देख न, जूड़े में फूल टाँक रही हूँ। सुन्दर लगते हैं न?"

"नहीं माँ, बिल्कुल नहीं। फूल तो डाल पर ही सुन्दर लगते हैं, जूड़े पर नहीं।"

"क्यों बेटा?"

"हर चीज़ अपनी जगह पर सुन्दर लगती है, माँ। वहाँ से उसे हटा दो तो, फिर..."

"तो फिर क्या?"

"वह मर जाती है। तुम्हारे जूड़े में मरे हुए फूल लगे हैं। इनकी मुस्कान तुमने छीन ली, माँ। ये ढेर-ढेर फूल जो तुम्हारी शैया में, स्तवकों में तोड़कर सजा दिए गये हैं न, वे सब मुझे मरे हुए लगते हैं।"

"इतने सुन्दर लग रहे हैं, इतनी सुगन्ध भरी है कमरे में। फिर फूल मरे हुए कैसे?"

"पता नहीं, मुझे क्यों लग रहा है ऐसा। ये फूल खुश नहीं लगते, नाराज हो गये हैं, माँ। ये डाल पर ही प्रसन्न थे।"

"तू तो कहता है, मर गये हैं?"

"हाँ, इनमें कुछ मर गया है माँ, जो मुझे दिखता है। हाँ-हाँ, याद आया। उस दिन उद्यान-क्रीड़ा में, मालिन वनमाला को एक चम्पक फूल तोड़ते हुए मैंने देखा था। अरे माँ, देखो न, तब ऐसी सिसकारी फूटी थी डाल पर! नन्हा फूल रो दिया था, और उसकी डाली भी।...हमको बहुत दुःख हुआ था उससे।"

"तेरी तो सभी बातें अनहोनी हैं, मान! तू तो चलता भी ऐसे है कि कहीं धरती को दुःख न हो जाए। लकड़ी, पत्थर, धातु जैसी जड़ चीज़ों को भी ऐसे छूता है, जैसे वे जीवित हों। तू तो खम्भे से भी गाल सटाकर उसे प्यार करता है। तेरे खेल समझ में नहीं आते।"

"क्या करें माँ, हमको सबकुछ जीवित लगता है, सब ओर प्राण-ही-प्राण लगता है। हमारे प्राण को ऐसा ही लगता है। हम क्या करें!"

"चेतन में तो ठीक है, पर तू तो जड़ पदार्थों को भी ऐसे छूता है, जैसे सहला रहा हो।"

"अरे माँ, चेतन कहाँ है, और कहाँ नहीं है, वह कौन बताए। हमको तो सब

जीवित लगता है। सब सुन्दर।...देखो, तुमने फूलों को तुड़वाकर, सब असुन्दर कर दिया। मर गये बेचारे...।''

''तो हम सिंगार काहे से करें, लालू?''

''ओ...तो क्या फूलों के प्राण लोगी, उसके लिए? तुम अपना सिंगार अपने से करो। फूल अपने से करें। तुम उनकी सुन्दरता देखो, वे तुम्हारी देखें। तुमको फूल की सुन्दरता से मतलब थोड़े है, तुम्हें तो अपनी सुन्दरता की पड़ी है। सबको अपनी-अपनी पड़ी है। मरे फूलों से सिंगार करके, तुम मुझे सुन्दर नहीं लगतीं, माँ!''

''अच्छा बाबा, चुपकर। तेरी बातें सारी दुनिया से निराली हैं। तेरे कहने से सब चलें, तो दुनिया और की और हो जाय।''

''सो तो होगी ही। तुम्हारी यह दुनिया, हमें अच्छी नहीं लगती। सब एक-दूसरे को मारकर जीते हैं यहाँ।''

''तो फिर तू क्या करेगा?''

''हम तुम्हारी इस दुनिया को उलट देंगे। अपने मन की बना लेंगे।''

''बना लिये! तुमने कहा, और हो लिया?''

''अरे हाँ हो लिया, माँ, तुमको हम करके बताएँगे।''

महारानी सिंगार करना भूल गयीं। अनमनस्क हो, कमरे से सजे सारे फूलों को डूबी-डूबी आँखों से देखने लगीं।

''वर्द्धमान...!''

बालक वहाँ से जा चुका था।

''अब तो तुझे सारे राजप्रांगण में घूमने की छुट्टी मिल गयी, मान। अभी कहाँ से आ रहा है?''

''सुनो माँ, तुम कहती हो न, बाघ वन का राजा होता है?''

''सो तो है ही।''

''तुम्हारा प्राणी-उद्यान देखा आज।''

''कितने तरह-तरह के, देश-देश के प्राणी हैं। अच्छा लगा न तुझे?''

''अच्छा नहीं लगा, माँ। वन के राजा बाघ को तुमने पिंजड़े में डाल दिया है। वह तो पर्वत की चोटियों पर छलाँगें भरता है : वहीं वह अच्छा लगता है।''

''अच्छा, और क्या देखा, मानू?''

''और भोली आँखों वाले हिरन, काले भँवर कृष्णसार, नील गायें, चँवरी गायें, वे नन्हें-नन्हें खरगोश, सबको तुमने क़ैद कर दिया, माँ।...उनसे उनके खुले जंगल छीन लिये तुमने।...

"—देखो न, वे बड़े सारे पंखों वाले मोर : वे नीली, हरी, पीली, लाल चिड़ियाँ। वे देश-देश के पंछी! उनके तो तुमने पंख काट लिये, माँ! वे आसमानों में जाने कहाँ-कहाँ उड़ते थे। जाने कितने जंगल, डाल, झरने घूमते थे। कहीं दाना, कहीं पानी, कहीं फल।...यहाँ बेचारे सब तुम्हारे पालतू हो गये। उनका आसमान तुमने छुड़ा दिया।...

"—और वे रंग-बिरंगी सुनहली-रुपहली, भाँति-भाँति की मछलियाँ। दिगन्त तक बहती नदियों, समुद्रों में खुलकर तैरती थीं। अब बेचारी तुम्हारे बनावटी सरोवरों में मनमारे पंख मारती रहती हैं। हम को लगा माँ, हम भी यहाँ क़ैदी हैं। हमारा जी नहीं लगता माँ, तुम्हारे इस महल में। यहाँ सब क़ैदी हैं, हम भी, तुम भी, बापू भी, पेड़-पौधे भी, पशु-पक्षी भी। बहुत बड़ा है तुम्हारा क़ैदख़ाना!"

"तेरी बातें समझना, मेरे बस का नहीं, मान! तू हर चीज़ को, उलटा और सबसे अलग देखता है। अरे, प्राणी-उद्यान में सब प्राणियों को उनके स्वभाव के अनुसार ही तो रखा है। पंखियों के लिए पूरा एक वन ही तो बना दिया है, जंगल से अधिक रसीले फल-फूलों से भरा। मछलियों को मर्मर और स्फटिक के सरोवरों में तैरने को मिलता है। नदियों में उन्हें मगरमच्छ निगल जाते हैं, यहाँ वे सुरक्षित हैं। मृगों को रम्य क्रीड़ा-पर्वत दिये हैं हमने। और सिंह का पिंजड़ा कहाँ है? उसकी गुफा में सोना पुता है। और उसे हमारे रखवाले पकवान, मेवे और फल खिलाते हैं। नहीं तो जीवों को खाता फिरता था वह। छिः छिः..."

"तो माँ, तुम्हारे और बापू के भरोसे जीते हैं वे? यही न? बाघ की वे सुनहरी धारियाँ किसने बनायीं, माँ? हिरनों की सुन्दर आँखें और चँवरी गाय के चँवर किसने बनाये? खुले जंगलों, हवाओं, बहती नदियों, चट्टानों, पेड़ों में से वे सब बने हैं। जिसने उन्हें बनाया है, वही उनका रखवाला है, माँ।"

"अच्छा तो किसने बनाया है, उनको?"

पता नहीं, हमने उन्हें नहीं बनाया। सब अपने आप बने हैं। सब अपने अपने रखवाले हैं। हम कौन होते हैं उन्हें घेरनेवाले, बाँधनेवाले, पालनेवाले!"

"देख बेटा, तू राजपुत्र है। कल राजा बनेगा। राजा तो धरती का मालिक, और सबका पालनहार होता ही है। तेरे पिता पृथ्वीनाथ हैं, बेटा...! और तू भी वही होगा कल को!"

"हम तो अपने ही राजा हैं, माँ, और किसी के नहीं। हमारा राजा भी और कोई नहीं। सब अपने-अपने राजा हैं। सब अपने-अपने रक्षक हैं। अरे माँ, एक चींटी भी तुम बना नहीं सकते, एक अंकुर तक उगा नहीं सकते। तुम उनके राजा कैसे? और तुम उनके प्राण बचाओगे? उन्हें पालोगे? तुम्हारे राजा से कह दो, वे मेरे राजा नहीं। हम तो अपने ही सम्राट हैं। हमको ऐसा ही लगता है, माँ, हम क्या करें।...तुम्हारा

महल बहुत छोटा है माँ, यहाँ हमारा जी नहीं लगता।''

एक गहरी चुप्पी छायी हुई है। महारानी त्रिशला पराहत, निरुत्तर, सुनती हुई, बस इस बेटे का मुँह जोह रही है, जिसे अपना कहने में कठिनाई होने लगी है। और अचानक 'अच्छा माँ, फिर मिलेंगे' कहकर वर्द्धमान जाने कब जा चुका था।

...महाराज और महारानी को एकाएक ख़बर मिली कि प्राणी-उद्यान उजाड़ पड़ा है। सारे पशु-प्राणी अपने वन्य-मातृभूमि को लौट चुके हैं। रखवाले, पहरेदार, सब गायब हैं। जाँच-पड़ताल हुई। पर कौन उत्तर दे? पशु-पक्षी ही नहीं, राजाश्रित रक्षपाल भी अपनी रोटी की चिन्ता छोड़, भाग खड़े हुए हैं। कहीं तो मिलेगी ही।

महाराज सिद्धार्थ ने प्रश्नायित आँखों से महारानी त्रिशला की ओर देखा। महारानी उत्तर में आँखें ढलकाकर चुप हो रहीं। बूझकर भी बात पहेली ही बनी रही।

माँ ने सोचा वर्द्धमान अब बड़ा हो चला है। उसे महल की परिधि में बाँधकर रखना उचित नहीं। आज तो इतनी-सी बात है, कल जाने क्या-क्या उपद्रव होने लग जाएँ।...और वर्द्धमान को जहाँ चाहे जाने की छुट्टी मिल गयी।

शरद ऋतु की सुहावनी दुपहरी में, गाँव-नगर के लड़कों का दल बाँधकर, कुमार जंगल में खेलने को निकल पड़ा है। एक विशाल, पुरातन वट-वृक्ष पर, डाल-डाल, पात-पात कूद-फाँदकर 'पकड़ा-पकड़ी' का खेल चल रहा है।

कि इतने में अचानक एक लड़का चिल्लाया :

पल मात्र में कोलाहल बन्द हो गया। अपनी-अपनी डाल से चिपटे रह गये सारे लड़के। सबने देखा : एक भयंकर भुजंगम, वट-वृक्ष के मूल से साढ़े तीन आँटे मारकर सैकड़ों फन उठाये फुँफकार रहा है। पहले तो लड़कों की घिग्घियाँ बँध गयीं। पत्तों-से काँपते -थरथराते, सब अपनी-अपनी डालों से और भी कसकर चिपट रहे। फिर एक-एक कर वे भय के मारे, झाड़ से कूद-कूदकर भाग खड़े हुए।

वर्द्धमान को मानो कुछ लगा ही नहीं। भय तो और लड़कों के साथ भाग गया। कुमार तो आनन्द में मगन हो गया। जैसे उसे कोई मनचाही चीज़ मिल गयी है। उसे सदा कुछ असाधारण देखने, जानने की चाह लगी रहती है। कैसा सुन्दर और भव्य है यह सर्पराज! इसके गहरे हरे, पन्ने जैसे स्निग्ध, चमकते शरीर में जैसे सारा अरण्य चित्रित हो गया है। इसकी सरसराहट में नदी की लहरें हैं। बड़े इत्मीनान से, टाँग पर टाँग डाले, कुमार वृक्ष की मध्य डाल पर, अपनी दोनों गुँथी हथेलियों में मुख टिकाकर, सर्पराज के सौन्दर्य के साथ तन्मय हो रहा है...एक फन में सौ फन, सौ

फन में सहस्त्र फन। कुमार का मन इससे खेलने को चंचल हो आया। पुकारा उसने :

"ओ नागराज, तुम्हारे फन मुझे बहुत भा गये हैं। मुझे बैठाओ न उन पर! तुम्हें कष्ट नहीं होने दूँगा।"

और फणिधर, बेशुमार मणियों से जगमगाते सहस्त्रों फनों को तानकर, मस्ती से डोलने लगा।

कुमार सहज लीला भाव से, सीधा अपनी डाल से कूदकर भुजंग के फणों पर यों आ खड़ा हुआ, जैसे माँ की गोद में आ बैठा हो। कुमार तो अपने जाने फूल से भी कोमल और हलके होकर टपके थे उस पर। पर सर्पराज को ऐसा लगा कि जैसे सुमेरु पर्वत के भार तले उसके फण कुचले जा रहे हैं। किन्तु सर्प को यह पीड़न भी बहुत प्रिय और मधुर लगा। इतना कि उसने अपने को समूचा कुचल जाने दिया...

...और अचानक दूर खड़े, भय से किलकारी करते लड़कों ने देखा : वहाँ तो सर्प था ही नहीं। एक अति सुन्दर देव, कुमार को गोदी में लिये बैठा था।....

...थोड़ी देर में कुमार हँसता हुआ, उन्मुक्त, मस्त खड़ा दिखाई पड़ा। देव ने उसके चरणों में विनत हो वन्दन किया। फिर सर उठाकर बोला :

"मेरा देवत्व हारा। हे मानव-पुत्र तुम जीत गये। मैं संगम देव, अपने देवत्व का अभिमान लेकर, तुम्हारी परीक्षा करने आया था। हे मानवेन्द्र, हे अमरेन्द्र, मैं धन्य हो गया। मैंने पहचाना, तुम कौन हो। तुम वीरों के वीर, महावीर हो नाथ! जय महावीर...जय महावीर...जय महावीर!"

कण-कण तृण-तृण, पर्वतों, समुद्रों, हवाओं, अन्तरिक्षों में यह नाम आलेखित हो गया।

दूर पर साक्षी खड़े वर्द्धमान के सखाओं में होकर यह संवाद, यह नाम, वैशाली को पार कर, समस्त आर्यावर्त में व्याप गया।

जन्मजात ज्ञानेश्वर

बड़ी भोर माँ सामायिक-ध्यान में बैठी थी कि अचानक जाने कहाँ से आकर गोदी में धप् से टपक पड़े लाल जी।

"अरे माँ, आँखें मींचकर क्या खोज रही हो?...भगवान?"

"हाँ...चुप कर अभी।"

"अरे सुनो तो, कल मैंने तुम्हारे भगवान को देखा!"

"कहाँ देखा रे?"

''जंगल में, संगमदेव की गोद में। पहले वे साँप होकर आये। मैं साँप पर कूद पड़ा, तो साँप देव हो गया। बोला, संगमदेव हूँ। मैंने उसे छकाया, तो उसने मुझे गोदी ले लिया। वह ज़ोर से पुकारने लगा : जय महावीर...जय भगवान...जय महावीर...जय भगवान!''

''भगवान दीखे फिर?''

''हाँ-हाँ माँ! उसने समझा, उसने मुझे गोदी भर लिया है। मैं तो छटककर भाग खड़ा हुआ था। ...दूर से देख रहा था...''

''क्या देख रहा था?''

''अरे उसकी गोदी में भगवान बैठे थे!''

''कैसे थे वे?''

''एकदम गोल। पर बड़े सुन्दर। आलथी-पालथी मारकर आँखें मींचे बैठे थे। हिलने का नाम नहीं!''

माँ की समझ-बुद्धि गुम हो गयी। आत्मविभोर हो, गोदी भरे लाल को ऊपर से टक-टक निहारती रहीं।

''अच्छा माँ, भगवान का नाम क्या महावीर है? देव पुकार रहा था : जय महावीर...जय महावीर...। वह तो पागल ही हो गया था। मैं तो घर भाग आया।''

''और क्या-क्या देखा जंगल में, लालू!''

''बहुत-बहुत चीज़ें। क्या-क्या बताएँ। नदी पार के सल्लकी वन में गये थे। वहाँ बड़ा भारी हाथी देखा। पूरा पहाड़। लड़के-लड़की डरकर भागे। मैंने कहा, डरो नहीं : इसको देखो। डर के मारे अधमुँदी आँखों से, सब चुपचाप मेरी उँगली के इशारों पर उसे देखने लगे! मैं एक-एक से पूछने लगा : बताओ यह क्या है?

''—एक लड़का उसके भारी-भरकम चार पैरों को ही ताक रहा था। बोला, यह तो खम्भों वाला दालान है।

''—उस लड़की इला को उसके बड़े-बड़े हिलते कान भा गये। बोली, अरे यह तो मेरी माँ के धान फटकारने के सूप हैं।

''—कपिल की आँखें उसके बड़े भारी पेट पर ही अटकी थीं। बोला, अरे यह तो पहाड़ है।

''—एक लड़की के उसकी सूँड़ बहुत प्यारी लगी। बोली, यह तो केले का पेड़ है।

''—राजन उसके उजले सफेद दाँतों में लुभा गया। बोला, नदी पार जाने का पुल है।

''—एक लड़का उसकी मुँहफाड़ को देखकर भयभीत हो बोला, अरे यह तो भयंकर गुफा है!

"—सुमीला उसके माथे के कुम्भों को देखकर बोली, यह तो मेरी अम्मा की छाती है।

"मुझे बहुत जोर से हँसी आ गयी, माँ। डर के मारे सब आधी आँखें मींचकर ही तो बोल रहे थे। जिसे जो याद रहा, जिसे जो दीखा, उस चौपाये में, वही बोला...।"

"फिर तू क्या बोला रे?"

"मैं तो डरा नहीं न! सो खुली आँखों पूरा प्राणी देख रहा था। मैंने कहा : अरे अँधो, आँखें खोलकर पूरा देखो, यह तो हाथी है, हाथी : समझे कुछ?"

"अच्छा मैं कहूँ कि वह बाघ था, तो तू क्या कहेगा?"

"चार पैर बाघ के भी होते हैं, वैसी ही पूँछ भी। वैसा ही माथा भी। चाहो तो उतना देखकर बाघ भी कह लो। मैं कहूँगा हाथी भी। और कुछ भी। मगर पूरा देखो माँ, तो जो है वह कहने में नहीं आता, है न?"

लड़का कहीं-से-कहीं आ पहुँचा है। इसकी परस्पर विरोधी लगती बातों से क्षण भर महारानी चकरा जाती हैं। फिर समझ-बुद्धि से परे सम्बोध पा चुप हो जाती हैं। उनके आश्चर्य का पार नहीं।

वन-क्रीड़ा में नागराज के फन पर, कुमार के कूद पड़ने की घटना आसपास के सारे जंगल में फैल गयी है। महाराज और महारानी इस भयावह वार्ता से चौकन्ने हो उठे हैं। महारानी को रह-रहकर गर्भाधान की रात वाले अपने सोलह सपनों का ध्यान हो आता है। उनके अवचेतन में, गर्भावस्था में वह हिमवान् की चट्टान पर पाया विचित्र साक्षात्कार भी चुपचाप झलकता रहता है। वह दोहद उनका एक ऐसा गोपन अनुभव है, जिसे वे अपने अतिरिक्त और किसी को आज तक बताने का साहस न कर सकीं थीं। उसके स्मरण मात्र से, आज भी उनके रोमों में एक विचित्र आनन्द-मूर्च्छा के हिलोरे दौड़ने लगते हैं। महाराज को लगता है, कि सपनों के फल वे नहीं, कोई और ही उनके भीतर से बोला था। बालक के अनोखे करतब देखकर, उसकी प्रतिध्वनियाँ रह-रहकर उनकी अन्तश्चेतना में मँडराती रहती हैं।

माता-पिता मिलकर कभी परामर्श करते हैं, तो उनके बोल खुल नहीं पाते। एक रहस्य है, जिसे मन-ही-मन गुनकर वे चुप हो रहते हैं। विचित्र है इस बेटे का चरित्र। यह तो निरा समुद्र है : सतह पर तूफानी, तह में अथाह और गम्भीर।

पर लड़के के क्रिया-कलाप से वे आशंकित और आतंकित हैं। पता नहीं कब क्या अघट घट जाए। लड़के को यों मुक्त रखना ठीक नहीं। बोले महाराज :

"देवी, अब तो कुमार बड़ा हो गया । गुरुकुल में विद्याभ्यास के लिए भेज

दो। वहाँ के अनुशासन में इसका चित्त और चर्या केन्द्रित हो जाएगी। मनमानी नहीं कर पाएगा। और समय रहते विद्याध्ययन भी तो होना चाहिए। क्षत्रिय का पुत्र है, शस्त्र और शास्त्र दोनों में इसे पारंगत होना चाहिए।''

''सो तो समझ रही हूँ, स्वामी। पर उसका अपना ही ऐसा अनुशासन है, कि उस पर शासन कौन कर सकेगा? देखते नहीं हो, शासक होकर ही तो जनमा है आपका बेटा। उस दिन आपको,उसके एक इंगित पर स्वयं सिंहासन छोड़, उसे बैठा देना पड़ा था। उस दिन की उसकी भंगिमा, भूलती नहीं है। पर वह साँप की घटना परेशानी में डाल देनेवाली है!...''

''वही तो कह रहा हूँ। विद्याध्ययन में लगेगा, तो समझ आ जाएगी इसे।''

''मेरी तो बुद्धि काम नहीं कर रही। हर बात में तो ज्ञान बोलता है। ऐसा कि बड़े-बड़े पंडित चकरा जाएँ। कई श्रमण भगवन्तों के उपदेश सुने हैं, बालपन से। पर यह तो कुछ और ही बोलता है : इतना नया और अचूक कि निरुत्तर कर देता है। इसे भला कौन गुरु पढ़ाएगा?...''

''सो तो देख रहा हूँ, त्रिशला। पर कुछ तो करना ही होगा। गुरुकुल में रहेगा, तो वहाँ की चर्या में सँभल जाएगा। बँधा रहेगा कुछ दिन, तो उपद्रव तो नहीं करेगा।''

और शुभ-मुहूर्त में एक दिन प्रातःकाल, राजसी वैभव-समारोह के साथ कुमार को पालकी में बैठाकर, विद्यारम्भ के लिए गुरुकुल ले जाया गया। कुलपति ने बड़े समारम्भ और साज-सज्जा के बीच, एक विशाल कुटीर-शाला में नव-स्नातक राजपुत्र का स्वागत किया। एक चन्दन की चौकी पर विपुलाकार शास्त्र का बँधना खोलकर, सन्मुख नव-शिष्य को एक पाटे पर आसीन किया। मन्त्रोच्चार के साथ कुमार को तिलक-श्रीफल अर्पित कर, विद्यारम्भ का सूत्रपात किया :

''बोलो युवराज,..ॐ नमो भगवते श्री अरिहन्ताय।''

बोला कुमार :

''ॐ नमो भगवते श्री महावीराय!''

''अरिहन्ताय बोलो बेटे। यह भगवान का नाम है।''

''जो भगवान नहीं देखे, उनका नाम कैसे बोलूँ? उनको नमन कैसे करूँ? संगमदेव ने जो भगवान दिखाये हैं न, उन्हीं का नाम बोल रहा हूँ, उन्हीं को नमन कर रहा हूँ...!''

हँसी के फव्वारों में कुलपति, सारा छात्र-मंडल और राजपरिवार बह गया। थोड़ी देर में चुप्पी व्याप गयी। उसे तोड़कर, उपाध्याय शास्त्र में से पढ़कर श्लोक उच्चरित करने लगे। फिर एक-एक पद बोलकर, कुमार से उसे दुहराने का अनुरोध करने लगे।

''अरे महाराज, शास्त्र में लिखे श्लोक क्या बोलना। वे तो पुराने हो गये। ज्ञान

पुराना नहीं होता। मैं तो जो सामने आता है, उसे देखता हूँ, और वही बोलता हूँ। और नित नया श्लोक बोलता हूँ।...''

और कुमार आसपास चारों ओर देखता हुआ, मनमाने श्लोक बोलने लगा। उनकी भाषा, उनके भाव, सभी अपूर्व और अनोखे हैं। न उनमें व्याकरण है, न कोश-भाषा है, न कोई पूर्व-निर्धारित छन्द है। लेकिन बुद्धि पर ज़ोर लाये बिना ही, सीधे समझ में उतरते चले जाते हैं। कुलपति, उपाध्याय, सारा गुरुकुल, सर नँवाये चुप हो रहे। किंकर्त्तव्यविमूढ़। कुमार की गुरुकुल-यात्रा, उसी सायांह्न में फिर लौटती दिखाई पड़ी।

गुरुकुल तो सम्भव न हो सका। कुमार चन्द्रमा की कलाओं-सा दिन-दिन बढ़ता जा रहा है। बच्चों की-सी बोली बोलता है। पर बातें बड़ी-बड़ी करता है। सीखने-पढ़ने से मतलब नहीं : लेकिन बहुत दूर की कोड़ियाँ लाता है। नित नये भाव, भाषा, विचार, आपोआप उसमें से फूटते आ रहे हैं। जैसे चट्टानों में से अकस्मात् झरने, या पेड़ों में नये-नये अंकुर फूटते हैं। वय आठ की है कि अठारह की, क्या अन्तर पड़ता है। बोली में निरा बालक है, पर व्यवहार में गुरु-गम्भीर, वाचा में वाचस्पति!

यह सब तो ठीक है : पर यह महानद तट की मर्यादा नहीं स्वीकारता। ऐसे कैसे चल सकता है। कहा नहीं जा सकता, कब प्रलय आ जाए। कोई उपाय करना होगा कि लड़के का चित्त केन्द्रित हो। वह सारे समय किसी प्रवृत्ति में लगा रहे।

माता-पिता ने सोचा, लड़का अन्तर्मुख स्वभाव का है, और इसकी वृत्ति ज्ञानात्मक है। इसे ज्ञान, कला, सरस्वती के आराधन में प्रवृत्त कर दिया जाए। सो नन्द्यावर्त प्रासाद के समूचे सप्तम खंड में उसके लिए एक वृहद् सरस्वती-भवन की रचना कर दी गयी है।

मध्यवर्ती कक्ष में वाङ्मय-भवन रचा गया है। वहाँ विभिन्न प्रकार और रंगों के सुगन्धित काष्ठों की नक्काशीदार चौकियाँ जहाँ-तहाँ फैली हैं। उन पर रंग-बिरंगे रेशम और जरीतारों से बने आवेष्टनों में बँधे शास्त्र सजे हैं। धर्म, अध्यात्म, दर्शन से लगाकर, नाना लौकिक-अलौकिक विद्याओं तथा विज्ञानों के सुलभ तथा दुर्लभ ग्रन्थ वहाँ संगृहीत हैं। कुछ चौकियों पर हैं, कुछ दीवारों के मेहराबदार आलयों में सजे हैं।

बाहर की खुली छत में वेधशाला भी रच दी गयी है कि वहाँ, ग्रह नक्षत्रों की गति-विधियों से काल को नापा जा सके, गणित में बाँधा जा सके। बड़ी-बड़ी बिल्लौरी रज-घड़ियों में अनवरत रज गिरती रहती है। छत के एक ओर से अलिन्द

में, वास्तु और मूर्ति-शिल्प के नाना उपकरण, औज़ार और सामग्रियाँ प्रस्तुत हैं। तो दूसरे एक अलिन्द में चित्रशाला है। वहाँ देश-देश की रंग-बिरंगी मिट्टियों, रजों, वनस्पतियों, पाषाण-चूर्णों, बालुओं से निर्मित रंगों के बड़े-बड़े स्तवक और तूलियाँ हैं। आधारों पर जहाँ-तहाँ विशाल फलक फैले हैं। तो कहीं नदियों के प्रवाहों और खदानों से प्राप्त चित्र-विचित्र शिलाएँ पड़ी हैं।

कक्ष में और बाहर की दीवारों पर अनेक विख्यात चित्रकारों भिति-चित्र आँके हैं। प्रकृत-सी लगती विविधरंगी पाषाणों की मूर्तियाँ हैं।

वाङ्मय कक्ष में शीर्षस्थ व्यासपीठ की अगल-बगल चौकियों पर कटे-छँटे भूर्ज-पत्रों और ताड़-पत्रों की थप्पियाँ लगी हैं। लेखन-चौकी पर विविध रंगी-स्याहियों के मसिपात्र हैं, जो प्रकृत चित्रमय पत्थरों, रत्नों और शंख-सीपियों से बने हैं।

वाङ्मय-कक्ष से लगे एक उपकक्ष में संगीतशाला है। उसके बीचों-बीच मसृण गद्दियों और उपधानों से मंडित एक मंडलाकार दीवान है। दीवारों में खचित आलयों, और फर्श पर खड़े आधारों पर, दुलर्भ और बहुमूल्य अनेक प्रकार के वाद्य-यन्त्र सज्जित हैं। व्यासपीठ के एक ओर ऐसी वृहदाकार हाथी-दाँत की मणि-जटित वीणा है, जिसके दो तूम्बों में जम्बूद्वीप और पुष्करवर द्वीप की रचना बारीक रत्न-कणियों से चित्रित है। उसके दूसरी ओर नागमणियों से निर्मित ऐसी महावीणा एक निरन्तर घूमते आधार पर अवलम्बित है, जिसके दोनों तूम्बों में सूर्य और चन्द्रमा चित्रित हैं, जिनके मंडलों के चारों ओर दमदम करते तारामंडल अंकित हैं। सामने रखा है चन्दन का एक विशाल मृदंग, जो समूचे ब्रह्मांड का-सा आभास देता है।

वाङ्मय-भवन से लगे और भी कई छोटे-बड़े उपकक्ष हैं। किसी में औषधिशाला है, किसी में रासायनिक प्रयोगशाला। इनमें कहीं दिव्य-वनौषधियाँ वेतस-करंडकों से सजी हैं। जाने कितने दूर देशान्तरों, समुद्र गर्भों से प्राप्त वनस्पतियाँ और खनिज यहाँ बड़े-बड़े शीशों और धातु तथा काँच के पात्रों में व्यवस्थित हैं। अर्द्धपारदर्शी शिलाओं और बिल्लौरी कुम्भों में लवणोदधि और स्वयंभूरमण समुद्रों तथा कई महानदों के जल संचित हैं। इस प्रकार हर उपलब्ध विद्या और विज्ञान के साधन और शास्त्र विभिन्न उपकक्षों में सुलभ कर दिए गये हैं।

लक्ष्य यह है कि ज्ञानजीवी वर्द्धमान का मन, जाने कब किस विद्या में रम जाय और वह तन्मय हो जाय, एकाग्र हो जाय। वह अपने आप में मर्यादित हो सके।

...दिन, सप्ताह, महीने, वर्ष, बाहर वैधशाला की विशाल बिल्लौरी घड़ी में रज बनकर अविराम झर रहे हैं। धूप-घड़ी में चाँद-सूरज की कितनी परिक्रमाएँ हो गयीं, गिनती नहीं है। दिवस, मास, ऋतु, संवत्सर आँकने की कुमार को फुर्सत नहीं। वह अपने में घूम रहा है : वे अपने में घूम रहे हैं।

माँ और पिता ने इसी से सन्तोष कर लिया है, कि मुद्दतें हो गयीं, वर्द्धमान सरस्वती-भवन में ही रमा रहता है। पूछताछ से उसे थाहा जा सके, यह सम्भव नहीं। माँ इस बात को अन्तिम रूप से समझ गयीं हैं। और उन्होंने महाराज को भी इसकी प्रतीति करा दी है।

कुमार कहीं जाता-आता नहीं। किसी से मिलता-जुलता नहीं। बोली उसकी विरल ही सुनाई पड़ती है। प्रकट है कि महल की मर्यादा उसने स्वीकार ली है। पर जब यही अनिश्चित है कि वह कहाँ स्थित है, तो उसकी मर्यादा का निर्णय कौन करे?

हवा अपने ही छन्द में बँधी रहती है। नदी अपने तट आप ही रचती चलती है। कुमार महल में रहते हैं या और कहीं, यह परिभाषित नहीं हो सकता। मर्यादा और अमर्यादा, नियम और अनियम से परे, उनकी जो स्थिति या गतिविधि है, उसकी खोज-ख़बर उन्हें खुद ही नहीं है।

वे कब किस कक्ष या अलिन्द में रहते हैं, पता नहीं चलता। सारा दिन क्या करते रहते हैं, यह भी टोहा नहीं जा सकता। ठीक समय पर भृत्य या परिचारिकाएँ आती हैं। भवन की हर वस्तु को झाँड़-पोंछकर आईने की तरह स्वच्छ कर जाती हैं। शयन, स्नान, वसन-धारण, भोजन की व्यवस्था नियत सेविकाओं द्वारा समय पर कर दी जाती है। कभी-कभी दासियाँ देखकर अचम्भित रह जाती हैं। रात बिछाए गये शयन के चादर में एक भी शल नहीं पड़ा है। विपुल व्यंजनों वाला भोजन का थाल अछूता ही रह गया है। उपभोग और उपयोग की हर वस्तु मुँह ताकती अभुक्त पड़ी है।

ज्ञान और विद्या के ये विविध और प्रचुर उपकरण तो पहले दिन से आज तक कुँवारे ही रह गये लगते हैं। सिवा इसके कि हर दिन दासियाँ उन्हें झाड़-पोंछ या माँजकर यथा-स्थान चमचमाते रखती हैं।

कुमार वर्द्धमान इस सारी रचना में सहज विचरते हैं। जैसे जंगल के पेड़ों में हवा या पहाड़ों को तराशकर बहती नदी। संगीत शाला में डालते हुए, अकारण ही कौतूहलवश कभी वीणा का कोई तार टन्न से छेड़ देते हैं। गोया कि गुज़रती हवा से ही झंकृत हो गया हो, उँगली से नहीं।

शास्त्रों की किसी चौकी या आलय के सामने चुप खड़े, उन्हें ताकते रह जाते हैं। शास्त्र अकुला उठते हैं अपने आवेष्टनों में, कि कुमार उन्हें मुक्त करें, उनके रेशमीन बन्धनों और जीर्ण होते हुए पत्रों से। लिखे अक्षरों की उस क़ैद में वे घुट गये हैं। वे खुले अन्तरिक्ष में मुक्त और रोशन हुआ चाहते हैं।

मन में आ जाए कभी, तो मयूरपंख की क़लम उठाकर मसिपात्र में डुबो, लेखन-चौकी पर रखे, किसी भूर्ज-पत्र पर उटपटाँग कुछ चितर देते हैं। चित्रशाला

के अलिन्द में, राह चलते, किसी फलक पर तूली से एक आघात कर देते हैं, फिर उसमें जो भी अँक जाए। कुछ शिला-खंडों या धातु-खंडों को यूँ ही एक-दूसरे से जोड़-जाड़कर रख देते हैं, फिर जो आकार अवकाश में उभर आये। सोचकर, या लौटकर देखते नहीं। इस सारी रचना को, इन उपकरणों को, बस वे केवल देखते नहीं। महल के भीतर को, अपने भीतर-बाहर को आसपास फैली पड़ी तमाम प्रकृति को, जगत् को, वे जैसे निश्चल भाव देखते रहते हैं। इस देखने में ही मानो उनका सारा कुछ करना, जीना, भोगना आपोआप होता रहता है।

उनका मन कहाँ लगा हुआ है, यह कौन बता सकता है। शायद अन्तिम रूप में वहीं लग गया है, जहाँ लगने को वह भटकता रहता है। माँ सेविकाओं से उनकी दिनचर्या का पता करती रहती हैं। पर कोई क्रम या अनुमान उसका नहीं मिल सका है। कभी-कभी कुमार एक सर्वथा रिक्त स्फटिक कक्ष में घंटों बन्द हो रहते हैं। तब पता लगने पर, माँ खंड के सारे कक्षों में फेरी लगा आती हैं। सब कुछ इतना अविक्षत, अस्पृष्ट, कुँवारा देखकर वे चिन्ता में पड़ जाती हैं। किसी भी तो वस्तु पर, इस खंड के वासी की कोई छाप कोई क्रिया अंकित नहीं। हर चीज़ स्वयं आप है : स्वतन्त्र है। वह किसी स्वामी से अधिकृत नहीं, भुक्त नहीं, मुद्रांकित नहीं। माँ का मन चिन्ता में पड़ जाता है। आख़िर यह चुप्पा बेटा क्या करता है सारा दिन, कहाँ जीता है, कहाँ लगा है उसका मन? ऐसे कब तक चलेगा? कौन जाने?

एक दिन रहा न गया, तो माँ हिम्मत कर चली आयीं कुमार के खंड में। वे चुपचाप अलिन्द के उत्तरी रेलिंग पर खड़े दूरियों में निहार रहे थे। कितने दिनों बाद आज, हलके-से उनके कन्धों पर हाथ रख दिया, पीछे से :

"ओ...माँ, आओ!"

"क्या देख रहा है, मान?"

"कुछ ख़ास नहीं! बस यों ही।"

"हर कोई कुछ देखता तो है ही!"

"आवश्यक नहीं, माँ!"

"कुछ लिखाई-पढ़ाई चल रही है?"

"बहुत कुछ। कुछ भी नहीं!"

"ये तो कोई बात न हुई।"

"बात तो हुई...इसका अर्थ चाहे न लग सके!"

"अर्थ बिना बात कैसी?"

"हर चीज़ का अर्थ लगाने चलो, तो अनर्थ ही हो सकता है, माँ!"

"जैसे?"

"यही, कि पढ़ रहा हूँ, तो बस पढ़ रहा हूँ!"

"क्या पढ़ रहा है?"

"जो सामने आ जाए! केवल शास्त्र ही क्यों? तुम्हारा चेहरा क्यों नहीं, जो इस क्षण सामने है?"

"पढ़ना तो शास्त्र का ही होता है। क्योंकि उसमें ज्ञान है!"

"ज्ञान तो माँ, अपने में है, शास्त्र में कहाँ! अच्छा ये बताओ कि मनुष्य ने शास्त्र लिखा है, कि शास्त्र ने मनुष्य लिखा है।"

महारानी जानती थीं, कि निरुत्तर होने ही आयी हैं। सो हो रही हैं! फिर भी पूछताछ कर, जी हलका करना चाहती हैं।

"अच्छा मान, पढ़ाई तो समझ गयी तेरी। पर लिखाई? कुछ लिखता भी है?"

"अरे, कितना सारा लिखता हूँ!"

"कहाँ लिखता है? सारे पत्र कोरे पड़े हैं। दावातें, क़लमें, स्याहियाँ बेचारी मुँह ताक रही हैं तेरा!"

"अरे तो क्या पत्रों पर ही लिखा जाता है?"

"तो काहे पर लिखता है?"

"अरे देखा न माँ, चारों ओर जो यह आकाश फैला पड़ा है। इतनी बड़ी पाटी है, और सदा सामने रहती है। पत्र और कलम उठाने का कष्ट क्यों करूँ?"

"इस पर क्या लिखता है, लालू?"

"वृक्ष लिखता हूँ, पहाड़ लिखता हूँ, नदी लिखता हूँ, तारे लिखता हूँ!"

"तो अक्षर नहीं लिखता?"

"पेड़ जैसा अक्षर और कौन होगा। एक डाल में, कितनी डालें : डाल-डाल में कितनी पत्ती। अक्षर के भीतर अक्षर। तुम्हारी वर्णमाला के अक्षर भी कोई अक्षर हैं : एकदम सपाट!"

"मतलब?"

"अरे ऐसे भी अक्षर क्या लिखना, कि एक बार में एक ही बात लिखी जाए, और वह भी अधूरी। अधूरा लिखना, अधूरा पढ़ना। तब अनर्थ ही तो होगा, माँ! वह अज्ञान ही देगा, ज्ञान उससे कहाँ मिलेगा?"

"सुन रही हूँ लालू, पर समझ नहीं पा रही।"

"समझना ज़रूरी नहीं, माँ। बस बोध हो, एकाग्र, वही समाधान है। वही सुख है! और सुख न मिले, तो ज्ञान किसलिए?"

"लिखता क्या हूँ, पढ़ता हूँ इन्हें। पढ़ना-लिखना सब एक ही बात है।"

"तारों में क्या पढ़ता है...? पहाड़ में और नदी में क्या पढ़ता है?"

"वे प्रतिक्षण मिट रहे हैं, फिर नये होकर उठ रहे हैं, फिर भी देखो न, आदिकाल से वही हैं। मैं भी हर क्षण मिट रहा हूँ, फिर नया होकर उठ रहा हूँ, फिर भी कुछ हूँ, जो सदा था, सदा हूँ, सदा रहूँगा!"

"तो इसमें पढ़ना-लिखना क्या हुआ?"

"पढ़ना-लिखना, चित्र आँकना, मूर्ति-शिल्पन करना, संगीत-वादन करना, सब इसलिए है, माँ कि हम इस बोध में निरन्तर रहें कि हम शाश्वत हैं, और नित नवीन हो रहे हैं। सबकुछ जो दृश्य है, ज्ञेय है, भोग्य है, वह नित नवीन हो रहा है। इसी नित्य-नूतनता का अनुभव तो जीवन है। और वही जीने, भोगने, होने की एकमात्र सार्थकता है, आनन्द है। वही परम परितृप्ति है।"

माँ कुछ समझीं या न समझीं हों, पर उन्हें लगा कि उनके भीतर जैसे कहीं, कोई अज्ञात, अचीन्हा सुख का स्रोत खुल पड़ा है। चुपचाप, टगर-टगर, वे बेटे का आलुलायित-कुन्तल मुखड़ा निहारती रहीं। बिन छुए ही, अपनी उमगती छाती की कोर से, वह माथा दुलरा दिया। और लौटकर चलीं, तो उन्हें लगा कि उनकी चाल जैसे बदल गयी है।

प्रकृति और पुरुष

रत्न-दीपों और सुगन्धित इत्र-प्रदीपों की रोशनी वाले इस नन्द्यावर्त प्रासाद में समय भी जैसे मूर्च्छित और क़ैदी है। यहाँ की मसृण मयूर पाँखी शैयाओं में वह अलसाया और तन्द्रालीन रहता है। वातायनों से भीतर आते-आते आकाश ठिठक जाता है, हवाएँ प्रवेश करते-करते मदिर-मन्थर हो जाती हैं।...

जानता हूँ, माँ की और पिता की सतत यहीं चिन्ता है, कि मैं इस महल में रहते हुए भी, कहीं और हूँ, यहाँ नहीं हूँ। मेरी अनुभूति और ही तरह की है। यहाँ भी हूँ। वहाँ भी हूँ। सर्वत्र अपने होने का-सा अहसास होता है। इसी से गुरुजनों ने जब भी निषेध किया कि बाहर न जाऊँ, इस खंड या उस कक्ष में ही रहूँ, तो भीतर से ही कोई आपत्ति नहीं उठी। मन-ही-मन थोड़ी हँसी ज़रूर आ गयी, कौतुक भी सूझा।

माँ, पिता और सभी परिजनों की यही चिन्ता है, कि मैं कैसे जीता हूँ, क्या करता हूँ, कैसे मेरे जीवन के ये बरस बीत रहे हैं। बाहर कब जाने लगा हूँ, पर अब तक उनके इंगित पर इन महलों की रत्न-चित्रित दीवारों के बीच ही विचरता था : या छतों और वातायनों पर से आकाश-विहार करता था। परिजनों में बहुत मिलने-जुलने की प्रवृत्ति भी मेरी नहीं रही। न ही उत्सवों, भोजों, विवाहों, जलसों, में मैं कभी

दिखाई पड़ता हूँ। तो फिर क्या करता हूँ, कैसे जीवन-यापन करता हूँ? माँ के चेहरे पर सदा यही प्रश्न लिखा देखा है।...पूछते ही जैसे वे सकुचा जाती हैं। हस्तक्षेप मेरे राज्य में करते उन्हें बहुत झिझक होती है। उन प्रश्न भरी आँखों में प्यार के उमड़ते समुद्र मैंने स्तम्भित देखे हैं।

मेरी ओर से तो कहीं कोई प्रतिरोध नहीं है। वह मेरा स्वभाव नहीं। भीतर-बाहर एकदम ही अनिरुद्ध पाता हूँ अपने को। उनकी ओर से आने वाली वर्जनाओं या प्रतिरोधों से भी कभी टकरा नहीं पाता। सहर्ष सभी बातों को भीतर समावेशित पाता हूँ, और आनन्दित रहता हूँ।

...सचमुच ही कुछ नहीं करता हूँ। पर अक्रिय और जड़ तो अपने को कभी क्षण भर भी नहीं पाया। भीतर निरन्तर एक क्रिया चल रही है। एक अजस्र परिणमन। गुफा के गहन से फूटती किसी निर्झरी-सा कोई सुख अन्तस्तल के गोपन में उमड़ता रहता है। प्रतिक्षण अपने आसपास की हर वस्तु और घटना को देखता रहता हूँ, जानता रहता हूँ। कोई आग्रह नहीं है कुछ करने का, कहीं जाने का, कोई चीज़ पाने का! उदासीन?...नहीं मैं रंचमात्र भी उदासीन नहीं हूँ। आनन्द के सिवाय और कुछ मेरी चेतना में सम्भव नहीं।

इच्छा नहीं है, उत्सुकता नहीं है, व्याकुलता नहीं है। फिर भी देखता हूँ, इस महल का और पृथ्वी का चुनिन्दा वैभव मेरे सन्मुख आ प्रस्तुत होता है, कि उसे भोगूँ। उससे भागता नहीं, उसे भोगता ही हूँ। अलग से भोगने का संकल्प या कष्ट भी नहीं करना पड़ता। भीतर के एक अविरल स्वभाव बोध में, वह अपने अनन्त परिणमन-रहस्य खोलता है। उससे रसालता और भोग की जो आत्मीय अनुभूति होती है, वह कैसे बताऊँ!

मैं तो पल मात्र भी रिक्त या निष्क्रिय नहीं हूँ। फिर भी सचमुच ही कुछ करता नहीं हूँ। बस होता रहता हूँ, और अपने को और सर्व को होते हुए देखता रहता हूँ। चुप रहो, खड़े रहो, और जो-जो होता है उसे देखते रहो। इससे बड़ा काम और क्या हो सकता है!

देख रहा हूँ, बरसों पर बरस बीतते चले जा रहे हैं। वस्तुएँ और व्यक्ति भी बीतते और रीतते दिखाई पड़े हैं। पर कोई विषाद या अवसाद मन में नहीं आता। कोई विरह या वियोग का दर्द नहीं टीसता। क्योंकि केवल बीतता ही नहीं, नया आता भी तो रहता है। केवल रीतता ही नहीं, भरता भी तो रहता है। और इन दोनों से परे कुछ ऐसा भी है, जो कभी बीतता ही नहीं। जो समरस भाव से सदा सुलभ है, जिसके साथ संयोग और मिलन में हूँ। इस बीतने के आलम में भी, एक अद्भुत अनबीतेपन का अहसास सदा होता रहता है। इस व्यतीतमान के मायालोक में, अव्यतीत-भाव से विचरता रहता हूँ।

परिवर्तन से परे भी जैसे, मैं वस्तुओं और व्यक्तियों के साथ, घर पर हूँ। क्योंकि परिवर्तन ही नहीं, परिणमन देखता हूँ। परिवर्तन दुखद हो सकता है, परिणमन सुखद ही होता। क्योंकि उसमें खाली होने, भरने और फिर भी वही रहने की स्थिति एक साथ अनुभव होती है। जहाँ नित्य नूतन परिणाम है, वहाँ सदा कुछ नवीन हो रहा है : नित्य यौवन और वसन्तोत्सव है। वहाँ अक्रियता और सक्रियता संयुक्त है। कुछ भी नहीं करता हूँ सचमुच, पर क्या है जो नहीं कर रहा हूँ? काश, माँ, पिता और सारे परिजनों को यह समझा सकता, मगर समझाकर भी क्या होगा। यह एक ऐसा अनुभव है, जो कथन में प्रेषित नहीं हो पाता।

पिछले वसन्त, बड़ी भोर की चाँदनी में कोयल की डाक सुनाई पड़ी थी। कोयल तो वसन्त में चाहे जब कूकती ही रहती है। लेकिन उस ब्राह्म मुहूर्त की चाँदनी में जो दरदीली डाक सुनाई पड़ी थी, वह भीतर जैसे अन्तहीन होती चली गयी थी। हवा में आम्र-मँजरियों की ऐसी गहरी महक थी, जैसे पहले कभी अनुभव नहीं हुई थी। सुगन्ध शरीर धारण कर वातावरण में एक अजीब स्पर्शाकुलता जगा रही थी। दूर-दूर तक भी चाँद तो कहीं दिखाई नहीं पड़ रहा था, पर चाँदनी दिशान्तों तक बाँहें पसारे जैसे अधिक-अधिक निर्वसन होती जा रही थी।

कोयल की डाक में दूरियाँ पुकार रही थीं। दूरी आकर्षण है। वह आवश्यक है। वह आमन्त्रण है। विरह की व्याकुलता है उसमें, कि मिलन हो। दूरी है कि दृष्टि है, आकर्षण है, परिरम्भण है, सृष्टि है। दूरी में वस्तुएँ यथास्थान, अपने आयतन में रहती हैं, अपनी जगह पर। दूरी के परिप्रेक्ष्य में ही वस्तुओं का सही चेहरा पहचाना जाता है। जहाँ वे हैं, वहीं वे स्वतन्त्र हैं। वहीं वे सुन्दर हैं। दूरी में ही वस्तु के असीम और अनन्त का दर्शन सम्भव है।

कोयल की उस डाक में, उन्हीं अगम्य दूरियों का आमन्त्रण था। सहसा ही लगा कि कोई नियत मुहूर्त सामने है।...किस अज्ञात में अन्तरित है, इस चाँदनी का चन्द्रमा! ओ कोयल, तुम कहाँ से पुकार रही हो?

एकाएक मैं शैया त्यागकर उठ बैठा। नीचे उतरकर, महल के बाद महल, द्वार के बाद द्वार पार करता, रथागार में आ पहुँचा। अपने सारथि गारुड़ को जगाकर कहा :

"गारुड़, जाना होगा, रथ प्रस्तुत करो।"

वल्गा हाथ में लेते हुए गारुड़ ने पूछा, "किस दिशा में चलेंगे कुमार?"

"पश्चिम दिशा में!"

काफी दूर निकलने पर, एक चौराहे पर पहुँचकर, सारथि ने फिर पूछा :

"स्वामी, काशी, कोसल, कौशाम्बी, किस ओर चलूँ?" मेरे मुँह से निकला : "किसी भी ओर, जिधर रथ ले जाए।" सारथि ने फिर अनुरोध किया : "वल्गा तो मेरे हाथ में है, और घोड़े मेरे अधीन!"

"नहीं गारुड़, वल्गा आज तुम्हारे हाथ नहीं, और घोड़े तुम्हारे अधीन नहीं। जाने दो रथ को, अपनी स्वाधीन दिशा में!"

गारुड़ केवल वल्गा खींचता रहा और कई योजन पार करने पर उसे एकाएक लगा कि उसका चिर-परिचित प्रदेश जाने कहाँ पीछे छूट गया है।

"देव, दिशा खो गयी है, क्षेत्र परिचित नहीं रहा!"

गारुड़ की कठिनाई मैं समझ गया। इसके आगे उसके सारथ्य की गति नहीं थी। मैंने कहा, "गारुड़, तुम किसी पन्थी-रथ से लौट जाओ। मेरा गन्तव्य मुझे भी नहीं मालूम, पर वह अभी बहुत दूर है...। वल्गा मुझे थमा दो, रथ मुझे यथास्थान पहुँचा देगा?"

"देव...!"

"तुम्हारा असमंजस समझ रहा हूँ, सारथि! महादेवी पूछें, तो कह देना, वन-विहार को निकला हूँ। सानन्द शीघ्र लौट आऊँगा।"

पहले तो गारुड़ बहुत परेशान हुआ। पर प्रश्न उठाना उसे औद्धत्य लगा।...एकाएक मेरी ओर देख वह आश्वस्त हुआ। रथ से उतर मेरे पैर छूकर वह चुपचाप एक ओर खड़ा हो गया। ईषत् मुस्कराकर एक बार मैंने उसकी ओर देखा, और अगले ही क्षण मैंने सारथि के आसन पर चढ़, वल्गा थाम ली। पल मात्र में रथ हवा से बातें करने लगा।

सच ही, गन्तव्य मुझे नहीं मालूम था। फिर भी अन्तर में प्रतीति थी, कि ठीक किसी निश्चित लक्ष्य पर जा रहा हूँ। दोनों अश्वों को उनकी अपनी स्वतन्त्र गति पर छोड़ दिया। वल्गा अपनी जगह पर खिंच रही थी। उसे खींचते अपने हाथों को, अपने से अलग, स्वयम् संचालित देख रहा था। मैं अपने में सुस्थिर था, फिर भी धावमान। रथ अपने चक्र, कलश, पताकाओं के साथ, अपने ही आप में वाहित था।

दूरियों में कई ग्राम, नगर, पुर, प्रदेश के श्वेत भवन, अटारियाँ, गुम्बद, उद्यान, सरोवर, वापियाँ—एक-एक कर चलचित्रों की माला-से गुज़रते चले जा रहे थे। रथ उनके तटों और प्रान्तरों को छूता, वन्य-मार्गों पर निश्चित भाव से आरूढ़ था।

पूर्वाह्न बेला में एक नदी के तट पर आकर रथ रुका। किनारे पर बँधी बड़ी सारी नाव से केवट ने बताया : यह रोहिणी नदी है। अपनी बाँयी भुजा पर बँधा केयूर मैंने केवट की सियाह भुजा पर बाँध दिया। वह सजल नयन, मूक, मुझे निहारता रह गया। मानो कि इस लोक का नहीं, किसी अदृश्य में से आ खड़ा हुआ हूँ। "चलो केवट, उस पार!" घोड़ों सहित रथ को अपनी विशाल नाव में चढ़ाकर केवट ने हमें

पार उतार दिया। मेरी प्रश्नायित आँखों के उत्तर में बोला, "यह मल्लों का पावा प्रदेश है, प्रभु!"

आरूढ़ होते ही मैंने रथ को पश्चिम की ओर गतिमान पाया। कुछ योजन यात्रा करने पर, एक और नदी सम्मुख आयी। रथ रुका नहीं।...अचिरावती की लहरों पर छलाँगें भरते अश्व, हवा में उत्तोलित से लग रहे थे। भूमि, जल, हवा, आकाश की सन्धियों पर इस विक्रिया को होते देखा। जान पड़ा, आगे कोई स्थल है, जिसमें अदम्य और अनिर्वार आकर्षण है। रथ की गति बहुत क्षिप्र, तिर्यक्, फिर भी ऊर्ध्वगामी-सी लग रही थी।

...गहन शालवन के भीतर प्रवेश करते हुए लगा कि, यात्रा ही भीतर की ओर हो रही है। उसमें अतिक्रमण और प्रतिक्रमण की अनुभूति एक साथ हुई।

दो जुड़वाँ शालों के समीप पहुँचकर, रथ स्तम्भित हो गया : दूर शिलातल पर बैठी एक अकेली बालिका शाल-पुष्पों की माला गूँथ रही थी। मेरी जिज्ञासा को भाँपकर वह बोली, "यह कुशिनारा है महाराज, मल्लों का कुशिनारा।"

"और तुम!"

"मैं इन शालों की हूँ, ये मेरे...। मैं शालिनी।"

"यह माला किसके लिए गूँथ रही हो?"

"यहाँ मेरे देवता आने वाले है?"

"कौन देवता?"

"नाम नहीं मालूम! अनाम...महानाम..."

"कब आएँगे?"

"क्या तुम वह नहीं हो? तुम भी तो...!"

"तुमने तो कहा आने वाले हैं?"

"आ गये, तुम!...आगे फिर आओगे, एक बार और। एक और ही रूप में। तब मेरी गोद में सो जाओगे तुम। इसी शिलातल पर।"

"आज नहीं?"

"नहीं, आज मेरी जयमाला धारण करो।...आगे जो देवता आएगा वह मेरी गोद में अन्तर्धान हो जाएगा।"

"और मैं?"

"तुम उसे पार कर आगे जा चुके होगे!"

"और तुम?"

"मैं सदा तुम्हारे लौटने की प्रतीक्षा में रहूँगी।"

...और बाला ने उचककर माला मेरे गले में डाल दी। मैं नतशिर हो रहा : चुप। सर उठाकर देखा : वह कन्या दूर वनान्तर में ओझल होती दीखी। शिला पर अवशिष्ट

फूलों को मैंने स्पर्श किया। वे फूल बन्धु थे : ऊष्माविल थे। उनकी सुगन्ध में एक गहन शून्य उभर रहा था। उसमें यात्रा करते लगता कि पह पथ संगी था। मैं उसमें पार होकर, ऊपर की ओर, एक सूर्यचूड़ा पर आरोहण कर गया।

...मैंने पाया कि अपने रथ पर, विद्युत्-वेग से उड्डीयमान हूँ। अपराह्न को कोमल पड़ती धूप-छाँव में, मेरे रथ के अश्व सौ-सौ योजनों को छलाँग में पार करते जा रहे थे। गति के उस प्रवेग में, राह के भूप्रान्तरों, वनांगनों, विकट कान्तारों, दुर्गम बीहड़ों को जैसे चक्रवात में घूमते देख रहा था, और अपने अज्ञात लक्ष्य की ओर पलायमान था।

...सन्ध्या झुक आयी। एक अर्धमंडलाकार, आकाशवेधी पर्वतमाला के दो कँगूरों के बीच सूर्य का बिम्ब एक गुल्म की सूक्ष्म डालों के अन्तराल में डूब रहा था। और उसके उपत्यका प्रान्तर की एक चट्टान पर रथ सहसा स्तम्भित हो गया। चारों ओर बीहड़ और घनघोर कान्तार था। मनुष्य की पगचाप उसे अनजानी थी। निरा सन्नाटा था। ऐसा कि, उस स्तब्धता के भीतर एक अनहद नाद साफ सुनाई पड़ रहा था। और वह उस नीरव अरण्य में विराट् देह धारण कर मुझे चहुँ ओर से आवरित किये ले रहा था।...ऐसी ऊष्मा का अनुभव तो पहले कभी नहीं किया था। जाने कैसे गभीर वक्षोजों के गह्वर में मैंने अपने को डूबा पाया। उसमें वनस्पतियों की कच्ची, पनीली, दिव्य सुगन्ध के भीतर मैं आत्मलीन हो रहा। एक नीली मृदुता की आभा के अगाध स्पर्शबोध में मैं विश्रब्ध हो गया।...यह किस सुनीला का परिरम्भण है?

...एकाएक सुनाई पड़ा :

"देवार्य, तुम यहाँ कैसे?"

मैंने आँखें उठाकर देखा। प्रदोष बेला की घिरती द्वाभा में, सामने के पर्वत की चट्टान में से कटकर आयी-सी एक भील-कन्या खड़ी थी। साक्षात् सुनग्ना महाकाली।

"क्या चाहती हो, काली?"

"इस अन्तिम विन्ध्यारण्य में, आज तक कोई मनुष्य नहीं आया। आ सके ऐसा वीर्य मनुष्य में नहीं। तुम मनुष्य होकर भी आये हो, तो विन्ध्यवासिनी तुम्हारा अभिनन्दन करती है।"

"तुम कौन हो, माँ?"

"तुम जो कह रहे हो, वही।"

"माँ...ऽ ऽ ऽ ऽ"

"हाँ...ऽ ऽ ऽ ऽ।"

"आज्ञा दो।"

"आये हो, तो तुम्हारे वीर्य को जानना चाहती हूँ। मैं तुम पर प्रीत हुई।"

"जानो...जो चाहो मेरा जानो। चाहता हूँ, कोई मुझे पूरा जाने, ताकि अपने को

पूरा जान सकूँ। वही दर्पण हो क्या तुम?''

''देखो अपने को, और जानो कि मैं कौन हूँ।''

''हाँ, आज की रात अपने को देखना चाहता हूँ!''

''तथास्तु! जय हो तुम्हारी! जब पुकारोगे, आऊँगी।''

कहकर वह विचित्र भील कन्या देखते-देखते अरण्य के नीरन्ध्र प्रदेश में जाने कहाँ विलीन हो गयी।

पार्थिवता में लौटकर मैंने पाया, मेरे रथ के दोनों अश्व रथ सहित मेरे दोनों कन्धों पर अपना-अपना मुख ढाँपे हुए थे। हाल ही में चरी हुई वनस्पतियों की दिव्य गन्ध उनके श्वासों में बह रही थी। और वे मेरे कन्धों में दुबककर शरणागत थे। और मेरे रक्षक भी। उन प्राणियों की वह ममता कितनी अकारण, और निष्काम थी। मैंने उन दोनों के मुँह कन्धों से हटाकर अपनी छाती में भर लिये। उन्होंने गहरी आश्वस्ति का निःश्वास छोड़ा। मैंने बहुत प्यार से उनके माथे, अयाल और डील को सहलाया, थपथपाया। वे हिन-हिनाकर मुझसे जो कहना चाह रहे थे, उसका बोध पा गया। मैंने उन्हें रथ से खोलकर, एक झरने तट की हरियाली में छोड़ दिया, कि जी भर चरें और जलपान करें।

...मेरे भीतर तो ऐसी तृप्ति उमड़ रही थी, कि भूख अपरिचित-सी लगी।

पूर्व की शिखर-माला पर पीताभ चन्द्रमा उदय हो आये थे। झीनी अंशुकी चाँदनी में आवृत होकर अरण्यानियाँ स्वप्न के विचित्र भवनों-सी लग रही थीं। झिल्ली की झंकार में वह सारी निर्जनता उज्जीवित हो उठी थी।

एक उद्‌ग्रीव चट्टान पर, दायें हाथ का सिरहना कर लेट गया। शरीर पर बहुमूल्य और सुखद वसन होते हुए भी लगा, कि वे सारे आवेष्टन हट गये हैं, सिमट गये हैं। विवस्त्र हो गया हूँ, और मेरे अंग-अंग, मेरी देह का प्रत्येक परमाणु, उस चट्टान की कठोर नग्नता से गुँथ गया है। देह-स्पर्श का इससे बड़ा सुख और क्या हो सकता है। निरावरण पुरुष, नग्न प्रकृति की गोद में उत्संगित था। और कानों में अनुगुंजित था सन्ध्या वेला का वह संवाद : ''माँ ऽ ऽ ऽ ऽ!'' ''हाँऽ ऽ ऽ ऽ !''

और मैं सो गया, ऐसी एक अवस्वापिनी निद्रा में, जिसका सुख 'नन्द्यावर्त' की मसृण सुख-सेजों में कभी अनुभव नहीं किया था। यह एक ऐसी निद्रा की अनुभूति थी, जो अन्ततः अपने में पूर्ण जागृति और संचेतना-सी लग रही थी। मैं अपने अहं को विस्मृत कर, मात्र, 'वह' हो गया था : जैसे एक प्रशान्त, असीम झील अपनी लहरों की ऊर्मिलता को देख रही थी। ऐसे ही रात के जाने कितने पहर बीत गये, पता ही न चला।

सहसा ही एक दहाड़ के वज्र-निनाद से, पर्वत की गुफाओं और शिखरों के मर्मान्तर थर्रा उठे। मैं चौंककर उठ बैठा। अँधियारी फट रही थी, और उसमें

उजियाली का मुख झाँकने लगा था। हवा में कस्तूरी-सी महक रही थी। पर्वत-साँकलों के गहरावों में झरनों के गभीर घोष गूँज रहे थे।

मैं अपने बावजूद पर्वत-ढालों की ओर खिंचता चला गया, दौड़ता चला गया। और लगा कि मेरी छलाँगों में शृंग लिपटते जा रहे हैं। कुछ सरणियों का आरोहण कर ऊपर आया, और लौटकर देखा तो पूर्वाचल पर ऊषा फूट रही थी—हिरण्यगर्भा ऊषा।

...कि फिर एक रुद्रंकरी चिंघाड़ से भूगर्भ थर्राने लगे। मैं एक शिखर की चट्टान पर सन्नद्ध और ऊर्ध्व बाहु खड़ा रह गया। कि ऊपर की श्रेणि-गुफा में से एक प्रलम्बाकार सिंह औचक ही झपट पड़ा। ठीक मेरे सम्मुख होकर वह काली धारियों वाला केशरिया अष्टापद लपलपाती जिह्वा के साथ प्राणहारी गर्जन करने लगा। उसकी आँखों में ज्वालाएँ झगर-झगरकर रही थीं। उसकी अयाल में मणियाँ झलमला रही थीं। उसकी दहाड़ में ललकार थी, चुनौती थी, मनु के बेटे को। मनुष्य मात्र को। उसके साम्राज्य की अबाध बीहड़ता और रहस्यमयता को भेदकर, जो पुरुष आज यहाँ चला आया है, उससे महाकालवन का चक्रवर्ती यह अष्टापद बहुत कुपित हो गया है।

मैं अविचल, उन्नीत, ऊर्ध्व-बाहु वैसा ही खड़ा रहा। पर मैं खुला था, मैं समर्पित था। मैं उसकी विकराल डाढ़ों पर चढ़कर बहुत प्यार से खेलना चाहता था। उसके उस दुर्द्धर्ष क्रोध पर सच ही मेरे हृदय में दुलार उमड़ रहा था। मेरी देह उसके दंशों के चुम्बनों के लिए जैसे उत्कंठित हो रही थी।...वह आए मेरे भीतर, मैं प्रत्याक्रमण नहीं करूँगा। प्रतिक्रमण करूँगा। अप्रतिरुद्ध अपने में खुलता चला जाऊँगा। मेरा रक्त उसके ओठों पर होकर बहेगा। मैंने कहा, "महाराज, महावीर प्रस्तुत है!"

एक हलकी गुर्राहट के साथ उसने गर्दन डुलाकर, अपनी स्वीकृति प्रकट की। मैंने आगे बढ़कर, अपना दायाँ हाथ उसकी लपलपाती जिह्वा पर ढाल दिया। वह चिहुककर उसे चाटने-दुलारने लगा। मैंने उसके मस्तक पर हाथ रखा, और उसकी आँखों की ज्वालाओं में गहरे झाँका। अग्नियों के भीतर अग्नियाँ—अपार अग्नियों का वन।

कि सहसा ही वह मेरे चरणों में लोट गया, और मेरी पगतलियों के किनारों को चूमने-सहलाने लगा : मैंने झुककर उसके माथे को चूमना चाहा। कि जाने कब उसने अपने दोनों पंजों में मुझे दबाकर बहुत ऊपर, ऊपर, उठा दिया। और फिर हवा में उछालकर, अपनी पीठ कर झेल लिया...।

उस काले-सिन्दूरी अष्टापद की प्रलम्ब पर्वताकार देहयष्टि पर मैंने अपने को आरोहण करते देखा। विन्ध्या की शृंगमाला पर छलाँग भरते उस अष्टापद पर मैं सवार

था, आरूढ़ था। चारों ओर अफाट, विराट् विकृति-सृष्टि फैली पड़ी थी। मेरे परवर्ती पूर्वाचल पर सूर्य अपने रक्ताभ प्रभामंडल के साथ उद्भासित थे। वे मेरे मस्तक पर मानो किरीट-से उतरते चले आ रहे थे। फिर व्याघ्रराज पहाड़ के ढालों और कई अदृश्य, अगम गुफाओं और अरण्यों में से मुझे गुज़ारते हुए नीचे उतार लाये।

सामने जहाँ, उस टीलेनुमा चट्टान पर मैं सोया था, वहीं कल सन्ध्यावाली वह दुर्दम्य भील कन्या खड़ी थी। सवेरे की मृदुल धूप में उसके अंगों की कृष्ण गहिरता, बहुत नीलाभ, ताज़ा नील कमलों-सी लग रही थी।

''तुम्हारे वीर्य को मैंने जाना, देवार्य। असह्य है तुम्हारा तेज!''

''तुमने मुझे जीत लिया, जान लिया, देख लिया। मेरे रोम-रोम में तुम रमण कर गये।''

''और तुम्हारे रूप की आरसी में, मैंने अपने सौन्दर्य और प्रताप की निःसीमता को पहली बार समग्र देखा, बाले!''

एक छलाँग में मुझ सहित अष्टापद मेरे रात्रि-शयन वाली उस शिला पर पहुँच गया, जहाँ वह कृष्णा खड़ी थी। मैंने उसकी पीठ से उतरकर, सम्मुख खड़ी उस बाला के विपुल और मुक्त चिकुर जाल को अपने दोनों हाथों से सहलाते हुए कहा :

''काली, समझ गया...हर बसन्त की मँजरियों से महकती भोर में, कोयल की डाक में, तुम्हीं चिर काल से पुकार रही हो। प्राण पागल होकर जब तक घर से निकल न पड़ें, मोहोष्म शैया के सुख से निष्क्रान्त न हो जाएँ, तब तक तुम से मिलन सम्भव नहीं।''

उस सुनग्ना ने अपने सहस्रों मोहरात्रियों-से घनीभूत केश मेरे चरणों पर डाल दिये।...मेरे पैर आँसुओं और चुम्बनों से गीले हो गये।

मैं सहसा ही एक-दूसरे चेतना-स्तर पर संक्रान्त हो गया। मैंने झुककर, उसके माथे को उठाकर, उसे बैठा दिया। और उसके अंक में सर धरकर उसके वक्षोज-तटों को अपनी आँखों की रोआँली से सहलाता रहा।

''माँ...ऽ ऽ ऽ ऽ!''

''हाँऽ ऽ ऽ ऽ !''

सारी वनभूमि पंछियों के कूजन में जयगान कर रही थी। फूलों की अँजुलियों में परिमल छलक रहे थे। हवा में अदृश्यमान वीणाएँ बज रही थीं।

• रथ चढ़कर, जब मैं फिर पूर्वांचल की ओर लौट रहा था, तब एक विचित्र नयी अनुभूति सतत हो रही थी।...क्या मैं वही हूँ, जो कल ब्राह्म मुहूर्त की द्वाभा में घर

से निकल पड़ा था, अलक्ष्य यात्रा के पथ पर? नहीं, वही नहीं हूँ, उत्तीर्ण एक और...एक और हूँ...फिर भी वही हूँ, जो कल के अपने को, और आज के इस उत्तीर्ण को, एक साथ देख रहा है। अब लौटकर कहाँ जाना है, पता नहीं। अपनी पृथ्वी, अपना आकाश केवल मैं हूँ, मैं ही अपनी दिशा, अपना सौरमंडल हूँ। फिर लौटने को क्या रह गया है!...

कसमसाते ब्रह्मांड

उस दिन सारा विन्ध्यारण्य ही जैसे मेरे भीतर चला आया। कभी-कभी काली का सर्वांग रूप अपने ही अर्द्धांग में आविर्मान देख लेता हूँ। तो कभी वही रह जाती है, मैं नहीं रह जाता। पर उसे जो देखता है, वह कौन है?...अपने ही मर्म की कस्तूरी का वह मूर्त-स्वरूप, एक निराकुल प्रीति से प्राण हो विश्रब्ध कर देता है।...भीतर ही बैठी, इस प्रिया को कहीं खोजना नहीं है। और वह दुर्दान्त अष्टापद? काली की गोदी की अभेद्य अन्धकार गुहा में ही तो रहता है वह।

...अब तक नारी प्रश्न चिह्न-सी सामने आती थी। टोंक देती थी। अब वह भीतर से ही उमड़ने लगती है : अपने ही मूलाधार में से उत्सित ऊर्जा का स्रोत। अपनी ही आद्या शक्ति : अपनी ही अनाहत रक्तधारा। मेरी ये बाँहें ही चाहे जब अचानक, उसकी मृणाल बाहुएँ हो उठती हैं। इन्हीं की सम्मोहिनी कोहनी पर माथा ढालकर, अन्तर्मिलन के विलक्षण सुख में समाधिस्थ हो रहता हूँ। लिंग भी भीतर ही है, योनि भी भीतर ही है। बाहर विरह का अन्त नहीं। भीतर नित्य मिलन का वसन्तोत्सव चल रहा है।

फिर भी अपने महल के उत्तरी कोण-वातायन पर जब खड़ा होता हूँ, तो पाता हूँ, कि हिमवान् की हिमानी चोटियाँ पुकार रही हैं। उज्ज्वल कौमार्य का वह आवाहन अब व्याकुल नहीं करता, पर सृष्टि का एक अदम्य उन्मेष प्राणों में भरता है। भीतर ही तो सबकुछ नहीं : बाहर भी तो है। आत्म है सो आत्म-विस्तार अनिवार्य है। वही सृष्टि है: अपने में न समाते अनन्त ज्ञान, दर्शन, सुख, वीर्य की अनिर्वार अभिव्यक्ति है वह। अपने ही आत्म-राज्य कां विस्तार। अपने ही को अपने से अलग कर, रचकर, मूर्त करके उसमें रमण करने का आनन्द। वही जीवन है। मुक्ति कहीं किसी निर्धारित सिद्धालय के कपाटों में बन्द नहीं। निर्बाध, निर्बन्ध, निराकुल जीवन ही मुक्ति है। तब पुरुष स्वयं ही लोकाकार, सर्वाकार, तदाकार हो उठता है। वह अद्वैत महासत्ता रूप

हो उठता है। सर्व में, केवल एक निष्कल आत्मानुभूति शेष रह जाती है।

...यात्रा पर अब चाहे जब निकल पड़ता हूँ। स्वयं ही अपना रथ हाँकता हूँ। सारथी का प्रश्न बीच में बाधा लगता है। हिमवान् की हिमानियों का आवाहन दिनों-दिन अनिवार्य होता जा रहा था। सो निकल पड़ा, एक दिन।...स्वच्छ, लीला आकाश ज़रा झुककर रथ पर चँदोवे-सा छा गया था। दूरियों और विस्तारों में, तन और मन फैलते जा रहे थे। तराई के प्रदेश में हवा पनीली हो चली थी। उसमें वनस्पतियों और ताज़ा धान्यों की भीनी-भीनी गन्ध घुल रही थी। एक चैत्र के सवेरे की हलकी सुहानी धूप में, उषीरध्वज पर्वत पर हिमानियाँ पिघलकर महीन धाराओं में तराई की ओर हौले-हौले बही आ रही थीं। उषीर की शीतल गहरी सुगन्ध से वातावरण में जाने कैसी अनजान स्मृतियाँ उभर रही थीं।

दूर-दूर तक शालि और तन्दुल धान्यों के खेत हवा में लहलहा रहे थे। सहस्त्रावधि वर्षों की पुरातन इमलियों और आमों के झुरमुटों से गुज़रता रथ, रोहिणी और राप्ती नदियों की दोआब भूमि में प्रविष्ट हुआ। उधर परे को हटकर गभीर शालों का वन था। उसके उत्तर-पूर्व में शाक्यों की कपिलवस्तु की भवन-अटाएँ, गुम्बद, पताकाएँ झाँक रही थीं। कपिलवस्तु महर्षि कपिल की भूमि : मेरे पुरुष ने प्रकृति को अपनी जंघाओं में संसरित अनुभव किया।

पुष्पित शालवन के गहरावों और वीथियों का आमन्त्रण रथ को उधर ही खींच ले गया। लुम्बिनी-वन के शाखान्तरालों में आकाश अपनी ऊँचाई का गर्व भूल, जैसे वसुन्धरा की बाँहों में समर्पित हो गया है। रथ से उतरकर, उस निर्जनता में खेलती धूप-छाँव के शाखा-चित्रों में जाने कौन-सी अलक्ष्य लिपियाँ पढ़ता लुम्बिनी-कानन में बहुत देर विचरता रहा।

सहसा ही एक शाखा ने झुककर मानो मुझे प्रणाम किया, और बाँह से लिपट-सी गयी। यह कौन जन्मान्तरों की बान्धवी है? मन एकदम ही निर्विकल्प और नीरव हो गया। तृण-तृण, कण-कण की सजीवता चारों ओर से मेरे समस्त को छुहलाने लगी।

लौटकर रथ पर चढ़ आगे बढ़ा। शालों का आवरण भेदकर अनोमा नदी का विशाल वक्षस्थल सामने उघर आया। सात ऋषभ विस्तार के इस पाट पर जैसे चलने का आमन्त्रण बड़े-बड़े अक्षरों में लिखा था। दूर-दूर जाती लहरों के कुंचनों में कोई काली कुटिल अलकावलियाँ बही जा रही थीं। उन पर निछावर होते-से, किसी राजसिंहासन, किरीट-कुंडल, स्वर्णतार वसनों के बिखरते तानों-बानों का आभास!... कपिल की भूमि पर पुरुष की ज़यलेखा!

रथ वहीं खोल दिया। घोड़ों को इक्षु के खेतों के पास मधुर हरियाली में चरने को छोड़ दिया। अनोमा ने अपनी अणिमा और गरिमा का रहस्य खोला। मेरे पैर जाने

कैसे लचीले गहरावों और उभरावों पर चलते चले गये।...छाया की तरह कोई पीछे साथ चल रहा था।

उषीरध्वज के ढालों पर चढ़ते हुए, भोज और देवदारु की कानन-वीथियों में रंग-बिरंगे फूलों के अन्त:पुर खुलते जा रहे थे। सुगन्ध यहाँ पेशल-सी होकर, तन-मन को अपनी शीतल ऊष्मा में, एक विचित्र आप्त भाव से सहलाती रहती है।

...फिर हिम चट्टानों की खड़ी चढ़ाइयों पर चलना सम्भव न रहा। शिखर अदृश्य हो गये। कहीं-कहीं चट्टानों के नुकीले उभरावों को दोनों हाथों से पकड़कर, एक अभेद्य हिमावृत काठिन्य से मैं लिपटता चला गया। अनायास उत्संगित और उत्तोलित होता चला गया। विराट्, दुर्जेय हिमानी का वह एक दुर्निवार और दु:सह आलिंगन था। समूचा हिमवान् मानो आपाद-मस्तक मेरी भुजाओं में सिमटता चला आ रहा था। शरीर पर वस्त्र का एक लत्ता भी शेष नहीं रह गया था। शीत...शीत...अपरम्पार शीत : आर-पार शीत। मैंने देखा अपने भीतर : हिमवान् स्वयं अपनी कोट्यावधि वर्षों की जमी हिमानी की गोद में धँसकर, उसे भेदता चला जा रहा था। मानो अपने ही शत-कोटि आवरणों को चीरकर, अपने परात्पर, नग्नातिनग्न स्वरूप को उपलब्ध किया चाहता था। प्रकृति और पुरुष यहाँ द्वन्द्वातीत रूप से आश्लेषित थे। कब पुरुष प्रकृति हो गया, तब प्रकृति पुरुष हो रही : नहीं मालूम...नहीं मालूम...नहीं मालूम।

...हिरण्यचूल शिखर पर खड़े होकर मैंने पाया कि मेरे पादतल की एक महान्धकार गुफा, मेरी कटि से लिपटकर, मेरी जंघाओं के बीच आरपार खुल उठी थी। उसकी आदि पुरातन तमिस्रा मुक्त कुन्तलों-सी बिखरकर मेरी पगतलियों से रभस कर रही थी।...आकाश मेरे बाहुमूलों की शरण खोजता-सा मेरे चौड़े कन्धों पर उत्तरीय बनकर झूल जाना चाह रहा था। पश्चिमी समुद्र के दूरातिदूर क्षितिज की घनश्याम रेखा पर अस्तंगत सूर्य मानो मेरी प्रतीक्षा में ठिठका था।...कि उसकी कोर पर पैर धरकर मैं पृथ्वी के अंक में लौट आऊँ।...

लौटकर जब आया, तो रात गहराने लगी थी। मेरे खंड के वातायन पर माँ निष्कम्प लौ-सी टकटकी लगाये बैठी थीं। कक्ष में जब मैंने प्रवेश किया, वे सामने आ स्तम्भित-सी खड़ी, सर से पैर तक मुझे ताकती रहीं। कुछ पूछने की हिम्मत वे न कर सकीं। उनकी आँखों में नदियाँ थमीं थीं। मझरात के एकाकी दीये-सा एक आँसू रत्नदीपों की सौम्य ज्योति में चमक उठा। मेरे ललाट पर झूलती अवहेलित अलकों की एक गुंजल्कित नागिन को हल्के-से सहलाकर वे चुपचाप धीरे-धीरे वहाँ से चली गयीं। उनके कंकणों की महीन ममताली रणकार, मेरे आरपार गूँजती चली

गयी।...

...दिशाएँ चारों ओर जयमाला लिये खड़ी हैं। भीतर अपने ध्रुव पर स्थिर हूँ, पर बाहर कहीं ठहराव सम्भव नहीं रहा है। जाना है...जाना है...जाना है। कहाँ जाना है, ठीक नहीं मालूम। निरन्तर यात्रा में ही जीवन को सार्थक और परिभाषित होते देख रहा हूँ। मेरे पैर सिंहासन और महल में टिके रहने को नहीं बने। वे निरन्तर और अविराम चलने को जनमे हैं। किनारे से चलता हूँ, और दृश्य जगत् की तमाम वस्तुओं के भीतर से यात्रा होती रहती है। चारों ओर से दिग्वधुओं के घुँघटों की पुकार सुनकर, आतुर-चंचल हो उठता हूँ।

उस दिन पूर्व दिशा में सूर्योदय होते देखा, तो विपुलाचल का स्मरण हो आया। वैभार पर्वत के उभारों पर अपने पैर पड़ते-से दीखे।...

...अपने 'मित्रावरुण' रथ पर आरोहण करते हुए, भिनसारे की चाँदनी में वैशाली के दक्षिणी सीमान्त को पारकर, मगध के देव-रम्य चैत्यों और वन-काननों में से गुज़रने लगा। अत्यन्त संवादी, लयबद्ध जैसी लगती सघन वन-श्रेणियों के बीच से गये राजमार्ग पर, बड़ी मसृण और ऋजुगति से रथ फिसलता जा रहा था। गति के वेग, और अश्वों की टापों से परे, किसी अनाहत प्रवाह में फूल की तरह बहने का अहसास हो रहा था।

...गृध्रकूट पर्वत की चोटी पर पहुँचकर देखा, सामने विपुलाचल के एकाकी श्रृंग पर सूर्योदय हो रहा है। किसके सिंहासन का भामंडल है यह? ...की शिखरावलियाँ दोनों ओर से आकर दिगंगनाओं-सी, उसके पादप्रान्त में नतमाथ हो गयी है। आर्यावर्त्त की ससागरा पृथ्वी अपना वक्ष विस्तृत कर प्रस्तुत है, कि उस सिंहासन का आगामी अधीश्वर उस पर पग धारण करे।...मेरे पैर किस महाचंक्रमण की सिंह-धीर गति से चलायमान हो उठे हैं! सहस्र-सहस्र मुंडों के बीच उल्लम्बमान अपने को चलते देख रहा हूँ।...

इस गृधकूट की किसी तलगामी गुफा में से वीणा-वादन की झंकार सुन रहा हूँ। सुनता हूँ इस पर्वत में गन्धर्वों के आवास हैं। वीणा की इन सुरावलियों में अपना स्वागत-गान सुनाई पड़ रहा है।...हाँ गन्धर्व, तुम्हारी वीणा सुनने आया हूँ। अपने सप्तक साधो, अपनी खूँटियाँ कसो, अपने तारों पर उत्तान होओ : मैं तुम्हारी वीणा को एक दिन ब्रह्मांडों के शीर्ष पर बजाऊँगा।

दूर पर राजगृही के सुवर्ण -रत्निम शिखर चमक रहे हैं। इसके आरामों और उपवनों में, सुनता हूँ, देव रमण करने को उतरते हैं। इसके फलोद्यानों में रस-भार-नम्र फलों की डालियाँ धरती को चूमती रहती हैं। इसके नीलमी सरोवरों में स्फटिक

जैसे जल बिछलते रहते हैं। उनके तटों पर क्रीड़ा करते हंसमिथुन भी निर्विकार भाव से स्वैर-विहार करते हैं। सुमागधी के तटवर्ती इस मगध देश को, वेदों ने भी गाया है। यही वेदों का ऋषि-चरण-चारित कीटक जनपद है।

पाँच शैलों से घिरी यह राजगृही, पांचाली की तरह दस भुजाएँ पसारे जन-जन को परितृप्त करने को आकुल है। वैहार, वराह, वृषभ, ऋषभगिरि और चैत्य जैसे पाँच प्रशस्त पर्वत अपने सघन वनों की पन्निम आभा से इसे आवरित किये हैं। इन पर्वतों के लोध्र-वनों की माणिक्य छावों में प्रणयीजन परिवेश भूलकर, रात-दिन क्रीड़ा-केलि में लीन रहते हैं। यहीं गौतम ऋषि ने उशीनर राजा की शूद्रा कन्या के भीतर काक्षिवान आदि पुत्रों को जन्म दिया। गौतम के वंशधर होने से वे क्षत्रिय कहलाये और मागधवंशी नाम से विख्यात हुए। यहाँ प्रेम के राज्य में कुलाभिमान की मर्यादाएँ टूटीं, क्षात्रत्व ब्रह्मतेज से दीप्त हुआ, शूद्रा त्राता क्षत्रियों और परित्राता ब्रह्मर्षियों की जनेती बनी। अंग, बंग, काशी और कलिंग के राजाओं ने गौतम ऋषि के आश्रम में रहकर अपने तीरों और तलवारों को ज्ञान-ज्योति की सान पर चढ़ाया।

इसी गिरिव्रज की पार्वत्य कन्दराओं में अर्बुद और शर्कवापी नामा सर्पराज रहते हैं, जो शत्रुओं का अमोघ रूप से दमन करते हैं। ये अरिन्दम सर्प-देवता, यहाँ अरिहन्तों के मस्तक पर छत्र बनकर छाये रहते हैं। यहीं स्वस्तिक और मणिनाग नामक नागों का निवास है। पृथ्वी के आदिमकाल से वे अपनी मणिप्रभा से इस मागधी भूमि को नित्य यौवना सुन्दरी बनाये हुए हैं।

अत्यन्त प्राचीन काल में राजर्षि वसु ने सुमागधी के तट पर इस नगरी को बसाया था। तब वसुमती के नाम से ही लोक में विख्यात थी। इसी वसुमति के पराग भीने शाल्मली वनों में क्षात्रजात ऋषि विश्वमित्र और कौशिक, आरण्यक तपोसाधना में लीन विचरते रहे हैं। मणिमान नामा वासुकी नाग की मणिकूप बाँबी से इसके वन-कानन रातों में भी झलमलाते रहते हैं।

द्वापर में वसुवंश के राजा वृहद्रथ ने यहाँ राज्य किया। वृषभगिरि पर्वत पर एक बार विहार करते हुए, वृहद्रथ को एक विशालकाय गेंडे से मल्लयुद्ध करना पड़ा था। गेंडे ने आखिर पछाड़ खाकर, अपने पेट और पीठ से प्रतापी वृहद्रथ के लिए नौ नगाड़े बनवा दिये थे। आक्रमणों के समय उनके प्रताड़न-घोष से योजनों की दूरी पर आ रहे आक्रामक शत्रु भयभीत होकर भाग निकलते थे। इसी वृहद्रथ के नाम से 'वार्हद्रथ' वंश की स्थापना हुई। इसी वृहद्रथ के प्रचंड प्रतापी पुत्र जरासंध ने मथुरा तक के तमाम भारतीय जनपदों पर आधिपत्य स्थापित कर, मगध में सबसे पहले एकराट् साम्राज्य की नींव डाली। मथुराधीश कंस इसका जामाता था, और चेदिराज शिशुपाल इसका सेनापति। जरासंध जब साम्राज्य-लिप्सा से प्रमत्त हो उठा, और आर्यावर्त की अनाचारी राजसत्ताएँ उससे बल पाकर नग्न विलास और नृशंस

अत्याचारों पर तुल गयीं, तो सिंहासन-भंजक वासुदेव कृष्ण ने जरासंध को मारकर, पूर्व से पश्चिम तक की भारतीय प्रजा को आतंकमुक्त कर दिया।

अभी सौ वर्ष पूर्व फिर यहाँ राजा शिशुनाग ने अपने पराक्रम से शैशुनाग वंश की नींव डाली। उसी की पाँचवीं पीढ़ी में आज महाराज बिम्बिसार श्रेणिक ने कौसल, काशी, कौशाम्बी और अवन्ती तक अपनी धाक जमाकर नये साम्राज्य के निर्माण का सूत्रपात किया है। उदात्तमना बिम्बिसार के इस मगध में ब्राह्मण और श्रमण समान रूप से समादृत हैं। ब्राह्मण उसकी छत्रछाया में निर्बाध श्रोत यज्ञ करते हैं : और स्वतन्त्र-चेता, दुर्द्धर्ष तपस्वी श्रमणों की धर्म-देशना श्रेणिक बड़े आदर भाव से सुनता है। विपुलाचल की छाँव में वर्तमान के अनेक शास्ता मुक्त भाव से प्रवचन करते विचर रहे हैं।

इस भूमि पर अनेक साम्राज्य उठे, अनेक सम्राटों ने अपने दुर्दम्य वीर्य तेज से पृथ्वी के गर्भ हिलाये। सिंहासन बार-बार उठकर मिट्टी में मिल गये। ऋषियों ने अपनी तपस्याओं और ज्ञान-सत्रों से इसकी गिरिमालाओं को गुंजायमान किया। पर क्या बात है कि धर्म का अविचल सिंहासन इस पृथ्वी पर नहीं बिछ सका। सृष्टि उत्थान-पतन के चक्रावर्तनों से उबर नहीं पा रही। कहाँ है वह अहं, जो अहम् के इन धृष्ट दुश्चक्रों को अपनी तेज-शलाका से भेदकर, सोहं के शाश्वत धर्म का सुमेरु पृथ्वी पर स्थापित करेगा?

...विपुलाचल पर प्रचंड से प्रचंडतर प्रताप के साथ सूर्य उद्योतमान हो रहे हैं। उनके शीर्ष पर एक महाशंख का अनहद नाद सुन रहा हूँ। एक अपूर्व क्रान्ति और अतिक्रान्ति का शंख नाद, कि सृष्टि का प्रत्येक अणु-परमाणु अपना रहस्य खोलने को अकुला उठा है। कहाँ छुपा है त्रिकालाबाधित ज्ञान का वह सर्वज्ञ-सूर्य?...

...मेरे वक्ष में जैसे अनन्त कोटि ब्रह्मांड नवजन्म लेने को कसमसा रहे हैं।

सुन्दरियों के स्वप्न-देश में

इस बीच, मेरे कक्ष की छत पर, एक आधी रात, अचानक किसी चक्र की घर्घराहट सुनाई पड़ी। मैं तो सदा जागता ही रहता हूँ : निद्रा की सुषुम्ना गोद में ही, यह जागृति एक साथ शयन, विचरण, दर्शन का सुख देती रहती है।

छत पर आकर देखा, कोई विद्याधर अपने यान के साथ प्रस्तुत था। आगन्तुक ज़रा भी अपरिचित नहीं लगा। उसकी आँखों में स्वागत था, और जैसे अज्ञातों का

आमन्त्रण था। मैं यान पर आरूढ़ हो गया।...उसकी उड़ान की चक्राकार गति में, अपने ही भीतर के असंख्य आत्म-प्रदेशों में यात्रा होती-सी अनुभव हुई।...फूटती द्वाभा में हमने पाया, कि हम कैलाश की सर्वोच्च चूड़ा पर खड़े हैं। हमारे पैर हिमानियों में शिल्पित से रह गये हैं। सुदूर पूर्व में, उषा की गुलाबी प्रभा मानो किसी पद्मकोश की सहस्रों पंखुरियों-सी खुल रही है। उसके आलोक में सहसा ही दिखाई पड़ा, सामने की चूड़ान्त हिम-शिला पर एक विशाल चरण-युगल उत्कीर्ण है।...मानो कि अभी-अभी कोई पुरुष यहाँ अपनी पादुकाएँ पीछे छोड़, जाने कहाँ अन्तर्धान हो गया है। इस एक पल में से हज़ारों वर्ष पलक मारते गुज़र गये हैं। और उनके आरपार कालातीत रूप से यहाँ खड़े उस आदित्य-पुरुष के चरण-चिह्न, इस हिम-शृंग पर निसर्ग रूप से सदा को शिल्पित हो गये हैं। फूटते दिवालोक में इनकी हीरक प्रभा से, जैसे लोकोलोक भास्वर हो गये हैं। निमिष मात्र में ही पहचान गया, यह है भगवान ऋषभदेव की चरण पादुका। यहीं पर तो वे महाश्रमण मृत्युंजयी महातपस् में लीन होकर मातरिश्वन् हो गये थे।

पूर्वाचल पर उद्‌भासित होती उषा ने, अपने वक्ष के गुलाबी कलश ईशत् झुकाकर प्रथम प्रजापति-पुरुष के काल के भाल पर अंकित उन चरणों का अभिषेक कर दिया। पादुका के पाद-प्रान्त में बैठा एक उज्ज्वल वृषभ उस अभिषेक की अक्षत जलधारा को अनवरत पीता चला जा रहा है। आदिनाथ ऋषभेश्वर के श्रीचरणों में ललाट ढालकर, उस हिरण्य मुहूर्त में अनन्त लोकों और कालों का जो वैभव एकाग्र देखा, उसे शब्दों की सीमा में कैसे समेटूँ।

...कई दिन और रात विद्याधरराज वासुकी के साथ उन हिमानियों में विचरते कैसे बीत गये, पता ही न चला। अनादिकाल की मुद्रित हिम-कन्दराओं के व्रज-कपाटों पर अपने वीर्य को जूझते, टकराते, परीक्षित होते देखा। कितनी अनिर्वच है उस यात्रा की मर्म-कथा।

लौटकर एक सन्ध्या में, जब नन्द्यावर्त-प्रासाद के अपने आवास-खंड में प्रवेश किया, तो पहचानना कठिन हो गया कि क्या यही मेरा निवास-भवन है? वैशाली के विदेहों का तमाम परम्परागत वैभव और ऐश्वर्य मानो वहाँ एक साथ एकत्रित था। छतों में लटकी वृहदाकार नीलम और पन्नों की झूमरों में, फुलैलों के प्रदीप उजल रहे थे। पद्मराग शिलाओं की फर्श पर, पारस्य देश के गलीचों में, रम्य वनों में सर्पों से खेलती सुन्दरियाँ चित्रित थीं। रत्न-मीना-खचित दीवारों में, अनेक रंगी मणिचूर्णों के रंगों से, केलिविलास की अद्‌भुत चित्र-मालाएँ अंकित थीं। जगह-जगह बैठी जाने कितनी ही अनिन्द्य सुन्दरी बालाएँ, सुगन्धित धूपों और मदिराओं से केश-प्रसाधन कर

रही थीं। कहीं अन्तरित कक्षों के भीतर से विचित्र तन्तु-वाद्यों की महीन झंकृतियों में मन्थर संगीत की मूर्छाएँ बह रही थीं। और उन पर नुपूरों की मृदुतम घुँघरू-ध्वनियों में निर्मित चरणों की कोमलता नित नये आकारों में उभर रही थी।

...मेरे आगमन का आभास पाते ही, अपने-अपने स्थानों पर वे सारी सुन्दरियाँ प्रणिपात में निवेदित हो गयीं। फिर संगीत और नृत्यों में उत्सव और स्वागत की सुरमालाएँ उठने लगीं। मैं सीधे, प्रतिहारी द्वारा संकेतित अपने निज कक्ष में चला गया।

अपनी विशेष प्रतिहारी से मैंने इस जादुई परिवर्तन के विषय में जिज्ञासा की। उसने बताया कि मेरी अनुपस्थिति में महारानी त्रिशला देवी, रात और दिन चारों दिशाओं में अपने प्रभंजन-वेगी रथों पर यात्राएँ करती रही हैं। कुंडपुर का सारा गृह-मन्त्रालय, इस नये आवास-भवन की साज-सज्जा के लिए कई देश-देशान्तरों की तहें छानता फिरा है। अवन्ती की पण्य-पीथियों से क्रय की हुई, अनेक सुदूर देशों की दुर्लभ वस्तु-निधियाँ और सामान-असबाब नित्य, गंगा-यमुना की राह कौशाम्बी, श्रावस्ती और चम्पा के घाट-बन्दरों पर उतरते रहे हैं; और वहाँ से गाड़ियाँ लद-लदकर कुंडपुर आती रही हैं। पश्चिमी समुद्र के पट्टनों पर से बाबुल, असीरिया और मिस्र की नील नदी के बहुमूल्य उपहार विशाल करंडकों और वृहदाकार मंजुओं में भरकर आते थे। गांधार की राह, सिन्धु सौवीर के पट्टन से, सुदूर पश्चिमी देशों के अंकुश, मख़मल, इत्र-फुलैल, सुगन्धित द्रव्य, और अचिन्त्य रत्न-शिलाएँ लाई गयी हैं। सूक्ष्म नक्काशी तथा सुवर्ण-मीना के काम और चित्रसारी करने को पारस्य और यवन देश के कई कला-शिल्पी आये गये हैं। विजयार्द्ध की विद्याधर नगरियों और प्रभास तथा पुष्करवर-द्वीप से चमत्कारिक विभूतियाँ और वस्तु-सम्पादाएँ बटोरी गयी हैं। जानी हुई पृथ्वी के सीमान्तक पट्टनों से, दुर्गम समुदों और द्वीपान्तरों के दिव्य ऋद्धि-सिद्धिदायक अकृत्रिम रत्न-दर्पण, चषक और झारियाँ आयी हैं। रात और दिन अविश्रान्त शिल्पन और कारु-कार्य मंडन द्वारा, महल के इस पूरे खंड को, जैसे ईशान स्वर्ग की प्रतिस्पर्द्धा में रचा गया है।

हर हफ्ते राजमाता, कभी मगध, कभी काशी-कोसल, कभी श्रावस्ती, कभी, कौशाम्बी, कभी अंग-वंग और कलिंग तो कभी अवन्ती तक की यात्रा स्वयं अपने परिकर के साथ करती रही हैं। और ऐसी हर यात्रा में, नवनूतन शोभा से सज्जित रथों में चढ़कर, स्वर्णद्वीप से पारस्य तक की, और आर्यावर्त के तमाम महाजनपदों और राजनगरों की चुनिन्दा सुन्दरी बालाएँ उनके साथ, नन्द्यावर्त के महलों में आयी हैं।

...सुना और सुनकर मैं मुस्कुरा आया। माँ की दूरदर्शी चिन्ता का रहस्य पा गया। मेरी इन निरन्तर की यात्राओं और पर्यटनों में वे चौकीं हैं, आतंकित हुई हैं। उस रात हिमवान् से लौटने पर, उनका जो चिन्ताकुल और प्रतीक्षा-पागल रूप देखा

था, उससे मेरे हृदय में एक लकीर-सी खिंच गयी थी। उस रात जहाँ भीतर असीम के आँगन से लौटकर महल की प्राचीरों में बन्दी हो रहने का अवसाद मुझे असह्य लगता रहा, वहीं माँ की वह मूक चिन्तामूर्ति और उनकी मुँदी आँखों से टपका, उनके अन्तस्तल का वह आँसू मेरी तहों को झकझोरता रहा था।

...आज रात फिर मैं अपने निज-कक्ष से बाहर नहीं निकला।...पर अनाम पक्षियों के परों की मसृण सुख-शैया में, विराम न मिल सका। मेरी जंघाओं में कठोर हिमानियों की आलिंगन-पीड़ा कसकती रही। और महाकाल-पुरुष का एक चरण-युगल, बराबर ही मेरे हृदय के द्वार खटखटा रहा था...

देख रहा हूँ, इस एक ही जीवन में, अचिन्त्य भोग-ऐश्वर्य के एक नये ही विश्व में, दूसरा जन्म लेना पड़ गया है। अब बड़ी भोर पहली विहंगिनी का गान मुझे नहीं जगाता। मन्द्र-मधुर तन्तु-वाद्यों पर बाला-कंठों की प्रभातियाँ ही मुझे जगाती हैं। अपने ही आप उठने की स्वतन्त्रता सम्भव नहीं रही है। उठना चाहूँ, उससे पहले ही जाने कितनी अप्सरियों की हथेलियाँ और बाँहें चारों ओर फैली दीखती हैं। उपधानों की जगह बाहुओं के मृणाल-वृन्त लचकते दिखाई पड़ते हैं। माथे के नीचे कब कोई जघन पुंडरीक-सा सरक आया है, पता ही नहीं चलता है। पीठ तले उद्भिन्नायमान कमल-कोरक मुझे उठाते-से लगते हैं। कन्धों पर और मुख के आसपास, कुन्तल-पाशों के सुगन्धित जामुनी बादल घिरे होते हैं। उठता नहीं हूँ, मानो उठाया जाता हूँ। और पगतलियाँ, फर्श पर नहीं, कई बिछी हथेलियों के पद्मकोशों पर ही उतर पाती हैं।

...स्नानागार तक का एकान्त नसीब नहीं रहा। आसपास कंकण-रणित कई हाथ सुगन्ध-जलों के कलश लिये प्रस्तुत होते हैं। एक के बाद एक जाने कितने सुगन्ध-चूर्णों और उपटनों का लेपन और प्रक्षालन सहना होता है। और फिर एक नहीं, जाने कितने करतलों के मर्दन, दबाव और सुख-स्पर्श पीड़न मेरे अंग-अंग को आक्रान्त कर लेते हैं। अवन्ती-कन्या मादिनी ने मेरे केश-प्रक्षालन का एकान्त अधिकार प्राप्त कर लिया है। छज्जे पर ईषत् बंकिम ग्रीवा के साथ झुकी कपोती की तरह, उसका नीलकान्ति मुख मेरे कन्धे पर झुका होता है : कभी उसकी चिबुक रह-रहकर मेरे कपोल पर टिक जाती है। मेरे केशों के गुंजल्कों को वह अपनी तन्वी कलाइयों पर लपेटकर मुझे और सबको दिखाती हुई चपल हास्य के साथ कहती है :

"बड़े प्रतापी हैं हमारे वर्द्धमान कुमार! देखो न, माथे के कुन्तलों में सँपलियों को पाले हुए हैं।...हाय, क्या करूँ, ये काली कुटिल नागिनियाँ, मेरी बाहुओं को डँसे

ले रही हैं।...''

और बहुत ही दर्दीली टीस से कराहती हुई, वह मेरा केशराग करके मेरी अलकों को, कोटि-मेखला की सूक्ष्म घंटियों के मोहक ताल पर सँवारती है।...और फिर जाने कितनी फुलैल-मंजूषाओं की शीशियों से अनेक अविजानित देशों के फूलों की सुगन्धें, हौले-हौले कई अंगुलि-स्पर्शों के साथ मेरी रोमालियों में सिंचित की जाती हैं...।

उसके बाद इन्द्रधनुषी नीहारिकाओं जैसे कई हलके फेनिल अंशुकों के उत्तरीय और कौशेय मेरे चारों ओर होड़ मचाने लगते हैं। अन्तर्वासक पीताम्बर का मान तो मैं रख लेता हूँ। पर पुष्करवर-द्वीप के मुक्ताहार और उत्तरासंग मेरे वक्ष और कन्धों को नहीं जीत पाते हैं।...मेरे केशों के कुटिल नाग उछलकर मणि-बन्धों को दूर फेंक देते हैं। हर बार किन्हीं नाज़ुक उँगलियों से बाँधे जाने पर, फिर-फिर जब वे मणि-मुक्ता की लड़ियाँ उछलकर लौट पड़ती हैं, तो उन्हें झेलने को कई-कई पीले कमलों-सी अंजुलियाँ एक साथ मचल पड़ती हैं।

विपुल और विविध व्यंजनों से सजे भोजन के सुवर्ण थाल, और मेरे उदर की जठराग्नि के बीच भी, कई जतन करती ममताली बाँहों, कोहनियों, और कौलिया उठाये अँगुलियों की दुलार घिरे रहते हैं। खीर का चम्मच, मोहन भोग का एक कौलिया, अथवा आम की एक फाँक भी, रक्त-स्पन्दनों और वक्षांचलों की ढँकी मिठास लेकर ही, मेरी जीभ और कंठ तक पहुँच पाते हैं। इतनी ममता, जतन, प्यार-दुलार जहाँ हो, वहाँ भोजन स्वाभाविक ही अनावश्यक हो जाता है।

इसी प्रकार रात के शयन तक, इन उर्वशियों का यह उत्पलवन, जाने कितने ही सम्मोहन के कोशावरण मेरे तन-मन के अणु-अणु पर बुनता चला जाता है।

विभिन्न देशों से आयी हुई ये सुन्दरी कन्याएँ अपनी-अपनी लाक्षणिक विशेषताएँ भी रखती है। और हर एक अपना कोई अलग ढंग का उपहार भी मेरे लिए सँजोये रहती है। मसलन कौशाम्बी की दो राजबालाएँ, अपने साथ वत्सराज उदयन की लोक-विख्यात कुंजर-विमोहिनी वीणा, तथा महारानी वासवदत्ता की घोषा वीणा की नागदन्त से निर्मित अनुकृतियाँ साथ लायी हैं। सवेरे और रात की संगीत-सभा में ये क्रम-क्रम से इनका वादन करती हुई, विन्ध्यारण्य के हस्ति-वनों का दृश्य साकार कर देती हैं। इनकी इस विद्या ने सचमुच ही मुझे मुग्ध किया है। मदनेश्वरी का उदयन-वीणा वादन मेरे मन के मातंग को वशीभूत कर सका या नहीं, सो तो वही जाने, किन्तु इरावती के घोषा-वादन पर, मैंने सिन्धु की उन्मत्त लहरों को स्तम्भित होते देखा है।

हमारी वैशाली से भी कुछ राजकुलों की लड़कियाँ आयी हैं। उन्होंने विशाला की नगर-वधू आम्रपाली से नवनूतन जूड़े और वेणियाँ बाँधने की कला सीखी है। दिन

में जाने कितनी बार वे निर-निराले केश-विन्यासों में सजी दिखाई पड़ती हैं। चलो, इस बहाने देवी आम्रपाली की नर्तन-कुशल उँगलियों का केश-कौशल तो देखा। हर चीज़ का हर बार नया रूप, मुझे तो प्रिय ही लगता है। हर नये पल ऐसा लगता है कि पिछली लड़की नहीं रही, नयी आ गयी है। इससे विगत पर्याय का मोह भंग होता है, और चिर नूतन में मुक्ति की अनुभूति होती है।

सुदूर दक्षिणावर्त के अरुणाचलम् से आयी है वैनतेयी। चुप्पी लड़की है। लाज का लोच उसमें देखते ही बनता है। दूर द्वारपक्ष में आधी ओझल-सी खड़ी रहकर, अपलक नयन देखती रहती है। कई बार लगा है, उनकी चितवन में रक्तवेध करने की सामर्थ्य है। अनंग देवता तब चोर की तरह, भीतर घुसकर आक्रमण नहीं करते, अपने सच्चे रूप में नग्न और मूर्त सामने आ जाते हैं। उनका आक्रमण अनायास समर्पण हो उठता है। यह विचित्र कन्या, जाने कहाँ से कोई ऐसा रत्न-दर्पण पा गयी है, जिसमें देखो तो वस्त्राभूषणों से परे अपना निरावरण स्वरूप सामने आ जाता है।...मुझे दर्पण थमाकर, पैरों के पास बैठी, नमित नयन, कालीन कुरेदती रहती है। एकदम निस्पृह। फिर भी जाने क्या पा जाती है मुझसे!...एक दिन मैंने कौतूहलवश, दर्पण को उलटकर, उसका पृष्ठ देखा। उस पर निषेध-वाक्य अंकित था : 'यह पक्ष न खोलो।' सो खोलना अनिवार्य हो गया। ढकना हटाते ही, सामने पाया अपना अस्थि-पंजर, सन्मुख प्रत्यक्ष प्रवाहित रक्त-वाहिनियाँ और स्पन्दित बहत्तर हज़ार नाड़ियाँ : और धड़कता हृदय। एक मूलगामी धक्के के साथ, जैसे मैं चौंका और जागा, और मुँह से चीख-सी निकली—'उफ्'। जानू पर चिबुक टिकाये बैठी वैनतेयी घबराकर उठ खड़ी हुई :

"प्रभु ,यह आपने क्या किया? दर्पण का निषिद्ध पक्ष खोल लिया... ? दर्पण की विद्या लुप्त हो गयी! हाय,भगवान..."

मैं पहले तो निश्चल उसकी परेशानी पर मुग्ध होता रहा। फिर ईषत् मुस्कुरा कर बोला :

"तुम्हारे दर्पण की विद्या लुप्त नहीं हुई, और भी उद्दीप्त हो गयी है। देखो निषिद्ध पक्ष में अपना चेहरा!..."

लड़की ने दर्पण मेरे हाथ से लेकर उसमें अपना चेहरा देखा, और देखकर ऐसी आत्मविभोर हो गयी, मानो अपने ही आप पर मुग्ध हो गयी हो।

"क्या देखा वैना, बताओ तो!"

"प्रभु, अस्थियों और नसों के जंगल के पार, एक और वैनतेयी देखी। ऐसी नित्य सुन्दरी, कि अब तक तो ऐसा रूप अपना कभी नहीं देखा था। इन्द्रजाल!"

"इन्द्रजाल नहीं वैना, सत्य देखा तुमने। क्योंकि वह देखने की शक्ति तुममें है। और दर्पण के निषेध को मैंने तोड़ा है। तब भय का भंजन हुआ, तो हड्डियों का जंगल

पार हो गया!"

लड़की मेरे पैरों पर ढुलक पड़ी। उसके पलक-पक्ष्मों का गीलापन कैसा अद्‌भुत मुक्तिदायक लगा।

किसी-किसी रात छत पर नवनिर्मित क्रीड़ा-सरोवर में स्नान-केलि का आयोजन किया जाता है। सरोवर के तल की शिलाओं और दीवारों में ही निसर्ग रोशनी-सी है। और ऊपर से चन्द्रमा उसमें खिलखिलाते रहते हैं। नील नदी के देश से आये फुलैल पानी में छोड़ दिये जाते हैं। कुंजर-विमोहिनी और घोषा वीणा की महीन रागिनियाँ, हवा में स्पन्दन के नये ही प्रवेश खोलती रहती हैं।

...चारों ओर से पानी उछालती बालाओं के वर्तुल, केन्द्रीय पुरुष पर जैसे एक साथ आक्रमण करते हैं। पर पुरुष जाने कब एकाएक ग़ायब हो जाता है। लड़कियाँ डुबकी लगाकर उस पुरुष की खोज में परस्पर टकराती और होड़ें मचाती हैं।...सुगन्धाविल पानी में एक ऐसा द्रवित मार्दव तैरता है, कि हर कन्या अपने ही भीतर रमणलीन हो रहती है। हरएक को लगता है, कि केन्द्रीय पुरुष उसकी बाँहों में आ गया है। जाने कब तक इसी आत्म-तन्मय भाव से, अपने ही साथ केलि-मग्न रहती हैं।

...बहुत रात गये, वीणा-वादन विरमते ही वे आपे में लौटती हैं, तो पाती हैं कि कुमार वर्द्धमान का दिशाओं के छोरों तक भी कहीं पता नहीं है। सारे कक्षों में घूम-घूमकर वे उन्हें खोजती फिरती हैं। फिर हारकर उनके शयन-कक्ष में झाँकती हैं। कुन्द फूलों से आच्छादित विशाल शैया, अनसोयी और अछूती है। पायताने वैनतेयी एक दीपाधार से सटी गर्दन झुकाये चुपचाप पड़ी है।

इस कक्ष के सामने की दीवार में एक और भी अन्तःकक्ष का नीलमी द्वार खुला है। उसके चौखट में भीतर का अन्तरित सौम्य आलोक झाँक रहा है। उसकी देहरी पार कर, उसमें जोहने का साहस वे बालाएँ नहीं कर पातीं। भीतर कहीं अलक्ष्य में अखंड जल रही धूप-शलाका की चन्दन-कपूरी गन्ध लहरियों को लड़कियाँ अपनी अँजुरियों में लेकर माथे पर चढ़ा लेती हैं। फिर भूमि पर आँचल पसारकर, अन्तःकक्ष की देहरी पर छिटकी निस्तब्ध नील-प्रभा को प्रणिपात करती हैं। और एक-एक कर चुपचाप अपने-अपने कक्षों में सोने चली जाती हैं।...

माँ, पिता और सभी परिजनों द्वारा योजित इस दुरभिसन्धि को अच्छी तरह समझ रहा हूँ। उनके मन, मुझे बाँधना अब आवश्यक हो गया है। मेरी निर्बन्ध यात्राओं को लेकर, तरह-तरह की दन्तकथाएँ-सी नन्द्यावर्त में चल पड़ी हैं। इतना ही नहीं, कुंडपुर से लगाकर आसपास के सन्निवेशों में गुज़रते हुए सारे आर्यावर्त में उन्होंने विचित्र साहस-वृत्तान्तों का रूप ले लिया है।

माता-पिता और राजकुल की चिन्ता स्वाभाविक है। ज्योतिषियों ने जिसके जन्म पर घोषित किया था, कि वह आर्यावर्त का विराट् चक्रवर्ती होगा, उसमें राजा के बेटे का तो कोई लक्षण दीखता ही नहीं। या तो आवारा भटकता है, या अपने में खोया रहता है।

...बीच में व्यवस्था की गयी थी, कि मुझे शस्त्र-विद्या सिखाई जाए। भारतों की प्राचीनतम और गोपनतम शस्त्रास्त्र-विद्याओं के निष्णात एक गुरु दक्षिणेश्वर, दक्षिण देश से आये थे। उनका मूल किरात रूप ही मुझे इतना भा गया था कि, मैं उनसे दक्षिण विजयार्ध के अरण्यों तथा गोपन और वर्जित प्रदेशों का पता पाने में ही उन्हें व्यस्त रखता था। पर उनके निर्देश पर जब भी कभी मैं धनुष पर तीर चढ़ाता, तो उसका मुख अपनी ओर कर देता था। गुरुदेव भय से थर्रा उठते। वे दौड़कर मुझ तक आएँ कि तीर छूटकर सन्ना जाता था। मुझे आरपार बींधता तीर जाने कहाँ चला गया, पता ही नहीं चलता था। एक दिन गुरुदेव बोले :

"कुमार, क्या इन्द्रजाल जानते हो?"

"नहीं महाराज, तीर चलाने का अभ्यास कर रहा हूँ।"

"तो तीर कहाँ चला जाता है?"

"वह तो आप आपनी विद्या से जानें...।"

"अपनी शस्त्र-विद्या में ऐसा तो कोई रहस्य मैंने नहीं पढ़ा-गुना! शब्दवेध, दिशावेध, गगनवेध—सब जानता हूँ। पर यह वेध न पढ़ा न सुना, युवराज!"

"तो सुने महाराज, यह आत्मवेध धनुर्विद्या है। मेरी दिग्विजय की यात्रा का मार्ग भीतर से गया है। वहाँ शत्रुओं की असंख्य वाहिनियाँ घुसी बैठी हैं। मैं उन्हीं के संहार की टोह में लगा रहता हूँ!"

...गुरु दक्षिणेश्वर ने महाराज के निकट अपनी विवशता प्रकट की और विपुल दक्षिणा पाकर दक्षिणावर्त लौट गये।

शास्त्र-विद्या से शस्त्र-विद्या तक, कुछ भी मुझ पर कारगर नहीं हुआ, तो चिर अपराजेय मदन-देवता का आवाहन-अनुष्ठान किया गया कि राजमहल में टिक सकूँ, ठहर सकूँ, रुक सकूँ, बँध सकूँ, और राजलक्ष्मी का हो सकूँ।

पर क्या करूँ, विचित्र स्वभाव लेकर जन्मा हूँ। इन बन्धनों और प्राचीरों से भी खेलता रहता हूँ। किन्तु ये मुझे बाँध नहीं पाते। दूर देशों और महाजानपदों की श्रेष्ठ सुन्दरियाँ आयी हैं, वर्द्धमान के लिए उन्होंने अपूर्व मदनोत्सव का आयोजन किया है। प्रतिक्षण मदनोत्सव चल रहा है, मेरे खंड के कक्ष-कक्ष में। पर कोई अपराध या निषेध मन में उठता ही नहीं। किसी कुंठा की कसक भी नहीं, विरोध का वैषम्य भी

नहीं। विदेहों के इस वैभव का, नन्द्यावर्त का, मदन-देवता का और इन सारी बालाओं का कृतज्ञ ही हूँ, कि मुझे सुखी और महिमाशाली बनाने की चेष्टा में ये सदा निरत हैं।

इस ऐश्वर्य की एक-एक वस्तु का, इन सुन्दरियों के प्रत्येक अंग-प्रत्यंग, एक-एक हाव-भाव, भंगिमा, चितवन, शृंगार, लीला-कटाक्ष, सबका अकुंठ भाव से आनन्द-उपभोग करता हूँ। क्योंकि इन्हें सामने पाकर, मन में कोई भय नहीं, बाधा नहीं, आशंका नहीं। मिलन सहज है, सो विरह का प्रश्न ही नहीं उठता। निरन्तर मन, भीतर के एक ऐसे मिलन-सुख में रममाण है, कि बाहर की रमणी या प्रिया को लेकर कोई व्याकुलता या अनाश्वस्ति उठती ही नहीं।

हर चीज, हर व्यक्ति, हर कटाक्ष, हर अँगड़ाई, अपने स्थान पर है, मैं अपनी जगह पर हूँ। इन सबकी अपनी-अपनी एक नित-नूतन भाव-भंगिमा पर हर समय प्रकट होती रहती है : उसके दर्शन से मैं सहज आनन्दित रहता हूँ। हर वस्तु की अनुक्षण बदलती भावलीला को, मैं अपनी आन्तरिक भावलीला के साथ एकतानता से जानता, जीता, भोगता हूँ, तो मेरे आनन्द का अन्त नहीं होता। भागना नहीं पड़ता, सहज ही सबकुछ भीतर भुक्त होता रहता है। तो मैं अनायास युक्त और मुक्त होता रहता हूँ। हर वस्तु का यह ही उसका स्वरूप है। परिणमन ही उसकी एकमात्र स्थिति है, परिभाषा है। और परिणमन ही तो रमण है।

सो पिता और माँ का विशेष रूप से कृतज्ञ हूँ, कि उन्होंने मुझे काम, सम्मोहन, ऐश्वर्य विलास के बीच भी मुक्ति के चरम-परम अनुभव का अवसर दिया। और ये सारी बालाएँ कितनी अच्छी हैं, कितनी हृदयवती, प्रीतिनी, आरती और अँजुलियों की तरह समर्पणवती। पूजा-अर्चा, धूप,-दीप, यज्ञ-हुताशन और आहुतियों की तरह पावन हैं ये। इस मदन-यज्ञ में से जिस चिदग्नि का स्पर्श-सुख पाया है, वह अनिर्वच है। यहाँ की हर कुमारी ने एक ज्वाला की तरह मेरा आलिंगन किया है, और मैं उसमें से अधिक-अधिक उजलता गया हूँ।

मैं और अधिक स्वयं हुआ हूँ, वे और अधिक अपने सौन्दर्य में प्रभास्वर हुई हैं। जीवन और किसे कहते हैं? भोग की और क्या सार्थकता? मुक्ति की और क्या परिभाषा?...

पिप्पली-कानन के मेले में

कई दिनों से पिप्पली-कानन के मेले में जाने की तैयारियाँ राजद्वार पर चल रही थीं। प्रायः बड़ी भोर ही अन्न-धान्य, सामान-असबाब और डेरे-तम्बुओं से बैलगाड़ियाँ लदती रहती थीं। कूच की हाँकें सुनाई पड़ती थीं। वज्जियों की कुलदेवी अम्बा का कोई मन्दिर पिप्पली-कानन के सीमान्त पर है। उसी के वार्षिक पूजा-पर्व के उपलक्ष्य में शरदोत्सव के रूप में यह मेला लगता था। शरद पूर्णिमा से कार्तिकी पूर्णिमा तक।

एक दिन सहसा ही महादेवी का आदेश मिला कि उनके साथ मुझे भी पिप्पली-कानन के मेले में जाना है। अच्छा ही लगा। यात्रा का अवसर भी मिलेगा, और दिनों बाद माँ के साहचर्य का सुख भी पा सकूँगा। कितनी अच्छी हैं वे, कोई वर्जना या रोक-टोक नहीं करतीं। बस चुपचाप दूर से ही मेरे अनेक जतन करती रहती हैं। वे मुझे कितना समझती हैं! अचम्भा होता है।

उस दिन भोर के धुँधलके में ही, तोरण द्वार पर कई रथ प्रस्तुत हुए। महादेवी ने संकेत किया कि मैं उन्हीं के रथ में, उनके साथ यात्रा करूँगा। मेरा रथ लेकर गारूड़ साथ-साथ पीछे आएगा। मेरे प्रासाद-खंड का नवागत कुमारी-वन भी चलने को प्रस्तुत था। उन सबकी निगाहें एकाग्र मेरी ओर लगीं थीं। अन्तःपुर वासिनियों के और भी कई रथ, प्रभातियों और मंगल-गीतों से गुंजित थे। शहनाइयों, शंख-ध्वनियों, दुन्दुभियों और घंटानादों के साथ रथ-मालाएँ नगर-पौर से प्रस्थान कर गयीं।

मार्ग में चारों ओर शरद ऋतु की प्रसन्न और सुनीला प्रकृति मुस्कुरा रही थी। धान्य के दूर तक फैले खेतों की हरियाली, हवा में हौले-हौले झीम रही थी। कुन्द और पारिजात फूलों की भीनी-भीनी सौरभ शारदीय प्रभात की नवीन शीतलता में घुल रही थी। गंडकी तट के कास-वनों में एक पवित्र श्वेतिमा, उज्ज्वल कौमार्य की आभा से दीपित थी। गंडकी के जलों में प्रचंड वेग के साथ ही, एक कोमल लचाव और उद्दाम उभारों की तरंग-लीला चल रही थी।

अनेक ग्राम्य और नागरिक वाजित्रों के तुमुल कोलाहल और हर्ष-ध्वनियों के बीच सहस्रों लोक-जनों का प्रवाह मेले की ओर बढ़ रहा था। पद-यात्रा करते नर-नारियों की नानारंगी नूतन वेश-भूषा, उनकी बैलगाड़ियों की घंटिका-ध्वनियाँ, रथों और इक्कों के चित्र-विचित्र चँदोवों और पर्दों का रंग-वैचित्र्य, विविध प्रतीकों से अंकित केशरिया, लाल, श्वेत पताकाएँ, गीतगान और लोक-वाद्यों की समवेत-ध्वनियाँ : लोक-चेतना के आनन्द और सौन्दर्य का यह मूर्त स्वरूप पहली बार देखा। अब तक प्रकृति के विराटों और अनन्तों में यात्रा की है। दुर्गम ऊँचाइयों पर सम्मोहित की तरह अरोहण किया है। गहराइयों के अतलों तक पहुँचने की संवासना से उद्वेलित हुआ हूँ। समग्र और निखिल में एकतान होकर विचरण किया है। बस्तियों के किनारों

से ही, उनकी सघनता और विविधता का स्पर्श पाकर प्रफुल्लित होता रहा हूँ। दूरागत दीयों से आलोकित लोकालयों की घरेलू ऊष्मा कई बार मेरे प्राण के तटों को व्याकुल कर गयी है।...पर जनगण के सामुदायिक प्रवाह को आज पहली बार साक्षात् किया। उनकी संयुक्त प्राणधारा के आनन्दोत्सव से पहली बार मेरा हृदय रोमांचित हुआ। पुलकावलियाँ सजल हो आयीं। लगा कि जनगण की भी अपनी एक संयुक्त आत्मा है। लोक के सामूहिक चैतन्य का भी अपना एक देवता है। अनवरत जन-प्रवाह के उन समवेत वाजित्रों, गीत-गानों, हुलु-ध्वनियों के निरन्तर संघात से, मेरा हृदय उमड़ आया। आँखों से एक विचित्र आनन्द का अश्रुपात होने लगा।...इस क्षण इन सबके समन्वित प्रवाह में होकर भी, क्यों अपने को इनसे बिछुड़ा, एकाकी अनुभव कर रहा हूँ? आज तक तट पर रहने के अविचल साक्षी-भाव में अपनी उत्तुंग अद्वितीयता का अहसास होता रहा है। पर आज मेरी चेतना की कैलास-चूड़ा, गलकर, लोक-जीवन की इस महाधारा के साथ तन्मय होने को व्याकुल हो उठी है।

...जाने कितनी दूर तक माँ और मैं अपने में लीन द्वीपों-से ही यात्रा करते रहे। एकाएक माँ के इंगित पर सारथि ने रथ को यात्रा-भीड़ से निकालकर, सोनाली नदी के एकान्तवर्ती तट पर ले लिया। सहसा ही वे बोलीं :

"कैसा लग रहा है वर्द्धमान?"

"बहुत अच्छा। ऐसा तो पहले कभी लगा नहीं। एकाएक जैसे सबका हो गया हूँ।"

"सुनती हूँ महाविजनों और दुर्गमों में तेरी यात्राएँ चल रही हैं। मन में आया कि एक बार तुझे लोकालय भी दिखाऊँ। प्रजापति होकर जन्मा है, तो अपनी प्रजाओं से यों दूर कब तक रहेगा?"

"दूर या पास का भेद मन में कहीं नहीं है, माँ। सबसे अलग, विरहित कोई एकाकी शून्य हूँ, ऐसा तो कभी नहीं लगा। पर हाँ, तट पर या ऊँचाई पर खड़े रहकर, सर्व के साथ अधिकतम तदाकार हो सका हूँ, ऐसा ज़रूर लगा है। अविकल को एकबारगी ही आलिंगन करने की विकलता प्राण में सदा रही। स्वयं को जान सकूँ, तो सर्व को सहज ही जान लूँगा, अपने में पालूँगा, ऐसी प्रतीति ज़रूर रही।"

"पूछती हूँ मान, इन यात्राओं में तुझे किस बात की खोज रही है?"

"कहा न माँ, स्वयं की। अपने किसी एक और अविकल स्वरूप को पाने की, ताकि निखिल को एक बारगी ही जान सकूँ, आलिंगन कर सकूँ।"

"स्वयं तो तू ही है। उसे क्या बाहर कहीं खोजना होगा?"

"जितना स्वयं हूँ, वह पूरा नहीं लगता, मा। देश और काल में वह बँटा हुआ है, बिखरा हुआ है, खंडित है। कोई एक अखंड, एकमेव, नित्य मैं, जो स्वायत्त हो, स्वाधीन हो, स्वयं पर्याप्त हो, उसे पाये बिना मन को विराम नहीं।"

"तो उसे तो भीतर ही खोजना होगा कि नहीं? क्या वह बाहर की यात्राओं में मिलेगा?"

"भीतर और बाहर का अलगाव जब तक बना है, तब तक विकलता बनी ही रहेगी। ऐसा लगता है कि यह भीतर-बाहर, इन्द्रियों और मन के सीमित दर्शन-ज्ञान के कारण है। सर्व का दर्शन जब तक प्रत्यक्ष, सीधा, स्वानुभूत नहीं हो जाता, तब तक बाह्य वस्तु-जगत् मन-प्राण को चंचल रखेगा ही। विरहानुभूति बनी ही रहेगी। तब तक मोह और उससे उत्पन्न राग-द्वेष, आकर्षण-विकर्षण बना रहेगा। और इस तरह आत्म-विकल बना रहेगा, वह अखंड और अविकल अनुभूति नहीं हो सकता। और खंडित, पीड़ित, विकल आत्म बाहरी वस्तुओं का भी सम्यक् दर्शन और ज्ञान नहीं पा सकता। वस्तु के साथ व्यक्ति-आत्म के सच्चे सम्बन्ध का निर्णय नहीं सकता। यही विकलता मुझे बाहर फैले अखिल और अनन्त में यात्रा करने को बेचैन कर देती है?"

"तो अपनी इन यात्राओं में उस अखिल अनन्त को जान सके मान? पा सके उसे?"

"क्या पा सका, ठीक नहीं जानता। पर सर्व के सारे आयामों में बार-बार गया हूँ, तो आत्मविस्तार की अनुभूति अवश्य हुई है। लगा है कि इन्द्रिय, प्राण, मन की सीमित खिड़कियाँ टूटी हैं, भीतर विराट् का वातायन खुलता जा रहा है। मेरे पुरुष ने अद्यावधि प्रकृति को अपने आलिंगन में समर्पित पाया है। इस तरह मोह-माया के पाश टूटे हैं, और मुक्त स्वाधीन आत्म की अनुभूति होने लगी है। अपने स्वयं के समीपतर आया हूँ, और सर्व सुलभ लगने लगा है। विरह का विषाद टूटा है, और सर्वत्र सबके साथ मिलन की राह निर्बाध हुई है।"

"तुम सर्वजयी और सर्वस्व हुए बेटा, तो त्रिशला की कोख कृतार्थ हुई। सबको पाया तुमने, तो उनके प्रति अपने को दोगे नहीं? जगत् तुम्हारे आत्मदान की प्रतीक्षा में है।"

"पूर्ण स्वयं हो लूँ, तो समर्पण आप ही मुझ में से बहेगा। आज भी जो चाहे, जैसे चाहे मुझे ले, अपने में बन्द तो कहीं से भी नहीं हूँ।"

"पिछली चैत्र शुक्ला तेरस को तुम सत्ताईस बरस के हो गये बेटा! आर्यावर्त की जाने कौन कुमारी, तुम्हारी राह में आँखें बिछाये बैठी है। क्या उन आँखों का मान नहीं रखोगे?"

"हो सके तो सभी की आँखों में बसना चाहता हूँ माँ, और सारी आँखों को अपनी आँखों में बसा लेना चाहता हूँ।"

"तो विवाह करो वर्द्धन्, किसी एक का वरण करो, और सबके प्रजापति, शरणागत-वत्सल पिता होकर रहो। यही भावी राजा के योग्य बात है।"

''विवाह करके किसी विशेष का वहन करूँ, तो लगता है कि सर्ववाह होना सम्भव न होगा। और अपने राज्य की सीमा अब मुझे नहीं दीख रही है। मुझे तो त्रिलोक और त्रिकाल के प्राणि मात्र अपनी प्रजा लगते हैं, तो मैं क्या करूँ! भूगोल और इतिहास का राज्य मेरा अभीष्ट नहीं। वह मुझे रास नहीं आएगा, मुझे कम पड़ेगा, माँ।''

त्रिशला के गर्भ में जैसे एक और अचीन्ही प्रसव-वेदना-सी होने लगी। और इस जाये की इयत्ता को पहचानना और भी दुष्कर और असह्य लगा। क्षणैक चुप रहकर, महादेवी विनती-सी कर उठी :

''तुम्हें समझने की कोशिश में रंच भी कमी नहीं रखी है। जो बुद्धि में नहीं आता, उसे मेरी कोख समझा देती है। फिर भी जाने क्यों, जी चाहता है कि...!'' राजमाता का स्वर डूब चला।

''मैंने देखा, माँ दूर सोनाली पार के भोगनगर की भवन-अटाओं में आँखें गड़ाये हैं। उनकी वे उन्मीलित बरौनियाँ भीग-सी आयी हैं।''

''क्या जी चाहता है, माँ। जगत् का मान होने से पहले, तुम्हारा मान होना चाहता हूँ।''

''वह भाग्य मुझे अपना नहीं दीखता...!'' माँ की मर्म-व्यथा को समझ रहा था।

''बोलो, क्या चाहती हो, मा? तुम्हारी हर चाह पूरी करूँगा।''

''तेरे आवास-खंड में आर्यावर्त की श्रेष्ठ सुन्दरियाँ, तेरी एक निगाह को तरस गयीं। क्या उनमें से एक भी तेरे चरणों पहुँचने के योग्य न हो सकी?''

मुझमें एक अजीब मुक्ति की हिलोर-सी आयी। मैं लीला-चंचल हो उठा।

''अरे बस, इतनी-सी बात माँ? वे सभी तो मेरी बरौनियों में झूले डालकर झूल रही हैं। मैंने तो किसी को रोका नहीं। और चरणों तक ही क्या, वे तो मेरी चूड़ा पर अधिकार जमाये बैठी हैं। अवन्ती की मादिनी मेरे कुन्तलों के सँपलियों से मनमाना खेलती है। अपनी तो एक साँस भी वहाँ मुक्त नहीं। रोम-रोम अपना निर्बाध छोड़ दिया मैंने, कि वे बालाएँ उसमें जी चाहा खेलें। जी चाही क्रीड़ा करें। और क्या करूँ, तुम्हीं बताओ?''

''अपनाव की भी एक दृष्टि होती है कि नहीं! किसी को भी चुन नहीं सके तुम, कोई तुम्हारी अपनी होने लायक न लगी?''

''अरे माँ, सो तो सभी मुझे नितान्त अपनी लगीं। परायी तो एक भी नहीं लगी। अब तुम्हीं सोचो, एक को अपनाकर, औरों को परायी मानूँ, तो उन्हें कैसा लगेगा? उनका जी दुखेगा कि नहीं?''

“वह तो संसार की होती रीत है, लालू! अपना-पराया तो रहता ही आया है। जिसका जहाँ ऋणानुबन्ध होगा, वहीं तो वह जाएगी।”

“संसार की रीत से तो महावीर कभी चल नहीं पाया, माँ। और मेरी रीत में अपने-पराये का भेद मेरे हाथ न आया तो क्या करूँ? और सारे ऋणानुबन्धों को तोड़कर, मैं उन्हें धनानुबन्ध करने आया हूँ, ताकि विरह-मिलन का पीड़क दुश्चक्र टूटे—जो कि संसार है।”

“वे सब निराश लौटेंगी, तो क्या उन्हें पीड़ा नहीं होगी? इस मोहभंग से उनकी व्यथा बढ़ेगी ही, और ऋणानुबन्ध का अन्त नहीं, वृद्धि ही होगी।”

“वे निराश क्यों हों, और लौटें भी क्यों माँ? मैंने तो उन्हें अस्वीकारा नहीं, कि वे विरहित होकर जाएँ।”

“तो क्या सबको स्वीकार लिया है, लालू?” माँ के मुख पर बरबस मुस्कान फूट आयी।

“हाँ माँ, चुनाव मैंने नहीं किया है, तो सब सहज स्वीकृत हैं ही, अपने आप में, मेरे निकट।”

“यह तो सच ही, मेरे चक्रवर्ती बेटे के लायक़ बात हुई! तू कहे तो सब राजकुलों में खबर करवा दूँ कि उनकी कन्याएँ वर्द्धमान की वरिता हुईं। और विवाह का शुभ मुहूर्त दिखा लूँ!”

“मेरा चक्रवर्तित्व राज्यों, सिंहासनों, शरीरों के वरण से सिद्ध नहीं होगा, माँ। वह इन सबको अपने में समेटकर, इनकी सीमाओं का अतिक्रमण करेगा। तब जो साम्राज्य मेरे भीतर से प्रकट होगा, उसमें ये सब स्वतन्त्र होंगे। और मैं इनके आत्म-स्वातन्त्र्य का आईना बनूँगा। मुझमें शाश्वत प्रतिबिम्बित, ये सदा को, त्रिकाल और त्रिलोक में मेरे हो रहेंगे। इससे कम कोई चक्रवर्तित्व मेरा नहीं, माँ।”

“ ...समझ रही हूँ। पर मेरी बुद्धि में समा नहीं पातीं, तेरी ये बड़ी बातें, लालू। पूछती हूँ, ऐसे ये कन्याएँ कब तक कुँवारी रहेंगी?”

“मेरी होने आयी हैं, माँ, तो सदा कुँवारी रहेंगी ही। अक्षत कुमारिका ही महावीर की वधू हो सकती है। चाहें तो ये मेरे साथ आएँ, या अपनी मन चाही राह जाएँ। इतना जानता हूँ कि मेरे पास से ये वियोगिनी नहीं, योगिनी होकर ही लौटेंगी। जहाँ भी जाएँगी, अपने अन्तर-पुरुष की अखंड सोहागिनें होकर रहेंगी।”

माँ की आँखों में छलछला आये आँसू व्यथा के थे कि गर्व और आनन्द के, सो तो वे ही जानें।

पिप्पली-कानन का मेला-नगर आ लगा था। माँ सारथि को आवश्यक निर्देश देने में व्यस्त हो गयीं।

पिप्पली-कानन के विशाल वन-प्रदेश में, कई योजनों के विस्तार में यह मेला लगा है। आर्यावर्त के विभिन्न प्रदेशों और कई दूर देशान्तरों तथा द्वीपों तक की नाना-विध दुर्लभ वस्तु-सम्पदा लेकर, चारों ओर से कई व्यापारी साथ यहाँ अ.ये हैं। बीच में स्वस्तिक के आकार में, और चारों ओर मंडलाकार, बहुमूल्य अंशुक और स्वर्ण खचित वस्त्र, विविध धातुओं के भांड और सज्जा-उपकरण, महार्घ वनोषधियाँ, शिल्प, चित्र, काष्ठ और चन्दन, हस्तिदन्त, नागदन्त तथा मर्मर पाषाणों के सज्जा-साधन, प्रसाधन-सामग्री और इत्र-फुलैल आदि बेशुमार चीज़ों की अलग-अलग पण्य-वीथियाँ और बाज़ार लगे हैं। पण्य-रचना के बाहर एक ओर सार्थवाह श्रेष्ठियों के रंग-बिरंगे डेरे-तम्बुओं वाले शिविर लगे हैं। दूसरी ओर अवन्ती से लगाकर मगध तक अनेक राजकुलों के विशद-विस्तृत, और भव्य सज्जा, तोरण, पताकाओं से शोभित अलग-अलग शिविर आयोजित हैं। बीचोंबीच एक आलीशान मेहराबी द्वारों और चित्रित खम्भों से श्रेणिबद्ध विशाल सभा-भवन बना है, जहाँ सबेरे से रात तक अनेक गोष्ठियाँ, मनोरंजन, संगीत-नृत्य और नाट्य के कार्यक्रम चलते रहते हैं। प्राय: इस मेले में राजघरानों के अन्त:पुर, युवा राजपुत्र और राजकन्याएँ भी एकत्रित होते हैं। एक प्रकार से यह युवाजनों का शरदोत्सवी मेला होता है। रूप, लावण्य, सौन्दर्य, सुगन्ध, विविध-विचित्र वेश-सज्जा, केश-सज्जा रत्न-अलंकारों की जगमगाहट से सारे वातावरण में एक असह्य संकुलता और चकाचौंध है। रूप के इस रत्न-हाटक में सौन्दर्य और लावण्य की प्रतिस्पर्धा है, टकराहट है। मेखलाओं, नुपूरों, मंजीरों, घंटिकाओं और संगीत-वाद्यों तथा नृत्य-तालों में कोई सुर-संवाद नहीं, प्राण का एक तुमुल अराजक कोलाहल है। मान-अभिमान, अहंकार-ममकार, राग-द्वेष, कामना-वासना की एक उग्र और रक्तारक्त स्पर्धा है। रसोत्सव तो यह मुझे रंच भी नहीं लगा, मरीचिकाओं का एक भ्रामक इन्द्रजाल चारों ओर फैला है, जो चित्त को रसलीन नहीं, उदिग्न और अशान्त करता है।

लिच्छिवियों का राज-शिविर किसी भी तरह मुझे रास न आया। सो माँ की विशेष अनुज्ञा लेकर, मैंने अपना तम्बू, एक सीमावर्ती आम्रकानन में लगवा लिया है। वहीं बगल में मेरी रथशाला बन गयी है। साथ में रखा है केवल सारथी गारुड़ को और दो-एक परिचारकों को। एक साँझ मुझे खोजती मेरी सारी बाला-सहचरियों ने मेरे तम्बू में मुझे आ घेरा। बोलीं कि—हमारा चितचोर हमसे बच निकले, ऐसी कच्ची हम नहीं!' मेरी चुप्पी मुस्कान से वे सब स्तब्ध हो रहीं। तब मैंने उन्हें समझाया कि मेला देखने आया हूँ, सो घिराव अच्छा नहीं। मुझे अकेला रहने दें, स्वच्छन्द विचर कर जी भरकर खुली आँखों मेला देखने दें। उनके साथ तो सदा हूँ, और रहूँगा। मुक्त

भाव से मेला देखने की अनुमति मैंने उनसे चाही। शब्द नहीं, केवल मेरी आँखों के अनुरोध से वे मान गयीं। मैं उनका बहुत कृतज्ञ हुआ। वे समाधान पाकर चली गयीं। जैसे कि मैं उनमें से हर-एक के साथ गया हूँ, अलग-अलग।

साथी-सखा की चाह मुझे कभी नहीं रही। फिर मेले में आया हूँ, तो प्रजाओं के इस मिलनोत्सव को देखना चाहता हूँ। सम्पूर्ण देखना, अकेले रहकर भी सम्भव है। बहुतों का साथ होने पर, जैसे बँट जाता हूँ। अकेला रहूँ तो सबके साथ सहज जुड़ाव हो जाता है। दो-तीन दिन, जब जी चाहा, अपने मन की मौज से, मेले को किनारे से, और उसकी विभिन्न पण्य-विथियों में घूमकर भी देखा है। वस्तु-सामग्री यहाँ राशियों में चहुँ ओर फैली है। और स्त्री-पुरुष का नानारंगी प्रवाह, उनमें उलझा, खोया, भटका, चौंधियाया-सा फेरी दे रहा है। जो ख़रीद पाने में असमर्थ हैं, उनकी आँखों की कातर प्यास देखी है। जो मुँह माँगे दामों पर क्रय करके वस्तुओं का उपभोग कर रहे हैं, उनके चेहरों पर भी तृप्ति नहीं दीखी। वहाँ थकान है, आर्तता है, अवसाद है। वस्तुओं का अन्त नहीं, और भोक्ताओं की तृष्णा का भी पार नहीं। बहुमूल्य मणि-माणिक्यों, सुगन्धों, मदिराओं, महर्द्धिक परिधानों में डूबकर भी उनके चेहरों पर अतृप्ति है, आनन्द की उत्फुल्लता नहीं। लगता है, जैसे पाकर भी, भोगकर भी, वस्तुओं से ये बिछुड़े ही रह गये हैं। परस्पर मिलकर भी, आमोद-प्रमोदों में तल्लीन होकर भी, ये कितने अकेले हैं। प्यासे हैं। वस्तु के मालिक होकर भी, ये उससे विरहित हैं। मेले में आकर भी मिलन से वंचित हैं।

...मुझे लगता रहा कि वस्तुएँ जहाँ हैं, वहाँ रहकर, मानो सबकी सब मेरी हैं। उठाकर लेने और अधिकार करने की ज़रूरत ही नहीं महसूस होती। और घूमता हूँ तो विविध रंगी इन हज़ारों नर-नारियों में, अपने को व्याप्त अनुभव करता हूँ। अकेला होकर भी, अलग तो कहीं से नहीं रह गया हूँ। सबको एकत्र देखकर, एक विचित्र भरा-भरापन अनुभव होता है।

वैशाली से मेरे कई मामा लोग आये हैं। एक तीसरे पहर सिंहभद्र और अकम्पन मामा मुझसे मिलने मेरे डेरे पर आये। मुझे देखते ही लिपटकर मिले। भर-भर आये। आर्द्र आँखों से कुछ देर चुप रहकर, मुझे देखते ही रह गये। मैं निश्चल ही रह सका। उनके वात्सल्य को समझ रहा था। वे सम्भ्रमित-से थे, कि मैं उनका रक्तांश, इतना दूर और अनपहचाना-सा क्यों लग रहा हूँ। अजनबी। उलहना देने लगे कि इतना दुर्लभ क्यों हूँ, कि बार-बार बुलाने पर भी कभी नहीं गया वैशाली। कुछ योजनों का अन्तर भी लाँघने में न आया, न मेरे न उनके। मैं चुपचाप मुस्कुराता रहा। फिर कहा, कि ठीक मुहूर्त आने पर ही तो मिलन होता है।...वैशाली के वैभव, प्रताप, शौर्य और गणतन्त्र की गौरव-गाथा वे सुनाते रहे। मैं रुचिपूर्वक सुनता रहा। कौतुक-कौतूहल भी कम नहीं था। पूरी विश्व-वार्ता के सन्दर्भ थे उन बातों में। अपने

समकालीन विश्व को सुना। सारे आर्यावर्त को सुना।

आग्रहपूर्वक वे मुझे उत्सव-शाला में ले गये। आमोद-विहार का समय था। साँझ जुही के फूलों-सी खिल आयी थी। अन्तरिक्ष प्रकोष्ठों में से, संगीत की बहुत कोमल रागनियाँ बह रही थीं। नृत्यों की महीन झंकारें हवा में कसक जगा रही थीं। कई देशों के मिले-जुले फुलैलों की सुगन्धों में विचित्र पानियों का संवेदन था, अनजान फूल-घाटियों की यादें जाग रही थीं। मालती और बन्धूक के पुष्प-हारों की बहार थी। रत्निम झूमरों के सौम्य आलोक में, अलग-अलग यूथों में बैठे अभिजात युवकों की पान-गोष्ठियाँ जम रही थीं। उनमें सभी प्रमुख जनपदों के कई राजपुत्र थे, कुलपुत्र थे, सामन्त और श्रेष्ठिपुत्र थे। उनकी महर्द्धिक वेश-भूषाओं का वैचित्र्य देखने लायक था। सबकी अपनी विशेषता।

मगध, कौशाम्बी और अवन्ती के युवकों का शृंगार अलग ही दीखता था। उनके किरीट-कुंडल की मणि प्रभा की अपनी एक छटा थी। मीनाकारी की झारियों से बिल्लौरी चषकों में सुगन्धित मदिराएँ ढल रही थीं। और उनकी आँखों के खुमार, और ओठों पर ताम्बूल के रचाव में, एक अजीब मादक सुरावट थी।

मामा लोगों ने अनेकों से मेरा परिचय कराया। मेरे सादे केशरिया उत्तरीय और निर्बन्धन कुन्तलों को वे हेरते रह जाते। उनके प्रश्नों के उत्तर में, मैं मौन मुस्कुराकर रह जाता। उनके वाणी-विलास और चतुर संलापों को मैं आँखों से सराहता, या कह देता : 'बहुत अच्छा!' उनके अभिजात वातावरण में, मैं कहीं अँट नहीं पा रहा था। वे फिर अपने सखाओं में व्यस्त हो जाते : मैं अव्यस्त भाव से उनके संलापों का रस लेता रहता।

जान पड़ता है, मामा लोग वारुणी-प्रेमी नहीं हैं। उनकी आँखें स्वच्छ सरसियों-सी निर्मल हैं। और संयम की एक सहज सीमा-रेखा से वे मंडित हैं। चेटकराज के पुत्रों में पार्श्वापत्य श्रमणों और श्रावकों की मर्यादा झलकती थी।...वैशाली के लिच्छवि-पुत्रों के समुदाय में मेरा विशेष स्वागत हुआ। वे अलग ही दीखते थे। उनके साथ कुछ शाक्य-पुत्र भी जमें हुए थे। मुक्ता लड़ियों के साथ मालती-मालाओं से बँधे उनके केशपाश में विरल नीलम या हीरे चमक रहे थे। उनकी आँखों में भी सान्ध्य-सुरा के लाल कुमुद खिले हुए थे। सबने मुझे बहुत प्यार से अपनाया, गले लगाया, निहोरा किया कि ऐसे खोया न रहूँ, वैशाली आऊँ, विशाला का लोक-विश्रुत राजकुमार हूँ, तो उस अलका-नगरी के रथों, वातायनों और रंगशालाओं में विहार करूँ। वहाँ के सन्थागार में मेरी आवाज़ गूँजे। वैशाली की विश्व-विख्यात विलास-सन्ध्याएँ देखूँ, जहाँ नित्य उत्सव चल रहा है।

...और यह क्या कि मदिरा के चषक को भी प्रणाम करके सामने रख लिया है मैंने, और उसमें अपना प्रतिबिम्ब देखकर ही मुग्ध हूँ। एक ने गलबाँही डालकर

कहा, ''पियो वर्द्धमान, फिर जाने कब मिलोगे? मैंने ईषत् मुस्कराकर कहा, ''पिये हूँ।'' अरे कब, कहाँ? तो कुछ और सही! हमारा साथ भी तो देना होगा।'' मैंने कहा, ''बन्धु,जाने कब के पिये हुए हूँ, पता नहीं। जान पड़ता है पीकर ही जन्मा हूँ। और तुम सबकी आँखों का नशा बना हुआ हूँ। तो साथ ही तो हूँ, और निरन्तर पी रहा हूँ।'' सब खिलखिला पड़े, खूब ठहाका मारकर एक शाक्यपुत्र बोला, ''कुमार वर्द्धमान निरे ब्राह्मण लगते हैं, क्षत्रियों के बीच। कोई महाब्राह्मण!'' ब्राह्मणों के प्रति प्रबल तिरस्कार और व्यंग्य से भरा, शाक्यों का प्रचंड वंशाभिमान बोल रहा था। मैंने कहा, ''तथास्तु। आपका अभिनन्दन मुझे शिरोधार्य है। जनक विदेह के वंशज को आपने पहचाना, आभारी हूँ। ब्रह्म-पुरुष की बाहुओं में क्षत्रिय अपनी जगह पर है। सत्य समय पर प्रकट होगा।'' शाक्य का अभिमान विदीर्ण हो गया। बोला, ''शीर्ष पर बैठा है क्षत्रिय! ब्राह्मण उसके पैरों में याचक है। वे हमारे दोनों दासी पुत्र होकर रह गये। लिच्छवि होकर, उन्हें सिर पर चढ़ाएँगे, वर्द्धमान? धर्म के ठेकेदार, इन धर्म के हत्यारों को?'' ''ब्राह्मण या क्षत्रिय, मेरे मन कुलजात नहीं, कर्मजात हैं, चेतनाजात हैं, शाक्य! और एक ही व्यक्तित्व में ये दोनों समन्वित हो जाएँ, तो अचम्भा क्या? मैं इनमें से कोई नहीं, या फिर दोनों हूँ।'' ''साधु, साधु वर्द्धमान!'' मामाओं के साथ कुछ लिच्छवि-पुत्रों ने एक स्वर में अभ्यर्थना की। शाक्य निरुत्तर हो गया, पर उसकी भौंहों का मान जरा भी नहीं गला।

''अभिजात हो, आर्य वर्द्धमान। लिच्छवियों के कुल-सूर्य हो। हमें तुम पर गर्व है।'' एक लिच्छवि गद्गद कंठ से बोल उठा। ''अभिजात वह, जिसमें आत्मा का ऐश्वर्य प्रकट हो। लिच्छवि, कुल से नहीं, अन्तर के वैभव से अभिजात हो, यही मेरा अभीष्ट है।'' सिंहभद्र मामा ने उमड़कर चुपचाप मुझे अपने से सटा लिया।...शाक्य पुत्र उठकर अन्यत्र जाते दिखाई पड़े।

लिच्छवि कुछ देर तो तत्त्व-चर्चा से बिलसते रहे। फिर सौन्दर्य-वार्ता चल पड़ी। सौन्दर्य के लिए उनकी खोज और लगन जगत्-विख्यात है।...और जाने कब वैशाली की नगर-वधू आम्रपाली में वे डूबने-उतराने लगे। उसके एक-एक अंग-प्रत्यंग, देह-सौष्ठव, अंग-भंगिमा, उसके शृंगार और विलक्षण केश-कलापों की वे बारीक चित्रकारी-सी करने लगे। एक ने मुझे लक्ष्य कर कहा, ''आर्य वर्द्धमान, एक बार आम्रपाली को देखने के लिए ही वैशाली आओ। हमारी वैशाली की सौन्दर्य-लक्ष्मी है, अम्बा। वह आर्यावर्त के रमणीकुल की दीपशिखा है। तुम्हें पाकर, धन्य हो उठेगी पाली। पुरुषोत्तम को पहचानने की दृष्टि उसके पास है!''

''आप अम्बा से कहें, कि महावीर वर्द्धमान उन्हें प्रणाम करता है। वे कभी याद करेंगी तो आऊँगा। वे वैशाली की कौमार्य हैं, मेरे मन। लिच्छवियों की विलासिता, विशाला की सौन्दर्य-लक्ष्मी को कलंकित नहीं कर सकती। वे हमारे

गणतन्त्र की गणिका नहीं, गणमाता हैं। लिच्छवियों की सौन्दर्य-पिपासा को शान्त करने के लिए माँ ने अपने कक्ष को हवन-कुंड बना दिया है। अपने कुल-वधूत्व और मातृत्व की बलि चढ़ाकर, वैशाली की जनपद-कल्याणी ने अपने आँचल में हम सबको शरण दी है।''

''यही तो हमारे गणतन्त्र का गौरव है, आर्य वर्द्धमान। हमारे जनपद की सर्वश्रेष्ठ सुन्दरी, किसी के व्यक्तिगत स्वामित्व की वस्तु नहीं हो सकती। उस पर हम सबका समान अधिकार है। हमने सप्तभूमिक प्रासाद में आम्रपाली को, वैशाली के हृदय-सिंहासन की महारानी बनाकर बैठा दिया है।''

''...इसलिए कि जिसके पास सहस्र सुवर्ण मुद्रा हो, वही उसका क्रय कर ले! और उसे अनचाहे भी बिक जाना पड़े। क्योंकि वह गणतन्त्र की सम्पत्ति है। क्षमा करना देवानुप्रिय, हमने अम्बा को हृदय-सिंहासन पर नहीं बैठाया, हमने माँ को कोठे पर बैठाया है। यह हमारे गणतन्त्र का गौरव नहीं, लज्जा है। और सौन्दर्य-पूजा में स्वामित्व का प्रश्न कहाँ से आ गया? उसकी रूपश्री पर अधिकार करने के लिए, हमारे बीच प्राणों की बाज़ियाँ लग गयीं। ख़ूनी प्रतिस्पर्धाएँ जागीं। द्वन्द्व-युद्ध लड़े गये। हमारी निर्बन्ध वासना की आग में वैशाली के भस्म हो जाने तक की घड़ी आ पहुँची। क्या यही हमारी सौन्दर्य-पूजा है?...हमारी रूप-तृष्णा जब किसी भी तरह काबू में न आ सकी, तो अम्बा ने अपने हृदय को मसोसकर, आँखों में आँसू भरकर, वैशाली के गण-देवता को सत्यानाश की ज्वालाओं से बचाने के लिए, अपनी आत्माहुति दे दी। इसमें गौरव हमारा नहीं, उसका है जिसने हमारे पशु को झेला, सहा और दुलारा है। माँ की जाति सदा यही करती आयी है।...हम सबकी होने के लिए अम्बा, एक दिन आम्रवन में आकाश से टपक पड़ी थी। अमातृ-पितृजात, कुल, गौत्र, नाम से परे, बस निरी अम्बा!''

''तो जगदम्बा के दर्शन करने ही सही, एक बार वैशाली आओ, काश्यप!''

''माँ बुलाएँगी तो ज़रूर आऊँगा। वर्ना जहाँ भी हूँ, वहीं से उनकी करुण-मुखश्री को प्रत्यक्ष देख रहा हूँ। मैं उनसे जरा भी दूर नहीं हूँ। आँखों से नहीं, अन्तर से ही उनका दर्शन किया जा सकता है।...लिच्छवि-कुमारों से एक ही अनुरोध है आज मेरा, तुम्हारे काम की तरंग इतनी, इतनी उद्दाम हो, कि पूर्णकाम होकर ही चैन पाये। आम्रपाली तब तुम में से हरेक की बहुत अपनी होगी। वैशाली का सारा सुवर्ण-रत्न तब उसकी चरण-धूलि होकर रहेगा। और उसकी आँखों की ममता तुम सबकी राह में बिछी होगी।...पर जानता हूँ, यह नहीं होगा।...हो सका तो दिन इतना समर्थ होकर वैशाली आऊँगा, कि तुम मेरी बात टाल न सको!''

सारे लिच्छवि युवा, सर झुकाये चुप हो रहे। मदिरा की झारियाँ और चषक मुँह ताक रहे थे उनका।

मैं सहसा ही उठ खड़ा हुआ। सबका अभिवादन कर विदा हो लिया। छोटे अकम्पन मामा गले में हाथ डालकर बोले, "वर्द्धमान, कौशाम्बी की कुमारिकाएँ आज नृत्य करेंगी? रंगशाला में नहीं चलोगे...?"

मैंने हँसकर कहा, "अब तो अपने ही अन्तःपुर की बाला के पास लौटना चाहता हूँ, मामा। फिर किसी दिन आऊँगा...!"

मामा खिल-खिलाकर मेरी जाती पीठ हेरते रह गये।

प्रथम लोक-यात्रा

प्रियकारिणी त्रिशला देवी सबकी मनभावनी हैं। सारे भरत-खंड के शीर्षस्थ राज-अन्तःपुरों में उनकी बुआएँ, बहनें और भतीजियाँ बैठी हैं। सबकी सब इस मेले में आयी हैं। और वे उनसे इतनी घिरी हैं कि मैं स्वतन्त्र छूट गया हूँ। पर उनके आदेश तले मेरी साज-सँभाल, जतन-उपचार में कोई कमी नहीं आ पायी है। कमी मेरी ही ओर से है, कि डेरे में मेरी सेवा के वे सारे स्नेहायोजन मुँह ताकते खड़े रह जाते हैं। उन्हें झेलने को वहाँ कोई नहीं होता।...महार्घ शैया की हिमोज्ज्वल चाँदनी अछूती ही रह जाती है। इन देवोपम भोगों का भोक्ता ऐसा अभागा है, कि उन्हें भोगने को वह कभी उपस्थित ही नहीं रहता। जाने कहाँ भागा फिरता है।

इस मेले में आकर लोक-जीवन की यह गंगा-जमुनी धारा जब से देखी है, मेरी चेतना केन्द्र में बन्दी नहीं रह पायी है। वर्तुल है, विस्तार है, तभी तो केन्द्र की सार्थकता है। विश्व-तत्त्व की जिज्ञासा ही अब तक मन में सर्वोपरि रही है। पर विश्व के विस्तार और वैविध्य से कटकर क्या तत्त्व अपने आप में ही कूटस्थ रह सकता है? नहीं, वह वस्तु-स्वरूप नहीं। वह सत्य नहीं। सत्ता परिणामी है, निरन्तर उसमें परिणाम उत्पन्न हो रहे हैं। वह ध्रुव और प्रवाही एक साथ है। परिणमन, परिणमन, परिणमन...यही क्या मेरा और सर्व का स्वभाव नहीं? परिणमन है कि लोक का विस्तार सम्भव है, जीवन की लीला सम्भव है जीवन...जीवन...जीवन...अनन्तः जीवन, अविनाशी जीवन : और उसका ज्ञाता, द्रष्टा, स्रष्टा, भोक्ता मैं : अन्ततः अविनाशी पुरुष, जीवनेश्वर, जिनेश्वर!

पिप्पली-कानन के मेले में समग्र लोकात्मा का दर्शन हुआ। लोक से मिलन हुआ। दिगन्तों तक फैली जनगण की जीवन धाराएँ मुझे बेतहाशा खींचने लगीं। मनुष्य : मानव की अनादिकालीन परम्परा। उसके संघर्षों और विजयों की अन्तहीन

गाथा। मनुष्य से बढ़कर कुछ नहीं। मृत्यु की मझधारा में जो जीवन का महोत्सव रचता है। काल के कराल पाशों में, जो मुक्ति का खेल खेलता है। स्वर्ग और तैंतीस कोटि देवता जिसके लहूलुहान, सर्वजयी चरणों पर झुकते हैं।...

मनुष्य की पुकार ने एक अपूर्व संवेदन से मुझे ऊष्माविल कर दिया। अपने ही गर्म रक्त की धारा को, पृथ्वी के आरपार बहते देखना चाहता हूँ। उसमें खुलकर अवगाहना और तैरना चाहता हूँ।

...और मैं लोक-यात्रा पर निकल पड़ा। आसपास के ग्रामों और सन्निवेशों में तो रथ ही चला जाता था। पर सीमा और योजना से चलना मेरा स्वभाव नहीं। एक महायोजना मेरे भीतर से आपोआप प्रकाशित हो रही है; और मेरे पगतलों में चक्रवर्ती का चक्रचिह्न है या नहीं, सो तो नैमित्तिक जानें, पर चंक्रमण करते ही मेरे चरण मातृगर्भ से बाहर आये हैं। यह मैं जानता हूँ। सो रथ की क्या बिसात। मेरा सैन्धवी अश्व 'पवमान' ही इन दिनों एकमात्र संगी हो गया है। उसकी छलाँगों और टापों पर ही, जैसे मेरी यात्रा के भूगोल अपने आप खुलते चले जा रहे हैं। सुदूर उत्तर के इस छोर से, दक्षिण में सुवर्ण-रेखा नदी को पार कर, सिंहभूमि तक यात्रा हुई है। पूर्व में चम्पा के महारण्य को पार कर, विक्रमशिला के अंचलों में होकर, महानन्दा के तटों में विचरा हूँ। पश्चिम के केसपुत्त, कपासिय-वन होते हुए कर्मनाशा की प्रचंड लहरों पर घोड़ा फेंका है।

नगरों से विशेष आकृष्ट न हो सका। ग्रामों के प्रांगण ही मुझे अधिक खींचते हैं। वहाँ निरावरण नग्न भूमि है। माँ के आँचल हैं—दूध और धान्यों से उफनाते हुए। वहाँ माटी भींजकर गर्भवती होती है। उसमें अंकुर फूटते हैं। जीवन के सोते लरजते हैं। सृष्टि की उत्पत्ति के वे उत्स हैं। उत्पादन की वह यज्ञभूमि है।

कृषकों के आँगनों में अतिथि हुआ हूँ। अपनी भूमि के वे स्वामी हैं, पर उपज के नहीं। क्योंकि वाणिज्य की चतुराई से वे भिज्ञ नहीं। उनके श्रेणिक-जेट्ठ उनकी उपज को एकत्रित कर, वणिकों के सार्थवाहों को बेचते हैं। बदले में जो कार्षापण मिल जाएँ, उन्हीं से अन्य जीवन-साधन पा लेते हैं। थोड़ा पाकर ही सन्तुष्ट हो जाते हैं। अभाव नहीं, पर स्वभाव से ही दीन हो गये हैं वे। क्योंकि वे श्रमिक हैं, भोक्ता नहीं। भोक्ता हैं, चम्पा, राजगृही और वैशाली के वे श्रेष्ठी, जो उनकी धान्य-बालियों में से सुवर्ण-मुद्राएँ निकालकर, अपने तहखानों और भवनों में सुवर्ण-रत्नों के कोष जमा करते हैं। भोक्ता हैं वे राजा, भूदेव और गण-राजा जो भूमि के श्रेष्ठ फलों से अपने वैभव-विलास की मदिराएँ खींचते हैं। कृषक-ग्राम में एक कृषक के आँगन में अतिथि हुआ था। महर्धिक वसन-अलंकार धारण नहीं करता हूँ। उन्हीं की तरह काष्ठ-पादुकाएँ पहनता हूँ। पर मेरा स्वरूप धोखा दे जाता है। सो कृषक परिवार देखकर ही, सम्भ्रमित चकित हो रहा। अपने सामने उनका यों छोटे पड़ जाना मुझे

रुचा नहीं। नवल धान्य की-सी कोमल, लाल मोटी ओढ़नी ओढ़े एक कुमारिका ने मुझे दूध और भात का भोजन कदली-पत्र पर परोसा। मैंने कहा :

"भन्ते कुमारी, तुम्हारा गन्धशालि मधुपर्क है। तुम्हारा दूध अमृत है।"

कृषक-बाला लज्जा से मूक नम्रभूत हो रही। कृषक आकिंचन्य से कातर हो आया।

"हम भन्ते कैसे, महाभाग ! हम लघुजनों को लज्जित न करें, भन्ते। आप आर्य हैं प्रभु, क्षत्रिय हैं। हम भूमिहार अनार्य हैं। हम प्रजा हैं, आप प्रजापति!"

"पति यहाँ कोई किसी का नहीं, भन्ते कृषक। हम सब अपने-अपने पति हैं। और प्रजापति हम नहीं, तुम हो। क्योंकि तुम्हारे श्रम के वीर्य से धरित्री गर्भ धारण करती है। तुमसे उत्पन्न धान्य से प्रजाएँ जन्म लेती हैं, जीती हैं। आर्य और क्षत्रिय वंश से नहीं, कर्म से होते हैं, भन्ते कृषक। जो अर्जन करे, वही आर्य। जो प्रजाओं को जीवन दे, वही क्षत्रिय। तुम्हीं सच्चे आर्य हो, क्षत्रिय हो, प्रजापति हो, भन्ते कृषक!"

"ये तन्दुल आपके योग्य नहीं, देव!"

"ये गन्धशालि हैं, भन्ते कृषक। कुमुद-शालि हैं।"

"यह तो आपके प्रेम की सुगन्ध है, आर्य। गन्धशालि हमारे पास कौन रहने देगा। कुमुद-शालि हमारा खाद्य नहीं। वह तो वैशालकों और मगधों का आहार है...।"

"तुम उगाते हो, खाते वे हैं? तुम नहीं?"

"वह महर्द्धिकों के ही योग्य है, देव। हम उन्हें खिलाकर तृप्त होते हैं।"

मैं स्तब्ध और उद्‌बुद्ध हो रहा। पर कहीं मेरे गहरे में एक ऐसा आघात भी हुआ, जो मेर हर रक्ताणु को वेध गया।

...काशी और कौशल के तन्तु-वाय-ग्रामों में गया हूँ। इन वस्त्र-शिल्पियों की कुटीर-उद्योग शालाएँ देखी हैं। इनकी उँगलियों और नखों में विश्वकर्मा बैठे हैं। अंशुकों में ही ये अपने हृदय की समस्त कोमलता बुन देते हैं। इनकी बुनी मुलायम और महीन मलमलें चाँदनी को मात करती हैं। पर ये मोटे-झोटे जीर्ण वस्त्र पहने रात-दिन अथक परिश्रम करके अपने ही भीतर के ऊर्णनाभ की तरह वसनों के जाल बुनते चले जाते हैं। इनके द्वारा निर्मित स्वर्ण-खचित कौशेयों से कौशाम्बी, अवन्ती और वैशाली के राजपुरुष, श्रेष्ठि सामन्त और सुन्दरियों की विलास-सन्ध्याएँ जगमगाती हैं। इनकी मलमलें पारस्य के उद्यानों, एथेन्स के महलों और नील नदी के तट-कुंजों में विहरते प्रणयीजनों का सम्मोहन-जाल बुनती हैं। एक तन्तुवाय को लक्ष्य कर मैंने कहा :

"देवता, मोटा-झोटा पहनकर, किसके लिए ऐसा दारुण श्रम करते हो?"

"देवता कहकर हमें लज्जित न करें, देवार्य! हमीं देवता होंगे तो हम किसे देवता कहकर धन्य होंगे?"

"तुम भी देवता ही हो भन्ते, सो चाहे तो मुझे भी कह लो। परस्पर दवोभव! हम परस्पर, एक-दूसरे के देव ही हैं, शिल्पी। मैं तो केवल विश्वद्रष्टा होकर रह गया, तुम तो विश्वकर्मा हो। अपनी उँगलियों पर ब्रह्मांडों के जाल बुनते हो।"

सारे तन्तुवाय चकित-मुग्ध, प्राणिपात में झुक गये। उनका बोल न फूट पाया। उन्होंने एक महार्घ स्वर्णतार कौशेय मुझे भेंट किया। मैंने वह खोलकर, उन्हीं सब पर डालते हुए कहा :

"महावीर वर्द्धमान वसन से ऊब गया। वैशाली के राजकुमार को इस क्रीत महार्घता से विरति हो गयी है शिल्पियो! जिस दिन इनका बुनकर इन्हें धारण करेगा, उसी दिन ये मेरा सम्मान हो सकेंगे।"

"देवार्य...वैशालीपति! जय हो, जय हो, धन्य भाग! हमारे जन्म कृतार्थ हो गये।"

मैं एक मुस्कान से उन सबका अभिषेक करता हुआ अपनी राह पर आगे बढ़ गया।

...दूर से ही दहला देनेवाले घनों की आवाज़ें सुनकर, मैं एक काली धुँआली लगती बस्ती की ओर बढ़ गया। यह कम्मारों का ग्राम था। ये लोह और फौलाद के शिल्पी थे। इनकी विशाल कर्मशाला को देखकर मैं स्तम्भित रह गया। आग की खदानों जैसी वृहदाकार भट्ठियों में, कई लपलपाती जीभों-सी ज्वालाएँ, होमाग्नियों को चुनौती देती-सी उठ रही थीं। कच्ची लोह-चट्टानों को इनमें गला-गलाकर, शिलाओं के बड़े-बड़े कुंडों में ढाला जा रहा था। पर्वतों के वज्र को अपने श्रम की आँच से तपाकर, ये कम्मार उन्हें अपनी भीमाकार निहाइयों पर, बड़े-बड़े घनों से पीटकर पिंडों और पतरों में मनचाहा गढ़ रहे थे। इनकी रक्तारुण आँखें जैसे चिनगारियों से ही बनी थीं, और उनकी स्वेद से नहायी पट्ठेदार भुजाओं में जैसे पर्वतों ने आत्मार्पण कर, काठिन्य और लचाव का एक अद्‌भुत सम्मिलित स्वरूप उपस्थित किया था। फावड़े-कुदाली, ताले, तीर-कमान, तलवार-भाले और बल्लमों से लगाकर, महल-भवनों की छतों में लगने वाले बीम, दुर्गों के कपाटों की धुरियाँ और उनके कीलों तथा हाथियों को बाँधने वाली साँकलों तक का निर्माण ये करते हैं। इन्हीं के द्वारा निर्मित शस्त्रास्त्रों तथा दुर्गों के दुर्भेद्य कपाटों के बल पर सम्राटों के साम्राज्य खड़े हैं, और धनकुबेरों के तहखाने सुरक्षित हैं। इन्हीं की ढाली साँकलों में बँधकर अबन्ध्य हस्ती चक्रेश्वरों के गौरवशाली वाहन बनते हैं।

पर नगरों से दूर इन बस्तियों के धुएँ के कलौंछे घरों को, अनेक धातु द्रावक रसायनों की दुर्गन्धित नालियों को भी सहना होता है। पर वज्र के ये शिल्पी शूद्र कहे जाते हैं। भद्र आर्यों के महालयों और दुर्गों को देखने तक का इन्हें अवकाश नहीं। फटे-टूटे वस्त्रों और लंगोटियों पर भी इनके काले पथरीले शरीर मानो अहसान करते हैं।

...बर्द्धिक बढ़इयों के ग्रामों का आकर्षण भी कम नहीं। हिंस्र प्राणियों से भरे दुर्गम अरण्यों को भेदकर, ये अकाट्य पेड़ों के धड़ काट लाते हैं। उनमें से इनके बनाये चक्रों पर बैलगाड़ियों से लगाकर सम्राटों के रथ तक पृथ्वी की परकम्मा करते हैं। इनके द्वारा निर्मित शहतीरों, द्वारों, खिड़कियों और रेलिंगों से बने घरों और प्रासादों में मनुष्य प्रश्रय और सुरक्षा का ऊष्म सुख अनुभव करते हैं। चन्दन, शीशम और महोगनी काष्ठों में ये अपनी कल्पना, कारीगरी और पच्चीकारी से सौन्दर्य के सुरम्य हर्म्य खोल देते हें। पर इनके रथों पर चढ़ विश्वजय करने वालों तथा इनके द्वारा निर्मित नावों पर चढ़कर देशान्तरों की धन-सम्पदा बटोरने वाले सार्थवाहों की समाज-व्यवस्था में, ये शूद्र हैं, समाज के पदतल में हैं।

...राज-नगरों और ग्रामों से ही सटी हुई कई वीथियाँ होती हैं, जिनमें ललित शिल्पियों के आवास हैं। इनमें चित्रकार हैं, मूर्तिकार हैं, स्वर्णकार हैं, रत्न-मीनाकार हैं, हस्तिदन्तकार हैं। इनके द्वारा रचित चित्रपटों से राजकन्याएँ, राजपुत्र, श्रेष्ठि-कन्याएँ, दूर से अनदेखे ही परस्पर एक-दूसरे के सम्मोहन-पाश में बँध जाते हैं। इनकी सौन्दर्य-दृष्टि इतनी पारदर्शी है, कि किसी अन्त:पुरिका के मुख-मंडल को एक झलक में देखकर ही, अपने चित्रपट में ये उसके असूर्य-पश्य अंगों के गोपन चिह्न तक अंकित कर देते हैं। इनके रंगों में मानव मन के आकाश-विहारी स्वप्न ढलते हैं। इनके द्वारा अंकित भित्ति-चित्रों से महालयों में, अपूर्व भाव और कल्पना के सौन्दर्यलोक खुलते हैं। इनके द्वारा शिल्पित मूर्तियों में, पाषाण का काठिन्य, सुन्दरियों के ओष्ठ-कमल, उरोज-मंडल और उरुओं का मार्दव बनकर, मनुष्य की मार्दव-चेतना को लोकोत्तर बना देता है। इन स्वर्णकारों और रत्न-शिल्पियों के द्वारा तराशित, आकृत, रचित, खचित आभरणों, मुकुट-कुंडलों, मणि-दर्पणों, रत्नहारों और कक्ष-वातायनों में मनुष्य की सौन्दर्य-चेतना दिव्य और अलौकिक के राज्यमें अतिक्रान्त हो जाती है। इन हस्तिदन्तकारों द्वारा निर्मित वीणाएँ दुर्मत्त मातंगों, व्याघ्रों और दुर्जेय सुन्दरियों के मनों को वशीभूत कर लेती हैं। सम्राटों, श्रेष्ठियों, श्रीमन्तों और अभिजातों के ऐश्वर्य-स्वप्नों को ये रूपायित करते हैं। उनकी कल्पना में भी न आ सके, ऐसे सौन्दर्य के अब तक अचिन्त्य, अभावित प्रदेशों के द्वार अपनी ललित कलाओं में ये अपनी अपूर्व कल्पना-शक्ति से मुक्त कर देते हैं। ये रक्त-मांस और दुर्गन्धित हाड़-चाम, श्लेष्म-मल से भरे मर्त्य नर-नारी के तन-मन और चेतन को अगम्य वैभव-

विलास की अमरावती में अमरता का स्पर्श-बोध करा देते हैं। दिव्य रूपान्तरों के ये स्वप्न-स्रष्टा कलाकार सेवक-वर्गी हैं, सम्पन्नों, समर्थों, राजेश्वरों और राजेश्वरियों के पौर-द्वार पर अपने अस्तित्व-साधन के याचक हैं। साधारण प्राणिक वृत्तियों और मनोवासना से मनुष्य को महाभाव के रस राज्य तक उठा देने की प्रतिभा-शक्ति के धनी ये कलाकार अपने अन्नदाताओं की निगाह में निरे कारीगर हैं; रत्न-निधियों के स्वामी अभिजात वर्ग के ये कृपापात्र हैं, राज्याश्रयी हैं।

...मैंने गायकों, वादकों, नर्तकों की वसतिकाएँ भी देखी हैं। मनुष्य के भावराज्य में ये सौन्दर्य, रति,काम, प्रकृति, ऋतुबोध, वातावरण, ऐन्द्रिक संवेदन और अनुभूतियों की सूक्ष्मतम लीला-तरंग उठाते हैं। अपनी नाद-सिद्धि से ऋतु-चक्र तक बदल देते हैं। अपने रागों से त्रिलोक को सम्मोहित कर लेते हैं। अपनी मान्त्रिक स्वर सिद्धि से एक ही क्षण में भोग और योग की संयुक्त सुखानुभूति करा देते हैं। दूरियों में रहकर भी असूर्यंपश्या अन्त:पुरिकाओं के तन-मनों को अपनी सारस्वत मोहिनी से विकल कर देते हैं। राजबालाओं के अँगुलि-पोरों में, अपने एक तन्तु-दबाव से संवेदन और सौन्दर्य की नयी रक्त लहर दौड़ा देते हैं, नया रोमांचन सिहरा देते हैं। मानवीय संवेदन के ये तान्त्रिक, सिंहासनों और भद्रासनों के पादप्रान्तों में कीर्ति, गुण-ग्राहकता और सुवर्ण-मुद्राओं की साँकलें तोड़ देने के संघर्ष में ही दम तोड़ देते हैं।

...मैं सुवर्णभूमि और चम्पा के विस्तृत नदी तटों में बसे मल्लाहों और धीवरों के ग्रामों में भी घूमा। ये सुदूर यवन देशों, पूर्वीय महादेशों, नील और पारस्य के पण्यों से, आर्यावर्त के महाराज्यों में, अपनी नावों और पोतों पर लादकर महामूल्य वस्तु-सम्पदाओं, और सुख-सामग्रियों का आयात-निर्यात करते हैं। इनके जल-विजयी अभियानों पर ही विश्व के वाणिज्य और राज्यत्व के उत्तुंग प्रासाद खड़े हैं। इन्हीं की बदौलत सुलेमान की सुवर्ण-खदानों के सुवर्ण से मगध और अवन्ती की पट्ट-महिषियों की करधौनियाँ गढ़ी जाती हैं। दुर्दान्त मगर-मत्स्यों को विदीर्ण कर उनके हृदयों में गोपित अमूल्य मुक्ताफल और मणियाँ निकालकर, ये उन्हें पृथ्वीनाथों को अपर्ण करके ही सन्तुष्ट हो लेते हैं। बदले में कुछ सुवर्ण मुद्राएँ कम नहीं लगती इन्हें। अथाह समुद्रों और नदी-तलों में गोते लगाकर, ये मुक्ताफलों से भरी सीपियाँ निकाल लाते हैं। इनके भुज-दंडों के पट्ठों पर ही भृगुकच्छ, माहिष्मती, अवन्ती और चम्पा के वाणिज्यवाही नदी घाट और समुद्रपत्तन गर्व में इठला रहे हैं।

...ये धीवर, ये मल्लाह समाज के पादवर्गीय शूद्र हैं। अन्त्यज हैं। पौरव कुल की आद्या माता केवल स्वर्ग की अप्सरा उर्वशी ही नहीं थी। आर्यों की सरस्वती और संस्कृति के उद्गम-पुरुष भगवान कृष्ण द्वैपायन व्यास की जननी धीवर-कन्या मत्स्यगन्धा के गर्भ से ही महाभारतों की वंशवेली पुनरुज्जीवित और पल्लवित हुई थी। महाभारत के उसी आद्या जनेता के वंशज हैं ये धीवर, ये मल्लाह। रक्त-शुद्धि

के अभिमानी आर्य अपनी उस माँ को भूलकर, उसके रक्त-बीज को पददलित करने में किंचित् भी लज्जित नहीं हैं। आर्यों की समाज-व्यवस्था में ये आज भी अन्त्यज ही बने हुए हैं।

...लोकालय से बहुत दूर, मैं चर्मकारों के ग्रामों में भी गया। मृत औ.र आखेटित वन्य पशुओं और जलचरों की लाशों को लाकर, निर्वेद भाव से उनके दुर्गन्धित अस्थि-मांस और अँतड़ियों को निकालकर, ये तरह-तरह के चर्मों को शोधते और कमाते हैं। उनसे ढालें, चड़सें, मशकें तथा नक्काड़ों, ढोलों, मृदंगों के पृष्ठ और अनेक प्रकार के थैले, आर्य ऋषियों के लिए व्याघ्रचर्म और मृगचर्म के आसन प्रस्तुत करते हैं। मृदु लोमश शशकों और मृगों की त्वचा से सुन्दर उपानह बनाते हैं। स्वर्णतारों, महार्घ मखमलों और ऊनों में स्वर्णतारों और रेशम से बूटेकारी करके राजसी उपानह प्रस्तुत करते हैं। इनके बनाये उपानहों से, यवनों और पारस्यों तक के उद्यानों और महलों की मर्मर सीढ़ियों पर उतरते, राज-कन्याओं और रानियों के गौर-गुलाबी चरण-तल अभिनव शोभा दीपित होते हैं। ऐसे कि मानो भारत का हस्त-शिल्प समुद्रों की लहरों पर मीनाकारी कर रहा हो। पर ऐसी शोभा के शिल्पी ये चर्मकार, अपनी मातृभूमि में गर्हित चांडाल कहे जाते हैं। इन महार्घ उपानहों के निर्माताओं को, उनके समाज-विधाताओं ने उपानह धारण करने के अधिकार तक से वंचित रखा है। नंगे पैर चलना ही उनके इस कारु-शिल्प का वंशानुगत पुरस्कार है।

और मैंने नगर-ग्रामों से और भी परे हटकर उन आखेटकों, बूचड़ों के पुरवे भी देखे, जो अपने जिह्वा-लोलुप ब्राह्मण, क्षत्रिय, वैश्य महाजनों की स्वाद-लिप्सा को तुष्ट करने के लिए घनों जंगलों में प्राणों की बाजी लगाकर प्राणियों का आखेट करते हैं। इनके दिव्य यज्ञों के लिए पशु जुटाते हैं। इनके लिए नव-नूतन मांस की थाली सँजोते हैं। ये चांडालों में भी निरन्तर कोटि के चांडाल कहे जाते हैं। सवर्णी आर्य इनका मुँह तक देखने से परहेज करते हैं।

...मैंने एक नदी तट पर उनकी एक उजड़ती बस्ती को देखा। दीन-दरिद्र चांडाल राज्याधिकारी के चाबुकों की मार तले, दौड़-धूप कर, अपने नाकुछ सामान उठा-उठाकर अपनी बैलगाड़ियों में लाद रहे थे। पूछने पर पता चला कि एक चांडाल ने अपना दातून नदी में फेंक दिया था, वह नदी की धारा में आगे कहीं स्नान करते एक ब्राह्मण की शिखा में उलझ गया। सो सारा ब्राह्मणत्व कुपित होकर इस चांडाल बस्ती को भस्म करने पर तुल गया। राज्याधिकारियों ने किसी तरह, भूदेवों को शान्त कर, रातों-रात इन कसाइयों को नदी से बहुत दूर, अरण्य में स्थानान्तर करने को विवश किया।

...क्या इन्हीं चंड-कर्मियों, कम्मकरों, श्रमिकों, कृषकों, शिल्पियों की हड्डियों पर आर्यावर्त की लोक-विश्रुत सभ्यता-संस्कृति, धर्म, ज्ञान और वैभव का यह

स्वर्गचूड़ प्रासाद नहीं खड़ा हुआ है? अपने शिल्प-विज्ञानों के देवता ऋभुओं, विश्वकर्माओं और अश्विनिकुमारों की ये आर्य क्या मात्र हवाई पूजा ही करते हैं? उन देवताओं के उत्तराधिकारियों को ये धर्मान्ध और स्वार्थान्ध आर्य अपनी चरण-धूलि बनाकर रखते हैं। इनका मुँह नहीं देखते, इनकी छाया से बचते हैं। उनके जानपदों और पौरद्वारों में इनका प्रवेश निषिद्ध है। भद्र आर्यों के गुरुकुलों और शालाओं में, तक्षशिला, और वाराणसी के विश्व-विद्यालयों में शिक्षा पाने का अधिकार इन्हें नहीं। पीढ़ी-दर-पीढ़ी इनकी सन्तानों को अशिक्षित और अज्ञानी रखकर, आत्म-दैन्य, दारिद्र्य और आत्महीनता का भाव इनकी मज्जाओं में बद्धमूल कर दिया गया है। कार्षापण, दम्म और वस्त्र-धान्य का अभाव इन्हें नहीं। पर इन्हें आत्मभाव और मानुषिक गौरव से सदा के लिए वंचित कर दिया गया है।

पूरे आर्यावर्त में केवल दस प्रतिशत लोग अभिजात, कुलीन आर्य हैं, शेष अस्सी प्रतिशत प्रजा ग्राम्य है, श्रमिक है, सेवक है, दास है, पददलित और त्यक्त है। जहाँ कोटि-कोटि प्रजाओं की समूची जातियाँ और पीढ़ियाँ, शताब्दियों से अभिजात वर्गीय भद्रों द्वारा शोषित, निर्दलित और पीड़ित हैं, वहाँ के धर्म, तप, ज्ञान और दर्शन को जीवित कैसे मानूँ? क्या यह धर्म, ज्ञान और अध्यात्म शोषक और अवकाशजीवी आर्यों का निपट बौद्धिक विलास ही नहीं है? धर्म और जीवन में एकता नहीं है। समत्व और सम्यक्त्व भीतर है, तो बाहर के जीवन और समाज में वह प्रकट क्यों नहीं होता? वह धर्म मृतक के क्रियाकांड के समान है, जो जीवन में प्रकाशित नहीं होता, मानव-सम्बन्धों में व्याप्त नहीं होता।

'जीवो जीवस्य जीवनं' की जंगली चेतना से ये महाजन और ऋषि-वंश क्या तनिक भी ऊपर उठ सके हैं? क्या पशु-जगत् और बर्बरों की बलात्कारी शक्तिमत्ता ही, आज भी उनकी धार्मिक और सामाजिक व्यवस्था के मूल में अक्षुण्ण रूप से जीवित नहीं है?...

सहस्राब्दियों के दौरान जाने कितने ही मनु और कुलकर आये। कर्मभूमि के आदिब्रह्मा तीर्थंकर ऋषभदेव ने भोगयुग की मोहान्ध तिमिर-रात्रि को समाप्त कर कर्म, शिल्प, तप और ज्ञान की पुरुषार्थी संस्कृति का शलाका-न्यास किया। उनके पदानुसरण में युग-युगान्तरों में कितने ही तीर्थंकरों और शलाका-पुरुषों ने, अभी कल के महाश्रमण पार्श्वनाथ तक, सत्य, अहिंसा, अचौर्य, अपरिग्रह के चातुर्याम धर्म पर, बारम्बार मानव-कुलों को प्रतिष्ठित करने का महाप्रयत्न किया।

...पर देख रहा हूँ, कुत्ते की दुम वहीं-की-वहीं है। बारम्बार ज्ञान जब निरा बुद्धि-मानसिक विलास बना और वह बलवानों के प्रमत्त शोषण का हथियार बना, तो लोकशीर्ष पर महासूर्यों की तरह उदय होकर, कई महाश्रमणों ने श्रम और आत्म-त्याग द्वारा, ज्ञान को प्रतिपल जीवनाचरण में उतारने का महाप्रयास किया। कैवल्य,

मोक्ष, धर्म और तीर्थंकरों की जय-जयकारों से आकाश थर्राये। पर लोक-जीवन की धारा में श्रमणों की आचार-संहिताएँ भी, निपट रूढ़ि-पालन होकर रह गयीं।

महाश्रमण पार्श्व को हुए अभी कुल ढाई सौ वर्ष बीते। कहाँ गया उनका धर्म-चक्र प्रवर्तन। केवल कुछ चैत्यों में, अरिहन्तों की रत्न-प्रतिभाओं में जड़ीभूत होकर रह गया! बेशक वैशाली के चूड़ामणि, लोकतन्त्र में उनके श्रमण-धर्म की जय-पताकाएँ आज भी उड़ रही हैं। अवन्ती, कौशाम्बी, काशी-कोशल, चम्पा और मगध के जनपदों में अभी भी उनके अर्हत्-मार्ग को अनेक स्वच्छन्द रूप देकर, कितने ही स्वनाम-धन्य तीर्थक विचर रहे हैं। अनेक योद्धा, सामन्त, राजकुल और श्रेष्ठिकुल उनके जिन-शासन के अनुयायी हैं। पर उनके बताये अणुव्रतों और महाव्रतों के थोथे आचार-पालन के सिवाय, क्या उनके उज्ज्वल आत्म-धर्म का आज के जीवन से कोई सम्बन्ध शेष रह गया है?

यदि यह श्रमण-धर्म उनके मुनि-संघों और श्रावकों में जीवित होता, तो क्या वर्तमान आर्यावर्त के पाँच-पाँच महाराज्यों में जिनेन्द्र-कन्याओं के महारानियाँ होते, यहाँ की समाज-व्यवस्था ऐसी बलात्कारी रह सकती थी?

क्या धर्म केवल निजी और वैयक्तिक वस्तु है? क्या वह निरे वैयक्तिक मोक्ष-मार्ग का साधक है? क्या परिवेश और समाज-समुदाय से उसका कोई सम्बन्ध नहीं? सत्य, अहिंसा, अचौर्य और अपरिग्रह का आचार-धर्म क्या मूलत: ही विश्व-सापेक्ष और समाज-सापेक्ष नहीं है? क्या परिवेशगत चराचर सृष्टि और जनसमुदाय के साथ का व्यक्ति का सम्बन्ध-व्यवहार ही, उक्त धर्माचरणों की कसौटी नहीं है? क्या आत्म-बुद्धि, आत्मज्ञान और मोक्ष व्यक्ति में बन्द निरी वस्तुएँ हैं? ऐसा होता तो सर्व लोकाभ्युदय के लिए क्यों बार-बार तीर्थंकर जन्म लेते?

...नहीं, आत्मधर्म को मैं लोक-धर्म से यों विच्छन्न करके नहीं देख सकता। वह सम्यक्‌दर्शन नहीं, स्वार्थी मिथ्यादर्शन है। व्यक्ति के अर्हत् तत्त्व प्रकाशित होगा, तो समाज में उसकी वात्सल्य-भावी पुण्य-प्रभा संचरित होगी ही। मुमुक्षु का मोक्षमार्ग, निखिल चराचर के मंगल-कल्याण के भीतर से ही गया है।

वैयक्तिक मुक्ति सम्भव है, तो लोक-मुक्ति भी अनिवार्यत: सम्भव है। जाने क्यों मेरा जी नहीं मानता, कि संसार को कुत्ते की दुम मानकर, अपने मुक्ति-मार्ग पर अकेला पलायन कर जाऊँ। समग्र लोक-जीवन और निखिल चराचर को निर्ग्रन्थ, मुक्त, संवादी, सुन्दर देखने की एक अनिर्वार आत्म-वेदना और अभीप्सा मेरे भीतर दिन-रात जल रही है। मैं नहीं मानता कि जो अब तक न हो सका, वह आगे भी न हो सकेगा। मैं अनादि-अनन्तकालीन जिनेश्वरों और कैवल्य-पुरुषों का वंशधर हूँ। जिन तो आत्मजयी और सर्वजयी होते हैं। वे अनन्त ज्ञान, दर्शन, वीर्य और सुख के अव्याबाध स्वामी होते हैं। ऐसा क्या है, जो उनके द्वारा साध्य और उपलभ्य न हो?

जिनेश्वर ऐसी पराजय कैसे स्वीकारे?

अर्हत् कवेली जिनों के सद्भूत पदार्थ को सीमित, कूटस्थ नहीं देखा, नहीं जाना। अपनी कैवल्य ज्योति में उन्होंने सत्ता को, पदार्थ को, अनन्त गुण-पर्याय वाला साक्षात् किया है। यदि पदार्थ अनन्त गुण-पर्याय सम्भावी है, तो विश्व तत्त्व अनन्त सम्भावी है ही। तब, जो अब तक न हुआ, वह आगे भी न होगा, यह कथन मुझे जिन-शासन के विरुद्ध लगता है।...

सत्ता परम स्वतन्त्र है। द्रव्य परम स्वतन्त्र है। सो मेरी आत्मा भी परम स्वतन्त्र है। तब मेरा आत्मज्ञान किसी परम्परागत शास्त्र या शास्त्र-कथन के प्रति प्रतिबद्ध नहीं हो सकता। मैं अपनी सर्वथा मुक्त अन्तर्वेदना, जिज्ञासा, मुमुक्षा और अभीप्सा की ज्वाला के भीतर से गुज़रकर ही, अपने आत्म-स्वरूप का स्वतन्त्र साक्षात्कार करूँगा। और उसी के प्रकाश में विश्व-तत्त्व को जानकर, निखिल विश्व के साथ एक अटूट संवादिता का सम्बन्ध स्थापित करूँगा। उसके बिना सत्य, अहिंसा, अचौर्य, अपरिग्रह की कोई सार्थकता मुझे नहीं दीखती।

अपने आत्मिक मुक्तिमार्ग में लोक से पलायन नहीं करूँगा। आत्म-मुक्ति और लोक-मुक्ति के बीच मेरे धर्म-शासन में अविनाभावी सम्बन्ध रहेगा। इसके लिए आवश्यक हुआ तो मैं ऐसी निदारुण और दुर्दान्त तपश्चर्या करूँगा, जैसी इससे पूर्व शायद किसी पुरुष-पुंगव ने न की होगी। क्योंकि मेरा मोक्षकाम, लोक के एक-एक जीवाणु और परमाणु के परिणमन के साथ जुड़ा हुआ है। मैं ऐसी आत्माहूतिनी तपस्या करूँगा, कि निखिल चराचर महासत्ता के साथ तदाकार और एकाकार हो रहूँगा। तब जो ज्ञान-ज्योति मेरे भीतर से प्रकट होगी, वह केवल आत्मप्रकाशिनी नहीं, सर्वप्रकाशिनी होगी : वह केवल आत्म-संवादिनी, सर्व-संवादिनी होगी।

यदि सत् निरन्तर परिणमनशील है, तो प्रगति और विकास है ही। अनन्त प्रगति और विकास साध्य है ही, अपने में भी, और सर्व में भी। वर्तमान समाज-व्यवस्था द्रव्य के इस स्वभावगत प्रगतिशील परिणमन पर आधारित नहीं। पाप और पुण्य की अन्ध भाग्यवादी व्याख्या स्थिति-पोषक ब्राह्मणों की देन है। आत्मा यदि कर्म बाँधने को स्वतन्त्र है, तो कर्म की निर्जरा करने को और भी अधिक स्वतन्त्र है।

मैं अपनी परात्पर कैवल्य-ज्योति से ज्ञान, दर्शन, सर्जन, सत्ता और जीवन का एक नया ध्रुव स्थापित करूँगा। मेरे बाद फिर-फिर यह ज्योति अन्तरालों में लुप्त-गुप्त हो सकती है। पर उत्तरोत्तर ऊर्ध्व से ऊर्ध्वतर ज्ञान-चैतन्य की क्रियाशक्ति को प्रकाशित करने वाले ज्ञान-योगीश्वर और कर्म-योगीश्वर जगत् में प्रकट होते जाएँगे। सत्ता अन्तिम नहीं, ज्ञान अन्तिम नहीं, तो मैं भी अन्तिम अर्हत् नहीं। अर्हत् कभी अन्तिम नहीं हो सकते।

...इस लोक-यात्रा और आत्म-मन्थन में जाने कब पूरा एक महीना बीत गया,

पता ही न चला। कार्तिक पूर्णिमा की पूर्ण चन्द्रोदयी सन्ध्या में जब लौटकर आया तो मेरा अश्व अनायास ही मुझे इक्ष्वाकुओं की कुलदेवी अम्बा के मन्दिर की ओर ले गया। जयकारों से व्याकुल जन-गण की भीड़ में प्रवेश कर, मैंने भगवती का शत-शत दीप-शिखाओं से आलोकित परम कारुणिक, अति ललित मुखमंडल देखा।

...मुझे तो वे अपने से बाहर कोई मिथ्या-पूजित देवता नहीं लगीं। मेरा समस्त चैतन्य एक अभिन्न आत्मभाव से उनकी ओर उमड़ पड़ा। वे परम ललितेश्वरी माँ, और कोई नहीं, मेरी ही आत्म-शक्ति का एक त्रिभुवन-मोहन रूप-विग्रह हैं। मेरी भगवती आत्मा ही उन परमा सुन्दरी माँ के रूप में वहाँ विराजमान दीखीं।

...सहसा ही मेरे भीतर एक अगम्य रहस्य का अवगुंठन-सा उठ गया। ज्वलन्त अनुभूति हुई कि मेरी आत्मा का लोकात्मा के साथ, एक निगूढ़ सक्रिय योग-मिलन घटित हुआ है।...बाहर निकलकर देखा, माँ के प्रांगण में जन-गण के सहस्रों नर-नारियों का समुदाय कई विशाल वर्तुलों में, मंडलाकार नृत्यगान कर रहा है। जगद्धात्री की पूजा का यह पवित्र नृत्योत्सव था। दिगन्तों तक व्याप्त पूर्ण चन्द्रमंडल की चाँदनी में, नृत्यगान लीन लोक-सुन्दरियों के इस आनन्दोत्सव को देखा, तो आर्यावर्त के अभिजात राजवंशियों का वह उस रात देखा शरदोत्सव मुझे कितना छूँछा और निष्प्राण लगा।

अगले दिन कुंडपुर लौटते हुए जान-बूझकर मैंने माँ के रथ में ही यात्रा करने का निश्चय कर लिया था। पूछताछ उन्होंने विशेष कोई नहीं की। इतना ही अनुनय भरे कंठ से बोलीं, ''मान, दूर-दूर से सारे ही परिजन-आत्मीय आये थे। तेरी सारी ही मौसियाँ और बहनें आयी थीं। सब तुझसे मिलने को यों उत्कंठित थीं, कि मानो देव-दर्शन को आयी हों तेरे डेरे पर। किन्तु तुझे वहाँ कभी उपस्थित न पाकर सब बहुत खिन्न और हताश लौट गयीं।...जो तुझे अच्छा लगे, वही कर। मैं तो कुछ कहूँगी नहीं... ।'' माँ के स्वर में करुणा-कातर विवशता थी।

...मैं मौन, निश्चल, आत्म-भावित हो उनके समग्र मार्दव को आत्मसात् करता रहा।

हम परस्पर प्रतिबिम्बित-से, निर्वाक् ही योजनों में यात्रा करते चले गये। साँझ ढलती वेला में, गंडकी तट के एक एकान्त आम्रवन की पीठिका में, पूरे आम्र-कानन को आयत्त करता हुआ, प्रतिपदा का विशाल सुवर्णाभ चन्द्र-मंडल उदय हो रहा था। पूरे वन को वलयित करता ऐसा विराट्-चन्द्रोदय इससे पूर्व मैंने कभी नहीं देखा था। उसके उस पीत-कोमल आभा-वलय में मैंने अपने को माँ के साथ युगलित पाया।

...एकाएक माँ ने मेरे कन्धे पर हाथ रख दिया। उनके कंकण में नारी माँ की

अन्तिम ममता रणकार उठी।...और फिर दो आँखों की गहरी कज्जल कोरें, इस पीली चाँदनी के आलोक में, आरती-सी उजल उठीं।

...मेरा माथा माँ के वक्ष पर निवेदित हो गया।

युगावतार का सिंहावलोकन

आज की सवर्ण उषा में अचानक अपना कोई लोकोत्तर रूप सामने खड़ा देखा।...जैसे हिमवान् की किसी अन्तरित चूड़ा से उतरकर, गंगा की ऊर्जस्वला लहरों पर चल रहा हूँ। और जाने कब सहसा ही अपने को विपुलाचल के सूर्य मंडलित शिखर पर खड़े पाया। कमर पर दोनों हाथ धरे, लोकाकार दंडायमान हूँ : और मेरी आँखों के सामने आर्यावर्त की समुद्र-कुन्तला पृथ्वी, निरावरण कुमारिका-सी निवेदित है। सहस्राब्दियों के आरपार मनु-पुत्रों के नख-क्षतों से विदीर्ण उसका वक्षस्थल, एक मानचित्र की तरह मेरे समक्ष खुल रहा है।

पौरुष, सृजन और ज्ञान की असंख्य शलाकाओं ने युगान्तरों में, उस पर मनमाने नक्शे बनाये। आज फिर एक नक्शा सामने है। पर उसके नीचे, उसका सतीत्व, मुझे आज भी अजित, और अनक्षत दीख रहा है। कि चाहूँ तो मैं इस आद्या प्रकृति का अब तक अनावरित कोई नया ही आँचल खसकाऊँ। इसके भीतर अपने परम काम की शलाका से अपनी पूर्णकाम्या को रचूँ, आकृत करूँ।...

याद आ रहा है, गणनातीत काल में, मनुष्य के किसी आदि प्रात में आदि ब्रह्मा ऋषभदेव ने, निरे कामनाजीवी, मरण-धर्मा मानव-युगलों को, भोग-युग की अन्धकारा से मुक्त करके, आत्मज्ञानी और आत्म-स्रष्टा पौरुष की दीक्षा प्रदान की थी। प्रकृति के मोहपाश से स्वयं मुक्त होकर, उसके विजेता पुरुष का मोक्ष-मार्ग उन्होंने प्रशस्त किया था। इन्द्रियजय और मनोजय करके, प्रकृति का पूर्णकाम भोक्ता होने की अतिकाम कला उन्होंने मनुष्य को सिखायी थी। धर्म, कर्म, काम और मोक्ष को उन्होंने संवादी किया था। कालचक्र के अनेक विप्लवों और मन्वन्तरों में उसका वह कर्मयोगी विधान, बार-बार प्रलय की लहरों में लीन होकर भी, नव-नूतन स्वरूपों में फिर-फिर प्रकट होता रहा। हर बार कोई नये तीर्थंकर आये और काम और कामातीत मुक्ति के समन्वय-स्वर साधे। उत्पाद और व्यय, उत्थान और पतन के इस अनिवार्य द्रव्य परिणमन में, धुव्र सत्ता का सूर्य बार-बार ओझल होकर भी, फिर-फिर मनुष्य के ऊर्ध्व चेतना-शीर्ष पर उदय होता रहा। ज्ञान और भाव की अनेक रूपिणी वाणी आलोकित पुरुष

ने बारम्बार उच्चरित की।

अब से ढाई हजार वर्ष पूर्व इसी आर्यावर्त के विस्तता तट पर ऋग्वेद के कवि-ऋषियों ने प्रकृति और पदार्थ के अनन्त-विराट स्वरूप का साक्षात्कार किया। आनन्द के महाभाव में तन्मय होकर उन्होंने, एक बारगी ही रूपी और रूपातीत सौन्दर्य की संयुक्ति का गाान अपनी ऋचाओं में किया। प्रकृति और सृष्टि की समस्त कामनाकुल लीला में उन्होंने अपने सामगानों द्वारा, महाभाव का अमृत सिंचित किया। पर मन और इन्द्रियों के अलिन्दों में उतरकर वह धारा अखंड न रह सकी। क्षुद्र कामना से खंडित होकर, वह मर्त्य माटी का विषय बन गयी। तब कृष्ण-यजुर्वेद के मन्त्र उच्चरित हुए। 'अग्निमीले पुरोहितं' के गायक, स्वयं अग्नि न रह सके। मात्र उसके विषय-लोलुप याजक हो रहे। आनन्द के आत्म-होता यज्ञ, अमृत-स्रवा नहीं रहे। उनमें से अधम इन्द्रिय-लिप्सा और दैहिक बभुक्षा का पशु हुंकारने लगा। मानव के भीतर का लोलुप पशु ही सर्वोपरि हो उठा : यज्ञों के पशुपतिनाथ प्रजापति, स्वयं पशुभक्षी होते दिखाई पड़े। सरस्वती के अंचल में माँ का दूध, अपनी ही सन्ततियों के आत्मभक्षी रुधिर से आक्रन्द कर उठा। यज्ञपुरुष लुप्त हो गये। परब्रह्म के महाभाव गायक, ऋग्वेद के ऋषिपुत्र ब्रह्महन्ता होकर सर्वभक्षी और सर्वशोषक भोग की संस्कृति जा जयगान करने लगे।

...पर भीतर का स्वभाव से ही ऊर्ध्वचेता पुरुष अन्तिम रूप से भला कैसे मर सकता था। वह फिर जागा : वह फिर आत्म-भावित हुआ। और गंगा-यमुना के मर्कत-प्रच्छाय नैमिषारण्य में आर्य ऋषि फिर से आत्म-साक्षात्कार की गहन समाधियों में ज्योतिर्मान हुए। परात्पर परब्रह्म की द्रष्टा परविद्या का फिर से आविष्कार हुआ। उपनिषत् के आत्म-ज्ञानी अन्तर्द्रष्टाओं ने, यज्ञ को पाशव लिप्सा से मुक्त कर, आत्मकाम की सिद्धि का प्रतीक बनाया। पर दुर्दान्त पशु सहज ही दमित न हो सका। क्षुधा और काम की कराल डाढ़ों में फिर भी, हिंसा की तांडवी जिह्वा लपलपाती रही।...देवाहुति, विश्वामित्र, याज्ञवल्क्य के ज्ञान-सूर्य को बराबर ही पाशव यज्ञों का कालधूम्र प्रच्छन्न करता रहा।

तब शत-सहस्र जिह्वाओं में लपलपाती यज्ञ की उस सर्वग्रासी ज्वाला के शिखर पर उतरे महाश्रमण पार्श्वनाथ। कमठ की अहंग्रस्त तपाग्नि के काष्ठ में से जीवित नाग-युगल प्रकट करके उन्होंने समस्त जम्बूदीप को अपने कैवल्य-सूर्य से भास्वर कर दिया। सत्य, अहिंसा, अचौर्य और अपरिग्रह का प्रकृत चतुर्याम धर्म उन्होंने उद्घाटित किया। तमाम सृष्टि के जड़-जंगम प्राणियों ने तीर्थंकर के सर्व-वल्लभ श्रीचरणों में अभय शरण प्राप्त की। उपनिषत् के ऋषियों ने अपने आत्म-साक्षित ब्रह्मज्ञान को उनमें मूर्तिमान देखा। क्योंकि महाश्रमण पार्श्व ने सम्यक् दर्शन और सम्यक् ज्ञान को प्रतिपल के जीवनाचरण में जीवन्त किया था। सो ब्रह्मर्षियों ने उन्हीं के स्वर में स्वर मिलाकर

'मा हिंस्या: ' का मन्त्रोच्चार किया। 'आत्मन: प्रतिकूलानि परषां न समाचरेत' का मन्त्र-दर्शन प्रजा को देकर, उन्होंने प्राणि मात्र के लिए मुक्ति का मार्ग प्रशस्त किया।...

पर ढाई सौ वर्ष बीते न बीते कि तीर्थंकर पार्श्व की वह कैवल्य-प्रभा फिर अन्तर्धान हो गयी। आज फिर मनुज पर दनुज की विजय-भेरी बज रही है। पश्चिमांचल के आर्य ब्राह्मण फिर उद्दंड हो उठे हैं। पार्श्व की कैवल्य-ज्योति के अस्तप्राय आलोक की शेष प्रभा केवल इस विपुलाचल के शिखरों पर स्तम्भित होकर रह गयी है। और लोकांचल में उनका चातुर्याम धर्म-मार्ग कुछ राजकुलों और श्रेष्ठि श्रावकों का मृत और पालतू श्रावकाचार होकर रह गया है। उसमें प्राणि मात्र के प्रति आत्मभाव का जीवन्त संवेदन संचरित नहीं। उनके चैत्यों की रत्न-प्रतिमाओं में तीर्थंकर उनके वैभव के बन्दी होकर, मात्र उनकी जड़ चैत्य-पूजा के उपकरण हो गये हैं।

अहिंसा और अपरिग्रह के तथाकथित धर्म-पालक मगध, अवन्ती और चम्पा के धनकुबेर श्रेष्ठियों के तहख़ानों में लोक का तमाम सुवर्ण-रत्न संगृहीत है। कोटि-कोटि श्रमिक प्रजा इन राजपुरुषों और श्रेष्ठियों द्वारा अपहृत लोक-सम्पदा की क्रीत दास होकर, मजबूरी का जीवन बिता रही है। यह पार्श्व का धर्म-साम्राज्य नहीं, कुलीन ब्राह्मण-क्षत्रिय और वणिकों का काम-साम्राज्य आज के समस्त आर्यावर्त में व्याप्त है।

...एक विचित्र कौतूहल से देख रहा हूँ कि मेरे ही मातृकुल का रक्त, इस काम-साम्राज्य के सिंहासनों पर आसीन है। मेरी ही मौसियाँ, भारत के तमाम महाराज्यों के अन्त:पुरों में महारानियाँ बनी बैठी हैं। विश्व-विश्रुत वैशाली गणतन्त्र के गणपति मेरे मातामह चेटकराज की पाँच पुत्रियाँ, लोक-लक्ष्मी के पावन सिंहासन को अधिकृत किये हैं। इनमें से आचूड़ आर्यावर्त में अपना एकछत्र साम्राज्य स्थापित करने के महत्त्वाकांक्षी महाराज श्रेणिक बिम्बिसार के हृदय-कमल पर बैठी हैं, मेरी परम रूपसी मौसी चेलना। अवन्तिनाथ का वध करके, उनके सिंहासन को हथिया लेने वाले, उज्जयनी नरेश चंडप्रद्योत की पट्टमहिषी बनी हैं, मेरी मौसी शिवादेवी। समकालीन विश्व की अप्रतिम विलास-नगरी कौशाम्बी के अधीश्वर महाराज शतानीक के अंक में आसीन हैं, मेरी मौसी मृगावती। उन्हीं की कोख से जन्मा, प्रणय और पराक्रम के सहस्र-रजनी-चरित्रों का नायक, वत्सराज उदयन मेरा मौसेरा भाई है। भारत के पश्चिमी तोरण पर, सिन्धु सौवीर के महाराज उदयन के वाम कक्ष में सुशोभित हैं, मेरी मौसी प्रभावती। भारत के पूर्वीय समुद्र-तोरण चम्पा में, अंगराज दधिवाहन की महारानी होकर विराजित हैं मौसी पद्मावती। दशार्ण देश के अधिपति राजा दशरथ की प्राणेश्वरी हैं, मेरी मौसी सुप्रभा।

...मैं नहीं जानता कि इसमें गणतन्त्राधिपति चेटकराज की कोई योजनाबद्ध राजनीति है, या यह मात्र संयोग है। अचरज नहीं, कि इस तरह वैशाली गणतन्त्र की

स्वातन्त्र्याभिमानिनी बेटियों को अपनी अंकशायिनी बनाकर, ये राजेश्वर अपने विजय-गर्व को तुष्ट करना चाहते हैं। असलियत जो भी हो, किन्तु यह एक प्रकट तथ्य है कि वैशालिकाएँ, इन राजकुलों के भावी सिंहासनधरों की माताएँ बनी बैठी हैं। यह घटना इतनी उजागर है कि इसे मात्र संयोग कहकर नहीं टाला जा सकता। सत्ता की राजनीति ही मुझे तो इसमें जाने-अनजाने सक्रिय दीखती है।

...बड़ा रोचक है राजचक्र का यह चित्रपट। मेरी आँखों के सामने चतुरंग शतरंज की यह अच्छी-खासी बाज़ी जमी हुई है। हार-जीत, सुरक्षा और अधिकार की यह चक्राकार क्रीड़ा सचमुच देखने लायक़ है।

शिशुनागवंशी महाराज बिम्बिसार, मागध वृहद्रथ और जरासंध के बाद, आर्यावर्त में एकराट् साम्राज्य की स्थापना करने का सपना देख रहे हैं। उनकी महत्त्वाकांक्षा का अन्त नहीं। योद्धा होने के साथ ही, वे प्रेमी भी हैं। दुर्दान्त पौरुष की प्रतिमा होते हुए भी, अन्तःकरण से वे बहुत कोमल और स्त्रैण हैं। भावना, संवेदना, सौन्दर्य-पूजा, स्वप्नशीलता, विलासिता और वीरता का उसमें एक अनोखा संगम है। दर्प और समर्प की ऐसी युति मुश्किल है। एक मृगी की आँख का भोला सौन्दर्य देखकर वे पसीज सकते हैं। पर अगले ही क्षण उसका आखेट भी कर सकते हैं। मुग्ध होकर जिसे वे अपना कंठ-हार बना लें, उसे अगले ही क्षण शूली पर भी चढ़ा सकते हैं।

श्रेणिक के पिता मगधेश्वर उपश्रेणिक ने उत्तर यौवन में इस शर्त पर एक भील-कन्या को ब्याहा था कि उसी का पुत्र राजगद्दी का अधिकारी होगा। सो अवमानित होकर श्रेणिक, निर्वासन में निकल पड़े। दक्षिणावर्त में भटकते हुए उन्होंने अपनी पुण्यप्रभा से राजपुरोहित सौमशर्मा की सुन्दरी कन्या नन्दश्री का हृदय जीतकर उसे ब्याह लिया। उसी की कोख से जनमा है अभय राजकुमार, जो आज बिम्बिसार का निजी मन्त्री है और मगध-साम्राज्य का गोपन मन्त्रीश्वर है। वैशाली के किसी चित्रकार द्वारा अंकित चेलना के चित्रपट को देखकर मगधेश्वर की रातें बेचैन हो उठीं। तब कूट-कौशल में दक्ष अभय राजकुमार गुप्त राहों से चेलना तक जा पहुँचे। श्रेणिक का चित्र चेटक-नन्दिनी को दिखाकर उसे मोहाविष्ट कर दिया और उसका हरण कर लाये। चेलना को पट्टमहिषी बनाकर बिम्बिसार ने एक साथ, लिच्छवि कुल का मानभंजन और सम्मान किया। महारानी-मौसी चेलना के पद-नख पर वैशाली और मगध की सन्धि ठहरी हुई है। पर मगधेश्वर में सौन्दर्य-लिप्सा और साम्राज्य-लिप्सा की जो बराबरी की टक्कर है, उससे मेरी भोली मौसी अनभिज्ञ हैं।

सामने फैले नक़्शे की तरह जो यह घटना-चक्र देख रहा हूँ, यह मेरी किसी तीसरी ही आँख का खेल है। बचपन से ही पाया है कि जब भी देश-काल में कुछ जानने की जिज्ञासा बहुत तीव्र हुई, तो मैं अवधि बाँधकर, सहज ही उसका ज्ञान कर लेता हूँ। आज वह अवधि-ज्ञान का अन्तःचक्षु अपलक खुला रह गया है, और मैं

सहस्राब्दियों से इस क्षण तक के देश, काल, घटना और व्यक्तियों के अन्तस्तलों में झाँक रहा हूँ।

और उससे स्पष्ट देख रहा हूँ, कि मगधराज श्रेणिक का रक्त एक बार आसमुद्र आर्यावर्त पर अपनी साम्राज्य-पताका फहराएगा। पर आज का लिप्साग्रस्त और मोहग्रस्त यह राजा, कहीं भीतर मृदु, अकपट, उदार और क्षमाशील है। इसके मार्दव और आर्जव से मैं आकृष्ट हूँ। अपनी मोह-रात्रि के छोर पर, उसे आत्मघात करता देख रहा हूँ।...लेकिन मृत्यु में भी प्रतिक्रमणशील रहेगी उसकी चेतना।...मागध, वर्द्धमान को तुम्हारी ज़रूरत है।

...देख रहा हूँ, मल्लों की कुशीनारा के उस पार काशी और कोसल का महाराज्य। तक्षशिला का स्नातक प्रसेनजित कोशल के सिंहासन पर बैठा है। उसकी राजधानी श्रावस्ती में सारे जम्बूद्वीप के राजपथों, नदी-पथों और समुद्र-पथों को जोड़ने वाला, धारा-संगम है। इसी से भरतखंड और उससे परे के समद्र-मार्गों से जुड़े ज्ञात-अज्ञात अनेक देशों और द्वीपों के सार्थ श्रावस्ती के पण्यों में उतरते हैं। इस तरह वर्तमान के तमाम रम्य विश्व की वस्तु-सम्पदा से श्रीवस्ती के पण्य, श्रेष्ठि-महल और राजमहल भरे पड़े हैं। इसी के राज्य में रहता है वह महागृहपति श्रेष्ठि अनाथ-पिंडक, जो अपनी सुवर्णराशि से कई राज्यों को ख़रीद सकता है। ऐसे विपुल वैभव-सम्पन्न राज्य का स्वामी यह प्रसेनजित, निकम्मा, कामुक और कापुरुष है। पर फिर भी वर्तमान के तीर्थक और श्रमण उसे पुण्य-पुरुष कहते हैं।

मल्ल-गण के असाधारण योद्धा युवा बन्धु मल्ल के बल और शस्त्र-कौशल का मल्लों ने उचित सम्मान न किया, तो वह स्वयं ही अपने गणराज्य से निर्वासित हो गया। यह बन्धु मल्ल तक्षशिला में प्रसेनजित का मित्र और सहपाठी था। स्वदेश-त्याग के बाद जब वह इधर-उधर भटक रहा था, तभी प्रसेनजित ने उसे सम्मानपूर्वक अपने राज्य में आमन्त्रित किया। फिर प्रसेनजित के अनुरोध पर उसने कोसल सेनापतित्व स्वीकार लिया। उसी प्रचंड योद्धा बन्धु मल्ल के बल पर यह कामान्ध और अकर्मण्य प्रसेनजित भी सम्राट बनने का सपना देख रहा है।

श्रावस्ती की एक मालाकार-कन्या मल्लिका प्रसेनजित का मन हरकर, कोसल की पट्टमहिषी बन बैठी है। पर शूद्र कुल की वह सेवक-वर्गीय कन्या उच्चात्मा है। काम के इस केलि-सरोवर में भी वह पवित्र कमला-सी अलिप्त विराजित है। मनष्य के बाह्य आचरण से ही पूरे मनुष्य का निर्णय सम्भव नहीं। विचित्र विरोधी वृत्तियों का समुच्चय होता है मनुष्य। पाप के पंक में भी जागृत उज्ज्वल आत्मा की चिन्तामणियाँ कहाँ-कहाँ लिपटी पड़ी हैं, सो कितने लोग देख पाते हैं। सम्यक्-चारित्र्य आत्मिक वस्तु है, वह बाह्याचार से बाधित नहीं। सम्यक्-चारित्र्य आत्मशुद्धि का परिणाम ही हो सकता है। बाहरी प्रवृत्तियों में न झलकने पर भी, वह ठीक समय आने पर आत्मा

को अन्तर्मुहूर्त मात्र में मुक्ति का अनुभव करा देता है। यह मालाकार-कन्या मल्लिका ऐसी ही है। भव्यात्मा है यह।

कोसलपति प्रसेनजित भी अपने आधिपत्य के शाक्य गणतन्त्र की बेटी ब्याह कर, अपने राज्याभिमान को तुष्ट किया चाहते थे। मातहत शाक्य मना तो नहीं कर सके, पर उन्होंने चतुराई बरती। उन्होंने महानाम शाक्य की दासी-पुत्री वार्षभ-क्षत्रिया प्रसेनजित को ब्याह दी। शाक्य-पुत्री में उन्होंने बड़े गौरव के साथ, राजपुत्र विडूडभ को उत्पन्न किया। विडूडभ एक बार मेहमान होकर, अपनी ननिहाल कपिलवस्तु गया। शाक्यों ने ऊपर से भानजे का सम्मान किया, पर उसके जाते ही, दासीपुत्रीय भागिनेय के स्पर्श से अपवित्र हो गये अपने सन्थागार को धुलवाया। विडूडभ का एक अंगरक्षक अपना बरछा सन्थागार में भूल आया था। उसे लेने को वह वहाँ गया, तो पाया कि कुछ दासियाँ विडूडभ को गालियाँ देती हुई सन्थागार को धो रही थीं।...विडूडभ पर रहस्य खुल गया कि वह शाक्यों की दासी-पुत्री का बेटा है। दोतरफ़ा अपमान की आग में जलते हुए एक ओर तो वह अपने कामलिप्सु जनक का प्राणद्रोही हो उठा, तो दूसरी ओर उसने कपिलवस्तु को निःशाक्य करने की सत्यानाशी प्रतिज्ञा की है। अपने ओज से दासियों की फसल उगाकर, ये गणतन्त्री और राजा समान रूप से उन्हें अपने अहंकारों और सत्तामद का पाँसा बनाये हुए हैं। ये अपनी माँओं और प्रियाओं को गोटें बनाकर, अपनी राजनीति की शतरंजें खेल रहे हैं।

...भुवनमोहन वत्सराज उदयन पर अनुरक्त थी, गान्धारराज-नन्दिनी कलिंगसेना। पर रूप-ज्वाला के लाचार पतिंगे प्रसेनजित को यह असह्य हो गया। उस गान्धारी के लावण्य से हिन्दूकुश के अँधियारे दर्रे और पश्चिमी समुद्र की उत्ताल तरंगें झलमला रही थीं। जम्बूद्वीप के केन्द्रीय राजनगर श्रावस्ती के अधिपति की हर इच्छा पूरी होकर ही रहती है। अपनी विश्व-व्यापारी केन्द्रीय शक्ति और अपने सम्बन्धों के राजनीतिक आतंकों के बल पर, उसने गान्धारराज को विवश कर दिया। और गान्धार की स्वातन्त्र्य बलि के रूप में कलिंगसेना स्वयंवरिता होकर उन्हें समर्पित हो गयी। गान्धारी का उदात्त प्रेमी अजेय बाहुबलि उदयन, प्रिया के इंगित पर चुप रह गया। कलिंग ने अपने पैत्रिक गणतन्त्र की बलिवेदी पर अपने हृदय को चढ़ा दिया। अपनी आत्मा उदयन को सौंपकर, गान्धार की उस परम रूपसी राजबाला ने अपनी देह को प्रसेनजित की चरणदासी बना दिया है। इस मोहान्ध नृपति के लिए मेरे मन में अपार करुणा है। बहुत करुण होगा इस अन्धकार-रात्रि का अन्त! और गान्धारी के समकक्ष ही मुझे याद आ रही हैं देवी आम्रपाली। अपने-अपने गणतन्त्रों की रक्षावेदी पर उत्सर्गित दो बलि-कन्याएँ।

...मुझे बहुत प्रिय लगता है, मौसी मृगावती का भुवनमोहन पुत्र उदयन। अवन्तीनाथ चंडप्रद्योत के प्रचंड प्रताप की चुनौती पर, वह उज्जयिनी पर धावमान होने को विवश हुआ। अपनी कुंजर-विमोहिनी विद्या और अमोघ काम-चितवन के

बल पर वह अवन्ती की उर्वशी राजकन्या वासवदत्ता का हरण कर लाया। और उसे कौशाम्बी की सिंहासनेश्वरी बना दिया। वासवदत्ता की रूपश्री का गुणगान अन्तरिक्षों के गन्धर्व तक करते हैं। अपनी कुंजर-विमोहिनी वीणा के वादन से वह दुर्दान्त हस्तिवनों को कीलित कर देता है। सुनता हूँ, गन्धर्वराज चित्ररथ स्वयं उसका वीणा वादन सुनने आते हैं, निस्तब्ध रात्रि के मध्य प्रहरों में। और वासवदत्ता की घोषा-वीणा के साथ जब उदयन अपनी कुंजर-विमोहनी वीणा की युगलबन्दी करता है तो सृष्टि का कण-कण एक महामिलन के आनन्द में समाधिस्थ हो जाता है। सौन्दर्य, कला, विद्या, स्वप्न, ज्ञान और भावना का ऐसा समन्वय-पुरुष समकालीन विश्व में शायद दूसरा नहीं है। कलाकार है उदयन। वह कविता और स्वप्न को जीता है। इसी से उसके प्रणय और विलास में भी चिद्विलास की तन्मय गहराई और आभा है। भोग में आचूड़ डूबा होकर भी, वह सहज ही एक रसयोगी है, भावयोगी है, सौन्दर्य-योगी है। जानता हूँ, उदयन, तुम आओगे एक दिन मेरे पास! तुम्हारी अविकल्प तन्मयता ने तुम्हें भोग में ही योग का अनुभव करा दिया है। परापूर्व के राजयोगीश्वर भरत का स्मरण हो गया है। तुम्हारी स्वप्न-नगरी कौशाम्बी में आऊँगा एक दिन। तुम्हारे विलास-कक्ष की शिल्पित शाल-भंजिकाएँ उस क्षण चलायमान हो उठेंगी।

और मौसी पद्मावती, सुनो, भले ही पूर्वीय समुद्र की लहरें आज तुम्हारे कमल-रातुल चरणों में अठखेलियाँ कर रही हों, । पर अंगराज दधिवाहन की चम्पा के सिन्धु-तोरण पर एक साथ समस्त आर्यावर्त के राजमंडल की गृद्ध-दृष्टि लगी हुई है। सुनता हूँ, तुम्हारी बेटी और मेरी बहन शीलचन्दना कर्पूरवर्तिका की तरह उज्ज्वल, सुगन्धित और पवित्र है, पर मगध की नंगी तलवार उसके कुँवारे सीमन्त पर तुल रही है। काश, चम्पा के अतुल धनशाली निगंठोपासक श्रावक श्रेष्ठि, सारे संसार के रत्न-सुवर्ण से अपने कोषागार न भरते, तो चम्पा में अरिहन्तों का जिन-शासन चिरकाल जीवन्त रह सकता! उन्होंने धर्म की चिर-प्रवाह धारा को ठोस स्वार्थ-शिलाओं से पाटकर, सारी पृथ्वी पर अपनी सार्थवाह-यात्रा का सुदृढ़ पुल चुन दिया है।

मौसी प्रभावती के राजनगर वीतिभय के पत्तनघाट पर सोलोमन की खदानों का सुवर्ण उतरता है। और माहिष्मती और उज्जयिनी के नदी-मार्गों से, वह कौशाम्बी के यमुना-तट को धन्य करता हुआ, चम्पा की सदानीरा के पानियों पर झलमलाता हुआ श्रावस्ती, काशी-कौशल, वैशाली तथा मल्लों और शाक्यों के सारे गणतन्त्री गृहपतियों और राजपुरुषों की धुरियों को हिलाता रहता है। और देख रहा हूँ, कि अन्ततः मगध के प्रचंड प्रतापी राजदंड के नीचे वह समर्पित हो जाता है। राजगृही के रत्न-सेट्ठियों के कोषागार से संचित होकर, वह समस्त आर्यावर्त के राज-मुकुट, और महारानियों की कटि-मेखलाएँ गढ़ता है।

इन महाराज्यों के सर पर स्वतन्त्र हवा की तरह बह रहे नौ गण-तन्त्रों को देख

रहा हूँ। शाक्य, भग्ग बुलिय, कालाम, कोलिय, मल्ल, मौर्य, विदेह और लिच्छवियों को गर्व है कि वे किसी एकराट राजा के दास नहीं। कि उनका हर नागरिक उनके राजतन्त्र के चालक सन्थागार में अपने छन्द (मतदान) द्वारा, शासन के हर मामले और निर्णय में अपना दखल रखता है। कोई सर्वसत्ताधीश राजा नहीं, किन्तु वे स्वयं अपने भाग्य के निर्णायक हैं। ये गणतन्त्र साधारणतः अपनी सर्व-सामान्य हित रक्षा से प्रेरित होकर ही एकता के सूत्र में बँधे हुए हैं। राजेश्वरों को उनकी सात्विक स्वतन्त्रता असह्य है : उससे इन्हें ईर्ष्या है। वैशाली के गणेश्वर की पाँच बेटियों का पाणिग्रहण करके मानो इन नृपतियों ने अपनी उस ईर्ष्या की जलन को किसी क़दर मिटाया है, और अपने नरपतित्व को तृप्त किया है।

...पर देखता हूँ, इन गणतन्त्रों में भी पारस्परिक विग्रह दबे-छुपे चलते ही रहते हैं। एक छोटे-से खेत या भूखंड को लेकर भी इनके बीच चाहे जब तलवारें तन जाती हैं। मानुषिक राग-द्वेष जब तक हैं, तब तक स्वतन्त्रता का क्या अर्थ रह जाता है? व्यष्टि अपने भीतर जब तक अपनी कषायों की दास है, तब तक समष्टि की सच्ची स्वतन्त्रता कैसे प्रकट हो सकती है? अपने भुजबल और शस्त्रबल से पड़ोसी को सदा आतंकित रखकर जो स्वतन्त्रता बनी है, वह कब तक टिकी रह सकती है। कुशीनारा और पावा के मल्ल भी अपने ही में विभाजित हैं। लोकमाता अचिरावती नदी का आँचल, सदा ही अपनी सन्तानों की परस्पर विग्रही कृपाणों से काँपता रहता है। बन्धुल मल्ल जैसा अचिरा का अजेय विक्रान्त बेटा स्वयं मल्लों की ईर्ष्या का ग्रास बना, और आख़िर अपने ही स्वजनों की असह्य अवलेहना से आहत होकर स्वेच्छाचारी कोसलेन्द्र का सेनापति हो गया। बेशक इस शर्त पर कि मल्ल-गणतन्त्र के विरुद्ध उसकी तलवार नहीं उठेगी। इसमें बन्धुल का गौरव अवश्य है। पर मल्ल अपने ही कुलावतंस के प्रताप से ईर्ष्या-द्विष्ट हो गये; यह एक कुरूप और कठोर सत्य है।

लिच्छवियों के गणन्तत्र की गौरव-गाथा तो समुद्रों को पारकर सुदूर पारस्य, मिस्त्र, महाचीन, और यवन देशों तक के आकाशों में गूँज रही है। वैशाली के सन्थागार में उपस्थित होने के लिए जाने कितने ही दूर-देशान्तरों के यात्रियों ने दुर्गम पर्वत और दुस्तर समुद्र लाँघे हैं। उसके चौराहों और अन्तरायणों में, पृथ्वी की जाने कितनी ही जातियों के कन्धे टकराते हैं। उसके पण्यों में विश्व की दुर्लभतम वस्तु सम्पदा बिकने को आती है। संसार के चुनिन्दा पंडितों और ज्ञान-धुरन्धरों का संगम उसकी ज्ञान-गोष्ठियों में होता है। उसके उपवनों और चैत्यों में विभिन्न धर्मों और मत-सम्प्रदायों के उपदेष्टा तीर्थक मुक्त भाव से विचरते हैं। वे निर्विरोध अपने-अपने मतों का प्रवचन करते हैं।

तीर्थंकर पार्श्वनाथ की जिनेश्वरी परम्परा का सूर्य लिच्छवियों की वैशाली में ही आज सर्वाधिक उद्योतमान है। उसके सन्थागार के शिखर पर आदि तीर्थंकर

ऋषभदेव के विश्व-धर्म की, ऋषभ के चिह्न से अंकित केशरिया ध्वजा, बड़े गौरव से फहरा रही है। उसकी छाया में सन्थागार के भीतर उसके गणनायक के सिंहासन की पीठिका में सारे ही प्रवर्तमान धर्मों के चिह्न समन्वित भाव से अंकित हैं। दुर्द्धर्ष तपस्वी, इन्द्रियजेता श्रमणों के विहार और प्रवचन से वैशाली के वन-कानन सदा ही प्रकाशित और आप्लावित होते रहते हैं। अनेकान्त और अहिंसा की कल्याणी धर्मवाणी आज भी वहाँ, दूर-दूर के मानव-कुलों को आकृष्ट करती है। अधिकांश लिच्छवि क्षत्रिय नित्य के आहार-विहार में भी श्रावक धर्म को आचरित करते हैं। उनकी महारानी-बेटियों ने भारत के पाँच महाराज्यों में अरिहन्तों के जिनधर्म की प्रतिष्ठा और प्रस्थापना भी की है।

पर ऐसा लगता है कि यहाँ भी धर्म मात्र जीवन का एक विभाग होकर रह गया है। भवन के कई कक्षों में, एक वह भी है। फिर चाहे शिखर कक्ष कह लो। श्रावक के नित्य के आवश्यक षट्कर्मों से आगे वह धर्म जाता नहीं दीख रहा। अपने ही धर्म को विश्वधर्म के आसन पर स्थापित कर, अन्य धर्मियों को मानो वे अपना आश्रित मानते हैं। उन्हें आग्रह है कि उन्हीं का धर्म श्रेष्ठ है, अन्य सब पाखंड और मिथ्यात्व है। अनेकान्त का जयकारों का अन्त नहीं। पर भीतर एकान्त का हठ पल रहा है। आग्रह जहाँ है, वहाँ परिग्रह है ही। परिग्रह जहाँ है, वहाँ विग्रह है ही। धर्म में हो, कि शासन में हो, कि सम्पदा में हो, मुझे विग्रह से ऊपर नहीं दीख रही है वैशाली। परम परमेष्ठिन् अरिहन्त सुवर्ण, रत्न, पाषाण की प्रतिमा में सदा को निश्चल प्रतिष्ठित हो गये दीख रहे हैं। वे मुझे लोक-जीवन में प्रवाहित नहीं दीख रहे। अनेकान्त, अहिंसा, अपरिग्रह केवल प्रवचन तक सीमित हैं। जीवन में इन स्वयम्भु सत्य धर्मों का प्रकाश मुझे कहीं नहीं दीख रहा है। जहाँ उच्च कुलों का वंशाभिमान है, जहाँ अष्टकुलक ही सर्वोपरि गरिमा से मंडित हैं, जहाँ ऊँच-नीच, धनी-निर्धन, कुलीन-अन्त्यज के भेद और अन्तर-विग्रह दबे-हुए मौजूद हैं, जहाँ धरती माता की अपार सम्पदा कुछ राजन्यों और कुबेरों के कोषागारों में एकत्रित और संचित है, वहाँ अनेकान्त, अहिंसा और अपरिग्रह का, सिवाय मृत शब्दों के और क्या मूल्य रह जाता है!

धर्म में हो, कि शासन में हो, कि धन में हो, जब तक सबसे ऊपर हो रहने की वासना हममें बनी है, तब तक किसी भी स्वतन्त्रता का क्या अर्थ रह जाता है। जिनेन्द्र ने वस्तु मात्र की स्वतन्त्रता का उद्घोष किया है। उसी परम सत्य के आधार पर लोक में सच्ची स्वतन्त्रता स्थापित हो सकती है। जो वस्तु मूलतः अपनी स्वयं की है, वह जीवन में सर्व का स्वतन्त्र उपभोग्य ही हो सकती है। उस पर वैयक्तिक अधिकार की मोहर लगाना ही तो परिग्रह है। और परिग्रह सारे पापों का मूल महापाप है। परिग्रह का ऐसा दुर्मत्त रूप जब तक लोक में उजागर है, तब तक अनेकान्त और अहिंसा की निरी तत्त्व-चर्चा से क्या लाभ है!

...इस सन्दर्भ में वैशाली की जगत-विख्यात मंगल-पुष्पकारिणी का ख्याल आ रहा है। यह सर्वत्र दन्त-कथा की वस्तु बनी हुई है। वज्जिसंघ के अष्ट-कुलीनों को इस पर बड़ा गर्व है। मत्स्य देश के मर्मर पाषाणों से बने इसके घाट और सोपान स्वर्ग के कल्प-सरोवर की याद दिलाते हैं। इसके जल इतने पारदर्शी हैं, कि तल में पड़ी वस्तु भी ऊपर से साफ दीख जाती है। सम्पूर्ण पुष्करिणी एक सुदीर्घ प्राचीर से परिवेष्टित है। इसकी सतह ताँबे की एक विशाल-चमचमाती जाली से आच्छादित है। और उसके ऊपर फौलाद की शलाका-जाली का प्रकांड ढक्कन लगा हुआ है, ताकि उसमें कोई पक्षी तक चंचु न मार सके। उसके भीतर जलों को बड़े ही जतन से इतना निर्मल और निर्बाध रखा जाता है कि कोई जलचर जीव भी उसमें जन्म ले ही नहीं सकता। और इस महार्घ, दुर्लभ जलराशि की रक्षा के लिए पुष्करिणी के द्वार पर अहर्निश संगीन पहरा लगा रहता है। इसके जल से केवल राजतिलकोत्सव के समय कुलराजा का अभिषेक हो सकता है। कुल-पुत्रों के अतिरिक्त जन-सामान्य तो शायद इसकी झलक भी नहीं देख सकते। प्रवाही जल-तत्त्व का ऐसा बन्दी स्वरूप लोक में शायद ही अन्यत्र कहीं हो। यह जितना ही दुर्लभ हुआ, इसका आकर्षण लोक में उतना ही दुर्दान्त हो उठा...

कोसलेन्द्र के दुर्वार पराक्रान्त सेनापति बन्धुल मल्ल की पत्नी मल्लिका असिधारा-सी तेजस्विनी और सुन्दर है। गर्भवती होने पर उसे दोहद पड़ा कि वह लिच्छवियों की मंगल-पुष्पकरिणी में स्नान करे। बन्धुल के लिए जगत् में कुछ भी अलभ्य नहीं हो सकता। अकाट्य को काटने की धार उसकी तलवार में है। अपनी प्राण-वल्लभा को वक्षारूढ़ कर घोड़ा दौड़ाता हुआ बन्धुल एक बड़ी भोर मंगल-पुष्करिणी पर आ पहुँचा। प्रहरी तो उसकी लहराती तलवार का तेज़ देखकर ही भाग खड़े हुए। प्रिया को लेकर वह भीतर गया। अपने वज्रभेदी खंग के एक ही झटके से उसने पुष्करिणी की दोनों जालियाँ काट दीं। मल्लिका उसके भीतर उतरकर जी भर नहायी...और पलक मारते ही अपनी रानी का दोहद पूरा कर बन्धुल मल्ल हवाओं पर अश्वारोहण कर गया। वीरभोग्या वसुन्धरा के इस ख़तरनाक बेटे को मैं प्यार करता हूँ। वीर प्रसविनी मल्लिका के इस जोखिम भरे दोहद-स्नान का मैं अभिनन्दन करता हूँ।...

...पता चलते ही लिच्छवि शूरमा पीछा करते हुए, बन्धुल पर टूट पड़े। बात की बात में भयंकर रक्तपात हो गया। पर बन्धुल अपनी तलवार के कुछ ही वारों से सैकड़ों नरमुंड हवा में उछालकर, बिजली की कौंध की तरह लिच्छवियों के हाथ से साफ निकल गया।

...जल-तत्त्व को जो इस तरह अपनी सत्ता के फौलादों में बाँधेगा, उसे काटने वाला दूसरा फौलाद कहीं पैदा होगा ही। ये गणतन्त्र अपने आप में कितने स्वतन्त्र

हैं, इनमें जनगण कितना स्वतन्त्र है, इनके पारस्परिक सम्बन्धों में स्वतन्त्रता की कितनी प्रतिष्ठा है, उसका परिचय तो इस घटना से स्पष्ट मिल ही जाता है। जल और जलचर की भी दया पालने वाले, और पानी को भी छानकर पीने वाले निर्ग्रन्थी श्रावकों के यहाँ स्वतन्त्र जल-द्रव्य को ऐसे कठोर कारागार में बन्दी देखकर मेरे आश्चर्य की सीमा नहीं है। और वह कुलीनों की महर्द्धिकता का दास होकर रह सकता है? और उसकी अभिजात्य-रक्षा के लिए, गर्भवती माँ पर लिच्छवि तलवार उठ सकती है, और सैकड़ों निर्दोष सैनिकों की बलि चढ़ायी जा सकती है? क्या पार्श्व के अनुगामी श्रमण भगवन्तों का समर्थन और आशीर्वाद लिच्छवियों के इस कुत्सित कुलाभिमान को चुपचाप प्राप्त है?

गणतन्त्री शाक्यों का कुलाभिमान और भी भयंकर है। कामलोलुप प्रसेनजित को कूटपूर्वक दासी-पुत्री ब्याह देना तो मैं समझ सकता हूँ। पर वासभ-खत्तिया के निर्दोष पुत्र और अपनी दासी-पुत्री से जनमे अपने ही रक्तांश भागिनेय का ऐसा अपमान कि उसके पाद-स्पर्श से उनका सन्थागार अपावन हो गया? और उसके जाने पर उसे धुलवाया गया! क्या यही है शाक्यों की गणतान्त्रिकता, जिस पर उन्हें अत्यन्त अभिमान है? एक निर्दोष मानवी को पहले तो महानाम शाक्य ने अपनी पाशव लिप्सा की तृप्ति का साधन बनाया। और फिर उससे जनमी एक और निर्दोष कुमारिका को उन्होंने अपने दुर्मत्त रक्ताभिमान और अहंकार की रक्षा तथा राजनीतिक षड्यन्त्र का हथियार बनाया। क्या यही है गणतन्त्रों में जनगण की स्वतन्त्रता, उनके अधिकारों की रक्षा? क्या यही है गण की एक बेटी का सम्मान! सिवाय शासन-विधान के कुछ सतही स्वरूपों के, इन गणतन्त्रों, और एकाधिकारी राजतन्त्रों के बीच कोई मौलिक भेद मैं नहीं चीन्ह पा रहा हूँ।

...सत्ता और सम्पदा के इन भव्य दुर्गों की नीव एकाएक मेरे सामने खुलने लगी।...जैसे कोई घड़ी किया हुआ, लम्बा-चौड़ा चित्रपट खुल रहा हो। थल, जल, नदी और समुद्र-पथों का एक जटिल-कुंचित जाल जैसे किसी अदृश्य मछियारे ने आकाश और पृथ्वी के बीच फैला दिया।...

अनाथपिंडक सुदत्त और मृगार जैसे आर्यावर्त के धन-कुबेरों के सौ-सौ सार्थ, चारों दिशाओं में जाते-आते देख रहा हूँ।...ये केवल जम्बूद्वीप में ही नहीं, ताम्रलिप्ति के मार्ग से बंगदेश की खाड़ी, और भृगुकच्छ तथा शूपरिक से अरब-सागर को पार कर, सुदूर द्वीपों और देशान्तरों में जाकर सम्पदा का विस्तार कर रहे हैं। श्रावस्ती से प्रतिष्ठान तक का मार्ग माहिष्मती, उज्जयिनी, गोनर्द, विदिशा अैर कौशाम्बी होकर जाता है। श्रावस्ती से राजगृह का मार्ग हिमवान् की तराई में होकर गया है। इस मार्ग में सेतव्य, कपिलवस्तु, कुशीनारा, पावा, हस्तीग्राम, भंडग्राम, वैशाली, पाटलीपुत्र और नालन्द पड़ते हैं। पूर्व से पश्चिम का मार्ग प्रायः नदी-यात्राओं से तय होता है। गंगा

में सहजाती और यमुना में कौशाम्बी तक बड़ी-बड़ी नावें और जलपोत चल रहे हैं। सार्थवाह विदेह होकर गान्धार तक, और मगध होकर सौवीर तक, भरुकच्छ से ब्रह्मदेश तक, और दक्षिण होकर बाबुल तक, तथा चम्पा से महाचीन तक जाते हैं। मरुस्थलों में लोग रात को चलते हैं और पर्थ-प्रदर्शक नक्षत्रों के सहारे मार्ग निर्णय करते हैं। सुवर्णभूमि से लेकर यवद्वीप तक, तथा दक्षिण में ताम्रपवर्णी तक सार्थों के आवागमन का ताँता लगा हुआ है।...

अवन्तीनाथ चंडप्रद्योत की उज्जयिनी समस्त जम्बूद्वीप का एक केन्द्रीय व्यापारिक राजनगर है। पश्चिमी समुद्र के पत्तनों से जो व्यापार उत्तरावर्त में होता है, वह सब उज्जयिनी के रास्ते ही होता है। पश्चिमी समुद्र के पत्तनों से अवन्ती के सार्थवाहों के जहाज़ लाल सागर और नील नदी को पार करते हुए भूमध्य सागर तक पहुँच जाते हैं। पूर्वीय और पश्चिमी गोलार्द्ध की अकल्प्य और रहस्य भरी खनिज, भूमिज और जलज सम्पत्तियों का आदान-प्रदान इसी महा जलपथ से होता है। सिन्धु सौवीर और भरुकच्छ के समुद्र तोरणों पर पारस्य, मिस्र, बाबुल और सुदूर सिन्धु तक की प्रजाओं और पदार्थ सम्पत्तियों का संगम होता है। गान्धार में पूर्व और पश्चिम की रक्तधाराएँ और संस्कृतियाँ आलिंगित होती हैं। अवन्ती के पण्यों और चतुष्पथों से गुज़रकर, आदान-प्रदान की यह धारा व्यापारिक सार्थवाहों के ज़रिये कौशाम्बी से गंगा-यमुना को पार करती हुई, चम्पा के नदी घाटों से टकराती है। चम्पा के पूर्वीय समुद्र को पार कर, सुवर्ण द्वीपों और महाचीन तक व्यापारी श्रेष्ठियों का यह महासाम्राज्य फैला हुआ है।

मनुष्य के आन्तर साम्राज्य को विस्तारित करनेवाली विद्याएँ, कलाएँ, संस्कृतियाँ और धर्म इन सार्थवाहों के हाथों में खेलते हैं!...

इन व्यावसायिक महापथों और इन पर चलने वाले सार्थों पर ही, आर्यावर्त के इन तमाम महाराज्यों और गणराज्यों की चतुरंग-चौपड़ बिछी हुई है। कामिनी और कांचन के कुटिल ताने-बानों से यह चौपड़ नित नयी बुनी और उधेड़ी जा रही है। मेरी पाँच राजेश्वरी मौसियाँ इस चौपड़ के केन्द्र में बैठी हुई हैं। आज वेद-वेदांग, धर्म, यज्ञ, अग्निहोत्र, ब्रह्मज्ञान, तीर्थंकर, सारे बहुबल, विक्रम, प्रताप, प्रेम-प्रणय, कलाएँ, विद्याएँ इस कामिनी-कांचन की महा-चतुरंग-चौपड़ के मुहरे बने हुए हैं।

...और जैसे मेरे सामने खड़ी एक चुनौती, भूमध्य सागर की तरंग-चूड़ा पर से ललकार रही है कि जम्बूद्वीप की इस चौपड़ पर मुझे भी अपनी कोई मौलिक चाल चलनी है।...चलूँगा, निश्चय चलूँगा एक अपूर्व चाल। लेकिन...लेकिन...उससे पहले क्या इस बाज़ी को उलट देना होगा... ?

प्रमद-कक्ष की शिवानी

आभारी हूँ प्रमद-कक्ष की उन प्रमदाओं का। उनकी केलि-तरंग ने जाने कब मुझे उछालकर, नन्द्यावर्त के इस नवम खंड पर ला बैठाया है। वहाँ वे सब इतनी पास थीं, और घिरी थीं, कि उन्हें सम्पूर्ण देखना और जानना सम्भव नहीं हो रहा था। इस ऊँचाई और दूरी पर से पाता हूँ कि वे अपनी जगह पर हैं, फिर भी समीपतम चली आयी हैं। वहाँ उनमें से हरएक की इयत्ता और अस्मिता को जानने की भी सुविधा नहीं थी। यहाँ उनमें से प्रत्येक के विलक्षण सौन्दर्य का समग्र दर्शन सम्भव है। मैं भी वहाँ उनके हाथ खंड-खंड ही तो आता था। किसी के हाथ में केशों के साँप ही रह गये थे, जो उसकी मृदुल बाहु को डस लेते थे। कोई मेरी आँखों की काजल-रात में ही खो रहती थी। कोई मेरे कन्धे पर झूलकर ही आपा गँवा बैठती थी। कोई केवल वक्ष में बिलस रही, तो कोई कक्ष में बिछुड़ रही।

...यहाँ देखता हूँ कि मैं अखंड भोक्ता हूँ। और उनमें से हरेक पूरी सुलभ है। और वे सब मिलकर, समग्र मेरी हो रही हैं। जानना और देखना यहाँ अविकल है। सो विकलता की टीस नहीं। दर्शन और ज्ञान यहाँ सम्यक् और समूचा है। सो भोग भी सम्यक् और समीचीन है। यही तो सम्यक् चर्या है। यानी सम्यक् चारित्र्य। और जब ये तीनों एकाग्र और संयुक्त हुए, तो सारी सुन्दरियों के साथ योग और मिलन नित्य और अखंड हो गया। यहाँ निषेध की बाधा नहीं, सभी कुछ आपोआप वैध हो गया है। श्रेय और श्रेय का विरोध समाप्त हो गया है। रक्त-मांस की बाधा से परे, यह सौन्दर्य और प्रीति का पूर्ण आलिंगन है।...

नवम खंड का मेरा यह कक्ष अष्टदल कमल के आकार का है। इसके वातायन दसों दिशाओं पर खुलते हैं। हिमवान् की अदृश्य चोटियों की सुनील हिमानी आभा, इसकी दीवारों और द्वारों पर खेलती रहती है। और दूरवर्ती पुष्पित बहुशाल वन की सुगन्ध सदा इस कक्ष में छायी रहती है। जिस लोकालय की परिक्रमा कर आया हूँ, उसकी ऊष्मा और उसके सुख-दुःखों की यहाँ सतत सह-अनुभूति होती रहती है।

आज सवेरे ईशान के कोण-वातायन पर खड़ा किसी अलक्ष्य में आरूढ़ था कि अचानक कमरे में सुगन्धों का ज्वार-सा आ गया। कई नुपूरों के रणन से मेरा ध्यान-भंग हुआ। देखा, प्रमद-कक्ष की सारी बालाएँ दल बाँधकर आयी हैं। हाथ जोड़ सबका स्वागत किया, तो वे सकुचा आयीं। फिर पंक्तिबद्ध प्रणिपात कर, अर्द्धवर्तुल

में हार बाँधकर, स्फटिक के फर्श पर ही बैठ गयीं। मुझे उन्होंने अपने साथ नीचे-बैठने दिया तो अपने मर्मर तल्प पर आसीन हो लिया।

"तुम सब आयीं, कृतज्ञ हुआ।"

चपल मादिनी बोली सबकी ओर से :

"आपको तो अब हमारी याद ही नहीं आती। दर्शन दुर्लभ हो गये!"

"अरे याद की गुंजाइश कहाँ है मादिनी, जबकि सदा सब मेरे साथ रहती हो।"

"आपकी लीला अपरम्पार है, देव। हम अज्ञानिनी, उसका पार कैसे पाएँ?"

"अपार को पा गयी हो, तभी तो ऐसे बोल रही हो। मुझे तो वह अपार तुम्हारी ओढ़नी की गाँठ-बँधा दीख रहा है।...मेरे कुन्तलों के सँपलिये, जान पड़ता है, अब तुम्हारी बाहु को वेधकर, वक्ष पर आलोड़ित हैं। क्या कमी रह गयी!"

सब मंजीरों-सी खिल-खिला आयीं। तब कौशाम्बी की बाला अनोमा बोली :

"कितने ही दिन हो गये, प्रमद-कक्ष के कमल-पाँवड़े हर साँझ अछूते ही कुम्हला जाते हैं। घोषा वीणा जाने कब से सूनी और निस्पन्द नीरव पड़ी है। लगता है, देवता रूठ गये!"

"ऐसा यदि तुम्हें लगता है, तो सचमुच मैं अपराधी हूँ। और तुम सबके योग्य नहीं हूँ।"

"हाय-हाय, ऐसा न बोलें प्रभु, हमें यों झटक कर दूर न करें।"

"मतलब, दूर पड़ गया हूँ तुम से। कम पड़ गया हूँ तुम्हारे लिए। तभी तो तुम कातर हो।"

"नहीं-नहीं, रंच भी कम नहीं हो हमारे लिए। बहुत पास हो, और पूरे हमारे हो। फिर भी आँखें ही तो ठहरीं। दर्शन की प्यास इनका स्वभाव है न!"

"हाँ-हाँ, वह मैं समझ सकता हूँ। पर जिस रूप को देख लेने पर आँखों की प्यास बनी ही रह जाए, तो मानना होगा कि वह रूप कमतर है।"

"इतनी कसौटी न करें प्रभु, हम अज्ञानियों की। और कोई रूप देखने की इच्छा तो अब रही नहीं।"

"और कोशा, तुम्हारी घोषा वीणा तो अब हमारे भीतर निरन्तर बजती रहती है। कितनी अच्छी हो तुम, समूची भीतर आ बैठी हो, और अपनी वीणा में मुझे समूचा बजाती रहती हो। अद्‌भुत है, वत्स देश की कन्या का संगीत कौशल!"

वैशाली की वन्दना सबकी ओर से बोली :

"महादेवी का आदेश मिला है। हम सब अपने घर लौट रही हैं। विदा दें, वर्द्धमान कुमार तो हम सब...जाएँ।"

लड़की का गला भर आया था।

"विदा तो वर्द्धमान किसी को देता नहीं। क्योंकि विछोह उसके वश का नहीं। यह उसका स्वभाव नहीं!"

"आप कहाँ चाहते हैं कि हम सब यहाँ रहें! इसी से तो जाने की बात उठी है...।"

"मैंने कब कहा, कि तुम जाओ। अपनी बात महादेवी जानें। चाहो तो सदा मेरे साथ रह सकती हो। उसमें यहाँ रहने या और कहीं रहने से क्या अन्तर पड़ता है?"

"आप अपने पास रखें, तो और कहीं क्यों जाएँ हम?"

"मेरे साथ कुमारियाँ ही रह सकती हैं। विवाह की सीमा मुझे सह्य नहीं। क्योंकि उसमें आखिर कहीं वियोग है ही। और वियोग मेरा स्वभाव नहीं। सोच लो तुम सब!"

सबकी सब आँखें झुकाये, चुप हो रहीं। कमरे में एक गहरा सन्नाटा व्याप गया। तब मगध की सुवर्णा बोली :

"आप हमें रोकना नहीं चाहते न?"

"रोकने वाला मैं कौन होता हूँ? रहोगी तो अपने से, जाओगी तो अपने से। कौन किसी को यहाँ बाँधकर रखता है, सुवर्णा!"

"और कोई बँधना ही चाहे तो?"

"मोह की यह मधुर भ्रान्ति सच ही बहुत मादक है। मगर, काश मैं तुम्हें, तुम सबको बाँधकर रख सकता, स्वयं बँधकर रह सकता!"

"आप चाहें, तो क्यों नहीं, देव!"

"जो स्वभाव नहीं, सत्य नहीं, वह कैसे चाहूँ? मोह में पड़कर, तुम्हारा विछोह भोगूँ, यह मेरा प्रेय नहीं।"

"तो हम सब जाएँ महाराज?"

"जाना-आना कहाँ है, सुवर्णा? अपने ही में तो यह सब घटित होता है। अपने में पूरी रहो, और मुझे पूरा अपना लो, तो फिर जाने-आने का झमेला ही ख़त्म हो जाये!"

"कब लौटा लाओगे हमें फिर, अपने पास?" बोली गान्धारी प्रियाम्बा।

हाय, नारी की बँधने की कातर चाह का अन्त नहीं!

"नदी हो। समुद्र में से ही एक दिन उठकर बादल बनी थी, स्वेच्छा की तरंग में। घूम-फिरकर, फिर एक दिन समुद्र में ही लौटोगी। फिर चिन्ता किस बात की, कल्याणी!"

सबके चेहरों पर मैंने समाधान की पूर्ण आश्वस्ति देखी। समवेदना की बहुत महीन पनीली पर्त में, वे उन्मुख ऊर्मिल योगिनी ही लगीं, वियोगिनी तो ज़रा भी नहीं

लगीं।

सब को सजल नयन एक साथ प्रणिपात में विनत देखकर अनुभव किया, ये सब मेरी ही तो हैं, अशेष मेरी। और मैं समूचा इनका। चुपचाप जाती उन सबके चरणों के मंजीरों में कैसी मधुर आगमनी बज रही है! नदियाँ समुद्र में मिलने को दौड़ी आ रही हैं।

...सहसा ही देखा, वैनतेयी कक्ष में चली आ रही है। सर्प-कंचुक-सा महीन नीला उत्तरासंग धारण किये है। चेहरे को घेरकर, दोनों कन्धों पर ढलके उसके घने घुँघराले कुन्तल उसका भामंडल बन गये हैं। उज्ज्वल लिली फूले की शोभा उसके मुख-मंडल पर व्याप्त है। निस्पन्द, लम्बी, तन्वंगी, संचारिणी दीप-शिखा-सी वह चली आ रही है।

"ओ,...वैनतेयी, तुम कहाँ रह गयी थीं?"

"बाहर छत पर थी।"

"सबसे अलग?"

"राज-कन्याओं के बीच, मेरा क्या काम?"

"तो तुम...?"

"दासी हूँ, देव। दासी-पुत्री भी!"

"अधिक वरणीया हो मेरे निकट। वर्द्धमान तुम्हारा अभिषेक करता है!"

"संकर हूँ, प्रभु! इस योग्य कहाँ?"

"संकर कन्या हो? बहुत अच्छा। तब तो शंकरी हो, वैना। शान्ति और सन्धी हो तुम, मानव-कुल की!"

"यह तो आर्य-पुत्र का अनुगृह है!"

"वर्द्धमान कुलजात आर्य नहीं, आत्मजात आर्य है। वह तुम्हारे विशेष परिचय का प्रार्थी है।"

वैनतेयी, जुड़े जानु-युगल मोड़े, फर्श पर ईषत् झुकी कमलिनी-सी बैठी है। परिचय की पृच्छा पर वह मौन रही और नम्रीभूत होकर, अपने में सिमटी जा रही है।

"मुक्त होओ, कल्याणी। और ग्रन्थियाँ तोड़कर,अपना हृदय खोलो। तुम्हारा परिचय पाकर धन्य होना चाहता हूँ।"

"मेरी माँ एक सुन्दर यवन कुमारी थी। पर वह दासी थी। एक भारतीय व्यापारी सार्थ के साथ एथेंस से दक्षिणापथ के एक पत्तन पर आयी थी।...पांचाल के ब्राह्मण श्रेष्ठ चक्रपाणि कात्यायन दक्षिण के अरुणाचलम् में गारुड़ी साधना कर रहे थे, काम और मोक्ष की प्राप्ति के लिए।...माँ को सामने पाकर उन्हें लगा कि उनकी अधिष्ठात्री आ गयी!"

''क्या नाम था तुम्हारी माँ का, वैना?''

''इफ़ीजीनिया!''

''जीनिया से जन्मी तुम, नवमानव की जनेत्री! फिर...''

''माँ एथेंस को कभी भी भूल न सकीं। पर ब्राह्मण पति में उन्हें सूर्य देवता अपोलो का दर्शन होता था। पति की साधना-संगिनी होकर रहीं वे। पर अधिक जीवित न रह सकीं। मैं सात वर्ष की थी...तब वे हमें छोड़कर चली गयीं...''

वैना का कंठावरोध हो गया। उसकी आँखों में एक नदी डबडबा आयी। क्षणैक चुप रहकर फिर मैंने कहा :

''मेरी ओर देखो, वैना, मैं हूँ न! जी खोलो!''

''माँ वेनिस की तरह सुन्दर थी...। झलक भर याद है उनकी।''

''सो तो यह सन्मुख चेहरा साक्षी है! फिर वैना?''

''साधक पिता समुद्र की तरह गम्भीर थे। वाड़व अग्नि की तरह, अपनी वेदना को तह में समेटे रहे। निश्चल साधना करते रहे। मैं उनकी सेवा में निरत रहती।''

''चक्रपाणि को सिद्धि मिली?''

''माँ को पाकर उन्हें कामदेव सिद्ध हुए। माँ का विछोह होने पर, उनकी विरह वेदना में प्रज्ञा जागी, और उन्हें गरुड़ दर्शन हुआ। मोक्ष के लिए, उन्होंने पृथ्वी त्याग न स्वीकारा। अटल रहे संकल्प पर, कि पृथा ही को पूर्णकाम होना पड़ेगा। तब उन पर शक्ति-संयुक्त शिव प्रसन्न हुए। शिवानी ने उन्हें गोद में धारण किया।...और यह कल्प-दर्पण उन्हें प्रदान किया, जो मेरे पास है...।''

''और तुम्हें?''

''पितृदेव ने मुझे मन्त्र-दर्शन कराया। नासमझ थी। उसी अबोधता में मेरे कुमारी-हृदय में अपनी विद्या-सिद्धि को प्रतिष्ठित कर दिया।''

''तुमने काम, गरुड़ और शिव का दर्शन पाया?''

''मेरे रोम-रोम में वे एकत्र संचरित हुए।''

''धन्य हो वैना! संकरी ही शंकरी हो सकती है। फिर?''

''पितृदेव ने कहा था, कौमार्य के भीतर ही यह परम विद्या अक्षुण्ण रह सकेगी। वैनतेयी नाम देकर उन्होंने मुझे प्रज्ञा के माध्यम से एक साथ काम और पराकाम शिव का दर्शन कराया था।''

''लोक में अनन्या हो तुम, कल्याणी। फिर?''

''एक दिन अचानक, पिता ने सावधान किया, कि उनका शरीरान्त निकट है। मुझे संकटों में अकेले जूझना होगा। पर विद्या सदा कवच हो रहेगी। प्राण-पण से उसकी रक्षा करना। तब एक दिन परित्राता आएँगे...!''

वैना की आँखें कृतज्ञता के भार से झुक गयीं। उसका बोल रुँध गया।

"तथास्तु वैना...! फिर?"

"अनाथिनी कन्या को संकर जानकर, ब्राह्मणों ने उसे अवमानित किया, उस पर अत्याचार हुए।...यज्ञ की बलि वेदी से वह भाग छूटी।...आश्रयदाता श्रेष्ठी की मनोकामना को उसने ठुकरा दिया। तब उज्जयिनी के पण्य में दासी-व्यापारी के हाथ वह बिकी। उज्जयिनी की महारानी शिवादेवी, आपकी मौसी, एक दिन रथारूढ़ होकर राजमार्ग से जा रही थीं। उनकी निगाह मुझ पर पड़ गयी।...कृतज्ञ हूँ उनकी, उन्होंने तत्काल मुझे क्रय कर लिया। उनकी सेवा में, माँ के आँचल-सा आश्रय मिला...।"

"शिवा मौसी का आभारी हूँ, वैना! फिर?"

"अब तो समक्ष हूँ ही। प्रियकारिणी माँ ने मुझे देखा। परिचय पाकर वे अनुकम्पा से भर उठीं। महारानी शिवादेवी से अनुरोध कर यहाँ लिवा लायीं!"

"किस लिए वैनतेयी...?"

"क्यों पूछते हो?"

"वर्द्धमान का हाल तो तुम देख ही रही हो?"

"सो तो देख रही हूँ, देव।"

"...क्या चाहती हो, उससे?"

क्षणैक चुप हो रही वह। अपने भीतर डूबकर, जैसे निःशेष हो गयी।

"बोलो, क्या चाहती हो मुझसे, शुभे?"

"कुछ नहीं...!"

"तो अनचाहे ही, तुम्हारा हर चाह पूरी होगी!"

"वे सब तो गयीं। मुझे भी जाना होगा?"

"वैनतेयी क्यों जाएगी? वह शाश्वती कुमारी है!"

"मेरे परित्राता आ गये?"

"सो तो तुम जानो!"

"कैसे स्वामी के योग्य हो सकती हूँ? क्या आदेश है वैना के लिए?"

"अपनी हर इच्छा की स्वामिनी होकर, नन्द्यावर्त में रहो!"

"स्वामी...!"

"और सुनो वैना, एक रहस्य जान लो। काम, गरुड़, शिव ये सब तुम्हारी अन्तर्वासिनी आत्मा ही है। भिन्न-भिन्न अन्य कोई नहीं। तुम स्वयं तद्रूप हो। इसी भाव में निरन्तर रहो।"

"दासी को अपनी सेवा में नियुक्त करो, देवता!"

"दासी...? छी: फिर भूलकर यह शब्द कभी भी मुँह पर न लाना। स्वामिनी होकर रहो अपनी, सो मेरी भी।"

"मैं दासी-पुत्री हूँ न नाथ, और उज्जयिनी के दासी-पण्य से क्रीता मैं

शिवादेवी की दासी। इसे क्या कहोगे? इसका कोई निवारण?''

''निवारण? यही कि वर्द्धमान ने तुम्हें स्वामिनी स्वीकारा। वह पृथ्वी पर से मानव के मूलगत दासत्व का उच्छेद करने आया है। ताकि मनुज ही क्यों, कण-कण स्वाधीन हो। अणु-अणु अपना स्वामी होकर रहे!''

''आज्ञा दो, मैं कहाँ रहूँ? कैसे तुम्हारा प्रिय करूँ?''

''प्रमद-कक्ष में ही रहोगी तुम!''

''उस अपार वैभव के बीच, अकेली?''

''साम्राज्ञी अकेली ही रहती है!''

''और वहाँ दूर रहकर, स्वामी की क्या सेवा होगी मुझसे?''

''कुछ न करो। बस रहो अपने में, नित्य सुन्दरी, और अपने सौन्दर्य को अधिकाधिक पहचानो। इससे बढ़कर मेरी कोई सेवा नहीं। इससे अधिक कुछ करणीय नहीं!''

''दर्शन देते रहोगे न? और अनुज्ञा हो तो, दर्शन करने आ जाया करूँ!''

''अनावश्यक है वह वैना, तुम्हारे लिए। वह दूरी रखोगी, तो व्याकुलता बनी रहेगी। आँखों से देखने की प्यास, दूरी नहीं तो क्या है?''

''नाथ...!''

''सदा पास रहो, अपने, सो मेरे भी। तब, अनचाहे भी, चाहे जब, मुझे सन्मुख पाओगी।''

''कृतार्थ हुई, देव!''

''और सुनो, तुम्हारे दर्पण में, अब शत-सहस्त्र विद्याएँ प्रकट होंगी। निर्भय और अविकल्प उसमें निहारना। भीतर की सब ग्रन्थियाँ खुलती चली जाएँगी। मैं तुम्हें आर-पार प्रत्यक्ष देख रहा हूँ, इस क्षण...!''

''कैसी हूँ,...नाथ?''

''मुझसे क्यों पूछती हो? अपने दर्पण से पूछो!''

''आप्यायित हुई, भगवन्!''

कुमारी की वे दोनों नीलोत्पला आँखें सजल हो, पूरी मुझ पर खुल आयीं। समुद्र-सन्तरण का आवाहन था उनमें। फिर अपने जानु-ग्रन्थित आसन से ही झुकर उसने दोनों हाथ पसारकर, मेरे चरणों पर ढाल दिये। और चुपचाप उठकर, धीरे-धीरे चली गयी।

वैनतेयी, तुम्हारे रहस्य का पार नहीं।...

अदिति, तुम्हारी कोख से मेरा आदित्य जनमे

सुनता हूँ, कि मेरे शैशव का पालना जब नन्द्यावर्त-महल में झूला, तभी उसका राजद्वार, मुझ तक आने को, हर किसी के लिए खुल गया था। कोई ऐसी अलक्ष्य प्रेरणा काम कर रही थी, कि मेरे परिजनों से यही करते बना। और फिर अपनी बाल्य-क्रीड़ाओं में स्वयं मैंने ही, महल की मर्यादा अनायास खत्म कर दी थी। कुंडपुर में, ब्राह्मण से लेकर शूद्र तक की गोद में, मैं अचानक बैठा दीख सकता था। किशोरावस्था को पार करते-करते, मैंने अपने को अधिक-अधिक अन्तर्मुख और स्वप्निल होते पाया। भरसक अकेले रहना ही मेरा स्वभाव हो चला। भीतर से आती थीं विचित्र पुकारें : और उनके आवेग में होती थीं निरुद्देश्य भटकनें और यात्राएँ। घर में रहूँ या बाहर, अकेला और स्वयं को भी दुर्लभ हो चला था। सुनता था, मुझे लेकर, चारों ओर दूर देशान्तरों तक अनेक कहानियाँ चल पड़ी हैं।

इधर लोक-भ्रमण का प्रसंग आया तो प्रकट में आकर, मैंने सर्वत्र और भी प्रश्न और उत्सुकता जगायी है। बिजली के वेग से और कौंध की तरह, जनगण में से गुजरा हूँ। सब की आँखों का तारा और प्यारा हो गया हूँ। सुनता हूँ, लोग मुझे बहुत चाहते हैं, और बुलाते हैं। तो जाऊँगा ही सब के पास, ठीक समय आने पर।...और वह समय अब दूर नहीं दीखता।

इधर बाहर जो यह मेरा फैलना हुआ, तो कई दूर-पास के युवागण मेरे पास आने-जाने लगे हैं। क्षत्रिय कुलपुत्र मुझसे खिन्न हुए हैं, क्योंकि उन्हें अपने मन का आभिजात्य मुझमें नहीं मिला। उन्हें लगता है, मैं उनमें से एक नहीं हूँ। राजपुत्र होकर भी, राजवेश, वैभव और कुल मर्यादा के प्रति लापरवाह हूँ। गणतन्त्रों के ये क्षत्रिय कुमार मुझमें अपना नेता खोज रहे हैं। पर मुकुट, महिमा, सुरा, सुन्दरी, शस्त्र, राजगौरव से रहित मुझे देखकर वे निराश हैं।

अलबत्तः कुछ ब्राह्मण-पुत्र या फिर शूद्र अनार्य और संकर युवा मुझसे अधिक आकृष्ट हैं। श्रोत्रियों को मैं प्रसन्न न कर सका, क्योंकि उनके याज्ञिक विधि-विधानों और कर्मकांडों को मुझसे समर्थन न मिल सका। बल्कि उन्होंने मेरी भृकुटियाँ तनी और विप्लवी देखीं। तो सहमे, और मुझे खतरनाक मानने लगे हैं।

लेकिन ब्रह्म-विद्योपासक, कई ब्राह्मण-पुत्र मुझसे प्रसन्न और आकृष्ट हैं। क्योंकि वे सतत खोजी और प्रगतिशील हैं। वे मेरे पास खिंचकर आते हैं। क्योंकि ब्राह्मण और क्षत्रिय की सीमाएँ मुझमें टूटी हैं और दोनों मुझमें मिलकर, कोई तीसरा आयाम मुझमें खुला है, जिसकी उन्हें खोज है। अन्त्यज और संकर भी इसी से मेरे प्रेमी हैं; क्योंकि उनके चिर तिरस्कृत अस्तित्व को मैंने पूर्ण स्वीकृति दी है, और

क्षत्रिय-श्रेष्ठ इक्ष्वाकु लिच्छवि कुल का एक राजपुत्र उन्हें मित्र और सखा की तरह समकक्ष सुलभ है।

वैश्य जैन श्रेष्ठी मुझसे नाराज हैं, क्योंकि मेरे कुलजात जैनत्व से आकृष्ट होकर ही वे मेरे पास आये थे, पर जैनत्व का कोई पक्षपात उन्हें मुझसे न मिल सका। उनकी अतुल सम्पत्ति, वैभव, उनके अमूल्य रत्नाभरण मुझे किंचित् भी प्रभावित न कर सके, यह उन्हें विचित्र लगा। उनके चैत्यों के अकूत रत्न-निर्मित जिनबिम्बों के दर्शन करने तक की उत्सुकता मैंने नहीं दिखायी। वे अचम्भित और क्षुब्ध हैं यह देखकर। उन्हें मेरे प्रेम में दिलचस्पी नहीं; मेरा जैनत्व और राजत्व ही उनका प्रेय है। वह बँधा-बँधाया उन्हें मुझमें न मिला। सो सर्वाधिक निराश मुझसे वही हुए हैं।

एक ब्राह्मण युवक सोमेश्वर, मुझसे विशेष संलग्न हो गया है। दूर से वह मुझे कोई पलातक, रत्नदीपों में खोया, स्वप्निल राजपुत्र ही अधिक समझता था। क्योंकि मेरी विचित्र यात्राओं और नितान्त एकाकी जीवन की अजीब कहानियाँ उसने सुन रखी थीं। पर इधर मेरे लोक-भ्रमण में, मर्यादा-भंजन की जो भंगिमा उसने सुनी, तो वह मेरी तरफ बेतहाशा खिंचा। बहुत संकोच और पूर्वाग्रह लेकर पहली बार आया था, डरते-डरते। मगर पास आकर, थोड़ी देर में ही उसकी ग्रन्थियाँ यों गल गयीं कि कहे बिना न रह सका कि वर्द्धमान, मुझे एक तुम्हारी ही तो तलाश थी। मैं उसके मुग्ध और विभोर भाव को देखता रह गया। एक ही तो ऐसा पुरुष और मित्र पहली बार मेरे सामने आया है।

सोमेश्वर पितृपक्ष में याज्ञवल्की शाखा का ब्राह्मण है। पर माँ उसकी क्षत्राणी थी। पिता रोहिताश्व आन्तर अग्निहोत्र के साधक, दुर्दान्त ब्रह्मचारी थे। ऊर्ध्वरेतस् तेज से जाज्वल्यमान। याज्ञवल्क्य से भी आगे जाकर, नचिकेतस् के आराधक। पर बढ़ती हुई क्षत्रिय प्रभुता को देखकर और क्षत्रियों को अपने कुलजात विश्वामित्र, जैवलि और प्रतर्दन जैसे क्षत्रिय राजर्षियों के अभिमान से प्रमत्त और ब्राह्मणों के प्रति उनकी बढ़ती हुई तिरस्कार भावना को देखकर, रोहिताश्व का ब्रह्मतेज क्षुब्ध हो उठा। सो जान-बूझकर उन्होंने एक उच्च राजकुलीन, क्षत्रिय कन्या को मोहित किया और ब्याहा, और मानो क्षात्रत्व को इस तरह चरणानत कर, उसमें अपने तेजस् को सींचा। सोमेश्वर उसी विद्रोही ब्रह्मतेज की सन्तान है।

पिता कुटीरवासी, वनवासी, आत्म-तापस थे। आकाशवृत्ति पर गुजारा था। पिता की अन्तर्मुखता बढ़ती ही गयी। उनसे पाया एकान्त आत्मज्ञान सोमेश्वर को तृप्त न कर सका। वह याज्ञवल्क्य की तरह, भीतर-बाहर के समन्वय द्वारा दिव्य जीवन उपलब्ध करना चाहता था वह ब्रह्मानन्द को ही जीवनानन्द बनाना चाहता था।...सो अपने जीवन को उसने अपने हाथ में लिया; तीव्र ज्ञानपिपासा से बेचैन हो किसी तरह तक्षशिला जा पहुँचा। विश्वविद्यालय के नियमानुसार, यह निर्धन अन्तेवासी,

'धम्मन्तवासिक' होकर रहा। यानी दिनभर गुरु-सेवा करके शुल्क चुकाता था, और रात को गुरु-चरणों में विद्योपार्जन और निद्राजयी घनघोर अध्ययन शास्त्र, शिल्प, शस्त्र तक की सारी विद्याओं पर उसने प्रभुता पायी है। वेद-वेदांग, उसकी साँसों में सहज उच्छ्वसित है। इस उज्ज्वल गौर, भव्य काय, ब्रह्म-क्षत्रिय युवा में एक निराले ही तेज, शान्ति और प्रज्ञा का समन्वय है। उसकी बड़ी-बड़ी पनीली आँखों में, एक रक्ताभ खुमारी है। जैसे सोम-सुरा पीकर ही वह जनमा है। ऊर्ध्वरेतस् का यह बिन्दु-पुत्र, लोक और लोकोत्तर का सन्धि-पुरुष लगता हे। उसके उन्नत ललाट पर, चिन्तन की तीन समान्तर रेखाएँ, तेज की शलाकाओं-सी पड़ी हैं। जैसे त्रिपुंड तिलक से अंकित भाल लेकर ही वह जनमा है।

...इधर बहुत दिनों से सोमेश्वर आया नहीं था। और मैं बल्कि प्रतीक्षा में था उसकी, जो मेरे स्वभाव में विरल ही है। आज आया तो अतिरिक्त आल्हाद था उसके चेहरे पर। आँखों में सोम-सुरा अधिक गहराई हुई थी। और एक उन्मुक्त विस्तार की भंगिमा थी, उसके लहराते केशों में। बोला कि इधर बहुत भीतर डूबा-उतराया है, अपने और सृष्टि के रहस्य को थाहने की जिज्ञासा से व्याकुल हो कर। और एक कविता इस आप्लावन और मन्थन से उसने लिखी है, कोई तट पाने की विकलता में से। सोमेश्वर स्वभाव से ही कवि है, और उसका पूरा व्यक्तित्व कविता के लालित्य और तेजस्व से दीप्त है। उसकी देहरेखा में भाव और सौन्दर्य की एक अनोखी तरलता और प्रवाहिता है। मैंने उससे कविता सुनाने का अनुरोध किया। वह तो छलाछल भरा बैठा था, सो बह आया। एक अजस्र स्वर-धारा में ऊर्ध्व, अतल, अनन्त के आयाम एकबारगी ही कशमकश करते हुए सामने आने लगे। उसने पढ़ा :

"देख रहा हूँ, परापूर्व काल में कभी एक जलाप्लावन
सृष्टि उसमें हो गयी विसर्जन
खो गया था काल का मान, होने का भान।
...पता नहीं, कौन बचा, किसने क्या रचा। सुनता हूँ कुछ नाम :
अत्री, अंगिरस, वशिष्ठ, विश्वामित्र, प्रचेतस्, भारद्वाज...
आप ही अपने को करके सम्बोधन, इन आदि ऋषियों ने किया

ऋग्वेद का ऋचागान :

उपास्य और उपासक के भेद से अतीत
यह था स्वचेतस्, स्व-संवेदित कवियों का आत्मगान।
सम्मुख पाकर विराट् अनन्त प्रकृति को ये हुए मुग्ध, स्मयमान।
प्रश्नायित होकर पुकार उठे ये : कहाँ से यह सब आ रहा है,
कहाँ को जा रहा है, कब से है यह और कैसे हुआ यह सब?

ये सब कवि थे, उशनस् थे, सहज की भावित थे,
तर्कातीत अपने को पहचानने की पीड़ा से ये थे आत्माकुल।

...प्रश्नों का प्रश्न एक गूँजा इन ऋषियों के मानस-मंडल में :
कहाँ से हुआ है यह निखिल आविर्मान?
प्रश्न उद्गीत हुआ : उत्तर में ऋचाएँ उद्गीत हुईं : कविता अवतीर्ण हुई।
जलाप्लावन से पूर्व कोई जातीय स्मृति इनकी थी नहीं :
सो इन जल-पुत्रों ने उत्तर में गाया : आदि में जल है,
केवल जल...जलजलान्त :
देख रहा हूँ, जाने किस अज्ञात अन्धकार के विराट् गुम्बद में से
सहसा ही आदि जलस्रोत का उत्सरण :
एक विस्तार जलजलायमान!
...यह जल कहाँ से आया?
उत्तर में अधमर्षण को हुआ काल काल-भान :
काल-तत्त्व, संवत्सर, ऋतुचक्र में से जल हुआ है आविर्मान।

...बोले प्रजापति परमेष्ठिन् :
काल नहीं, आदि में काम था—वैश्विक काम।
बोले हिरण्यगर्भ : नहीं, आदि में था हिरण्य-गर्भ, अपना ही बीज आप।
बोले नारायण : सृष्टि-पूर्व सूर्य थे, उनमें से जल आये,
जल में से फिर सूर्य आये : वही हैं आदि और अनन्तर।
ब्रह्मनस्पति बोले : जल आये शून्य में से, कुछ नहीं में से।
बोले अनिल : आदि में वायु थे, वायु से जल जनमे :
यों हुआ काल-भान, तत्व-भान।
...किन्तु कौन किसमें से? : प्रश्न का अन्त नहीं...!

...प्रश्न और मूर्त हुआ : किस वृक्ष-वन में से यह सब आकृत हुआ?
दृश्यमान परिवर्तमान जगत् में, प्रतीयमान भूयमान सृष्टि में
कौन शक्ति है कारणभूत, कौन वह है प्रचेतस्?
अधमर्षण और परमेष्ठिन् ने कहा : तपस् में से सर्जन है :
जल स्वतः उन्मेषित हुए तो तपस् जनमे, उनमें से गर्भित काल :
वही रोहित सूर्य हो प्रकटे—आदि दैवत् सहस्राक्ष काल-देव,
ऋतु-चक्री, सप्त-किरण-वल्गा, सप्ताश्व-रथ-आरोही :
काल ही आदि ब्रह्म, उनमें सब अस्तिमान गतिमान प्रगतिमान।

...प्रश्न और आगे गया : काल भी कहाँ से आया?
आदि में कुछ था या था ही नहीं?

सत् में से सत् आया, कि असत् में से सत् आया?

...बोले परमेष्ठिन् : सत् भी नहीं, असत् भी नहीं :
केवल जल, अनादि जल, अनन्त जल।

आदि तत्त्व अस्ति भी नहीं, नास्ति भी नहीं : वह केवल गहन गभीर जल :
आप अपने से श्वसित स्वधा संचालित, आप अपना उद्‌गम
उसमें से काल, सूर्य, ऋतुएँ, परिवर्तन, आकार, विश्व स्वतः प्रवर्तमान
पदार्थ से भिन्न, उसका कर्ता चालक कोई नहीं :
अपनी ही गति में से आप वह आविर्मान, भूयमान, प्रवर्तमान।

मनुज, द्रष्टा, सूर्य, मनस् से भी पूर्व, आप ही जलोद्‌भूत
विश्व-तत्त्व अपना ही प्रवर्तक है।

...तब आये ब्रह्मनस्पति, बोले : अनस्ति में से अस्ति हुई :
शून्य में से सृष्टि हुई : असत् में से सत् हुआ :
असत् ही अनादि अनन्त अदिति, जनेता सृष्टि की
वैश्विक काम दक्षा में से जनमी अदिति : अदिति में से फिर जनमी दक्षा :
पर यह अदिति पृथ्वी के पार, आकाश-बद्ध, दिशा-बद्ध :
क्षितिज के अन्तहीन विस्तार में से उत्तानपाद द्वारा जनमी है अदिति :
अनन्त होकर भी वह है सान्त, सान्त होकर भी वह है अनन्त।
...पर क्या अनुभव्य से परे और कुछ नहीं?...अनुभव मनस् में है :
मनस् ही प्रजापति, विधाता भगवान : मनस् में से ही सब कुछ आविर्मान।

...फिर लौटे दीर्घतमस्, बोले : नहीं जानता अपना सत्य
मैं हूँ बन्धन-ग्रस्त, भटक रहा अपने ही मनस् के अँधेरों में
कदाचित् वह आदि तत्त्व है कोई अजन्मा, एकमेव, अखंड, रहसिल,
स्वधा, स्वनिर्भर, अमर —
जो सदा रहेगा अगम्य अज्ञेय रहस्य ही :
उसी एक अगम, अज्ञेय, अनिर्वच को

कई सद्विप्र बहुधा कहते हैं :
मूल में वह है अमर्त्य, तूल में वही है मर्त्य :
मर्त्य-अमर्त्य दोनों ही हैं सहयोनि, सहजात
मूल में वही है अक्रिय, प्रकट में वही है सक्रिय :
एक विश्व-वृक्ष पर दो पंछी : एक फल खाता है, दूसरा नहीं खाता,
केवल करता है चिन्तन चुपचाप :
शायद वही तो हूँ मैं आप...!

...हिरण्यगर्भ हुए भावाकुल : अपने से परे वह कौन,
जिसे जानकर जानूँ मैं अपने को?
मेरा आधार कौन? मेरा सृजनहार कौन?
प्रजापति से परे कौन? : 'कस्मै देवाय हविष्या विधेम्?'
...जल से ऊष्मा, ऊष्मा से अग्नि, अग्नि से सूर्य, सूर्य से अग्नि :
दक्षा से अदिति, अदिति से दक्षा, अदिति से आदित्य —
सुवर्ण-बीज, अग्निगर्भ, हिरण्यगर्भ, सुपर्ण-बीज!
...किन्तु इससे भी परे कौन तुम?...कस्मै देवाय...?
...हाय रे चित्त को नहीं चैन, नहीं समाधान!...

...तब आये विश्वकर्मा : उनकी दृष्टि शिल्प-चेतस् थी :
पूछा उन्होंने : किस वृक्ष-वन में से यह विश्व
हुआ है शिल्पित, आकृत, मूर्तिमान?
बोले कि मूल स्रोत ईश्वर है, वही है प्रथम और अन्तिम;
वही है आदि सत्ता, वही है अस्ति, वही आदि वृक्ष-वन
यह सारा विश्व उसका पल्लवन :
वही एक-एव, वही अज, वही शक्ति-मनस्,
वही सर्जक, विसर्जक सर्वोच्च सत्ता,
वही संज्ञक, सूचक, व्याख्याता, परिवर्ता :
उसका यह नाना रूपात्मक सृजन ही उसका आवरण :
माया का आल-जाल...!
हृदय के गहन में लीन होकर, सर्व में करो एकात्म-बोध,
करो उस परमतम एकत्व का साक्षात्कार! ...

...प्रश्न नहीं हो सका समाप्त। और आगे बढ़ा —

...मैं कौन?...वह कौन? माना यह विश्वतत्त्व है ज्ञेय,
पर इसका ज्ञाता-यह मैं कौन? :
इसके और मेरे बीच यह कैसी अनन्त विरह-रात्रि का प्रसार?
अज्ञात, अज्ञेय, अनादि, अनन्त कहकर,
हाय, नहीं रे मेरे प्राणों के प्राण की वेदना से निस्तार!
...यज्ञ की वेदी पर यूप से बँधा मैं शुनःशेप,
हाय, मैं आक्रन्द कर पुकार रहा :
''अरे कौन हे देवों में ऐसा सामर्थ्यवान,
जो उस गोचर अनुभव्य, फिर भी अनन्त
अदिति माँ की गोद में लौटा दे मुझे
जिससे मैं जनमा हूँ : जो मेरा उद्गम भी, विस्तार भी;
जो मेरा अनन्त भी, सान्त भी :
ओ माँ अदिति, तुम्हें कहाँ खोजूँ मैं?
...नचिकेतस्, अमर हुए तुम ब्रह्म-परिनिर्वाण में?...
पता नहीं, मृत्यु से पार किसने देखा है तुम्हारा अमर-लोक?
याज्ञवल्क्य को गार्गी नहीं, मैत्रेयी अभीष्ट है। पर क्या वे उस पर रुक सके?
...मैत्रेयी तुम कहाँ चली गयीं...? मेरी एकमेव मित्रा!
कहाँ हो तुम, ओ अदिति, आत्म-रूपा, अनन्त-रूपा?...
...तुम नहीं, तो मैं नहीं!
तुम्हें देखे बिना जाने बिना, अपने को जानना सम्भव नहीं,
और अपने को न पहचानूँ, जो जीना सम्भव नहीं!
कौन जिये? क्या जिये? कहाँ जिये...
हाय, कैसे जिया जाए?''

कविता समाप्त करते-करते, मैंने देखा, सोमेश्वर का सारा चेहरा, जैसे पारदर्श अग्नि को गया था। उस अग्नि में, लेकिन, बहुत गहरे कहीं, एक नीली, शीतल, उर्मिल नदी थी। क्षणभर हम परस्पर एक-दूसरे को आर-पार देखने को उत्कंठित, चुप हो रहे।

''सोमेश्वर, ऊपर से नीचे तक कवि हो। मैंने उशनस् को देखा : मैंने उद्गीथ को साक्षात् किया। अधमर्षण से नचिकेतस् तक, ज्ञान की एक अखंड धारा को प्रवाहित देखा। प्रश्नों और उत्तरों की एक अन्तहीन तरंग-माला। सृष्टि की अनादिकालीन महावेदना में से प्रसूत वेद और उपनिषद् के सूर्य-पुरुषों को देखा। और तुम भी उनमें से एक हो, मित्र। तुम्हारी वेदना को समझ रहा हूँ।...''

''क्या उपाय है वर्द्धमान, जो हूँ, वही तो रचा है। मैं नहीं रुक सका, महान्

याज्ञवल्क्य और नचिकेतस् पर भी। लेकिन आगे, पता नहीं... ?''

''हाँ, हाँ, ठीक है। क्यों रुको कहीं भी, जब तक समाधान अपना अत्यन्त निजी न पा जाओ। व्यक्ति के होने का यही तो प्रयोजन है। सो अनुत्तर ज्ञान के जिज्ञासु का प्रश्न अत्यन्त निजी होगा ही। निजता बहुत महत्त्वपूर्ण है। इसी से तो कवि हो तुम।''

''चैन नहीं है, मान! प्रश्न इतना तीखा हो उठा है, कि अपनी इयत्ता हाथ से निकली जा रही है। एकाएक देह गायब होती-सी लगती है। और भयभीत हो जाता हूँ।''

''समझ रहा हूँ, सोम! मृत्यु की अनुभूति। यानी फिर गर्भ में लौटने की कामना।...अच्छा यह बताओ, अपनी माँ की तुम्हें याद है ?''

''माँ को मैंने नहीं देखा। एक विचित्र स्वप्न जैसी स्मृति है : एक सौन्दर्य की नीला आभा-सी कहीं देखी है। तन्वंगी। और हमारे कुटीर के सामने से बहती सुपर्णा नदी के प्रवाह पर कहीं, एक श्वेत वसना तापसी को दूर-दूर जाते देख रहा हूँ।...वह ओझल हो गयी : मैं तट पर अकेला छूट गया हूँ।...पिता इतने अन्तर्मुख थे, कि उनसे मेरा बालक कोई उत्तर कभी न पा सका। मैं दो बरस का था, मुश्किल से...।''

''समझ रहा हूँ सोम, कहाँ है तुम्हारी ग्रन्थि! प्रजापति परमेष्ठिन् की आदि माता अदिति को तुमने ठीक पकड़ा है। वह अनन्त थी, सर्व का उत्स थी। लेकिन पृथ्वी पार के आकाश और अन्तरिक्ष के क्षितिज से परिसीमित थी, ऋषि के लिए। द्यावा और पृथ्वी की मिलन-रेखा थी वह : देवों की आदि जनेत्री। सुन्दर है, सुखद है। पर पूछता हूँ, उससे भी परे जाने में भय क्यों है ? एक और अदिति...एक और। तब एक अनुत्तरा अदिति। जहाँ फिर तुम स्वयं ही हो, अपने लिए पर्याप्त। द्वितीय कोई अनावश्यक।''

''लेकिन मैं कवि हूँ, मान। सृष्टि से विराम या पलायन मेरा अभीष्ट नहीं। लोक से परे और अलग, कोई लोकोत्तर आत्म मुझे निःसार दीखता है। कल्पना मात्र।''

''ठीक कहते हो। ऐसा कुछ लोकोत्तर है भी नहीं। क्योंकि जो सत् है, अस्ति है, वह लोकाकाश से परे कहीं नहीं। और आत्म यदि सत् है, तो वह लोकातीत कैसे हो सकता है ? पर अपने आपमें वह निर्ग्रन्थ और अनन्त हो सकता है। एक शुद्ध और स्वतन्त्र द्रव्य हो सकता है। एक सर्व से अनिर्भर, स्वाधीन क्रिया।...वही तो अदिति है।''

''पर तुम पूछ रहे थे मान, और भी परे जाने में भय क्यों है ? भय यों है, कि अवबोधन से परे, कोई अनन्त शून्य — कुछ नहीं : वह तो असह्य है। मैं अनन्त शून्य नहीं, अनन्त जीवन चाहता हूँ। समझ रहे हो न मेरी वेदना ?''

"खूब समझ रहा हूँ सोम! पर शुद्ध आत्म तत्त्व कोई अपदार्थ शून्य नहीं। एक नितान्त द्रव्य, पदार्थ, संवेद्य सत्ता है वह। वह एकदम ग्राह्य, भोग्य, स्वाद्य है। एकदम तुम्हारी अपनी, तुम्हारे हाथ की वस्तु! गाढ़तम आलिंगन में आबद्ध प्रिया से भी अधिक सत्य, अविच्छेद्य, अविमुक्त, एकदम तुम्हारी, केवल तुम्हारी। अनन्त जीवन चाहते हो न, तो उसके नित्य भोक्ता, ज्ञाता, द्रष्टा होने को स्वयं अनन्त होना चाहोगे कि नहीं?"

"सान्त से परे, अदिति से परे का कोई अनन्त नहीं!"

"तुम्हारी आत्मा की वह अदिति है सोम! सान्त और अनन्त दोनों है वह, तुम्हारी चाह के अनुसार। काम तुम्हारा एकाग्र और आत्मकाम हो, तो माँ, प्रिया, जिस रूप में चाहो, अदिति तुम्हें सुलभ है। कभी वही तुम्हें अपने अनन्त गर्भ से जन्म देकर सान्त में लाती है। कभी वही सान्त प्रिया का आलिंगन बन, तुम्हें फिर अपने अनन्त गर्भ में मुक्त कर देती है। अनन्त और सान्त एक ही द्रव्य वस्तु के दो भाव हैं, दो परिणमन हैं। ऐसे अनन्त भाव एक साथ सम्भव हैं, आत्मा में और वस्तु में। वह सान्त भी है, अनन्त भी है। वह अनेकान्त है, सोम! अनेक-रूपा है : अनेक-भाविनी है। सो वह अनन्तिनी है। और जो अनन्त-सम्भव है, वह सान्त भी होने से कैसे इनकार कर सकती है। एक खास परिप्रेक्ष्य में, वह तद्‌रूप हमें सुलभ होती है। ऐसी सुलभता जहाँ है, वहाँ भय कैसा, विरह कैसा?"

"उद्‌बुद्ध हुआ, महावीर! तुम अजीब हो। इतने खुले और मुक्त हो, कि कहीं कोई शब्द या भाव का घेरा तुम पर नहीं। जब जो जी चाहता है मेरा, वही तुम हो जाते हो मेरे लिए। मेरे हर प्रश्न के मनचाहे उत्तर तुम, अद्वितीय। तुम्हारी बातों से, बड़ी सुरक्षा और ऊष्मा महसूस हो रही है।"

"तो मेरा होना कृतार्थ, सोम! लेकिन माँ को जो तुमने नहीं देखा, नहीं पाया, वह बहुत महत्त्वपूर्ण है। सहायक है। मूलगत उस वियोग में से, मूलगत योग सम्भव है। यह विरहानुभूति, हर किसी छोटे छोर पर तुम्हें अटकने नहीं देगी। अनन्त होकर ही चैन पाओगे।"

"क्या सोचते हो वर्द्धमान, याज्ञवल्क्य समाधिस्थ हुए, सम्पूर्ण हुए?"

"निश्चय। योगीश्वर थे याज्ञवल्क्य! अधमर्षण से आरुणी उद्दालक तक सारे ऋषि, मनीषी थे, चिन्तक थे, द्रष्टा थे। याज्ञवल्क्य साक्षात्कारी योगी थे। इसी से वे किसी एकान्त पर नहीं अटके। वे अनेकान्त-पुरुष हैं। वेद और उपनिषद् के सारे ही ऋषियों का चिन्तन, उनके दर्शन में समन्वित हुआ। सब को यथास्थान, सापेक्ष भाव से उन्होंने स्वीकारा।"

"योग से तुम्हारा मतलब... ?"

"विकल्पात्मक, क्रमिक चिन्तन नहीं। आत्म-ध्यान में एकाग्र, अविकल्प

वस्तु-साक्षात्कार। सकल चराचर वस्तु-जगत् को उन्होंने अपने आत्म-ज्ञान के प्रकाश में, प्रत्यक्ष परिणमनशील देखा। वस्तु के अनन्त स्वरूप के साथ, वे देश-काल के भेद से पूरे तद्रूप हो गये। देखना, सोचना समाप्त हो गया। जो है, वह प्रतिपल अनुभव्य, भोग्य संवेद्य हो गया।''

''उन्होंने एक नहीं, दो स्त्रियों के साथ विवाह किया, योगी होकर! स्त्री की उन्हें अपेक्षा थी, नहीं?''

''थी और नहीं भी। उनकी पत्नियाँ उनके योग में साधक ही हुईं, बाधक नहीं। अल्पज्ञा कात्यायनी उनकी भार्या हो रही : उनकी देह का भार उसने वहन किया। विज्ञा मैत्रेयी उनकी जाया हो रही, उनकी प्रज्ञा उसमें प्रकट हुई। शिल्पित और साकार हुई। जो पूर्ण योगी है, वह विधि-निषेध से बाधित नहीं। अपनी आन्तरिक आवश्यकतानुसार वह जो चाहे ले, जो चाहे न ले। वह स्वाधीन होता है, अपने काम में भी, कामना में भी। क्योंकि वह अपना स्वामी होता है।''

''तो क्या याज्ञवल्क्य जन्मना योगी थे?''

''निश्चय। नहीं तो ऐसे पूर्णत्व की सिद्धि एक जन्म से सम्भव न होती। और जिसने जड़ गुरु-परम्परा तोड़कर, सीधे सूर्य से शुक्ल यजुर्वेद विद्या प्राप्त की, वह तो जन्मजात योगी था ही।''

''तो फिर उनके जीवन में, बाहर से इन स्त्रियों की अनिवार्यता समझ न सका।''

''अन्ततः बाहर-भीतर जैसा कुछ है ही नहीं। सत्ता के भीतर जो स्वतःस्फूर्त परिणमन है, उसी का रूपात्मक परिणाम जीवन है। भीतर के उपादान से ही ये स्त्रियाँ उनके जीवन में आयी थीं।''

''उपादान किसे कहते हो?''

''भीतर की स्वतन्त्र चिति-शक्ति। भीतर की अनन्त-सम्भावी आत्मशक्ति। स्वयंप्रज्ञ, स्वयं-प्रचेतस् सत्ता। वही अन्ततः निर्णायक है।''

''यह तो कुछ ईश्वरी-शक्ति जैसा हुआ?''

''शब्द पर मैं नहीं अटकता। भाविक जिसे ईश्वर कहने को विवश है, तात्त्विक उसी को शुद्ध परम सत्ता कहता है।''

''तो तुम ईश्वर-कर्तत्व पर पहुँचे?''

''हाँ, और नहीं भी। कहीं कोई, हम से अलग, वस्तु से अलग, कर्ता ईश्वर है, ऐसा नहीं। वस्तु मात्र के भीतर जो उसकी ज्ञाता, द्रष्टा, स्वयं-संचालिका, स्वधा, स्वयम्भु प्रज्ञा है, वही ईश्वरी शक्ति है। सत्ता, उपादान, परिणमन की जो शुद्ध क्रिया, वही ईश्वरी शक्ति। भक्त के भाव में वही भगवद्-तत्त्व है, ज्ञानी के ज्ञान में वही शुद्ध सत्-तत्व है।''

"तो कहना चाहते हो, कि याज्ञवल्क्य के जीवन में ये स्त्रियाँ उनकी कामना से न आयीं, उनकी अन्त:सत्ता या उपादान के निर्णय से आयीं?"

"निश्चय। भीतर का जो आत्म है न, वही अपने रूपात्मक परिणमन में आत्म-काम होता है। कामना उनमें हुई नारी की, तो इस परिणमन के भीतर से ही। वह निरी लिप्सा नहीं, अभीप्सा थी, उच्चतर में संक्रान्त होने की।"

"तो इन स्त्रियों को पाना, उनकी आत्म-परिपूर्ति में अनिवार्य था?"

"हो सकता है। उनका जीवन इसका प्रमाण है। भार्या कात्यायनी और जाया मैत्रेयी विधायक शक्तियों के रूप में दीखती हैं। ये संस्थापक यानी वादी शक्तियाँ हैं। गार्गी प्रतिवादी शक्ति थी। उसके प्रतिवाद से वे और भी प्रबुद्ध और चैतन्य हुए। तब वादी और प्रतिवादी शक्तियों के संघात से, संवाद सिद्ध हुआ उनके जीवन में। वे समरस और प्रगत हुए।"

"प्रगत से मतलब?"

"पूर्णत्व की दिशा में आगे बढ़े!"

"नारी का त्याग करके, या उसे लेकर के!"

"अतिक्रान्त करके, जिसमें त्याग और ग्रहण का भेद नहीं। तब जो बाहर है, उसकी स्थिति बाहर अनिवार्य नहीं रहती, भीतर स्वगत, आत्मगत हो जाती है।"

"संन्यास के समय वे मैत्रेयी को त्याग तो गये ही।"

"त्याग नहीं गये, आत्मसात् कर गये। बाहरी सम्बन्ध अनिवार्य न रहा। अहंकाम आत्मकाम हो गया, आप्तकाम हो गया।"

"समझा नहीं।"

"याज्ञवल्क्य ने उस क्षण जो आत्म-निरूपण मैत्रेयी के समक्ष किया, उससे वह स्पष्ट है। प्राथमिक अवस्था में, जीवन में सौन्दर्य, प्रेम, दाम्पत्य, घर, सन्तान, स्वजन-बान्धव, देवी-देवता, समाज, राष्ट्र, परोपकार, विश्व-सेवा आदि में जो हमारा अनुराग है, वह अपने आत्म को लेकर है, उन वस्तुओं या व्यक्तियों को लेकर नहीं। उनमें हम अपने ही को प्रेम करते हैं। उत्तरोत्तर अनुभव से इस अहंकाम का मिथ्यात्व साक्षात् होने लगता है। प्रत्येक होता है, कि प्रेम अन्ततः आत्मगत है, परगत नहीं। हम सबमें अपने ही को प्रेम करते हैं, उनको नहीं। क्रमशः निष्क्रान्त होकर, यही अहंकाम, शुद्ध आत्मकाम हो जाता है। यह अहं ही सोहम् हो जाता है। अहंकार सर्वाकार हो जाता है। ममता समता हो जाती है। स्वार्थ ही पराकोटि पर पहुँचकर परमार्थ हो जाता है। तब बाहर के सर्व में आसक्ति नहीं, स्वार्थ नहीं, परमार्थ भाव हो जाता है।

"याज्ञवल्क्य की यह विशेषता रही, सोम, कि उन्होंने आत्मा के विकास-क्रम में, जीवन की हर चीज को, सम्बन्ध को विधायक स्वीकृति दी है। यथास्थान

स्वीकारा है। विकास में आपो-आप ही, आज का अहंकाम प्रेम, यथाक्रम शुद्ध आत्मकाम हो रहेगा। उन्होंने अहंगत आत्मकाम और सर्वगत आत्मकाम में, प्रकार-भेद नहीं देखा, केवल गुण-भेद देखा है। विरोध या विसंगति नहीं देखी : सामंजस्य, संगति, संवाद देखा है। त्याग और ग्रहण, भोग और योग का उनके यहाँ सहज समन्वय हुआ है। उनकी उपलब्धि सर्व-समावेशी, अविरोधी और विधायक है। इसी से मैं उनको पूर्णयोगी मानता हूँ। लोक और लोकोत्तर, धर्म और कर्म, स्व और पर के सम्यक् स्वरूप और सम्बन्ध का उन्होंने साक्षात्कार कर लिया था। इसी से वे योगीश्वर थे। परापूर्वकाल में राजर्षि भरत ऐसे ही एक पूर्ण योगीश्वर हो गये। उनकी यौगिक स्थिति, स्वयं भगवान ऋषभदेव से उच्चतर कक्षा की थी। स्वयं तीर्थंकर पिता ऋषभ ने भरत की इस महिमा को स्वीकारा था।''

''समाधीत हुआ, वर्द्धमान। लेकिन यह जो 'नेति-नेति' याज्ञवल्क्य ने कहा, तो इसमें नकार नहीं है क्या?''

''नकार नहीं, यह पूर्ण स्वीकार का अनैकान्तिक रास्ता है, सीमा में से भूमा में जाने की एक सहज कुंजी है यह। पूर्ण अखंड तक पहुँचने के लिए, यह खंड अपूर्ण से निष्क्रमण का द्योतक है। यही नहीं, यही नहीं, और भी है! इतना ही नहीं, इतना ही नहीं, और भी है। इति यहाँ नहीं, इति यहाँ नहीं, और भी है! अन्त यहीं नहीं, अन्त यहीं नहीं, और भी है! यानी इदम् से तत् तक, सान्त से अनन्त तक, क्रमशः संवादी रूप से, सहज पहुँचने की कुंजी है—यह याज्ञवल्क्य का नेति-नेति।''

''तुम कितना साफ और आर-पार देखते हो, काश्यप। अद्भुत्। अच्छा, यह जो तुम सत्ता कहते हो न, वह बहुत धुँधली लगती है। परिभाषा उसकी सम्भव है क्या?''

''अन्तिम सत्ता, सत्, अपरिभाषेय है, अनिर्वच है। वह अनेकान्त है, अनन्त है। अनन्त और अनेकान्त कथ्य नहीं। कथन मात्र सापेक्ष ही हो सकता है।''

''तुमने कहा कि ईश्वर कर्तत्व है भी, नहीं भी। क्या कोई एकमेवाऽद्वितीयं, सर्वव्याप्त, अद्वैत परब्रह्म, कर्ता ईश्वर तुम्हें दीखता है कहीं?''

''मैंने कहा न, भाविक उस परमार्थिक सत्ता को भगवान कहता है, तात्त्विक उसी को केवल परम तत्त्व, परम सत्ता। यह केवल दृष्टि-भेद है। सत् अनेकान्त है, तो उसके ज्ञाता-द्रष्टाओं की दृष्टि में भेद हो ही सकता है। आत्मा, परमात्मा, विश्वात्मा, विश्व, वस्तु, में जो अभेद देखते हैं, वह महासत्ता की अपेक्षा है। जो भेद देखते हैं, वह अवान्तर सत्ता की अपेक्षा। भेद-अभेद, द्वैत-अद्वैत ये सब बौद्धिक ज्ञान से उपजी संज्ञाएँ हैं। परम तत्त्व बुद्धिगम्य नहीं, बोध-गम्य है, कैवल्य गम्य है। भेद-विज्ञान बौद्धिक अपरा विद्या है। अभेदज्ञान, आनुभूतिक परा विद्या है। वह पारमार्थिक सत्ता, भेद-अभेद, द्वैत-अद्वैत, भाव-विभाव, नित्य-अनित्य के सारे भेदज्ञान से परे

है।..."

"इसका कारण यह है सोम, कि शुद्ध सत्ता अत्यन्त सुनम्य, प्रवाही, अनन्त परिणामी है। जो जिस रूप में उसे पाना चाहता है, उसी रूप में उसे वह उपलब्ध हो जाती है। क्योंकि वह अनेकान्त और अनन्त है। जिसने उसे ईश्वर रूप में पाने की अभीप्सा की, उसे उसी रूप में उसने पूर्ण साक्षात्कार कराया। जिसने उसका शुद्ध आत्म-साक्षात्कार या तत्त्व-साक्षात्कार पाना चाहा, उसको उसी रूप में वह उपलब्ध हुई। अब जो अकथ और अनन्त है, उसमें असम्भव क्या है, और उसको लेकर दृष्टि विशेष का कोई भी मत या सम्प्रदाय बनेगा, तो वह मिथ्यादृष्टि ही हो सकता है। विरोधी आग्रह मात्र मिथ्यात्व है। सबके प्रति स्वीकारात्मक समर्पण, समन्वय ही एकमात्र सम्बुद्ध सम्यग्दर्शन कहा जा सकता है। सत्ता के परिणमन अनेक भावों में हैं। सो हरेक को वह स्व-भावानुसार भासती है। उसको लेकर जो झगड़े में पड़े हैं, वे एकान्ती और अज्ञानी हैं।"

"लेकिन वर्द्धमान, देख तो रहे हो, वैदिक अग्निहोत्रियों की भी कई शाखाएँ हैं। उपनिषद् के ब्रह्मज्ञानी ऋषियों के भी कई सम्प्रदाय हैं, शाखाएँ हैं। और तुम लोगों का कुल पार्श्वानुयायी है। उनका सिद्धान्त अलग है। वे अपने को जैन श्रावक कहते हैं। उनके मुनि, ऋषि नहीं, श्रमण कहलाते हैं। सबमें विवाद हैं, विग्रह हैं। तुम भी तो जैन ही हो न, वर्द्धमान?"

"नहीं, मैं जैन नहीं, सोमेश्वर। जिन होना चाहता हूँ, तो जैन होकर कैसे रह सकता हूँ? अपने को जैन कहूँगा तो सम्प्रदायी, विवादी हो जाऊँगा। एकान्तवादी हो जाऊँगा। और जो एकान्तवादी है, वह सम्यक्-दृष्टि कैसे हो सकता है। वह तो मिथ्यादृष्टि ही हो सकता है। मैं अनेकान्ती हूँ, सो जैन नहीं हो सकता, किसी परम्परा या सम्प्रदाय का अनुयायी नहीं हो सकता। मात्र आत्मदर्शी, आत्मानुयायी, स्वयं आप हो सकता हूँ। जो जिन है, वही ब्रह्म है। ऋषि प्रायः सत् और ऋत् का केवल ज्ञाता-द्रष्टा होता है : श्रमण में वही शुद्ध दर्शन-ज्ञान तपस्-युक्त होकर आचार बनता है। राजर्षि जैवलि, राजर्षि अजातशत्रु, राजर्षि प्रतर्दन में, ब्राह्मण उत्तरोत्तर श्रमण भी होता गया। याज्ञवल्क्य में इनका उदात्त सर्वतोमुखी समन्वय प्रकट हुआ। नचिकेतस् में वह और भी उत्क्रान्त हुआ। महाश्रमण पार्श्वनाथ में सत्, ऋत् और तपस् की यह संयुति अपने चूड़ान्त उत्कर्ष पर पहुँची।..."

"फिर तुम्हें अपने को उनका अनुयायी कहने में संकोच क्यों?"

"मेरे मन हर अनुगमन, एक हद के बाद मिथ्या दर्शन हो ही जाता है। अनुयायी एकान्तवादी हुए बिना रह नहीं सकता। शुद्ध सत्यार्थी, अनुयायी और स्थिति-पोषक हो नहीं सकता। सत्य और मुक्ति के मार्ग की कोई पक्की सड़क नहीं बन सकती। हर परम सत्य के खोजी को, अपने स्वभाव और स्वधर्म के अनुसार, एक

कुँवारा जंगल चीर कर, अपनी मुक्ति का मार्ग स्वयं पा लेना होता है। पार्श्वनाथ पर मैं समाप्त कैसे हो सकता हूँ! मेरी खोज उनसे आगे भी तो जा सकती है। सत्ता यदि अनन्त है, तो जीवन में, व्यक्ति में, उसकी सम्भावना भी तो अनन्त है। सो मैं जैन नहीं सोम, निरन्तर वर्द्धमान महावीर हूँ। स्वयम् आप हूँ।''

''साधु, साधु, मित्र! तुम तो सचमुच अपने नाम के अनुरूप ही निरन्तर वर्द्धमान हो। तो तुम मानते हो कि विकास-प्रगति जैसा कुछ है?''

''सत्ता अनन्त है, और निरन्तर परिणामी है, तो विकास-प्रगति है ही। पर वह सीधी रेखा में नहीं, चक्रावर्ती है।''

''तो तुम आदि वैदिक ऋषियों से लगाकर, इन वर्तमान के संजय वेलट्ठिपुत्र आदि तथाकथित तीर्थंकों तक कोई विकास की एक अटूट धारा देखते हो...?''

''निश्चय ही। वेद ही क्यों, जाने किस अनादिकाल से ज्ञान की एक अविच्छिन्न धारा चली आ रही है। और युगयुगान्तर में, देश-कालानुरूप विश्व और मानव की नित-नूतन रचनाएँ हुई हैं। और जैसे इस ज्ञेय विश्व और इसके ज्ञान की एक सुश्रृंखलित धारा है, वैसे ही इसके विभिन्न युगीन परम ज्ञानियों की भी एक अटूट धारा है। ज्योतिर्धरों की एक जुड़ी हुई जाज्वल्यमान परम्परा है। वाद, प्रतिवाद और फिर संवाद के अनैकान्तिक चक्रावर्तन में होकर, विकास-प्रगति की यह परम्परा अनन्त में गतिमान है। जोत से जोत जलती जा रही है, सोमेश्वर!''

''तो तुम नहीं मानते कि वैदिक और जैन, ब्राह्मण और श्रमण की धाराएँ सर्वथा अलग, विशिष्ट और समानानतर हैं?''

''भेद मात्र अन्तर या अवान्तर धाराएँ हैं। महाधारा केवल एक है। उसी के अनैकान्तिक रूप हैं ये विभिन्न मत, सम्प्रदाय, धर्म, दर्शन। और कौन धारा पहले से है या पीछे से आई, यह भी एक मंडल में आगा-पीछा देखने जैसा ही भ्रामक है। ज्ञाता, ज्ञेय और ज्ञान का एक अन्तहीन चक्राकार परिणमन है, जो अनन्त आयामी है। उसमें पूर्वापर, आगे-पीछे और ऊपर-नीचे आँकना भी एक अपूर्ण दर्शन का अज्ञान ही कहा जा सकता है।''

''तुम तो ऐसे समीचीन और समग्र बोल रहे हो काश्यप, कि अनपूछे भी अनेक प्रश्न उसमें उत्तरित हो जाते हैं। ऋग्वेद के आदिद्रष्टा अघमर्षण से आज तक के स्वतन्त्र विचारकों के बीच का तारतम्य, मेरे हित, खोलने का कष्ट करोगे, भाई!''

''तुम्हारी कविता में उसकी भावात्मक सामासिकता है तो। वही अभीष्ट है, और पर्याप्त भी।''

''लेकिन यह तो चक्रावर्ती विकास की बात कही न तुमने। उस श्रृंखला की कड़ियाँ यदि स्पष्ट करो तो...।''

''देखो सोम, आदि और अन्त, न बुद्धि से बनता है, न बोध में वह ग्राह्य है।

अनादि और अनन्त स्वीकारने में ही समाधान है। ऋग्वेद के ऋषियों की ठीक पिछली जातीय स्मृति जलाप्लावन की है। सो अपनी प्रत्यभिज्ञा में वे लौटकर, आदि में जल ही देख पाते हैं। ऋग्वेद काल की चेतना सामुदायिक है, और बहिर्मुख भी, सो उसकी वाणी भी वैयक्तिक नहीं, सामूहिक है। अघमर्षण, प्रजापति परमेष्ठिन्, ब्रह्मनस्पति, हिरण्यगर्भ, विश्वकर्मा—ये व्यक्ति नहीं, प्रतीक पुरुष हैं। कई अज्ञात नाम ऋषियों ने मिलकर उद्‌गीथ रचे, और इन प्रतीक पुरुषों के मुँह में रख दिये। उनमें अपने नाम का ममत्व नहीं, केवल समवेत गान का उल्लास था। ये आदि मन्त्र-द्रष्टा कवि थे। अनन्त विराट् प्रकृति के विविध सौन्दर्यों से भावित होकर इन्होंने अपने उद्‌गीथों में एक समग्रात्मक बोध व्यक्त किया। यह प्राण-पुरुष का उद्‌गायन है। क्रमशः इनमें प्राण से मनस् की ओर विकास दीखता है।''

''अघमर्षण को आरम्भ में, केवल एक अज्ञात घटाटोप तमस में से, जल का आविर्भाव होता दीखा। जल के विविध वस्तु-रूपों में प्राकट्य का कारण खोजते, वे काल-बोध तक पहुँचे : संवत्सर, ऋतु, मास। वैविध्य और परिवर्तन के कारण की खोज में, वे तपस् पर पहुँचे। यों जल में से अग्नि और अग्नि में से सूर्य तक आये। संवत्सर पर पहुँचे तो उन्हें लगा कि उसी से यथाक्रम—सूर्य, चन्द्रमा, द्यावा, पृथ्वी, आकाश, प्रकाश आविर्भूत हुए। दिन-रात हुए। उस कालपुरुष में से ही जीवन और मृत्यु भी आये। इस तरह काल तक पहुँच, उनके हाथ ऋत् भी लगा। अर्थात् उन्हें विश्व-प्रक्रिया में कोई निश्चित अधिनियम और क्रम भी काम करते दीखा।

''प्रजापति परमेष्ठिन् की जिज्ञासा ने आगे बढ़कर प्रश्न उठाया कि—सत, सत् में से आया है कि असत् में से? सत्ता के पूर्व शायद कुछ न रहा हो, शून्य ही रहा हो। वे चक्कर खाकर यहाँ आये कि आदि में न सत् था, न असत्, न अस्ति, न नास्ति।...बस, जाने कहाँ से 'गहन गम्भीर' जल उमड़ता दीखता है। है न यह ऋषि निरा कवि, सोम? केवल एक प्रत्यक्ष बोध से भावित। इस जल में ही स्वतः स्फूर्त काम उत्पन्न हुआ। इस अकारण आदिम ईहा में से ही उनके हाथ मनस् आया। और इस मनस् में से उन्हें आद्य चैतन्य झाँकता दीखा। सो आदि कारण में इस प्रकार चैतन्य की परिकल्पना विकसित दीखती है।...

''ब्रह्मनस्पति ने इस आदि ईहा या काम को अनन्त देखा, सो उसके कवि ने उसे अदिति कहा : आद्या माँ। देख रहे हो न, भटकते पुरुष ने किसी अलक्ष्य माँ में शरण खोजी। यहीं कहीं, निरी प्रकृत ईहा या काम, प्रेम की उदात्त भाव-चेतना में विकसित होता दीखता है।...फिर अदिति में से दक्षा जनमी : दक्षा में से अदिति जनमी देखा न, उद्‌गम और विकास सपाट रेखा में हाथ नहीं आते चक्राकार परिणमन में परिभाषित होते हैं। ब्रह्मनस्पति ने अदिति यानी अनन्त को पृथ्वी से पार के आकाश में अवश्य देखा, मगर दिशा, क्षितिज और काल में बद्ध देखा। प्रत्यक्ष ऐन्द्रिक अनुभव

से परे इस आद्या अनन्तिनी को उन्होंने अमर, अविनाशी कहा। अमरत्व की प्यास जागी। और उसे विश्वाधार मानकर, जीवन गन्तव्य में भी उन्हें अमृत दीखा।...

"आगे दीर्घतमस् अन्ततः किसी एकमेव, अखंड, सम्पूर्ण, स्वाधारित, स्वनिर्भर तत्त्व तक पहुँचे, जो अक्षय्य शक्ति का स्रोत है, अनन्त, अमर, अविनाशी है। तमाम वस्तुएँ इसी एकमेव में से निष्पन्न, परस्परापेक्षी, स्वधा, स्व-संचालित हैं। अपने में स्वधा और स्वयम्भु होकर भी, वे उस परम एक में से ही उदभूत हैं। देख रहे हो न, अभेद महासत्ता और भेदात्मक अवान्तर सत्ता तक ये पहुँच गये। यानी अनेकान्त इनके चिन्तन में स्पष्ट झलकता है। ब्रह्मनस्पति ने स्पष्ट कहा : 'एकं सद्विप्रा बहुधा वदन्ति।' फिर 'अमर्त्यो मर्त्येन सहयोनिः' कहकर इन्होंने सत्ता की द्रव्यार्थिक अनश्वरता और पर्यायिक नश्वरता को भी ठीक पकड़ लिया। आगे बढ़ने पर हिरण्यगर्भ भगवत्ता से भावित दीखते हैं। किस परात्पर, परमतम को पूजें? 'कस्मै देवाय हविष्या विधेम्?' प्रजापति की भौतिक देवमूर्ति काफी नहीं दीखी। उससे परे, पराभौतिक परमात्मा की ओर खोज बढ़ रही है। लेकिन विश्वकर्मा फिर चक्र में लौटकर, मूर्त जगत् के उद्गम में, मूर्त आधार खोजते हैं। किस वृक्ष-वन में से विश्व आकृत हुआ? और फिर नीचे को अपने में समेटकर, ऊपर की ओर लौटकर, सर्वव्यापी, सर्वशक्तिमान, सर्वज्ञ, एकमेव ईश्वर पर पहुँचते हैं। वह अदृश्य है, इन्द्रियातीत है। बीच का जगत, उन्हीं से उत्पन्न जगत, उनके हमारे बीच माया का आवरण है। जगदीश्वर जगत-स्वरूप भी है, उससे अतीत भी। देखा न, सत्ता अनैकान्तिक ही हाथ आयी यहाँ भी। द्वैत भी, अद्वैत भी। नित्य भी, अनित्य भी। मूल द्रव्य में अमर्त्य भी, पर्याय में मर्त्य भी।...

"सोमेश्वर, इसी बिन्दु पर मानव का दर्शन-ज्ञान अन्तर्मुख हो गया : पराभौतिक अध्यात्म का सूत्रपात हुआ। यह वैदिक युग का अन्तिम चरण है। इसके ठीक बाद एक संक्रान्तिकाल आता है। ब्राह्मणों की वर्ण-व्यवस्था भंग हो गयी। वि।वेध कुलों में रक्त-मिश्रण हुआ। एक प्रचंड प्रतिवादी शक्ति यहाँ सक्रिय दीखती है, जिसमें से महासक्रान्ति होती है। एक ओर रक्तशुद्धि, वर्णशुद्धि के आग्रही ब्राह्मण प्रतिगामी होकर, सत्ता और लालसा से प्रमत्त हुए। पुरोहितों ने वेदों पर ब्राह्मण रच कर अपने स्वार्थों के पोषक कर्मकांडी यज्ञों के विधान किये यह ब्राह्मणत्व के पतन और अराजकता का युग है। इसके संघर्षण में से ज्ञान की प्रगतिशील विद्रोही प्रतिवादी शक्तियाँ उदय में आयीं। प्रबुद्ध ऋषियों ने रक्त-शुद्धि की मिथ्या मर्यादाएँ झँझोड़कर तोड़ दीं। चांडाल, शूद्र और दासी स्त्रियों में भी उन्होंने सन्तानें उत्पन्न कीं। ये संकर सन्तानें मौलिक ज्ञान के धुरन्धर सूर्यों की तरह उदय हुईं। आत्म-ज्ञान की एकाग्र जिज्ञासा के फलस्वरूप, मनुष्य का विकास, सामुदायिक से वैयक्तिक चेतना-स्तर पर संक्रान्त हुआ। इस वेदोत्तर आध्यात्मिक चेतना का आदि पुरस्कर्ता हुआ महीदास

ऐतरेय। ब्राह्मण ऋषि की सवर्णी से इतर, यानी 'इतरा' शूद्रपत्नी की कोख से जनमा यह पुत्र, सवर्णी पत्नियों से जनमे शुद्ध ब्राह्मण-पुत्रों के समक्ष, पिता द्वारा उपेक्षित, अपमानित हुआ। इसी घायल आत्माभिमान के जख्म में से आगामी उपनिषद् युग के अपराजेय आदित्य की तरह उदय हुआ महीदास ऐतरेय। 'मैं कौन हूँ : वह कौन है?' का सर्वोपरि आध्यात्मिक प्रश्न इसी ने उठाया। ब्रह्मज्ञान का आदि जनक यही शूद्र-कन्या इतरा का पुत्र महीदास ऐतरेय था। इसके अनुसरण में सत्यकाम जाबालि आते दिखाई पड़ते हैं। उनकी माँ जाबाला को नहीं पता था कि किस ऋषि ने उसके गर्भ में सत्यकाम को जन्म दिया। पहली बार एक आर्य-पुत्र, माँ के नाम-गोत्र से प्रसिद्ध हुआ। अज्ञात-पितृजात, इस जारज मनु-पुत्र ने उपनिषद्-युग में विकास का एक और सशक्त चरण भरा।...

"और सोमेश्वर, इसी सन्धि-मुहूर्त में सत्ता-प्रमत्त, वासना प्रमत्त, लालसा-लम्पट भ्रष्ट ब्राह्मणत्व से टक्कर लेकर, आर्यों की प्रचंड नवोन्मेषी प्रज्ञाधारा को उत्तरोत्तर आगे ले जाने को, योद्धा क्षत्रिय राजा और राजपुत्र, एक हाथ में शस्त्र और दूसरे में शास्त्र लेकर, आधुनिक भारतीय पुनरुत्थान का नेतृत्व करने लगे। इन्होंने अपने बाहुबल को आत्म-बल में परिणत कर दिया। अपनी लोहे की तलवार को अपने तप:तेज में गलाकर, उसमें से इन्होंने ज्ञानतेज की नयी और अमोघ तलवार ढाली। सुन रहे हो सोमेश्वर, प्रकारान्तर से तुम इन्हीं ब्रह्मतेजस्वी क्षत्रियों के वंशधर हो।...

"इस धारा में पांचाल के अधीश्वर राजर्षि प्रवहण जैवलि ने सर्वप्रथम, निरे द्रष्टा ब्राह्मणों के तत्त्वज्ञान को, आचार और पुरुषार्थ की कसौटी पर उतारा। पंचाग्नि-सिद्धान्त रच कर, इन्होंने श्रमण-पार्श्व के आगामी चतुर्याम संवर की नींव डाली, और परापूर्व के तीर्थंकर ऋषभदेव के महाव्रती धर्म का अनजाने ही पुनरुत्थान किया। देख रहो न, सत्ता की चक्रावर्ती विकास-धारा।...

"आगे फिर ब्राह्मण ऋषि गार्ग्यायन ने इसी ज़मीन पर, कट्टरपन्थी वैदिक ब्राह्मणों के कर्मकांडों और कामलिप्सु यज्ञों का विरोध किया। कहा कि लक्ष्य, भेदाभेद से परे निरुपाधिक शुद्ध ब्रह्म का साक्षात्कार करना है। इन्होंने सौपाधिक और निरुपाधिक, दो ब्रह्म-स्वरूपों का निरूपण कर, भौतिक और आत्मिक, जगत् और जगदीश्वर में संवाद स्थापित किया।...

"इसके अनन्तर आये एक और क्षत्रिय योद्धा, काशीराज दिवोदास के पुत्र राजर्षि प्रतर्दन। उन्होंने भी ऐहिक और पारलौकिक कामना प्रेरित बाह्य यज्ञों का प्रचंड विरोध कर, आन्तरिक अग्निहोत्र का तपश्चर्या-मार्ग प्रशस्त किया। वे बोले कि : उत्तरोत्तर अपनी ही दैहिक, ऐन्द्रिक, प्राणिक, मानसिक सत्ताओं की, अपनी आन्तरिक ज्ञानाग्नि में आहुति देकर, हमें परात्पर ब्रह्म तक पहुँचना होगा। उसे मात्र ज्ञान तक

सीमित न रखकर, जीवन में और आचार में अवतरित करना होगा।...

"इसके अनन्तर उद्दालक आरुणी और उनके पुत्र श्वेतकेतु इन तप:पूत राजर्षियों से जीवन्त ब्रह्म-विद्या प्राप्त कर महान श्रुतर्षि हुए। छान्दोग्य-उपनिषद् में उन्होंने एक अखंड प्रवाही सत्ता के सिद्धान्त की प्रतिष्ठा की। नाना पदार्थों की स्वतन्त्र गुणात्मक सत्ता होते हुए भी, इस विराट् विश्व-तत्त्व में वे समष्टि रूप से अखंड प्रवाहित हैं। देख रहे हो सोमेश्वर, अनेकान्त दृष्टि फिर प्रकाशित हुई। महासत्ता, विश्व प्रवाह में अभेद, अखंड प्रवहमान है : पर अवान्तर रूप से हर पदार्थ की अपनी गुणात्मक अस्मिता भी है ही। यानी द्वैत भी, अद्वैत भी। देख रहे हो न, अनेकान्तिक चक्रावर्ती विकास-क्रम। पुनरावर्तन, प्रत्यावर्तन, और तब उत्क्रान्त परावर्तन।...

"फिर पांचाल के ब्राह्मण-पुत्र बालाकि को, विदेह के राजवंशी राजर्षि अजात शत्रु ने, सत्ता के भौतिक, दैहिक, प्राणिक, ऐंद्रिक, मानसिक, सारे चेतना-स्तरों को अतिक्रान्त कर अपनी बहत्तर हजार नाड़ियों के भीतर पर्यवसान पाकर, अन्ततः सुषुम्ना की राह सहस्रार में परब्रह्म के साथ तदाकारिता उपलब्ध करने की एक वैज्ञानिक, क्रियायोगी विद्या प्रदान की। यहाँ के योग का सूत्रपात हुआ। योग द्वारा ही ब्रह्म को जीवन-मुक्ति और परा मुक्ति में उपलब्ध करने की विद्या को सिद्ध होना था।...

"योगीश्वर याज्ञवल्क्य में आकर वह पूर्णयोग सिद्ध हुआ। अपने मामा-गुरु से प्राप्त, रूढ़ि और जड़ कर्मकांड-प्रधान कृष्ण यजुर्वेद-विद्या का त्यागकर, दुर्द्धर्ष तपस्या द्वारा इस महाब्राह्मण ने सीधे सूर्य से शुक्ल यजुर्वेद-विद्या और बोधिमूलक ब्रह्मयोग को अपने जीवन में उपलब्ध किया, चरितार्थ किया : कैसे उसके सर्वांगीण, सर्वतोमुखी योग में परापूर्व से तत्काल तक की सारी मानवीय ज्ञान की उपलब्धियाँ समन्वित और संवादी हुईं, वह मैं तुम्हें बता ही चुका हूँ।...

"इन्हीं की परम्परा में मांडूक्य और पिप्पलाद भी सिद्ध योग हुए। उन्होंने ब्रह्मलोक के सक्रिय योग की गोपन कुँजियाँ मांडूक्य और कठोपनषिद् में प्रदान कीं।...

"काशी के राजपुत्र तीर्थंकर पार्श्वनाथ के रूप में, फिर इसी परम्परा में एक और महासूर्य राजर्षि उठा। उसने दिगम्बर अवधूत होकर, सम्मेदशिखर पर्वत के चूड़ान्त पर, घनघोर कायोत्सर्ग की तपोसाधना की। फलतः त्रिलोक और त्रिकावर्ती निखिल पदार्थ-जगत् के, एक-एक अणु-परमाणु का अनुत्तर साक्षात्कार कराने वाली केवलज्ञान-विद्या उन्होंने उपलब्ध की। पार्श्व के आगे अभी ज्ञान नहीं जा सका है, सोमेश्वर!...

"इस बीच फिर एक विच्छेद और सूर्यास्त का अन्तराल देख रहा हूँ, सामेश्वर। क्षत्रिय और ब्राह्मण दोनों ही ब्रह्म-विद्या की उस तेजोमय परम्परा से विच्युत दीख रहे

हैं। ब्राह्मण पतन की पराकाष्ठा पर पहुँचकर, हिंसक पशुमेध यज्ञों द्वारा कापुरुष और हततेज सिंहासनधरों को ऐहिक धन-सत्ता और पारलौकिक स्वर्ग-प्राप्ति का अश्वासन देने के लिए, घनघोर कर्मकांडों में डूब गये हैं। ब्राह्मण और क्षत्रिय परस्पर एक-दूसरे के स्थिति-पोषक होकर अधिकाधिक पतन के महागर्त में गिरते जा रहे हैं। इस बीच वैश्यों ने अपने दुर्द्धर्ष वाणिज्य के पुरुषार्थ से, अस्तित्व के आधारभूत सुवर्ण-सम्पदा के क्षेत्र पर पूर्ण वर्चस्व जमाकर, इन ब्राह्मणों और क्षत्रियों को अपने हाथों का खिलौना बना लिया है। आज आर्यावर्त का भाग्य, शुद्ध सुवर्ण-जीवी वणिकों के हाथों में खेल रहा है, सोमेश्वर। 'हिरण्मयेण पात्रेण सत्यस्यापि हितं मुखं' : 'अरे सत्य का मुख भी सुवर्ण के पात्र में ढँक गया है!' ब्रह्मतेज और क्षात्रतेज एक बारगी ही बुझ गया है।...

"...ज्ञानावसान की इस रात्रि में संजय वेलट्ठिपुत्र आदि तीर्थक तपश्चर्यापूर्वक फिर से आर्यावर्त के उस अस्तंगत ज्ञान सूर्य की खोज में भटक रहे हैं। ये सच्चे हैं, जिज्ञासु हैं, मुमुक्षु हैं, प्रखर और पराक्रमी हैं। दीर्घ तपस्या के पथचारी हैं। पर बौद्धिक चेतना से आगे इनकी गति नहीं। परब्राह्मी सत्ता के उपरि-मानसिक ऊर्ध्व चेतना-स्तरों की विद्या इन्हें सुलभ नहीं। सो ये बुद्धि के कुतर्की अस्त्र लिये, बंजर धरती में, कुज्ञान की खेती कर रहे हैं। बड़ा ही पीड़क और करुण है यह दृश्य, सोमेश्वर। आर्यावर्त की इस अवसान-सन्ध्या के तट पर, मेरा मन बहुत उदास है : पर उदग्र भी कम नहीं...।"

"वर्द्धमान, इस सन्ध्या में क्या किसी नयी स्वर्ण उषा की आशा तुम नहीं देख पा रहे?"

...मैं सहसा ही स्तब्ध, अवाक्, अन्तर्लीन हो रहा। और फिर जैसे किसी परावाक् तृतीय पुरुष को अपने में से बोलते सुना :

"सामेश्वर, नूतन युग का यज्ञपुरुष अवतीर्ण हो चुका है। उसमें संयुक्त रूप से ब्रह्मतेज और क्षात्रतेज, आर्यावर्त की धरती पर मूर्तिमान विचरण करेगा। उस कैवल्य सूर्य की प्रतीक्षा करो, सोमेश्वर!"

"वर्द्धमान...न्...न्...न्...!"

वह स्तब्ध, मुग्ध, एक अपूर्व तेजोद्भासित दृष्टि से मुझे एक टक देख रहा था। मैं प्रीति और प्रतीति की उस ज्वलन्त वेधक दृष्टि को जैसे सह न पाया।

मैंने कहा :

"सामेश्वर, कल फिर आ सकोगे, एक बार...?"

"तुम जो चाहोगे, वह होगा ही, मान। निर्णय तुम्हारा है, मेरा नहीं।"

और चुपचाप हमने समानान्तर चलते हुए छत पार की। मैं कब सोमेश्वर से विदा हो लौट आया, पता ही न चल सका।

• अगले दिन सवेरे—

"आ गये, सोमेश्वर? कल तुम व्यथित, फिर भी उद्दीप्त आये थे। कविता में अपनी व्यथा को बहा लाये थे न।...पर शायद तुम्हें मुक्त न कर सका, व्यथित ही लौटा दिया। इसी से..."

"व्यथित नहीं, समाधीत लौटा मैं, वर्द्धमान।"

"हाँ, विस्तार में गये हम, इतिहास में फैले हम। व्यष्टि और समष्टि के प्रबल संघात में गुज़रे हम। तो उसमें व्यष्टि की व्यथा का क्षणिक उन्मोचन तो होता ही है। पर केन्द्र में जो कसक है न, वह और भी तीव्र नहीं हुई क्या?..."

"वर्द्धमान, मेरी तहों के पार चले आ रहे हो तुम!...मैं लज्जित हूँ।"

"लज्जित क्यों होओ सोम? स्वभावगत और सत्य है तुम्हारी व्यथा। वह गर्भवती और चिन्मती है। समष्टि में खोकर मुक्ति सम्भव नहीं। केन्द्र व्यष्टि में है, जहाँ से विश्व और इतिहास प्रवाहित है। व्यष्टि के केन्द्रस्थ और आत्मस्थ हुए बिना, समष्टि, विश्व और इतिहास के साथ इसका पूर्ण तादात्म्य सम्भव नहीं।"

"कसक यदि अब भी बनी है मान, तो क्या उसी के लिए नहीं है?"

"सो तो है। पर कसक में कहीं अदिति का विरह है, उसकी याद दिला रहा हूँ।..."

"वर्द्धमान...! खोलो मुझे मनचाहा। बोलो, क्या कहना चाहते हो?"

"यह बताओ सोम, लड़कियों से मिलते हो कि नहीं...?"

सोम किंचित् लजा आया। चेहरे पर उसके रक्ताभा झलक उठी। वह चुप रहा, मैं उसे देखता रहा। वह बोला कुछ रुँधा-सा :

"लड़कियों की क्या कमी है, वर्द्धमान। सब जगह वे हैं, और सामने आती ही हैं...।"

"देखता हूँ, उनसे बच रहे हो। किसी ख़ास लड़की की खोज में हो क्या?"

"मान...!"

"मतलब, किसी अदिति की खोज में?"

"खोज कर क्या होगा, कहीं होगी तो आएगी ही।"

"वह तो जब आनी होगी, तब आ जाएगी। तब तक यों विमुख और बचकर चलोगे तो उलझन बढ़ेगी और अदिति उसमें लुप्त हो रहेगी।...तुम तो द्वार बन्द करके बैठे दीखते हो!"

"ब्रह्मचर्य के अतिरिक्त, मुझे मिलन कहीं दीखता नहीं, वर्द्धमान।"

"लेकिन तुम्हारी कविता में जो अदिति की पुकार है, उसे क्या कहोगे?...स्त्री

से तुम्हारा सरोकार मूलगामी है।...तब भी तुम समझते हो कि स्त्री से मुँह फेरकर ही ब्रह्म में चर्या सम्भव है? स्त्री में ब्रह्म न देख सको, तो उससे निस्तार कहाँ?''

''ब्रह्म तो सर्वत्र है, मान। पर उसमें चर्या तो भीतर अन्तर्मुख रहकर ही सम्भव है न। बहिर्मुख होकर तो वासना-तृष्णा का अन्त नहीं दीखता मुझे। और उसमें प्राप्ति कहाँ...?''

''अन्तर्मुख होकर, कोई विमुख कैसे रह सकता है? जो उन्मुख नहीं, वह अर्न्तुमुख नहीं, अधोमुख लगता है मुझे। शतुरमुर्ग की तरह। स्त्री को सन्मुख लोगे, तो वह अनायास भीतर समा जाएगी, और रिक्त भरकर मुक्त कर देगी। जीवन की अभिव्यक्ति में 'वह एक' ही तो दो, और फिर बहु हुआ है। रिक्त और विरह भीतर दिया गया है, कि जीवन उस व्यथा में से रस खींचकर वर्द्धमान हो। विरह जहाँ तीव्रतम है, वहीं पूर्णतम मिलन सम्भव है।...नारी को सामने पाकर, शायद तुम भूल जाते हो कि 'वह एक' ही तो दो हुआ है : नर और नारी। तब इनमें से केवल एक यानी अर्द्धांग पर ही निगाह रखकर, उनकी जो उत्तरांशिनी बाहर चली आयी है, जीवन की लीला के लिए, उसे अन्य या पर समझकर उससे विमुख होओगे, तो अखंड और पूर्ण कैसे हो सकोगे? सन्मुख होकर ही तो वह सम्पूर्ति सम्भव है। ब्रह्मचर्य और किसे कहते हैं? तुम ब्रह्म हो, तो नारी उसकी चर्या है, कहें कि ब्रह्म की चर्या उसी में होकर सम्भव है। वह तुम्हारे ब्रह्मचर्य की भूमि और कसौटी एक साथ है। जब तक नारी तुम्हारी दृष्टि में अन्य है, द्वितीय पुरुष है, तब तक ब्रह्मचर्य नहीं, अब्रह्मचर्य ही बना रहता है। इसी से कहता हूँ, जब तक उससे बचोगे, वह बाधा ही नहीं रहेगी। तब एकमेव ब्रह्म में चर्या और मिलन कैसे सम्भव होगा?''

''बचता हूँ, ऐसा तो नहीं लगता। जब तक नारी बाहर है, वह पर और इतर ही नहीं है क्या? और भीतर क्या उसे बाहर की राह लिया जा सकेगा? ऐसा हो, तो फिर अब्रह्म भोग किसे कहेंगे?''

''सुनो सोम, उस अनन्य एक पर निगाह रहे, तो बाहर की नारी में अन्य और पर देखने की भ्रान्ति ही पैदा न हो। वह भ्रान्ति बनी हुई है, कि ब्रह्मचर्य भंग हुआ है। उसे अ-पर और उत्तरांशिनी देखो, अर्द्धांगिनी देखो, तो लिंगभेद टूटेगा और मिलन अनायास होता रहेगा। सन्मुख होकर ही तो वह मिलन और सम्पूर्ति सम्भव है। विमुख रहकर, विरह और अन्तहीन वासना के सिवाय और क्या पाओगे?''

''...माँ का वह अनदेखा चेहरा मुझे भीतर खींचता है, मान। बाहर का हर स्त्री-मुख विरह को उभार देता है।...और मैं भीतर के अतल में जैसे माँ को टोहता चला जाता हूँ।...''

''बाहर के हर स्त्री-मुख से शंकित और भयभीत होकर ही न?—कि नहीं,...यह अन्य है, अनन्य मेरी नहीं।...ठीक कहता हूँ न?''

"वर्द्धमान, अ-ठीक तो तुम कभी भी कहते ही नहीं। मेरी गोपन से गोपन पीड़ा में, जैसे सहभागी हो तुम।...आश्चर्य!"

"सुनो सोम, एक लड़की से मिलोगे? यहीं है वह, अभी आती ही होगी।...लो वह चली तो आ रही है...!"

गुलाबी उषा के रंग का उत्तरासंग धारण किये, नीली लहर-सी सहज वैनतेयी चली आ रही है।

"आओ कल्याणी, प्रत्याशित थीं तुम। ठीक मुहूर्त-क्षण में आयीं।...इनसे मिलो, ये मेरे मित्र सोमेश्वर याज्ञवल्की। आचूड़ कवि हैं। सो तो देख ही रही हो, यह भाव-मूर्ति। ब्राह्मण-ओजस्वी और क्षत्रिय-रजस्क हैं ये कहो कि ब्रह्म-क्षत्रिय। लेकिन संकर तुम दोनों ही नहीं, मैं भी हूँ!...हाँ, तो ये तक्षशिला से सारी वेद-वेदाँग विद्याओं में पारंगत होकर आये हैं। पर बड़ी बात यह कि महाभाव-राज्य के स्वैर-बिहारी कवि हैं सोमेश्वर।"

सोमेश्वर सहज लज्जानत आँखों से, सस्मित वैनतेयी को देखते रहे। पर आदत के अनुसार आज आँखें नीची न कर सके।

"और ये वैनतेयी चक्रपाणि हैं, सोमेश्वर। यूनानी माँ की यह जाया, भारत के ब्रह्मतेज की बेटी है। पूर्व और पश्चिम की सुनीला सन्धि है वैनतेयी!...तुम्हारी अदिति इसके पास है। वह अनन्तिनी इसमें शान्त हुई है। जो अपार आकाशों के भी पार है न, वह इसमें रूप धरकर आ गयी है, कवि के लिए, नन्द्यावर्त में...!

"और वैना, ये तुम्हारे कवि हैं। तुम स्वयं कविता हो, दिति और अदिति एक साथ हो। ये तुम्हारे उस संयुक्त अन्तःसौन्दर्य के गायक कवि हैं!"

"आर्य-श्रेष्ठ सोमेश्वर से मिलकर मैं आप्यायित हुई। महोभाग्य मेरा!"

और वैना ने हाथ जोड़, नतमाथ होकर प्रणाम किया सोमेश्वर को।"

"तुम्हें प्रमद-काक्ष में बहुत अकेलापन लगता है न वैना! मेरे कवि-मित्र ने कृपा की मुझ पर। आ गये तुम्हारा साथ देने।"

"नहीं, अब मुझे अकेलापन नहीं लगता प्रभु!"

"पर सोमेश्वर को लगता है। और तुम्हें अब नहीं लगता, तो वह विद्या मेरे इस मित्र को भी सिखा देना!

"और सोमेश्वर, जब चाहो निःसंकोच प्रमद-कक्ष में वैना के पास आ जाया करो। अन्य भाव की शंका न रहे। अनन्य और आश्वस्त भाव आओ। वैना अचूक है।"

क्षण भर एक गहन शान्ति व्याप रही।...

"अच्छा तो, वैना, लिवा ले जाओ सोमेश्वर को, और दिखाओ इन्हें अपने अनेक ऐश्वर्य-कक्ष। मैं अब आज्ञा लूँगा तुम लोगों से।"

कहकर मैं उठ खड़ा हुआ। सोमेश्वर कठिनाई और असमंजस में था। बहुत भर आया-सा दीखा कवि। मुझे छोड़कर जाने में उसे आज मानो कष्ट हो रहा था। मैंने कहा—

"सोम, फिर जल्दी ही आओगे। अब चाहो, आ जाना। समझे...! उधर देखो, वातायन में हिमवान् का कोई शिखर जैसे नीलिमा में उभर रहा है...।"

सोमेश्वर किंचित् खोया-सा वातायन की ओर बढ़ गया। वैना ने झुककर, आँखों से मेरे चरण-तट को तरल कर दिया। पद-नख को उसके मृदु ओंठ छुहला गये।

"देवता, अनन्य रहो मेरे।"

"मैं तो हूँ ही, वह। निश्चिन्त रहो, और मेरे कवि-मित्र को मुझसे अन्य न समझो। जानोगी।"

"सोमेश्वर वैनतेयी तुम्हारी प्रतीक्षा में है।"

सोमेश्वर चौंका और वैना के साथ हो लिया। मैंने उन्हें साथ, समकक्ष जाते देखा मन-ही-मन मैंने :

"अदिति, तुम्हारी कोख से मेरा आदित्य जनमे...!"

जब पुकारोगी, आऊँगा

जब से नन्द्यावर्त महल के इस नवम खंड में आ बसा हूँ, माँ के दर्शन नहीं हुए। शायद वे मुझसे नाराज हों। उनका चाहा मैं न कर सका। मेरा दुर्भाग्य। आर्यावर्त के राजकुलों की चुनिन्दा सुन्दरियाँ वे मेरे लिए लायीं, पर मैं उनमें से एक को भी न चुन सका। इस या उस बाला को चुनूँ, तो शेष की अवज्ञा होती ही। यह मेरे वश का नहीं था; क्योंकि मैं उन सबको निःशेष ही ले सकता था। और कई दिन साथ रहकर, वह सुख उन्होंने मुझे दिया ही। मैं सम्पूरित हुआ। उन सबका कितना कृतज्ञ हूँ!

विशिष्ट का चुनाव जो मैं न कर पाया, यह मेरी ही मर्यादा रही, या कह लीजे अ-मर्यादा। उनमें तो कोई कमी थी नहीं। कभी मेरी ही रही कि मैं विवाह के योग्य अपने को सिद्ध न कर सका। विवाह से परे वे मुझे पा सकीं या नहीं, तो वे जानें। मैं, बेशक, उन सबको इतना समग्र पा गया, कि विवाह के द्वारा उस सम्पूर्ण प्राप्ति को खंडित करने को जी न चाहा।...और जब वे गयीं, तो निराश या निष्फल तो रंच भी नहीं दीखीं। लगा था, जैसे भरी-पूरी जा रही हैं। और मेरे मन में भी कहीं ऐसा

बोध किंचित् भी नहीं है, कि वे लौट कर चली गयी हैं।

पर पता चला है, कि इन दिनों वैनतेयी की साल-सँभाल में माँ स्वयं ही लगी रहती हैं। मुझपर से हटकर, उनका सारा लाड़-दुलार उस संकर दासी-पुत्री पर केन्द्रित हो गया है; क्योंकि वह शाश्वत कौमार्य-व्रती बाला मेरे प्रति समर्पित है। जान पड़ता है, जो मैं उन्हें न दे पाया, उसे वैना से वे पा गयी हैं। इससे बहुत राहत महसूस होती है।

...आज सवेरे सहसा ही माँ द्वार में खड़ी दिखाई पड़ीं। उनका यह अतिथि रूप अपूर्व सुन्दर और प्रियंकर लगा। मैं देखता ही रह गया। ऐसा भूला उस रूप में, कि अलग से विनय करने तक का भान न रहा। एकाग्र उन्हें निहार रहा था, कि सुनाई पड़ा :

"सुनता है मान, वैशाली से चन्दना आयी है। तेरी छोटी मौसी चन्दन।"

"बहुत अच्छा...!"

"तुझसे मिलना चाहती है।"

"कौन माँ?"

"कहा न, चन्दना...!"

"ये कौन हैं, माँ?..."

"कहा न तेरी चन्दन मौसी! कितनी ही बार तो तुझे उसके विषय में बताया है।"

"अच्छा-अच्छा...हाँ हाँ हाँ! तो ये कहाँ से आयी हैं?"

"तू तो कभी कोई बात पूरी सुनता नहीं। कहा न, वैशाली से आयी है।"

"बहुत अच्छा...!"

"हर बात का एक ही उत्तर है तेरे पास—बहुत अच्छा!"

"सो तो सब अच्छा है ही, माँ! है कि नहीं? असल में आज तुम कितनी अच्छी लग रही हो, यही देख रहा था!..."

क्षणभर एक सभर मौन हमारी परस्पर अवलोकती आँखों के बीच छाया रहा। उसमें से उबरती-सी वे बोलीं :

"तो लिवा लाऊँ चन्दना को, यहाँ तेरे पास?"

"अ...हाँ, वे आएँ। अनुमति से क्यों, अधिकार से आएँ। मुझे पराया समझती हैं?—दूर मानती हैं क्या?"

"पर तू किसका अपना है, और किससे दूर नहीं है, यह तो आज तक कोई जान नहीं पाया!"

"बहुत अच्छा!...तुम्हारे सिवाय यह कौन जान सकता है अम्मा?...हाँ, तो आज्ञा दो माँ!"

"तो लिवा लाऊँ चन्दना को?"

"अरे तुम क्यों कष्ट करोगी माँ। बस, वही आ जाएँ!"

और माँ एक निगाह, मुझे ताक कर चली गयीं।

...हाँ, माँ से सुनता रहा हूँ, सबसे छोटी चन्दन मौसी हैं, वैशाली में। कि स्वभाव में वे ठीक मेरी सगी बहन हैं। न किसी से खास मेल-जोल, न बोल-चाल। बस, अपने में अकेली, और बेपता रहती हैं। और यह भी कि मुझे बहुत याद करती हैं। नहीं तो किसी को याद करना उनकी आदत में नहीं। अहोभाग्य मेरा!

...अचानक ही क्या देखता हूँ कि हिमवान् की कोई अगोचर चूड़ा, जैसे नन्द्यावर्त की छत पर, निर्झरी-सी चली आ रही है। नीली-उजली-सी एक इकहरी लड़की। हलके पद्मराग अंशुक के कौशेय में, वैदिक ऋषि की उषा को जैसे यहाँ सहसा प्रकट देखा। एकत्रित घना केश-पाश, जरा बंकिम ग्रीवा के एक ओर से पूरा वक्षदेश को अतिक्रान्त करता, चरण चूमने को आकुल है।

...पूरा आसपास मानो बदली-बदली निगाहों से देख उठा।...

"आओ चन्दन मौसी, वर्द्धमान प्रणाम करता है।"

"अरे वर्द्धन, कितना बड़ा हो गया रे! पहली बार तुझे देख रही हूँ।"

"और मैं भी तो तुम्हें पहली बार देख रहा हूँ, मौसी!"

"सो तो है ही। तुझे तो हमारी पड़ी नहीं। वैशाली जैसे तीन लोक से पार हो कहीं...!"

"तुम वहाँ रहती हो, तो है ही...!"

"मेरी बात छोड़, पर अपनों में, परिवारों में कभी कहीं दीखा है तू? कितना तरसते हैं सब तुझे देखने को। मगध, उज्जयिनी, कौशाम्बी, चम्पा, सौवीर में जाने कितने उत्सव-विवाह प्रसंग आये होंगे। पर तेरे दर्शन दुर्लभ। अपनों से, आत्मीयों से तुझे तनिक भी ममता नहीं क्या?"

"हाँ-हाँ, है क्यों नहीं। सब ओर स्वजन, परिवार ही तो हैं, मौसी। और उत्सव भी, देखो न, सदा चारों ओर है। अब अलग-अलग कहाँ-कहाँ जाऊँ...! और सुनता हूँ मौसी, तुम भी तो खास कहीं जाती-आती नहीं। आरोपी मैं अकेला नहीं हूँ...!"

"...देख न, मैं आयी हूँ कि नहीं!"

"सो तो देख रहा हूँ। मेरे पास आयी हो न, मेरा अहोभाग्य! लेकिन और भी सब जगह जाती हो क्या?"

"वैशाली में ही आ जाती हैं मेरी सारी दीदियाँ। छोटी हूँ न, सबकी लाड़ली, सो मेरा मान रख लेती हैं...!"

"तो ठीक है, मेरा मान तुमने रख लिया। किसी का लाड़ला तो मैं भी हो ही सकता हूँ!"

''पागल कहीं का...! उम्र में तुझसे छोटी हूँ तो क्या हुआ? मौसी हूँ तेरी, तो बड़ी ही हूँ तुझसे। है कि नहीं...?''

''बड़ी तो तुम आदिकाल से हो मेरी। यह छत्र-छाया सदा बनाए रखना मुझ पर, तो किसी दिन इस दुनिया के लायक हो जाऊँगा!''

एकटक मुझे देखती, वे ममतायित हो आयीं।

''सुनती हूँ, जंगलों-पहाड़ों की खाक छानता फिरता है। न अपने से कोई सरोकार, न अपनों से। किसी से कोई ममता-माया नहीं रही क्या?''

''देखो न मौसी, सबसे ममता हो गयी है, तो क्या करूँ। अलग से फिर किसी से ममता या सरोकार रखने को अवकाश कहाँ रह गया!''

''सो तो पता है मुझे, तू किसी का नहीं। अपनी जनेता माँ का ही नहीं रहा!...जीजी की आँखें भर-भर आती हैं...''

''तो प्रकट है कि उनका भी हूँ ही। पर उन्हीं का नहीं हूँ, सबका हूँ, तो यह तो स्वभाव है मेरा। इसमें मेरा क्या वश है, मौसी!''

''मान...!''

आगे चन्दना से बोला न गया। डबडबायी आँखों से मुझे यों देखती रह गयीं, जैसे मैं अगम्य हूँ। पर उनकी वे आँखें भी कहाँ गम्य थीं!

''तुझे अपने से ही सरोकार नहीं रहा, तब औरों की क्या बात!''

''तुम हो न!...फिर मुझे अपनी क्या चिन्ता?''

''मेरी और किसी की भी चिन्ता का, तेरे मन क्या मूल्य है, मान?''

''मूल्य यह क्या कम है, कि तुम हो...मेरे लिए!''

''सो तो देख रही हूँ।...यह हाल जो तुमने बना रखा है अपना!...''

''जैसे...?''

''इस कक्ष में कोई शैया तो दीखती नहीं। पता नहीं कहाँ सोते हो? सोते भी हो कि नहीं?''

''शैया तो, मौसी, जहाँ सोना चाहता हूँ, हो जाती है। कोई एक खास शैया हो जाए, तो सोना भी पराधीन हो जाए। सोना तो मुक्ति के लिए होता है न!...पराधीन शैया मेरी कैसे हो सकती है...?''

''पूछती हूँ, कहाँ सोता है...?''

''देख तो रही हो, यह मर्मर का उज्ज्वल सिंहासन, जिस पर बैठा हूँ। महावीर का सोना अपने सिंहासन पर ही हो सकता है! तो क्या तुम खुश नहीं हो इससे?''

''इस ठंडे शिला-तल्प पर?...न गद्दा, न उपधान! इस सीतलपाटी पर?...ठीक है न?''

''गद्दे पर सोऊँ, तो अपने ही मार्दव से वंचित हो जाऊँ। गद्दे की नरमी और

गरमी मुझे बहुत ठंडी लगती है, मौसी! अपनी ही नरमी और गरमी मेरे लिए काफी है।...स्वाधीन!''

''ठीक है, तब उपधान का तो प्रश्न ही कहाँ उठता है... ?''

''रूई, रेशम और परों के उपधान मुझे सहारा नहीं दे पाते, मौसी। प्रिया की गोद हो, या फिर उसकी बाहुएँ!...जड़ उपधान पर क्या सर ढालना!''

चन्दना को बरबस ही हँसी आ गयी। कुछ आश्वस्त होती-सी वे बोलीं :

''तो क्या वह प्रिया रात को आसमान से उतर कर आती है?''

''यह मेरी बाहु देखो, मौसी! किस कामिनी की बाँह इससे अधिक कोमल और कमनीय होगी? अपनी प्रिया को अपनी इस बाँह से अलग तो मैं कभी रखता नहीं। जब चाहूँ, वह मेरे सोने को गोद, या बाँह ढाल देती है। मुझसे अन्य कोई भी प्रिया, पहले अपने मन की होगी, फिर मेरी। उसका मन न हो, तो अपना मन मारना पड़े। उसके भरोसे रहूँ, तो ठीक से सोना या चैन नसीब ही न हो... !''

सामने स्फटिक के भद्रासन पर बैठी चन्दना के चेहरे पर एक गहरी जल-भरी बदली-सी छा गयी। मेरे सामने देखना उसे दूभर हो गया।...उसकी झुकी आँखों ने सहसा ही तैरकर, अपनी पद्मिनी बाहुओं को एक निगाह देखा। अपने ही जानुओं में सिमटी गोद को निहारा।...

''तो फिर मेरी क्या जरूरत तुझे... ?''

उस आवाज में जल-कम्पन-सा था। वहाँ मुद्रित, मुकुलित उस कमलिनी का समग्र बोध पाया मैंने।

''ओह चन्दन...तुम कितनी सुन्दर हो!...मुझे पता न था... !''

एक अथाह शून्य हमारे बीच व्याप गया। चन्दना की पलकें मुँद गयीं। जानू पर ढलकी हथेली पर, अँगूठे और मध्यमा उँगली के पौर जुड़कर, एक अँजुली की मुद्रा-सी वहाँ बन आयी।...फिर कुछ आपे में आकर वह बोली :

''मान, तू ब्याह क्यों नहीं करता? अब तो बड़ा हो गया है तू। जीजी का मन कितना कातर है, तेरी इस हठ से!...''

''ओ...ब्याह? हाँ-हाँ-हाँ। लेकिन सुनो मौसी, तुम इतनी सुन्दर हो, फिर मैं ब्याह कैसे करूँ?...''

अन्तर्निगूढ़ लाज का एक अभ्र चन्दना की बरौनियों में खेल गया। और चेहरे पर एक महीन रक्ताभा। सँभलकर बोली :

''मेरे सौन्दर्य का तेरे विवाह से क्या सम्बन्ध, मान?''

''तुम्हारा ही नहीं, मौसी, ऐसा सौन्दर्य जगत् में कहीं भी हो, तो विवाह मेरे लिए अनावश्यक है!''

''मतलब... ?''

''विवाह, तब, मेरी अन्तस्-तृप्ति को भंग करता है।''

चन्दना के मर्म में उतरकर लुप्त और गुप्त हो रही यह बात। डुबकी खाकर ऊपर आती-सी वे बोलीं :

''मान, मैं तो हूँ ही, कहाँ जाने वाली हूँ...!''

''तब मैं कहीं और क्यों बँधूँ? तुम हो ही मेरे लिए, यह क्या कम है?...''

''पागल कहीं का! बहू तो चाहिए न!''

''नहीं, वल्लभा चाहिए मुझे।''

''समझी नहीं...?''

''जो आत्मवत् लभ् हो, वही वल्लभा।''

''सो तो बहू होगी ही।''

''नहीं, वल्लभा और बात है, वैदेही!''

''तो उसे कहीं और खोजेगा क्या?''

''खोजने नहीं जाना पड़ा।...मुझे पता था, वही आएगी एक दिन मेरे द्वार पर।''

''कब आएगी?''

''आ गयी...!''

''कब, कहाँ...?''

''अभी, यहाँ!''

एकटक प्रणत भाव से मैं चन्दना को देखता रह गया। चहुँ ओर से लज्जावेष्टित, वह अपने में तन्मय, मुकुलित, मौन हो रही। मौन तोड़ा पुरुष ने :

''अच्छा मौसी, तुम विवाह कब करोगी?''

''पहले तेरा, फिर मेरा। मैं छोटी हूँ कि नहीं तुझसे?''

''एक साथ ही हो जाए, तो क्या हर्ज है?''

''मतलब...?''

''यही कि तुम करो ब्याह, तो मैं अभी तैयार हूँ...!''

चुप रहकर चन्दना, नमित लोचन, चट्टी उँगली चबाती रही। फिर सहसा ही बड़ी-बड़ी उज्ज्वल आँखें उचकाकर बोली :

''और मान लो, मैं ब्याह करूँ ही नहीं?''

''तो मौसी, जान लो, कि मैं भी नहीं करूँगा।''

''ये तो कोई बात न हुई!''

''बस, यही तो एकमात्र बात है, चन्दन!''

''अच्छा, वचन देती हूँ, मैं विवाह करूँगी। तू भी वचन दे।''

''वर्द्धमान भविष्य में नहीं जीता। वह सदा वर्तमान में जीता है। इसी क्षण वह प्रस्तुत है। वह कहता नहीं, बस करता है।''

"वर्द्धमान...!"

"चन्दन...!"

एक अभंग विराट मौन कक्ष में जाने कब तक व्याप्त रहा। काल वहाँ अनुपस्थित था। चन्दना उठकर खड़ी हो गयी। फिर मेरे सन्मुख निश्चल अवलोकती रह गयी।

...और अगले ही क्षण, उसने माथे पर आँचल ओढ़, झुककर महावीर के चरण छू लिये।

"कब मिलोगे फिर?"

"जब चाहोगी।...जब तुम पुकारोगी, आऊँगा।"

और माथे पर ओढ़े पल्ले की दोनों कोरों को, चिमटी से चिबुक पर कसती-सी चन्दना धीर गति से चलती हुई, कक्ष की सीमा से निष्क्रान्त हो गयी।

कैवल्य-सूर्य की पूर्वाभा

मुझे याद नहीं आता, कि पिता के और मेरे बीच कभी संवाद रहा हो। बचपन में उनकी बाँहों और गोदी में खेलते और दुलार पाते अपने को देखा है। लड़कपन में बेपता रहने लगा था। फिर भी कभी-कभी मेरी टोह में वे आते थे। बहुत ऊधम किये मैंने। राजोपवन का प्राणि-उद्यान ही पूरा उजाड़ दिया। पर मुझे सामने पाकर, नाराज न हो सके। मेरे गालों और माथे पर हाथ फेरकर इतना ही कहा : "बेटा, यह क्या किया तुमने?" उत्तर में केवल मैं नीरव उन्हें देखता रहा। वे मानो समझ गये, और चुप हो रहे : मानो कि मेरा उत्पात उन्हें स्वीकार है : गलत मैं जैसे कुछ कर ही नहीं सकता। अब युवा होकर जो स्वच्छन्द और खतरनाक भ्रमण पर निकल पड़ता रहा हूँ, उसकी कहानियाँ तो सारे जम्बूद्वीप और यवन समुद्रों तक फैली हैं। माँ से उन्हें सुनकर वे स्तम्भित हुए हैं, पर रोक-टोक उनके वश की बात न हो सकी। मेरे गर्भाधान की रात, माँ को जो सोलह सपने आये थे, उनका मर्म उन्हीं के मुख से तो सवेरे खुला था। उन सपनों की राह जिस बेटे को आते देखा था, उस पर प्रश्न उठाने का साहस ही उन्हें कभी नहीं हुआ। इस बीच कुल की, राज्य की, परम्परागत धर्म और समाज की अनेक मर्यादाएँ मुझसे टूटी हैं, वे सुनकर परेशान भी हुए हैं; पर चुप रह गये। माँ से केवल इतना ही कहा : "देखती रहो, क्या होता है। इस बेटे को क्या केवल गर्भज मानकर, इसे अपने आँचल के दूध से कातर कर सकती हो? असम्भव त्रिशला!"

माँ से ही अपने प्रति, पिता के इस रुख को जानता-सुनता रहा हूँ। उन्हीं के माध्यम और परामर्श से, वे मुझे पुत्र रूप में सुलभ और स्थापित देखने के प्रासंगिक प्रयत्न करते रहे हैं। सम्मुख वे कभी न आये : मानो उन्हें साहस ही न हुआ। इतनी ममता है उनकी मुझ पर, कि द्वितीय पुरुष के रूप में वे मुझे मानो देख ही नहीं पाते। जो, जैसा हूँ, जो भी करता हूँ, उसे अपनी ही अभिव्यक्ति समझ, अपने में बने रहते हैं। सुनता हूँ, राज्य में भी बहुत रुचि नहीं उनकी। कर्तव्य और परम्परा का निर्वाह भर होता है। भगवान पार्श्वनाथ के निर्ग्रन्थोपासक श्रावक हैं वे। सामयिक और धर्मचर्या में ही अधिकतर लवलीन रहते हैं।

बरसों बाद आज सवेरे अचानक ही नवम खंड में आ पहुँचे। पैर छूने को झुका ही था कि स्वयं उठाकर मुझे मेरे मर्मर के सिंहासन पर बैठा दिया। तत्काल प्रयोजन की बात कही : "बेटा, तुम नहीं गये वैशाली, तो तुम्हारे मातामह, वैशाली के गणाधिपति चेटकराज स्वयं ही तुमसे मिलने आये हैं। कब मिलना चाहोगे?"

"अहोभाग्य मेरे!...आज तीसरे पहर तात?"

"यहाँ आएँ हम कि मन्त्रणा-कक्ष में आओगे?"

"महाराज चेटक के योग्य तो वहीं होगा। यहाँ कहाँ? और मिलने भी मुझे ही आना चाहिए न!"

"साधु पुत्र!..."

एक निगाह क्षणभर कक्ष में चहुँ ओर देखा। वैभव, सुख-साधन, साज-सज्जा से शून्य इस कक्ष को देख उनकी आँखें जैसे गुमसुम हो रहीं। कुछ पूछा नहीं। चलती बेर, मेरे कन्धे पर हाथ रख, गहरी दृष्टि से मेरी आँखों में देख, बोले : "बेटा, हमें तुम्हारी जरूरत है!..." "तो प्रस्तुत हूँ ही, तात!"...और क्षण मात्र में ही वे अचल पग लौट गये।

...इधर बराबर ही वैशाली से रथ और सवार मुझे बुलाने को दौड़े हैं। समझ रहा हूँ, कुछ अनिवार्य मुझे वहाँ बुला रहा है। पर कहीं भी जाना-आना, बाहरी प्रसंग या पुकार से, मैं नहीं कर पाता। वह मेरा स्वभाव नहीं। अकारण, अचानक और अतिथि भाव से ही कहीं जा पाता हूँ। यहाँ से चार योजन पर जो वैशाली है, वहाँ अब तक न जा सका तो इसी वजह से, कि भीतर से कोई निर्देश नहीं मिला। आखिर मातामह को स्वयं आना पड़ा, मेरी टोह में। तो मेरी यह कृतकृत्यता, शायद कुछ अर्थ रखती है। माँ से अनेक बार मातामह के विषय में सुना है। उच्च गुणस्थान के जिनधर्मी और सुदृढ़ व्रतनिष्ठ श्रावक हैं। उन्हीं की धर्मश्रद्धा के प्रभाव से, वैशाली में जिनेश्वरों का धर्म-शासन आज सिंहासनासीन है। वैशाली के सन्थागार के गुम्बद पर फहराता वृषभ-ध्वज, आज के तमाम विश्व की राज्य-पताकाओं में शिरोमणि माना जाता है। और आर्यावर्त के सारे ही शीर्षस्थ राज-कुलों में मेरी मौसियों की कोख द्वारा जिन-धर्म

संचरित हुआ है। अपने उन धर्मात्मा मातामह के आज दर्शन कर सकूँगा : मेरा सौभाग्य।

...महार्ध कस्तूरी से सुवासित मन्त्रणा-गृह का ऐश्वर्य सम्भ्रमित कर देनेवाला है। खिड़कियों पर भी रत्न-कणियों से गुँथे भारी पर्दे पड़े हैं। उनकी मोतियों की झालरों और पन्ने के हरियाले रत्नदीपों की विभा से कक्ष में गहरी शीतलता व्याप्त है। प्रवेश करते ही एक स्निग्ध प्रशान्ति से मन विश्रब्ध हो जाता है। यहाँ पहली ही बार आया हूँ। इससे पहले बुलाने पर भी, आना न हो सका था। विदेशी की तरह चुपचाप आकर एक ओर खड़ा ही हुआ हूँ, कि सहसा अन्तःकक्ष का पर्दा हटाकर चेटकराज आये, और उनके पीछे महाराज सिद्धार्थ। पैर छूने को बढ़ा ही था कि वैशालीपति ने मुझे भुजाओं में भर गाढ़ आलिंगन में बाँध लिया। उनकी मुँदी आँखों से उमड़ते स्नेहाश्रुओं से मेरे गाल गीले हो गये। मेरा रक्त उस वात्सल्य की उमड़न से क्षण-भर को ही सही, अछूता न रह सका।

...यह क्या देख रहा हूँ, कि मातामह ने मुझे अपनी बाँहों से मुक्त करते हुए, सीधे शीर्ष पर बिछे राजसिंहासन पर स्थापित कर दिया। जान ही न पाया कि कहाँ बिठाया जा रहा हूँ : सो संकोच को अवसर ही न मिला। बैठ जाने पर देखा कि दोनों राजपुरुष अगल-बगल लगे भद्रासनों पर बैठ गये हैं। अपनी इस स्थिति को देखकर, केवल स्तब्ध हो रहा। विकल्प न कर सका। अपने को वहाँ बैठे, बस देखा। और स्थिति को समझना चाहा।

"शैशव के बाद आज ही तुम्हें देखना नसीब हो सका, बेटा। तुम्हें किसी भी तरह वैशाली में नहीं पाया जा सका। न रहा गया, सो स्वयं ही चला आया, तुम्हें देखने।"

"मेरे सौभाग्य की सीमा नहीं, तात। गणनाथ के इस अनुगृह के प्रति नतमाथ हूँ।"

"अब तुम वयस्क और योग्य हुए, बेटा। तुम्हारे विक्रम और प्रताप की गाथाएँ, ससागरा पृथ्वी पर गूँज रही हैं। अपने ऐसे वंशावतंस को देखने को बेचैन हो उठा।"

"मुझ एकलचारी को कौन जानता है, महाराज। जैसे लोक से बाहर कहीं खड़ा हूँ।"

"इसी से तो अपूर्व और अलग दीखे, सो पहचान लिए गये। पिप्पली-कानन के मेले से लौट कर, लिच्छवि-कुमार तुम्हारा गुणगान करते थकते नहीं। और सुना, विदेह, मगध, कौशल, काशी, अंग-बंग तक के सारे सन्निवेशों की प्रजाओं के बीच तुम प्रकाश की तरह घूम गये। तब से वैशाली के राजकुमार को देखने के लिए और उसे अपने बीच पाने के लिए सारे आर्यावर्त के जनगण तरस रहे हैं। गणतन्त्र के योग्य बेटे की इससे बड़ी पहचान और क्या हो सकती है?"

"लोक ने मुझे अपनाया। मेरा होना कृतार्थ हुआ।"

"अब समय आ गया है, कि जनगण के छत्रधारी बनो तुम। वैशाली की मंगल-

पुष्करिणी तुम्हारे राज्याभिषेक की प्रतीक्षा में है।''

''वही मंगल-पुष्करिणी, तात, जहाँ मुक्त जल-तत्त्व बन्दी है? और राज्य यदि मेरा कोई हो, तो उसे मैं वैशाली तक सीमित नहीं देख पाता। लगता है कि मेरा राज्य असीम का ही हो सकता है। और ऐसा राजा यदि मैं हूँ, तो मंगल-पुष्करिणी का कैदी जल नहीं, आकाश से बरसती हुई मुक्त वृष्टिधाराएँ ही मेरा राज्याभिषेक कर सकती हैं।''

''साधु-साधु वर्द्धमान....! सचमुच, हम तुम्हारे उसी साम्राज्य का सपना देख रहे हैं। मंगल-पुष्करिणी तुम्हारे चरणों का प्रक्षालन कर, अभयदान पाना चाहती है। उसे अपने मुक्तिदाता की प्रतीक्षा है।''

''जल-तत्त्व अपने स्वभाव से ही स्वतन्त्र है; मेरे चरण-प्रक्षालन पर उसका स्वातन्त्र्य निर्भर नहीं। उसे मैं सर पर ही धारण कर सकता हूँ। क्या ताले और पहरे में रखकर, आप सोचते हैं, आप उसकी रक्षा कर सकते हैं?''

''पुष्करिणी हमारे पूर्वजों के अंग-स्पर्श से पावन है। उसमें राज्याभिषेक प्राप्त कर, हमारे वंशधर अपनी देह में, अपनी परम्परा की रक्तधारा को अटूट अनुभव करते हैं। उसकी रक्षा...''

''उसकी रक्षा, आपके और मेरे वश की नहीं, तात। अपनी रक्षा करने में वह आप समर्थ है। उसकी पवित्रता, आपके और मेरे पूर्वजों के अंग-स्पर्श और राज्याभिषेक की कायल नहीं। जल अपने निज रूप में ही पवित्र है। आपके परकोटों, फौलादों, पहरों और तालों को तोड़कर बन्धुल मल्ल अपनी प्रिया मल्लिका को उसमें नहला गया। क्या आपका तमाम इन्तजाम भी उसकी रक्षा कर सका?''

गणाधिपति का चेहरा तमतमा आया।

''वह बलात्कारी था।...अत्याचारी! इसी से तो...।''

''हमने उसे बलात्कारी होने को विवश किया, महाराज। क्योंकि उससे पहले हम जल-तत्त्व के बलात्कारी थे। असत्य और हिंसा के इस दुवृत्त में, किसे अपराधी कहें और किसे नहीं? मुझे तो ऐसा लगा कि बन्धुल की वज्रभेदी तलवार और मल्लिका के दोहद-स्नान से, मंगल-पुष्करिणी के चिर बन्दी जल मुक्त और पवित्र हो गये...।''

चेटकराज की भृकुटियाँ टेढ़ी हो गयीं। पिता सहम आये।

''वर्द्धमान, तुम एक अत्याचारी को समर्थन दे रहे हो! हत्यारे और डाकू का पक्ष ले रहे हो! हमारे शत्रु को तुमने अपने सर पर चढ़ा लिया।''

''अत्याचारी, हत्यारा, डाकू शायद तुमने ही उसे बनाया। स्वतन्त्र जल-तत्त्व पर अपना एकाधिकार स्थापित करके, उसे दुर्लभ बना कर। और ऐसी प्रमत्त हुई हमारी यह अधिकार-वासना कि उसकी रक्षा के नाम पर, गर्भवती मल्लिका पर भी, लिच्छवियों की तलवारें तनने से बाज न आयीं। कुलगर्व की तुष्टि के लिए सैकड़ों

मानवों का खून बह गया। कौन निर्णय करे कि चोरी, हत्या, बलात्कार, शत्रुत्व का बीज कहाँ था? और मैं तो अपना शत्रु अपने से बाहर, देख ही नहीं पाता राजन्...!''

''वर्द्धमान, तुम कौन हो? तुम्हें पहचान नहीं पा रहा मैं? तुम्हें समझाना मेरी बुद्धि के वश का नहीं!...''

''बुद्धि कब कुछ समझ पाती है, बापू। खंड का केवल खंड ज्ञान ही वह बेचारी कर सकती है। अखंड सत्य का ग्रहण हृदय से ही सम्भव है। आपके बेटे का निवेदन वहीं से आ रहा है।''

''आयुष्मान्, सारे दैवज्ञ कहते हैं कि वर्द्धमानकुमार के पगतल चक्र-चिह्न से अंकित हैं। वे जन्मजात चक्रवर्ती हैं। समुद्र-पर्यन्त पृथ्वी पर होगा उनका साम्राज्य।''

''षट्खंड पृथ्वी जीतकर, वृषभगिरि पर्वत की विक्रम-शिला पर अपना हस्ताक्षर करनेवाला चक्रवर्ती? जो वहाँ जाकर देखता है कि ऐसे असंख्य चक्रवर्ती पहले हो चुके हैं, और शिला पर नाम लिखने की जगह नहीं है? तब अपने से पिछले का नाम मिटाकर, वह अपनी हार के हस्ताक्षर कर देता है : और पराजित होकर लौट आता है। हार के हस्ताक्षर करनेवाला ऐसा चक्रवर्ती मैं नहीं, तात! वह तो मैं पहले कभी हो चुका। उसे मैं पीछे छोड़ आया।''

''तो क्या ये दैवज्ञ झूठ कहते हैं? क्या तुम जन्मजात चक्रवर्ती नहीं?''

''निश्चय ही ऐसा सनाम चक्रवर्ती मैं नहीं हो सकता, जिसके नाम को आखिर मिट जाना पड़े। मैं अनाम चक्रवर्ती ही हो सकता हूँ, जिसकी अस्मिता को कोई मिटा नहीं सकता।''

''मैं समझा नहीं, बेटा?''

''रूप और नामधारी चक्रवर्तित्व, अहंकार का होता है। अहं मिथ्या है, और उसका मिट जाना अनिवार्य है। अगर मैं हो सकता हूँ, तो सोहम् का चक्रवर्ती, जो नाम-रूप से परे, स्व-निर्भर आत्म-स्वामी होता है, जिसकी सत्ता षट्खंड पृथ्वी की विजय से सीमित नहीं और विक्रम-शिला की कायल नहीं। उस नामातीत की सत्ता, स्वायत्त होती है। उसका कोई प्रतिस्पर्धी सम्भव नहीं। सो उसे कोई हरा और मिटा नहीं सकता। ऐसा कोई अजातशत्रु चक्रवर्तित्व हो, तो वह मेरा हो सकता है।''

''तो फिर ससागरा पृथ्वी अनाथ और त्राणहीन ही रहेगी? उस पर शासन कौन करे? उसका परिचालन और परित्राण कौन करे?''

''उसका सच्चा परिचालक, शासक और त्राता वही हो सकता है, जो पहले अपना पूर्ण स्वामी हो। जो पहले अपना स्वतन्त्र परिचालक और परित्राता हो!''

''वह कौन वर्द्धमान?''

''वह जिसका चक्रवर्तित्व पृथ्वी और समुद्र की सीमाओं से बाधित नहीं। जो देश और काल के सीमान्तों को अतिक्रान्त करे। देश और काल, मात्र जिसके चक्र के

आरे होकर रह जाएँ।"

"और उसका साम्राज्य... ?"

"उसका साम्राज्य कण-कण, क्षण-क्षण और जन-जन के हृदय पर होता है। त्रिकालवर्ती जड़ और चेतन, हर पदार्थ के स्वभाव को वह पूरा जानता है, और समझता है। इसी से वह त्रिलोक के सकल चराचर का पूर्ण प्रेमी होता है। सो उनका अखंड जेता, त्राता और शास्ता होता है। जो सर्व का ज्ञाता हो, जिसकी आत्मा सर्व की वेदना से संवेदित हो, वही सर्व का स्वजन और प्रेमी, सर्वजयी और सर्व का शास्ता होकर रह सकता है।"

"तो वर्तमान लोक और काल में, तुम्हारे चक्रवर्तित्व का स्वरूप क्या हो सकता है?"

"सच्चा चक्रवर्ती वह, जो अहं और राग-द्वेष के अनादिकालीन दुश्चक्र का भेदन करे, उसे उलट दे। जो वैर-विद्वेष के इस दुर्वृत्त से बाहर खड़ा हो सके, वही इसको तोड़ सकता है, इसका भेदन कर सकता है। जो पहल कर सके, उपोद्घात कर सके, नयी शुरुआत कर सके, जो सृष्टि के इस आदि-पुरातन दुश्चक्र को चूर-चूर करके, वस्तु और व्यक्ति मात्र को अपना स्वभावगत स्वराज्य प्रदान कर सके; जो स्वार्थ और अहम् पर आधारित झूठे राज्यों, वाणिज्यों, व्यवस्थाओं और प्रतिष्ठाओं के तख्ते उलट कर, कण-कण और जन-जन के स्वाधीन आत्मराज्य की स्थापना कर सके। जो जड़ी-भूत, सड़ी-गली वर्तमान विश्व-व्यवस्था में आमूल-चूल अतिक्रान्ति करके, वस्तु और व्यक्ति के स्वतन्त्र सत्य के आधार पर, कोई सर्वोदयी, समवादी और संवादी राज और समाज रच सके, ऐसा ही चक्रवर्ती वर्द्धमान महावीर हो सकता है, महाराज! और किसी रूढ़, परम्परागत, ऐतिहासिक चक्रवर्तित्व की आशा आप उससे न करें, देव। करेंगे तो आपको निराश होना पड़ेगा।"

"इतिहास से बाहर का यह चक्रवर्तित्व तो मेरी समझ में नहीं आता, बेटा! इतिहास और लोक से परे और बाहर कौन हो सकता है?"

"भन्ते मातामह, जरा इतिहास पर दृष्टिपात करें आप। उसमें आदिकाल से आज तक, राग-द्वेष, अहंकार-ममकार, जय-पराजय, मान और मानभंग के दुश्चक्रों का अन्त नहीं। उनके चलते क्या लोक में कभी कोई स्थायी सुख-शान्ति का राज्य स्थापित हो सका? यह चक्र विकासमान, प्रगतिशील और अभ्युदयकारी नहीं। यह चिर प्रतिक्रियाशील और प्रतिगामी है। जड़ राग-द्वेष जनित प्रतिक्रियाओं की इस अन्धी शृंखला का नाम ही इतिहास है। एक ऐसा अन्धा चक्र, जो अपने में ही घूमता है, अपने को ही दोहराता है, जो आगे नहीं जाता। लोक और इतिहास से परे जा कर, उससे ऊपर उठकर या उसके केन्द्र में खड़ा होकर, जो इस प्रतिक्रिया की धारा का अपने आत्मबल से प्रतिवाद करे, इसे प्रतिरोद देकर तोड़ दे; जो इतिहास की इस जड़ रूढ़ और अन्ध गतिमत्ता को

छिन्न-भिन्न कर दे; वही इतिहास को बदल सकता है, वही लोक के हृदय में एक आमूल-चूल अतिक्रान्ति उपस्थित कर सकता है। जो देशकाल का अतिक्रमण कर, अपने पराऐतिहासिक आत्म-स्वरूप में आत्मस्थ होकर, इतिहास के इस दुश्चक्री और प्रतिगामी प्रवाह को उलट सकता है; इसे संवादी, समवादी और प्रगतिवादी बना सकता है : ऐसा ही लोकोत्तर पराऐतिहासिक पुरुष सच्चा इतिहास-विधाता होता है। जड़ीभूत इतिहास और लोक में जो आमूल मांगलिक क्रान्ति लाना चाहता है, उसे लोक और इतिहास से ऊपर और अलग हो ही जाना पड़ता है।"

"तो अभी हाल, यहाँ, जो लोक की प्रासंगिक समस्याएँ हैं, उलझनें हैं, संघर्ष हैं, उनसे तुम्हारा कोई सरोकार नहीं, आयुष्यमान?"

"बेशक है, गणनाथ। लेकिन मौलिक और असली सरोकार है, मात्र सतही और सांघातिक नहीं। प्रासंगिक समस्याओं का सच्चा और अन्तिम समाधान, प्रज्ञान के केन्द्र में खड़े होकर ही पाया जा सकता है। जो व्यक्ति और वस्तु, आत्म और विश्व के सच्चे स्वरूप को न जाने, उनके बीच के मौलिक और संवादी सम्बन्ध का जिसे ज्ञान न हो, वह प्रासंगिक समस्या को सुलझाता नहीं, उलटे अधिक उलझाता है। जो प्रासंगिक समस्या को समक्ष पाकर, स्वयं ही उसके प्रति राग-द्वेषी प्रतिक्रिया से ग्रस्त हो जाए, कषाय से अशान्त और आत्मछिन्न हो जाए, वह स्वयं ही समस्या के उस दुश्चक्र का शिकार हो जाता है। और दुश्चक्र के अन्धड़ में जो बह जाए, वह उसे उलट कैसे सकता है? इसी से कहना चाहता हूँ, कि जो लोक की प्रासंगिक समस्या का समाधान पाने की सच्ची वेदना से तप्त है, लोक का ऐसा प्रेमी, पहले प्रसंग से अनासक्त होकर, आत्मस्थ हो लेता है। लोक का और अपना सम्यक् दर्शन और सम्यक् ज्ञान प्राप्त करता है। और तब उसके मोह-मुक्त चैतन्य के केन्द्र से जो क्रिया आएगी, वह प्रतिक्रिया नहीं होगी, शुद्ध और प्रगतिशील प्रक्रिया होगी। ऐसी ही प्रज्ञानात्मक प्रक्रिया, प्रासंगिक समस्या का सच्चा, अन्तिम और विधायक समाधान प्रस्तुत कर सकती है। इसी से हो सके तो, मैं पराऐतिहासिक आत्म-स्वरूप में समाधिस्थ होकर, इतिहास और प्रासंगिकता को अपूर्व, मौलिक और नवीन परिचालना देना चाहता हूँ। इसके लिए मुझे पहले पहल करनी होगी, महाराज। पहले स्वयं अपने को सुलझा लेना होगा, बदल देना होगा। जो स्वयं ही उलझा है, प्रतिक्रिया के दुश्चक्र में ग्रस्त और कषायान्ध है, जो स्वयं ही अपने को सुलझा और बदल नहीं सका है, वह इतिहास और लोक को कैसे बदल सकेगा?...

"सुनें बापू, ऐसे तमाम सतही बदलावों की बात जो करते हैं, वे दम्भी, पाखंडी और पलातक होते हैं। वे भीतर कहीं अहंकार, स्वार्थ और प्रतिक्रिया के नासूर से अस्वस्थ और पीड़ित हैं। जो प्रसंग और इतिहास से ग्रस्त नहीं, संन्यस्त और अनासक्त होते हैं, वही प्रसंग के सच्चे परित्राता, और इतिहास के मौलिक विधाता होते हैं...।"

"तो आज जो हमारे सामने प्रासंगिक संघर्ष है, उससे निस्तार पाने का तुम क्या उपाय सुझाते हो, आयुष्यमान?"

"कौन संघर्ष, तात? स्पष्ट करें आप, तो मैं अपना नम्र मन्तव्य व्यक्त करूँ।"

"वर्द्धमान, तुम तो जानते हो, हमारा वैशाली गणतन्त्र, आज संसार का सर्वश्रेष्ठ संघराज्य है। वह प्रजातन्त्र है। उसके अन्तर्गत हमारा प्रत्येक प्रजाजन पूर्ण स्वतन्त्र है। शासन में वह साझीदार है। अपनी छन्द-शलाका द्वारा अपना मत व्यक्त करके वह शासकीय निर्णय में भाग लेने का अधिकारी है। हमारा यह स्वातन्त्र्य और यह समृद्धि मगधराज बिम्बिसार को असह्य हो उठी है। हमारे समान ही अन्य गणसत्ताक राज्यों को हड़प कर, वे आर्यावर्त के दूसरे राजतान्त्रिक राज्यों के साथ मिलकर, समस्त भरतखंड पर अपना एकराट् साम्राज्य स्थापित किया चाहते हैं। इस षड्यन्त्र के चलते हमारा यह स्वतन्त्र गणराज्य निरन्तर मगध की साम्राज्य-लोलुप तलवार के आतंक तले जी रहा है।"

"वर्तमान आर्यावर्त का मानचित्र मेरी आँखों के सामने स्पष्ट है, महाराज। उसके राजकीय, आर्थिक, सामाजिक विग्रहों और संघर्षों को अपनी हथेली के रेखाजाल की तरह साफ देख और समझ-बूझ रहा हूँ। पूछता हूँ तात, क्या वैशाली विशुद्ध गणराज्य है? क्या ऊपर से नीचे तक के प्रत्येक वर्ग का प्रजाजन, उसके शासन-तन्त्र में सहभागी है?"

"यह तो जगत-विख्यात बात है, आयुष्यमान।"

"जहाँ तक मुझे पता है, महाराज, यह गणराज्य नहीं, कुल-राज्य है। वज्जियों के वंशानुगत अष्ट राजकुलक ही वैशाली पर राज्य करते हैं। इन अष्टकुलों के सात-हजार सात-सौ सात सदस्य ही आपके सन्थागार की शासक-परिषद् के सदस्य हो सकते हैं। राजतन्त्र तो अन्ततः इन्हीं अष्टकुलकों के हाथ में है। क्या कोई कृषक, कुम्भकार, लोहार, बढ़ई, जुलाहा भी आपकी इस परिषद् का सदस्य हो सकता है?"

"वैशाली का हर जनगण अपना राजा है, वह अपने को राजा कहता है, वर्द्धमान! अष्टकुलक शासन-परिषद् गणतन्त्र के सारे ही वर्गों का प्रतिनिधित्व करती है।"

"परम्परागत कुलतन्त्र शक्तिमान है, और उसका राजतन्त्र नीतिमान है, निश्चय। उसने मांगलिक शासन-कौशल द्वारा प्रजा का हृदय जीत लिया है। और हर जागरण को पूर्ण स्वातन्त्र्य का बोध होता है, निश्चय! सो उन्होंने अष्टकुलक को सहज ही अपना प्रतिनिधि स्वीकार कर लिया है, पर मेरी बात का उत्तर आपने नहीं दिया। क्या आपकी 'प्रवेणी-पुस्तक' (कानून-ग्रन्थ) के अनुसार वैशाली का हर कोई कृषक, कुम्भकार, वणिक या ब्राह्मण तक हमारी शासक-परिषद् का सदस्य हो सकता है?"

महाराज चेटक कुछ चकराये-से दीखे। फिर बोले, "हमारी प्रजा को हमारे गणतन्त्र की शासक-परिषद् में पूर्ण विश्वास है। तो उनका प्रतिनिधित्व और सदस्यता,

उसमें समाहित है।"

"आप बात को फिर टाल गये, महाराज। मैं भी एक लिच्छवि राजकुल का पुत्र हूँ। और आपकी ओर से मैं ही बात को स्पष्ट कर दूँ। वस्तुस्थिति यह है कि मूलतः यह गणतन्त्र नहीं, गणराजतन्त्र है। यानी प्रजाओं का नहीं, गणराजाओं का तन्त्र है। अष्टकुलीन राजवंशियों का। इन राजवंशियों के परम्परागत आभिजात्य, बाहुबल, शस्त्रबल और अपेक्षाकृत नीतिमान शासन-कौशल के प्रभाव से प्रजा इतनी दबी हुई और अभिभूत है, कि वह इन कुल-पुत्रों को सहज ही अपना प्रतिनिधि स्वीकारे हुए है।"

"तो यह क्या हमारे गणतन्त्र कहलाने को काफी नहीं ?"

"है भी, नहीं भी, पितृदेव! परम्परागत बलवानों के राज्य को स्वीकारने के सिवाय, निर्बल प्रजाओं के लिए और क्या चारा है। जन्मजात ही शासित और दमित रहने का उनमें संस्कार पड़ गया है। कुलीज राजवंशियों ने उन्हें मनवा दिया है कि वे उनके प्रतिनिधि शासक हैं। एक हद तक वे प्रतिनिधि और उत्तरदायी हैं भी, और वह शुभ है। पर उसमें उनका स्थापित स्वार्थ भी तो है, कि प्रजाओं को सन्तुष्ट रखकर, वे इस रत्नगर्भा वसुन्धरा के श्रेष्ठ का निर्बाध भोग कर सकें। वज्जी, शाक्य, मल्ल, कुरू, काम्बोज, सारे ही गणतन्त्र की मूलगत स्थिति यही है। मूलतः तो वे गणतन्त्र नहीं, गणराजतन्त्र ही हैं।"

"तो तुम्हारे विचार से, पृथ्वी पर गणतन्त्र जैसी कोई चीज अस्तित्व में नहीं?"

"अभी तक तो नहीं है, महाराज। पर वह होनी चाहिए। उसे होना पड़ेगा, विकास में अनिवार्यतः आगे जाकर। उसमें सदियाँ लग सकती हैं। आपका यह बेटा विश्व के उसी भावी गणतन्त्र का स्वप्नद्रष्टा है—उसका एक विनम्र दूत, यदि आप उसे पहचान सकें।"

"तुम पर हमें गर्व है, आयुष्यमान। तुम्हारी जन्मजात महिमा से हम अवगत हैं। पर गणतन्त्र और राज्यतन्त्र में तुम कोई भेद नहीं देखते, आश्चर्य! तुमने हमारे गणतन्त्रों को मात्र गणराजतन्त्र कहकर, तुच्छ कर दिया। क्या इन साम्राज्य-लोलुप राजाओं और हम गणपतियों में तुम कोई अन्तर नहीं देखते?"

"एक हद तक, निश्चय ही देखता हूँ। पर मूलतः और अन्ततः कोई भेद देख नहीं पाता। मैं स्पष्ट करूँ, बात को। आदिम मानव-कुलों या कबीलों ने जब पहले पहल, पारस्परिक अस्तित्व की सुरक्षा से प्रेरित होकर, सभ्यता के विकास में अनिवार्य होने पर, समाज को समुचित व्यवस्था देने के लिए राज्य या शासन-तन्त्र रचा, तो जो अधिक बलवान और बुद्धिमान थे, जो शीर्ष पर थे, उन्होंने अपना शासन-तन्त्र संगठित कर, व्यवस्थापक राज्य-तन्त्र का आविष्कार किया। पर मूल में उन कबीलों में व्यक्तियों के भुजबल की टक्कर और प्रतिस्पर्धा तो थी ही। सो इन कबीलों या कुलों के बलवान

अधिपतियों के शक्ति-सन्तुलन के आधार पर ही, ये कुलतन्त्र स्थापित हुए। आज के हमारे गणतन्त्र उन कुलतन्त्रों का ही अधिक सभ्य, सुस्थापित और विकसित रूप है। पर इनके मूल में निर्णायक तत्व बल है, जनगण का हृदय या उनका सर्वोदयी कल्याण और प्रतिनिधित्व नहीं।''

''क्या तुम हमारे गणतन्त्र में जनगण का सर्वोदयी कल्याण और प्रतिनिधित्व नहीं देखते?''

''सर्व का समान अभ्युदय तो मुझे कहीं दिखाई न पड़ा। पिछले दिनों आस-पास के राज्यों और गणराज्यों के कई सन्निवेशों और ग्रामों में घूमा फिरा था। मैंने देखा कि चारों ओर वर्गभेद का खासा जाल बिछा है। धनी और निर्धन के बीच की खाइयाँ बहुत चौड़ी और अँधेरी हैं। कृषक, जुलाहे, बढ़ई, लुहार, स्थापत्यकार, मूर्तिकार, शिल्पी, चर्मकार, धीवर, रात-दिन अविराम कठोर परिश्रम करते हैं। उन्हीं के श्रम की नींव पर वैशाली, राजगृही, चम्पा, श्रावस्ती, कौशाम्बी के ये गगनचुम्बी प्रासाद-भवन खड़े हैं। उनके खून-पसीनों की उपज से ही, इन महलों के वैभव-ऐश्वर्य और भोग-विलास फल-फूल रहे हैं। उन्हीं के द्वारा निर्मित चक्रों और फौलादों पर इन सोलह महाजनपदों के दुर्भेद्य दुर्ग खड़े हैं। उनके शस्त्रागार सर्वसंहारक शस्त्रों से चमचमा रहे हैं। समस्त जम्बूद्वीप और उससे पार के द्वीप-देशान्तरों तक आवागमन कर रहे महाश्रेष्ठियों के सार्थ उन्हीं के हस्त-पिंजरों से ढले चक्रों, कीलों, नावों और जहाजों पर गतिमान हैं। वैशाली, चम्पा, श्रावस्ती और राजगृही के सत्ताधारियों और धनकुबेरों के कोशागार, इन्हीं श्रमिकों के रक्त-स्वेद से वाहित सुवर्ग-रत्नों से उफना रहे हैं।...पर मैंने देखा, महाराज, ये कम्मकार दीनहीन और दरिद्र हैं। अन्न-वस्त्र और साधारण जीवन-साधन का उन्हें, बेशक, अभाव नहीं। पर महानगरों के नागरिकों को उत्कृष्ट अन्न-वस्त्र, आवास, वाहन, भोग-विलास प्रदान करने वाले ये श्रमिक, निम्नतम कोटि के जीवन-साधनों पर निर्वाह करते हैं। हम महाजन कहे जानेवाले प्रभु-वर्ग के लोगों ने इन्हें शूद्र, हीनजातीय और हीन-शिप्पणि जैसी संज्ञाएँ प्रदान कर रखी हैं। हम सत्ता के आसन पर हैं, सो सत्ताबल से उनके श्रम के उपार्जन पर अपना एकाधिकार स्थापित कर, उस सम्पत्ति का स्वामित्व हम भोगते हैं। और सम्पत्ति के सच्चे उत्पादक ये श्रमिक, हमारे मातहत रहकर शोषित विपन्नों का जीवन बिताते हैं। अपने स्वामित्व से हमने उन्हें पददलित कर रखा है। हम वंश-परम्परा से राज्य-सुख भोगते चले जाते हैं, और उन्हें हमने वंश-परम्परागत रूप से श्रमिक और शोषित जीवन बिताने को विवश कर छोड़ा है। हम अभिजात कुलीनों की कई पीढ़ियों ने इन कम्मकारों की हर पीढ़ी के रक्त में आत्महीनता के भाव को संस्कारित और परम्परित किया है। मानव-पुत्रों की कई-कई पीढ़ियों में हीन भाव को एक संक्रामक रोग की तरह प्रवाहित करने से बड़ा पाप और क्या हो सकता है, महाराज? उनके रक्तकोशों, मांस, मज्जा, अस्थियों तक

में हमने हीनत्व की खेती की है।...क्या इसी को हम सर्वोदयी, सर्व-कल्याणकारी गणराज्य कहते हैं? राजतन्त्रों में हो कि गणतन्त्रों में हो, धनी और निर्धन, श्रमिक और स्वामी तथा शोषक और शोषित के बीच की यह खाई, मैंने सर्वत्र समान रूप से फैली देखी है। समझ नहीं सका कि पृथ्वी पर कहाँ है गणराज्य, सर्वोदयी कल्याणराज्य, जिसकी बात आप कर रहे हैं?''

''आयुष्मान्, अपना उत्कर्ष करने को हमारे गणतन्त्र में तो सर्वजन स्वतन्त्र हैं। यह तो व्यक्ति के अपने स्वतन्त्र संकल्प और पुरुषार्थ पर है कि अपने को नीचे से उठा कर ऊपर ले जाए।''

''यह स्वतन्त्रता मात्र हस्तिदन्ती है, महाराज! हाथी के ये दिखाऊ दाँत हैं, खाने के दाँत दूसरे ही हैं। वे उसके जबड़े में छुपे हैं : वे बड़े कराल और सर्वभक्षी हैं। आपको 'प्रवेणी-पुस्तक' के नियम-विधान और शासन-विधान में, बाहर से हर प्रजाजन को मतदान का अधिकार भले ही हो, पर अधिनियम और शासन-विधान के निर्माण और उसके स्वायत्त परिवर्तन का अधिकार तो अष्टकुलकों तक ही सीमित और सुरक्षित है। कोई भी दीन-दलित चाहकर, पीढ़ी-दर-पीढ़ी दलित-शोषित रहना नहीं चाह सकता, उसे सौ भ्रमों और भुलावों में डालकर वह रखा जाता है। इस विधान के अन्तर्गत उसे ऊपर उठने का कोई अवसर नहीं। शूद्रों और चांडालों की सन्तानों को आर्यावर्त के गुरुकुलों में शिक्षा पाने का अधिकार नहीं। उन्हें पदत्राण तक धारण करने का अधिकार नहीं। स्पष्ट है कि दीन-दुर्बल-दलित को सुव्यवस्थित रूप से वह रखा जाता है, ताकि उच्च कुलीन अभिजात वर्ग, पृथ्वी की श्रेष्ठ निधियों का अधिकतम संचय और निर्बाध भोग अन्त तक करते चले जाएँ।''

''जगत् और जीवन की वस्तु-स्थिति और मनुष्यों के भाग्य बदलना तो किसी शासन-तन्त्र के हाथ नहीं, बेटा। मूलतः और अन्ततः तो मनुष्य अपने ही किये और बाँधे कर्मों का परिणाम है, आयुष्मान्। स्वतन्त्र-परतन्त्र, ऊँच-नीच, धनी-निर्धन, मनुष्य अपने ही उपार्जित कर्मों के फल-स्वरूप होता है। यह श्रेणिभेद तो प्राणियों और मानवों में आदिकाल से चला आया है, और सदा रहेगा। हमारे सर्वज्ञ तीर्थंकरों और श्रमण भगवन्तों ने भी क्या मनुष्य की स्थिति का निर्णायक कर्म को ही नहीं माना है?...''

''आदिकाल से जो चला आया है, वही अनन्तकाल तक चलेगा, यह सत्य नहीं, बापू। द्रव्य का परिणमन किसी चक्र में सीमित नहीं। द्रव्य में अनन्त गुण और अनन्त पर्याय सम्भव हैं। सो उसकी सम्भावनाएँ भी अनन्त हैं। जो अनन्त है, वह अनिवार्यतः विकास-प्रगतिशील होगा ही। सो अनन्त रूढ़, चक्रबद्ध और अन्तिम कैसे हो सकता है? तब इस लोक, पदार्थ और मनुष्य का स्वरूप भी रूढ़ि और परम्परा से बद्ध और अन्तिम कैसे हो सकता है? जो मनुष्य का भाग्यचक्र आज है, सदा वही रहेगा, ऐसा मान लेने पर वस्तु का स्वरूपगत अनन्तत्व समाप्त हो जाता है। सो यह मान लेना कि

जो आदिकाल से चला आया है, वही अनन्तकाल तक चलता रहेगा, यह सर्वज्ञों द्वारा कथित वस्तु-स्वरूप का विरोधी है। स्थापित-स्वार्थी वर्ग, सर्वज्ञों के कथन की स्वार्थमूलक व्याख्या कर, उसकी आड़ में सदा ही ऐसा प्रमादी प्रवचन करते आये हैं।''

''तब तो मानना होगा, कि कर्म या भाग्य जैसी कोई चीज है ही नहीं : मनुष्य अपनी स्वाधीन इच्छा-शक्ति से अपना मनचाहा भाग्य बना सकता है। उसका जीवन किसी पूर्वार्जित कर्मबन्ध के आधीन नहीं?''

''आप तो जिन-सर्वज्ञों के उपासकों में श्रेष्ठ श्रावक-शिरोमणि और ज्ञानी हैं, महाराज! सर्वज्ञों द्वारा उपदिष्ट कर्म के स्वरूप से तो आप भली-भाँति परिचित ही होंगे। कर्म एक विभावात्मक और नकारात्मक वस्तु है। वह स्वभावात्मक और विधायक वस्तु नहीं। वह अभीष्ट नहीं, अनिष्ट वस्तु है। सो कर्म का विधान शिरोधार्य करने योग्य नहीं, वह तोड़ देने योग्य है। यहाँ तक कि सर्वज्ञ भगवन्तों ने अन्ततः कर्म को अरि यानी शत्रु तक कहा है। बल्कि मूलतः वही कहा है, और जो कर्म-बन्धन का अन्तिम रूप से नाश करे, वही हमारा सर्वोपरि इष्टदेव अरिहन्त कहा जाता है। 'णमो अरिहन्ताणं' : यही जिनेश्वरों द्वारा किए गये अनादि-सिद्ध मन्त्र का प्रथम पद है। उस कर्मारि को हम अपने आदिकाल से अनन्तकाल तक का चरम भाग्य विधाता कैसे मान सकते हैं? यह तो शत्रु को ही इष्टदेव के आसन पर बैठा कर उसे पूजना हुआ। तब तो हमारे परमाराध्य अरिहन्त नहीं, अरि होना चाहिए—ये कर्मारि। और यदि कर्म ही मनुष्य के भाग्य का अन्तिम निर्णायक हो, तो फिर उसके पुरुषार्थ का क्या मूल्य रह जाता है? इस तरह मनुष्य की सत्ता केवल अन्धकर्म और भाग्य की चिरन्तन दास हो जाती है। पर जिनेश्वरों का धर्म ऐसा नहीं कहता। वह चरम-परम पुरुषार्थ का धर्म है। सर्वज्ञ प्रभुओं ने केवल मोक्ष को ही नहीं, धर्म, अर्थ और काम तक को पुरुषार्थ कहा है। यानी मनुष्य अपनी स्वायत्त ज्ञान-चेतना से धर्म की कालानुरूप नूतन व्याख्या कर सकता है, वह अर्थ और काम को अपने विवेक और विज्ञान के पुरुषार्थ से, अपने अभीष्ट रूप में स्वाधीन भोगने की सामर्थ्य रखता है। वह अपनी आत्म-शक्ति के स्वतन्त्र संकल्प से, अपने लिए और सर्व के लिए, सर्वजन हिताय, सर्वजन सुखाय मांगलिक और समत्व-धर्मी विश्व-रचना कर सकता है।''

''तो फिर वर्द्धमान, आदिकाल से अनेक सर्वज्ञ तीर्थंकरों के होते भी विभिन्न मानवों के भाग्य विषम और विसंवादी क्यों रहे? जगत् सदा ही विषम रहा। केवल व्यक्ति ही अपने चरम ज्ञानात्मक उत्थान से, अपने कर्मपाशों का अन्तिम रूप से नाश करके, अपना वैयक्तिक मोक्ष सिद्ध कर सके हैं। पर कोई तीर्थंकर भी समुदाय के भाग्य को न बदल सका, सर्व का समान अभ्युदय न कर सका। क्या वे तीर्थंकर गलत थे, सीमित थे, असमर्थ थे?''

''तीर्थंकर के गर्भ में आने के क्षण से लगाकर, मोक्ष लाभ के क्षण तक, जो

आश्चर्यजनक पंच-कल्याणक के अतिशय होते हैं, क्या उनकी ओर आपका ध्यान गया तात? इन कल्याणकों के भीतर अन्तर्निहित रूप से सक्रिय समस्त विश्व के सामुदायिक कल्याण और उत्कर्ष की शक्तियों का भरपूर परिचय हमें मिलता है। वे शक्तियाँ तो अमोघ होती हैं, और पूर्ण वेग से प्रवाहित होती हैं। तत्कालीन लोक में वे चमत्कारिक मांगलिक क्रान्ति भी घटित करती हैं। पर प्राणियों में श्रेष्ठ और सर्वाधिक सज्ञान हम मनुष्य अपने कषायों और स्वार्थों से इतने अन्धे होते हैं, कि उन शक्तियों के प्रभाव को पूर्णरूप से ग्रहण कर, उनके आधार पर विश्व का सर्वकल्याणकारी मांगलिक रूपान्तकर करने का पुरुषार्थ हम जान-बूझकर नहीं करते। सर्वज्ञ तीर्थंकर के उपदेश में तो वैयक्तिक और सार्वजनिक अभ्युदय और मुक्ति का विधान संयुक्त रूप से समाहित होता है। वह वाणी तो अनेकान्तिनी, और अनन्त सम्भावी होती है। हमारे द्वारा उसका ग्रहण ही सीमित, एकान्तिक और स्वार्थिक होता है। सो हम उस वाणी की प्रमादी और स्वार्थ-सीमित व्याख्या करके लोक को भ्रम में डाले रखते हैं। वर्ना मूल में तो तीर्थंकर के अवतरण और उसकी दिव्य ध्वनि में, व्यष्टि और समष्टि के लौकिक और लोकोत्तर सर्वाभ्युदय और मुक्ति का अमोघ मन्त्र समाया रहता है।...क्या कर्म-भूमि के आद्य तीर्थंकर भगवान ऋषभदेव के जीवन-काल में लोक का सर्वांगीण और सार्वजनिक अभ्युत्थान नहीं हुआ था? तब मानना होगा कि वह सर्वकाल सम्भव है। हम स्वार्थी श्रोताओं ने और सीमित ज्ञानी श्रुत-केवलियों ने तीर्थंकर की कैवल्य-वाणी की सीमित और मनमानी व्याख्याएँ की हैं। इसी से सार्वजनीन लोक के, सर्वाभ्युदयी कल्याण की धारा भंग हुई है। कल के विगत तीर्थंकर भगवान पार्श्वनाथ तक की कैवल्य-वाणी में वही सर्वाभ्युदयी कल्याण का मन्त्र मैं आज भी स्पष्ट सुन रहा हूँ। उसमें केवल वैयक्तिक कर्मनाश ही नहीं, किन्तु समष्टिगत अनिष्ट कर्मनाश और सर्व के अचूक पुण्योदय और पूर्ण उत्कर्ष का गहन रहस्य समाया है। मैं उसे प्रत्यक्ष अनुभूत कर रहा हूँ। भीतर साक्षात् कर रहा हूँ। अब तक जो न हो सका, आगामी तीर्थंकर उस सम्भावना का रहस्य जगत् पर खोलने को आ रहा है।''

''वर्द्धमान, तो क्या यह तीर्थंकर अपूर्व होगा? अब तक के तीर्थंकर अपूर्ण ज्ञानी थे?''

''हर तीर्थंकर पूर्णज्ञानी, किन्तु अभिव्यक्ति में पिछले से फिर भी अपूर्व, अधिक प्रगतिमान हुआ है। वैसा न हो, तो सत्ता की अनन्तता का क्या अर्थ रह जाता है? आगामी तीर्थंकर भी अपूर्व प्रगति का सन्देशवाहक होगा, व्यष्टि और समष्टि दोनों ही की मुक्ति का अपूर्व रचनात्मक विधाता होगा। उसकी प्रतीक्षा करें, वैशालीनाथ!''

''इससे बड़ा आनन्द का संवाद क्या हो सकता है कि कोई ऐसे तीर्थंकर आनेवाले हैं, जिनका उपदेश केवल व्यक्ति के लोकोत्तर मोक्ष का ही मार्गदर्शक न होगा, बल्कि जो लोक की सामुदायिक मुक्ति और उसकी सर्वमंगलकारी, संवादी और समवादी

मुक्ति का भी विधायक होगा। लेकिन तब तो प्राणियों के वैयक्तिक कर्मबन्ध, पाप-पुण्य का कोई अर्थ नहीं रह जाएगा। आखिर तो व्यक्ति, वस्तु और अन्य व्यक्तियों के प्रति, अपनी आत्मपरिणामगत प्रतिक्रिया से ही कर्मबन्धन करते हैं। ऊँच-नीच, कुरूप-सुरूप, धनी-निर्धन, सुखी-दुखी मनुष्य अपने गोत्रकर्म, नामकर्म, अन्तराय कर्म, वेदनीय कर्म आदि कर्मों के फलस्वरूप ही तो होता है?''

''तात, हम समझें कि आखिर कर्म-बन्ध है क्या वस्तु? नित्य के जीवन-व्यवहार में प्राणि, अन्य प्राणियों और पदार्थों के प्रति जो शुभ-अशुभ, राग-द्वेषमूलक भाव करता है, उसी से तो वह पाप या पुण्य कर्म बाँधता है। यानी शुभाशुभ भाव, प्रतिक्रिया और कर्म करने को व्यक्ति स्वतन्त्र है। यह उसकी आत्म-सत्ता के अधीन है, कि वह अन्य के प्रति क्या भाव रखे, कैसे बरते। जड़ कर्म-परमाणुओं की क्या ताकत कि मनुष्य के न चाहते उसकी चैतन्य आत्मा को बाँध लें। यानी प्रथमतः जड़ कर्म-परमाणु, चैतन्य आत्म-शक्ति के अधीन हैं। आत्मा अपने स्वाधीन संकल्प से कर्म करने या कर्म-बन्धन को स्वीकारने या नकारने को स्वतन्त्र है। तब पहले अविवेक या अज्ञान से कोई कर्मराशि व्यक्ति बाँध चुका हो, तो इस जीवन में अपने सद्ज्ञान और सद्संकल्प से वह उसे तोड़ या बदल न सके, तो आत्मा की स्वतन्त्रता या मुक्ति का क्या अर्थ रह जाता है? आप तो जानते हैं, ये वर्तमान वर्ण, जाति, गोत्र, ऊँच-नीच की व्यवस्थाएँ कुछ बलवानों द्वारा निर्बलों पर आरोपित बलात्कार हैं। जिनेश्वरों ने इन भेदों को मूलगत या जन्मजात नहीं स्वीकारा। व्यक्ति अपने स्वतन्त्र भाव, पुरुषार्थ, आचार और व्यवहार से इन्हें बदल देने को स्वाधीन है। वर्ण-व्यवस्था और वर्ग-व्यवस्था व्यक्ति की तात्कालिक योग्यता और रुचि के अनुसार नियोजित एक कर्म-विभाजन मात्र है। व्यक्ति अपने स्वतन्त्र संकल्प से अपनी आत्मिक उन्नति करके, इन बाहरी भेदों और विभाजनों की सीमा तोड़ कर, उच्च कक्षा में पहुँच सकता है। फिर, पूर्वोपार्जित जड़ कर्म को ही प्रस्तुत जीवन-व्यवस्था और समाज-व्यवस्था का अन्तिम और अनिवार्य विधाता मानकर, उसे सर पर धारण किये फिरना, क्या जिनेश्वरों के स्वतन्त्र पुरुषार्थी धर्म और आत्मा की मूलगत स्वतन्त्रता की अवहेलना नहीं है? मानो कि चैतन्य आत्मा कर्म की निर्णायक नहीं, जड़ कर्म चैतन्य आत्मा के निर्णायक हैं। यह जिनेन्द्र के स्वतन्त्र आत्मधर्म का द्रोह और अपलाप है। जिनेन्द्र की अनैकान्तिनी और अनेकार्थी वाणी के मनमाने तार्किक अर्थ और व्याख्याएँ करके, जड़धर्मी स्थापित स्वार्थियों ने अपने स्वार्थों की पुष्टि-तुष्टि के लिए, जिनवाणी की आड़ में, जड़ कर्म को चैतन्य आत्मा के सिंहासन पर विधाता बनाकर बैठा दिया है। वर्ना तो, स्वतन्त्र आत्म-शक्ति में निश्चय ही यह सामर्थ्य है, कि वह अपने स्वतन्त्र पुरुषार्थ से केवल पारमार्थिक मुक्ति ही नहीं प्राप्त कर सकती, बल्कि इस प्रापंचिक विश्व में उच्च आत्मलक्ष्यी मुक्ति की व्यवस्था को, अपने उच्चतर विकास की आवश्यकतानुसार स्वतन्त्र रूप से रच सकती है...!''

"तब तो व्यक्तियों के व्यक्तिगत पापोदय, पुण्योदय की व्यवस्था निरर्थक सिद्ध हो जाती है।"

"निश्चय! यह सब स्थापित स्वार्थी बलवानों की, निर्बलों को सदा निर्बल और अपने दास बनाए रखने की जड़ कामिक व्यवस्था है। स्वतन्त्र और सतत परिमणनशील आत्म-तत्त्व में अन्तिम रूप से पाप या पुण्य जैसा कुछ नहीं है। कामना से प्रेरित होकर ही तो व्यक्ति तदनुसार कर्म बाँधता है। शुभ कामना से व्यक्ति पुण्य बाँधता है, अशुभ कामना से पाप। पुण्य कर्म के फलस्वरूप व्यक्ति विपुल सांसारिक विभूति पा कर प्रमत्त होता और फिर अनन्त पाप बाँधता है। तब पापोदय और पुण्योदय में क्या अन्तर रह जाता है? पुण्यवान कहे जानेवालों को, मैंने पापी कहे जानेवालों से अधिक पापात्मा, स्वार्थी और शोषक ही देखा है। और जो लोग पापोदय से लोक में निर्धनता, शोषण, नाना यातना झेलनेवाले कहे जाते हैं, उन्हें मैंने हृदय से प्रायः अधिक निर्मल, सज्जन, परदुख-कातर देखा है। तब तो तथाकथित पुण्यवान से, तथाकथित पापी होना ही मेरे मन, अधिक अभीष्ट और उच्चतर आत्म-स्थिति है। स्वार्थ-लक्ष्यी, सकाम कर्म से ही मनुष्य जड़ कर्मपाश में बँधता है। उसमें पुण्य और पाप का यह स्थूल भेद, दरअसल व्यक्ति की असली आत्मस्थिति का निर्णायक नहीं हो सकता। पुण्यवान कहे जाते राजाओं और श्रीमन्तों के पापाचारों, बलात्कारों, शोषणों, दुष्कर्मों, स्वार्थों का अन्त नहीं। उन्हें पुण्यवान कहने से बड़ा व्यंग्य और मिथ्यात्व और क्या हो सकता है? और पापी कही जाने वाली वेश्या को मैंने तथाकथित सती से कहीं अधिक उज्ज्वल चरित्र पाया है। पाप के फलभोगी कहे जाते दरिद्र और दुःखी को, मैंने अत्यन्त उदात्त, पवित्र और शुद्ध आत्मा भी पाया है। ये सारे भेद बहुत उथले, अटकलपंचू, आनुमानिक और स्वार्थी-व्याख्याताओं की देन हैं?"

"वर्द्धमान, तब तो लोक के जो शलाका-पुरुष, तीर्थंकर, चक्रवर्ती अनन्त वैभव के भोक्ता और स्वामी होकर जन्म लेते हैं, वे पुण्यात्मा नहीं, पापात्मा ही कहे जा सकते हैं?"

"महाराज, आप क्या यह नहीं जानते, कि तीर्थंकर ने लोक की सम्पत्ति के व्यक्तिगत संचय और स्वामित्व को परिग्रह का महापाप जाना, इसी से वे राज्य और सम्पदा को ठोकर मारकर, अकिंचन हो गये। जो तीर्थंकर चक्रवर्ती होकर जन्मे, उन्होंने भी अपनी चक्रवर्ती सम्पदा को पाप और बन्ध का मूल जानकर, काकबीट की तरह त्याग दिया। क्या जिनेश्वरों ने सारे पापों का मूलभूत महापाप परिग्रह को ही नहीं बताया है? तथाकथित पुण्योदय और पापोदय, अन्ततः दोनों ही, वैयक्तिक आत्मा और लोक की जीवन-व्यवस्था के घातक हैं। वे व्यक्ति और विश्व की कल्याणी व्यवस्था के भंगकर्ता, अपहर्ता और समान रूप से लौकिक और लोकोत्तर मुक्तिमार्ग के अवरोधक हैं। लोक की विषम व्यवस्था को जो जीवों के पुण्य-पाप पर आधारित बताया जाता

है, यह सम्यक् दर्शन नहीं है, महाराज। इस विसंवादी, असमवादी व्यवस्था का आधार, कोई पारमार्थिक तत्व नहीं, स्वार्थिक अज्ञान और बलात्कार है।''

''तो फिर लोक-जीवन की कल्याणी क्रान्ति के सन्दर्भ में, तुम कर्म-बन्धन को कैसे व्याख्यायित करते हो, बेटा?''

''कर्मोदय केवल वैयक्तिक ही नहीं, सामुदायिक भी होता है, बापू। एक ही नाव में बैठे सौ व्यक्ति एक साथ डूब जाते हैं। एक काल या देश विशेष में, लाखों प्राणी एक बारगी ही दुर्भिक्ष, महामारी, प्रलयंकर बाढ़ों के ग्रास हो जाते हैं : या करोड़ों प्रजा एक साथ उत्कर्ष और सर्वांगीण सुख की सीमा छू लेती है।...कर्म-बन्धन अन्ध, अज्ञान-जन्य वस्तु है, गणनाथ। कर्म हमारा विधाता नहीं, हम कर्म के विधाता हैं। कर्म स्वीकारने, पालने, माथे चढ़ाने की वस्तु नहीं। वह तोड़ने के लिए है, बदलने के लिए है, अपने विकास की आवश्यकतानुसार ढालने और रूपान्तरित करने की वस्तु है। वर्गभेद, ऊँच-नीच, धनी-निर्धन यदि व्यक्तियों और समूहों के अनिष्ट कर्मोदय से भी हो, तो जो लोक का सम्यग्दृष्टि शलाका-पुरुष या तीर्थंकर है, जो सर्व का पुंजीभूत अभ्युदय होता है, वह अपनी वीतराग, निष्काम आत्म-शक्ति के स्वतन्त्र और शुभ-संकल्प से, लोक के पुंजीभूत सामूहिक अनिष्ट कर्मोदय का विनाश कर सकता है। वह अपने सर्ववल्लभ प्रेम से सर्व के भीतर शुभ और शुद्ध आत्म-परिणाम संचारित कर सकता है। प्रेम में एक परम मांगलिक संक्रामक शक्ति है। सर्ववल्लभ प्रेमी, अपने सर्वचराचर व्यापी प्रेम से, समस्त लोक के प्राणी-मात्र के हृदय में ही नहीं, बल्कि कार्मिक पुद्‌गल-परमाणुओं तक में, एक सर्वकल्याणकारी क्रान्ति, अतिक्रान्ति या रूपान्तर उपस्थित कर सकता है। क्या आप नहीं जानते, कि तीर्थंकर के समवसरण में, उनकी शुद्ध आत्मप्रभा के प्रभाव से प्राणीमात्र के वैर शान्त हो जाते हैं? इस महाशक्ति को यदि हम पूर्ण रूप से आत्मसात् करें, तो क्या यह सम्भव नहीं, कि लोक के प्राणि-मात्र के बीच शाश्वत, निर्विरोध प्रेम का साम्राज्य स्थापित हो जाए...?

''हो सका तो, मैं अपने प्रेम को ऐसा अनन्त और विराट् बनाऊँगा कि अपने देश-काल की समस्त विश्व-सत्ता को एक अभीष्ट और सर्वाभ्युदयी शक्तियों के संघात से आप्लावित और रूपान्तरित कर दूँगा। अनन्त ज्ञान, दर्शन, सुख और वीर्य जैसे अनन्त गुण और सम्भावनाएँ हैं हमारी आत्मा में। वह चैतन्य आत्मा, जड़ कर्म से अनन्त गुना अधिक बलवान है। उसके स्वतन्त्र संकल्प और निष्काम इच्छा-शक्ति के लिए कुछ भी असम्भव नहीं। उसके अकर्त्ता कर्तृत्व और सम्भावना का पार नहीं।''

''ऐसा कुछ हो जाए, तो जादू हो जाए, वर्द्धमान! कोई अपूर्व चमत्कार घट जाए। हमारा कुलावतंस ऐसी कोई अतिक्रान्ति करे, तो उसे देखने को मैं जीना चाहूँगा, बेटा...''

''जादू नहीं हो जाएगा, महाराज, न कोई इन्द्रजालिक चमत्कार होगा। आगामी

तीर्थंकर प्रगति और विकास की उत्क्रान्ता शक्तियों के कोई अपूर्व मन्त्र-बीज मानव-चैतन्य में बोएगा। उसके जीवन-काल में भी उसका एक विप्लवी संघात तो प्रकट होगा ही। पर विकास-प्रगति की धारा तो अन्तहीन है, क्योंकि जीवन-जगत् ही अन्तहीन है। सो आगामी तीर्थंकर के धर्म-शासन की आने वाली कई शताब्दियों में, विशिष्ट शलाका-पुरुषों और योगीश्वरों के भीतर वे उत्क्रान्ति बीज संसरित होंगे, फूटेंगे, अंकुरित होंगे। व्यष्टिगत और समष्टिगत रूपान्तरों की अपूर्व शक्तियाँ उन बीजों में से विस्फोटित होंगी, परम्परित होंगी।''

''तब तो पूर्वगामी तीर्थंकरों की कैवल्य वाणी मिथ्या हो जाएगी?''

''जिनेश्वरों का केवलज्ञान तो अनन्त होता है, तात, सो उनकी उपदेश-धारा भी अनन्तिनी होती है। वह साधारण सीमित शाब्दिक वाणी नहीं होती। शब्द तो एक बार में एक देश, एक काल ही कह सकता है। तीर्थंकर तो एक बारगी ही, अनेकान्त, अनन्त वस्तु-धर्म कहते हैं : एक बारगी ही अनन्त देश-कालवर्ती सत्य कहते हैं। सो उनकी दिव्य ध्वनि शब्दातीत अनहद नाद होती है। उनके गणधर उसका असंख्यातवाँ भाग ही ग्रहण कर पाते हैं। उसका भी असंख्यातवाँ अंश ही वे कह पाते हैं। उसका भी असंख्यातवाँ भाग श्रुतकेवली कह पाते हैं। उसका भी असंख्यातवाँ भाग शास्त्रों के पल्ले पड़ता है। इसी से शास्त्रों तक पहुँचते-पहुँचते यह कैवल्यवन्ती जिनवाणी सीमित, दूषित, विकृत हो जाती है। उसमें सीमा या दोष जिनेन्द्र का नहीं। उन्होंने तो सदा पूर्ण, अनन्त सत्य को साक्षात् किया और कहा है। सीमा या दोष अनुगामी अनुशास्ताओं और श्रुतकेवलियों में होता है। हम अनुयायियों में होता है। सो वह सर्वज्ञ-वाणी कालदोष के दूषण से बच नहीं पाती। तत्कालीन देश-काल और जनगत सीमाओं और स्वार्थों से दूषित होकर, वह सर्वज्ञ प्रभुओं की आर्षवाणी अनर्थक हो जाती है, और उसके प्रश्रयदाता श्रावक-समुदायों तथा वर्गों के स्वार्थ की पोषक और समर्थक तक हो जाती है। दरअसल वह सर्वज्ञ-वाणी रह ही नहीं जाती है, अज्ञों की स्वार्थ-वाणी हो जाती है।''

''तब तो, वर्द्धमान, हमारे आज के पार्श्वानुगामी श्रमण-भगवन्त जिस जिनदर्शन और सिद्धान्त का प्रवचन वर्तमान में कर रहे हैं, वह मिथ्या, दूषित, सीमित है, और उसे उनके प्रश्रयदाता श्रावक-समर्थों को स्वार्थ-पोषक ही कहा जा सकता है?''

''ऐसा हो भी सकता है, नहीं भी। पर आप जैसे विज्ञ, धर्मात्मा श्रावक कर्म, पुण्य-पाप, धर्म की जो व्याख्याएँ कर रहे हैं, यदि वही उन श्रमण-भगवन्तों की व्याख्याएँ हैं, तो क्षमा करें महाराज, मैं उसे भगवान पार्श्वनाथ की अनैकान्तिनी जिनवाणी मानने को तैयार नहीं। और यह भी आप जान लें कि सर्वज्ञ भगवान, दर्शन और सिद्धान्त नहीं कहते। वे तो एक बारगी ही, अनन्तधर्मी वस्तु-सत्य का अनेकार्थी और प्रवाही कथन करते हैं। अनिर्वच को वे अपने अनहदनाद से वाक्मान करते हैं।

वह एक बँधा-बँधाया, सुनिर्दिष्ट, पक्का सिद्धान्त हो ही नहीं सकता। दर्शन और सिद्धान्त तो बहुत पीछे आने वाले श्रुतज्ञानी आचार्य सुनिश्चित बौद्धिक परिभाषाओं में रचते हैं। भाषा-सीमा के कारण उनमें एकान्तवाद का दोष आ जाता है। दर्शन और सिद्धान्त बनकर, सत्य एकान्तवादी हो ही जाता है। अनेकान्तिक वस्तु-सत्य का तादृष्ट और यथार्थ प्रवक्ता वह रह नहीं सकता।''

''तब तो मानना होगा कि सर्वज्ञ का वचन भी टल सकता है, मिथ्या हो सकता है?''

''सर्वज्ञ एकवचनी वाणी नहीं बोलते, तात, वह वाक्मान होकर भी, अनेकार्थिनी, अनेक-भाविनी वाणी होती है। वह टल और अटल, धारणागत सत्य और मिथ्या की भाषा से परे, एक अनन्त ज्ञान-ज्योति की धारा होती है। वह बौद्धिक अर्थ, व्याख्या, विवेचन से परे, मात्र भाव-गम्य होती है। उसके श्रवण मात्र से चेतना में अतिक्रान्ति घटित हो जाती है।''

''तो ऐसी वाणी का मर्म आज कौन उद्‌घाटित करे, उसका बोध कौन कराये?''

''उसका जो समग्र बोध मेरे भीतर, निरन्तर उद्‌भासित है, उसे किंचित् शब्दों तक लाने का प्रयास मैंने अभी किया है, भन्ते मातामह! जिनेश्वर भगवन्तों की कृपा से, अपने अन्तश्चैतन्य की गहराई में, उस कैवल्य-ज्योति की पूर्वाभा को मैं फूटता देख रहा हूँ।''

''वर्द्धमान, क्या हमारे काल का वह तीर्थंकर जन्म ले चुका है?''

''निश्चय, महाराज!...''

''कहाँ, किस पुण्य-भूमि में...कब?''

''वह अन्यत्र और आगामी अब नहीं, राजन्। प्रत्यक्ष को प्रमाण क्या...?''

''बेटा...?''

''तो अब आज्ञा दें, तात!''

''लेकिन हमारी प्रस्तुत समस्याओं में, हमें तुम्हारा परामर्श चाहिए, आयुष्मान्। आज बात तात्त्विक हो गयी; प्रासंगिक के लिए तुम्हारा निर्देश और सहयोग पाना चाहूँगा।''

''कल इसी समय, यहीं उपस्थित रहूँगा, भन्ते मातामह!''

मैंने दोनों पितृजनों के चरण-स्पर्श कर बिदा ली। और मुझे लगा, कि दोनों राजपुरुष सम्भ्रमित-से खड़े, मेरी जाती हुई पीठ को ताकते रह गये हैं।

आगामी मन्वन्तर की तलवार

मैं तो कुछ सोचता नहीं। शून्य ही रहता हूँ। स्वयं और सहज रहता हूँ। कोई दस्तक देता है, तो भीतर के शून्य में से उत्तर आता है। ऐसा लगता है कि महासत्ता के साथ एकतान और संवाद में ही जी पाता हूँ। इसी से अपने परिवेश में और लोक में जो विसंगति और विसंवाद है, वह मुझे स्पष्ट दिखाई पड़ता है। उससे मुझे सुरभंग की पीड़ा होती है। तब मेरी स्वानुभूति ही, सर्व के साथ एक मौलिक सहानुभूति का रूप ले लेती है। सत्य, न्याय, प्रेम, अहिंसा, अपरिग्रह, इसी स्वानुभूति की जाया सहानुभूति की स्वाभाविक सन्तानें हैं। शब्द और सिद्धान्त मैं क्या जानूँ। भीतर का सत् जीवन में बहकर जब तत् बनता है, और फिर आत्मवत् अनुभव होकर मेरे आचार में उतरता है, वही मेरे लिए जीवन है। पता नहीं वैशालीपति को मुझसे समाधान मिला या नहीं। पर, मेरे शून्य पर उन्होंने अपने प्रेम का आघात किया है। अब उसमें से जो भी आया, और आये, वह उनका, सर्व का। उस तरह मैं वैशाली के और लोक के कुछ काम आ सकूँ, तो मेरा होना सार्थक हो जाए।

...आज जब मन्त्रणा-गृह में पितृजनों के समीप उपस्थित हुआ, तो वे परेशान और विस्थापित-से दिखे। उनके भीतर अब तक बने आधार, कल की बात से जैसे ध्वस्त हो गये थे, और वे किनारा पाने को कहीं अधर और मझधार में छटपटा रहे थे।

"आयुष्यमान्, वैशाली का अस्तित्व खतरे में है। उसका त्राण अब केवल तुम्हारे हाथ है।"

"वैशाली से अधिक श्रीमान और शक्तिमान दूसरा राष्ट्र तो मैं आज पृथ्वी पर नहीं जानता, महाराज। उसकी प्रासाद-मालाओं के शिखरों पर दिगंगनाएँ शयन करने आती हैं। उनकी मन्दिर चूड़ाओं के चिन्तामणि-दीपों से आसमुद्र पृथ्वी आलोकित है। उसके राजन्यों और धनकुबेरों के कोषागारों में वसुन्धरा के सारभूत सुवर्ण-रत्नों की राशियाँ लोट रही हैं। उसके चैत्य-काननों में निरन्तर श्रमणों की धर्मवाणी प्रवाहित है। उसके लोक-हृदय पर अनुत्तर सुन्दरी आम्रपाली शासन करती है। महानायक सिंहभद्र और आचार्य महाली जैसे महाधनुर्धरों के दिगन्तवेधी तीर उसके संरक्षक हैं। वह संसार में, सर्वतन्त्र स्वतन्त्र गणतन्त्र के रूप में सर्वोपरि विख्यात है। और उसके सन्थागार में राज-सिंहासन नहीं, त्रैलोक्येश्वर जिनेन्द्र भगवान का सर्वजयी सिंहासन

बिछा है। समकालीन विश्व की चूड़ामणि नगरी है वैशाली, महाराज। उसका अस्तित्व खतरे में है, बात समझ में नहीं आती, भन्ते मातामह! और मुझ जैसा अनजान अकिंचन उसका त्राण करे? विचित्र लगता है, राजन्!''

''वर्द्धमान, वैशाली की यह अप्रतिम समृद्धि और उसकी स्वतन्त्र सत्ता ही तो आज सारे आर्यावर्त के राजुल्लों की आँखों में खटक रही है। मगध सम्राट बिम्बिसार श्रेणिक ताम्रलिप्ति से पार्शव देश तक एक महासाम्राज्य स्थापित करने का सपना देख रहे हैं। चिरकाल की अजेय वैशाली ही उनकी राह का सबसे बड़ा रोड़ा है। वैशाली जय हो जाए, तो फिर आर्यावर्त के अन्य सारे राजतन्त्र और गणतन्त्र उसे अपनी मुट्ठी में दीखते हैं।''

''पर अजेय शक्तिशाली वैशाली को भय किसलिए?''

''सदा आतंक और युद्ध की ललकारों तले जीना भयानक और खतरनाक ही कहा जा सकता है, बेटा। भेड़िये का भरोसा क्या, कब कहाँ से टूट पड़े!''

''सम्राट बिम्बिसार तो आपके जामाता हैं, भन्ते तात! और मेरी विश्व-मोहिनी मौसी चेलना, सुनता हूँ, उनके हृदय-राज्य पर एकतन्त्र शासन करती हैं। आपको अपनी ऐसी समर्थ बेटी का भी कोई सहारा नहीं? और फिर आर्यावर्त के कौन-से राजेश्वर आपके जामाता नहीं? अवन्तीपति चंडप्रद्योत, कौशाम्बीनाथ मृगांक, पश्चिम समुद्राधिपति उदायन, पूर्व सागरेश्वर अंगराज दधिवाहन, दशार्धपति दशरथ, आर्यावर्त के ये सारे ही शिरोमणि महाराजा आपके जामाता हैं। ये सब मेरी सुन्दरी मौसियों की गोद के छौने बने हुए हैं। और मगध का दुर्दंड प्रतापी राजकुमार अजातशत्रु और भुवमोहन वत्सराज उदयन आपके भांजे हैं। आपकी बेटियों ने इन राजकुलों की पीढ़ियों में अपना रक्त ढाल दिया है। जान पड़ता है, वैशाली को विश्व-सत्ता बनाने के लिए आपने जम्बूद्वीप के छोरों तक अपनी नाकेबन्दी कर ली है। फिर वैशाली की सुरक्षा में क्या कमी रह गयी?''

मेरे पूज्य मातामह का आसन डोलता दिखाई पड़ा। उनकी बुनियादें थरथरा रही थीं। सकपकाये-से बोले :

''मेरी ये बेचारी बेटियाँ? आखिर तो अबलाएँ हैं?''

''कोशकारों ने नारी को अबला जाने क्या सोच कर कहा। पर, पुराण और इतिहास में इन अबलाओं का प्रताप क्या आपने नहीं देखा? इनके एक कटाक्ष की मोहिनी पर क्या आपने साम्राज्यों को भस्मीभूत होते नहीं देखा, पुरुषोत्तमों को हार जाते नहीं देखा? हम पुरुषों ने अपने दुर्दम्य बल से इन महाबलाओं की मृदुता को दबोचकर, उन्हें अबला बनाये रखने का महापाप किया है। इनकी निसर्गदत्त मातृ-ममता और प्रिया-सुलभ समर्पणशीलता का हमने शोषण किया है। वर्ना मेरी मौसी महारानियाँ, अपने प्रेम की सत्ता से पृथ्वी का भाग्य बदल सकती थीं।''

"जो वस्तु-स्थिति है, वह तो तुम देख ही रहे हो, बेटा। बिम्बिसार से भी अधिक हमारा भागिनेय अजातशत्रु, वैशाली पर अपने दाँत गड़ाये है।"

"देख रहा हूँ तात, हमारा ही रक्त हमारे विरुद्ध उठा है। यह काम-साम्राज्य है, महाराज। इसमें कोई किसी का सगा नहीं। कामिनी और कांचन की ठंडी शिलाओं से चुने इन दुर्गों की बुनियादें, तृष्णा की बालू पर पड़ी हुई हैं, गणनाथ। तृष्णा के इस महा भयावह जंगल में कौन सुरक्षित है? यहाँ कौन किसी को पहचानता है? जहाँ हम अपने ही को नहीं पहचानते, अपने ही शत्रु बने हुए हैं, वहाँ दूसरे के साथ मैत्री और प्रेम का क्या आधार हो सकता है? हम सब यहाँ एक-दूसरे को अजनबी और पराये हैं। अपनापा और सम्बन्ध मात्र यहाँ स्वार्थ का है। आप जैसे ज्ञानी भी अहं-स्वार्थों के इस दुश्चक्र की कड़ी बन गये? मृगमरीचिकाओं में कल्याण-राज्य खोज रहे हैं।"

"सारा जगत् आज वैशाली को कल्याण-राज्य कहता है। वह क्या झूठ है, आयुष्यमान्?"

"सच्चा कल्याण-राज्य तो प्रेम का सर्वराज्य होता है। वह किसी भी बाहरी राजसत्ता से आतंकित और भयभीत हो सकता है?"

"जो हो रहा है, सो तुम देख ही रहे हो, बेटा!"

"जो मैं देख रहा हूँ, वह कुछ और ही है, राजन्। और आपके ध्यान से शायद वह बाहर नहीं! गंगा और शोण के संगम पर मगध और वैशाली का सीमान्तक प्रदेश है। उस प्रदेश की नदी-घाटी में जो सुवर्ण की खान है, उन पर इन दोनों ही राष्ट्रों का समान अधिकार है। गंगा-शोण संगम के पत्तन-घाट पर जब भी उस सुवर्ण से लदे जहाज आते हैं, तो आधी रात ही वैशाली के महाधनुर्धर महाली अपना सैन्य लेकर वहाँ पहुँच जाते हैं। और अपनी बाणावली के बल पर साझे का वह सारा सुवर्ण वे अकेले ही बटोर लाकर वैशाली को धन्य कर देते हैं। और सवेरे जब अजातशत्रु अपना सैन्य लेकर, अपने भाग का सुवर्ण लेने आता है, तो खाली जहाजों पर तलवार टकराकर वह लौट जाता है। मगध की तलवार यदि अब हमारे खून की प्यासी हो उठी है, तो किसका दोष है, महाराज?"

"सन्धिराज्य का सुवर्ण सदा बाहुबल और शस्त्रबल से ही बटोरा जाता रहा। उसका अन्तिम निर्णय कब कहाँ हो सका? अजातशत्रु समर्थ हो, तो अपने बाहुबल से उठा ले जाए वह सुवर्ण! हमें कोई आपत्ति नहीं!"

"तो बाहुबल और शस्त्रबल की इस टक्कर पर आधारित राज्य तो सदा आतंक-छाया में ही जिएगा, राजन्। यह तो एक स्वतः सिद्ध बात है। भौतिक समृद्धि ही जिस राज्य का सर्वोपरि लक्ष्य हो रहे, उसका अस्तित्व सदा भय में ही रह सकता है। आज वज्जियों से अधिक सम्पत्तिशाली विश्व में कोई नहीं। विदेशी यात्री वैशाली

के ऐश्वर्य को देखकर स्तम्भित रह जाते हैं। पार्शव का शासानुशास, महाचीन, और यवन एथेंस तक की सत्ताएँ वैशाली के कामिनी-कांचन पर गृद्ध-दृष्टि लगाये हैं। तो भारत के इन बेचारे राजुल्लों की क्या बिसात? अपने इस सुवर्ण-साम्राज्य के विश्व-व्यापी विस्तार के लिए, हमने अनेक अलिच्छवि श्रेष्ठियों और सार्थवाहों को भी वैशाली में बसा लिया है। अतल सागरों और पृथ्वियों की अलभ्य रत्न-सम्पदा उनके तहखानों में बन्दी है। ताम्रलिप्ति के भूगर्भ में क्षीर-स्फटिक और महानील जैसे दिव्य रासायनिक रत्न निकलते हैं। बेचारी वहाँ की प्रजा उन्हें अपने लिए रख पाने में असमर्थ है। अपने लक्ष-कोटि हिरण्यों की क्रय-सामर्थ्य से वैशाली के श्रेष्ठी उन्हें खरीद लाते हैं। और निश्चय ही वे सन्थागार के सिंहासन पर विराजमान जिनेन्द्र देव के छत्र में नहीं चढ़ते। अधिकतम हिरण्यों की स्पर्धा पर चढ़कर वे महारानियों और वारवनिताओं के रूप-राज्य की मोहिनी को भयंकर से भयंकरतर बनाते हैं।..."

"पर वर्द्धमान, उन्नत प्रजाएँ सदा ही भौतिक समृद्धि के शिखरों पर पहुँची हैं। तुम हमारे इस राष्ट्रीय उत्कर्ष को अनिष्ट मानते हो? वह तो हमारे समस्त जनगण के उत्कृष्ट ऐहिक कल्याण का साधन है। जनगण के इस उत्कर्ष को..."

"इसमें जनगण का कोई उत्कर्ष नहीं, महाराज। बेशक गणराजाओं के उत्कर्ष की कोई सीमा नहीं! हमारे इस नन्द्यावर्त प्रासाद का यह स्वर्गिक वैभव, इस मन्त्रणा-गृह की ये सुगन्धित रत्न-यवनिकाएँ इसका प्रमाण हैं, पितृ-देव!"

सुनकर, पिता और मातामह की जैसे तहें काँप उठी हों। वे कुंचित भौंहों से अपने इस बाग़ी बेटे को सन्देह की दृष्टि से देख उठे।

"पर इस राष्ट्रीय उत्कर्ष का लाभ अन्ततः तो सारे जनगण को पहुँचता ही है।"

"हाँ, मक्खन-मलाई शासक और श्रेष्ठी बटोर लेते हैं, फिर बचा हुआ निःसत्व दूध तो बेशक गण के हर जन तक पहुँचता ही है। हम समर्थों के भोगों की खुर्चन-खार्चन और जूठन भी इतनी तो होती ही है, कि उसे पाकर भी प्रजाएँ अपना धन्य भाग्य मानती हैं।...मैंने देखा है, महाराज, ये जनगण महान् हैं। जो पाते हैं, उसी से सन्तुष्ट हैं। निर्लोभ, निरासक्त, निर्ग्रन्थ हैं। कुल-राजाओं और श्रेष्ठि-श्रावकों से, इन श्रमिकों की आत्माएँ उच्चतर हैं। उनका चारित्र्य, अभिजात वर्गों से श्रेष्ठतर और उत्कृष्टतर है। श्रमणों के धर्म को, सच पूछो तो, मैंने इन्हीं अकिंचनों में जीवित देखा, वैशाली के महालयों में नहीं।"

"हमारे गण में कोई अभावग्रस्त नहीं, वर्द्धमान। प्रचुर मात्रा में अन्न-वस्त्र, जीवन-साधन सबको सुलभ हैं।"

"अभाव निश्चय ही नहीं है। पर दैन्य है, दारिद्र्य है, गरीबी है। धनी और निर्धन के बीच की खाई बहुत बड़ी है। कुछ लोग लोक के सारे धन का अपहरण

करके बड़े और धनी बने हैं। फलतः शेष जन छोटे और दीन हुए हैं। उन्हें निर्धन और दीनहीन रखने में ही, इन धनियों और राजाओं का अहंकार तुष्ट होता है। जैसा कि कल भी मैंने कहा था, मानवों और प्राणियों के बीच, मानवों द्वारा नियोजित यह वैषम्य, महान् पाप है, अधर्म है, भन्ते तात। यह कर्म-विहित नहीं, मानव-निर्मित अन्याय है, सामाजिक अन्याय। निसर्ग वस्तु-स्वभाव में, महासत्ता के मूल राज्य में, वैषम्य कहीं नहीं, विसंवाद कहीं नहीं। जिनेन्द्रों द्वारा कथित वस्तु-सत्य को व्यभिचरित कर, जो यह विषम राज और समाज-व्यवस्था बनी है, वह अधर्म्य है, राजन्। यह एक सार्वजनिक असत्य, हिंसा और अन्याय का अधर्म-राज्य है, पाप-राज्य है, काम-राज्य है। इसके मूल में ही विनाश है, खतरा है, संकट है। जो राज्य असत्य पर टिका है, उसे सदा भय में जीना ही होगा।"

"भय और आतंक तो ईर्ष्यालुओं और हमारी उन्नति के द्वेषियों ने उत्पन्न किया है, कुमार!"

"उस भय का बीज पहले आप में है, मुझमें है; जो चोरी की सम्पदा को अपने तहख़ानों में रखेगा, वह सदा भयभीत तो रहेगा ही! क्योंकि तब बाहर के समान स्वभावी अन्य मानव उस सम्पदा से ईर्ष्या और द्वेष करेंगे ही। मैंने कहा था न, तात, अहं-स्वार्थ, राग-द्वेष के इस प्रतिक्रिया-जनित दुश्चक्र का अन्त नहीं। शासक-तन्त्र, सेना, क़ानून, राज-न्यायालय, शस्त्रागार, तालों, परकोटों, दुर्गों, साँकलों और अर्गलाओं से रक्षित राज्य सदा आतंकों और युद्धों के भय में ही जिएँगे। क्योंकि वह राज्य-सम्पदा चोरी की है; वह दैवी सम्पदा नहीं, आसुरी सम्पदा है। जिस राज्य में करोड़ों को दीनहीन रखकर, कुछ लोग अपार ऐश्वर्य में बिलसते हैं, वह वस्तु-धर्म का विद्वेषी पाप-राज्य है, पितृदेव। चुराई हुई अतिरिक्त सम्पदा है वह, अनधिकार भोग है वह; इसी से तो उसके भोक्ता, सदा भयभीत रहते हैं; सैन्य, कोटवाली, कानून और दुर्गों से वे अपनी इस पाप-सम्पदा को सुरक्षित रखना चाहते हैं। पर वह कब तक? यदि आप सदा बलात्कार के बल जीना और भोगना चाहते हैं, तो दूसरा सवा-बलात्कारी होकर आपकी सम्पदा और राज्य को छीन लेता है, उसमें अन्याय कहाँ है? बल के जंगल राज्य में बल ही सत्य है, न्याय है, निर्णायक है। उसमें फिर मगध और वैशाली में कहाँ अन्तर करूँ, समझ नहीं पाता हूँ, महाराज?"

"जब चारों ओर बलात्कार का जंगल फैला है, तो आत्मरक्षा के लिए, क्या शासन-तन्त्र अनिवार्य नहीं? दुर्ग, परकोट, सैन्य, शस्त्रागार, कानून, न्यायालय, चौकी-पहरा आखिर तो आत्मरक्षा के लिए हैं, प्रजा की रक्षा के लिए हैं। कोई भी शासन-तन्त्र लाखों-करोड़ों प्रजाजन की सुरक्षा के लिए ही तो नियोजित होता है। उसे भी तुम न्यायसंगत नहीं मानते?"

"मुझे तो नहीं दीखता, भन्ते राजन्, कि शासन, सैन्य, शस्त्र, दुर्ग और कानून

प्रजा के लिए हैं। उनके तल को देखिए, तो साफ दीखेगा कि ये सारे राज्यतन्त्र, और इनके अंगभूत सुरक्षा-साधन, फिर चाहे वे राजतन्त्र हों या गणतन्त्र, प्रजा की रक्षा के नाम पर, वे प्रथमत: और अन्तत: शासक और श्रीमन्त वर्गों की सत्ता और सम्पदा की सुरक्षा पर नियोजित रहे हैं। तीर्थंकर ऋषभदेव, रघु, भरत और राम आदि के राज्य इसके अपवाद ही कहे जा सकते हैं। क्योंकि ये शलाकापुरुष मूलत: अपनी चेतना में ही अपरिग्रही और सर्वस्व-त्यागी थे। बाक़ी तो सारे राजत्वों का इतिहास मुझे तो शासक और धनिक वर्गों के स्थापित-स्वार्थों की सुरक्षा का इतिहास ही दीखता है।''

''इसके माने तो यह हुए कि राज्य में तुम्हारा विश्वास नहीं। पर यह तो तुम भी मानते हो, कि यह जगत् बलवानों की आपाधापी का जंगल है। राज्य ही न रहे तो इस अराजकता की पराकाष्ठा हो जाएगी। मनुष्य मनुष्य को फाड़ खाएगा।''

''यह सच है, भन्ते तात, कि मनुष्य मनुष्य को फाड़ न खाये, इसी स्थिति से उबरने के लिए राज्य अस्तित्व में आया। पर यह राज्य-संस्था भी क्या उस अराजकता से मनुष्य का त्राण कर सकी? परस्पर फाड़ खाने की जंगल-नीति व्यक्तियों के स्तर से उठकर, सामूहिक स्तर पर अवश्य आ गयी है। इस बर्बरता ने अधिक सूक्ष्म होकर, सभ्यता के कपड़े पहन लिये हैं। सभ्यता के दौरान पारस्परिक मार-फाड़ और शोषण ने अधिक संगठित रूप धारण किया है। उसने पहले से अधिक घातक और विषैले शस्त्रों का आविष्कार किया है। पहले एक दूसरे को मारता था, एक दूसरे से भय खाता था। अब तो लक्ष-लक्ष मानव-समूह, ना कुछ समय में लक्ष-कोटि प्रजाओं का संहार कर देता है। राज्य-संस्था द्वारा अराजकता किंचित् भी मिटी नहीं, महाराज, वह अधिक सूक्ष्म, भयंकर और सत्यानाशी हो उठी है। युद्ध और आयुध, कला और विज्ञान बने हैं : वे नैतिकता, राजनीति, कूटनीति के नाम पर कपट-कौशल बनकर, धर्म और प्रजा-पालन की आड़ में, भयंकरतम सर्वसंहार की ओर प्रगति कर रहे हैं।''

''तो तुम, वत्स, राज्य और शासन के मूलोच्छेद में विश्वास करते हो? राज्य में तुम्हारी कोई निष्ठा नहीं?''

''अहं-स्वार्थों के दुश्चक्रों पर आधारित राज्य-शासन का निश्चय ही मूलोच्छेद कर देना होगा, गणनाथ। राज्य वह, जो मूलगत अराजकता का उच्छेद करके, सर्वसंवादी मौलिक राजकता स्थापित करे। धर्मराज्य की स्थापना द्वारा ही वह सम्भव है। धर्म-राज्य वह, जो व्यक्ति और वस्तु के मूलगत धर्म के आधार पर स्थापित हो। 'वस्तु-स्वभावो धम्मो' : वस्तु का स्वभाव ही धर्म है। महासत्ता के उस मूलगत धर्म-राज्य में वस्तु और व्यक्ति दोनों ही पूर्ण रूप से स्वतन्त्र हैं। उनका अपना-अपना स्वतन्त्र परिणमन है। उस स्वभाव-राज्य में, एक-दूसरे पर अधिकार-स्थापन को कोई स्थान नहीं। स्वाभाविक आत्मदान के आधार पर ही उसमें पारस्परिक आदान-प्रदान सम्भव है। शुद्ध सत्ता के उस मौलिक विश्व में सत्य, अहिंसा, अचौर्य और अपरिग्रह

स्वाभाविक रूप से ही प्रतिष्ठित हैं। वस्तु-धर्म के और स्वधर्म के आत्मानुशासन में हम जिएँ, तो पारस्परिक व्यवहार में उपरोक्त आचार स्वयं ही प्रतिफलित होगा। आत्म-रक्षा का मूल-मन्त्र है—'आत्मनः प्रतिकूलानि परेषां न समाचरेत्'। 'परस्परोपग्रहो जीवानाम्'—अपने शुद्ध रूप में, उसी वस्तु-धर्मी व्यवस्था में सम्भव है। अभी जो व्यवस्था है, वह तो 'परस्परोपग्रह स्वार्थानाम्' की नीति पर आधारित है। वर्द्धमान, मानवों में बद्धमूल इस स्वार्थ-राज्य का मूलोच्छेद करके, मूल सत्ता में बिराजमान 'परस्परोपग्रहो जीवानाम्' का पारमार्थिक धर्म-राज्य प्रस्थापित करने आया है।"

"साधु-साधु, बेटा! हमारा कुल तुम्हें पाकर धन्य हुआ। इक्ष्वाकु धर्मराजेश्वरों के तुम सच्चे तेजधर और वंशधर हो। पर बेटा, आत्मा और वस्तु के इस पारमार्थिक निश्चय धर्म की स्थापना तक, हमें व्यवहार धर्म की क्रमिक श्रेणियों से गुजरकर ही तो पहुँचना होगा? इसीलिए न हमारे श्रमण भगवन्तों ने निश्चय-सम्यक्त्व और व्यवहार-सम्यक्त्व में भेद करके उत्तरोत्तर आत्म-विकास का एक क्रमिक श्रेणिगत राजमार्ग स्थापित किया है।"

"निश्चय और व्यवहार सम्यक्त्व के इस भेद के पीछे, एक विवेक अवश्य था, बापू। पर नित्य के जगत् और जीवन का इतिहास-व्यापी अनुभव यह बता रहा है कि यह भेद, वस्तु-सत्य और आचार के बीच सदा एक अभेद्य दीवार ही सिद्ध हुआ है। इस भेद की दीवार की ओट सुविधा, समझौते और प्रच्छन्न स्वार्थों के पाखंड ही पनपे हैं। और धर्म की आड़ में पाखंडों की यह परम्परा सुदृढ़तर होती चली गयी है। श्रीमन्तों और शासकों के हाथों में यह कहा जाता व्यवहार सम्यक्त्व शोषण और स्वार्थ-पोषण का अमोघ हथियार बन कर रह गया है। इसी से कहना चाहता हूँ, भन्ते, कि निश्चय और व्यवहार का यह भेद-विज्ञान एक विफल प्रयोग सिद्ध हुआ है। भेद की इस पाखंडी दीवार का पर्दाफाश करके, मैं इसे सदा के लिए ध्वस्त कर देना चाहता हूँ।...वस्तु सत्य दो नहीं, महाराज, एक ही है। धर्म दो नहीं, पितृदेव, एक ही है। सम्यक्त्व दो नहीं, एक ही है। सम्यक्त्व एकमेव है, भन्ते, एकमेवाद्वितीयम् है।"

"पर हमारे श्रमण भगवन्त तो आज भी इस द्विविध धर्म-मार्ग का उपदेश कर रहे हैं, बेटा। क्या तुम उसे मिथ्या कहोगे?"

"श्रमण भगवन्त क्या कहते हैं, मुझे नहीं मालूम। पर मुझे सम्मेद शिखर के चूड़ान्त से भगवान पार्श्वनाथ की धर्मवाणी स्पष्ट सुनाई पड़ रही है। या तो सम्यक्-दर्शन है, या फिर मिथ्या-दर्शन। बीच में कोई व्यवहार-सम्यक्दर्शन जैसी चीज़ ठहर नहीं पाती। उसे ठहराया गया, तो वह पाप और पाखंड की जनेत्री सिद्ध हुई। असत्य, हिंसा, चोरी, परिग्रह और व्यभिचार उसकी ओट धर्म की सुन्दर वेशभूषा में सजकर प्रकट हुए। लोक में यह मिथ्यात्व सिद्ध हो चुका है। इस भेद के चलते, धर्म एक निर्जीव और दिखावटी श्रावकाचार होकर रह गया है। मात्र एक रूढ़ी-निर्वाह। अपने

बाद के दूसरे मनुष्य या जीव के साथ हमारा कोई संवेदनात्मक, जीवन्त सरोकार नहीं। कहाँ है हमारे भीतर, मानव मात्र और प्राणि मात्र के प्रति कोई ज्वलन्त सहानुभूति, अनुकम्पा, मैत्री, करुणा? कहाँ है हमारे भीतर सर्व के प्रति कोई सक्रिय आत्मोपम भाव। हम श्रावकाचार के नाम पर केवल सूक्ष्म ऐकेन्द्रिय स्थावर जीवों की थोथी दया पालते हैं। हम पानी को छानकर पीते हैं; मच्छर तक को नहीं मारते। सूक्ष्म निगोदिया जीवों तक की रक्षा के रूढ़ि-प्रचलित जतन करते हैं। पर राज्य और सम्पत्ति के उपार्जन और संग्रह के लिए अनर्गल भाव से, लक्ष-लक्ष मानवों का शोषण करते चले जाते हैं। आत्म-रक्षा के व्यवहार धर्म के नाम पर हम सहस्रों मानवों को तलवार के घाट उतार सकते हैं। पर क्या उससे सच्ची आत्म-रक्षा सम्भव होती है?''

''पर वर्द्धमान, इस तरह तो जगत् में अस्तित्व धारण असम्भव हो जाएगा। महाव्रती मुनि के लिए तो यह एकान्त निश्चय और सर्वत्याग का मार्ग उपयुक्त है। पर अणुव्रती श्रावकों और गृहस्थों के लिए तो अरिहन्तों ने, आत्मरक्षा के हेतु शस्त्र उठाने को धर्म ही कहा है न! तीर्थंकरों और चक्रवर्तियों तक ने आत्मरक्षार्थ और लोक-रक्षार्थ, अत्याचारियों के विरुद्ध शस्त्र उठाया। क्या राजयोगीश्वर भरत और कर्मयोगीश्वर वासुदेव कृष्ण ने अपने चक्र से बलात्कारियों और अत्याचारियों का संहार नहीं किया?''

''सुनें भन्ते तात, हिंसा का सम्बन्ध शस्त्र-प्रहार या शस्त्र-त्याग से नहीं। तलवार चलाने न चलाने, काटने न काटने जैसी स्थूल क्रियाओं में हिंसा-अहिंसा समाहित नहीं, सीमित नहीं। हिंसा या अहिंसा का सम्बन्ध विशुद्ध आत्म-परिणाम से है, मनुष्य के अन्तर्तम भाव से है। द्रव्य-हिंसा तो उसकी एक फलस्वरूप क्रिया मात्र है। द्रव्यत: तो कौन किसको काटता है, कौन मारता है, और कौन मरता है? क्रिया में तो केवल पुद्गल देह पुद्गल देह को काटता है : तलवार तलवार को काटती है : फौलाद फौलाद को काटता है। आत्मा तो अमर है, और पदार्थ अविनाशी है। फिर मरना, मारना, कटना, काटना एक औपचारिक माया मात्र है। हिंसा और अहिंसा का सम्बन्ध बाह्य क्रिया या पदार्थ से नहीं, आत्म-परिणाम से है, आत्म-भाव के कषयन से है। निष्काम और निष्कषाय जो शुद्ध सर्व कल्याण के भाव से तलवार उठाता है, वह निश्चय ही हिंसक नहीं होता। भरत चक्रवर्ती की तलवार और कृष्ण का सुदर्शन चक्र, निश्चय ही अहिंसक थे। क्योंकि उनके पीछे न तो उनके स्वपरिणाम का घात था, और न पर के घात की कषाय थी। ऐसा संहार मारक नहीं, तारक ही हो सकता है। वासुदेव कृष्ण ने जिसे मारा, वह तर गया। योगीश्वर भरत ने जिसे मारा, वह पाप से उबर गया। इस विश्व के सकल ऐश्वर्यों को भोग कर भी, वे अभोक्ता और अभुक्त ही रहे। उनके भीतर विशुद्ध सम्यग्दर्शन ही शुद्ध सम्यक्-चारित्र्य बनकर प्रकट हुआ था। सम्यक्-चारित्र्य बाहर से धारण करने और पालने की चीज नहीं, वह मात्र आत्मा

की सम्यकदर्शन प्रकृति का शुद्ध, स्वाभाविक, उचित परिणाम होता है। तब स्पष्ट है कि निश्चय सम्यक्-दर्शन से ही, लोक-व्यवहार का शुद्ध कल्याण-मार्ग प्रकट होता है। निश्चय है मात्र शुद्ध सम्यक्-दर्शन और उसके अनुसार जो शुद्ध आचार है, वही शुद्ध व्यवहार-चारित्र्य है। दृष्टि सम्यक्त्व की शुद्धि पर, शुद्ध आत्म-स्वभाव पर रहनी चाहिए। तब व्यवहार अपने आप ही शुद्ध होता है। बीच की और हर कोई योजना अनिवार्यत: मिथ्यात्व होकर रहेगी।''

''और जब तक हमारे बीच नारायण कृष्ण या भरतेश्वर न हों, तब तक क्या हमें आत्म-रक्षा के लिए तलवार उठाने का अधिकार नहीं?''

''यह अविश्वास क्यों महाराज, कि आज भी हम में से कोई शुद्ध सम्यग्दर्शन के साथ तलवार नहीं उठा सकता। निष्काम और निष्कषाय होकर तलवार उठाने का संकल्प हममें क्यों नहीं उठता? इस कायरता में ही यह झलकता है, कि अपनी आत्म-रक्षा की शुद्धता में हमें सन्देह है। हमें अपनी नि:स्वार्थता, निष्कामता, निष्कषायता में सन्देह है! हमारी इस आत्म-रक्षा की भावना में सत्ता और सम्पत्ति के अधिकार और परिग्रह का चोर छुपा बैठा है।''

''वर्द्धमान, तुम हमारे लिए बहुत कठिन कसौटी प्रस्तुत कर रहे हो। हमें हमारी सामर्थ्य से परे कस रहे हो।''

''निश्चय ही कसूँगा, बापू! क्योंकि आप मेरे स्वजन हैं, आप मेरे रक्त हैं। क्योंकि हम लिच्छवि ऋषभ और भरतेश्वर जैसे निष्काम कर्म-योगियों के वंशधर हैं। मेरा दावा आप पर न हो, तो किस पर हो? वैशाली में मेरे मत तीर्थंकर का धर्म-सिंहासन बिछा है। मैं उसे महान देखना चाहता हूँ। मुझे यह असह्य है कि वैशाली स्वार्थ, सुविधा और समझौते की राजनीति का खिलौना बने। कि वैशाली लोक के आदिकालीन मिथ्यात्व की शृंखला की कड़ी बने। मैं यह देखना चाहूँगा, कि वैशाली असत्य और हिंसा के उस आदिम दुश्चक्र का भेदन करे। वह पहल करे। वैशाली यदि यह नहीं करती, तो उसका विनाश अनिवार्य है।''

''वर्द्धमान, तुम अपने ही प्रति बहुत कठोर हो रहे हो!''

''वर्द्धमान सबसे पहले, अपने ही भीतर छुपे बैठे शत्रु का संहार करता है, राजन्। यही उसके होने का प्रयोजन है। वर्द्धमान आत्म-अरिहन्ता अरिहन्तों की अजेय परम्परा का सूत्रधार है, भन्ते तात!''

''तो फिर तुम्हीं वह निष्काम और निष्कषाय तलवार, अरिहन्तों की शासन-भूमि वैशाली की रक्षा के लिए उठाओ, वर्द्धमान!...''

''वह तलवार उठाने की अपनी योग्यता और सामर्थ्य में मुझे रंच भी सन्देह नहीं है, महाराज। अनिवार्य हुआ तो उठाऊँगा तलवार, आप निश्चिन्त रहें। पर अपनी नियति को मैं जानता हूँ। मेरा चक्रवर्तित्व धर्म-साम्राज्य का होगा, कर्म-साम्राज्य का

नहीं। महासत्ता ने मुझे उसी आसन पर नियोजित किया है। इसी से इन सारे अनाचारों के सम्मुख मैं चुप हूँ, और लोक की वेदना के विष को चुपचाप अपने एकान्त में पी रहा हूँ और पचा रहा हूँ। क्या आप सोचते हैं, महाराज, लोक में धर्म के नाम पर चल रहे इन दानवीय सर्वमेधयज्ञों से मैं अनभिज्ञ और अस्पर्शित हूँ? असंख्य निर्दोष प्राणियों की चीत्कारें और क्रन्दन मेरी आत्मा में अनहद नाद बनकर निरन्तर गूँज रहे हैं, देव। मेरी वह नियति होती, बापू, तो अब तक लोक मेरी निष्काम तलवार के तेज से जाज्वल्यमान हो चुका होता। लेकिन..."

"लेकिन क्या, बेटा?"

"...फौलाद की तलवार से आगे, एक और तलवार है आत्मा की, जो एक ही अविभाज्य मुहूर्त में, विनाश और निर्माण एक साथ करती है। अब तक वह केवल आत्म-त्राण में नियोजित रही। हो सका तो मैं उसे आगामी युगों में लोकत्राण में नियोजित देखना चाहता हूँ। उस तलवार के अवतरण तक, मेरे लिए फौलाद की तलवार को स्थगित रखना होगा। हो सका तो महावीर आगामी मन्वन्तरों में स्वयं अमोघ आत्म-शक्ति की वह तलवार होकर प्रकट होना चाहता है।"

"लेकिन तब तक लोक-व्यवहार कैसे चले? आज, अभी क्या हो?"

"इसी से तो कहता हूँ, भन्ते तात, मुझे आज निष्काम योगीश्वर कृष्ण की जरूरत है। मुझे उस कर्म-चक्रवर्ती की जरूरत है, जो जन्मजात चक्रवर्ती था। उसके कोषागार में, त्रिखंड पृथ्वी का विजेता चक्र, स्वयम्भु रूप से जनमा था। लेकिन उसने त्रिखंड पृथ्वी जीतकर भी, सिंहासन भोगना स्वीकार न किया। अपने काल के अनाचारी साम्राज्य-लोलुपों और सिंहासनधरों के सिंहासन उसने अपनी ठोकरों से चूर-चूर कर दिये। सिंहासन-भंजक होकर आया था वासुदेव कृष्ण। सो स्वयम् अपने ही सिंहासन पर उसने सबसे पहले भंजन किया। और तब उसकी कल्याणी ठोकर इतनी तेजोमान हो उठी, कि लोक के सारे अत्याचारी सिंहासन और व्यक्ति उसके दर्शन और छुवन मात्र से भस्म हो गये। सत्य, न्याय, अहिंसा, प्रेम और अपरिग्रह का मूर्तिमान कर्म-विग्रह था कृष्ण। भगवती महासत्ता ने उसके भीतर कर्म-चक्रवर्ती, लोक-त्राता शक्ति के रूप में अवतार लिया था। तलवार की धार की तरह खरतर थी उसकी सत्य-निष्ठा, न्याय-निष्ठा और वीतरागता। ऐसी वीतरागता और समता का वह स्वामी था, कि लोक के कल्याण के लिए उसने स्व-वंश नाश का खतरा तक उठा लिया। अपनी लीला से उसने छप्पन करोड़ यादवों की देव-नगरी द्वारिका में आग लगा दी। और स्वयं इस कामराज्य से निर्वासित हो गया, ताकि वह इसके दुश्चक्र को तोड़ सके। अन्तिम साँस तक इस दुश्चक्र के भेदन, और धर्मराज्य के प्रवर्तन का महाभाव और महाप्रयत्न उसकी आत्मा में चलता रहा। उसने इस कामराज्य के महल में नहीं, जंगल के एकान्त में ओझल, मनुष्य की आँख से ओझल,

मर जाना पसन्द किया। हिंसामत्त लोक के पारधी का तीर अपनी पगतली की जीवनमणि में बिंधवाकर उसने आत्मोत्सर्ग कर दिया, आत्माहुति दे दी। उस तीर के फल में पुंजीभूत, प्रमत्त लोक की हिंसा का विष वह चाट गया। अपने ही भाई के विपथगामी रक्त से उसने अपनी हत्या करवा ली। सुन रहे हैं, महाराज, सत्यंधर कृष्ण ने, लोक के परित्राण के लिए, अपने वंश का मूलोच्छेद कर दिया!...मुझे इस क्षण उस कृष्ण की जरूरत है।..."

मेरी आँखों में, लपलपाती ज्वाला की तलवार देखकर, दोनों राजपुरुष सहम उठे। मातामह मोह-कातर होकर क्रन्दन-सा कर उठे :

"लिच्छवि कुल और वैशाली के विनाश के लिए?"

"लिच्छवि कुल और वैशाली के चूड़ान्त उत्कर्ष के लिए!...और उसके लिए स्व-वंशनाश अनिवार्य हो, तो वह तक मैं चाह सकता हूँ। ताकि ज्ञातृपुत्र वर्द्धमान महावीर का अंश लोक-परित्राता तीर्थंकर के तेज-गौरव से मंडित हो। वैशाली में त्रैलोक्येश्वर जिनेन्द्र भगवान का समवसरण रचा जाए। वैशाली लोक में तीर्थंकर का धर्मचक्र और मान-स्तम्भ हो कर रहे!"

"साधु-साधु, हमारे रक्त के लाड़ले, तुम धन्य हो। तुम तो वज्रवृषभ-नाराच-संहनन के धारी सुने जाते हो, बेटा। अघात्य है तुम्हारी देह। अभेद्य हैं तुम्हारी वज्र की हड्डियाँ। किसी मर्त्य की तलवार तुम्हारा घात नहीं कर सकती। क्या तुम्हारी आँखों तले, मगध का साम्राज्य-लोलुप भेड़िया, तुम्हारी देव-नगरी वैशाली को निगल जाएगा... ? तुम्हारे धर्मचक्र-प्रवर्तन में क्या विलम्ब है, वर्द्धमान? वैशाली तीर्थंकर के समवसरण की प्रतीक्षा में है।..."

"तीर्थंकर का कैवल्य-सिंहासन अब मगध के विपुलाचल पर बिछेगा, मातामह। मागध बिम्बिसार को आप आज लोक के शत्रुत्व का प्रतीत मानते हैं न! उस शत्रु को जय करने के लिए उसी के राज्य में धर्म-चक्रेश्वर का धर्म-चक्र सर्व-प्रथम पृथ्वी पर उतरेगा। मागध प्रेम का प्यासा है, महाराज, वह सौन्दर्य का प्रेमी है। उसकी प्रेम की आग उसे चैन नहीं लेने दे रही। क्योंकि वह अनन्तकामी है, और उसके अनन्त-काम को जगत् में तृप्ति नहीं मिल रही। उसकी साम्राज्य-लिप्सा में उसी निष्फल प्रेम की ज्वाला का प्रत्याघाती रूप प्रकट हुआ है। उसके स्वप्न को महावीर सिद्ध करेगा। मगध के विपुलाचल पर ही धर्म-साम्राज्य-नायक का सिंहासन बिछेगा। मागध उसका शरणागत आज्ञावाहक हो जाएगा, राजन्। और आप क्या चाहते हैं? मैं छद्म गणतन्त्र नहीं, एकराट् धर्म-साम्राज्य जम्बूद्वीप पर स्थापित देखना चाहता हूँ। वैशाली और मुझसे क्या चाहती है, आज्ञा करें, पितृदेव... !"

"यही कि, वैशाली के सन्थागार में आओ, और उसके जनगण को अपना यह मंगल-सन्देश सुनाओ, आयुष्यमान्।"

"ठीक मुहूर्त के आवाहन पर, माँ वैशाली के चरणों में आऊँगा। भगवती आम्रपाली की सौन्दर्य-प्रभा से पावन वैशाली को एक बार देखना चाहता हूँ।"

मातामह आश्चर्य-स्तब्ध-से मेरे अन्तिम वाक्य में खो गये। ऐसी प्रत्याशा उन्हें मुझसे नहीं थी।...एक गणिका, और भगवती?

"मैं धन्य हुआ तुम्हें पाकर, बेटा। वैशाली तुम्हारे दर्शन को तरस रही है। वचन दो, शीघ्र आओगे!"

"वर्द्धमान एक ही बार बोलता है, तात। वही अन्तिम होता है। आपूर्ति वचन। ठीक मुहूर्त में, वैशाली मुझे अपने चरणों में पाएगी।..."

दोनों पितृदेवों के चरणों को छू पाऊँ, उससे पूर्व ही मैं चार बाँहों में आबद्ध था। छूटना कठिन था।...पर एक झटके में मुक्त होकर, मैं तीर की तरह राजसभा-भवन पार कर गया।...

परा-ऐतिहासिक इतिहास-विधाता

...वह चीत्कार मेरे अतल में भिद गयी है। ऐसा लगा था, कि तमाम चराचर उसके आघात से बहरे हो गये हैं। उत्तरोत्तर वह अधिक तीखी और लोमहर्षी होती चली गयी। एक अन्तहीन आर्तनाद था वह। उस क्षण स्पष्ट बोध हुआ, कि समस्त आर्यावर्त की आत्मा आक्रन्द कर उठी है।

मेरा सारथी जब यह नया काम्बोजी अश्व लेकर आया था, तो मैंने तुरन्त इसे स्वीकार लिया था। यह अश्व मानो मेरे पास भेजा हुआ आया था। कोई भी चीज़ चुनने या लेने की स्पृहा मुझमें कभी नहीं रही है। पर यह नया घोड़ा मुझसे अस्वीकारते न बना।

और उस दिन, मानो उस अश्व ने ही पुकारा था, कि मैं उस पर सवार होकर निकल पड़ूँ। यों भी जब निकलता हूँ, ऐसे ही अचानक कोई अकारण गतिमत्ता मुझे आक्रान्त कर लेती है। और मैं अलक्ष्य दिशा में चल पड़ता हूँ।

सो उस दिन भी इस नये काम्बोजी अश्व ने जब हिनहिना कर अपने फड़फड़ाते पट्ठों पर मुझे धारण किया, तो मेरी जाँघें एक प्रबल आरोहण के वेग से छटपटा उठी थीं।...तीर की तरह वह धावमान था। कितनी राहें, दिशाएँ उसने बदलीं, उन पर मेरा लक्ष्य नहीं था। मानो एक निर्धारित दिशा में वह मुझे उड़ाये ले जा रहा था। कितने रात-दिन या घटिकाएँ बीतीं, यह कालबोध तक मेरी चेतना में नहीं था।...

कोसल को पार कर, अहिछत्र के सीमान्त पर पहुँचा कि हठात् एक चीत्कार घिरती साँझ के धुँधलके को विदीर्ण करती हुई जैसे क्षितिज के मंडल को बेधने लगी। कण-कण त्राहिमाम् पुकार उठा। वज्रवृषभ-नाराच-संहनन के धारी मेरे शरीर की अघात्य हड्डियों के बन्ध भी उससे तड़तड़ा उठे।

...और मेरा घोड़ा ठीक उस चीत्कार की दिशा में एक वज्र-बाण की तरह मुझे लिये जा रहा था। एकाएक वह थमा, कि वह चीत्कार खामोश हो गयी। कुछ ही दूर पर एक गाँव के आँगन में भारी भीड़ के बीच मशालें उठी हुई थीं। उतरकर मेदनी को चीरता हुआ जब घटना-स्थल पर पहुँचा, तो देखा कि दीन-मलिन वेश में एक अधेड़ मनुष्य बेहोश धरती पर पड़ा है। कुछ लोग उसकी नाड़ियाँ और हृदय-गति टटोल रहे हैं। और मानुष-माँस के जलने की एक तीव्र चिरायंध गन्ध वातावरण में घुटन पैदा कर रही है।

...पृच्छा करने पर पता चला कि एक श्रोत्रिय ब्राह्मण-देवता नदी-तट पर वेद-मन्त्रों का उच्चार करते हुए सन्ध्या-वन्दन कर रहे थे। ज़रा दूर पर जा रहा यह चांडाल मन्त्र-ध्वनि सुनकर ठिठक गया। ठिठककर सुनता रहा। ब्राह्मण-देवता उसे देखकर क्रोध से तिलमिला उठे। इस पामर चांडाल की यह हिमाक़त, कि वेद-मन्त्र सुनने को खड़ा रह गया? गायत्री के सविता को अपावन कर दिया इसने, अपनी शूद्र काया में उन्हें ग्रहण करके।

भू-देवता मुक्के और लातें मारते-मारते उस चांडाल को गाँव में घसीट लाये। विपल मात्र में सारे श्रोत्रिय पुरोहित एकत्र हो गये। हाय-हाय, अन्त्यज ने भर्ग देवता को अपने कर्ण-रन्ध्र में ग्रहण कर लिया। घोर पाप किया है इसने! पहले तो सबने तड़ातड़ लात घूँसे मारकर उसे अधमरा कर दिया। जितनी ही उसने अधिक क्षमा माँगी, घूँसों की बौछार प्रबलतर होती गयी। तब इस पाप के निवारण के लिए याजकों ने, 'शतपथ ब्राह्मण' के विधान के अनुसार सीसा पिघला कर, वह खौलता द्रव धातु उसके दोनों कानों में भर दिया, ताकि भविष्य में कोई अन्य शूद्र और चांडाल, वेद-मन्त्र सुनने का दुःसाहस न करे।...

जिस समय मैं पहुँचा, असह यन्त्रणा से चीखता-चिल्लाता वह मनुज-पुत्र अचेत हो चुका था, और उसे देखने और छूने के पाप से उबरने को उसके दंडदाता श्रोत्रिय, गंगा-स्नान को पलायन कर चुके थे।

वेदना से विकल होने के बजाय, यह दृश्य देखकर, मैं स्तब्ध और विश्रब्ध हो रहा। वह उबलता हुआ सीसा जैसे मेरी नाड़ियों और हृदय की धमनियों में बहता चला आया। मैंने अपनी जगह पर ही अचल खड़े रहकर, अचेत पड़े उस मनुष्य के जड़ और पीड़क धातु के अवरुद्ध कानों में, नीरव उच्छ्वास से मन्त्रोच्चार किया : 'ॐ णमो अरिहंताणं! ॐ णमो अरिहंताणं! ॐ णमो अरिहंताणं!'...और विपल मात्र

में ही, जैसे सीसा फिर गल-गलकर उसके कानों से बाहर आने लगा। वेदना-मुक्त होकर वह चांडाल एकाएक सचेतन होता आया। सुगबुगाता-सा चारों ओर देखने लगा। उसके ओठों से अस्फुट मन्त्रोच्चार हो रहा था : 'ॐ णमो अरिहंताणं!' और उसकी त्रास से मुक्त, अश्रु-कातर लाल आँखें किसी को खोज रही थीं।...

मुझ अजनबी की ओर कई निगाहें लगी थीं। पृच्छा की फुसफुसाहट चारों ओर थी। भूदेवों के आखेटित उस मनुज की अश्रु-सजल दृष्टि मेरी आँखों से मिली, कि अन्तर-मुहूर्त मात्र में, मैं वहाँ से मानो अन्तर्धान हो गया।

...घोड़े पर छलाँग भरते हुए मन ही मन फूटा : मनुष्य को मनुष्य द्वारा धर्म के नाम पर यों निर्दलित होने और अपनी मौत मरने को छोड़ कर, क्या, मैं अपनी वैयक्तिक मुक्ति के मार्ग पर निर्बाध आरूढ़ हो सकूँगा?...नहीं, यह मेरे वश का नहीं है। कोटि-कोटि सिद्धों और योगियों ने परापूर्वकाल में, सबकी ओर से पीठ फेरकर, भले ही अपनी मुक्ति उपलब्ध कर ली हो, महावीर से यह नहीं हो सकेगा।...

...देखता हूँ, पथभ्रष्ट ब्राह्मणत्व ने आर्य ऋषियों और ज्योतिर्धरों के सर्वपरित्राता धर्म को रसातल में पहुँचा दिया है। भगवान ऋषभदेव ने वर्णाश्रम धर्म की स्थापना व्यक्तियों के स्वभाव के आधार पर की थी। यानी मूलतः वह वस्तु-धर्म पर आधारित थी। जिसमें स्वभाव से क्षात्र-तेज हो, वह प्रजा का संरक्षण और शासन करे। जो धरती से जुड़ा हो, उसे जोते और उससे उपजाये, वह कृषि-कर्म करके प्रजा का पालन-पोषण करे। जो स्वभाव से समर्पित और आज्ञाकारी हो, वह प्रजा का सेवक होकर रहे। इस प्रकार कर्मयुग के आद्य तीर्थंकर ने वृत्तियों के अनुसार व्यक्तियों को विशिष्ट कर्मों पर नियोजित किया था। यह नियोजन अन्तिम और प्रति-बन्धक नहीं था। यदि विकास के साथ व्यक्ति की वृत्तियों में परिवर्तन हो, तो वह तदनुसार अपना कर्म बदलकर, अन्य वर्ण में उत्क्रान्त हो जाए। क्षत्रिय, वैश्य और शूद्र का विभाजन उन्होंने इस तरह स्वाभाविक वृत्ति और प्रवृत्ति पर आधारित किया था। और स्वभावगत विकास की राह सबको उन्नत और उत्क्रान्त होने की छूट उन्होंने दी थी।...उनके पुत्र राजर्षि भरत चक्रवर्ती, जन्मजात योगी और ज्ञानी थे। उन्होंने एक दिन देखा कि एक व्यक्ति उनके पास आने को, राह में उगी दूब को बचाकर, चलने में तल्लीन है। राजर्षि सर्वात्मभाव से भावित हो उठे। उन्हें प्रतीति हुई कि यह व्यक्ति प्रतिपल 'सर्वं खल्विदं ब्रह्मम्' के भाव में जीता है। स्वभाव से ही इसकी चर्या ब्रह्म में है : यह निखिल चराचर भूतों में ब्रह्म देखता है। और नन्हीं दूब का भी जी नहीं दुखाना चाहता। तब भरतेश्वर ने कहा : शूद्र, वैश्य, क्षत्रिय से भी ऊपर यह ब्राह्मण है।...और इस प्रकार सर्वकाल ब्रह्म में ही चर्या करने वाले परिपूर्ण संवेदनशील ब्रह्मज्ञानियों की एक श्रेणि उन्होंने स्थापित की। वह लोक में ब्राह्मण कहलाये।

...सूक्ष्मतम जीवों के साथ भी निरन्तर आत्मोपम भाव से जीने के व्रती वही

ब्राह्मण, आज इतने अज्ञानी और प्रमादी हो गये हैं, कि उनके अध:पतन से वस्तु-धर्म पर आधारित आर्यावर्त की समाज-व्यवस्था एक सर्वनाशी अराजकता के खतरे में पड़ गयी है। अपने को मूर्धा पर बैठे पाकर ब्राह्मण अहंकार से प्रमत्त हो उठे। जो जन्मजात ब्रह्मचारी होने को नियोजित थे, वे अत्याचारी हो उठे। अपनी हीनतम वृत्तियों के तोषण-पोषण के लिए, उन्होंने अपने ज्ञानगर्व और पदस्थ से द्रप्त होकर, स्वार्थों के पोषक मनमाने मिथ्या शास्त्र रचे। अपनी ज्ञानवत्ता के बल पर उन्होंने क्षत्रिय, वैश्य, शूद्रों को अनेक लोक-परलोक के भय दिखाकर आतंकित किया। क्षत्रियों और वैश्यों के राज्य और उपार्जन से वे लुब्ध हुए, छोटे पड़ गये। उनमें संचय और अधिकार की तृष्णा जागी। उन्होंने आडम्बरी कर्म-कांडों का विधान किया और दान-दक्षिणा के नाम पर लोक की समस्त सम्पदा अपने लिए बटोरने लगे। उन शीर्षस्थों के अध:पतन ने विपथगामी आदर्श प्रस्तुत किया। उनके अनुकरण में क्षत्रिय, वैश्य, शूद्र भी धर्म-च्युत हो गये। लक्ष्य में धर्म न रहा, लोभ प्रतिष्ठित हो गया। तब कुछ क्षत्रिय जागे : इस अनाचार के मूल को उन्होंने चीन्हा। उन्होंने अपनी क्षात्र तलवार को ब्रह्मज्ञान की सान पर चढ़ाकर, लोकत्राता क्षात्र-धर्म की एक नयी उत्क्रान्ति उपस्थित की। योगीश्वर कृष्ण, तीर्थंकर अरिष्टनेमि, राजर्षि विश्वामित्र, गौतम, प्रवहण जैवली, प्रतर्दन, विदेह जनक, भगवान पार्श्वनाथ आदि ब्रह्मतेज और क्षात्रतेज से संयुक्त इस नूतन धर्म की परम्परा में आदित्यों की तरह प्रकाशमान हुए। अध:पतित ब्राह्मणत्व पर, परित्राता क्षत्रियों का यह ब्रह्मतेज विजयी हुआ। आत्माहुति के यज्ञ में, इन राजर्षियों ने अपनी तलवारों को गलाकर, सर्व चराचर के संरक्षक एक नूतन विश्वधर्म की प्रतिष्ठा की।...

यह क्षत्रिय-प्रभुता भी पराकाष्ठा पर पहुँचकर, उसके वंशधरों के हाथों फिर स्वार्थ का हथियार बनी और अध:पतित हुई। मेरे काल का यह आर्यावर्त क्षात्रतेज के उसी अध:पतन की पराकाष्ठा पर है। अब देख रहा हूँ, वणिक् प्रभुता का उदय हुआ है। पूर्वी समुद्र से पश्चिमी समुद्र के छोरों तक की आसमुद्र पृथ्वी पर इन वाणिकों के सार्थवाह अपनी विजय-वैजयन्ती बड़े गर्व से फहरा रहे हैं। ब्रह्मतेज और क्षात्रतेज दोनों ही आज हतप्रभ होकर, इन वणिकों की अपार सम्पत्ति के हाथों बिके हुए हैं। इस क्षण इतिहास के विधाता और निर्णायक ब्राह्मण और क्षत्रिय नहीं, वणिक श्रेष्ठी हैं।

...इस व्यवसाय-प्रधान व्यवस्था में, राजर्षियों द्वारा परास्त ब्राह्मण ने अपने को फिर से स्थापित करने के लिए धर्म को एक वाणिज्य का स्वरूप प्रदान किया है। हतवीर्य और विलासी हो गये क्षत्रियों को राजसूय यज्ञ द्वारा साम्राज्य-स्थापना का लोभ दिखाकर, ये ब्राह्मण उनकी निर्बल आत्माओं के साथ खेल रहे हैं, उन्हें परलोक के भयों से आतंकित किये हैं। पश्चिमांचल के ब्राह्मणों ने पूर्वांचल तक फैलकर,

"एक है त्रिलोकीनाथ, जो छोटे से भी छोटा है, बड़े से भी बड़ा है। वह छोटे-बड़े से ऊपर महाशाल पुरुष है। तीन लोक, तीन काल उसकी हथेली पर हैं।...उन्होंने तुझे याद किया है।"

हालिक स्तब्ध रह गया। बोला :

"मुझ जैसे एक क्षुद्र कृषक को त्रिलोकीनाथ ने याद किया है? मुझे डर लग रहा है, भगवन्। मुझे किसी षड्यन्त्र की गन्ध आ रही है।"

"षड्यन्त्र के बिना, क्या इतना बड़ा जगत् चलेगा रे? फिर वे तो तीनों लोक के राजा हैं। उनकी गति वही जानें। हम-तुम क्या समझेंगे रे। तू चलकर ही देख न!"

"भगवन्, वे आपके कौन होते हैं?"

"वे मेरे गुरु हैं रे, वे प्राणि मात्र के तारनहार श्रीगुरु हैं। तेरे भी।"

"मेरे भी? आपके भी? आप ही जब इतने महिमावान् हैं, तो आपके गुरु तो जाने कैसे होंगे!"

"चौंतीस अतिशयों से युक्त विश्वगुरु सर्वज्ञ महावीर, अवसर्पिणी के चरम तीर्थंकर, कलिकाल के तारनहार। प्राणि मात्र के मित्र, वल्लभ। मन-मन की हर लेते पीर। हर मन के मीत। कीड़ी के भी, कुंजर के भी, तेरे भी मीत। इसी से तुझे याद किया रे!"

सुनते ही हालिक के मन में प्रभु के प्रति प्रीत जग आयी। और उसी क्षण बोधि-बीज का उपार्जन किया। और पूर्ववत् गौतम का अनुगमन करने लगा।

...लेकिन यह क्या हुआ, कि प्रभु के समक्ष पहुँचते ही, उन्हें देखते ही हालिक के चित्त में वैर-भाव जाग उठा। वह क्रोध से भर उठा। उसे पूर्व जन्म का जाति-स्मरण हुआ। उसे याद आया, जन्मों पार एक दिन वह तुंगारण्य में जंगल का स्वच्छन्द राजा सिंह था। और तब यह कमलासन पर बैठा पुरुष त्रिपृष्ठ वासुदेव था। यह प्रभुता के मद से प्रमत्त था। इसने मृगया में केवल अपने क्रीड़ा-भाव को तृप्त करने के लिए, मेरे प्राणों का हनन किया था। वही हत्यारा त्रिलोकी का नाथ कैसे हो सकता है? प्राणि मात्र का और मेरा मित्र और तारक कैसे हो सकता है? उसने आर्य गौतम से कम्पित स्वर में पूछा :

"क्या यही आपके गुरु और विश्वगुरु सर्वज्ञ महावीर हैं?"

"ओ रे हालिक, तू सूर्य को स्वयं न पहचान सका? क्या वह भी तुझे दिखाना होगा?"

"यदि यही आपके गुरु हैं, भन्ते, तो मेरा आपसे अब कोई लेना-देना नहीं। न आपकी दीक्षा ही मुझे चाहिए। लीजिए, इसे लौटा लीजिए। इसे अपने पास ही रखें।

मैं चला...!"

कहकर क्षण मात्र में ही पीछी-कमंडलु फेंककर, वह हालिक कृषिबल बेरोक आँधी की तरह वहाँ से निकल गया। और फिर अपने खेत में लौटकर हल चलाने लगा।

उधर गौतम ने प्रभु को नमन कर पूछा :

"हे नाथ, आपको देखकर तो सकल चराचर जीव हर्षित हो उठते हैं। ऐसे आपसे इस हालिक को द्वेष क्यों हुआ? ऐसा बैर, कि दुर्लभ बोधिबीज अर्जन करके भी, वह उसे फेंककर चला गया। भगवती दीक्षा को त्यागकर पीछी-कमंडलु फेंक गया। इसकी आत्मा पर ऐसा कौन तमस का पर्दा पड़ा है, नाथ?"

प्रभु का उत्तर सुनाई पड़ा :

"त्रिपृष्ठ वासुदेव के भव में तुंगगिरि की गुहा के जिस सिंह को मैंने मारा था, उसी का जीव है यह हालिक कृषिकार, गौतम। सुदंष्ट्र नागकुमार के रूप में भी यही मुझसे बैर लेने आया था। उसका दोष नहीं, उसका कषाय अभी चुका नहीं। लेकिन अब देर नहीं है... प्रतीक्षा करो।"

"लेकिन प्रभु, इस हालिक को मुझ पर प्रीति क्यों कर हुई?"

"उस पूर्व भव में, तुंगगिरि के अरण्य में तू ही मेरे रथ का सारथी था। तुझे उस क्रोध और पीड़ा से फड़फड़ाते सिंह पर करुणा आ गयी थी। तूने उसे सामवचनों द्वारा शान्त किया था। तभी से तेरा वह स्नेही है, और मेरा वह द्वेषी है।"

"लेकिन आज जो कण-कण, प्राण-प्राण के वल्लभ प्रभु हैं, उनके आगे भी उसका वह पुरातन द्वेष टिक सका? जिन श्रीचरणों में सिंह और गाय एक घाट पानी पीते हैं, वहाँ भी उसका क्रोध शान्त न हो सका?"

"हालिक का क्या दोष उसमें? महावीर की वीतरागता कसौटी पर है। उसका प्रेम ही शायद कम पड़ गया!"

"प्रेम के समुद्र में सीमा ही कहाँ, प्रभु! लेकिन उस जीव की पीड़ा कितनी विषम है। क्या वह उस बैर-ग्रन्थि से मुक्त न हो सकेगा?"

...कि ठीक तभी वह हालिक कृषिकार लौटकर श्रीमंडप में आता दिखाई पड़ा।

"पृथ्वी जोतने में अब मन नहीं लगता, भगवन्। अब कहीं भी मन नहीं लगता। कहाँ जाऊँ?"

"तो तू यहाँ क्यों आया रे हालिक? यहाँ तो तेरा जी लगा नहीं। तू यहाँ से तो पलायन कर गया था। जहाँ जी लगे, वहीं जा रे! यहाँ क्यों आया?"

"अपने बैरी वासुदेव का सत्यानाश किये बिना, मेरा जी कैसे लग सकता है?"

"इसीलिए तो तुझे पुकारा है रे, कि तेरे बैरी को पकड़ लाया हूँ, तू उसका उन्मूलन कर दे!"

...हालिक को लगा कि वह सिंह रूप में प्रकट होकर, कराल डाढ़ें फाड़कर त्रिपृष्ठ वासुदेव पर झपट रहा है।...अकस्मात् यह क्या हुआ, कि वासुदेव स्वयं ही उसकी डाढ़ों में कूदकर उसका आहार हो गये! उसके उदर में प्रवेश कर, उसके मूलाधार में उतर गये। हालिक को लगा कि जाने कौन उसके भीतर के एक-एक रक्ताणु, उसके तन-मन के एक-एक परमाणु को सहला रहा है, प्यार कर रहा है।

...हालिक जब उस प्रीत-समाधि से बाहर आया, तो उसने पाया कि स्वयं प्रभु हालिक पर पुष्प-वर्षा कर रहे हैं।

"अरे हालिक, तू तो महावीर के श्वेत रक्त में हल चला रहा है। उसकी नसों में से दूध चू आया है। ओ मेरे हलकार, मनुष्य के जाने कितने ही क्षेत्र, तेरे हल-चालन की प्रतीक्षा में हैं। तेरा बोधि-बीज अनजाने ही, जाने कितनी ही आत्माओं में कल्पवृक्ष बनकर फलेगा। तेरी जय हो हालिक कृषिकार!"

और हालिक को अनुभव हुआ कि उसके रक्त में यह कैसे अवगाढ़ मधुर गोरस का संचार हो रहा है। यह पृथ्वी स्वयं ही हो गयी है उसकी कामधेनु!

विचित्र लीला चैतन्य की : राजर्षि प्रसन्नचन्द्र

पोतनपुर के महाराज प्रसन्नचन्द्र ने बहुत वर्ष सुखपूर्वक राज्य किया। भंगुर ऐन्द्रिक सुख में भी अमरत्व का भ्रम होने लगे, इस हद तक उन्होंने पृथ्वी के सारभूत सुख भोगे। उनकी रानी चन्द्रनखा भी ऐसी शीतल स्वभाव की थी, मानो कि चन्द्रपुरी से ही आयी हो। राजा को उसका हर स्पर्श ऐसा लगता, जैसे उसमें चन्द्र किरणों का अमृत झरता हो।

एक वसन्त ऋतु की चाँदनी रात में, राजा प्रसन्नचन्द्र महल की खुली छत के रत्न-पर्यंक पर अपनी रानी के साथ सोये थे। चाँदनी में वासन्ती फूलों की गन्ध कुछ सन्देश देती-सी लगी। राजा का आलिंगन एकाएक छूट गया। रानी उस ऊष्मा में अवश मूर्च्छित छूटी पड़ी रह गयी। राजा ने ग्रह-तारा खचित आकाश को देखा।...लेकिन चन्द्रमा तो स्वयं उनकी शैया में ही आ लेटा है! कितने नक्षत्र-लोक, कितने जगत, कितने भुवन, कितने ब्रह्मांड। अनन्त सामने खुल गया। सान्त का छोर राजा के हाथ से निकल गया।

...प्रसन्नचन्द्र को लगा कि इन अनन्त कोटि ब्रह्मांडों में उसका अस्तित्व क्या!

एक बिन्दु भर तो नहीं। तो उसका होना या न होना कोई माने नहीं रखता!...और राजा को अपनी अस्मिता शून्य में विसर्जित होती लगी। उसका 'मैं' उसे कपूर की तरह छूमन्तर होता अनुभव हुआ।...तो वह कौन है, और कहाँ टिके वह? मृगशीर्ष नक्षत्र के मृग पर चढ़कर, वह मानो अस्तित्व के छोर छू आया।...आगे जो सीमाहीन का निस्तब्ध राज्य देखा, तो उस अथाह के समक्ष वह शून्य हो गया।

...फूलों की शैया में लेटी परमा सुन्दरी रानी। आसपास सजी नाना भोग-सामग्री। जलमणि की फुलैल-मंजूषा। नाना सुगन्ध, आलेपन, अलंकारों के खुले रत्न-करंडक। ऐन्द्रिक सुख के अपार आयोजन। सब कुछ क्षणमात्र में दर्पण की प्रतिछाया-सा विलीन हो गया। सारे लोकालोक उसकी आँखों में नक्षत्रों की धूल से झरते दिखाई पड़े।

...और यह चन्द्रनखा? काल के प्रवाह में ऐसी जाने कितनी चन्द्रनखाएँ, हर क्षण तरंगों-सी उठकर मिट रही हैं। इसके चरम तक जाकर भी, क्या इसे पा सका? क्या मैं इसके साथ तदाकार हो सका, जो हुए बिना मुझे अब छिन भर भी अब चैन नहीं।

...और राजा सामने खुलते शून्य में थरथराते बच्चे की तरह प्रवेश कर गया।

उस काल, उस बेला श्रीभगवान पोतनपुर के 'मनोकाम्य उद्यान' में समवसरित थे। उस दिन सबेरे अचानक महाराज प्रसन्नचन्द्र प्रभु के सम्मुख उपस्थित दीखे। वे निरालम्ब में काँप रहे थे।

"इधर देख राजा, और जान कि शून्य है कि सत् है, अमूर्त है कि मूर्त है। इधर देख!"

राजा ने सर उठाकर प्रभु को एकटक निहारा। समय से परे अपलक निहारता ही रह गया।...फिर हठात् वह बोला आया :

"शून्य भी, सत भी। मूर्त भी, अमूर्त भी। शून्य ही सत् हो गया मेरे लिए। अमूर्त ही मूर्त हो आया, मेरे लिये। यह क्या देख रहा हूँ, भगवन्!"

"क्या तू अब भी निरालम्ब है? क्या तू अब भी अकेला है? क्या तू अब भी नास्ति है? क्या तू अब भी शून्य है?"

"मैं अब निरालम्ब नहीं, स्वावलम्ब हूँ। मैं अब अकेला नहीं, क्योंकि मैं अर्हत् संयुक्त हूँ। अर्हत् के ज्ञान से बाहर तो कुछ भी नहीं। मैं अब नास्ति नहीं, अमिट अमित अस्ति हूँ। मैं अब शून्य नहीं, एकमेव सत्ता हूँ।"

"तू कृतार्थ हुआ, राजन्। तू जिनों के महाप्रस्थान का पन्थी हुआ!"

...महाराज प्रसन्नचन्द्र ने दिगम्बर होकर जिनेश्वरी दीक्षा का वरण किया। और

उसी क्षण उन्हें सम्यक् बोधि का अनुभव हुआ।

यह बहुत पहले की बात है।...इधर कई वर्षों से वे प्रभु के संग विहार कर रहे हैं। कायोत्सर्ग का तप उन्हें चेतना की उच्च से उच्चतर श्रेणियों पर ले जा रहा है। वे सूत्रार्थ के पारगामी हो गये हैं। सत्ता का स्वरूप उनमें प्राकट्यमान होता दिखाई पड़ता है।

अन्यदा प्रभु, राजर्षि प्रसन्नचन्द्र और अपने विशाल श्रमण-मंडल से परिवरित राजगृही पधारे। वे 'वेणु-वन चैत्य' में समवसरित हुए।

महाराज श्रेणिक अपनी रानियों और परिकर के साथ नंगे पाँव, पैरों चलकर ही प्रभु के वन्दन को जा रहे थे। सबसे आगे उनके सुमुख और दुर्मुख नामा दो व्यवस्था-सचिव चल रहे थे। वे तरह-तरह की बातें करते जा रहे थे कि अचानक मार्ग के दायीं ओर की वनभूमि में सबकी दृष्टि गयी। महातपस्वी प्रसन्नचन्द्र एक पैर पर खड़े हो, बाहु ऊँचे कर, सूर्यमुखी मुद्रा में आतापना ध्यान करते दिखाई पड़े। श्रेणिक ने परिकर सहित क्षण-भर रुककर, दूर से ही उनका वन्दन किया। तभी आगे चल रहे सुमुख मन्त्री ने भी रुककर वन्दन किया और साश्चर्य कहा :

"अहो, कैसा दिव्य है इनका तपस्तेज! स्वर्ग और मोक्ष भी इनके चरणों पर निछावर हैं।"

तुरन्त ही दुर्मुख ने तीव्र प्रतिवाद करते हुए कहा :

"अरे क्या ख़ाक तपस्तेज है! तुझे तो पता ही क्या, सुमुख, कि कैसा पलातक और पातकी है यह साधु। यह पोतनपुर का राजा प्रसन्नचन्द्र है। अपने बाल-राजकुमार पर सारा राज्य-भार छोड़, बिना कहे ही यह घर से भागकर मुनि हो गया। इस निर्दय ने एक गोवत्स को बड़ी सारी संसार-गाड़ी में जोत दिया। इसकी देवांगना जैसी रानी इसके निष्ठुर विरह में सूखकर काँटा हो गयी है। पर इस कायर को रंच मात्र दया-माया नहीं। और इसके मन्त्रियों ने चम्पापति अजातशत्रु के महामन्त्री वर्षकार से मिलकर इसके बालकुमार का राज्य हड़प लेने का कुटिल जाल फैलाया है। अरे सुमुख, इस पाखंडी पलातक को देखना भी पाप है।"

राजर्षि प्रसन्नचन्द्र के कान में जाने कैसे ये शब्द चले गये। उनके ध्यान-सुमेरु पर जैसे वज्राघात हुआ। उनकी निश्चल चेतना में दरारें पड़ गयीं। वे चैतन्य के शिखर से लुढ़ककर, चिन्तन के विकल्पों में करवटें बदलने लगे।...'अहो धिक्कार है मेरे अकृतज्ञ मन्त्रियों को। मैंने निरन्तर उनका सत्कार किया। उन्हें कितना धन-मान दिया, उच्च पद दिया। फिर भी मेरे निर्दोष पुत्र के साथ वे दावघात कर रहे हैं। मेरा दुधमुँहा बेटा आज अनाथ है। चन्द्रनखा श्री-सौभाग्य विहीन होकर छिन्न लता-सी मुरझाई

पड़ी है। वह अपने आपे में नहीं। उसका नारीत्व, उसका मातृत्व सब मिट्टी में मिल गया। मेरे गृह-त्याग से ही तो उनकी ऐसी दुर्दशा हो गयी। मेरे अपराध की क्षमा कहीं नहीं।...और वे मेरे मन्त्री, मेरे रहते वे मेरे शशक जैसे बाल और मेरी मृगी जैसी रानी का सर्वनाश कर देंगे? ऐसे कैसे हो सकता है।...मैं, मेरा, मेरी रानी, मेरा पुत्र, मेरा राज्य, मेरे मन्त्री, मेरे शत्रु...मैं प्रतिकार करूँगा। मैं...मेरा, मैं...मेरा, मैं...मैं...मैं...!'

...और व्यथित, विक्षिप्त राजर्षि प्रसन्नचन्द्र, अपने मनोदेश में ही, अपने मन्त्रियों के साथ युद्ध में प्रवृत्त हो गये। युद्ध अन्तहीन होता चला गया। युद्ध में से युद्ध। इस दुश्चक्र का कहाँ अन्त है?

ठीक उसी समय श्रीभगवान के समवसरण में, महाराज श्रेणिक ने सर्वज्ञ महावीर से प्रश्न किया :

"जयवन्त हों त्रिलोकीनाथ! अभी वन-पथ में राजर्षि प्रसन्नचन्द्र को पूर्ण ध्यान में लीन देखा। कायोत्सर्ग की उस विदेह दशा में यदि वे मृत्यु को प्राप्त हों, तो वे कौन गति पायें, भगवन्?"

तपाक से प्रभु का उत्तर सुनाई पड़ा :

"सातवाँ नरक!"

सुनकर श्रेणिक आश्चर्य से अवाक् रह गया। ऐसे महाध्यानी मुनि अन्तिम नरक के रसातल में कैसे पड़ सकते हैं।...ऐसा तो नहीं कि प्रभु का उत्तर श्रेणिक ने ठीक से न सुना हो? शायद उसके सुनने में ही भूल हो गयी। सो क्षण भर रुककर श्रेणिक ने फिर पूछा :

"हे भगवन्, राजयोगी प्रसन्नचन्द्र यदि ठीक इस समय काल करें, तो कहाँ जायें? किस योनि में पुनर्जन्म लें?"

भगवन्त के श्रीमुख से उत्तर सुनाई पड़ा :

"सर्वार्थसिद्धि के विमान में?"

श्रेणिक बड़ी उलझन में पड़ गया। एक क्षण के अन्तर पर ही भगवान के कथन में भेद कैसा? अविरोध-वाक् सर्वज्ञ की वाणी में अन्तर्विरोध कैसे हो सकता है? श्रेणिक ने तत्काल उदग्र हो प्रश्न किया :

"हे प्रभु, आपने क्षणमात्र के अन्तर से दो भिन्न बातें कैसी कहीं?"

उत्तर सुनाई पड़ा :

"ध्यान-भेद के कारण। चेतना में हर क्षण नयी-नयी अवस्थाएँ आती-जाती रहती हैं। आत्म-परिणामों की गति बड़ी सूक्ष्म और विचित्र है, राजन्। उत्पाद, व्यय का खेल निरन्तर चल रहा है। उसमें ध्रुव पर रहना ही तो योग है। प्रसन्नचन्द्र ध्यान

में ध्रुवासीन होकर भी, दुर्मुख के वचन सुन सहसा ही कुपित हो गये। वे समत्व के शिखर से ममत्व के पंक में लुढ़क पड़े।...मेरा बालकुमार, मेरी रानी, मेरा राज्य, मेरे मन्त्री, मेरे शत्रु! और वे क्रोधावेश में आकर मन-ही-मन अपने मन्त्रियों से रक्ताक्त युद्ध लड़ने लगे। जब तुमने उनकी वन्दना की राजन्, तब वे इसी मनोदशा में थे। इसी से उस समय वे सप्तम नरक के योग्य थे।...

"लेकिन जब तुम यहाँ चले आये, राजन, तब प्रसन्नचन्द्र ने एकाएक अनुभव किया कि, मेरे सारे आयुध तो चुक गये, अब मैं कैसे युद्ध करूँ? और वे फिर उद्यत हुए कि, अहो, मैं अपने शत्रु को शिरस्त्राण से मारूँगा। और उनका हाथ शिरस्त्राण खींचने को पहुँचा, तो पाया कि वहाँ शिरस्त्राण नहीं, श्रमण की केश-लुंचित मुंड खोपड़ी थी।...तत्काल प्रसन्नचन्द्र को प्रत्यभिज्ञा हुई : अरे मैं तो सर्वत्यागी महाव्रती श्रमण हूँ। कौन राजा, किसका राज्य, किसका युवराज, किसकी रानी, कौन शत्रु, किसका शत्रु? वे सारी पर्यायें जाने कब की बीत चुकीं।...मैं वह कोई नहीं, मैं हूँ केवल एक स्वभाव में स्थित निरंजन आत्म। वीत-पर्याय, वीत-राग, वीत-द्वेष, वीत-शोक। अवीतमान ध्रुव आत्म।...

"यों आलोचना, प्रतिक्रमण करते हुए प्रसन्नचन्द्र फिर प्रशस्त ध्यान में अवस्थित हो गये। तुमने जब दूसरी बार प्रश्न पूछा : तब एक समयांश के अन्तर से ही प्रसन्न राजर्षि प्रशस्त ध्यान की परा भूमि में विचर रहे थे। सर्वार्थसिद्धि विमानों के प्रदेश में उनकी चेतना उड्डीयमान थी।..."

...कि ठीक तभी वन-भूमि में राज-संन्यासी प्रसन्नचन्द्र के सामीप्य में देव-दुन्दुभियों का नाद होता सुनाई पड़ा। देवांगनाएँ फूल बरसाती दिखाई पड़ीं। विस्मित-चकित भाव से श्रेणिक ने फिर से पूछा :

"हे स्वामी, अकस्मात् यह क्या हुआ?"

प्रभु का अविलम्ब उत्तर सुनाई पड़ा :

"शुक्लध्यान की अन्तिम चूड़ा पर आरोहण कर, राजर्षि प्रसन्नचन्द्र को केवलज्ञान प्राप्त हो गया। कल्पवासी देव उनके कैवल्य का उत्सव मना रहे हैं।"

"तीन ही क्षणों में, एक ही आत्मा क्रमशः सप्तम नरक का तल छूकर, सर्वार्थ-सिद्धि को पार कर, कैवल्य के महासूर्य में आसीन हो गयी? अबूझ है भाव की गति, भगवन्!"

"काल के प्रवाह से ऊपर है चैतन्य का खेल, श्रेणिक। महाभाव के राज्य में काल का वर्तन नहीं। अपने ही भावों की गति देख, और जान कि तू इस क्षण कहाँ चल रहा है!"

श्रेणिकराज ने अपने भीतर झाँका।...एक नीली स्तब्धता में, कितनी सारी गतियाँ, और कोई गति नहीं। केवल एक निःस्वन मैं, आप ही अपने में तरंगित।

तेरा विधाता तू ही है

...अचानक यह कैसा अपलाप घटित हुआ? स्वरूपमान प्रभु के सान्निध्य में यह कैसी विरूपता, कुरूपता?

गलित-पलित काया वाला एक कुष्ठी वहाँ आया और वह हड़काये श्वान की तरह, प्रभु के समीप बैठा दिखाई पड़ा। सम और संवाद के सुन्दर राज्य में ऐसा वैषम्य क्यों कर?

...अरे यह कैसी पिशाच-लीला है? वह कुष्ठी निर्भय निःशंक होकर अपने रक्त-पीव से चन्दन की तरह, प्रभु के चरणों को चर्चित करने लगा। देखकर, मनुष्य-कक्ष में बैठा राजा श्रेणिक क्रोध से बेकाबू हो उठा : अरे यह गलितांग मांस का लोथड़ा, यह महा पापात्मा कौन है? इसका इतना साहस, कि जगत्-स्वामी प्रभु की ऐसी आशातना (अवमानना) कर रहा है! प्रभु ने इसे रोका नहीं? इन्द्रों और महेन्द्रों की सत्ता भी इसमें हस्तक्षेप नहीं कर सकती? परवाह नहीं, मैं उसका वध करूँगा। यह उठे तो वहाँ से।...

इतने में ही एक और अपलाप घटित हुआ। अठारह देह-दोषों से रहित अर्हन्त तो छींकते नहीं। पर यह क्या हुआ, कि जैसे अशोक वृक्ष में से छींक सुनाई पड़ी। मानो कि महावीर को छींक आ गयी। और तत्काल वह कुष्ठी बोल पड़ा, "मृत्यु पाओ!" कि ठीक तभी राजा श्रेणिक को छींक आयी। तो कुष्ठी बोला, "बहुत जियो!" कि सहसा ही अभय राजकुमार छींक पड़े। कुष्ठी बोला, "जियो या मरो!" एक सन्नाटा, और फिर काल-सौकरिक कसाई छींक उठा, तो कोढ़ी बोला, "जी भी नहीं, मर भी नहीं!"

"ऐं, इस कोढ़ी ने प्रभु से कहा, कि तुम मर जाओ?" श्रेणिकराज क्रोध से आग-बबूला हो गये। उन्होंने पास ही बैठे अपने सुभटों को आज्ञा दी कि जैसे ही यह मौत का कुत्ता वहाँ से उठे, इसे पकड़ लेना।...धर्म-सभा विसर्जन होते ही, कोढ़ी प्रभु को नमन कर वहाँ से उठा, कि तभी—किरात जैसे शूकर को घेर लेते हैं, वैसे ही श्रेणिक के सुभटों ने उसे घेर लिया। लेकिन यह कैसी विचित्र घटना, कि वह कोढ़ी उनके देखते-देखते क्षणवार में ही दिव्य रूप धारण कर, एक नक्षत्र की तरह आकाश में उड़ गया।...

श्रेणिक दिङ्मूढ़ हो देखता रह गया। जैसे पर्दे उठ रहे हैं।...वस्तु के भीतर एक और वस्तु है। व्यक्ति के भीतर जाने और कितने व्यक्ति हैं। कोढ़ी में देव छुपा है, देव में कोढ़ी छुपा है।...यह कोई चमत्कार तो नहीं, आँखों देखी घटना है!

अपराह्न की धर्म-पर्षदा में श्रेणिक ने प्रभु से विज्ञप्ति की :

"वह कुष्ठी कौन था, भगवन्?"

"वह देव था, श्रेणिक!"

"तो वह कुष्ठी क्यों हो गया?"

श्रीभगवान निस्पन्द, मौन दिखाई पड़े। उनके प्रभामंडल में से दिव्य प्रतिध्वनि सुनाई पड़ने लगी :

"बहुत पहले की बात है। कौशाम्बीपति शतानीक के राज्यकाल में, उनके नगर में एक सेडुक नामा अति दरिद्र और महामूर्ख ब्राह्मण रहता था। अन्यदा उसकी स्त्री गर्भवती हुई, तो उसने अपने पति से कहा, 'मेरी प्रसूति के लिए घी ले आओ, उसके बिना यह व्यथा मुझसे न सही जाएगी।' ब्राह्मण बोला, 'मुझ विद्याविहीन को, क्यों कोई घी देगा?' ब्राह्मणी बोली, 'राजा से जाकर याचना करो। लोक में वही दीन का कल्पवृक्ष है।' उसी दिन से ब्राह्मण राजा की यों सेवा करने लगा, जैसे रत्न-कामी जन फूल-श्रीफल से सागर की आराधना करता है।

"तभी एक बार चम्पापति दधिवाहन ने अचानक विपुल सैन्य के साथ कौशाम्बी पर आक्रमण कर दिया। शतानीक अपने अजेय दुर्ग के द्वार बन्द करवा कर, अपनी प्रजाओं और सेनाओं सहित, बाँबी में बन्द हो गये सर्प की तरह, भूगर्भी नगर में उतर गया। चम्पापति की सेनाओं ने दुर्गभेद का मरणान्तक संघर्ष किया। हजारों सैनिक मारे गये। पर दुर्गभेद न हो सका। हारकर दधिवाहन, दिन के डूबते तारों की तरह अपने राज्य की ओर लौट पड़े। राजसेवा के लिए उद्यान में पुष्प तोड़ते सेडुक को पराजय का यह दृश्य देख, एक युक्ति सूझ गयी।...बेदम शतानीक के पास पहुँच उसने कहा, 'महाराज, चम्पापति टूटे पेड़-सा लौटा जा रहा है। इस भग्न शत्रु को पकड़कर, इसे निर्मूल कर देना ही ठीक है। मृतप्राय सर्प की मणि को छोड़ देंगे आप?'...युक्ति काम कर गयी। शतानीक का सैन्य हुंकारता हुआ, चम्पापति के बिखरे सैन्यों पर टूट पड़ा। वे अपना सबकुछ छोड़, प्राण लेकर भाग गये। बेशुमार हाथी-घोड़े, द्रव्य और शस्त्र बटोरकर शतानीक अपने नगर में लौट आये।

"सेडुक ब्राह्मण को बुलाकर राजा ने कहा, 'भूदेव, तुम्हारी अल्प बुद्धि का चमत्कार देख हम प्रसन्न हुए। बोल क्या चाहता है, माँग ले, दे दूँगा।' मूर्ख विप्र ने सोचा, अपनी चतुरा ब्राह्मणी से पूछकर ही माँगना ठीक होगा। वह बोला, 'महाराज की कृपा है, मैं कल उत्तर दूँगा।' उधर ब्राह्मण की बात सुनकर ब्राह्मणी ने सोचा, 'यदि गाँव-गरास मँगवाऊँगी इससे, तो यह जन्मों का भूखा ब्राह्मण, निश्चय ही वैभव पाकर प्रमत्त हो, दूसरी स्त्री ब्याह लाएगा। सो उस चतुर-चकोरी ने सोचकर कहा, मेरे स्वामी, तुम तो परम निर्लोभ हो। यही तो ब्राह्मण के योग्य है। तुम्हारे तप-त्याग से ही तो राजा जीत गया। धन-धरती माँगना ठीक नहीं। माँग लो कि प्रति दिन तुम्हें

उत्तम भोजन मिले, और दक्षिणा में एक सुवर्ग-मुद्रा। तुम्हारे लिए यही अनन्त हो जाएगा।...

..."ब्राह्मण की इतनी स्वल्प माँग से राजा चकित, मुदित हो गया। उसने ब्राह्मण को अपना निजी पुरोहित बना लिया। राजा उस पर कृपावन्त हुआ, तो सारी कौशाम्बी के महर्द्धिक जनों के द्वार उसके लिए खुल गये। चमत्कारी है यह भू-देवता। इसने राजा को युद्ध में जय दिलायी। हर दिन ब्राह्मण के आगे विपुल व्यंजनों से भरे भोजन-थाल लगने लगे। हर दिन कई आमन्त्रण। छोड़े भी कैसे, ब्राह्मण का जीव, भोजन कैसे जाने दे! सो वह ब्राह्मण पहले खाया वमन करके, फिर-फिर भोजन पर जाता। और जितने भोजन, उतनी सुवर्ण-मुद्रा पाता। जितनी मिले, बटोर लाता। भोजन, वमन, फिर भोजन, फिर वमन। और सोनैयों की बरसात। देखते-देखते ब्राह्मण दक्षिणा के द्रव्य से सम्पन्न हो गया। और वटवृक्ष की जटाओं की तरह पुत्र-पौत्रादिक से भी उसका घर भर गया। लेकिन नित्य अजीर्ण अन्न के वमन से अपक्व आँव-रस ऊपर चढ़ने के कारण उसकी त्वचा दूषित हो गयी। लाख-झरते पीपल-वृक्ष की तरह वह व्याधिग्रस्त हो गया। अनुक्रमे वह कोढ़ी हो गया, उसकी नाक, और हाथ-पैर सड़-गलकर झड़ने लगे, गिरने लगे। फिर भी वह अग्नि की तरह अतृप्त हो, हर दिन वमनपूर्वक अनेक भोजन करता रहा, दक्षिणा बटोरता रहा।...

"राज्यमन्त्री ने एकदा राजा को सावधान किया : इसका कुष्ठ भयंकर हो रहा है। इसकी छूत से सारे नगर को कोढ़ व्याप जाएगा। इसके बदले इसके किसी भी नीरोगी पुत्र को ही भोजन-दक्षिणा देना उचित होगा। जब कोई प्रतिमा खंडित हो जाए, तो उसके स्थान पर दूसरी अखंडित प्रतिमा स्थापित करना ही इष्ट होता है।...ब्राह्मण ने इस नयी व्यवस्था को स्वीकार लिया। पुत्र राज-पौरोहित्य पाकर प्रमत्त हो गया। उसने मक्खियों से भिनभिनाते पिता को घर से बाहर दूर पर एक झोंपड़ी में रख दिया। उसकी जो पुत्र-वधुएँ जुगुप्सापूर्वक उसे खिलाने आतीं, वे नाक बन्द कर लेतीं, मुँह फेरकर थूक देतीं। पुत्र तो उसकी ओर झाँकते भी नहीं। निरे श्वान की तरह काष्ठ के पात्र में उसे भोजन डाल दिया जाता।...

ब्राह्मण जहर के घूँट उतारता गया। एक दिन उसने एक भयंकर निश्चय किया, "जैसे मेरे पुत्र मुझसे जुगुप्सा करते हैं, उसी तरह एक दिन ये भी जुगुप्सा के पात्र हो जाएँगे!" ब्राह्मण ने षड्यन्त्र रचा। एक दिन पुत्रों को बुलाकर कहा, 'हे पुत्रो, अब जीना मेरे लिए असह्य हो गया है, सो मैं इच्छामरण करूँगा। पर हमारे कुल की रीत है, कि इच्छामरण करने वाला व्यक्ति अपने परिवार को एक अभिमन्त्रित पशु का दान करे। सो जरा एक पशु तो ले आओ।' पुत्र हर्षित हुए कि थोड़े में बला टल गयी। फाँसी छूट जाएगी हमारी। उन्होंने एक अभिमन्त्रित पशु पिता को भेंट कर दिया। और वे उसके मरण की राह देखने लगे।

''उधर ब्राह्मण अपने अंगों से झरता रक्त-पीव अन्न में घोल-घोलकर नित्य उस पशु को खिलाने लगा। देखते-देखते पशु कुष्ठी हो गया। तब विप्र ने उस पशु को मारकर, पुत्रों को उसका प्रसाद दिया, कि वे उसे खाकर पितृ-ऋण से मुक्त हो जाएँ। वे मुग्ध अज्ञानी पुत्र सपरिवार उस मांस का पाक कर, बड़े स्वाद से खा गये।...और तत्काल ही विप्र ने कहा कि, 'अब मैं तीर्थ-यात्रा पर जाऊँगा। वहीं देह-त्याग कर दूँगा।' पुत्रों ने उसे सहर्ष विदा कर, मुक्ति की साँस ली।

''ब्राह्मण अनिर्देश्य भटकता हुआ अरण्य में जा निकला। राह में उसे बहुत प्यास लगी। तो अटवी में जल खोजने लगा। तभी अनेक वृक्षों से घिरे एक प्रदेश में, दुर्लभ मित्र जैसा एक जल का झरना दिखाई पड़ा। उस झरने से बना सरोवर, तीर पर खड़े अनेक जाति के वृक्षों के पत्र, पुष्प और फलों से व्याप्त था। मानो कोई खोया आत्मीय जन निर्जन में मिल गया। सूर्य-किरणों से तपे उस पुष्करिणी के जल को प्यासे विप्र ने जी भरकर पीया। मानो कोई सुगन्धित औषधि-क्वाथ हो। फिर ब्राह्मण वहीं वृक्षों तले वास करने लगा। सरसी पर पड़े पात-फूल-फल खाकर, उसका पानी पी तृप्त रहने लगा। कई दिन वह प्राकृतिक औषधि-जल पीते रहने से कुष्ठी का शरीर एकदम नीरोग हो गया। और वसन्त ऋतु के वृक्ष की तरह उसके सारे अंग फिर ज्यों-के-त्यों प्रफुल्लित हो उठे। आरोग्य लाभ के हर्षावेग में वह विप्र एक दिन अपने गाँव-घर की ओर चल पड़ा।...काँचली छोड़े सर्प जैसी देदीप्यमान देह वाले उस पुरुष को नगर में विचरते देख, ग्रामजन विस्मय से विमूढ़ हो गये। नगर-जन हँसकर उसे टोकते, 'अरे भूदेव, तुम्हारा तो नया ही अवतार हो गया? क्या तुम वही हो? विश्वास नहीं होता। कहाँ पा गये ऐसा महारसायन?' ब्राह्मण कहता, 'देवता के आराधन से!'

''घर पहुँचकर विप्र ने देखा, उसके सारे ही पुत्र और पुत्रवधुएँ कुष्ठ से किलबिला रहे हैं।...हर्षित होकर उसने कहा, 'देखता हूँ, तुम्हें मेरी अवज्ञा का फल मिल गया!' सुनकर वे पुत्र और बहुएँ एक स्वर में चीख उठे, 'अरे नराधम, तू पिता है कि पिशाच है। तू ने अपने खून के साथ विश्वासघात किया!' ब्राह्मण चिल्ला पड़ा, 'तुम पिशाचों ने तो अपने रक्त को ही भुला दिया। अपने जनक और पालक पिता को तुमने राह के कुत्ते की तरह हँकाल फेंका। पर उसका वह अरण्य-रोदन किसी ने न सुना। सारा गाँव उस पर थूकने लगा। तब वहाँ से भागकर, हे राजन्, वह निराश्रित हो, आजीविका खोजता तुम्हारी राजगृही में चला आया। तुम्हारे द्वारपाल ने उसे आश्रय दिया।...

''तभी हमारा यहाँ आगमन हुआ। सो द्वारपाल अपने काम पर उस ब्राह्मण को जुड़ाकर, हमारी धर्म-देशना सुनने चला आया। वह विप्र द्वार पर नियुक्त खड़ा था। उसने देखा कि सामने दुर्गादेवी के मन्दिर में बलि चढ़ाई गयी है। फिर उसकी जनम-

जनम की सोई बुभुक्षा जाग उठी। उसने कस-कस कर बलि प्रसाद खाया, मानो कभी देखा न हो। आकंठ पेटभर जाने से और ग्रीष्म-ऋतु के ताप से उसे बहुत तेज प्यास लगी। मरुभूमि के पन्थी की तरह वह छटपटाने लगा। लेकिन द्वारपाल के भय से वह कहीं पानी पीने न जा सका। उस क्षण उसे लगा कि हाय, कितने सुखी हैं जलचर जीव! पानी से जन्म लेकर, उसी में रहते हैं। अपने भावानुसार ही उसने नया भव बाँध लिया।...और पानी-पानी पुकारता वह तृषार्त ब्राह्मण मरकर, नगर-द्वार के पास की एक बावली में जलचर दर्दुर मेंढक हो गया।...

"कालान्तर से हम विहार करते हुए लौटकर फिर इसी नगर में आये। लोकजन सम्भ्रम पूर्वक अर्हन्त महावीर के दर्शन-वन्दन को आने लगे। उस समय उस वापिका में जल भरती स्त्रियों से उस मेंढक ने हमारे आगमन का वृत्तान्त सुना। सुनकर दर्दुर सोच में पड़ गया, 'मैंने ऐसा कहीं पहले सुना है!' वह ऊहापोह करता चला गया, वापिका के पानी में गहरे उतराता गया। हठात् उसे स्वप्न की स्मृति की तरह जाति-स्मरण ज्ञान हुआ। तुरन्त ही मेंढक के मन में स्फुरित हुआ : पूर्वे द्वारपाल मुझे द्वार पर छोड़कर जिन भगवन्त के वन्दन को गया था, वे भगवन्त अवश्य ही यहाँ आये हैं। मैं भी अन्य लोगों की तरह क्यों न उनके वन्दन को जाऊँ। क्योंकि गंगा तो सब की माँ है, वह किसी की बपौती नहीं। और हर्ष से उमगकर, वह मेंढक उस जलाशय की एक कमल-कली मुँह में लिये, फुदकता हुआ, वापिका से निकलकर मार्ग में चल पड़ा।

"और सुन श्रेणिक, वापिका से यहाँ आते हुए, तेरे ही एक अश्व की टाप से कुचलकर वह मर गया। लेकिन हमारे प्रति प्रीति भाव लेकर मरने से, वह जलचर दर्दुर दर्दुरांक नामा देव होकर जनमा। अनुष्ठान के बिना भी भाव फल जाता है।...और सुन राजा, आज ही इन्द्र ने सभा में कहा कि 'श्रेणिक जैसा श्रद्धालु कोई श्रावक नहीं है।' दर्दुरांक देव इस पर विश्वास न कर सका। और वह वहाँ तेरी परीक्षा लेने चला आया।...उसने गोशीर्ष चन्दन से अर्हत् के चरण चर्चित किये थे। वह दिव्य देवकुमार था। पर तुम्हें वह कोढ़ी दीखा। उसके चन्दन में तुम्हें पीव दीखा। क्योंकि तुम्हारे दर्शन पर अब भी मोह का आवरण पड़ा हुआ है। सो यह तुम्हारा ही दृष्टिभ्रम था, कि तुम सुन्दर में भी असुन्दर ही देख सके। देव में भी कोढ़ी देखते रहे। तुम्हारे भीतर का कोई छुपा कोढ़ ही तुम्हें अब भी स्वरूप में विरूप दिखा रहा है। दर्दुरांक को देखो श्रेणिक, उसे पहचानो।...उसने तुम्हारी भ्रान्ति का पर्दा चीर दिया!"

यह सारा वृत्तान्त सुनकर श्रेणिक महाभाव प्रीति से भर आया। कोढ़ी और देव का अन्तर उसके मन से हठात् दूर हो गया। लब्धि के आनन्द से पुलकित होकर श्रेणिक ने पूछा :

"आपकी छींक पर वह अमंगल बोला, और सबकी छींक पर वह मंगल

बोला, इसका क्या कारण, भगवन्?''

प्रभु के पद-नखों से उत्तर सुनाई पड़ा :

''सुन राजा, इस रहस्य को भी सुन। अर्हत् को तो छींक का प्रमाद होता नहीं। वह भी एक देवमाया ही तो थी। मुझसे उसने कहा कि, 'मृत्यु पाओ!' तो उसका आशय था कि तुम अब संसार में क्यों ठहरे हो, शीघ्र मोक्ष-लाभ करो। तुमसे कहा, राजन्, कि, 'जियो'। अर्थात् तुझे तो जीने में ही सुख है, मरकर तो नरक जाना है। अभय कुमार से कहा कि, 'जियो या मरो।' यानी जिएगा तो धर्म करेगा, मरेगा तो अनुत्तर विमान में जाएगा। और काल-सौकरिक कसाई से कहा कि, 'तू जी भी नहीं, और मर भी नहीं।' क्योंकि जिएगा तो पापकर्म करेगा, मरेगा तो सातवें नरक जाएगा। देख, राजन देख, ज्ञान के इस कमल-कोश को देख। इसकी मुद्रित पाँखुरियों का पार नहीं।''

श्रेणिक सुनकर प्रसन्न हुआ, लेकिन अगले ही क्षण उसका समाधान भंग हो गया। उसका प्राण उचाट हो गया। उसने कम्पित कंठ से पूछा :

''आप जैसे जगत्पिता मेरे स्वामी हैं, और मुझे नरक में पड़ना होगा, भगवन्? यह कैसा अपलाप है। यह किसका विधान है!''

''यह तेरा अपना ही विधान है, श्रेणिक! तेरा विधाता तू ही है, मैं या कोई और अन्यत्र नहीं।''

''लेकिन मेरे सर्वसत्ताधीश प्रभु मेरे विधान को तोड़ने में समर्थ नहीं? ऐसा कैसे हो सकता है? जो प्रारब्ध को न टाल सके, वह प्रभु कैसा?''

प्रभु ने कोई उत्तर न दिया। वे अपने स्थान पर से ही अन्तर्धान होते दिखाई पड़े।

मा पडिबंधं करेह

'जो प्रारब्ध को न टाल सके, वह प्रभु कैसा?'

कल की धर्म-पर्षदा में श्रेणिक की इस चुनौती का प्रभु ने कोई उत्तर न दिया था। वे स्व-स्थान पर ही अन्तर्धान हो गये थे। तो श्रेणिक प्रभु से रुष्ट हो गया था। उसका मन अपने स्वामी से विमुख हो गया था। उसके भीतर नरक के द्वार खुल रहे थे। वह निरस्तित्व हुआ जा रहा था। अपनी हस्ती को ही उसने नकार दिया था, फिर महावीर कहाँ। वह अन्तिम द्वन्द्व की यातना से गुजर रहा था। आज के समवसरण में भी वह प्रभु के सामने उपस्थित था। फिर भी प्रभु से अब कुछ और पूछना, उसे

अपनी आत्मा का अपमान लगा।...माना कि संचित कर्म है, उदयागत प्रारब्ध है, लेकिन कुछ क्रियमाण भी तो है।...तो फिर शायद प्रभु के पास मेरे प्रश्न का उत्तर नहीं है। मैंने पूछा था : 'जो प्रारब्ध को न टाल सके, वह प्रभु कैसा?' श्रीभगवान इसका उत्तर न दे सके? मेरे स्वामी, और इतने असमर्थ?...

एक गहराते मौन को चीरता, प्रभु का उत्तर सुनाई पड़ा :

"नहीं, अन्ततः कोई किसी अन्य का प्रभु नहीं, कोई किसी के प्रारब्ध को नहीं निवार सकता। हर आत्मा स्वयं ही अपनी प्रभु है, अपने हर प्रारब्ध की वही विधात्री है। अपने अर्जित को वह स्वयं ही काट सकती है, अन्य कोई नहीं। यही सत्ता का शाश्वत विधान है। इसमें मीन-मेख नहीं हो सकती।"

"तो मैं अपने आसन्न नरक-गमन को कैसे काटूँ, भगवन्?"

"जो बाँधा है, उसे भोगे बिना योगी का भी निस्तार नहीं। हर आत्मा का अपना एक स्वतन्त्र उपादान है, अपनी एक सम्भावना और नियति है। उसी के विधान से आत्मा अनेक पर्यायों के क्रम से गुजरता है। इष्ट-अनिष्ट पर्यायों के इस क्रम को जो एकाग्र संयुक्त और समभाव से देखने लगता है, वह इनसे ऊपर तैर आता है। तब उदयागत सुख-दुःख घटित होते हुए भी, उस आत्मा को बस छूकर निकल जाते हैं। उसके आत्म का जी अपने ही में सदा लगा रहने से, वे वेदनाएँ और व्याकुलताएँ उसे व्यापती नहीं। तू उत्तम सम्यक् दर्शी है, सबको एकाग्र ठीक देख-जान रहा है। फिर तू आहत, त्रस्त क्यों है, आयुष्मान्?"

"मैं कुछ ऐसा करूँगा, कि इस नरक को तो टलना ही होगा!"

"तेरे पुरुषार्थ को अर्हत् महावीर देखना चाहेंगे।"

"लेकिन राह तो प्रभु को ही दिखानी होगी। क्या उपाय करूँ नाथ, कि मुझे नरक न जाना पड़े?"

प्रभु के अधर-कमल पर एक वीतराग लीला की मुस्कान खेल गयी। श्रेणिक को सुनाई पड़ा :

"देवानुप्रिय श्रेणिक, यदि कपिला ब्राह्मणी द्वारा तू हर्षपूर्वक साधुओं को भिक्षा दिलवा सके, कालसौकरिक कसाई से यदि तू कसाई वृत्ति छुड़वा सके, तो आसन्न नरक से तेरा छुटकारा हो जाए। इसके सिवाय और उपाय नहीं।"

श्रेणिक प्रभु के इस उपदेश को हार की तरह हृदय पर धारण कर, श्रीगुरुनाथ को नमन कर, हर्षित भाव से स्व-स्थान की ओर चल पड़ा।

राह में श्रेणिक ने सहसा ही एक जगह देखा : कोई साधु ढीमर की तरह अकार्य कर रहा था। जिनों का प्रवचन कलंकित होते देख, राजा कातर हो आया। वह उस साधु को अकार्य से निवार कर फिर अपने घर की ओर चला। आगे चलकर, एक सगर्भा श्रमणी दिखाई पड़ी।...फिर राजा ने उसे वत्सल भाव से अपने महल में

लाकर गुप्त रखा। उसके सुखी प्रसव का आयोजन कर दिया। निरन्तर श्रेणिक के पीछे प्रच्छन्न भाव से चल रहा दर्दुरांक देव, राजा की इस उदात्त श्रद्धा से प्रीत हो गया। मुग्ध और विनत हो आया।

एक दिन श्रेणिक के सामने प्रत्यक्ष होकर वह बोला :

''आप सम्यक्त्व के मन्दराचल हैं, महाराज। आपकी श्रद्धा के मूल अतल में पड़े हैं। इन्द्र ने अपनी सभा में जो आपका अहोगान किया था, वैसा ही पाया मैंने आपको। आपकी जय हो, राजन्!''

कहकर दर्दुरांक देव ने, दिन में छिन्न नक्षत्रों की श्रेणि रची हो, ऐसा एक हार, और दो गोले राजा को उपहार दिये। और बोला :

''जो इस टूटे हुए हार को जोड़ देगा, उसकी मृत्यु हो जाएगी!''

इतना कहकर वह देव स्वप्न में देखे पुरुष-सा तत्काल अन्तर्धान हो गया।

...राजा ने बहुत प्रसन्न होकर हार चेलना को दिया, और गोले नन्दश्री को दिये। मनस्विनी नन्दा को इससे पीड़ा हुई, शायद ईर्ष्या हुई। मन-ही-मन बोली, ''क्या मैं इस तुच्छ दान के योग्य ही हूँ?''...और फिर आवेश में आकर उसने उन दोनों गोलों को स्तम्भों पर मारकर फोड़ दिया। देखकर स्तब्ध रह गयी वह : एक गोले से चन्द्रमा जैसे निर्मल दो कुंडल निकले, दूसरे में से दो देदीप्यमान रेशमी वस्त्र निकले।...

नन्दश्री की आँखों में आँसू आ गये। एक क्षुद्र कण में से भी विभूति प्रकट हो सकती है। अन्तर्जगत् के रहस्यों को किसने जाना है। प्रभु की कृपा जाने कितने ही अपमानों और अभिशापों में छुपकर आती है।

नन्दश्री का देहाभिमान गल गया। चेलना से बड़ी होते हुए भी, उसने आकर चेलना के चरण छू लिये। चेलना मन-ही-मन सबकुछ समझ गयी। प्रभु की निरन्तर कृपा-वर्षा से, वह सदा सर्व के साथ तन्मय भाव में जीती थी। उसने नन्दश्री को आलिंगन में बाँध लिया। दो समुद्र, एक-दूसरे की तहों में उतरने लगे।

अनन्तर राजा ने कपिला ब्राह्मणी को बुलाकर कहा :

''हे भद्रे, तू साधुओं को श्रद्धापूर्वक भिक्षा दे। मैं तुझे अपार धन-राशि से निहाल कर दूँगा।''

''चाहे आप मुझे सारी ही सुवर्ण की बना दें, अथवा मुझे मार भी डालें, पर ऐसा अकृत्य मैं कभी न करूँगी, महाराज!'' कपिला ने अविचल स्वर में उत्तर दिया।

राजा ने उसके बहुत निहोरे किये। कहा कि अपना आधा राज्य तुझे दे दूँगा। तुझे महावीर से स्वर्ग की इन्द्राणी बनवा दूँगा, तुझे मोक्ष दिलवा दूँगा। बोल क्या चाहती है? हर चाह पूरी कर दूँगा तेरी, तू इतना कर दे, कपिला!''...कपिला ने जोर

से अट्टहास कर राजा का मजाक उड़ा दिया। और तत्काल वहाँ से चली गयी।

तब श्रेणिक ने कालसौकरिक कसाई को बुलाकर कहा :

"ओ रे भाई कालसौकरिक, तू अपनी यह हिंसक कसाई वृत्ति त्याग दे, तो मैं अपने सारे धन-रत्न की निधियाँ तुझ पर वार दूँगा। धन के लोभ से ही तो तू यह अधम वृत्ति करता है।"

"मेरी वृत्ति को अधम क्यों कहते हैं, महाराज? मेरे इस कृत्य से तो अनेक मनुष्य आहार पाकर जीते हैं। आपके अनुयायी जिनमार्गी महर्द्धिक राजे-महाराजे, श्रेष्ठी ब्राह्मण तक, और सारे आर्यजन छुप-छुपकर मेरे यहाँ से मांस मँगवाकर बड़े स्वाद से खाते हैं। मैं अपनी इस वृत्ति में रोज अभिजातों के असली चेहरे देखता हूँ। उनके सुन्दर मुखड़ों में छुपे, खूनी जबड़े देखता हूँ। ऐसा सत्य-दर्शी धन्धा मैं कभी नहीं छोड़ सकता, राजन्। स्वयं काल भी मुझसे मेरी यह वृत्ति नहीं छुड़वा सकता!"

"यह महावीर का आदेश है तेरे लिए, हे भद्र! क्या तू उसे भी टाल सकता है?"

"मैं औरों के आदेश-उपदेश पर नहीं चलता, महाराज! कसाई हूँ तो क्या हुआ। मैं निर्भय हूँ, और स्वतन्त्र हूँ। मैं केवल अपने स्वयं के ही आदेश का पालन करता हूँ। अपने ऊपर कोई सत्ता मैं नहीं स्वीकारता!"

"चक्रवर्ती श्रेणिक के राजदंड की सत्ता भी नहीं?"

"त्रिलोकीनाथ महावीर से क्या श्रेणिक अधिक शक्तिमान है, महाराज!"

कसाई का यह अटल निश्चय, तेज और स्वतन्त्र निर्भीक चारित्र्य देख, श्रेणिक स्तम्भित हो गया। श्रेणिक ने कहा कि, "तू मेरा सिंहासन ले ले, कालसौकरिक, मेरी सारी सम्पत्ति ले ले, जो चाहे माँग ले, अप्सराओं के स्वर्ग, सिद्धों का सिद्धालय। मेरे प्रभु तुझे मुँह माँगा दे देंगे।"

"मैं किसी का याचक नहीं हो सकता, राजन्। जगतपति महावीर का भी नहीं। मैं उनकी चरण-रज हो सकता हूँ, पर मेरी नियति को वे नहीं बदल सकते! वह तो केवल मैं स्वयं ही बदल सकता हूँ!"

"ऐसा है तेरा अहंकार, ओ जीवों के हत्यारे, कि तू प्रभु को नकारने का दुःसाहस कर रहा है? देखूँ, तू अब कैसे कसाई वृत्ति करता है!"

कहकर राजा ने क्रोधावेश में आकर, कालसौकरिक को एक रात-दिन के लिए अन्धकूप में बन्द करवा दिया। और फिर श्रीभगवन्त के समक्ष जाकर कहा :

"हे स्वामी, मैंने एक अहोरात्र के लिए कालसौकरिक से उसकी कसाई वृत्ति छुड़वा दी है।"

त्रिकालों के पार देखते सर्वज्ञ प्रभु सहज मुस्करा आये, और बोले :

"ओ राजा, तू जान, कि उस अन्धकूप में भी कालसौकरिक ने मृत्तिका (मिट्टी)

समाप्त हो गया।''

''तो चम्पा की मुक्ति का मार्ग आसान हो गया, बापू!''

''वर्द्धमान, यह क्या कह रहे हो तुम?''

''यही कि चम्पा अपने शत्रु को अब ठीक-ठीक पहचान सकेगी।''

''शत्रु को पहचानना तो अब असम्भव हो गया है, चम्पा में। जन-जन के घर में शत्रु मित्र बनकर घुसे बैठे हैं। लगता है कि जैसे चम्पा के जन ही देश-द्रोही हो उठे हैं।''

''देश-द्रोही नहीं, राज-द्रोही कहिए, बापू। और जन के लिए वह होना तो स्वाभाविक था। पर मातृभूमि का द्रोह कभी जन नहीं करते तात, वह तो महाजन और राजन ही करते हैं। क्योंकि उनके मन सम्पदा और सत्ता से अधिक मूल्यवान और पवित्र कुछ नहीं। माँ और वल्लभा का सतीत्व भी उनके लिए गौण हो सकता है। फिर बेचारी मातृभूमि की क्या कीमत! वह उनके लिए जड़ धरती से अधिक माने नहीं रखती, जिसे अपनी तलवार और सुवर्ण से वे खरीद और बेच सकते हैं। ताकि रत्न-गर्भा वसुन्धरा को वे मन चाहा सूँत लें।''

''बेटा, मैं तो तुम्हें निपट सौम्य जानता था। कल्पना न थी कि इतने उग्र भी तुम हो सकते हो। कभी तुम्हारी आवाज़ तक इस राजमहल में नहीं सुनाई पड़ी। और अब देखता हूँ कि ज्वालामुखी बोल रहा है...!''

''मैं नहीं बापू, महाशक्ति बोल रही है, और मैं भी उसे सुन रहा हूँ। उसका साक्षात्कार करके मैं स्वयं स्तम्भित हूँ।''

''इष्ट ही है, बेटा। इस समय वैशाली को तुम्हारी आग की जरूरत है। रूप उसका जो भी हो। महाधनुर्धर महाली धनुर्वेद के एक विकट प्रयोग में, अचानक आँखें खो बैठे हैं। तो मानो सारी वैशाली अन्धी हो गयी। हमारे दुर्भाग्य की पराकाष्ठा हो गयी। तुम्हारे मामा महानायक सिंहभद्र तक इस दुर्घटना से एकदम हताहत हो गये हैं। कहते हैं, मेरी दक्षिण भुजा टूट गयी, मेरा धनुष भूलुंठित है।''

''मगर सुनता हूँ तात, सिंह मामा तक्षशिला के आचार्य बहुलाश्व की वीरांगना बेटी को ब्याह लाये हैं। कहते हैं, सौ तने धनुषों की ताकत, अकेली रोहिणी मामी की बायीं भुजा में है। आर्यावर्त के पंक्तिबद्ध धनुर्धर एक ओर हों और गान्धारी रोहिणी एक ओर हो, तो भारी पड़ती है। सुनता हूँ साक्षात् रणचंडी हैं मेरी रोहिणी मामी। सिंह मामा ऐसी बायीं भुजा के रहते भी, इतने निराश कैसे हो गये...?''

''कुछ भी हो बेटा, आखिर तो स्त्री है। कोमल कान्ता ही ठहरी न!''

''पर यह कान्ता जब काली हो उठती है, तो कराली कर्वाली हो जाती है, तात! गान्धार की उस महाकाली को एक बार देखना चाहता हूँ।''

''उसी ने तो तुझे बुलाया है बेटा, तुरन्त। चेटकराज के सन्देश के साथ

अनुरोध-पत्र तो रोहिणी का ही है। वह अविलम्ब तुझसे मिलना चाहती है।''

''अहोभाग्य, पितृदेव! तो कल सबेरे बड़ी भोर हम प्रस्थान कर जाएँगे।''

''साधु बेटा, साधु...!''

और मैं चलने को उद्यत हुआ कि महाराज सहसा बोले :

''आये हो मेरे पास, तो एक बात तुमसे पूछनी है। तुम्हारी माँ तक तुम्हारे मन की थाह न पा सकी। फिर भी एक बार हो सके तो रूबरू तुम्हारा अन्तरंग जानने की इच्छा होती है।''

''इससे अधिक सुख मेरा क्या हो सकता है, कि मेरा मन जानें, मुझे जानें। आप निःसंकोच पूछें, मैं प्रस्तुत हूँ।''

''कलिंगराज जितशत्रु की बेटी यशोदा, कालोदधि समुद्र के मुक्ता-फल-सी मोहक सुनी जाती है। कहते हैं, उसकी कान्ति क्षण-क्षण नव्य-नूतन होती है। मन-ही-मन वह तुम्हारा वरण कर बैठी है। कहती है, केवल तुम्हारी नियोगिनी है वह, तुम हो एकमात्र उसके नियोगी पुरुष। जम्बूद्वीप के अनेक राजपुत्र उसके पाणि-पद्म के प्रार्थी हैं। पर उसने सारे माँगे लौटा दिये हैं। तुम्हारी बाट जोहती बैठी है। कलिंगराज सन्देशों पर सन्देश भेज रहे हैं। क्या कहते हो तुम?''

''नियोगिनी मेरी कौन नहीं है, तात! लोक की सारी कुमारियाँ मुझे तो अपनी नियोगिनी लगती हैं। तब चुनाव का तो प्रश्न ही नहीं उठता। सब स्वीकृत हैं मुझे, तो कलिंगराज-नन्दिनी क्यों अस्वीकृत होंगी?''

''सब नियोगिनी हैं, तब तो सम्बन्ध का सूत्र ही हाथ नहीं आता।''

''सम्बन्ध का एकमात्र यही सूत्र मुझे स्वीकार्य है, बापू। यही एक सम्यक् और सच्चा सम्बन्ध हो सकता है। और सारे सूत्र कम पड़ते हैं, क्योंकि वे क्षणिक और परिवर्तनशील हैं। नित्य और सत्य सम्बन्ध के अतिरिक्त और कोई सम्बन्ध मेरा तो हो नहीं सकता।''

''समझा नहीं मैं?''

''नियोगिनियाँ तो कई जन्मों की जाने कहाँ-कहाँ होंगी मेरी। जाने कब कौन कहाँ मिल जाए, क्या उसका दावा झूठ मानूँगा? स्वीकारते ही तो बनेगा। विवाह और अन्तःपुर की सीमा में वे सब कैसे सिमटें?''

''तो क्या विवाह नहीं करोगे?''

''करना मैंने कुछ भी अपने हाथ नहीं रक्खा, बापू। जो है, जो होगा वह सब मेरा ही तो है। तब अलग से अपनाने की छूट कहाँ रह जाती है। जो सम्मुख आये, उस सब का स्वागत ही तो कर सकता हूँ।''

''प्रकट है कि विवाह तुम नहीं स्वीकारते, और नियोगिनी तुम्हारे लिए नगण्य है।''

"नगण्य वर्द्धमान के लिए कुछ भी नहीं। सभी उसके लिए वरेण्य हैं। अन्तर केवल इतना है कि नियोगिनी नहीं, मुझे योगनी चाहिए। नियोग मात्र नैमित्तिक और नाशवान है। केवल योग ही स्वायत्त और अविनाशी है। मेरे सम्बन्धों का आधार है नित्य योग, क्षणिक भोग नहीं। विवाह, नियोग और भोग में, वियोग अनिवार्य है। क्योंकि वह सब खेल मोह का है, मूर्च्छा का है, मोहिनी कर्म का है। सो मुझे नियोगिनी नहीं, वियोगिनी नहीं, योगिनी चाहिए।"

"तो वह भी तो कहीं होगी ही, और कभी आएगी ही! आखिर कब?"

"वह कहीं और कभी से परे, सदा अभी और यहाँ है, देव। नहीं तो फिर योगिनी कैसी? देश और काल सापेक्ष जो है, वह योग कैसे हो सकता है, उसमें तो वियोग और मृत्यु बद्धमूल है।"

"अभी और यहाँ है वह योगिनी तुम्हारी? मतलब...?"

"मतलब कि वह तो भीतर के अन्तःपुर में सदा प्रस्तुत बैठी है। भीतर गये कि उसके आलिंग की बाँहें फैली हैं, हमें समेटने को। ऐसा रमण जो विरमण जानता ही नहीं...!"

"समझ रहा हूँ, आयुष्यमान्! समझ यहाँ समाप्त दीखती है। जो समझ से परे है, उसे समझने की कोशिश ही गलत है। काश, मैं सम्बुद्ध हो सकता।"

"वह हैं आप, वह अन्यत्र और अगले क्षण में कहीं नहीं है। आप तो अपने को नहीं मानते, वही तो एकमात्र हैं आप...।"

पिता पराजित से अधिक प्रसन्न दीखे : अपने बावजूद, अपने आप हुए लगे।

"तो कल प्रभात बेला में, आप मुझे सिंह-तोरण पर प्रस्तुत पाएँगे।"

महाराज उठकर मुझे द्वार तक पहुँचाने को बढ़े, तब तक मैं जा चुका था।

उत्तर पूर्व के कोण-वातायन पर, नीहार में नहाकर उठती-सी ऊषा फूट रही है। मैं तैयार होकर कक्ष में टहल रहा हूँ। सहसा ही सिंहपौर पर मंगल का शंखनाद और घंटा-रव सुनाई पड़ा। फिर दुन्दुभियों का घोष और अनेक प्रकार की तुरहियों का समवेत स्वर उठने लगा। रेलिंग पर से झाँका, राजद्वार से लगा कर जहाँ तक मार्ग दीखा, नाना रंगी फूलों और पल्लवों के वितान से छायी वीथी, कदली-स्तम्भों के बने द्वारों में से होकर दूर तक चली गयी है।

देखा कि ठीक सामने की ऊषा के रंग का ही उत्तरासंग और अन्तरवासक धारण किये हूँ। अनायास ही तों ऐसा हुआ है। तभी छत में दिखाई पड़ा, अपूर्व महार्घ शृंगार किये महारानी त्रिशला देवी-सी चली आ रही हैं। उनके दोनों हाथों में उठे सुवर्ण थाल में, मेरे जन्म-कल्याणक के समय सौधर्म इन्द्र द्वारा लाये दिव्य रत्नों के

किरीट-कुंडल, केयूर, मणिबन्ध, कंठहार और वस्त्राभूषण जगमगा रहे हैं। उनके अगल-बगल दो सुवेशिनी सुन्दर प्रतिहारियाँ, विविध मंगल-सामग्रियों के थाल, मणि-कुम्भ और एक रत्नजटित कोशवाली तलवार लिये चली जा रही हैं।

माँ की चरण-रज ललाट पर चढ़ाकर, मैंने कहा, "क्या कोई भेंट लेकर जाना होगा वैशाली, माँ? वहाँ कोई राजा और राजदरबार भी है क्या?"

"वह मुझे नहीं पता। मेरा राजा तो मेरे सामने खड़ा है। वह तो राजवेश धारण करेगा ही।"

"सुनता हूँ, वैशाली में तो जन-जन राजा और राजपुत्र है। फिर मैं कोई विशेष राजा बनूँ, यह तुम चाहोगी?"

"मेरा बेटा वैशाली का ही नहीं, तीनों लोकों का राजा है। राजराजेश्वर!..."

कहते-कहते माँ का गला भर आया। उन्होंने चौकियों पर थाल रखवाकर, सेविकाओं को जाने का संकेत दे दिया।

...विकल्प असम्भव प्रतीत हुआ। आज की यह माँ, केवल मेरी नहीं, भुवनेश्वरी जगदम्बा लगीं।...और राज्याभिषेक तथा शृंगार मैंने अपना नहीं, त्रैलोक्येश्वर का होते देखा। उसमें बाधक होना, क्या अहंकार ही न होता? मैं कौन होता हूँ, कि वह स्वीकारूँ, या अस्वीकारूँ! साक्षी और समर्पित होकर वह नतशिर मैंने झेला। श्रीफल के साथ इक्ष्वाकुओं की परम्परागत महामूल्य तलवार महारानी-माँ के हाथों में उठकर, समक्ष प्रस्तुत हुई। मैंने सादर उसे दोनों हाथों में ग्रहण किया और अपने मर्मरी सिंहासन पर उसे लिटा दिया।...

"वहाँ नहीं, कटि पर इसे धारण करेगा मेरा केसरी कुमार!"

"नहीं माँ, यह तलवार मेरी शैया ही हो सकती है, मेरा हथियार नहीं। तुम्हारी ढाली ये दो भुजाएँ क्या कम हथियार हैं मेरे लिए! तलवार पर मैं सो ही सकता हूँ, उसका भार मैं नहीं ढो सकता।"

"क्षत्रिय का बेटा होकर, खड्ग धारण से इनकार करेगा, मान? अब तक तेरी हर हठ मैंने मानी, आज तुझे मेरी हठ रखनी होगी!"

"तुम्हारी हर हठ मैं पूरी करूँगा, माँ। अपनी दी देह का मनचाहा शृंगार तो कर ही लिया तुमने।...पर मेरा क्षात्रत्व तलवार की सीमा नहीं स्वीकारता। वह उसके आगे का है, शस्त्रातीत है। वही लेकर वैशाली जा रहा हूँ। क्या तुम चाहोगी कि मेरा प्रयोजन ही पराजित हो जाए?..."

माँ निःशब्द इस पुत्र को पहचानती-सी देखती रहीं। उनकी बड़ी-बड़ी आयत्त आँखों पर आरतियाँ-सी उजल उठीं। झुककर मैंने तिलक धारण किया। माँ ने मुझ पर अक्षत-फूल वारे, आँचल फैलाकर ओवारने के लिए। माणिक की पायलों से मंडित माँ के चरण-युगल में मैंने माथा ढाल दिया। उठा तो उनकी बाँहों में था, और

सर मेरा उनकी ग्रीवा और कन्धे पर।...

...सिंहपौर पर अनवरत शहनाइयाँ, नक्काड़े, घंटा और शंख बज रहे हैं। माँ की अगवानी में, राज-परिवार की केशरिया-वेशित रमणियाँ मंगल-प्रस्थान के रोमांचक गीत गा रही हैं। सहसा ही जामुनी कौशेय में आवरित ऊषा-सी वैनतेयी सामने आयी। उसकी आँखों के नीर कितने दूरगामी लगे। उनमें ट्रॉय की करुण-मुखी हेलेन गंगा-स्नान करने आयी है। उसका तिलक, श्रीफल, पुष्पहार झेलते एक अपूर्व रोमंच-सा अनुभव हुआ।...फिर तो जाने कितनी ही गौर बाँहों पर उछलती फूल-मालाओं और पुष्प-वर्षा ने महाराज सिद्धार्थ को और मुझे ढाँक दिया।

तुमुल जयकारों के बीच, मैं आगे खड़े अपने 'त्रिभुवन-तिलक' रथ पर आरूढ़ हुआ। और उसके पीछे खड़े 'सूर्य ध्वज' रथ पर महाराज-पिता आरूढ़ हुए।...पुष्प-पल्लव वितानों में डूबती गान-लहरियों को पीछे छोड़ते हुए हमारे रथ वैशाली के राजमार्ग पर धावमान थे।

...बहुशाल चैत्य-कानन को पार कर, हम दक्षिण कुंड-ग्राम से गुजरे। वहाँ के स्वागत में सहसा ही एक पांडुर तापसी ब्राह्मण ने आगे आकर जब मुझे पुष्पहार पहनाया, तो एक विचित्र पुलक-कम्प का अनुभव हुआ। उसके मुक्त केशाविल आँचल की गन्ध जाने कैसी परिचित-सी लगी। भीतर के कान में जैसे किसी ने कहा : "महाब्राह्मण, तुम आ गये!"...ज्ञातृयों के समूचे कोल्लाग सन्निवेश में, उत्सवी प्रजा की उमड़ती भीड़ और दर्शानाकुल आँखों में अपना अपनत्व हारता-सा अनुभव हुआ।...फिर बागमती नदी के तटान्त से गुजरते हुए हम ठीक वैशाली के राजमार्ग पर थे। शारदीय फूलों से लदी, यक-सा तरुमालाओं में से गुजरते हुए देखा : आईने-सी स्वच्छ सड़क पर दोनों ओर की वनराजि मानो पन्ने की शिलाओं से तराश दी गयी है। दोनों ओर के उपान्तों में झाँक रही थीं ठौर-ठौर कमलों भरी वन-सरसियाँ। कास फूलों के तटों वाली विजनवती नदियाँ। हंसों, चक्रवाकों, हरिणों के युगल-विहार। एक अद्‌भुत निर्मलता, लयात्मकता और पूर्णत्व का बोध हुआ। वैशालिकों की सौन्दर्य-चेतना पर मुग्ध हुए बिना न रह सका। अलौकिक लगा यह प्रदेश : कोई स्वर्ग-पटल ही पृथ्वी पर अनायास जैसे उतर आया है।

एक जरा ऊँचे भूभाग के शीर्ष पर जब हमारे रथ आये, तो अप्रत्याशित ही दूर पर देव-नगरी वैशाली गर्वोन्नत खड़ी दिखाई पड़ी। अन्तर-मध्य भाग में सात हजार सुवर्ण कलशों वाले उत्तुंग प्रासाद आकाशतटी को चूम रहे हैं। उसके बाद जरा नीचाई में चौदह हजार रौप्य कलशों वाले सौध जगमगा रहे हैं। और तीसरे मंडल में उनसे किंचित् नीचे इक्कीस हजार ताम्र कलशों वाले श्वेत भवन बादलों पर सोपान रच रहे

हैं। नारद की उजली कोमल धूप में भव्य धवल नगर-परकोट, कंगूरे, सिंहद्वार, वातायन, और सारी भवन-मालाओं को अतिक्रान्त करते जिन-मन्दिरों के रत्न-जड़ित शिखरों पर केशरिया-श्वेत ध्वजाएँ उड्डीयमान हैं। इस मंडलाकार नगर की मनोज्ञ दिव्य रचना में एक ब्रह्मांडीय समग्रता की अनुभूति हो रही है।

...परापूर्वकाल का स्मरण हो आया। सहस्रों वर्ष पूर्व त्रिकाल सूर्योदयी इक्ष्वाकु वंश के राजा तृणबिन्दु ने, अप्सरा अलम्बुषा के गर्भ में राजा विशाल को उत्पन्न किया था। उसी अप्सराजात राजपुत्र विशाल की लोकोत्तर कल्पना में से उसकी यह राजनगरी विशाला आविर्भूत हुई थी।

पृथ्वी पर उर्वशी की रूपज्योति का एक अवशिष्ट टुकड़ा है यह वैशाली। उसके केशपाश से अकस्मात् चू पड़ा एक सुवर्ण कमल। विश्वामित्र के साथ जनकपुरी जाते हुए भगवान रामचन्द्र, विदेहों की इस वैभव-नगरी को देखकर मुग्ध हो गये थे। सूर्यवंश के इस ऐश्वर्य विस्तार को उन्होंने गौरवभरी आँखों से निहारा था। और मैं इस विशाला का बेटा होकर भी, पहली बार इसके द्वार पर ठीक अतिथि की तरह आया हूँ।

...एकाएक पाया कि हम रत्नों, मणि-जालों और फूल-जालियों के वितानों से गुजर रहे हैं। अगल-बगल की पुष्पित वृक्ष-वीथियों को ही प्रियंगु-लताओं से गूँथकर तोरणों की एक अन्तहीन सरणि चली गयी है। जाने कितने ही रंगों के फूलों की गन्ध और पराग से ओस-भीनी हवा गर्भिल और ऊष्म हो गयी है। और आसपास के ग्राम-जनों, कम्मकरों का भारी मेला चारों ओर मचा है। रंग-बिरंगी सज्जाओं में युवा-युवतियों के यूथ राह में धमकते-गमकते, नाना वाजित्रों के साथ गान-नृत्य करते दिखाई पड़े। और सहस्रों कंठों से जाने कितनी जयकारें गूँज रही हैं।

...हमारे रथ विशाला के विशाल नगर-तोरण पर आ पहुँचे। सुवर्ण की नक्काशी वाले इस तुंग मर्मर तोरण के शीर्ष पर शिखर-मंडित देवालय में अरिहन्त की चतुर्मुखी भव्य प्रतिमा विराजमान है। अगल-बगल के पच्चीकारी वाले वातायनों में नक्काड़े और जय-भेरियाँ बज रही हैं। उनके रेलिंगों पर से पंक्तिबद्ध बालाओं की चम्पक-गौर बाँहें फूलों की राशियाँ बरसा रही हैं। कारु शिल्प से मंडित तोरण के द्वार-पक्षों के विशाल आलयों में अखंड जोत महाद्वीप जल रहे हैं। सुवर्ण खचित हाथी दाँत से मढ़े नगर कपाटों की पच्चीकारी इन्द्र की ईशानपुरी के प्रवेश द्वार का स्मरण कराती है। सिंहपौर के दोनों ओर सुवर्ण-झूलों से अलंकृत धवल हाथियों की पंक्तियाँ झुंड उठाकर प्रणाम कर रही हैं। विशाला के पुराचीन इक्ष्वाकु शंखों की ध्वनियाँ दिगन्तों को हिला रही हैं।

एक परम लावण्यवती केसरवर्णी कुमारिका ने द्वार के बीच खड़े होकर सहस्र-दीप आरती उतारी। महानायक सिंहभद्र भव्य लिच्छवि राजवेश में अनेक कुल-पुत्रों

के साथ हमारे स्वागत को सामने प्रस्तुत हैं। उनके अभिवादन के साथ ही सहस्रों कंठों का एक महारव गूँज उठा :

ज्ञातृपुत्र वर्द्धमान कुमार जयवन्त हों...
लिच्छविकुल-सूर्य वर्द्धमान महावीर जयवन्त हों...
कुंडपुराधीश्वर महाराज सिद्धार्थ जयवन्त हों...
वैशाली गणतन्त्र अमर हो : वज्जियों का गणसंघ जयवन्त हो...

द्वार में प्रवेश करते ही लक्ष-लक्ष कंठों से अनवरत जयध्वनि होने लगी : 'इक्ष्वाकु-नन्दन महावीर जयवन्त हो!...वैशाली का गण-केसरी महावीर जयवन्त हो!' राजमार्ग से लगाकर, परकोटों के कंगूरे, और दोनों ओर के भव्य भवनों के चबूतरे, अलिन्द, वातायन, गवाक्ष, छत, छज्जे पारावार नर-नारियों की रंग-छटा से चित्रित-से लग रहे हैं। फूल, गुलाल, अबीर, मणि-चूर्णों की चहुँ ओर से वृष्टि हो रही है। आगे-आगे विपुल वैभव के इन्द्रजाल-सी शोभा-यात्रा अनेक वाजित्रों, पताकाओं, रथ-श्रेणियों, सुसज्जित अश्वों, हाथियों के साथ चल रही है। महार्घ वेश-भूषा से शोभित कुलांगनाएँ और बालाएँ वातायनों पर से मणि-माणिक्य और फूलों की हार-मालाएँ निछावर कर रही हैं। रथ के अश्वों, कलशों और खम्भों पर फूलों के ढेर लग गये हैं। अनवरत जयकारों से आलोड़ित इस जन-प्रवाह को मैंने शोभा के एक पारावार की तरह उमड़ते देखा। और सहसा अनुभव किया, कि वह महासमुद्र मेरे भीतर मूर्तिमान होकर, एकाकी उस विशाल जन-प्रवाह की तरंगों पर चल रहा है।...और अगले ही पल, पर्वतों-से डग भरते उस विराट् पुरुष को अपने में से निष्क्रान्त होकर मैंने चलते हुए देखा। वैशाली की इस लक्ष-कोटि प्रजा की बाहुओं को मैंने अपनी भुजाओं में आत्मसात और उद्दंडायमान अनुभव किया।

...भवनों, द्वारा, शिखरों, गवाक्षों, विपुल वैभवों, सज्जाओं, सहस्रों मानव-मुखों को मैंने एक पूंजीभूत प्रभा के रूप में देखा। एकाग्र और समग्र हो गया वह सौन्दर्य-दर्शन। मैंने माँ वैशाली का भव्योज्ज्वल किरीट-मंडित मुख-मंडल आँखों आगे जाज्वल्यमान देखा। ...माँ के सीमन्त पर एक अमर सिन्दूरी ज्वाला जल रही है। मेरा माथा बरबस ही झुक गया। एक विशद चतुष्पथ से गुजरते हुए एकाएक सारथी ने कहा :

"भन्ते कुमार, यह है देवी आम्रपाली का सप्तभूमिक प्रासाद!"

सुवर्णिम हाथियों पर खड़े अपने भव्य तोरण पर आरूढ़ सप्तभूमिक प्रासाद की रत्नच्छटा को एक झलक देखा। कि हठात् एक बड़ा सारा पद्म-गुच्छ आकर मेरे पैरों

पर पड़ा। उसके बीचों-बीच स्तम्भित श्वेत ज्वाला-सा एक हीरा झगर-झगर झलमला रहा था। कमल-गुच्छ को उठाकर सन्मुख किया तो पाया कि उस सूर्याभ हीरे के दर्पण में मेरा समस्त एक बारगी ही प्रतिबिम्बित हो उठा है। और एक पदनख मेरी छाती में गड़ कर गहरा उतरता ही चला गया। एक असह्य ज़ख्म मेरी वज्रवृषभी सन्धियों में कसक उठा। एक वह्निमान तीर-सा प्रश्न सामने खड़ा उत्तर माँग रहा है।...''हाँ, वही उत्तर देने तो आया हूँ, माँ!''

...नगर के केन्द्रीय चौक में हमारे रथ आ लगे। असंख्य लहरों में उमड़ते मानव-महासागर की जय-निनादों पर तैरते अपने रथ को एकाकी समक्ष देखा।...लक्ष-लक्ष आँखों के प्यार के केन्द्र बने एक सूर्य-पुरुष को रथ में आसीन देखा। स्वयं डूब गया उन लाखों आँखों में, और उनके लक्ष्य को देख स्तब्ध रह गया। मैं नहीं रहा, वही रह गया।...

...और सामने दिखाई पड़ा वैशाली का विश्व-विख्यात सन्थागार, जिसकी कीर्ति-पताका आसमुद्र पृथ्वी पर फहरा रही है। मनुष्य और वस्तु-मात्र की जन्म-जात स्वतन्त्रता का यह मानस्तम्भ है। चिर प्रगतिमान मानव के स्वातन्त्र्य-संघर्ष की यह एकमात्र परित्राता आशा है।

शत-सहस्र जनगण की भुजाओं के चक्र पर वाहित, 'त्रिभुवन-तिलक रथ' ठीक सन्थागार के विस्तीर्ण मर्मर-सोपान के सम्मुख आ खड़ा हुआ। सभागार के अन्तराल और अलिन्दों से अविराम जय-ध्वनियाँ गूँजने लगीं। अनेक मुकुटबद्ध कुल-राजन्यों का नेतृत्व करती, सबसे ऊपर के सोपान पर धनुष की प्रत्यंचा-सी दुर्नम्य और उत्तान एक कोमल गौरांगना खड़ी है। वह अपने दोनों हाथों में मंगलाचार का रत्न थाल उठाये है। उसकी आँखों के प्रदीप्त नीलमों में पश्चिमी समुद्र बन्दी है। उसके सुडौल अंगांगों में कापिशेय अंगूरों की लताएँ झूम रही हैं।...निमिष मात्र में ही मैंने गान्धार-बाला रोहिणी को पहचान लिया। स्वागत में फैली उसकी ईषत् मुस्कान को शिरोधार्य कर, मैं एक ही छलाँग में रथ से उतर कर सन्थागार के सोपान चढ़ गया। मेरे संकेत पर मेरे सारथी गारुड़ ने भी मेरा अनुसरण किया। गान्धारी मामी ने अक्षत-फूल बरसा कर मुझे बधाया। उनके मुख से सहज ही फूटा :

''इक्ष्वाकुओं के सूर्य-पुत्र को गान्धारी रोहिणी प्रणाम करती है। विशाला धन्य हुई, अपने आँचल की छाँव में अपने भुवन-मोहन पुत्र को पाकर!''

''विशाला का गणपुत्र गान्धार गण-नन्दिनी रोहिणी से मिलने आया है। आर्यावर्त के पश्चिमी समुद्र-तोरण की स्वातन्त्र्य-लक्ष्मी को प्रणाम करता हूँ।''

कहकर ज्यों ही मैं मामी के चरण-स्पर्श को झुका, कि उनकी धनुषाकार बाँहों के कंठहार तले, मेरा ललाट उनके वक्षदेश पर उत्सर्गित हो रहा।

''मामी...!''

"मेरे महावीर...!"

सुवर्ण की एक प्रशस्त चौकी पर सामने ही फूल-पल्लवों से आच्छादित माटी का एक सुचित्रित कुम्भ रखा है। उसे दोनों हाथों में उठाकर रोहिणी ने उस पर ढँके श्रीफल को अतिथि के चरणों में अर्पित करते हुए कहा :

"वैशाली की मंगल-पुष्करिणी का राज्याभिषेक स्वीकारो, देवपुत्र वर्द्धमान!"

"...क्या मंगल-पुष्करिणी के चिरकाल के बन्दी जल मेरे हाथों मुक्ति चाहते हैं, मामी?"

कहते हुए मैंने रोहिणी के हाथों थमा कलश, बरबस ही अपने हाथों में ले लिया। एक हाथ की अंजुलि में उसका जल लेकर मैं मुड़ा, और उसे पीछे उमड़ रहे जन-पारावार पर उछाल दिया। फिर पास ही अनुगत खड़े अपने सारथी गारुड़ के मस्तक पर एक जलांजुलि ढाल दी, और एक और जलांजुलि भरकर उसके पग पखार दिये। गान्धारी आह्लाद से स्तब्ध देखती रह गयी। स्वागतार्थी गणराजन्यों की भृकुटियाँ तन आयीं।

और पीछे सहस्र गुने उल्लास की गर्जना लक्ष-लक्ष गण-कंठों से बारम्बार गूँज उठी।

"लिच्छवियों का गण-सम्राट अनन्तों में जयवन्त हो!"

मैंने कलश को रोहिणी के हाथों में थमाते हुए कहा :

"इन्द्रप्रस्थ के राजसूय यज्ञ में वासुदेव कृष्ण ने द्वार पर आगत अतिथियों का पाद-प्रक्षालन किया था। आज वैशाली में मेरा भी राजसूय यज्ञ सम्पन्न हुआ, मामी!...आज मंगल-पुष्करिणी के चिर बन्दी जल अपने जनगण का अभिषेक करके मुक्त हुए। चाहो तो, मामी, इस मुक्त जल-तत्त्व से अपने दोहित्र का अभिषेक करो!"

मामी ने कई-कई अँजुलियाँ भर वे सुगन्ध-जल मेरी आचूड़ देह पर बरसाये। भाल पर तिलक करके, उस पर हीरक-अक्षत लगाये। सर झुकाकर मैंने उनकी जयमाला धारण की।

फिर आगे-आगे चलती हुई वे मुझे सभागार में ले चलीं। नौ सौ-निन्यानवे कुल-राजन्यों, सामन्तों, श्रेष्ठियों, नागरिकों से सभागार खचाखच भरा है। मत्स्य देश के नील-श्वेत मर्मर पाषाणों से निर्मित, बेशुमार स्वर्ण-खचित स्तम्भिकाओं से मंडित, इस भव्य भवन का शिल्प-वैभव विस्मयकारी है। इसकी दीवारों पर चहुँ ओर आर्य शलाकापुरुषों और तीर्थंकरों की जीवन-लीलाएँ चित्रित हैं।

मेरे प्रवेश करते ही समस्त परिषद् में एक मुग्ध और अलौकिक निःशब्दता व्याप गयी। सभागार के शीर्ष पर, एक विशाल मर्मर वेदी के मध्य स्फटिक की भव्य गन्धकुटी आसीन है। उसके सर्वोपरि देवालय में, माणिक्य के विशद कमलासन पर

भगवान वृषभदेव का एक भव्य मनोज्ञ बिम्ब विराजमान है। वेदी पर चढ़ते ही मैंने उसके पाद-प्रान्त में साष्टांग प्रणिपात किया। उसके एक ओर के स्वर्णिम भद्रासन पर गणपति चेटकराज आसीन हुए।...और मैंने पाया कि, मैं सहसा ही गन्धकुटी के अन्तिम सोपान पर एक जानू मोड़, दूसरा जानू खड़ा कर, शार्दूल मुद्रा में बैठ गया हूँ। और अपने लिए बिछे सुवर्ण-सिंहासन की पीठिका पर मैंने अपनी एक बाँह पसार दी है। परिषद् में प्रत्याशा और विभोरता का एक अखंड मान व्याप गया है।

...औचक ही कांस्य-घंटा पर रजत-दंड का गम्भीर आघात हुआ। सन्निपात भेरी तीन बार बजकर चुप हो गयी। परिषद का उपोद्घात करते हुए चेटकराज ने खड़े होकर कहा :

"भन्तेगण सुनें! दिव्य है आज का यह मंगल-मुहूर्त। लिच्छवि कुल के देवांशी आर्यपुत्र वर्द्धमान आज हमारे बीच उपस्थित हैं। समाकालीन विश्व के आकाश उनकी कीर्ति से गुंजायमान हैं। सूर्य सम्मुख है। वह स्वयं ही अपना परिचय है। आप सब की चाह पर वे यहाँ आये हैं। आपकी ओर से उनसे निवेदन है कि वे अपनी वाणी से वैशाली को कृतार्थ करें।"

खड़े होकर मैंने अपने को यों सम्बोधन करते सुना :

"भन्तेगण, सुनें। आपके सम्मुख हूँ, माँ वैशाली के चरणों में प्रस्तुत हूँ। तो अपने होने को धन्य मानता हूँ। एक अनुग्रह का प्रार्थी हूँ। भन्तेगण, एक बार मेरे निवेदन को पूरा सुनें। फिर कोई प्रश्न उठे, तो उत्तर मुझसे आएगा ही।

"यहाँ आने वाला मैं कौन होता हूँ। लगता है कि बुलाया गया हूँ, लाया गया हूँ। भेजा हुआ आया हूँ। आयोजन उसी महासत्ता का है। मैं यहाँ इस क्षण उसी के द्वारा नियुक्त हूँ। वही बोलेगी, मैं नहीं। वैशाली के तोरण में प्रवेश करते ही पाया है, कि अपने को रख नहीं सका हूँ। केवल अपने को होते हुए देख रहा हूँ।

"...सुना कि वैशाली संकट में है, और आवाहन है कि उसके त्राण की तलवार और ढाल बनूँ। सो तलवार और ढाल त्याग आया : स्वयं वह बनकर इस कसौटी पर अपने को परखने आया हूँ। कृतज्ञ हूँ आप सबका कि अपने को पहचानने का यह अवसर आपने मुझे दिया है।

"...भन्तेगण, सुनें। यदि वैशाली आक्रान्त है तो मैं उसे बचाने नहीं आया, आक्रमण तले उसे बिछा देने आया हूँ। मैं युद्ध को प्रतियुद्ध से पराजित करने नहीं आया। मैं युद्ध को स्थगित करने नहीं आया, उसे अन्तिम रूप से लड़कर समाप्त कर देने आया हूँ। मैं सन्धियों पर ठहरी भयभीत शान्ति को कायम रखने नहीं आया, उसे सदा के लिए भंग कर देने आया हूँ।

"...क्यों है एक आक्रान्त और दूसरा आक्रामक? क्योंकि कोई अधिकार किये है, तो कोई अधिकार किया चाहता है। क्योंकि कुछ मेरा है, कुछ तेरा है। और मेरा-

तेरा जब तक है, युद्ध रहेगा ही। मैं और मेरा है, कि तू और तेरा खड़ा होता है। सो मेरा और तेरा का भाव ही, सारी उपाधि का मूल है। वह स्वभाव नहीं, विभाव है, सो वह सत्य नहीं, मिथ्या है। वह अज्ञान है, असत्य है। वह कुछ वह है, जो दरअसल है ही नहीं। मात्र प्रमादजन्य भ्रान्ति है, जो मूर्च्छा से उत्पन्न होती है। वह स्वभाव से गिरकर, अभाव में जीना है। जो मेरा और वस्तु का स्वभाव नहीं, वह उसमें रहना है। वही असली पाप है। इसी मूर्च्छा को प्रज्ञों ने परिग्रह कहा है। और परिग्रह को ही उन्होंने सबसे बड़ा पाप कहा है। परिग्रह यानी अपने को और वस्तु को चारों ओर से घेर लेना, कैद कर देना। वस्तु को कैद कर, उसे लेकर व्यक्तियों और राष्ट्रों तक के बीच जो लड़ाई है, वह कैदियों के बीच है। यह सारा टूट जाए, तो सारा और सब स्वतन्त्र हो जाए। और युद्ध सदा को समाप्त हो जाए।

''...मैं वस्तु और व्यक्ति से लगाकर, व्यवस्था और राष्ट्रों तक की उस कारा को तोड़ने आया हूँ। मैंने अभी सन्थागार के द्वार पर मंगल-पुष्करिणी का ताला तोड़ दिया और उसके मुक्त जल से जन-जन का अभिषेक कर दिया। तो वर्द्धमान भी विशेष नहीं रहा, वह अशेष, निःशेष हो गया। अब मुक्त वर्द्धमान, मुक्त वैशालिकों से बोल रहा है।

''...आप कहते हैं, वैशाली पर संकट है, आक्रमण है। पर अभी जो जनगण का उल्लास मैंने देखा है, उसमें संकट मुझे कहीं नहीं दीखा। आक्रान्ति नहीं दीखी। दीखी तो अतिक्रान्ति दीखी, आनन्द दीखा। भीतर जो अभाव की खन्दक सबमें है, उसे अतिक्रान्त कर सबको आनन्दित होते देखा। यानी मुझे सामने पाया, तो सब विभाव के अन्धकार को लाँघ कर स्वभाव में आ गये। तो भीतर जो अँधेरा है, भय है, वह मिथ्या है, मूर्च्छाजन्य है, क्षणिक है। सत्य और संचेतन जो है, वह तो वह वैशाली है, जो मैंने अभी देखी।

''मैंने जो अभी देखा, वह वैशाली का ऐश्वर्य है, अभिशाप नहीं। अभिशाप जो हम देख रहे हैं, वह हमारा मात्र अज्ञान है। वर्ना तो ऐश्वर्य यहाँ अनन्त और अव्याबाध है। ऐश्वर्य ईश्वरीय है, वह पुरुषीय है ही नहीं। मैंने यहाँ जन और धन का वह मुक्त ऐश्वर्य देखा। कारा हमारे मन में, हमारे अज्ञान में है, जिसे अपने ऊपर और वस्तु पर लादकर, हमने अपने बीच आक्रान्त और आक्रामक का द्वन्द्व उत्पन्न कर लिया है। मैं और मेरा, तू और तेरा का यह परिग्रह जब तक रहेगा, तब तक विग्रह रहेगा ही : युद्ध अनिवार्य होगा ही। मेरा और तेरा मिट जाए तो मुहूर्त मात्र में सारा संकट समाप्त हो जाए।

''...वही तो करने को मैं आया हूँ...इसी से निःशस्त्र और निष्कवच आया हूँ। शुद्ध, स्वभाविक, स्वतन्त्र, स्वयम् आया हूँ। अपने ऊपर आये हर कोश और कारा को तोड़कर आया हूँ, ताकि वैशाली कारागार न रह जाए, वह सर्व का अपना स्वतन्त्र

आत्मागार हो जाए।

"...आप कहेंगे वैशाली तो स्वतन्त्र है ही, क्योंकि वह गणतन्त्र है। उसमें कोई राजा नहीं, यहाँ का जन-जन राजा है। हर व्यक्ति यहाँ स्वतन्त्र है, और अपने भाग्य का स्वयं निर्णायक है। पर यह भ्रान्ति है, यह आत्मवंचना है। यहाँ का हर व्यक्ति स्वतन्त्र और आत्मनिर्णय का अधिकारी मुझे नहीं दीखा। ऐसा होता तो आर्यावर्त की तेजशिखा, देवी आम्रपाली को गणिका के गवाक्ष पर बैठने को विवश न होना पड़ता। हमने उनके आत्म-निर्णय के अधिकार का अपहरण करके, उन्हें अपने काम का कैदी बनाया है। आपकी 'प्रवेणी पुस्तक' चाहे कितनी ही प्राचीन क्यों न हो, उसमें निर्धारित सारे कानून वासना को अपने हक में व्यवस्था देने के लिए रचे गये हैं। बाहरी व्यवस्था मात्र, काम और परिग्रह का सरंजाम और इन्तजाम है। परम्परा केवल एकमेव सत्य की ही अक्षुण्ण और शिरोधार्य हो सकती है। अन्य सब परम्पराएँ पर्याय की हैं, और द्रव्य, क्षेत्र, काल भाव के नित-नूतन परिणमन के अनुसार उन्हें पलट जाना होता है। इसी से कहता हूँ, 'प्रवेणी पुस्तक' के कानून, नूतन विश्व-परिणमन के साथ अपने आप ही टूट गये। खत्म हो गये। उन्हें पाले रखकर, हम परतन्त्र ही कहे जा सकते हैं, स्वतन्त्र नहीं।

"...उस कानून के कारागार को सर चढ़ा कर, हमने देवी अम्बपाली और अपने गणतन्त्र का सत्कार नहीं किया, उन पर बलात्कार किया है। सर्व-सुन्दरी और सर्वप्रिया हैं वे, तो अधिकार और क्रय-विक्रय की वस्तु वे कैसे हो सकती हैं। निश्चय ही त्रिभुवन-मोहिनी हैं अम्बपाली। पर त्रिभुवन-मोहिनी वे गणिका होने के लिए नहीं, समस्त मानव-कुल की माँ-वल्लभा होने के लिए हैं। ताकि मनुष्य की जन्मान्तर-व्यापिनी सौन्दर्य-वासना को वे अपनी मातृ-ममता से दुलराकर, उसे अपनी ही स्वाधीन आत्म-लक्ष्मी के सौन्दर्य का दर्शन करा सकें।

"...अज्ञात कुलशील हैं अम्बपाली, तो इसलिए नहीं कि तथाकथित अभिजात कुलीन लोगों की भोग-सम्पत्ति होकर रहें। भगवती माँ अज्ञात कुलशील ही होती हैं। ताकि वे कुलशील की क्षुद्र मर्यादा से अतीत हों। जगदम्बा मानव-निर्मित सारी छद्म नीति-मर्यादा को तोड़कर ही मानव देह में प्रकट होती हैं। ताकि द्रव्य के स्वतन्त्र परिणमन का वे प्रतिनिधित्व कर सकें। वे अवैध जन्मा भी हैं, तो इसलिए कि वैधता के छद्म शील में छुपे कुलशील के विधि-विहित व्यभिचार का वे पर्दाफाश कर सकें। सर्व को नग्न और निसर्ग कर देने के लिए ही, वे महाकाली सदा नग्न विचरती हैं। और मिथ्याओं के सर्वसंहार के लिए वे सिंहवाहिनी होकर प्रकट होती हैं।

"...भन्तेगण, कान खोलकर सुनें। पिप्पली-कानन में विराजमान इक्ष्वाकुओं की कुलदेवी अम्बा ही आम्रपाली के रूप में अवतीर्ण हुई हैं। आम्र-शाखा से औचक ही अम्बा बनकर चू पड़ी वे आकाशपुत्री हैं। उस आकाशिनी माँ के उन्मुक्त आँचल

पर हिरण्यों की होड़ें लगाकर, हमने मातृघात और आत्मघात का अक्षम्य अपराध किया है। सर्व की माँ है अम्बा, इसी से तो वैशाली को आपस में कट-मरने से बचाने के लिए, और वैशालकों के पशु को पाशव-पाश से मुक्त करने के लिए, उसने अपने अस्तित्व तक की बलि चढ़ा दी है।

"...जीर्ण-जर्जर जगत् के पुनरुत्थान के विधाता बनकर जो आये, वे सदा पालतू वैधता की पुरातन मर्यादाओं को तोड़ते हुए ही जनमें हैं। उनके अवतरण के साथ ही, मिथ्या हो गयी मर्यादाएँ टूटी हैं, और नयी मर्यादाएँ स्वतः स्थापित हुई हैं। परापूर्व काल में मत्स्यगन्धा के अवैध गर्भ से जनमे थे भगवान वेद व्यास। कुलाभिमान को तोड़कर अकुलजात ब्रह्म-पुरुष का तेज पृथ्वी पर प्रकट करने को वे आये थे। शान्तनु के काम-प्रमत्त क्षात्रत्व का तेजोवध करके, इसी महाब्राह्मण ने अपने अजितवीर्य की यज्ञाहुति देकर, विकृत हो गये क्षात्रत्व को शुद्ध करने के लिए, अपने लिंगातीत ब्रह्मचर्य की बलि चढ़ाना भी स्वीकार किया था। पर भारतों ने उस ब्रह्मतेज को भी व्यर्थ करके ही चैन लिया।...

"...इस तरह, इतिहास के आर-पार चारों ओर स्वभाव की ग्लानि देख रहा हूँ। स्वभावगत सोहंकार वैभाविक अहंकार हो गया है। उस विकृति में से लोभ का असुर जनमा है। मैं और मेरा, तू और तेरा की अराजकता उससे निपजी है। ब्राह्मण, क्षत्रिय, वैश्य अपना स्वभावगत कर्म त्याग कर पथ-भ्रष्ट हुए हैं। उसका परिणाम है आपाधापी का यह अन्तहीन दुश्चक्र। वस्तु अपने आप में शुद्ध और स्वाभाविक है, पर अपने अहं, लोभ और अधिकार-वासना से हमने उसे भी विकृत और अराजक बनाया है। सो संवाद और मित्रता का स्थान विसंवाद और शत्रुता ने ले लिया है। हमारे अपने ही अहं के सिवाय, बाहर हमारा कोई शत्रु नहीं है। पथभ्रष्ट ब्राह्मणत्व को सत्तासीन और बलवान क्षत्रिय ने धर दबोचा है। त्राता क्षात्रत्व, बलात्कारी अपहर्ता हो गया है। कुलाभिमान से प्रमत्त होकर क्षत्रिय ब्राह्मणत्व को पैरों से रौंद रहा है। हम मानो अपनी ही भुजाओं से अपने मस्तक को भंजन कर रहे हैं। शीर्ष पर सदा वही होगा, जो ब्रह्म को जाने। जो स्वभाव से ही ब्राह्मण हो, और स्वधर्म में ही चर्या करे। ब्राह्मणत्व को फिर से लोक की मूर्धा पर स्थापित करूँगा। मुझे इस महाब्राह्मण की प्रतीक्षा है, जो ब्रह्मज्ञानी के उस आसन पर आसीन हो सके। धर्मराज्य योगी ही स्थापित कर सकता है, भोगी नहीं। वह, जिसका भोग भी भोग हो जाए, और योग भी योग हो जाए। वैशाली की यह भूमि ऐसे ही एक राजयोगीश्वर की लीला-भूमि रही है। जनक विदेह के वंशधर होने के कारण ही हम विदेह कहलाते हैं, और हमारी यह भूमि तक विदेह देश कही जाती है। एक बात मैं कहे देता हूँ। राजसत्ता के सिंहासन पर एक दिन योगी को आना होगा। योगी को राजा होना पड़ेगा। उसके बिना पृथ्वी पर धर्मराज्य की स्थापना त्रिकाल सम्भव नहीं।...

"...शासन की मूर्धा पर जब तक योगी न हो, तब तक तुम्हारे ये सारे राज्य, वाणिज्य, व्यवस्था, प्रतिष्ठान गैरकानूनी हैं, अवैध हैं। वैध और कानूनी केवल वही व्यवस्था हो सकती है, जो सत्ता के स्वभाव पर आधारित हो। वर्तमान के सारे ही राज्य और वाणिज्य वस्तु-स्वभाव के व्यभिचार की उपज हैं। इसी से ये सब ग़ैरकानूनी हैं। तुम्हारी यह 'प्रवेणी-पुस्तक', तुम्हारे ये सारे कानून, न्यायालय, सैन्य, कोट्टपालिका, नगरपालिका, सिक्का, शान्ति, सन्धि-विग्रह, सब अवैध और गैरकानूनी हैं। क्योंकि ये स्वधर्म पर नहीं, पारस्परिक स्वार्थों की प्रतिस्पर्धाओं और समझौतों पर आधारित हैं। ये सारी राज्य-सीमाएँ, सन्धियाँ, संरक्षण, स्वतन्त्रताएँ अवैध और गैर कानूनी हैं। क्योंकि ये असत्य, अधर्म, हिंसा और होड़ों पर टिकी हैं।...

"...बलशाली स्थापित स्वार्थ ने ही सिक्के का आविष्कार किया है। अधर्म का सुदृढ़ दुर्ग है यह सिक्का। सिक्का है कि संचय, स्वार्थ-पोषण, शोषण और स्वामित्व की सुविधा सम्भव और निर्बाध हो गयी है। स्वभावगत, संवादी, सुखी और शान्तिपूर्ण जीवन-जगत् के अभ्युदय के लिए यह अनिवार्य है कि सिक्का और उस पर टिके राज्य और वाणिज्य समाप्त हो जाएँ। सिक्के ने जीवित मनुष्य और मनुष्य के बीच के, जीवित वस्तु और मनुष्य के बीच के, सम्बन्धों को जड़ीभूत कर दिया है। सिक्के ने सत्ता का स्वत्व छीन लिया है, सत्व छीन लिया है। जब तक सिक्का है, व्यक्ति और वस्तु की मूलगत स्वतन्त्रता का धर्मराज्य स्थापित नहीं हो सकता। सिक्के ने मनुष्य और जगत् की सारी सुन्दरताओं और भावनाओं को व्यवसाय बना दिया है। सिक्के पर टिके वाणिज्य ने आत्मा की सती सुन्दरी को वेश्या बनाकर छोड़ दिया है।...

"...यह सिक्के का ही प्रताप है कि वैशाली में भगवती आम्रपाली को गणिका के कोठे पर बैठा दिया गया है। उसे प्राप्त करने का मूल्य हिरण्य है, प्यार नहीं, आत्माहुति नहीं। हमने माँ को यज्ञ की वेदी पर से उतार कर, भोगदासी बना दिया है। भन्तेगण, सावधान। आम्रपाली वैशाली के भाग्य की निर्णायक है। जब तक वह माँ हमारी वासना की जंजीरों में बँधी है, वैशाली का विनाश अनिवार्य है। केवल भगवती आम्रपाली में यह सामर्थ्य है कि वह वैशाली को सत्यानाश की लपटों से बचा सकती है। मैं यहाँ केवल माँ के उस धर्म-शासन का सन्देश सुनाने को उपस्थित हुआ हूँ।

"...कामिनी और कांचन जब तक भोग की भूमि से उठकर योग की भूमि पर उत्तीर्ण नहीं हो जाते, तब तक आक्रामक श्रेणिक, अजातशत्रु और पार्शव के शासानुशासों की परम्परा का अन्त नहीं हो सकता। जब तक सर्वस्वहारी श्रेष्ठी हैं, और उनके वाणिज्य का संवाहक सिक्का है, तब तक श्रेणिविग्रह और आक्रमणकारी श्रेणिक सुरसा की चोटी होते ही चले जाएँगे।

"...इसी से मैं स्वार्थ-न्यस्त राज्य, वाणिज्य, सिक्का और उसके व्यवस्थापक तमाम कानूनों को तोड़ने आया हूँ। मैं इस झूठे कानून पर आधारित सारी सरहदों और मर्यादाओं का भंजन करने आया हूँ।...

"...वैशाली के शत्रु मगध और बिम्बिसार नहीं, महामात्य वर्षकार नहीं, वैशालकों का अहंकार-ममकार है। हम धर्म से विच्युत हो गये हैं, इसी से हमारे चारों ओर शत्रु हैं। इक्ष्वाकु लिच्छवियों की यह मर्यादा लोक-विख्यात है कि वे काष्ठ के उपधान पर सर रखकर सोते हैं। उनके सिरहाने तलवार है, और वे सदा जागृत हैं। आज काष्ठ के उपधान की तो बात दूर, फूलों के तकियों पर और सुन्दरी की बाहु पर भी लिच्छवि को चैन नहीं। उसकी वासना, लिप्सा और आरति का अन्त नहीं। साँझ होते न होते, वैशाली गण का समस्त तारुण्य मदिरा की मूर्च्छा में डूबा, आम्रपाली के सप्तभूमि के प्रासाद के आँगने में, उसके एक कटाक्ष का भिखारी होता है। क्या यही है वैशाली का स्वातन्त्र्य-गौरव? क्या इसी कापुरुषता की रक्षा के लिए आप चाहते हैं, कि वर्द्धमान तलवार उठाए, वह आपकी ढाल बने?

"...आपकी इस झूठी आत्मरक्षा के लिए नहीं, पर आपकी आत्मा की रक्षा के लिए, बेशक मैं स्वयं तलवार और ढाल बनूँगा। फौलाद की तलवार नहीं, चैतन्य का खरधार खड्ग लेकर मैं स्वयं अपने और वैशाली के विरुद्ध उठूँगा। अपने ऊपर और वैशाली पर बिजलियाँ बनकर टूटूँगा। मैं बिम्बिसार श्रेणिक को आगे रखकर, वैशाली का प्राचीन और जीर्ण परकोट तोड़ूँगा। मैं सरे राह उसे ले जाकर देवी आम्रपाली की गोद में डाल दूँगा, कि वे उसकी जन्म-जन्मों की प्यासी आत्मा को शरण दें। दमित वासना के जन्मातर व्यापी नागपाशों से उसे मुक्त करें। मागध अजातशत्रु के सैन्य-बल और वर्षकार के कौटिल्य को जीतने के लिए, मुझे शस्त्र और सैन्य की जरूरत नहीं। ये सारे विपथगामी और शत्रु हैं, प्यार के प्यासे हैं। और अकिंचन वर्द्धमान के पास यदि कोई सत्ता है, तो केवल प्यार की। उसके प्यार में पराजय और जय वे एक साथ पाएँगे। और फिर भी यदि वे आक्रामक और घातक रह जाएँगे, तो केवल अपने। तब आत्मघात के सिवाय और कोई विकल्प उनके लिए नहीं रह जाएगा।...

"...मैं वैशाली को उस अनिवार्य सत्यानाश और आत्मघात से बचाना चाहता हूँ। क्योंकि मैं उसे सर्वकालीन मानव-आत्मा, और सत्ता मात्र की स्वतन्त्रता का प्रतीक मानता हूँ। मैं उसे पृथ्वी पर जिनेश्वरों के सर्वशरणदायी धर्म-साम्राज्य का सिंहासन मानता हूँ।...

"...तो भन्तेगण सुनें, उनके लिए अनिवार्य है कि वैशाली के परकोट निःसैन्य हो जाएँ, वैशाली के शूरमा निःशस्त्र हो जाएँ। वैशाली के धनुकुबेरों के कोशागारों, पण्यों, अन्तरायणों और सिंह-तोरणों के सारे कपाट और ताले सदा को टूट जाएँ। माँ के सतीत्व को झूठी सुरक्षा की जंजीरों से मुक्त कर दिया जाए। उसके आँचल के

धन-धान्य, सुवर्ण-रत्न, तमाम जीवन साधन, परिग्रह, अधिकार और कानून के शिकंजों से मुक्त होकर, उसके दूध की तरह मुक्त उमड़कर, जन-जन को सुलभ हो जाएँ। दुर्गों, कपाटों, तलवारों, तालों, जंजीरों, सैन्यों और कानूनों से हम चिरवन्दिनी सत्ता-माँ को सदा के लिए मुक्त कर दें। फिर आप देखेंगे कि वैशाली को जीत सके और उसे पद-दलित कर सके, ऐसी ताक़त पृथ्वी पर पैदा नहीं हुई है।...

"...वैशाली के तमाम हमलावरों के विरुद्ध मेरी यही एकमात्र युद्ध-योजना है। आपको यदि यह स्वीकार्य हो, तो इसका सेनापतित्व ज्ञातृपुत्र वर्द्धमान महावीर को सहर्ष शिरोधार्य होगा।...

"...आप सबने अभंग शान्ति से मुझे सुना, मैं कृतज्ञ हूँ आपका। आपका कोई प्रति-प्रश्न हो, तो समाधान को मैं प्रस्तुत हूँ।..."

और चुप होते ही, अपार्थिव निस्तब्धता में मैंने अपने को एक जाज्वल्यमान शलाका की तरह निश्छल खड़े देखा।...

महानायक सिंहभद्र ने गण-प्रमुख की ओर से घोषणा की :

"भन्तेगण सुनें, आपके गणपुत्र वर्द्धमान ने अपनी युद्ध-योजना आपके समक्ष प्रस्तुत की है। उसे स्वीकारने या नकारने को आप स्वतन्त्र हैं। छन्द-शलाका में वर्द्धमान का विश्वास नहीं। वे किसी भी स्वतन्त्र आवाज का स्वागत करेंगे।"

सात हजार सात सौ सतहत्तर गण-श्रोता कुछ इतने निःशब्द दीखे; कि प्रश्न उनके भीतर जैसे खोया, खामोश और पराजित दीखा। तब हठात् जैसे सबकी उलझन को व्यक्त करती एक बुलन्द आवाज दूर श्रोता-मंडल में से सुनाई पड़ी :

"आयुष्मान वर्द्धमान, सुनें। आप हमें वह करने को कहते हैं, जो इतिहास में कभी हुआ नहीं, होगा नहीं। न भूतो न भविष्यति।"

"बेशक, वही करने को कहता हूँ, सौम्य। मैं इतिहास को दोहराने नहीं आया, उसके चिरकालीन आत्मघाती दुश्चक्र को तोड़कर, उसे मनुष्य और वस्तु मात्र के हित में उलट देने आया हूँ।"

"असम्भव को सम्भव बनाने की यह टेक जोखिम भरी है, आर्य वर्द्धमान। जो आज तक न हुआ, वह कभी हो नहीं सकता। उसका प्रयोग वैशाली पर करना, अपने ही हाथों अपने घर में आग लगा देना है।"

"यह सत्ता का स्वभाव नहीं कि जो अब तक न हुआ, वह आगे भी न होगा। ऐसा मानना सत्ता के सत्तत्व और अनन्तत्व से इनकार करना है। सत्ता के सत्य को यहाँ स्थापित करने के लिए, यह जोखिम उठा लेनी होगी। अपने ही घर में आग लगाकर, उस आग के साथ अन्तिम रूप से जूझ लेना चाहता हूँ। उसमें अपने और वैशाली के आत्मतेज को परखना चाहता हूँ। खरे हम उतरेंगे, तो इतिहास में अपूर्व और अप्रतिम विजय का वरण करेंगे। उस आँच में तपे बिना, वैशाली अजेय नहीं हो

सकती। उस अग्नि स्नान से अमर होकर न निकल सकूँ, तो अपना और वैशाली का भस्म हो जाना ही श्रेयस्कर मानता हूँ। नित्य के आत्मघात के बजाय, एक बार सत्य के हुताशन की आहुति हो जाना ही मुझे अपने और वैशाली के लिए अधिक योग्य लगता है।''

...और सहसा ही ज्वालामुखी के विस्फोट-सी एक आवाज उठी :

''भन्तेगण सावधान, गणनाथ सुनें, मैं ज्ञातृपुत्र वर्द्धमान को वैशाली के लिए खतरनाक मानता हूँ! वे यदि वैशाली में रहेंगे, तो वैशाली का सर्वनाश निश्चित है।''

''भन्तेगण सुनें, वर्द्धमान की आत्मा वैशाली की सीमाओं से कभी की निष्क्रान्त हो चुकी। आप निश्चिन्त रहें, अब देर नहीं, कि उनका शरीर भी वैशाली के सीमान्तों से सदा को अभिनिष्क्रमण कर जाएगा। पर सावधान भन्तेगण, एक बात कहे जाता हूँ, कि वैशाली से निर्वासित होकर, उसका यह गणपुत्र और राजपुत्र उसके लिए और भी अधिक खतरनाक हो सकता है।...पर आप चाहें भी, तो अब उसे अपनी सीमाओं में बाँध कर नहीं रख सकते। जानें, कि इस क्षण के बाद वर्द्धमान किसी का नहीं, अपना तक नहीं! वह अपने ही से निष्क्रान्त है।...

''...और भन्तेगण सुनें, जाने से पहले मैं वैशाली की राज-लक्ष्मी को त्रैलोक्येश्वर जिनेन्द्र के चरणों में अर्पित किये जा रहा हूँ। उन परम सत्ताधीश के हाथों में वैशाली का भाग्य सौंपे जा रहा हूँ। उनकी इच्छा होगी तो एक वैशाली का यह गणपुत्र ऐसे धर्म-साम्राज्य की नींव डालेगा, जो आज तक इतिहास में न भूतो न भविष्यति रहा है। माँ वैशाली अनन्तों में जयवन्त हो...!''

और मेरे अनुसरण में सहस्रों कंठों से गूँजा :

''माँ वैशाली अनन्तों में जयवन्त हो, लिच्छवि-कुलसूर्य महावीर अनन्तों में जयवन्त हों...!''

...और मैंने पीछे लौटकर भगवान ऋषभनाथ के चरणों में साष्टांग प्रणिपात किया। अपने मुकुट, कुंडल, केयूर, रत्नहार उतार कर, त्रैलोक्येश्वर प्रभु के चरणों में अर्पित कर दिये। और चहुँ ओर घूमकर जनगण को हाथ जोड़, सर नवाँ कर बारम्बार प्रणाम किया।...और तत्काल रोहिणी मामी के कन्धे पर हाथ रखकर, मैं सन्थागार के अनेक सरणिबद्ध स्तम्भों और द्वारों को पार करता चला गया।...

...सन्थागार से बाहर आ कर उसके सर्वोपरि सोपान पर खड़े होकर जो जनगण का प्रेम-पारावार उमड़ता देखा, जो जयकारों का हिल्लोलन सुना, उसमें डूब जाने के सिवाय और कुछ शक्य ही नहीं था।...हमारा रथ कब और कैसे उस महाप्रवाह में तैरता हुआ, महानायक सिंहभद्र के महालय पर पहुँच सका, सो पता ही न चल सका।

जीवन-रथ की वल्गा

...गयी रात सोना नहीं हो सका है। ऐसा जागा हूँ, कि सोना इस जीवन में अब शायद ही सम्भव हो।

परिषद् से लौटकर कल पूर्वाह्न में रोहिणी मामी ने सूचना दी थी कि महाराज सिद्धार्थ चेटकराज के महालय में ठहरे हैं। सिंह मामा भी सीधे उधर ही चले गये थे और अब तक नहीं लौटे हैं। पता चला है कि गण-शासन-समिति की बैठकें कल सारा दिन और अबेर रात तक चलती रही हैं। वैशाली में भूकम्प आया है, और सन्थागार की बुनियादें डोल रही हैं।

परिषद् के उपरान्त शब्द मुझ में शेष नहीं रहा था। मामी ने मुझे समझा और वे चुपचाप मुझे निहारती मेरी परिचर्या करती रहीं। पूर्वाह्न भोजन पर विविध व्यंजनों का जो विशाल थाल सामने आया, उसे देखकर ही एक अनोखी तृप्ति का अनुभव हुआ। कपिशा के कुछ द्राक्ष और एक कटोरी क्षीरान्न का प्राशन कर मैंने हाथ खींच लिया। मामी अचरज और अनुरोध से कातर हो आयीं। उनके ताम्रगौर चेहरे पर एक जलिमा-सी गयी। पर मेरी सस्मित आँखों को देख, उनका बोल न खुल पाया। कंठावरुद्ध और प्रश्नायित वे मुझे मूर्तिवत् ताकती रह गयीं।

...विश्राम के समय वे मेरे शयनागार में पीछे-पीछे चली आयीं। मेरे शैया में लेटने पर, समीप ही बैठ गयीं। मेरी आँखें सहज ही मुँद गयीं। प्रत्यंचा के कषाघात से सुकठिन हो आयी एक कोमल हथेली मेरे ललाट पर क्षणैक टिकी रही, और जाने कब मेरी तहों में लीन हो गयी। जैसे बाहर कोई हथेली अब शेष नहीं रही थी।...

अब सवेरे तैयार होकर बाहर आया हूँ तो तन फूल-सा हलका है, और मन शरद के इस निरभ्र आकाश की तरह ही निर्मल है। सारा अन्तर-बाह्य मानो एक गहन नीलिमा में तैर रहा है।

रोहिणी मामी मुस्कुराते मुकुल-सी आयीं, और मुझे अपने कक्ष में लिवा ले गयीं :

"मान, बहुत कुछ सुना था तुम्हारे विषय में। पर जो देखा, तो मेरी सारी कल्पनाएँ छोटी पड़ गयीं। लगा कि तुम्हीं को तो जाने कब से खोज रही थी।...मेरी सारी धनुर्विद्या को तुमने व्यर्थ कर दिया।...जी चाहता है, तुम से हारती ही चली जाऊँ!"

"तो अन्तिम जीत तुम्हारी रही, मामी। अन्तिम हार का सुख नहीं दोगी मुझे?..."

मामी की आँखें झुक गयीं। वे चुपचाप मेरे बहुत पास आकर बैठ गयीं, और मेरे बालों के छल्लों को उँगलियों से दुलराती रहीं। और अधिक बोल उन्हें नहीं

भाया।

सहसा ही मामा सिंहभद्र आये। मैंने उठकर विनयाचार किया; वे मुझे भुजाओं में भर मेरी पीठ सहलाते रहे। फिर बैठते हुए बोले :

''आयुष्मान्, तुमने समस्त जम्बू द्वीप को ज्वालामुखी पर खड़ा कर दिया है।''

''ज्वालामुखी पर तो हम सब बैठे ही हैं, मामा। मैंने केवल उसे नग्न कर दिया है, ताकि हमें अपनी असली स्थिति का भान हा जाए।''

''वर्द्धन, गण-राजन्यों की भृकुटियाँ तन गयी हैं, वे आपे में नहीं हैं। पर वैशाली का जनगण तो पागल होकर जैसे विजयोन्माद में झूम रहा है। युद्ध और संकट का मानो उसे भान ही नहीं रह गया है।''

''तो वैशाली में मेरा जन्म लेना सार्थक हुआ। यदि भीतर का बैरी बिसर जाए, तो बाहर तो हर कदम पर जीत जयमाला लिये खड़ी है। प्रसन्न हूँ कि मेरे कल्याण-राज्य की नींव लोक-हृदय में पड़ गयी।''

''लेकिन आयुष्यमान्...''

''लेकिन का तो अन्त नहीं, महानायक। वह सुनकर क्या करूँगा। विकल्प नहीं, विस्मरण चाहिए। भीतर का स्वधर्म सीधा कर्म होकर सामने आये। धर्म और कर्म के बीच विकल्प की खन्दकें तो अनादिकाल से पड़ी हैं, और उनमें इतिहास उलझता चला गया है। शुद्ध और निर्विकल्प चेतना, जो सहज ही क्रिया होती चली जाए, बस केवल वह चाहिए।''

''पर तुम्हारे इस निगूढ़ अध्यात्म को कितने लोग समझेंगे, वर्द्धमान?''

''वैशाली के सारे जनगण ने बिन समझे ही तो बूझ ली मेरी बात। तुम्हीं ने तो अभी साक्षी दी है, मामा। विकल्प उनके मन में है, जो शासन की मूर्धा पर हैं। क्योंकि उन्हें अपने अहं से छुट्टी नहीं है। और मैं कोई निगूढ़ अध्यात्म नहीं बोलता, निरा हृदय बोलता हूँ, शुद्ध जीवन बोलता हूँ। प्यार को परिभाषाएँ देकर हम उसे जटिल और कुंठित करते हैं। अध्यात्म के प्रवचन कर, हम आत्मा को उसके बहते प्यार से वंचित कर देते हैं।''

''तुम कुछ दिन यहाँ रहो वर्द्धन, हमें तुम्हारी जरूरत है।''

''वह जरूरत, मामा, मेरे दूर चले जाने से ही अचूक पूरी होगी। यहाँ रहूँगा तो तुम्हारे नौ सौ निन्यानवे गण-राजा सदा मेरे और जनगण के बीच दीवार बनकर खड़े रहेंगे।''

''...तो विस्फोट होगा, मान, और युद्ध टल नहीं सकेगा।''

''विस्फोट अनिवार्य है, मामा, ताकि नया विधान निर्विकल्प आ सके। और कहा न मैंने, कि मैं युद्ध को टालने नहीं आया, उसे अन्त तक लड़कर समाप्त कर देने आया हूँ!''

"तो गंगा-शोण के सीमान्त को सँभाल कर, हमें निश्चिन्त करो, आयुष्यमान्!"

"मेरा सीमान्त मेरे भीतर है, महासेनापति। तुम्हारे सैन्य-शिविर मेरा मोर्चा नहीं हो सकते। और मैं बचाव की लड़ाई नहीं लड़ता। मैं आक्रामक का इन्तजार नहीं करूँगा। मैं स्वयं सीधे मगधेश्वर बिम्बिसार पर आक्रमण कर दूँगा। कहूँगा कि सम्राट, हमारे बीच सेनाएँ नहीं हो सकतीं। शूरमा सीधे लड़कर, स्वयं ही निपटारा कर लें। शस्त्र तक क्यों हो हमारे बीच में, केवल ललाट का सूर्य लड़े। और जानता हूँ, मागध मेरी चुनौती को मुकर नहीं सकेगा।..."

उल्लास में झूमकर बीच ही में बोल पड़ीं रोहिणी मामी :

"मेरे दोहित्रलाल, तुम्हारे उस सूरज-युद्ध की साक्षी होना चाहती है तुम्हारी रोहिणी मामी। क्या उसे साथ ले चल सकोगे?"

"अपने धनुष-बाण लेकर चलोगी, मामी?"

"वह तो तुमने छीन लिये, देवता। केवल आँचल ही तो अब बचा है मेरे पास। मेरे इस अन्तिम अस्त्र से मुझे वंचित न करना और हो सके तो मुझे साथ रखना!"

"आर्यावर्त की रणचंडी रोहिणी का ठीक समय पर आवाहन करूँगा!"

...कि तभी चेटकराज का सन्देशा लेकर एक चर आया। सान्ध्य-भोजन पर उनके महालय में आमन्त्रित हूँ। स्वजन-परिवार मुझसे मिलने को उत्सुक हैं। मैंने अनुचर से पूछा :

"देवी चन्दनबाला क्या यहीं पर हैं?"

"वे कब कहाँ होती हैं प्रभु, कौन जाने। वह राजमाता और महाराज तक को पता नहीं रहता।"

"अच्छा भन्ते प्रतिहारी, ठीक समय पर पहुँचूँगा। महाराज से कह देना।"

प्रणाम निवेदन करके प्रतिहारी चला गया। भौंचक्की-सी देखती रोहिणी बोली :

"...भन्ते प्रतिहारी...तुम्हारे लिए तो, लगता है, सभी भन्ते हो गये हैं, वर्द्धमान!"

"अभन्ते कहीं कोई दीखता ही नहीं, क्या करूँ!"

"दास-दासी तो गान्धार में, हमने भी मनुष्य की सन्तानों को नहीं रहने दिया है। पर जन-जन और कण-कण में तुम्हारा देव बसा है, यह नया देखा और सीखा, आयुष्यमान्!"

"परस्पर एक-दूसरे को हम देव हो जाएँ, तो सोचो मामी, सारी समस्याओं का समाधान आपो-आप हो जाए...!"

"तुम्हें पाकर मैं आप्यायित हुई, देवांशी वर्द्धमान्!"

...और सहसा ही मैं उठ खड़ा हुआ। सिंह मामा बोले :

"वैशाली के राजमार्गों पर निकल सकोगे, आयुष्यमान्? दर्शनाकुल जनगण के उल्लास का ज्वार उपद्रव तक खड़ा कर सकता है।"

"मुकुट-कुंडल तो मैं समर्पित कर आया, मामा। बिथुरे बालों, और उड़ते उत्तरीय से स्वयं अपना रथ हाँकते, मुझ अकिंचन को वैभव-नगरी वैशाली में कौन पहचानेगा? और फिर प्रवाहों पर छलाँग मार कर, गायब हो जाना मुझे आता है, मामा!"

कक्ष-देहरी पर खड़ी रोहिणी देखती रह गयी। छूटे हुए तीर को पकड़ कर नहीं लौटाया जा सकता, यह वीरांगना रोहिणी से अधिक कौन जान सकता है। पार्शव के शूरमाओं को अपने तीरों पर तौलने वाली यह लड़की भीतर इतनी तरल भी हो सकती है, कल्पना में नहीं आ सकता था।

...रत्नगर्भा वसुन्धरा का हर सम्भव वैभव चेटकराज के महालय में देखा। पर उस सब के बीच आकाश की तरह सहज व्याप्त, फिर भी निर्लिप्त उस राजपुरुष को देख मेरी आँखें श्रद्धा से भीनी हो आयीं। मातामही सुभद्रा उनकी यथार्थ अर्द्धांगिनी दीखीं। मुझे सामने पाकर गोदी में भरने तक को वे ललक आयीं : "जुग-जुग जियो मेरे लाल, चिरकाल यह धरती तुम्हारा यशोगान करे!" कहती-कहती वे रो आयीं। उनकी गोद में क्षणैक रक्तमोह की अगाधता का तीव्र अनुभव पाया।...फिर धन, दत्तभद्र, उपेन्द्र, सुदत्त, सुकुम्भोज, अकम्पन, सुपतंग, प्रभंजन और प्रभास मामाओं ने मुझे घेरकर जाने कितना प्रश्न-कौतूहल किया। पकड़कर बैठ गये मुझे, कि नहीं, अब कहीं नहीं जाने देंगे मुझे। प्यार की बादाम-गिरियाँ लेकर, मोह के छिलके उतार फेंकने की कला अवगत हो गयी है, इसी से रम कर भी चाहे जब विरम जाना मेरे लिए सहज हो गया है। एक शून्य है भीतर, जिसमें सबको अवकाश है, तो स्वजनों को भी है ही। सो निर्बाध इन सबमें खेला, और निकलता चला गया।

पिता एक ऐसी आनन्द-वेदना में खोये और स्तब्ध थे, कि बस मेरा मुँह जोहते रहे : बोले कुछ नहीं। चेटकराज ने इतना ही कहा : "तुमने तो हम सब को निर्वस्त्र और निःशस्त्र कर दिया है, बेटा। प्रश्न निःशेष हो गया है, हम निरुत्तर हैं। पर तुम तो क्षितिज से बोल रहे हो; आकाश हो कि धरती हो, समझ में नहीं आता। हमारी बुनियादें चूर-चूर हो गयी हैं। और तुम हो कि कहीं से पकड़ाई में नहीं आते। जनगण तो वस्तु-स्थिति भूलकर तुम्हारी मोहिनी से पागल हो गया है। पर दायित्व जिनके कन्धों पर है, वे तुम्हारे ध्रुव से टकराकर बेधरती हो गये हैं। क्या करना होगा, समझ में नहीं आता। मेरी तो बुद्धि गुम हो गयी है।"

"करना कुछ नहीं होगा तात। अब आपको सिर्फ देखते रहना है। तब जो करने

को है, वह मुझसे आपो-आप होगा ही। चीजों को अपने पर ही छोड़ दीजिए, और उन्हें होने दीजिए। क्या आप सबके किये अब तक कुछ हुआ है, आपका मनचाहा?...फिर चिन्ता किस बात की? मुझ पर आपको भरोसा हो, तो देखते रहिए यह खेल। मैं तो बुनियादों में खेलता हूँ, मैदानों में नहीं। जीर्ण बुनियादें यदि टूट गयीं हैं, तो जानिए कि मेरा पहला मोर्चा सफल हुआ; आगे के खेल में मैं न भी दीखूँ, तो नयी बुनियादें पड़ते और भवन उठते तो आप देख ही लेंगे। और क्षितिज यदि हूँ आपकी निगाह में, तो ओझल नहीं हो सकता। कभी उस पर सूर्योदय हो ही सकता है। इतना ही जानें, कि क्षितिज को पकड़ और बाँधकर नहीं रखा जा सकता। क्योंकि वह अनन्त है।...''

...चलते हुए बापू ने बताया कि यहाँ कुछ परिषदों के लिए वे ठहरेंगे, मैं चाहूँ तो जा सकता हूँ। फिर आकर मातामही के चरण छुए और बिदा चाही कि आज की रात के शेष प्रहर में प्रस्थान कर जाऊँगा। उनके आँसू अविराम बह रहे थे, और वे मुझमें विराम खोजती-सी बोलीं :

''...कितना समझाया, पर चन्दन नहीं रुकी, बेटा। जाने कहाँ चली गयी। कल से रूठी बैठी है, बोली कि : 'नहीं, मुझे किसी से नहीं मिलना है!'' सन्थागार से लौटकर भरी आयी थी, मेरी गोद में फूट पड़ी। बोली, ''अपना राज रखो तुम सब, वर्द्धमान तो चला ही जाएगा। तुम्हारी राह का फन्दा कट गया, अब खुशियाँ मनाओ तुम सब।...और तुम्हारे इस राज में तब मेरे लिए भी ठौर नहीं!...ठीक है, अपनी राह मैं भी चली ही जाऊँगी!...' मैंने बहुत समझाया उसे, तुझसे मिलकर बात करे, और समाधान पाए। ऊँ हूँ—एक नहीं मानी उसने।... 'नहीं, मुझे नहीं मिलना है किसी से। वर्द्धमान को मेरी नहीं पड़ी, तो मुझे भी उसकी पड़ी नहीं है...।' तू आया, तो महल-उद्यान सारे में खोज आयी, जाने कहाँ खो गयी है चन्दन...!''

''उसे न छेड़ो नानी-माँ। वह ठीक अपनी जगह पर चौकस है। और मुझसे नाराज होने का हक उसका पूरा है। उससे अधिक शायद किसी का नहीं!...''

मेरे माथे को नानी-माँ ने छाती से चाँप-चाँप लिया : और मेरे बालों को एक गहरी उसाँस के साथ वे सूँघती चली गयीं। वहाँ से मुक्ति आसान न थी।...पर मैं अगले ही क्षण वैशाली की सीमान्तक राहों पर अपना रथ फेंक रहा था।

साँझ बेला में जब देवी रोहिणी के आवास-भवन पहुँचा, तो सारा महालय ऊपर से नीचे सहस्रों दीपों से जगमगा रहा था, और पौर के सामने के मार्ग पर वैशालकों का उत्सव-उत्साह बेकाबू था। मैंने चुपचाप रथ पीछे उद्यान की राह भीतर ले लिया। शयनागार में रोहिणी मामी मेरी प्रतीक्षा में थीं।

''मान, देवी आम्रपाली का निजी अनुचर मणिभद्र, बाहर तुम्हारी प्रतीक्षा में

है।''

''स्वागत है उनका, मामी!''

थोड़ी ही देर में एक विशालकाय वात्सल्य-मूर्ति वृद्ध पुरुष ने आकर भूमिसात् दंडवत किया और कहा :

''देवी का एक निजी पत्र लेकर सेवा में प्रस्तुत हूँ, स्वामिन्!''

''देवी आम्रपाली प्रसन्न हों। मैं देवी का क्या प्रिय कर सकता हूँ, भन्ते!''

''धन्य भाग प्रभु, आपके दर्शन पा सका!''

कहकर एक छोटी-सी रत्न-जटित मंजूषा उसने मेरे हाथ में थमा दी। उसे खोलते ही जाने कैसी पर पार की-सी दिव्य गन्ध कक्ष में व्याप गयी। पट्ट खोलकर पढ़ा :

''...तुम्हें एक बार नयन भर देखने की साध, चिर दिन से मन में सँजोये थी। पार्थिव में और कुछ देखने की चाह अब नहीं रह गयी है। जब सुना कि तुम वैशाली के सन्थागार में आ रहे हो, तो अब तक जो तुम्हें जाना और माना था, वह एक बिजली ने जैसे कौंध कर भूँस दिया। अभिमान हो आया, नहीं...नहीं आऊँगी तुम्हारे सामने। मेरी क्या हस्ती! तुम वैशाली के देवांशी राजपुत्र, और मैं तुम्हारे गण की एक तुच्छ गणिका! और कोई मुझे कुछ समझे, तुम्हारे सामने हलकी नहीं पड़ूँगी, और अपनी गर्हित काया को सामने रखकर, तुम्हें अपमानित होते नहीं देख सकूँगी।

''...किन्तु जाने क्या भीतर धक्का दे रहा था। मैं अवश हो गयी, तैयार तक हो गयी, द्वार पर रथ प्रस्तुत करने का आदेश भी दे दिया। आईने के सामने होकर एक बार अपने को देखा। चूर-चूर हो गयी। अपने रूप की बिजली में जलकर, लज्जा और अनुताप से भस्म की ढेरी हो रही। असह्य लगा, अपना यह त्रिलोक-मोहन सौन्दर्य। नहीं, नीलाम पर चढ़े हुए लावण्य से देवता की पूजा नहीं हो सकती। जाऊँगी सन्थागार में, तो तुम्हारे गणपुत्र मेरे रूप की धूल उड़ाएँगे। तूफान के बवंडर उठेंगे। वैशाली का सूरज उससे ढँक जाएगा। नहीं, यह नहीं होने दूँगी; वैशाली की बेटी हूँ, और चाहूँगी कि उसके सूरज का आवरण न बनूँ। उसकी प्रभा को अपने रूप की रज से मलिन न होने दूँ। वैशाली का जनगण खुली आँखों अपने इस सूर्यपुत्र का दर्शन करे।

''सो अपनी इस निर्माल्य माटी को अपने ही में समेटकर, शैया में औंधी पड़ रही।...

''...सन्थागार से लौटकर मेरी अभिन्न सहचरी वासवी ने वह सब बताया, जो वहाँ उसने देखा और सुना था।...मैंने उसे जाने को कह दिया, और मेरी छाती में जन्मान्तरों के दबे रुदन और बिछोह घुमड़ने लगे।...इस अभागी छाती को अब किसकी प्रतीक्षा है, जो फट न गयी।...

"...तुमने वैशाली और आम्रपाली को एक कर दिया। तुमने एक गणिका को गणदेवी के आसन पर बैठा दिया। अनर्थ किया तुमने, वर्द्धमान। मुझ अभागिनी को मशाल की तरह अपने दोनों हाथों में उठाकर तुमने सारे जम्बूद्वीप में आग लगा दी। भेड़ियों के बीच तुमने मुझे सिंह पर आसीन कर दिया। इस सारे जंगल का पशुत्व अब बलवा कर उठेगा। यों ही मैं कम हत्यारी नहीं थी। अब तुम चाहते हो, कि मैं रक्त की नदियों पर चलूँ? कैसा खतरनाक खेल तुम खेल गये, महावीर। तुमने मुझे मौत के बीच अरक्षित खड़ी कर दिया है।...

"...और अब तुम कहते हो कि तुम वैशाली में नहीं रहोगे; तो बोलो, मुझे अब यहाँ किसके भरोसे छोड़े जा रहे हो! नहीं...नहीं चाहिए मुझे तुम्हारे ये पूजा के फूल! प्यार नहीं कर सकते मुझे, तो किस अधिकार से मुझे यों मारकर, अपनी राह अकेले चले जाना चाहते हो?...मेरा कहीं कोई नहीं...आकाश की जायी मैं चिर अनाथिनी, किसी तरह अपने रूप की माया में अपने को भुलाये थी। तुमने उस माया के पाश को भी छिन्न करके, निरी नग्न मुझे अपने आमने-सामने कर दिया है।...मैं तो अकेली ही थी जनम की, तुमने मुझे अन्तिम रूप से अकेली कर दिया! मेरा मरना और जीना दोनों ही तुमने मेरे हाथ नहीं रखा। कौन हो तुम मेरे, ओ बलात्कारी, जो मेरी सत्ता के यों बरबस ही स्वामी हो बैठे हो? आधार नहीं दे सकते, तो अन्तिम रूप से निराधार क्यों कर दिया इस दु:खिनी को? और अब कहते हो, छोड़ कर चले जाओगे, इस वैशाली को, जिसे तुम आम्रपाली कहते हो। इतने निर्मम तुम हो सकते हो यह तो कभी नहीं सोचा था।

"...जानती हूँ, मेरे द्वार पर तुम कभी नहीं आओगे। तुम्हारे चरणों की धूल बनकर इस रूप को सार्थक कर सकूँ, ऐसी स्पर्धा एक गणिका कैसे कर सकती है! हाय, मरण के इस महाशून्य में किसे पुकारूँ? कहाँ है मेरा परित्राता? दिशाएँ निरुत्तर हैं...! तुमको देख रही हूँ, केवल पीठ फेर कर जाते हुए।...बोलोगे नहीं?..."

—अम्बा
जो किसी की नहीं

अपने मूलाधार में घुमड़ आये प्रलय को, अपने अँगूठे तले क़लम से दाबकर मैंने लिखा :

"किसी की तुम्हें इसलिए नहीं होने दिया गया, क्योंकि तुम्हें सब की होना था। कार्षापणों और सुवर्णों की क्रीत दासी नहीं, सर्व की आत्म-वल्लभा माँ!

"...नहीं, तुम कभी कहीं अकेली नहीं हो, अम्बा।...अकेली अब तक यदि थीं भी, तो आज निश्चय ही वह नहीं हो तुम!...मैं कहीं जाऊँ, कहीं रहूँ, हर दिशा

आम्रपाली हो रहेगी। वहाँ मेरे स्वागत में खड़ी नहीं मिलोगी क्या तुम?

"...परित्राता तुम्हारा अहर्निश तुम्हारे साथ खड़ा है। वह अन्यत्र कहीं नहीं है। महावीर यदि कोई अन्य और अन्यत्र है, तो वह भी नहीं। उस अपर और एकमेव अपने को पहचानो!

"...एक दिन आऊँगा तुम्हारे पास। अपने में नितान्त अपनी होकर रहना। वही महावीर है!...

अनन्य

वर्द्धमान"

...पत्रोत्तर की रत्न-मंजूषा दोनों हाथों में झेलकर, मणिभद्र ने बार-बार उसे सर-आँखों से लगाया। उसकी आँखें छलछला रही हैं। भूमिष्ठ प्रणिपात कर, बिना मुझे पीठ दिये, पीछे पग चलता हुआ, वह द्वार पार कर ओझल हो गया।

रात के तीसरे पहर, भवन के सिंहपौर पर रथ लगा। महानायक सिंहभद्र गंगा-शोण के स्कन्धवार पर गये हुए हैं। मामी अकेली मुझे पहुँचाने द्वार पर आयीं। पार्शवों को बारम्बार अकेले हाथों पछाड़ने वाली, हिन्दूकुश के दर्रे की वह सिंहनी, ऐसे रो पड़ेगी, ऐसा तो कभी सोचा नहीं था। अपनी बाहुओं की प्रत्यंचाओं में मुझे बाँधकर, मेरी छाती पर वह फूट पड़ी।

"मुझे समूची निःशस्त्र और सर्वहारा कर दिया तुमने, लाला! क्या यों पीठ फेर जाने के लिए...?"

"भूल गयीं वादा, गान्धारी? मेरे सूरज-युद्ध की एकमात्र साक्षी होने वाली हो कि नहीं तुम? सिंहनी माँ यदि दूध नहीं पिलाएगी, तो किस बल पर एकाकी विश्व युद्ध लड़ूँगा, मामी!"

उन्होंने मेरे सारे चेहरे को अपनी छाती में प्रगाढ़ता से समा लिया।...छूटकर मैंने उनकी चरण-धूलि माथे पर चढ़ा ली।

...ब्राह्म मुहूर्त में जब उत्तर-कुंडपुर के मार्ग पर अपने रथ की रास को कस-कसकर खींच रहा था, तो लगा कि मेरे पीछे जाने कौन एक निःसीम आँचल वल्गा बनकर मेरे जीवन-रथ का सारथ्य कर रहा है।

परित्राता का पाणिग्रहण

मुझे तो कहीं कोई दु:ख नहीं, कष्ट नहीं। कोई अभाव, कोई आरति मैं नहीं जानता। बाहर राजमहल का विपुल वैभव, भोग-सामग्री है, भीतर सहज भुक्ति की तृप्ति सदा अनुभव करता रहता हूँ। जगत् के सारे सम्भव सुख-भोग, सम्मुख समर्पित खड़े मेरा मुँह ताकते रहते हैं। पर भीतर कोई अभाव अनुभव नहीं होता, तो क्या करूँ! क्यों भोगूँ, क्या भोगूँ, कौन भोगे? लगता है, मेरे ही भीतर से ये भोग, नाना रूप धारण कर बाहर प्रवाहित होते रहते हैं। भोक्ता भी मैं ही, भोग्य भी मैं ही। फिर भोगने और न भोगने का प्रश्न ही कहाँ उठता है!

...फिर भी आज तीन दिन हो गये, जाने कैसी यह एक वेदना मेरे तन के अणु-अणु में व्यापती चली जा रही है। हवा और पानी की पर्तों से भी महीन जाने कितने सूक्ष्म फल निरन्तर मेरे प्राणों को बींधते चले जा रहे हैं। मेरी अघात्य और अभेद्य अस्थियों में यह कैसा उबलता लावा और लोहा-सा भिदता चला आ रहा है। तीन रात, तीन दिन हो गये, ठहराव शक्य नहीं रहा। लेटना, बैठना तो दूर, खड़े तक नहीं रहा जाता। उद्‌भ्रान्त और बेचैन इस महल के सारे खंडों में चक्कर काट रहा हूँ। चल रहा हूँ, चल रहा हूँ, अविराम चल रहा हूँ। चलते ही चले जाना है। चले जाना है, जाने कहाँ चले जाना है। कहाँ जाना होगा, पता नहीं। पर आकाश और धरती के बीच अब कोई मुकाम सम्भव नहीं है।...

आज मध्य रात्रि के इस स्तब्ध अन्धकार में यह कौन चीख उठा है! सारा राजमहल डोल उठा है : धरती और आकाश विदीर्ण हो गये हैं...।

"प्रभु, काम्बोजी अश्व प्रियंकर राजद्वार पर आ खड़ा हुआ है। वह स्वामी को पुकार रहा है!"

"गारुड़, क्या चाहता है वह?"

"तीन दिन-रात हो गये, वह छटपटाता हुआ घुड़साल में फेरी देता रहा है। उसकी तिलमिलाहट और हिनहिनाहट सही नहीं जाती। जान पड़ता है रात-दिन क्रन्दन कर रहा है। ब्राह्म-मुहूर्त में अचानक मेरी पलकों पर बूँदें-सी टपकीं। हड़बड़ाकर जागा, तो देखा आपका लाड़िला प्रियंकर मेरे चेहरे पर गर्दन झुकाये चुपचाप खड़ा है। उसकी आँखों से आँसू टपक रहे हैं।...संकेत पाकर मैं समझ गया। मैंने उसे तैयार कर दिया। वह राजद्वार पर स्वामी की प्रतीक्षा में आ खड़ा हुआ है।"

...ठीक है। मुझे नहीं, प्रियंकर को ठीक पता है, मुझे कहाँ जाना है।...और जाने कब शेष रात्रि के जामली अँधेरे में पाया, कि प्रियंकर का आरोही, एक असूझ तमसारण्य को बिजली के तीर की तरह भेदता चला जा रहा है। अविराम और अविश्रान्त दौड़ते घोड़े की गति के सिवाय और कुछ भी मेरे लिए दृश्य नहीं रह गया

है। देश और काल से परे, एक दुरन्त गतिमत्ता के भीतर, अपने को एक वात्याचक्र की तरह जैसे ब्रह्मांड की परिक्रमा करते देखा।

...बढ़ते हुए अपराह्न की मन्द पड़ती धूप में भूगोल का भान हुआ। देखा कि मगध की भूमि पर धावमान हूँ।...उदंडपुर गुजरा; नालक ग्राम से सरे बाजार दौड़ता घोड़ा निकल गया। बहुचैत्रक के सीमा-प्रदेश में पहुँचते साँझ नम आयी।...अस्तंगत सूर्य की किरणों में बहुत दूर राजगृही के पंच शैलों के पवित्र कूट सहसा ही जैसे रक्त से अभिषिक्त दिखाई पड़े।

...और क्या देखता हूँ कि गृद्धकूट की उपत्यका में लपलपाती अग्नि-जिह्वाओं-सी कई ज्वालाएँ भड़क-भड़क कर आकाश चूम रही हैं। शत-शत कंठों की हवन-मन्त्र ध्वनियों के अविराम घोष, प्रचंड से प्रचंडतर होते जा रहे हैं। घृत, पुरोडाश, मदिरा और नाना हव्य धूपों तथा सामग्रियों की गन्ध से वातावरण व्याकुल है। रक्त-मांस, त्वचा, चर्बियों, अँतड़ियों, हड्डियों के जलने की तीव्र श्वास-रोधक दुर्गन्धि से आकाश, हवा, जल, वनस्पति, धरती से प्राण घुट रहे हैं। पंच तत्त्व जैसे पीड़ित होकर, स्वयं ही अपनी हत्या कर देने को विवश हो गये हैं!

और बहुचैत्रक के प्रांगण में आकर, अचानक ही घोड़ा पत्थर की तरह स्तम्भित, अचल खड़ा रह गया।...

सामने दिखाई पड़ा : गृद्धकूट और विपुलाचल के ढालों पर जैसे ज्वालाएँ फैलती चली जा रही हैं। वे सदा के सुरम्य पर्वत नहीं रह गये हैं। सारी पृथ्वी उनमें सिमट कर मानो दुर्दान्त ज्वालामुखी हो उठी है। और उसमें से शत-सहस्र थलचर, जलचर, नभचर प्राणियों का एक अन्तहीन और समवेत आर्तनाद उठ रहा है। अन्तरिक्ष के सारे पटलों को भेदकर, जैसे लोक की त्रस-नाड़ी सन्त्रास से फटी जा रही है।

...एक हिल्लोल-सा उठा भीतर, कि एक छलाँग में उस दुर्दाम ज्वालामुखी में कूद पड़ूँ। वल्गा की तरह अपनी मुट्ठियों में उन अग्नि-शिखाओं को पकड़कर, उस प्रलय को बाँध लूँ और उस पर सवार हो जाऊँ। अपनी नग्न छाती में उसे शोष कर, शान्त कर दूँ।...मैंने घोड़े को एड़ दी। वह टस से मस न हुआ। मैं उन्मत्त होकर उसे एड़ पर एड़ देता चला गया। पर घोड़ा नहीं, चट्टान है, अटल और अनम्य।...मैंने उस पर से कूदकर, इन्द्र के वज्र की तरह उस सत्यानाश पर टूट पड़ना चाहा।...पर नहीं, उस चट्टान में मैं अभिन्न भाव से प्रस्तरीभूत हूँ, जड़ीभूत हूँ।...घोड़े के उस स्तम्भित प्राण से अलग, मेरा कोई प्राण अस्तित्व में नहीं रह गया। यह स्थिति मेरी समझ से परे है, केवल उसके निस्तब्ध बोध में ही मैं रह सकता हूँ।

...और अपने भीतर सुनाई पड़ा : ''नहीं, अभी समय नहीं आया है!'' मात्र एक निष्कम्प दर्शन की मुद्रा में मैं देखता ही रह गया : प्रदोष बेला के घिरते धुँधलके

में, क्षीणतर होती अग्नि-शिखाओं में, एकीभूत आर्त क्रन्दन का छोर डूबता सुनाई पड़ रहा है।...और राशिकृत प्राणी मेरी शिराओं में सरसराते चले आ रहे हैं।...

लौटकर जब नन्द्यावर्त पहुँचा तब रात का अन्तिम प्रहर ढल रहा था। मेरे कक्ष के द्वार पर, एक प्रतिहारी मेरी प्रतीक्षा में अखंड रात जागती खड़ी थी :

"देव, एक पत्र आपके लिए उस चौकी पर रखा है। कल साँझ की द्वाभा वेला में कलिंग का एक अश्वारोही वह लेकर आया था। कलिंग-राजनन्दिनी यशोदा का वह अनुचर अतिथिशाला में प्रतीक्षमान है।"

मुक्ताफलों की एक बन्द सीपीनुमा मंजूषा चौकी पर पड़ी थी। खोलकर पढ़ा :

" ...दर्शन की प्रत्याशी हूँ। द्युति-पलाश चैत्य-कानन में कल साँझ प्रतीक्षा करूँगी। —यशोदा"

हूँ...! अविकल्प उसी के नीचे आँक दिया मैंने "तथास्तु!" और मुक्ताफल-मंजूषा प्रतिहारी को लौटा दी।

खिली सन्ध्या के चम्पई आलोक में सारा उपवन बहुत मृदु हो आया है। बन्धूक फूलों की महावर से रची भूमि पर पड़ती अपनी पगचापों को लालित होती अनुभव कर रहा हूँ। शेफाली और मालती की भीनी महक में यह कैसी एक छुवन और पुलक तैर रही है!

सघन श्वेत फूलों से छाये सप्तच्छद-वन के तलदेश में दिखाई पड़ा : एक तने के सहारे, ऊपर झुक आयी एक डाल को भंगिम बाँह से थामे, कोई प्रतीक्षा वहाँ आँखों के कुवलय बिछाये है। कालोदधि समुद्र के अंगूरी मोतियों की आभा उस प्रलम्ब देह-यष्टि में लचीली हो आयी है।

मुझे सामने पाकर, सहसा ही जानुओं पर ढलककर, उसने अपनी दोनों बाहुएँ मेरे चरण-तटों में पसार कर माथा धरती पर ढाल दिया। जैसे वह सारा सप्तच्छद वन अवश धरती पर लढ़क आया।...तो उस पर बैठ जाने को मानो मुझे विवश हो जाना पड़ा।

वह उठकर भी झुकी ही रह गयी। आँखें वे ढलकी ही रह गयीं :

"सुनती हूँ, मुझे छोड़कर चले जा रहे हो!"

"सब से जुड़ने जा रहा हूँ, तो तुम्हें क्यों छोड़ जाऊँगा?"

"सबसे जुड़ने को आकाश भले ही हो आओ। मेरे पैरों तले की धरती तो छिन ही जाएगी। असीम आकाश तले मुझ ना-कुछ की क्या हस्ती; मुझे कौन याद रखेगा?"

"ना-कुछ हो जाओ, यश, तो सारा आकाश तुम्हारा होगा!"

"आकाश को बाँध सकूँ, इतनी बड़ी बाँहें मेरे पास कहाँ? उस सूनेपन में हाथ-पैर मारती, उसका बगूला भले ही हो रहूँ।"

"जिसे बाँधना चाहती हो, उसे क्या इतना असमर्थ मानती हो, कि तुम्हारी बाँहों को वह असीम न कर सके?"

"छोड़ो वह। नहीं चाहिए मुझे तुम्हारा आकाश! मैं धरती की हूँ, और वह तुम मुझसे छीन लो, यह नहीं होने दूँगी।"

"धरती की नहीं, स्वयं धरती हो तुम, देवी। तुम हो कि आकाश की सत्ता सम्भव है। तुम हो कि आकाश देखा जा सकता है, पाया और गहा जा सकता है। चाहो तो वह तुम्हारी अँगुली में बँध आने तक को विवश हो सकता है!"

"तुम्हारी यह कविता और तत्त्वज्ञान मेरे वश का नहीं। मेरी उँगलियाँ अन्तरिक्ष की नहीं बनीं, वे ठोस रक्त-माँस की हैं। और उन्हें ठोस रक्त-माँस की पकड़ चाहिए!"

"स्वयं कविता हो, कल्याणी! लेकिन कविता, बस होती है, वह अपने को समझती नहीं, पहचानती नहीं। पर मैं उस कविता की खोज में हूँ, जो अपना बोध आप ही पाए : अपने सौन्दर्य में आप ही रमण करे। उसे अपने भावक पर निर्भर न करना पड़े। यशोदा को मैं ऐसी ही कविता देख रहा हूँ। और तब वह निश्चय ही मेरी कविता है!"

वह झुककर जैसे अपने ही वक्ष में लीन होती-सी दीखी। उस चुप्पी की सरसी में मैं निमज्जित-सा हो रहा।

"...तुम्हारी जनम-जनम की दासी हूँ। तुम्हारे सिवाय त्रिलोक और त्रिलाक में मेरा पाणिग्रहण कोई और नहीं कर सकता!..."

"पाणिग्रहण करने के लिए ही तो मेरा जन्म हुआ है, यशोदा। सबका हाथ पकड़ने आया हूँ, तो क्या तुम्हारा नहीं पकड़ूँगा!"

"वह सब मैं नहीं समझती। पहले मेरा पाणिग्रहण करो, फिर जहाँ चाहो जाओ, चाहे जिसका हाथ पकड़ो, मुझे आपत्ति नहीं।...तुम्हारी हथेलियों के ये कमल मेरे हैं, तुम्हारे ये चरण-युगल चिर जन्म से इस दासी के हैं। अपनी खोयी निधि को पहचान लिया है और पा गयी हूँ, तो उसे मुझसे छीनने वाले तुम कौन होते हो!"

"वर्द्धमान दासियों को नापसन्द करता है। उसे दासी नहीं, स्वामिनी चाहिए। और स्वामिनी को अपने स्वामी पर इतना अविश्वास कैसे हो सकता है, कि उसे उस पर अलग से अधिकार का दावा करना पड़े!"

"स्वामी...तुम आ गये?...मेरे स्वामी!...कहो, मुझे छोड़कर नहीं जाओगे!"

"स्वामिनी पहले अपनी हो रहो, तो स्वामी तो तुम्हें तुम्हारा अपनी बाहों में

अनायास आबद्ध मिलेगा। ऐसा अन्तिम और अचूक, कि जिसके छोड़कर जाने का अन्देशा होता ही नहीं। इस बाहर खड़े स्वामी वर्द्धमान का भरोसा करोगी, तो संकट में पड़ सकती हो। इसका क्या भरोसा, यह कब छोड़ जाए...!''

''सच ही सुना है...बहुत निष्ठुर हो तुम!''

''सन्देह है तुम्हें अपने संयोगी पर, तो जानो कि वह तो तुम्हारा संयोगी है ही नहीं। तुम्हें सन्देह है कि वह अन्तिम रूप से तुम्हारा नहीं है, इसी से तो भय बना है तुम्हें कि वह छोड़ कर जा सकता है। ऐसे क्षणिक और सन्दिग्ध प्रीतम की माया में क्यों पड़ी हो?''

''तुम्हारी कसौटियों पर मुझे नहीं उतरना।...निर्दय कहीं के...!''

''मेरी दया पर जीना चाहती हो? तो सुनो, जो दयनीय और पराधीन है,...वह महावीर की प्रिया नहीं हो सकती!''

''नाथ...!''

वे बड़े-बड़े पलक-पक्ष्म उठकर सामने देख उठे, और उनसे आँसू गालों पर ढरक आये।

''अपना नाथ यदि सचमुच पाती हो मुझे, तो नाथूँगा ही तुम्हें। मेरी नथड़ी पहनने को, अपनी नाक तुम्हें मुझसे नथवानी होगी कि नहीं...?''

''नाथो मुझे, मेरे नाथ, और पहनाओ अपनी नथड़ी। तुम्हारे सिवाय मुझे सोहाग और कौन दे सकता है?''

''तब नाक ही नहीं, अपनी सारी इन्द्रियाँ मुझे सौंप देनी होंगी। जो नाक को नाथेगा, वह तुम्हारी हर साँस को नाथेगा। तुम्हारी प्राण-ग्रन्थि का अन्तिम रूप से भेदन करेगा। तब कोई भी तुम्हारी इन्द्रिय, मुक्त और स्वच्छन्द नहीं रह सकती।''

''सर्वस्व ले लो, और सदा-सदा को मेरे स्वामी हो जाओ...।''

''तो अब वही कर सकोगी, जो मैं कहूँगा। तुम्हारा कहना और करना सदा को समाप्त हो गया।''

''मैं ही समाप्त हो गयी इन चरणों में, तो कहना और करना मेरा अब कहाँ बचा?''

''तो तुम आज से मेरी सहधर्मचारिणी हुई। सो स्वधर्मचारिणी हुई। तो अपने स्वधर्म में रहो, और मुझे अपने स्वधर्म की राह पर जाने दो। तुम्हारा स्वामी, तुमसे अनुमति चाहता है।''

''अद्वैत का वचन दे कर, फिर द्वैत की भाषा बोल रहे हो?''

''स्थिति में अद्वैत, सत्ता में अद्वैत, स्वभाव में अद्वैत, किन्तु गति में, प्रगति में, परिणमन में, जीवन की लीला में, द्वैत अनिवार्य है, यशोदा। एकान्त अद्वैत, एकान्त द्वैत, दोनों ही मिथ्या हैं। एक बारगी ही अद्वैत भी, द्वैत भी, यही सत्ता का स्वभाव

है। यही जीवन है, यही जगत् है, यही मुक्ति है।''

''आदेश दो, यश प्रस्तुत है!''

''त्रिलोक और त्रिकाल की सारी आत्माएँ मुझे पुकार रही हैं। वे मेरे साथ एकात्मता पाने को विकल हैं। वे चिरकाल की अनाथिनी हैं, और मुझमें अपना नाथ खोज रही हैं। तो बोलो, उन्हें कैसे मुकर सकता हूँ?''

''पर प्रथम और अन्तिम रूप से सम्पूर्ण मेरे नाथ रहोगे तुम!''

''यही चाहती हो न? तो अनिवार्य है कि पहले स्वयंनाथ बनूँ, ताकि सर्वनाथ हो सकूँ। उसके बिना तुम्हारा सम्पूर्ण नाथ नहीं हो सकता। वह स्वभाव नहीं।''

''मेरी ओर देखो...! बोलो, क्या चाहते हो?''

''देख रहा हूँ, तुम्हारी ये आँसू-भरी आँखें! प्राणि-मात्र की पीड़ा, करुणा, विरह-वेदना इनमें झलक रही है। तुम्हारे इन सुन्दर भोले मृग-नयनों में, हत्यारों की स्वार्थी बलि-वेदियों पर होमे जाने को खड़े, कोटि-कोटि कातर क्रन्दन करते, निर्दोष मृग-शावक मुझे त्राण के लिए पुकार रहे हैं। तुम्हारी इन कजरारी आँखों की अभेद मोहरात्रि में भटकती जाने कितनी ही आत्माएँ, मुक्ति के लिए छटपटा रही हैं। देख रहा हूँ तुम्हारी चितवन की अन्तहीन दूरियों में : वहाँ अनन्त विरह की रात्रियाँ आर्त विलाप कर रही हैं।...क्या नहीं चाहोगी, कि तुम्हारी भीनी पलकों के इन करुण-विह्वल कूलों की सीमाएँ तोड़ जाऊँ? इनकी विरह-रात्रियों को भेदता हुआ, त्रिलोक और त्रिकाल के अनन्त चराचर जीवन का संगी और संत्राता हो जाऊँ। सर्व का रमण होकर, सर्व की चिर अतृप्त रमण-लालसा को, चरम-परम तृप्ति प्रदान कर सकूँ। मेरी अविकल रमणी होकर रहना चाहती हो, तो मुझे सकल का रमण होने दे कर ही, अपने शाश्वत रमण के रूप में उपलब्ध कर सकोगी।...बोलो, क्या कहती हो?''

''मेरे परम रमण, जैसे चाहो अपनी रमणी में, अबाध रमण करो...!''

...और वह यशोदा सहसा ही एक मुक्त, अतिक्रान्त चितवन से मेरी खुली छाती की ओर देख उठी :

''उफ...यह क्या? मेरे प्रभु, रक्त...! तुम्हारी छाती से यह कैसा रक्त उफन रहा है...?''

और वह आँखें मूँदकर, मूर्च्छित-सी हो, मेरे वक्ष पर लुढ़क आने को हुई। मैंने उसकी दोनों सुकुमार भुजाओं को अपने दोनों हाथों से पकड़, उसे अपनी जगह पर ही थाम दिया।

''मेरी छाती के इस रक्त से आँखें मूँदोगी? पलायन करोगी? नहीं, इसकी ओर से मूर्च्छित नहीं हुआ जा सकता, यश। इसे खुली आँखों देखना होगा, सहना होगा, इसका सामना करना होगा। हत्यारों की यज्ञ-वेदियों पर, आहुति बनने को खड़े करोड़ों मूक पशुओं और मानवों का यह निर्दोष रक्त है। इसे सहो, इसे अपने आँचल

में झेलो। यह तुम्हारे सर्वमातृक वक्ष में शरण खोज रहा है...!''

वह अपना आँचल खसका कर, उसे पोंछने को उद्यत हो आयी।

''नहीं, इसे पोंछो नहीं, इसे दबाओ नहीं। इसे अपनी बहत्तर हजार नाड़ियों में आत्मसात करो। इसे अपने आँचल के दूध में अभय और मुक्त करो। इससे अपने अणु-अणु को आप्लावित कर, जीव मात्र को अघात्य और अवध्य कर देना होगा!''

...और सहसा ही पाया कि उसका माथा मेरी छाती से उफनते उस रक्त पर ढलक आया है।

''लो, तुम्हारी माँग भर गयी, यशोदा! तुम्हारी लिलार पर सौभाग्य का तिलक उजल आया। मेरी सीमन्तिनी, अपने सीमन्त के कूल में चिरकाल की इस अनाथ रक्तधारा को सनाथ करोगी तुम!''

''मेरे भगवान, जन्म-जन्मान्तरों की तुम्हारी नियोगिनी दासी, कृतकृत्य हो गयी!''

''नियोगिनी होकर तो सदा वियोगिनी ही रही तुम। आज तुम योगिनी हुई। दासी मिट कर सदा को स्वामिनी हो गयी, अपनी, मेरी, और सबकी!''

डाल पर पूरे पक आये आम-सी, वह रस-सम्भार से आपूर्ण होकर, महावीर के चरणों में ढलक पड़ी। एक अभेद नीरवता में, जाने कितनी देर हम निर्वापित हो रहे।...सहसा ही मैंने अपने पैरों को आँसुओं के एक अगाध, असीम समुद्र पर चलते देखा।

''फिर कब दर्शन दोगे, देवता?''

''कलिंग के समुद्र-तोरण पर, ठीक मुहूर्त में, एक दिन तुम्हारा पाणिग्रहण करने आऊँगा। बहते पानियों की वेदी पर, तुम्हारा वरण करेगा महावीर... !''

''कलिंग की राजबाला उन समुद्रों पर आँखें बिछाये रहेगी।''

...प्रियंकर के उड्डीयमान अश्वारोही का अनुसरण करती दो आयत्त आँखें, पानी होकर तत्वलीन हो रहीं।

प्रति-संसार का उद्घाती प्रति-सूर्य

''रो रही हो, वैना?...तब तो मेरा जाना और भी जरूरी है। प्रकट है कि अब भी मेरी वियोगिनी ही हो, योगिनी नहीं हो सकी। अभी तक सुलभ हूँ न तुम्हें, इसी से स्व-लभ न हो सका। उसके लिए आवश्यक है कि सुलभ न रहूँ, बल्कि बाहर अलभ

तक हो जाऊँ।"

"जानती हूँ, जाओगे ही। मैं रोकने वाली होती कौन हूँ? मेरा तो कहीं कोई था ही नहीं। तुम ने कहा कि नहीं, तुम हो, और मैं अकेली नहीं हूँ।...क्यों मुझे इस माया में डाला? तुम्हारा दोष नहीं, भूल मुझी से हुई। तुम्हें पाकर अपनी अकिंचनता को भूल बैठी।...मैं चिर अनाथिनी, फिर वही हो गयी। मेरा भाग्य! तुम ठहरे सम्राट! मुझ दुःखिनी का तुम पर क्या दावा हो सकता है!"

"मेरा कहीं कोई है, या कोई नहीं है : ये दोनों ही भाव माया हैं, वैन।, मिथ्या हैं। आज यदि मेरा कहीं कोई है, तो कल उसे—कहीं कोई नहीं—होना ही है। कोई एक जब तक अपना रहेगा, और अन्य सब पराये रहेंगे, तो एक दिन यह अपना भी पराया होकर ही रहेगा। क्योंकि वह कोई एक बेचारा, जो स्वयं पूरा अपना नहीं, तो तुम्हारा कब तक बना रहेगा। स्वयं अपनी और आप हो जाओ, तो किसी एक की अपेक्षा न रहेगी, सब अपने हो जाएँगे। किसी एक की पर्याय विशेष तो विनाशीक है, उससे वियोग अनिवार्य है। अटूट संयोग केवल पर्यायी के साथ सम्भव है : जो अविनाशी है, अविकल एकमेव है। पर्याय विशेष के साथ वह सम्भव नहीं। मोह की इस मरीचिका में कब तक चला जा सकेगा! उसका अन्त यदि सामने आ गया है, तो खुश होना चाहिए कि नहीं?"

"मरीचिका यदि टूटी है तो इस बेसहारगी में, तुम जो एकमेव हो, वह भी आँख से ओझल हो जाओ, तो खड़ी कैसे रहूँगी मैं?"

"मैं जब नहीं था, तब किसके सहारे खड़ी थी? पल-पल संकट, अत्याचार, अरक्षा, मौत के बीच जो अचल पग अकेली चल रही थी, वह कौन थी?...उसे तुम भूल गयीं?"

"इसी आशा में तो चल रही थी, कि कभी कहीं तुम मिलोगे। तुम मिल गये : तुमने मुझे तार कर तट पर खींच लिया। तुम्हें देखते ही पहचान गयी कि तुम्हीं अन्तिम हो, मेरे स्वरूप की साक्षात् मूर्ति हो। तब तुम्हीं कहो, क्या वही अकेली, बेचारी, पीड़िता बनी रहती?"

"अन्तिम हूँ, और तुम्हारे स्व-रूप की मूर्ति हूँ, तो क्या इतना सीमित और अल्प हूँ, कि तुम्हारी आँख पर ही समाप्त हूँ? आँख से ओझल होकर जो खो जाय, सन्दिग्ध, अनिश्चित, वियुक्त हो जाय, क्या उसी को तुम अन्तिम, एकमेव और स्व-रूपी कहती हो? तुमने मेरे स्व का नहीं, पर का वरण किया। तुम मेरे योगी से नहीं, वियोगी से चिपटी रहीं। इसी से मेरे आँख से ओझल होने की बात आते ही, वियोगिनी हो उठी हो, और रो रही हो!..."

क्षण-भर एक खामोशी व्याप रही। फिर पूरी आँखें मेरी ओर उचका कर वह बोली :

"सच, कितने अच्छे हो तुम! कितने अपने। बोलते हो, कि आवरण उठते चले जाते हैं। आँखों से आगे का तुम्हारा स्वरूप, सचमुच देख रही हूँ सामने। नाथ, तुम्हीं मेरी आँखें बन जाओ न! तुम्हीं मेरा दर्शन, स्पर्शन, ज्ञानी हो जाओ। मेरी हर इन्द्रिय तुम्हीं बन जाओ। तो इन्द्रियों की यह सीमा और बाधा ही समाप्त हो जाय। बनोगे न?..."

"बन गया वैना, इसी से तो एकाएक ऐसी खिल आयी हो। वह एक क्षण पहले ही वैना अब कहाँ रही। जिस स्वरूप की झलक अभी पायी है, बस उसी में तन्मय रहो, फिर अन्तिम और अनन्त तुम्हारा हूँ, चाहे जहाँ रहूँ। रहूँ या न रहूँ की भाषा से परे, वही एकमेव मैं हूँ, तुम हो, नित्य, अविनाशी, संयुक्त!"

"जिस मुहूर्त में तुमने अपनाया था, उसी क्षण जान गयी थी कि कल्प-दर्पण सार्थक हो गया, समाप्त हो गया। काम, गरुड़, शिव तक भिन्न-भिन्न अवस्थाएँ और धाराएँ बनकर मुझमें संचरित थे। कभी यह होती थी, कभी वह होती थी। निरन्तर संक्रमण में चल रही थी। संक्रान्तिकाल था वह मेरा। तुमने उस दिन कहा था : "वैना, ये तीनों केवल आत्मा हैं : आत्मा के अतिरिक्त कहीं कुछ नहीं।" वहाँ तक पहुँचने को संक्रमण की एक पूरी अवधि पार करना थी। लगता है, वह आज पार हो गयी है, मैं अतिक्रान्त हो गयी—तुम्हारे भीतर, अपने अन्तरतम में—जहाँ केवल तुम हो मेरे, मैं हूँ तुम्हारी, और कोई नहीं...! देवता, अपरम्पार हो तुम!"

और मेरे एक पग को दोनों हथेलियों में कमलायित कर, मेरे पदनख पर उसने माथा ढाल दिया। और उसे चूम लिया।

"तो तुम स्वयं हुई, और मेरी संगिनी हुई। क्योंकि तुम असंगिनी हो गयी!...मैं आप्यायित हुआ।"

"अच्छा, हमें ये बताओ, कब, कहाँ जाओगे?"

"अभी और यहाँ, जहाँ तुम हो, मैं हूँ सदा। केवल मेरे जाने पर ही अब भी तुम्हारी निगाह लगी है! यह जो आया हूँ, अभी तुम्हारे पास संयुक्त, उसे नहीं देखोगी... ?"

"देख रही हूँ...वही तो देख रही हूँ। लेकिन प्यार करने के लिए, दुर्लभ रहोगे, तभी तो सम्पूर्ण स्व-लभ हो सकोगे। मैं मोक्ष में नहीं, जीवन की द्वैतिनी लीला में ही तुम्हें, अद्वैत भाव से अपने संग पाना चाहती हूँ। क्या यह सम्भव नहीं?"

"तथास्तु...! अनेकान्त में कुछ भी असम्भव नहीं।"

और वैनतेयी की आँसुओं से उमड़ती आँखों में मैंने अपने को तैरते देखा, जल-क्रीड़ा करते देखा।

"लो, ये कवि सोमेश्वर चले आ रहे हैं!..."

"अरे सोमेश्वर, कहाँ रहे इतने दिन? याद कर रहा था तुम्हें, कि लो, आ ही

गये तुम!''

''तुम जब तक याद न करो वर्द्धमान, तब तक तुम्हारे पास कौन आ सकता है! दिन-दिन दुर्लभ जो होते जा रहे हो।''

''तो ठीक हो रहा हूँ। यह जो सुलभता है न, यह मुझे सच्चे मिलन में बाधक दीखती है। यह हमें, परस्पर को पुरातन और व्यतीत ही मिला पाती है, नूतन और चिरन्तन नहीं मिलाती। सुलभ नहीं, स्व-लभ हम हो जाएँ परस्पर, तो मिलन में हमेशा एक तरुणाई और ताजगी रहे।''

''तुम जैसे रखोगे, वैसे ही तो हमें रहना है। तुम जो मुझे चाहो, वही होना चाहता हूँ। सो चुप और दूर रहता हूँ।''

''इसी से तो मेरे बहुत पास हो। परिसर में नहीं, अभ्यन्तर में हो। और सुनाओ, क्या खबर है? सुना, इधर कई दिन यात्रा पर रहे?''

''तुम कहीं टिकने जो नहीं दे रही। धक्के देते रहती हो, तो यात्रा अनिवार्य हो गयी। पहले दक्षिणावर्त के छोर तक गया। फिर पश्चिमी समुद्र के द्वीपों और पार्शव तक भी पहुँच गया। तब उत्तर-पश्चिम के राज्यों और गणतन्त्रों में हो लिया। गान्धार में आचार्य बहुलाश्व के दर्शन किये। फिर सिन्धु सौवीर से भृगुकच्छ होकर, उज्जयिनी, कौशाम्बी, श्रावस्ती, चम्पा, मगध होता हुआ, वैशाली पहुँचा था। कल ही तो लौटा हूँ।''

''तब तो बहुत खबरें लाए होगे। कोई खास खबर है, सोमेश्वर?''

''बड़े खिलाड़ी हो वर्द्धमान! खबरों का दरिया खुद बहाकर, कैसे बेखबर और भोले बने बैठे हो! भरत क्षेत्र से लेकर, हैमवत्, विदेह, हैरण्यवत्, ऐरावत तक, जम्बूद्वीप की आसमुद्र धरती में भूचाल उठाया है तुमने। लवणोदधि के पानी उबल रहे हैं, और जम्बूद्वीप के केन्द्रस्थ जम्बूवृक्ष की जड़ें हिल रही हैं।''

''अरे कविता ही करते चले जाओगे, सोम, कि कुछ कहोगे भी!''

''सन्थागार में उस दिन तुम बोले, तो आर्यावर्त के सोलहों महाराज्य बौखला उठे हैं। वैशाली की गण-परिषद विभाजित हो गयी है। वहाँ अन्तर-विग्रह प्रबलतर हो रहा है। तुम्हारे स्वपक्षियों और विपक्षियों में बराबरी की टक्कर है। वैशाली गृह-युद्ध के खतरे में है।''

''तो मेरी वैशाली-यात्रा सार्थक हो गयी। सच्चाई यह है, मित्र, कि हम सभी तो अपने भीतर विभाजित हैं। और वह विभाजन खुलकर सामने आ जाना जरूरी था। सृष्टि के कण-कण, जन-जन से लगाकर, जातियों और राष्ट्रों तक में सर्वत्र एक अन्तर्विग्रह सदा चल रहा है। वह फूट पड़ा है, तो बड़ा काम हो गया। लगता है विस्फोट बुनियाद में हुआ है, तो सम्पूर्ण संयुक्ति होकर रहेगी। और बताओ, अवन्ती और मगध क्या कहते हैं?''

"एक अजीब तमाशा हुआ है। सारे राजे-महाराजों पर यह आतंक छा गया है, कि गणतन्त्रों का यह बेटा, हमारे सारे राज्यों में बलवा करवा कर, तमाम आर्यावर्त में वैशाली का गणतन्त्री संघराज्य स्थापित करने का षड्यन्त्र रच रहा है। उधर गणतन्त्रों के दिलों में यह दहशत पैदा हो गयी है कि वर्द्धमान साम्राज्यवादी है, और वह बिम्बिसार को अपना हथियार बनाकर, अखंड भरतक्षेत्र में अपना एकराट् साम्राज्य स्थापित करना चाहता है!..."

मुझे जोरों की हँसी आ गयी। बोल पड़ा मैं, "बहुत अच्छा, बहुत अच्छा! बड़ा मनोरंजक है यह उदन्त सोम, सचमुच। ये बड़े-बड़े शस्त्र-सज्जित छत्रधारी, इनके अतुल शस्त्रास्त्रों से लैस लक्ष-लक्ष सैन्य, इनके फौलादी दुर्ग, और मैं अकेला निहत्था, नादान लड़का! और ये सब मुझसे भयभीत हैं? सचमुच अद्‌भुत है महासत्ता का यह खेल!"

"तुम्हारी महासत्ता को शायद, पहली बार इतिहास में ऐसा खिलाड़ी मिला है! चारों ओर यह स्वयं-सिद्ध देख आया हूँ कि इन तमाम शस्त्र-स्वामियों, इनके अपार शस्त्रों और सैन्य से तुम निहत्थे आदमी अधिक खतरनाक हो। क्योंकि शस्त्र-बल से चिर दमित और आतंकित पृथ्वी और प्रजाएँ, एक निहत्थे पुरुष-पुंगव को, तमाम शस्त्रधारियों के विरुद्ध अपने पक्ष में उठते देखकर, तुम्हारे पीछे खड़ी हो गयी हैं। तमाम दुनिया की सामूहिक शस्त्र-शक्ति को, अकेला चुनौती देने वाला व्यक्ति, आज तक तो पुराण-इतिहास में सुना नहीं गया।"

"अच्छा हुआ सोमेश्वर, तुमने समय पर सावधान कर दिया मुझे! इस मौलिक और संयुक्त शस्त्र-सत्ता का सामना करने के लिए मुझे भी तो कोई मौलिक और अमोघ अनस्त्र बल खोज निकालना होगा। सोचता हूँ मेरी निष्कवच और नग्न काया, उसके मुकाबले कम नहीं पड़ेगी। और सुनाओ, चंडप्रद्योत, उदयन, प्रसेनजित, श्रेणिकराज क्या कहते हैं?"

"चंडप्रद्योत तो सदा का उद्दंड है ही। समय से पूर्व ही वह क्षिप्रा के पानी पर अपना डंडा बजा रहा है। कहता है, "लिच्छवियों की वैशाली में कुलद्रोही जन्मा है। दूध के दाँत हैं अभी, और दहाड़ रहा है सिंह बनकर। मरने को मचल पड़ा है नादान लड़का!"...पर तुम्हारा भाई वह वत्सराज उदयन बड़ा रोचक और विचित्र युवक है। जबसे उसने यह उदन्त सुना है, वह अपनी मातंग-विमोहिनी वीणा बजाने में और भी गहराई से तल्लीन हो गया है, और सुन्दरियों के स्वप्न-लोक में पूरा खो गया है। कहता है, "ठीक कहता है वर्द्धमान—कितना ही लोहा बजाओ, लोहे पर टिका क्षणभंगुर हिंसक साम्राज्य एक दिन टूटेगा ही। सत्य और नित्य है केवल संगीत और सौन्दर्य का साम्राज्य। मेरे लिए वही काफी है।"...विचित्र है न यह उदयन, वर्द्धमान!"

"जानता हूँ सोम, उदयन विलक्षण है। उसकी वीणा के सप्तक पर मेरे स्वर बजेंगे। यह आज का उद्विलासी उदयन, कल का चिद्विलासी है। मुझसे अधिक यह कोई नहीं जानता। और श्रावस्ती क्या कहती है?"

"प्रसेनजित तो, जानते हो आयुष्यमान, कापुरुष है। पुरोहितों, वैद्यों और कुटनियों के भरोसे जीता है। जबसे तुम्हारा सन्देश उसने सुना है, चाटु और पेटू ब्राह्मणों के बहकावे में आकर राजसूय यज्ञ की तैयारी कर रहा है, ताकि सेंतमेंत में सारी पृथ्वी पर उसका साम्राज्य स्थापित हो जाए। सुरा और सुन्दरी में रात-दिन डूबा है, और वैशाली के सारे शत्रुओं को श्रावस्ती में स्कन्धावार रचने के लिए निमन्त्रण दे रहा है। अंगराज दधिवाहन भयभीत हैं कि तुम चम्पा के तहखानों की अतुल सुवर्णराशि रास्तों पर लाकर दरिद्रों को लुटा देना चाहते हो। मगर उनकी बेटी शीलचन्दना ऐसी भाविक भक्त है तुम्हारी कि, रो-रोकर वह सदा तुम्हें ही पुकारती रहती है।"

"चन्द्रभद्रा शीलचन्दन, तुम्हें ठीक महावीर की बहन की तरह तलवारों की छाया में चलना होगा। तैयार रहो। मैं तुम्हारे साथ हूँ।"

"और मगधेश्वर तो, वर्द्धमान, जबसे यह उदन्त सुना है, तुम्हारे गुण गाते नहीं अघाते। कहते हैं, "अध:पतित क्षत्रियों के बीच यह एक ही तो नरशार्दूल जन्मा है। सारे ही दैवज्ञ एक सिरे से भविष्यवाणी कर रहे हैं कि वह जन्मजात चक्रवर्ती है। गणतन्त्री होकर वह नहीं रह सकता, वह भारतों का राजराजेश्वर होकर रहेगा। मेरी प्रेम और सौन्दर्य-पूजा का मर्म केवल वही तो समझता है। वर्द्धमान मुझे साथ लेकर तमाम जम्बूद्वीप में एकराट् साम्राज्य स्थापित करना चाहता है।"...सो मित्र, जिस मगध सम्राट की आक्रामकता से वैशाली आतंकित है, उसे तो चुटकी बजाकर ही तुमने चाँप लिया। उधर कुटिल वर्षकार भी हर्ष से गद्गद हो उठा है। यह एक जगत-विख्यात तथ्य है कि वज्जिसंघ की एकता अटूट है; और जब तक लिच्छवियों में यह एका है, वैशाली अजेय है। तुम्हारे भाषण से वज्जियों में अन्तर्विग्रह जाग उठा है, और वर्षकार अब वैशाली को चुटकी बजाते ही जीत लेने की सोच रहा है। उसने चौगुने वेग से आक्रमण की तैयारी शुरू कर दी है। आर्यावर्त के सारे दबे हुए अन्तर्विग्रहों की आग को तुमने खुले चौराहों पर प्राज्वल्यमान कर दिया है। अब तक मन्त्र-दर्शन की बात केवल सुनता रहा हूँ, तुमने अपने शब्द की शक्ति से उसे सिद्ध कर दिया। तुम्हें पहचानना कठिन होता जा रहा है, आयुष्यमान्!...असम्भव हो तुम, इसी से अनन्त-सम्भव हो!"

"असम्भव की सीमा-रेखा, असम्भव पुरुष ही तोड़ सकता है! व्यक्ति में यदि सत्ता साक्षात् प्रतिभासित और परिभाषित हुई है, तो जानो सोमेश्वर, मैं और तुम से परे कोई तीसरी ताकत इस समय काम कर रही है। और तुम मुझे उसके देवदूत लग

रहे हो। कवि होकर, अव्यक्तों, असम्भव सम्भावनाओं, पारान्तरों और भविष्यों के द्रष्टा हो तुम!...और कहो, पश्चिमी सीमान्तों और उसके पार के देशों की भी कुछ खबर है?''

''वहीं तक की क्या पूछते हो! भरत-क्षेत्र से मनुष्य द्वारा अगम्य विदेह क्षेत्रों तक का उदन्त सुनो मुझसे। कहते हैं कि, विदेह क्षेत्रों के नित्य विद्यमान तीर्थंकरों की दिव्य-ध्वनियाँ प्रखर और प्रभंजन की तरह वेगी हो उठी हैं। उनमें सुनाई पड़ा है कि : ''अरे भव्यो, अपूर्व और अप्रतिम है भरत-क्षेत्र का यह कुमार तीर्थंकर महावीर! अनन्त कैवल्य ज्योति के नये पटल यह खट-खटा रहा है। आदिकाल से चले आ रहे जीवन, जगत् और समाज का ढाँचा इसने तोड़ दिया है। सहस्राब्दों के घिसे-पिटे वस्तुओं और व्यवस्थाओं के जड़ीभूत ढाँचों को उसने अपनी एक ही ललकार में ढहा दिया है। विश्व की तमाम तलवारें न कर सकीं, वह उसने अपनी एक ही ललकार में कर दिया है। उसने ज्ञाता और ज्ञेय में अन्तर्निहित एक नयी ही क्रिया-शक्ति का स्रोत खोल दिया है। शुद्ध और पूर्ण ज्ञान को, शुद्ध और पूर्ण क्रिया में परिणत कर, वह धर्म और कर्म की, लोक और लोकोत्तर की एक अपूर्व संयुति पृथ्वी पर सिद्ध करने आया है।''...अब तुम्हीं कहो वर्द्धमान, यहाँ के पूर्व-पश्चिम की क्या सुनाऊँ? फिर भी सुन लो। पश्चिमी गणतन्त्र तुम्हारे भीतर विश्व का प्रथम गण-सम्राट देख रहे हैं। गान्धार में तो प्रजाओं ने तुम्हें सर पर उठा लिया है। परशुपुरी का शासनुशास तुम्हारी मैत्री को उत्सुक हो उठा है; क्योंकि वह सोचने लगा है कि आर्यावर्त अब तुम्हारी मुट्ठी में है; और ऐसी संयुक्त शक्ति की मैत्री के बिना वह अपना अस्तित्व सम्भव नहीं देखता। आर्यावर्त में तुम्हारा स्वागत सबसे अधिक ब्रह्म-क्षत्रियों और संकरों ने किया है। शूद्र, कम्मकर और चांडाल अपना पीढ़ियों-पुरातन भय और दैन्य त्यागकर, रात-दिन तुम्हारी जयकारों से आकाश गुंजित कर रहे हैं। ऐसा लगता है कि जानी हुई ससागरा पृथ्वी के दिगन्त तुम्हारे इस शंखनाद से हिल उठे हैं। अनुभव कर रहा हूँ, कि तमाम सृष्टि में विप्लव की एक हिलोर दौड़ी है, और कुलाचल दोलायमान हुए हैं!...''

''और कुछ कहीं हुआ हो या नहीं सोम, पर तुम्हारी कविता में जरूर एक अतिक्रान्ति हुई है। और तुम्हारे जैसे पारदर्शी कवि की कविता असत्य नहीं हो सकती। उसमें यदि यह सब घटित हुआ है, तो कल पृथ्वी पर वह निश्चय रूपायमान होगा। मैं तुम्हारा कृतज्ञ हूँ।...''

''लेकिन वर्द्धमान, यह क्या सुन रहा हूँ कि तुम जा रहे हो? आखिर क्यों और कहाँ?''

''तुम्हीं तो कह रहे हो कवि, कि चारों ओर से मेरे लिए पुकार आ रही है। पुकार यदि मैंने सबमें पैदा की है, तो उत्तर देना होगा कि नहीं? तब इस महल की

चहारदीवारी में बन्द कैसे रह सकता हूँ। मेरी आवाज से तुम्हारे भीतर ऐसा विराट् स्वप्न जागा है, तो उसे सिद्ध करना होगा कि नहीं? कण-कण यदि मेरे शब्द से ज्वालागिरि हो उठा है, तो उसकी लपटों से बचकर, यहाँ बैठा रह सकता हूँ?''

''तो लोक के बीच आओ, लोक का त्याग करके, उसे पीठ देकर, अरण्यों के एकान्त में निर्वासित होकर, वह कैसे सम्भव है?''

''वर्तमान संसार को यदि मैंने तोड़ा है, तो एक नया और मौलिक प्रतिसंसार मुझे रचना होगा। वर्तमान के ह्रासोन्मुख काम-साम्राज्य को यदि मैंने छिन्न-भिन्न किया है, तो मौलिक सत्ता के स्वरूप पर आधारित एक अभीष्ट और ऊर्ध्वोन्मुख प्रति-साम्राज्य मुझे अपने भीतर से अवतीर्ण करना होगा।''

''तो क्या उसके लिए अपने ही किये इस सत्यानाश से पलायन करके अपने एकान्त में खो रहोगे?''

''पलायन नहीं, यह पुनरुत्थान की दिशा में महाप्रस्थान का प्रथम चरण है। लोक में जो भी आमूल अतिक्रान्ति करने आये, उन्हें एक बार तो लोक से निष्क्रान्त हो ही जाना पड़ा है। जो वर्तमान देश-काल को आमूल-चूल उलटकर बदल देने आये, उन्हें सदा एक बार तो लोक से बाहर खड़े हो ही जाना पड़ा!...

''—सोचता हूँ, इतिहास के विपथगामी दौर को जो उलट देने आया है, उसे इतिहास के चौराहे पर खुलकर खेलना होगा। धारा को जो मोड़ देने आया है, उसे उसके सम्मुख खड़े होकर, अपनी खुली छाती पर उसे प्रतिरोध देना होगा।...

''...ऐसा युद्ध सतह के मैदानों और चौराहों पर नहीं लड़ा जाता, सोमेश्वर। ऊपरी कड़ियों की जोड़-तोड़ से, मौलिक एकता पर आधारित रचना सम्भव नहीं। उससे केवल ऊपरी सदाचारों के पाखंड पनपते हैं। सुविधा, सुधार और समझौतों की स्वार्थी राजनीति का जन्म होता है। वह स्थिति को सुलझाने के बजाय, और अधिक उलझाती है। उसमें मौलिक धर्म-सत्ता का स्थान मानवों की कृत्रिम और स्वार्थी कर्म-सत्ता ले लेती है; वर्तमान का विपर्यय उसी का तो प्रतिफल है।...

''—सुनो सोम, धारा यदि विकृत हो गयी है, तो मानना होगा कि अपने प्रकृत उत्स से वह उच्छिन्न हो गयी है। उसे मैंने तोड़ा है, तो इसीलिए कि उसके अतल उत्स में उतर जाऊँ, और उसके प्रकृत प्रवाह को लोक में अनिर्वार प्रवाहित कर दूँ।''

''तुम्हारी बात को पूरी तरह समझ नहीं रहा वर्द्धमान, कुछ और स्पष्ट करो।''

''जगत् को जीते बिना, उसमें जी चाहा रूपान्तर नहीं लाया जा सकता। और जगत् को जीतने के लिए उसकी जड़ में जाना होगा। वृक्ष के फूल, फल, शाखा जब विपन्न और विकृत हो जाते हैं, तो माली उन पर सीधे औषधि प्रयोग नहीं करता, वह वृक्ष की जड़ का उपचार और संशोधन करता है। मूल को स्वस्थ किये बिना चूल के डाल, फूल, फल स्वस्थ और सम्पन्न नहीं हो सकते।''

"तो मूल का उपचार तुम कैसे करना चाहते हो?"

"उसके लिए पहले अपने ही मूल में जाना होगा। अपनी ही आत्म-शुद्धि और संशोधन करना होगा। अपने मूल में आत्मस्थ होना, निसर्गत: समग्र महासत्ता के मूल से जुड़ जाना है, उसमें स्वरूपस्थ और तदाकार होना है। तब अपने ही वैयक्तिक जीवन और सत्ता में आपोआप एक आमूल अतिक्रान्ति और रूपान्तर घटित होता है। फलत: व्यक्ति निरी व्यष्टि न रहकर, समष्टि का केन्द्रीय सुमेर-पुरुष हो जाता है। अपने आप में सुसंवादी और संयुक्त हो जाने पर, समग्र विश्व-सत्ता में वह स्वभावत: संयुक्ति और सुसंवादिता की एक परमाणविक विद्युत-शक्ति का संचार कर देता है। इसी से सर्व का रूपान्तर करने के लिए, पहले अपना सम्पूर्ण रूपान्तर कर लेना अनिवार्य होगा। सब को जो सही रूप में बदलने चला है, उसे पहले स्वयं सही अर्थ में बदल जाना होगा।"

"तो उसके लिए तो और भी आवश्यक होगा, कि लोक के बीचों-बीच खड़े रहकर, अपने आत्म-रूपान्तर की प्रक्रिया सम्पन्न करो। तभी तो उसका प्रभाव सर्वत्र पड़ सकेगा।..."

"मैंने कहा न सोमेश्वर, यह काम सतह पर रहकर नहीं, तह में खोकर ही सम्भव है। केन्द्रस्थ होने के लिए, बाहर की सारी जड़ीभूत हो गयी परिधियों को तोड़कर, उनसे निष्क्रान्त हो जाना पड़ेगा। यहाँ तक कि भीतर-बाहर शून्य हो जाना होगा। क्योंकि शून्य में ही केन्द्र का अवस्थान है। और वहीं से आपातिक नव्य-नूतन सृष्टि सम्भव है।"

"तो उसके लिए क्या गृह-त्याग अनिवार्य है? यहाँ रहकर भी तो अब तक तुम अपनी एकान्तिक अन्तर्यात्रा का जीवन बिताते रहे हो।"

"इस चहारदीवारी में रहकर अब आगे की यात्रा सम्भव नहीं, सोमेश्वर। विकास के इस मोड़ पर पहुँच कर, मैंने स्वयं ही तो इस चहारदीवारी को तोड़ दिया है; जहाँ खड़ा हूँ उसी धरती को तो मैंने ध्वस्त कर दिया है। बाहर के सारे आधार मैंने छिन्न-भिन्न कर दिये; अब यहाँ टिकाव सम्भव नहीं; अपने और सृष्टि के भीतर चले जाने के सिवाय और कोई विकल्प अब नहीं बचा।"

"वर्तमान व्यवस्था का भंजन तुमने किया है, वर्द्धमान, तो उसके सूत्रधार हो कर तुम्हें, अभी और यहाँ उसे नयी अवस्था और व्यवस्था प्रदान करनी होगी कि नहीं?"

"जिस व्यवस्था का मैं आमूल उच्छेदन चाहता हूँ, उसका अंग होकर मैं कैसे रह सकता हूँ! यह सारी व्यवस्था स्वार्थियों की सुविधा और उनके समझौतों पर टिकी हुई है। इसका अंग होकर रहूँगा, तो इसके स्थापित स्वार्थों, सुविधाओं और समझौतों को जाने-अनजाने अंगीकार करना अनिवार्य हो रहेगा। यहाँ का कुछ भी सत्य,

न्यायोचित और समवादी नहीं। इस व्यवस्था से प्राप्त जीवन-साधनों का उपयोग जब तक करता हूँ, इनका ऋणी और अधीन जब तक हूँ, तब तक चोर होकर ही रह सकता हूँ। चोरी और सीनाजोरी एक साथ कैसे चल सकती है! वैशाली और नन्द्यावर्त की बुनियाद में मैंने उस दिन सुरंग लगा दी, सोमेश्वर, तो इस सारी व्यवस्था की धरती में सुरंग लग गयी। घटस्फोट की प्रतीक्षा करो। सीधे भूमि के गर्भ में पहुँचकर मुझे उसके विकृत डिम्ब का विस्फोट करना होगा। तभी सत्य और सुन्दर का गर्भाधान सम्भव होगा, तभी भूमा का सर्वाभ्युदयी साम्राज्य भूमि पर प्रतिफलित हो सकेगा।''

''निवृत्ति में जाकर, प्रवृत्ति कैसे सम्भव है मान?''

''पूर्ण निवृत्ति और पूर्ण प्रवृत्ति दोनों एक ही बात है। प्रवृत्ति में निवृत्ति और निवृत्ति में प्रवृत्ति, यही परिपूर्ण जीवन का महामन्त्र है। जो भीतर से नितान्त निवृत्त है, वही बाहर की अनन्त प्रवृत्ति की परिपूर्ण और समीचीन संचालना कर सकता है। क्योंकि उसके भीतर महाशक्ति के सन्तुलन का काँटा सतत प्रक्रियाशील रहता है।...''

''नचिकेतस् और पार्श्व निवृत्ति की राह चल कर ब्रह्म-परिनिर्वाण पा गये; पर उनके उस ब्रह्मलाभ से जगत् को क्या प्राप्त हुआ, आयुष्यमान?''

''हर तीर्थंकर, योगीश्वर या युग-विधाता महापुरुष, एक विशेष द्रव्य, क्षेत्र, काल, भाव की तत्कालीन माँग पूरी करता है। नचिकेतस् और पार्श्व के जगत् में, मनुष्य की पुकार वैयक्तिक मुक्ति की खोज से आगे न जा सकी थी। उसे प्राप्त कर उन्होंने, अपने पीछे कैवल्य-ज्योति के चरण-चिह्नों से अंकित एक प्रशस्त आलोकपथ छोड़ा है। पर आज के युगन्धर के सामने समष्टि की इहलौकिक मांगलिक मुक्ति की चुनौती उठ खड़ी हुई है। मैं यहाँ इसीलिए हूँ कि वैयक्तिक मुक्ति के कैवल्य-सूर्य को केवल निर्वाण के तट में विलीन हो जाने को न छोड़ दूँ; उसे भू और द्यु के क्षितिज में उतारकर, लोक और काल के उदयाचल पर एक अपूर्व सर्वरूपान्तरकारी क्रिया-शक्ति के रूप में उद्योतमान करूँ। मैं निर्वाण को पादुका की तरह धारण कर, सिद्ध परमेष्ठी को लोक के संवादी पुनरावतरण के लिए, लोकालय की राहों और चौराहों पर लौटा लाना चाहता हूँ।...नचिकेतस् और पार्श्वनाथ से पूर्व, ऋषभदेव, राजर्षि भरत, जनक विदेह और याज्ञवल्क्य, निवृत्ति और प्रवृत्ति के समन्वय की पथ-रेखा हमारे बीच छोड़ गये हैं। वर्तमान का आगामी तीर्थंकर उसी पथ-रेखा को आगे ले जाने वाला पुरोधा और अपूर्व प्रतिसूर्य होगा।...''

''वर्द्धमान, तुम्हारी पहचान फिर हाथ से निकल गयी। तुम आँख से ओझल हुए जा रहे हो!...''

कहते-कहते सोमेश्वर मेरे एक हाथ की उद्‌बोधिनी मुद्रा को, अपने दोनों हाथों में पकड़कर, भीतर ही भीतर फूट पड़ा। उसकी मुंदी आँखों की बरौनियाँ भीनी हो आयीं।

और वैनतेयी की आँसू-धुली पारदर्श आँखें पूरी खुलकर, उस अगम्य दूरी में मेरा अनुसरण कर रही थीं, जहाँ वर्तमान के क्षितिज का तटान्त तोड़कर, मैं आगे बढ़ा जा रहा था।

"...वैना, अपने कवि को तुम्हारे हाथ सौंपे जा रहा हूँ। उसे ऐसा न लगे कि वह अकेला पीछे छूट गया है। दोनों संयुक्त और युगलित चलोगे, तो उसकी कविता भव्यतर और दिव्यतर होती हुई, महावीर में साकार होती चली जाएगी। वही तो तुम होगी वैनतेयी...!"

विप्लव-चक्र का धुरन्धर

"...एक वर्ष हो गया, वर्षीदान चल रहा है। हमारे सारे खजाने खाली हो गये, और क्या चाहते हो, बेटा?"

"खाली होकर खत्म हो गये? क्या भरते नहीं जा रहे, तात?"

"बेशक, खाली होकर फिर भरते ही जा रहे हैं। वर्द्धमान का यह प्रसाद तो उसके जन्मदिन से ही देख रहा हूँ, कुंडपुर में!"

"खाली कहकर ही आप चुप हो गये न, बापू? भरने की बात तो आपने मेरे पूछने पर कही। इसी से पूछना पड़ा?"

"हमारे खजाने तो खाली हो ही गये, बेटा। अब जो है, वह तो वर्द्धमान का प्रसाद है। चमत्कार के समक्ष तो चुप और चकित ही रहा जा सकता है न, उसे अपना कैसे कहूँ?"

"तो सुनें बापू, यह प्रसाद हर घर और हर आत्मा तक पहुँचा देना चाहता हूँ। ताकि जन-जन के भीतर-बाहर के खजाने अखूट हो जाएँ। यह चमत्कार नहीं बापू, चिन्मय का साक्षात्कार है। वस्तु सामने आ रही है, तो क्या आप उससे आँखें फेरेंगे? प्रत्यक्ष का भी प्रमाण चाहेंगे आप?"

"तुम जन्मे उसी दिन से हमारा तो कुछ रहा नहीं, लालू। यह सारा वैभव तुम्हारा है। इसके स्वामी तुम हो, हम नहीं। जो चाहो इसका कर सकते हो!"

"बहुत कुछ रह गया है, महाराज। और उसका स्वामी मैं नहीं। मेरे स्वामित्व में मेरा कुछ रह नहीं सकता। नन्द्यावर्त और वैशाली पर अभी भी आपके संगीन पहरे हैं। स्वामित्व मेरा होता तो अब तक..."

''बोलो, क्या चाहते हो, आयुष्यमान्!''

''मेरा वश चले, तो मैं नन्द्यावर्त और वैशाली को भी दान कर देना चाहता हूँ...इस वर्षीदान का समापन केवल यही हो सकता है!''

प्रियकारिणी त्रिशला के शयन-कक्ष की रत्न-विभा में हजारों आँखें खुलकर, स्तब्ध ताकती रह गयीं।

''किसे दान कर देना चाहते हो?''

''लोक को! जो समस्त लोक का है, वह उसी के पास लौट जाए। लोक स्वयं लोक का है, वस्तु स्वयं वस्तु की है। यहाँ कुछ भी किसी का नहीं। मेरा भी नहीं, आपका भी नहीं, अन्य किसी का नहीं। सब अपना-अपना है।''

''वैशाली को तो तुमने सत्यानाश के कगारे पर खड़ा कर ही दिया है। वह अब सिर्फ तुम्हारे आखिरी धक्के के इन्तजार में है। तब बेचारा नन्द्यावर्त कहाँ रहेगा?''

महारानी-माँ सामने के रत्नासन पर शिलीभूत, अपलक मुझे समूचा पी जाना चाहती थीं, कि चुप हो जाऊँ।

''यदि यह प्रतीति आप सब पा गये हैं, तो शुभ समाचार है, बापू! और वह अन्तिम धक्का देने के लिए, मुझे नन्द्यावर्त और वैशाली छोड़ जाना होगा!''

''तारो या मारो। इस समय सत्ता केवल तुम्हारी है। हम कोई नहीं रहे। जो चाहो कर सकते हो।''

''सत्ता मैं किसी की नहीं स्वीकारता। अपनी भी औरों पर नहीं। वह कण-कण और जन-जन की अपनी स्वतन्त्र है। वैशाली अब तक केवल नाम का गणतन्त्र है। दरअसल तो वह कुलतन्त्र है। अष्ट-कुलकों का राजतन्त्र है। मैं उसे एक विशुद्ध और पूर्ण गणतन्त्र के रूप में देखना चाहता हूँ। उस दिन सन्थागार में एक जनगण ने सीधी और साफ माँग की थी, कि वर्द्धमान वैशाली के लिए खतरनाक है, और उसे वैशाली में नहीं रहने दिया जा सकता। उसकी माँग पूरी करके, मैं वैशाली में शुद्ध गणतन्त्र का शिलारोपण कर जाना चाहता हूँ!''

''पर तुमने उत्तर में यह भी तो चुनौती दी थी कि वैशाली के बाहर खड़ा होकर, वर्द्धमान उनके लिए और भी खतरनाक हो सकता है?''

''बेशक हो सकता है, ताकि विश्व की तमाम शक्ति-लोलुप राजसत्ताओं के लिए वैशाली के द्वार निःशस्त्र और मुक्त हो जाएँ। ताकि वर्तमान की सारी पुंजीभूत शस्त्र-सत्ता एक साथ उस पर आक्रमण करने आए, और माँ वैशाली की गोद में आकर वह अनायास निःशस्त्र और शरणागत हो जाए...!''

''कहने में यह बहुत सुन्दर लगता है बेटा, पर करना क्या इतना आसान हो सकता है?''

''बापू, देखते तो हैं, कि वर्द्धमान ने बचपन से जो चाहा, चुपचाप करता ही

रहा है, कहा तो उसने कभी नहीं। आप सबने कहा कि बोलो, तो मैं पहली बार बोला भी वह, जो मैं किया चाहता हूँ, और जो अनिवार्य है।"

"चक्रवर्तित्व के चिह्न ललाट और पगतलियों पर लेकर जन्मे हो बेटा, तो अपने स्वप्न का वह चक्रवर्तित्व, लोक के बीच खड़े होकर, लोक में स्थापित करो। निर्जन कान्तारों में निर्वासित होकर वह कैसे सम्भव होगा?"

"मेरा चक्रवर्तित्व आपके मानचित्रों के लोक तक सीमित नहीं रह सकता महाराज! चक्रवर्ती मैं लोक-लोकान्तर, दिग-दिगन्तर, काल-कालान्तर का ही हो सकता हूँ। और दिक्काल का चक्रवर्ती दिगम्बर ही हो सकता है। और वह मैं हो जाना चाहता हूँ।"

"मान...!"

एक चिहुक के साथ, दोनों हाथों से मुँह ढाँपकर माँ पीठिका पर ढुलक रहीं। उनकी छाती में दबती सिसकियों को मैं सुन सका।

"...इस चोरी के राज्य का एक लत्ता भी जब तक मेरे तन पर है, अचौर्य का साम्राज्य स्थापित नहीं हो सकता। यह महल, यह वैशाली, ये सारे राज्य, वर्तमान का यह सारा लोक, चोरी के प्रपंच पर ही टिका हुआ है। चोरों की साठ-गाँठ से प्रतिफलित है यह सारा ऐश्वर्य। मेरे तन पर यह चोरी का महार्घ उत्तरीय पड़ा हुआ है। चोर निरावरण सत्य का सामना कैसे कर सकता है! नग्न होकर ही, नग्न सत्य के आमने-सामने खड़ा हुआ जा सकता है।"

"तुम्हारे अकेले के नग्न हो जाने से क्या होगा, बेटा?"

"आर-पार नग्न जब खड़ा हो जाऊँगा लोक में, तो उस दर्पण के सामने सबके छल-छद्म और अज्ञान के कपड़े आपोआप उतर जाएँगे, तात। उसके बाद जो कपड़े बच रहेंगे, वे चोरी के नहीं, असली और अपने होंगे। वे मानो आवश्यकतानुसार अपने ही भीतर से बुनकर, ऊपर आ रहेंगे। जैसे पराग पर पँखुड़ियाँ : बादाम की गिरी पर उसका रक्षक छिलका...।"

"यह तो भाव की बात हुई, तो निश्चय ही भाव की शुद्धता ऐसी रहे। स्थूल पदार्थ का राज्य और व्यापार तो अधिकार और आदान-प्रदान पर ही सदा से चलता आया है।"

"सदा से जो चलता आया है, वही सत्य और इष्ट हो, तो जगत् में इतने दुःख की सृष्टि किसलिए? भाव ही वस्तु का असली स्वभाव है। और वस्तु के स्वभाव को हम जानें, उसमें जिएँ, तो फिर जगत् में विभाव और अभाव का त्रास हो ही क्यों? वस्तु का स्वभाव-राज्य स्वतन्त्र आत्मदान से चलता है, अधिकार और सौदे के आदान-प्रदान से नहीं। वस्तु के मूल सत्य और उसके व्यवहार को एक हो जाना होगा। तभी लोक में जीवों के निर्वैर प्रेम का अहिंसक और सत्य राज्य स्थापित हो

सकता है।''

''श्रमण भगवन्तों ने तो व्यवहार को निश्चय की सीढ़ी कहा है, वर्द्धमान!''

''सत्य सीढ़ियाँ चढ़कर प्रकट नहीं होता, बापू। वह तो अन्तर्मुहूर्त मात्र में होने वाला साक्षात्कार है। वह एक आकस्मिक और अखंड विस्फोट है। ये सीढ़ियाँ, सुविधाजीवी स्वार्थियों का, अपने असत्य और जनाचार को धर्म की आड़ में छुपाकर अनर्गल चलाने का षड्यन्त्री आविष्कार है। तथाकथित व्यवहार-सम्यक्‌दर्शन की पक्की सड़क से चलकर, प्रवाही सत्य तक कैसे पहुँचा जा सकता है?''

''वर्द्धमान, क्या तुम नहीं मानते कि मनुष्य को यहाँ जो कुछ प्राप्त है, यह जो सुखी-दुःखी, धनी-निर्धन, ऊँच-नीच के भेद दिखाई पड़ते हैं, ये सब मानवों के पूर्वोपार्जित पुण्य-पाप के फल हैं? अरिहन्तों ने इस कर्म-विधान को ही लोक की परिचालना का परम नियम कहा है।''

''अरिहन्तों ने, जो होता है, जो यथार्थ है, केवल उसका कथन किया है। मैं कई बार कह चुका, कर्म-बन्ध एक नकारात्मक शक्ति है, वह विधायक विधान नहीं। वह केवल तथ्य की अराजकता है, सत्य की व्यवस्था नहीं। सत्य की व्यवस्था, समवादी और संवादी ही हो सकती है। तथ्य के वैषम्य को अपने आत्म-संकल्प से छिन्न-भिन्न करके, हमें सत्य की समता-मूलक व्यवस्था स्थापित करनी है। जिनेश्वरों ने कर्म को काटने को कहा है, पूजने को नहीं। पुण्य और पाप दोनों ही मूलतः कषाय हैं। वे दोनों ही बन्धक हैं, मुक्तिदायक नहीं। नकारात्मक कर्मास्रव से यदि लोक में वैषम्य, वर्ग और भेद की सृष्टि हुई है, तो वह धर्म्य कह कर पाथे चढ़ाने योग्य नहीं, मिटाने योग्य है। पुण्योदय यदि किसी से हुआ है, तो वह अकेले भोगने के लिए नहीं, सबमें बाँट देने के लिए है। उस तरह पुण्य बन्धक कषाय न रहकर, मुक्तिदायक स्वभाव हो जाता है। जो यहाँ पुण्य को अपना न्यायोचित उपार्जन समझकर, उसे अपने ठेके की वस्तु बनाते हैं, और उसे गौरवपूर्वक अकेले भोगकर, अपने अहं और स्वार्थ को पोषते हैं, वे अपने और अन्यों के लिए, पाप का नया और चक्रवृद्धि नरक ही रचते हैं। यहाँ अधिकांश में पुण्य को मैंने पाप में प्रतिफलित होते ही देखा है। तथाकथित पुण्यवानों को लोक के सबसे बड़े पापी होते देखा है। पुण्य आखिर तो कषाय की ही सन्तान है, उसे पाला और पूजा कैसे जा सकता है, उसे तो संहारा ही जा सकता है। व्यवहार-सम्यक्‌दर्शन का मुखौटा पहन कर, पुण्य यहाँ शोषण का एक अमोघ, सुन्दर और वैध हथियार बना है। वह पूजा-प्रतिष्ठा के सिंहासन पर बैठ गया है।...सदियों से धर्म की आड़ में चल रहे पुण्य के इस षड्यन्त्र का मैं भंडाफोड़ कर देना चाहता हूँ। पुण्य के इस हिरण्मय घट का विस्फोट करके मैं उसमें छुपे कषाय के हिरण्यकश्यपु का सदा के लिए वध कर देना चाहता हूँ। ताकि सत्य प्रकट हो, और लोक में सर्व का समत्व-मूलक अभ्युदय हो।''

"यह तो कुछ अपूर्व सुन रहा हूँ, आयुष्यमान्।"

"सत्य सदा अपूर्व ही होता है, बापू। सत्ता अनैकान्तिक और अनन्त है, सो वह अपने हर नये प्रकटीकरण में अपूर्व ही हो सकती है। अब तक का हर तीर्थंकर, पिछले से अपूर्व हुआ, तो अगला भी अपूर्व होगा ही।"

"अरिहन्तों का तो यही दर्शन सुनता आया हूँ, आयुष्यमान्, कि तत्वतः यहाँ कोई व्यक्ति अन्य व्यक्ति का, कोई पदार्थ अन्य पदार्थ का उपकारक नहीं हो सकता। अनन्त वस्तु और अनन्त व्यक्ति हैं, यहाँ, और सबका अपना स्वतन्त्र परिणमन है। सब अपने स्वभाव में रममाण और क्रियमाण हैं, पर में कोई क्रिया या परोपकार तत्त्वतः ही सम्भव नहीं। स्व-पर के भेद-विज्ञान को क्या तुम मिथ्या मानते हो? जिसे जिनेश्वरों ने त्रिकाल असम्भव कहा, उसे सम्भव कहना और बनाने की बात करना, क्या मिथ्या-दर्शन ही नहीं होगा?"

"त्रिकाल-ज्ञानी तीर्थंकर, 'त्रिकाल असम्भव' जैसी पक्की और अन्तिम भाषा बोल ही कैसे सकता है? अनन्त ज्ञानी कभी अन्तिम शब्द नहीं कहता। सत्ता जब स्वभाव से ही अनैकान्तिक और अनन्त है, तो उसके विषय में अन्तिम शब्द कैसे कहा जा सकता है। कथन मात्र सापेक्ष ही हो सकता है, निरपेक्ष और अन्तिम होकर तो वह सत्याभास हो ही जाता है। महासत्ता अद्वैत है, अवान्तर सत्ता द्वैत है। अद्वैत और द्वैत दोनों अपनी जगह सत्य हैं। उनकी पारस्परिक लीला का रहस्य इतना गहन, अभेद्य और अकथ्य है, कि कथन द्वारा उसका अन्तिम निर्णय मात्र मिथ्या-दर्शन ही हो सकता है।"

"तब तो तीर्थंकरों का सारा भाषाबद्ध तत्त्वज्ञान तुम्हारे लेखे मिथ्यादर्शन है?"

"कोई भी दो टूक भाषा में बद्ध तत्वज्ञान, एक हद के बाद मिथ्या-दर्शन हो ही जाता है। अरिहन्तों ने सप्तभंगी नय से ही पदार्थ के कथन को सत्य-विहित माना है। और अन्ततः उन्होंने सातवें भंग में पदार्थ को अनिर्वच कह ही दिया। यानी कि तत्व अन्ततः कथनातीत है। वस्तु अन्ततः वचनातीत है। उसे कथन से परे केवल अनुभव किया जा सकता है, जिया जा सकता है। मैं सत्य को केवल जीना चाहता हूँ। उसकी अनैकान्तिक और बहुआयामी प्रभा को अपने व्यक्तित्व और आचरण में प्रकाशित किया चाहता हूँ। तब उसका जो यथार्थ स्वरूप है, वह आपो-आप प्रकट हो ही जाएगा। मैं कथन द्वारा उसके निर्णय के झमेले में क्यों पड़ूँ! कथन को लेकर जो चले, वे सब वादी हुए और सब वादियों में प्रतिवादियों की एक पूरी शृंखला खड़ी कर दी गयी। उससे सम्यक्-दर्शन नहीं, मिथ्या-दर्शन ही प्रतिफलित हुआ। उससे कल्याण नहीं, अकल्याण का ही विस्फोट हुआ। धर्म और सत्य के नाम पर, उससे अधर्म्य और असत्य भेदों और सम्प्रदायों की सृष्टि हुई। तीर्थंकर वादी नहीं, सृष्टि और मुक्ति के मौन संवादी और स्रष्टा होते हैं। इसी से उनकी वाणी निरक्षरी और

अनाहत दिव्य-ध्वनि होती है; वह शाब्दिक विधान और उपदेश नहीं होता। वे कुछ कहते नहीं, करते नहीं, अपनी कैवल्य-ज्योति के विस्फोट से, सृष्टि में कैवल प्रतिफलित होते चले जाते हैं। वे मूर्तिमान सत्य और कल्याण होते हैं। उनकी कैवल्य-क्रान्ति एक अनहदनाद द्वारा, सृष्टि में चुपचाप व्यापती और व्यक्त होती चली जाती है।''

''अद्‌भुत और अपूर्व प्रतीतिकारक है तुम्हारी वाणी, बेटा। प्रकट में वह अर्हतों के परम्परागत धर्म-दर्शन की विरोधिनी लग सकती है। पर यथार्थ में वह उसकी विरोधिनी नहीं, संवादिनी और समावेशिनी है। जो शास्त्र और वाङ्मय सूत्रबद्ध होकर जड़ हो गया है, उसे तुम अपने उद्‌बोधन से मुक्त और जीवन्त किये दे रहे हो। बोलते हो तो जैसे आपोआप परदे उठते चले जाते हैं, और प्रवाही सत्ता भीतरी चेतना में बहती चली आती है, उत्तरोत्तर अपने अनन्त रूप में प्रकाशित होती चली जाती है।''

...और मैंने देखा कि माँ निश्चल, स्तम्भित, मुग्ध, एकटक मुझे निहार रही हैं। और उनके अश्रु-धौत मुखमंडल पर एक अपूर्व सौन्दर्य और शान्ति की आभा झलमला उठी है।

''एक बात पूछूँ बेटा, तुम जो नयी व्यवस्था स्थापित करना चाहते हो, उसे कौन लाए, कौन उसका विधान करे? तुम तो आरण्यक होकर, अपनी आत्मा के एकान्त में निर्वासित हो जाना चाहते हो!''

''मेरी व्यवस्था धर्म की है, वह वस्तु-धर्म पर आधारित है। वस्तु-धर्म तो अपनी जगह नित्य विद्यमान है। तो लोक में उसकी व्यवस्था को बाहर से स्थापित नहीं किया जा सकता। यह जो ज्ञाता-द्रष्टा मनुष्य है न, वह अपने आत्म-धर्म को जाने, उसमें स्थित हो, आसपास के व्यक्तियों और वस्तुओं के साथ स्वाभाविक और सत्य सम्बन्ध में जिये, तो वह व्यवस्था आपोआप मानव-इकाई में से प्रकट होकर, सर्वत्र प्रसारित होती चली जाएगी। बाहर के कृत्रिम शासन-विधान, नियम-कानून, सेना और कोट्टपालिका के बल पर जो भी व्यवस्थाएँ रची जाती हैं, उनमें व्यक्तियों के न्यस्त स्वार्थ और कषाय अनजाने ही बद्धमूल होते हैं, सो वैसी व्यवस्थाएँ अपने आप में विकृति और विभाव के बीज छुपाये रहती हैं। फलत: कालान्तर में वे विकृत और अधर्मी होकर नष्ट हो जाती हैं। प्रश्न यह संगत है कि कौन वह मौलिक धर्म की व्यवस्था लाए?...वही जो स्वयं धर्म-स्वरूप हो जाए, जो धर्म का स्रोत हो जाए। तब वैसी व्यवस्था, वैसे एक व्यक्ति की चेतना में से नदी की तरह प्रवाहित होकर, समस्त लोक-जीवन में व्याप जाती है। उसमें भिदकर, सिंचकर, उसके स्वाभाविक धर्म को लोक के कर्म, सम्बन्ध और व्यापारों में प्रफुल्लित कर देती है।''

''तो कहना चाहते हो कि, तुम अपनी एकान्त आरण्यक साधना में लीन हो रहोगे, और यहाँ धर्म अपने आप फलीभूत हो जाएगा?''

"एकान्त शब्द से किसी भ्रान्ति में न पड़ें, बापू। एकान्त में जाना चाहता हूँ, अपने अनैकान्तिक स्वरूप में स्थित होकर, उससे प्रकाशित हो उठने के लिए। एकाकी हो रहना चाहता हूँ, एकमेव हो जाने के लिए, ताकि स्वत: सर्वमेव हो जाऊँ।...फिर, तीर्थंकर की साधना केवल अपनी निजी, आत्मिक मुक्ति पर तो समाप्त नहीं होती, वह सर्व की मुक्ति का मार्ग बनकर लोक में प्रकाशित होती है। हर तीर्थंकर सदा एक बार तो अपनी आत्म-प्राप्ति के लिए अवश्य, अरण्य की तपोभूमि में निर्वासित हो गया, पर सिद्धि पाने पर उसकी सर्व-व्याप्ति के लिए लोक में लौट आया। लोक में उसका समवसरण रचा गया, जहाँ सर्व को समत्व, समाधान और शरण प्राप्त हुई। और परम वीतरागी होते हुए भी, अन्तिम साँस तक उसके श्रीमुख से सकल चराचर का सम्पूर्ण कल्याण करनेवाली दिव्य-ध्वनि प्रवाहित होती रही। इसी को मैं ज्ञानालोकित व्यष्टि में से, समष्टि में धर्म के प्रवाहन, प्रसार और प्रस्थापना की मौलिक प्रक्रिया मानता हूँ!"

"तो तुम अपने वैयक्तिक निर्वाण में खो नहीं जाओगे, सर्व के परित्राण के लिए लौटकर लोक में आओगे...?"

"वह नियति और अस्मिता तो मैं लेकर जन्मा हूँ, तात। मैं कौन होता हूँ, जो अपने निर्णय से, उससे बच सकूँ। महासत्ता ने मेरी आन्तरिक संरचना में ही, इस अनिवार्य सम्भावना को नियोजित कर दिया है। मेरे व्यक्तित्व को पहले स्वयं साधना की तपाग्नि से, सम्पूर्ण शुद्ध और सर्व का आरपार दर्पण हो जाना पड़ेगा। सत्ता और अनैकान्तिकता, मेरे व्यक्तित्व में जाज्वल्यमान और मूर्तिमान होंगी। जब मैं भीतर-बाहर सम्पूर्ण निरावरण हो जाऊँगा, तो सत्य स्वयमेव ही यहाँ अनावरित हो उठेगा। तब आपोआप ही, नित-नव्य सत्य का सूर्य लोक में संचरण करने लगेगा। भगवान मानव होकर पृथ्वी पर चलेंगे : मानव भगवान होकर अन्तरिक्षों में विहार करेगा। भगवत्ता मानवता का वरण करेगी, और मानवता भगवत्ता को यहाँ साकार करके उसे धन्य और कृतार्थ करेगी।...तब कण-कण में एक ऐसी क्रान्ति और अतिक्रान्ति चुपचाप प्रज्वलित हो उठेगी, जो समकालीन संसार में, एक तत्कालीन अभीष्ट परिवर्तन घटित करेगी; पर समस्त विश्व में स्वाभाविक वस्तु-धर्म के व्यक्तिकरण, और निखिल के आमूल रूपान्तर को घटित होने में, सहस्राब्दियाँ लग सकती हैं। आने वाले युगों में जो भी क्रान्तिकारी योगी, तीर्थंकर, अवतार आएँगे, वे प्रकट में अधूरे और परस्पर-पूरक के बजाय भले ही विरोधी दीखें, पर मूलत: और वस्तुत: वे इसी एकमेव वैश्विक अतिक्रान्ति और रूपान्तर के संवाहक और सहयोगी होंगे। एक ही महाविक्रिया की वे विविधमुखी प्रक्रियाएँ होंगी।...एक ही श्रृंखला की कड़ियाँ...!"

"साधु साधु बेटा, बहुत मौलिक और नयी बात कही तुमने। परम्परागत श्रमणों और शास्त्रों से तो ऐसा समूल समाधान नहीं मिलता। कोई अर्हत् और प्रगत शास्ता

ही ऐसी बात कह सकता है।''

''छोड़िए उस अर्हत् शास्ता को अपने रास्ते पर। मैं तो केवल आपका, वैशाली का, और इक्ष्वाकुओं का एक योग्य बेटा भर होना चाहता हूँ। बोलो बापू, अपने बच्चे से और क्या चाहते हो... ?''

...सुनकर एकाएक माँ खिल कर तरल हो आयीं। बोलीं, ''बच्चा इन्हीं का नहीं, मेरा भी तो है। और मैं चाहती हूँ कि वह अब चलकर हमारे साथ भोजन करे। बहुत अबेर हो गयी लालू! मेरा पयस् तेरी प्रतीक्षा में है।''

''भोजन तो, माँ, तुम्हारे आशीर्वाद से, मेरे भीतर सदा होता ही रहता है। तुम्हारे पयोधर से एक बार पिया पयस् क्या चुक सकता है? वह तो मेरे अणु-अणु को निरन्तर आप्लावित किये है। आज और कोई नया पयस् पिलाओगी क्या? तो प्रस्तुत है, तुम्हारा बेटा!''

सुनकर माँ का सारा चेहरा तरल और कातर हो आया।...बरसों बाद आज दोपहर माँ और पिता के साथ भोजन किया। बहुत मौलिक और शाश्वत लगा आज के इस प्रसाद का स्वाद। माँ के आनन्द का पार नहीं है। उदास तो वे किंचित् भी नहीं लगीं। बल्कि आज जैसा उत्फुल्लित उन्हें शायद ही पहले कभी देखा हो।...

पूर्ण संवादिता की खोज में

माँ और पिता मुझे समझा रहे हैं। यह कम बात नहीं। बात करता हूँ, तो उनकी चेतना में एक गहरा समाधान व्याप जाता है। पर उनके मन-प्राण मोह से कातर और विह्वल है। आसन्न बिछोह की कल्पना से वे भीतर थर्रा उठे हैं। वे अच्छी तरह जान गये हैं, कि अब मैं यहाँ रुक नहीं सकता। किसी भी क्षण जा सकता हूँ। उनकी आँखों में एक ही चित्र भटके दे रहा है।...एक दिन अचानक ऐसा होगा कि मैं नन्द्यावर्त की सीढ़ियाँ उतर जाऊँगा। सदा के लिए इस राजद्वार को पार कर जाऊँगा। फिर कभी इस जीवन में लौटकर, इस महल में नहीं आऊँगा।...सूना हो जाएगा सदा को यह मेरा कक्ष! मेरी अनुपस्थिति का सूनापन, इस महल के एक-एक खंड, उद्यान, झाड़-गाँछ, सरोवर, पत्ती-पत्ती, कण-कण में व्याप जाएगा। अपने पीछे के इस बिछोह के क्षत और उदासी का ख्याल मुझे भी कभी-कभी आता है। पर मेरी अविछोही, अखंड चेतना में वह ठहर नहीं पाता : धारा में बहकर जाने कहाँ खो जाता है। लेकिन परिजनों की विरह-व्यथा को पूरी तीव्रता से अनुभव करता हूँ, और उनके तद्रूप

होकर, कभी-कभी हिल उठता हूँ। अपनी तो कोई व्यथा मुझे नहीं व्यापती, पर स्वजनों की व्यथा से बच नहीं पाता हूँ।

...तिस पर समाचार आया है कि वैशाली में गृह-युद्ध फूट पड़ने की सम्भावना है। देवी आम्रपाली ने अपने सप्त-भूमिक प्रासाद के द्वार बन्द कर लिये हैं। सारी नगरी अवसन्न, उद्वेलित और संकटापन्न है। मुझसे गण-परिषद् को कोई आशा नहीं, क्योंकि मेरा मार्ग अपनाने का साहस उनमें नहीं। फिर, पार्षदों में भी परस्पर तीव्र मतभेद की खाई खुल पड़ी है। एक ओर मेरे अभिनिष्क्रिमण के सदमे से माँ और पिता काँपे हुए हैं। दूसरी ओर उनके अस्तित्व के आधारों पर ही सत्यानाश का काल भैरव मँडरा रहा है। घर के बेटे ने ही घर को तोड़-फोड़ दिया : और अब वह उन्हें छोड़कर चला भी जाना चाहता है। विचित्र है उनकी स्थिति। इस अनहोने बेटे पर गर्व करें, या उसके सामने खड़े हो बुक्का फाड़ कर रोयें, और उससे अपने लुटते अस्तित्व के त्राण की भीख माँगें : क्या करें वे? उनके असमंजस का अन्त नहीं। पर मेरे मन में तो कोई असमंजस नहीं।...क्योंकि मैं कोई नहीं, मेरा कोई विधान नहीं। अन्तिम विधान महासत्ता का है, जिसने महावीर को इस रूप में यहाँ घटित किया है। जाने वाला मैं कौन होता हूँ? मैं निरा व्यक्ति नहीं : उस परम सत्य से चालित एक निर्बन्ध शक्ति मात्र हूँ। परिचालना उसी की है, मेरी नहीं।...

आज अपराह्न अचानक माँ और पिता मेरे कक्ष में आये। विनयाचार के बाद हम यथास्थान बैठे। शब्द बहुत देर तक सम्भव न हो सका। तनाव के त्रिकोण में, एक विस्फोटक सन्नाटा घुटता रहा।...

''वर्द्धमान, प्रलय की इस घड़ी में तुम्हीं पहल करो। जाओ वैशाली और उसके सिंहतोरण में खड़े होकर, अपने सत्य के बम-गोले का विस्फोट कर दो। इस घुटन में अब एक पल भी हम जी नहीं सकते। जाने से पहले तुम्हीं अपने जगाये ज्वालागिरि का दो टूक फैसला कर जाओ। या तो हमें मार जाओ, या तार जाओ। हमें फाँसी के फन्दे में दम घोंटते छोड़कर, तुम जा नहीं सकते।''

''शान्त हो तात, जाना-आना तो देश-काल की एक माया मात्र है। मैं तो सदा सबके साथ हूँ, तो आपके साथ भी हूँ ही। स्पष्ट कहें, क्या चाहते हैं आप मुझसे?''

''वैशाली के सिंहपौर पर खड़े होकर घोषणा कर दो, कि तुम वैशाली के राजपुत्र वर्द्धमान, वैशाली को लोक के प्रति दान करते हो। तुम्हारी चाह पूरी हो। फिर उसका फल भोगने को हम यहाँ हैं ही। तब तुम निर्द्वन्द्व जा सकते हो!''

वृद्ध पिता की घुमड़ती आवाज में गहरा रोष था, अभियोग था, और आर्तनाद था। सहसा मैं कुछ बोल न सका : एकटक सम्यक् दृष्टि से मैं उन्हें आरपार देखता रह गया।

''बापू, मेरा जो भी कर्तव्य होगा, वह मुझसे पूरा होगा ही। आप निश्चिन्त रहें।

वैशाली मुझसे बाहर कहीं नहीं। वह मुझमें, और मैं उसमें ओत-प्रोत हैं। उसका विनाश या उत्थान, दोनों मेरी साँसों पर होगा। मुझसे बाहर कोई वैशाली है, तो उसे दान करने का दम्भ कैसे कर सकता हूँ! हर वस्तु अपना दान स्वयं ही कर सकती है, दूसरे का उस पर वैसा कोई अधिकार नहीं। उस दिन सन्थागार के द्वार पर मैंने मंगल-पुष्करिणी के जल को मुक्त करके जो जनगण का अभिषेक कर दिया, और फिर उसके मंच से जो मैं बोला, उसके बाद मैंने देखा कि वैशाली ने स्वयं ही अपना आत्मदान जगत् के प्रति कर दिया। अब जो वहाँ हो रहा है, वह उस दान की लोक-व्याप्ति की एक अनिवार्य प्रक्रिया है। इस आत्मदान में से वैशाली का और आपका कल्याण ही प्रतिफलित होगा, इसमें मुझे रंच भी सन्देह नहीं है। इस प्रक्रिया को आप केवल धैर्यपूर्वक देखें : और विश्वास रखें कि इस विप्लव-चक्र की वल्गा वर्द्धमान के हाथ में है। वह यहाँ रहे, या विजन कान्तार में रहे, इस चक्र की धुरी पर वह बैठा है, यह आस्था अपने मन में अटूट रखें। क्या आपको अपने बेटे की सच्चाई पर विश्वास नहीं... ?''

''अविश्वास तुम पर करूँ बेटा, तो अपनी आत्मा को ही खो बैठूँगा। जब तुम बोलते हो, तो आश्वासन की समाधि-सी अनुभव होती है। पर तुम्हारी चेतना के शिखर पर, सदा तुम्हारे साथ खड़े रह सकने की सामर्थ्य तो हमारी नहीं। सुनूँ, क्या है हमारे परित्राण का वह उपाय, जो तुम्हारे मन में चल रहा है।''

''परित्राण केवल मेरा या आपका नहीं, सर्व का एक साथ ही हो सकता है। उसकी मार्ग-रेखा इस सामने के सूर्य की तरह मेरे हृदय में स्पष्ट है। मुझे अपना ही निःशेष आत्मदान कर देना होगा। अपना सम्पूर्ण आत्मोत्सर्ग करेगा वर्द्धमान! इसके लिए उसे कायोत्सर्ग में चले जाना होगा। देख तो रहे हैं आप, लोक में चारों ओर अनर्गल इच्छा-वासनाओं के हवन-कुंड धधक रहे हैं। स्वार्थी सवर्णी ब्राह्मण-क्षत्रिय-वैश्य एक जुट होकर, अपनी लालसाओं और स्वार्थों की पूर्ति के लिए, लाखों पशुओं और निर्बल मानवों की, अपने पाखंडी यज्ञ-कुंडों में आहुतियाँ दे रहे हैं। फिर भी देखता हूँ, उनकी इच्छाओं का अन्त नहीं। उनकी वासनाएँ तृप्त नहीं हो पा रहीं। उनकी निःशेष वासनाओं की चरम तृप्ति के लिए, वर्द्धमान स्वयं सर्वकामपूरन यज्ञ करेगा। वह स्वयं ही होगा उसका एकमात्र अग्निहोत्री। उसका स्वयं का जीवन बनेगा उसका हवन-कुंड, और स्वयं वर्द्धमान उसका होता होकर, उसमें अपनी निःशेष आत्माहुति देगा। इन लाखों निर्बल, निर्दोष प्राणियों और अज्ञानी मानवों का हत्याकांड और शोषण जब तक लोक में चलेगा, तब तक किसी का भी त्राण सम्भव नहीं। अपनी आत्माहुति द्वारा, मैं अनादिकाल से सन्तप्त, परस्पर एक-दूसरे की हत्या में रत जीव मात्र को उद्‌बुद्ध करूँगा! उसी परम यज्ञ का याज्ञिक बनाकर महासत्ता ने मुझे यहाँ भेजा है। और यह मेरी अपनी निःशेष आत्माहुति चाहता है। ऐसी कि तपाग्नि

में तप-तपकर, गल-गल कर, भस्मसात होकर, इस सृष्टि के कण-कण के साथ आत्मसात् हो जाऊँ। केवल मैं रह जाऊँ या वह रह जाए। ऐसी अद्वैत प्रीति का प्रकाश जब तक लोक में प्रवाहित न हो, मेरा, आपका, वैशाली का या जगत् का, किसी का भी त्राण सम्भव नहीं, बापू। जब तक एक भी जीव लोक में सन्तप्त है, तब तक यहाँ की असंख्य जीवराशि, उसके सन्ताप और सन्त्रास से अछूती नहीं रह सकती। हो सके तो पारस्परिक सन्ताप, सन्त्रास, हत्या और शोषण की इस दुष्ट शृंखला से मैं स्वयं मुक्त न हो जाऊँ, तब तक इसका मारनहार, और जगत् का तारनहार अरिहन्त मैं नहीं हो सकता। वह हो जाने पर, मैं मोक्ष लाभ करके भी उस मोक्ष से नीचे उतर आऊँगा। जीवन के बीचोंबीच जीवन्मुक्त रहकर अनन्त काल में असत्य, अज्ञान और हिंसा के इस असुर के विरुद्ध लड़ता चला जाऊँगा। इतिहास में सहस्राब्दियों के आरपार यह महान अनुष्ठान चलता रहेगा। महावीर और अहिंसा यहाँ पर्यायवाची होकर, लोक-हृदय में संक्रमण करेंगे। हिंसा यदि सत्य नहीं, स्वभाव नहीं जीव का और पदार्थ का, तो कोई कारण नहीं, कि समग्र सृष्टि में अहिंसा की पूर्ण संवादी कल्याणी जीवन-रचना सम्भव न हो। जो सृष्टि और पदार्थ का मौलिक सत्य है, स्वभाव है, वह उसकी बाह्य रचना में भी सम्पूर्ण प्रकट हो ही सकता है। इसी अनिवार्य सम्भावना और आशा का दूसरा नाम महावीर है।...''

पिता ने जैसे मेरे भीतर सत्ता का एक और अपूर्व आयाम खुलते देखा। विस्मित और प्रश्नायित वे मुझे ताकते रहे।

''अब तक के तीर्थंकरों ने जो नहीं कहा, जो करने में वे असफल रहे, वह तुम करने को कहते हो, बेटा? तब तो वे सारे पूर्वगामी तीर्थंकर मिथ्या हो जाएँगे?''

''अब तक के तीर्थंकरों ने अपने अनन्त कैवल्य में से जो अनन्त देखा, कहा, उसे सान्त श्रुतज्ञानी पूरा ग्रहण ही नहीं कर सकते थे। तब वे उसे कह कैसे सकते थे। अरिहन्तों ने तो अशेष देखा जाना था, जो कथनातीत था। वह केवल ज्ञेय था, बोध्य था, कथ्य नहीं। उनसे मुझ तक, ज्ञान की एक अनाहत धारा चली आ रही है। उसमें जो मेरे भीतर प्रवाहित और प्रकट हो रहा है, वही तो मैं कह रहा हूँ। इस अखंड प्रवाह में, मैं उन्हीं का एक अगला प्रकटीकरण हूँ। वे थे कि मैं हूँ, उनसे अभिन्न, उन्हीं का एक और विस्तरण। मैं उन्हीं की एक प्रतिपत्ति हूँ, फलश्रुति हूँ, प्रतिफलना हूँ।...''

''...और विगत तीर्थंकरों ने जो अहिंसा की वाणी उच्चरित की, उसका प्रतिफलन प्रकट के लोक में चाहे आज लुप्तप्राय दीखे, पर तत्त्वत: वह वाणी व्यर्थ और विफल नहीं हुई है। वह विकास के बीज बनकर विश्व-चेतना में अन्तर्व्याप्त हो गयी है। उसी का एक उत्कर्ष महावीर है। उनकी वाणी सिद्ध और कृतार्थ हुई है, कि महावीर का अवतरण सम्भव हो सका है।''

''तब यह जो 'जीवो जीवस्य जीवनं' ही प्रकृति का नियम-विधान सुनता हूँ, यह क्या है?''

''झूठ है यह, सरासर गलत है यह विधान। शून्यांश पर हिंसा नहीं, अहिंसा ही है। वह है कि सृष्टि सम्भव हो सकी है, जारी रह सकी है। सृष्टि का श्रेष्ठ फल मनुष्य पहले हिंसक और शोषक हुआ, तो उसी के अनुसरण में प्रकृति के भीतर कीट और पशु-जगत् में, सबल प्राणि निर्बलों के हिंसक और शोषक अपने आप होते चले गये। यह जो सिंह, हरिण और खरगोश जैसे निर्दोष प्राणियों के आहार पर जीता है, उसका दायित्व प्रथमतः आदिम मनुष्य पर है!''

''जरा स्पष्ट करो, आयुष्यमान्!''

''कहना चाहता हूँ, कि यह 'जीवो जीवस्य जीवनं' का विधान, अज्ञानी, स्वार्थी, इन्द्रिय-लोलुप मानवों का, अपनी स्वार्थतुष्टि के पक्ष में किया गया एक झूठा आत्म-समर्थन है। अपनी हथेली की रेखाओं की तरह मैं यह स्पष्ट देख रहा हूँ कि प्रकृति के तिर्यंच पशु-राज्य में जो एक जीव दूसरे के भक्षण पर ही जीता दिखाई देता है, इस शोषक परम्परा का सूत्रपात भी प्रथमतः मनुष्य ने ही किया है। मनुष्य को यह जो मन और बुद्धि मिली है न, उसका दुरुपयोग करके उसने अपने जीवन-धारण के लिए अन्य जीवों को अपना भक्ष्य और साधन बनाने को, एक तर्क-संगत विधान का ही आविष्कार कर दिया। पहले मनुष्य अपने से निर्बल मनुष्यों और पशुओं का भक्षण-शोषण करने लगा, तो निम्न जीव-जगत् भी उसका अनुसरण अनायास करने लग गया। हिंसा का जो दुश्चक्र मनुष्य ने चालित किया, वही सारी प्रकृति के सूक्ष्मतम जीवों तक अनिवार्यतः व्याप्त हो गया। सीधी-सी तो बात है, एक सर्वोपरि बलवान अपने से निर्बल का भक्षण कर जिएगा, तो वह निर्बल अपनी बारी से अपने से निर्बल का भक्षण आप ही करने लग जाएगा।''

''तो तुम कहना चाहते हो कि प्रकृति में मूलतः हिंसा कहीं है ही नहीं?''

''निश्चय ही नहीं है, तात। कहा न, शून्यांश पर हिंसा नहीं, अहिंसा है, नहीं तो सृष्टि सम्भव और संक्रमित न होती। सत्ता अपने स्वभाव में ही धार्मिक है, सर्व की धारक और निर्वाहक है। जीवों के पारस्परिक उपग्रह और प्रेम-मिलन पर ही जीवन टिका हुआ है : पारस्परिक विग्रह और भक्षण पर नहीं। सत्ता के मूल में ही अहिंसा है। वह अस्तित्व की शर्त है। अस्तित्व का विनाश कदापि काल सम्भव नहीं। तो विकास के दौरान लोक के सम्पूर्ण अभ्युदय के लिए, सम्पूर्ण अहिंसा का उदय अवश्यंभावी है। विशुद्ध सत्ता, स्वभाव से ही अहिंसक है, इसी से तो जब अरिहन्त स्वयं सत्ता-स्वरूप हो जाते हैं, तो वे मूर्तिमान अहिंसा बनकर लोक में विचरते हैं। तब समस्त जड़-जंगम प्राणी उनके भीतर अभय और शरण पाते हैं। सिंह और गाय उनके चरणों में एक साथ पानी पीते हैं। उनके सामीप्य में सिंह-शावक गाय का थन

पीने लगता है : और गोवत्स को सिंहनी अपने स्तन धवाने लगती है। स्वयं-सिद्ध है कि प्रकृति में, स्वभाव में, हिंसा का कोई तात्विक, विधायक अस्तित्व नहीं। हिंसा और अस्तित्व परस्पर विरोधी तत्त्व हैं। जीव के अज्ञान से जब उसकी परिणति विभावात्मक और विकृत होती है, तो उसी के फलस्वरूप प्रकृति में विकृति का आविर्भाव होता है। विकृति सत्ता में, स्वभाव में, अस्ति में, आत्मा में कहीं है ही नहीं : वह हमारे आत्म-स्वरूप से स्खलन की निष्पत्ति है : वह हमारी स्वाभाविक स्थिति नहीं, वैभाविक परिणति है!...''

''सच पूछिए, बापू, तो सत्ता में मूलगत रूप से ही, संवादिता, समत्व, प्रेम, कल्याण, सन्तुलन विराजमान हैं। अपने स्वरूप को विस्मृत कर, जब हम इच्छा-वासनाकुल होते हैं, तो अपने विकृत आचरणों से हम सृष्टि के, सत्ता के इस मौलिक सन्तुलन को भंग करते हैं। जिनेश्वरों ने लोक में ऐसे क्षेत्रों का अस्तित्व बताया है, जहाँ सर्वदा जीव मात्र एक संवादिता में जीते हैं। आपने तो शास्त्रों में पढ़ा ही होगा कि इसी जम्बूद्वीप में जो विदेह-क्षेत्र है, वह हमारे इस भरत-क्षेत्र से आत्म-विकास के उच्चतर धरातल पर प्रतिष्ठित है। कहते हैं कि वहाँ ईति-भीति नहीं, जीवों में पारस्परिक शोषण-भक्षण नहीं, स्वराष्ट्र-परराष्ट्र के भेद और विग्रह नहीं, दुर्भिक्ष और महामारी नहीं। वहाँ तीर्थंकर, अरिहन्त और शलाका-पुरुष शाश्वत विद्यमान हैं। तब स्वयं-सिद्ध है, कि सत्ता में पूर्ण संवादिता की यह संभावना मूलतः अन्तर्निहित है। कहीं वह व्यक्त हो गयी है, कहीं वह अव्यक्त रह गयी है। यदि विदेह क्षेत्र में यह सम्भव हो सका है, तो अन्यत्र भी वह सम्भव हो ही सकता है। अर्थात् पूर्ण अहिंसक, पूर्ण संवादी जीवन-जगत, अपने स्वभाव में ही एक अनिवार्य सम्भावना है। विकास के उस चरमोत्कर्ष पर पहुँचने में शायद हजारों-लाखों वर्ष लग जाएँ, पर वह इस धरती पर सिद्ध होकर रहेगा, इसमें मुझे रंच भी सन्देह नहीं। सामने के इस सूर्य को क्या प्रमाणित करना होगा? मानव-इकाई अपनी चेतना को इस क्षण स्वभाव में आत्मस्थ करे, अपने को रूपान्तरित करे, और विकास का यह संवादी चक्र इसी क्षण चलायमान होकर, विकृति के क्रम को उलट कर, प्रकृति को उनकी मौलिक संवादिता में स्थापित करता चला जाएगा। तीर्थंकर का धर्मचक्र-प्रवर्तन और किसे कहते हैं, तात?''

''...तो महावीर के धर्म-चक्र-प्रवर्तन की हम प्रतीक्षा में हैं। वही हमारी एकमात्र आशा है। तो अब चलूँगा। तत्काल वैशाली जा रहा हूँ। तुम्हारा यह आशा का सन्देश परिषद् तक पहुँचाऊँगा।''

मैं द्वार तक उन्हें पहुँचाने गया। कितने सुबोध, भोले, निरीह, निश्छल हैं मेरे बापू! धीर निश्चल पग लौटते अपने उन पिता की पीठ देख, एक अजीब आश्वस्ति अनुभव हुई।...

मैं सिद्धालय से फिर लौटूँगा

...और तब लौटकर देखा कि स्फटिक के भद्रासन पर माँ आँखें मूँदे अधलेटी-सी हैं।

"माँ, उठो न, ऐसे क्यों लेट गयीं? क्यों उदास हो गयीं?"

उठकर कुछ बैठती-सी माँ की आँखों की कोरों पर पानी की लकीरें उजल आयीं। विस्फारित नयन वे मुझे देखती रह गयीं।

"माँ, बोलो।...बोलोगी नहीं मुझसे?"

"बोलने को अब बचा ही क्या है?..."

"फिर भी, जी में जो हो, मुझसे कहो...!"

"...तुम नहीं जा सकते, मान, तुम कहीं नहीं जा सकते। मेरी आँख से तुम ओझल हो जाओ, यह होने नहीं दूँगी।"

"तो मत होने दो। पर पूछता हूँ, तुम मेरे लिए और मैं तुम्हारे लिए, क्या आँख पर ही समाप्त हैं? आँखों से परे, जो हम एक-दूसरे को सदा सुलभ हैं, वह नहीं देखोगी?"

"तुम्हारा यह ज्ञान सुनते-सुनते मैं थक गयी, लालू। मुझे नहीं चाहिए तुम्हारा ज्ञान : मुझे मेरा मान चाहिए। और उसे तुम मुझसे छीन लो, यह नहीं होने दूँगी। नहीं, तुम नहीं जा सकते...तुम मुझे छोड़कर कहीं नहीं जा सकते।..."

माँ का स्वर रुआँसा हो आया।

"सोचो तो माँ, कहाँ जा सकता हूँ मैं? इसी लोक में तो हम-तुम हैं, सदा थे, सदा रहेंगे साथ। लोक से परे तो सिद्धात्मा भी नहीं जा सकते। और यह लोक तो तुम्हारे और मेरे ज्ञान में अखंड समाया है। खंड को ही देखोगी, अखंड को नहीं देखोगी, माँ?"

"मैं तुम्हारे इस खंड और अखंड की बकवास से तंग आ गयी। खंड और अखंड, लोक-लोकान्तर...माँ के लिए केवल तुम हो। तुम, जिसे मैंने अपने पिंड में धारण कर, पिंड दिया, कि तुम सामने खड़े हो और यह सब ज्ञान बघार रहे हो।"

"पर इस पिंड में ही ब्रह्मांड है, बाहर तो कहीं नहीं। तब जाना-आना तो एक प्रयोजनकृत उपचार मात्र है। आखिर, जाकर भी कहाँ जाऊँगा। जा रहा हूँ, तो इसीलिए न, कि जाने-आने की उपाधि की सदा को मिट जाए। तुम्हारा और मेरा मिलन अटूट हो जाए। वियोग सदा को समाप्त हो जाए, और योग में हम सदा को आवागमन से परे संयुक्त हो जाएँ।"

"यह सब मेरी समझ के बाहर है। जो होना हो, करना हो, यहाँ करो, मेरी आँखों तले।...देखूँ, कैसे जाते हो! मैं द्वार रोककर खड़ी हो जाऊँगी, इस कक्ष का। क्या मुझे धकेल कर जाओगे? तुम्हें रुक जाना पड़ेगा; मेरी छाती को सामने लेटी

देखोगे, तो उसे रौंद जाओ, यह तुम्हारी हिम्मत नहीं होगी।"

"जब तक, माँ, हम इस खंड और द्वैत में हैं, तब तक रुकना और रोकना क्या हमारे-तुम्हारे बस का है। मान लो कि इसी क्षण मेरा या तुम्हारा देहपात हो जाए, तो क्या हम एक-दूसरे को रोककर, बाँध कर रख सकेंगे? क्या नहीं चाहोगी कि काल और कर्म-चक्र की इस अधीनता से मुक्त होकर, रोकने-रुकने की लाचारी से परे, मैं सदा तुम्हें सुलभ हो रहूँ?..."

"माँ के हृदय की विवशता को माँ होकर ही समझा जा सकता है, मान। चाहे तुम अरिहन्त हो जाओ, सर्वज्ञ हो जाओ, माँ के प्राण की इस विकलता को तुम कभी नहीं समझोगे। हमारे गर्भ से पिंड धारण कर, तुम पुरुष सदा ही हमारे गर्भ को धोखा दे गये, ठुकरा गये। तुम्हारी इस स्वार्थी मुक्ति को माँ का प्रवंचित हृदय न कभी समझा है, न समझना चाहेगा।"

"मुक्ति अपनी ही नहीं, सभी की तो चाहता हूँ, माँ। मेरी ही नहीं, सबकी माँ हो तुम, सर्व चराचर की माँ। यदि उन सब के कष्ट की पुकार से पीड़ित होकर, उन सबके त्राण के लिए जाना अनिवार्य हो गया है, तो क्या मेरी जगदम्बा माँ उसे नहीं समझेगी?..."

"मान, समझ मेरी समाप्त हो गयी। तुझ से आगे अब वह नहीं जा पा रही, तो मैं क्या करूँ?"

"सब को छोड़ो, पर क्या मेरे ही हृदय की व्यथा और विवशता को अनदेखा करोगी? रात-दिन जो वेदना मेरे पोर-पोर को जलाकर भस्म किये दे रही है, उसे तुम्हीं न समझोगी, तो और कौन समझेगा?"

"तुझे भी वेदना हो सकती है, यह तो मैं कभी कल्पना भी न कर सकी। फिर अपने मन की बात तो तू मुझसे कभी कहता नहीं। बोल बेटा, मन खोलकर कह, सब सुनूँगी।"

"...एक आधी रात अचानक एक चीख सुनाई पड़ी थी। मानो भूगर्भ से आयी हो। मानो तुम्हारे ही गर्भ से आयी हो। और तब मुँह-अँधियारे ही मेरा घोड़ा मुझे यहाँ से निकाल ले गया था वहाँ, जहाँ से वह चीख आयी थी। अपने घोड़े पर से ही मैंने यज्ञ-वेदी पर यूप से बँधा एक घोड़ा देखा : एक वृषभ देखा। उनकी मूक भयार्त आँखों से आँसू बह रहे थे। और वे थरथराते हुए सामने धधकते हवन-कुंड की सर्वभक्षी लपटों को ताक रहे थे।...जिनमें उन्हें अभी-अभी झोंक दिया जाएगा।...और मैंने असंख्य पशुओं तथा मानवों की भयाकुल, अवश, आँसूभरी आँखों को अपनी ओर निहारते देखा।...मेरी अस्थियाँ तड़क उठीं। इस एक शरीर की सीमा असह्य हो गयी। वे सारे शरीर, वे सारे प्राण मैं हो गया। और तब जो पुंजीभूत सन्त्रास मैंने अनुभव किया, उसकी कल्पना कर सकती हो, माँ?"

"तेरी जनेता हूँ, तो तेरे साथ ही वह सब अनुभव करना चाहती हूँ।"

"...ठहराव तो बचपन से ही मैं कहीं अनुभव न कर सका। जी में एक उचाट लेकर ही मेरा जन्म हुआ है। ऐसी उच्छिन्नता, कि अपरिच्छिन्न हुए बिना पल भी चैन नहीं।...पर उस दिन उन प्राणियों की आँखों के वे सजल किनारे, मुझे लोक के अन्तिम समुद्रों के पार खींच ले गये।...तब से इस शरीर में, इस महल में, तुम्हारे लोक में ठहरना अशक्य हो गया है। अपनी ये साँसें तक अपनी नहीं लग रही हैं! जैसे अपने से ही बिछुड़ गया हूँ। यह असीम अवकाश और काल मुझे अवलम्ब नहीं दे पा रहा। अन्तरिक्ष स्वयं जैसे छिन्न-भिन्न होकर मुझ में शरण खोज रहा है। सोचो माँ, कैसा लगता होगा मुझे...!"

"सोचना क्या है, वह तो सामने देख रही हूँ...!"

"ये दूरियाँ, दिगन्त, क्षितिज, ये सारे विस्तार मुझे बरबस खींचे ले रहे हैं। खड़ा नहीं रहा जाता। या तो इन्हें अपनी बाँहों में समेट लूँ, या इनमें सिमट जाऊँ।...बालपन से ही इन दूरियों को देखकर मेरा जी बहुत उदास हो जाता था। देखा है, कई साँझों में हिमवान् की अगोचर चूड़ाएँ मेरी आँखों में झलकी हैं, और मेरे प्राण आक्रन्द कर उठे हैं। पार-परान्तरों की विह्वल पुकार सुनाई पड़ी है। जैसे सब कुछ को जाने बिना, सब कुछ में पहुँचे बिना, मैं रह नहीं सकता, जी नहीं सकता। हर दूरी के छोर पर, मानो मेरा कोई है।...दिगन्त के वातायन पर वह कौन प्रिया, जाने कब से मेरी प्रतीक्षा में है। एक अज्ञात और अबूझ विरह-वेदना मेरी आत्मा में सदा टीसती रही है।..."

"तेरी भटकनें और उचाट क्या मुझसे छिपे हैं! बस, चुप रहकर सब सहती रही। पूछने आयी तेरे जी की व्यथा, पर तू या तो चुप रहा, या टाल गया। इसी से तो कई बार चाहा, लालू, कि अपने मन की सुन्दरी तू चुन ले, विवाह कर ले, तो तेरा यह भटकाव समाप्त हो जाय...!"

"...जानता हूँ, मेरी व्यथा तुम्हें सर्वथा अनजानी नहीं थी। मुझे बिरमाने और बहलाने के कम जतन तुमने नहीं किये। सारे आर्यावर्त की सर्वसुन्दरी बालाओं को तुम इस महल में ले आयीं, कि मैं किसी को अपना लूँ, चुन लूँ। पर अपने स्वभाव की विवशता का क्या करूँ, माँ। किसी एक या कई सुन्दरियों को अपना कर भी मेरा जी विरम नहीं पा रहा था।...तब विवाह की मर्यादा में अपने को कैसे बाँधता। बार-बार यही लगा है कि त्रिलोक और त्रिकाल की तमाम सुन्दरियों को एकाग्र और समग्र पाये बिना मुझे चैन नहीं आ सकता। असीम और अनन्त के उस आलिंगन—काम ने, किन्हीं दो बाँहों में मुझे बँधने न दिया। लगता है, जाने कितनी प्रियाएँ, कहाँ-कहाँ, कितने जन्मान्तरों में मुझसे बिछुड़ी रह गयी हैं। जाने किन अपरिक्रमायित सागरों के कटि-बन्धों में वे मेरा आवाहन कर रही हैं! जाने कितने अज्ञात द्वीपों और देशों में, जाने कितने दीपालोकित कक्षों में मेरी मिलन-शैया बिछी है। सौन्दर्य और प्यार की

ऐसी अन्तहीन पिपासा और पुकार, प्राण में लेकर, तुम्हीं बताओ माँ, मैं कैसे किसी एक बाँह, वक्ष, कक्ष या शैया में बन्दी हो सकता था। जो भी प्रिया, प्रीति या सौन्दर्य सामने आया, उसे अपनाया, समा लिया अपने में : पर उसकी सीमा में समा कर, मैं अटक न सका। उसे अपने से समेट कर, मैं सदा उससे, अपने में तक अतिक्रान्त होता चला गया। यह मेरे स्वभाव की विवशता रही माँ, मैं कर ही क्या सकता था!''

''कुछ ऐसा ही तो मन बालापन में तेरी माँ का भी था, मान। ऐसे ही संवेदनों से मेरी किशोर चेतना सदा काँपती रहती थी। इसी से तो तेरी इस वेदना को अपने मन के मन में अनजाने ही अनुभव करती रही हूँ। तेरी यह कसक जैसे मेरे गर्भ में टीसती रही है। मेरी छाती में उमड़ते दूध ने उसे बूझा और चीन्हा है।...देख रही हूँ, मेरे ही कुमारी, हृदय की वह पुकार, तुझमें विराट् और अनिवार्य हो उठी है। मैं तो नारी होकर जन्मी थी। सो मेरी काया पृथ्वी से परिमित थी। ताकि पृथ्वी को अपने में धारण कर सकूँ। लोक की अनाथ आरति को अपने रक्त में आत्मसात् कर सकूँ। तुम्हें अपनी देह में, अपने गर्भ में धारण कर जन्म दे सकूँ। पर तुझमें तो आकाश को यहाँ अवतीर्ण होना था : तो उसे झेलने को स्वयं समूची पृथ्वी होकर अपने में समाहित रहने को मैं विवश थी। विवाह की ओर से मेरा जी उन्मन था, पर समर्पित हो रही उसके प्रति, ताकि मेरे भीतर तेरा द्यु, भू की माटी में सर्वांग साकार हो सके!...''

''तुम आज कह रही हो, माँ, पर तुम्हारे भीतर बैठी उस कुमारी की झलक मुझे बार-बार मिली है। तुम्हारे चित्त की वह व्याकुलता ही मेरे भीतर महावासना बनकर संक्रान्त हुई। सुनो माँ, तुम्हारे ही प्राण की उस पुकार का उत्तर तो मैं खोजने जा रहा हूँ। जब क्या रंच भी मुम मुझसे कहीं छूट या टूट सकोगी?...मेरी इस खोज की महायात्रा में तुम मुझे यों देखो, जैसे अपने ही को दूर-दूरान्तों में जाते देख रही हो...।''

''अपने किये मुझसे कुछ न होगा, मान। एकदम ही आत्महारा और शून्य हो गयी हूँ। तुम्हीं मेरी आँखें बनकर मुझे यहाँ खड़ी, और तुम्हारे भीतर जाती देखो।...''

''दर्पण में नहीं, तुम्हारी आँखों में ही मैंने अपना चेहरा देखा है, और अपनी इयत्ता को पहचाना है, माँ। तुम मुझे अपनी आँखों का तारा कहती हो, तो क्या तुम्हारी पुतलियों में केवल मैं ही नहीं हूँ... ?''

''मोह की तमिस्रा को भी तुम कैसी गहरी ममता से वेधते हो, बेटा! मानो अपने अगाध प्यार से, मोह को काटने के बजाय, उसे ही मुक्ति में फलित करते चले जाते हो।...फिर भी जाने क्यों एक अँधेरा हमारे बीच घिर-घिर आता है, और मैं तुझसे बिछुड़ जाती हूँ।...अकेली पड़ जाती हूँ!''

''यह वह अन्तिम और गहिरतम अँधेरा है, जिसमें से सवेरा फूटने वाला है,

माँ। तुम्हारी उदास आँखों के तटों में उस ऊषा के लाल डोरे झाँक रहे हैं। कितना सुन्दर और भव्य है तुम्हारी आँखों का यह विषाद! सारे विश्व की अपार करुणा इसमें जैसे घटा बनकर छायी है।...और तब यहाँ ठहरना एक पल को भी दु:सह हो जाता है। अपनी माँ की मनोव्यथा के इस दुस्तर समुद्र को मुझे तैर जाना होगा।..."

क्षण भर चुप रह कर मैंने माँ की आँखों के उस अकूल विषाद-सागर में अपने को एकाकी यात्रा करते देखा। एक गहन धुन्ध में मैं खोता ही चला गया। और उसके भीतर से ही जैसे आक्रन्द-सा कर उठा :

"...माँ, सुनो, देखो, सारे लोक को अपने भीतर साकार होते देख रहा हूँ। कटि पर दोनों हाथ धर, लोक-पुरुष को पैर फैलाए खड़े देख रहा हूँ। असंख्यात द्वीप-समुद्रों से यह आकीर्ण और वलयित है। स्वयं ही वह अपने को जानने को विकल, बेताब, अविराम अपने ही अनेक पेटालों, और प्रदेशों में यात्रा कर रहा है।"

"मान, तुझे एकाएक यह क्या हो गया?...आविष्ट की तरह तू यह सब क्या बोल रहा है! मुझे डर लग रहा है..."

"डरो माँ, पूरी डर जाओ। इस भय से भागो नहीं, इसका सामना करो। यह भय ही तो मृत्यु है : इसकी आक्रान्ति को समूची सह लोगी, तो मृत्यु की खन्दक पार हो जाएगी।...हो सके तो देखो, मैं मृत्यु की कराल डाढ़ों में हूँ, और उसे भेद जाने को विवश हूँ। अतलान्तों तक चली गयी सुरंगें और सीढ़ियाँ खुलते देख रहा हूँ।...और आखिरी पटल है यह लोक का।...लो, यह आखिरी सीढ़ी भी टूट गयी। और उसके तल में खुल पड़ी है, सात राजुओं में विस्तृत एक धुन्ध भरी जगती। घड़े में भरे घी की तरह असंख्यात जीवराशि यहाँ अपने ही में आलोड़ित हो रही है। यह निगोदिया जीवों का लोक है। केवल एकेन्द्रिय, स्पर्श का एक नि:सीम पिंड मात्र है यह। ये जीव मेरे अपने एक श्वास में अठारह बार जन्म-मरण कर रहे हैं। और मैं इनकी एक अबूझ वेदना मात्र रह गया हूँ। आँखों से अदृश्य होने पर भी, ये जीव अपने स्पर्श की छटपटाहट से मेरे तन के अणु-अणु में भिदे जा रहे हैं : ये यहाँ से निकल कर, मुझमें शरण पाना चाहते हैं। पर इनके और मेरे बीच जाने कैसे अवरोध की टकराहट है। एक अन्धकार की शिला पड़ी हुई है!...

"देखते-देखते, माँ, जीव के स्पर्श की वह ऊष्मा विदीर्ण हो गयी है।...उस लोकाकार पुरुष के चहुँ ओर अनन्त शून्य का विस्तार फैला है। उसमें कोई अस्तित्व नहीं : निपट नग्न नास्तित्व का अन्तहीन प्रसार है। इस शून्य में खोया जा रहा हूँ। नास्ति हुआ जा रहा हूँ। अपनी इयत्ता, अपना स्वभाव हाथ से निकला जा रहा है। मैं नहीं रह गया हूँ : केवल अपरिभाषेय शून्य का स्वत: स्तम्भित समुद्र रह गया है। इस अपदार्थता में बोध समाप्त हो गया है। मेरी इस वेदना को समझ सकोगी, माँ?...एक विराट् खालीपन में निरस्तित्व हो जाने की यह पीड़ा कहने में नहीं

आती।...हूँ कि नहीं हूँ...कौन बताये मुझे...माँ-माँ-माँ...!

"...लो, एकाएक किसी अस्पृश्य तट से टकरा गया हूँ।...लौटने की अनुभूति हो रही है। अस्ति का यह पहला किनारा है।...यह तनु-वातवलय का प्रदेश है। अनेक परस्पर मिश्रित रंगों का यह एक वायवीय प्रस्तार है। यह अपने ही अन्दर समाता हुआ, जहाँ उत्तीर्ण हुआ है : वहाँ देख रहा हूँ घन-वातवलय : मूँगिया रंग का एक दुस्तर वलयन।...और अपने ही में लुढ़कता यह कहीं जा गिरता है, और छपाके के साथ खुल पड़ा है घनोदधि-वातवलय : एक पीताभ तमिस्रा का साम्राज्य। ऐसा लगता है, घनघोर शीत के प्रदेश से किसी ऊष्मा का प्रान्तर सहसा ही छू गया हूँ। इन तीनों वातवलयों को एक चित्र की तरह स्पष्ट सामने देख रहा हूँ; ये सब दंडाकार लम्बे हैं, घनीभूत हैं, चहुँ ओर स्थित, चंचलाकृति, परस्पर संक्रान्त, ये आमूल-चूल लोक को आवेष्टित किए हुए हैं।..."

"मेरा कौतूहल बढ़ रहा है, पर तू हाथ से निकला जा रहा है, लालू। देख, ऊपर खड़ी मैं तुझे खींच रही हूँ। मेरे पास आजा न...!"

"तुम ठीक खड़ी हो माँ, और तुम्हारे खिंचाव से मैं बँधा हूँ।...मेरे पैर जैसे अस्ति की अचल चट्टान से बँधे हैं। तुम निश्चिन्त रहो। मैं यात्रित होकर भी यात्रित नहीं, स्थित हूँ : पर दृश्य के इस अनावरण से निस्तार नहीं।...अरे कहाँ गया वह घनोदधि वातवलय! एक महातमिस्रा से मैं समूचा आवृत हो गया हूँ।...ओ, यह महातमःप्रभा नामा सातवें नरक की पृथ्वी है। यहाँ यातना अनुभूति को अतिक्रान्त कर गयी है। एक पिंडीकृत-राशि : अनुभूति से परे होकर यहाँ जीव की मूर्च्छा का उत्पीड़न और घुटन पराकाष्ठा पर है।...और एक पर एक, ऊपरा-ऊपरी छह और पृथ्वियों के पटल अपने आप में उलट-पुलट रहे हैं। तमःप्रभा, धूम्र-प्रभा, पंक-प्रभा, बालुका-प्रभा, शर्करा-प्रभा, रत्न-प्रभा।...पूरे सात नरकों को एक साथ देख रहा हूँ। उनका भिन्नात्मक बोध नहीं पा सक रहा हूँ। गड्ड-मड्ड होती हुई, विकराल जन्तुओं, पशुओं, नारकियों, मानवों, देवों की एक आलोड़ित राशि : एक विराट् नसैनी पर आवागमन करती हुई, परस्पर टकराती, धक्के खाती, एक-दूसरे को शून्य में फेंकती, उछालती, एक पूरी संसृति। विशुद्ध यातना के ये चिरन्तन अँधियारे लोक, अपने-अपने छोर पर विविध वर्णी प्रभाओं से जैसे आवेष्टित हैं। अन्धकार, धूल, धुँआ, पंक, बालू, कीले भी अन्ततः जैसे किसी प्रभा की गोद में हैं।...महातमस् का अपने आप में अन्त नहीं : इसकी पराकाष्ठा पर प्रकाश ही खड़ा है। अपार पीड़क होकर भी, पाप की कोई सत्ता नहीं। वह निरी एक विभावात्मक माया है।...पर अपनी ही आत्मच्युति से रचित इन नरकों को स्पष्ट देख रहा हूँ। अन्धता और घटाटोप अँधियारों के इन प्रसारों में यातनाओं के विविध और असंख्यात बिल हैं, विवर हैं, वापियाँ हैं। और वे सब अपनी गहराइयों में गुणानुगुणित होते चले गये हैं। जीव के

आबद्ध कर्मों के अनन्त शाखाजाल : ऐंठन की बेशुमार ग्रन्थीभूत सर्प-राशियाँ। आत्म-पीड़न और पर-पीड़न का अन्तिम, तात्त्विक, नग्न संघर्ष। एक अकल्पनीय तुमुल घमासान।...जीव का कपट खुद ही, कीले बनकर, अपने आवरणों और ग्रन्थियों को छेद रहा है। मान अपनी ही शूली बन अपनी सीमाओं को भेद रहा है। क्रोध अपना ही कुठार बन अपनी आत्मनाशी प्रमत्तता के पर्दे फाड़ रहा है। अधोगामी काम अपने ही स्पर्श-घर्षण के आघातों से लहुलुहान, अतृप्त, पराजित, ऊपर की ओर फेंक दिया गया है। भयावह अग्नि-कुंडों-सी सहस्त्रों योनियों में लिंगाकार होकर भिदता, अन्धा, सन्त्रस्त, पछाड़ें खाता, मूर्च्छित होकर भी, कामात्मा नीचे नहीं ऊपर की ओर उछाल दिया गया है। बड़ा से बड़ा पाप भी जीवात्मा को एक हद के आगे, नीचे नहीं गिरा सकता, क्योंकि अन्ततः आत्मा का स्वभाव पतन नहीं, उत्थान है। अधोगमन नहीं, ऊर्ध्वगमन है।..."

"मान, इस भयावह मृत्यु के बीच भी, तू कैसी उद्‌बोधक, चरम आशा की वाणी बोल रहा है।..."

"लेकिन माँ, लग रहा है, जाने कितने जन्मों में, कितनी बार इन नरकों में मैं भटका हूँ। बहुत परिचित और भोगे हुए यथार्थ-सी लग रही हैं यहाँ की तमाम यातनाएँ।...देख रहा हूँ माँ, एक नारकी जीव, दूसरे नारकी जीव के लिए उबलती कढ़ाई बन गया है। जन्मान्तरों में अनेक बार भोगी प्रिया के अंग-प्रत्यंग, सहस्त्रों शूलों के आलिंगन-कषाघातों से जीव की मोह-मूर्च्छा को भेद रहे हैं। अपनी ही नसों का कषाय-क्लिष्ट रक्त यहाँ की वैतरणी के रूप में बह आया है। उस पर झुक आये हैं, सेमर वृक्षों के अभेद्य तमसा वन। उनके पत्ते और डालें भालों और असिधारों-से वेधक हैं। इस वैतरणी में एक-दूसरे पर लुढ़कते, खदबदाते, सीझते जीव ऊपर छाये असि-फलों से निरन्तर छिदते-भिदते अपने आप ही अपने कपट-कषायों के आखेट हो रहे हैं।...माँ, नहीं...नहीं...नहीं ठहर सकता अब मैं तुम्हारे आँचल की सुखद छाँव में...इस महल के ऐश्वर्य-कक्षों में अनादि-अनन्त काल में, अज्ञानवश जो ये असंख्यात जीव ऐसे दारुण, दुःसह कष्टों में डूबे हैं, इनकी मूर्च्छान्ध आत्माओं में से मुझे यात्रा करनी होगी : उनके साथ तद्रूप होकर, उन सबकी समीकृत यातना को एक बारगी ही, अपने भीतर भोगना और संवेदित करना होगा...।"

"यह कैसा विचित्र अनुभव है, मान!...मैं अपने पगतलों में ही तेरी यह सारी निगोदिया जीव-राशि इस क्षण जी रही हूँ!...मेरे जघनों, जानुओं, जंघाओं में ये सारे नरक के पटल अपने तमाम विवरों के साथ सुलग उठे हैं। अपनी माँ की गोद में लेट जाओ बेटा, और सारे नरकों को एक साथ भोगो, पर मेरे अंगों से जुड़े रहो, फिर जो चाहे करो।..."

"...देख रहा हूँ माँ, नसैनी की सबसे ऊपरी सीढ़ी पर आ पहुँचा हूँ। यहाँ

पृथ्वी विशीर्ण हो गयी है। अधर अन्तरिक्ष में एक गहरे हरे पन्ने की चट्टान पर पैर धरे खड़ा हूँ। और ऊपर आकाश में भवन-वासी और व्यंतर देवों के विपुल सुख-भोगों से भरे अनेक रंगी प्रभाओं वाले विमान तैर रहे हैं। पर बड़े अभागे हैं ये देव; भटकी हुई है इनकी चेतना। अत्यन्त सुन्दर देवांगनाओं और सुख-शैयाओं को छोड़, ये जाने किन अँधेरों में अपनी ही कषायों की प्रेत-छायाओं से संघर्ष कर रहे हैं। पंकिल खन्दकों, निर्जन वीरानों, खंडहरों, सूनकारों में ये आत्म-पीड़ित अबूझ टक्करें खाते, किस सुख को खोज रहे हैं? काश, मैं इन्हें आपे में ला सकता : इन्हें इनकी देवांगनाओं की मिलन-शैयाओं में लौटा सकता। लौटना होगा इन्हें, अपने वैभव में : उसके बिना मुझे चैन नहीं।...नहीं...नहीं...मैं नहीं ठहर सकता इस उत्तुंग महल के वातायनों पर!...

"...देखो माँ, कूद पड़ा हूँ अपने इस नवम खंड के उत्तरी वातायन से। और आ पड़ा हूँ जाने कहाँ। पर यहाँ मैं ठीक तुम्हारी त्रिवली पर लेटा हूँ। मेरे सिरहाने है तुम्हारा नाभि-कमल। उसमें उगा है एक विराट् जम्बू-वृक्ष, जिसके शाखा-जाल और पल्लव-वितानों तले सारी मर्त्य-पृथ्वी आश्रय खोज रही है। यह मध्य लोक है : मर्त्य-मानवों की लीला-भूमि। तिर्यंच पशु प्राणियों, वनस्पतियों, जाने कितने पर्वत-सागरों, नदियों, अरण्यानियों से आकीर्ण। लोक-मध्य में यह जम्बूद्वीप है। इसके ठीक केन्द्र के जम्बू-क्षेत्र में तुम्हारे नाभिज इस जम्बू-वृक्ष के शिखर पर बैठा मैं, अनन्त दूरियों का सिंहावलोकन कर रहा हूँ। असंख्यात द्वीप-समुद्रों से आवेष्टित यह जम्बूद्वीप अद्‌भुत है। यह लवण-समुद्र से स्पर्शित है। वज्रमयी तट-वेदिका से घिरा है। इसके केन्द्र में महामेरु खड़ा है। एक लाख योजन है इसका विस्तार।...

"...और देख रहा हूँ, इस विस्तार में, विचित्र रंगी विभाओं से भास्वर छह कुलाचल पर्वत। प्रकृति के सारे परिवर्तनों और प्रलयों में ये अटल रहे हैं। हिमवान्, महाहिमवान्, निषध, नील, रुक्मी और शिखरी : इन छह कुलाचलों के स्वर्णाभ शृंगों पर डग भरता चारों ओर निहार रहा हूँ। इन अनादिकालीन पर्वतों ने तमाम जम्बू-द्वीप को सात क्षेत्रों में विभाजित कर दिया है : भरत, हैमवत्, हरि, विदेह, रम्यक, हैरण्यवत् और ऐरावत। उत्तरान्त में ऐरावत की अन्तिम केशरी ध्वजा उड़ते देख रहा हूँ। दक्षिणान्त में भरतक्षेत्र की वह नीली पताका फहरा रही है।...भरतक्षेत्र के ठीक मध्य भाग में विजयार्ध पर्वत पूर्व से पश्चिम समुद्र तक फैला है। दोनों महा-समुद्र जैसे उसके फैले हाथों की अँजुलियों में उछल रहे हैं। इस विजयार्ध के रूपाभ प्रसारों में विद्याधरों की हजारों सुरम्य रत्न-दीपित नगरियाँ फैली पड़ी हैं। इसके सिद्धायतन, दक्षिणार्धक, खंड-प्रपात, पूर्णभद्र, विजयार्ध-कुमार, मणिभद्र, तमिस्त्र-गुहक, उत्तरार्ध, वैश्रवण—इन नौ कूटों को अपनी पगतलियों में कसकते अनुभव कर रहा हूँ।...सिद्धायतन कूट पर पूर्व दिशा में सिद्धकूट नामक एक उज्ज्वल जिन मन्दिर चमक रहा है।

अन्तरिक्ष में तैरते एक विशाल हीरे की तरह द्युतिमान यह मन्दिर अविनाशी है। क्षणभंगुर पुद्गल के परमाणुओं तक ने यहाँ शाश्वती में पुंजीभूत होकर, पदार्थ की अन्तिम अनश्वरता का परिचय मूर्तिमान किया है। एक अद्भुत आश्वासन अनुभव कर रहा हूँ, माँ!...''

''...तो साक्षी पा गयी हूँ, मान, कि सचमुच ही मेरी त्रिवली का यह त्रिकोण, यह मेरा नाभि-कमल अविनाशी है। और मेरा द्रष्टा बेटा सदा इस पर लेटा, अनन्त नव्य-नूतन सृष्टियाँ रचता रहेगा, और उनके साथ खेलता रहेगा।...''

''...सच ही विचित्र है यह अनुभूति। देख रहा हूँ माँ, सारी चीजों का एक ज्ञान-शरीर भी है। उसके भीतर विनाशी और अविनाशी का भेद समाप्त हो जाता है। वहाँ मानो सारी सृष्टि अपनी तमाम सम्भावनाओं के साथ शाश्वत विराजमान है। लग रहा है, जैसे कभी कोई, कुछ खो जाने वाला नहीं है। सभी कुछ वहाँ सुरक्षित, सुप्राप्त है।...अरे यह क्या देख रहा हूँ, इन छह महाकुलाचलों के बीच खुल पड़े हैं कई विशाल सरोवर। पद्म, महापद्म, तिगिच्छ, केसरी, महापुंडरीक, पुंडरीक। हर सरोवर में से उत्तीर्ण होता, एक नवीनतर पूर्णतर सरोवर। उनकी जल-प्रभाओं के रंग और सुगन्धों को संज्ञायित नहीं किया जा सकता। एक निर्नाम सौन्दर्य-बोध और आनन्द के सिवाए, और कुछ शक्य नहीं इस अन्तर्जगत में। प्रवाहों और तरंगों को किस नाम और मूर्ति पर अटकाया जा सकता है! अद्भुत हैं पदार्थ के ये अन्तःकक्ष। परमाणु के भीतर पूरे ब्रह्मांड की लीला चल रही है।...और लो देखो, इन सरोवरों से कितनी सारी महानदियाँ निकल पड़ी हैं। गंगा, सिन्धु, रोहित, रोहितास्या, हरित, हरितकान्ता, नारी, नरकान्ता, सुवर्णकूला, रूप्यकूला, रक्ता, रक्तोदा...। और इस पद्म सरोवर का ओर-छोर नहीं। एक विशाल छत्र की तरह, पूरे योजन का एक कमल इस पर खिला हुआ है। और उसकी कर्णिका के मंडल में सौरभ और मकरन्द के जाने कितने प्रदेश है, महल हैं, जिनमें श्री, ह्री, धृति कीर्ति, बुद्धि, लक्ष्मी देवियाँ निवास करती हैं। और इस सरोवर के चित्र-विचित्र मणियों से देदीप्यमान तोरण वाले वज्र-मुख से गंगा फूट पड़ी है। हिम-पर्वत के दक्षिण तट पर जिव्हिका नामा यह कोई प्रणाली है, जो गोमुखी और वृषभाकार दिखाई पड़ रही है। इस प्रणाली में गंगा गोश्रृंग का आकार धारण करती हुई, श्री देवी के भवन के आगे गिरी है। और इन सारी नदियों के समुद्र-प्रवेश-तोरणों में दिक्कुमारियों के आवास दिखाई पड़ रहे हैं। दिगन्तों की अगम्य सौन्दर्य-विभा, इनमें देहवती होकर, स्पृश्य और ग्राह्य हो गयी है। कैसा अनिर्वच मार्दव और आश्वासन है, इनके स्पर्श में...!''

''...और तेरा स्पर्श इस क्षण कितना प्रगाढ़ हो गया है, मानू। कैसी प्रतीति है, कि मेरे इस स्पर्श में से छूटकर तू कभी कहीं, जा नहीं सकता।''

''लेकिन माँ, इस सीता नदी को तो देखो। नील-पर्वत पर बहती यह फेनिल,

एकाएक अदृश्य होती-सी, विदेह क्षेत्र का भेदन कर गयी है। मेरु-पर्वत की ईशान दिशा में इसी सीता नदी के पूर्व तट पर नील कुलाचल के समीप वह जम्बू-स्थल है, जिसके केन्द्रीय जम्बू-वृक्ष की छाँव में इस समय लेटा हूँ, तुम्हारे नाभि-कमल के सिरहाने। योजनों में फैले हैं इस जम्बू-वृक्ष के मूल, तने, शाखाएँ। नीलमणि-प्रभ है इसका महास्कन्ध। इसकी हीरक शाखाओं और पन्ने के पत्तों में यह कैसा अनोखा लचाव है। और इसकी डालों में लूमते जम्बू फलों के जूमखे तुम्हारे वक्ष पर झुक आये हैं, माँ और इनका जामुनी-गुलाबी रस, कैसे रभस-आस्वाद से मुझे बेसुध किये दे रहा है।...और देखो, वह मेरु-पर्वत की नैर्ऋत्य दिशा में है शाल्मली-स्थल। उसके शाल्मली वृक्ष की दक्षिण शाखा पर अविनाशी जिन-मन्दिरों की एक पूरी श्रेणी भास्वर है।...देख रहा हूँ, नील-पर्वत के ढालों में नीलवान, उत्तर-कुरु, चन्द्र, ऐरावण, माल्यवान नामा महाह्रद। उनके रत्नों से चित्र-विचित्र तट। उनके कमलों पर बने नागकुमार देवों के फेनोज्ज्वल भवन।...और कांचन-कूट नामा उस गिरिमाला पर, अधर में आसीन वे जिन-प्रतिमाएँ। उनकी वैडूर्य विभा में झलकते प्रकृति के नव्य-नूतन परिणमन।...मेरु-पर्वत के पश्चिमोत्तर में गन्धमादन महापर्वत पर, भोगंकरा, भोग-मालिनी, वत्समिला, अचलावती देवियों को नीलमी घासों में क्रीड़ा करते देख रहा हूँ।...नीलाचल को पार कर गन्ध-मादिनी, फेन-मालिनी, ऊर्मि-मालिनी नदियों के प्रवाहों पर पग-धारण करते, एकाएक दिखाई पड़ गयी हैं विदेह क्षेत्र की वे अविनाशी नगरियाँ। ग्रह-नक्षत्रों की नाना रंगी ज्योतियों से दीप्त हैं उनके भवन, कक्ष, अन्तरायण। वहाँ नित्य उद्योतमान कैवल्य-सूर्य तीर्थंकरों के समवसरणों में मेरी अस्मिता विलुप्तप्राय है।...इन विदेह क्षेत्रों में अर्हत्ता और भगवत्ता ही भोग्य पदार्थ बनकर, जैसे पल-पल मनुष्यों की सारी भोगाकांक्षाओं को विपल मात्र में तृप्त कर देती हैं। भूमा यहाँ भूमि में फलद्रूप हो उठी है। कैवल्य-सुख यहाँ भोजन के स्वाद तक में उतर आया है!..."

"रुको मान, यहीं रुक जाओ। मेरे पास आओ मेरे पास आओ, तुम्हारी इन्द्रियों और देह में झरते इस अतीन्द्रिय सुख में मुझे डूब जाने दो...!"

"लेकिन माँ, अवस्थान अभी सम्भव नहीं हो रहा। प्रस्थान और अभियान की बिजलियाँ मेरे पैरों में खेल रही हैं। जम्बूद्वीप की अन्तिम तटवेदी में खड़ा देख रहा हूँ, लवणोदधि के नि:सीम जल-प्रसार। उससे परे धातकी-खंड द्वीप, फिर कालोदधि समुद्र की छोरान्त रत्न-वेलाएँ, फिर पुष्करार्ध और पुष्करवर द्वीपों की जगतियाँ...। आकाश ही जिसमें आकृत हो उठा है, वह मानुषोत्तर पर्वत, जिसके आगे मनुष्यों की गति नहीं।...फिर वह पृथ्वी का अन्तिम और अन्तहीन स्वयम्भूरमण समुद्र, उसके प्रकांड मगर-मच्छों के पेटालों में विचित्र रत्न-तरंगित ज्योतियों के महल।...यह है मध्य लोक का छोर, मर्त्यों की उस पृथ्वी का अन्तिम किनारा, जहाँ मर्त्य मानव-

पुरुषोत्तम जरा-मृत्यु, ह्रास-विनाश के साथ निरन्तर जूझते हुए अमरत्व-सिद्धि के नित-नव्य सोपान अनावरण कर रहे हैं। स्वर्गों और भोग-भूमियों के अकल्पनीय भौतिक सुख, मृत्युंजयी संघर्ष की इस शाश्वत साधना-भूमि पर निछावर होते हैं। अमर लोकों का देवत्व जहाँ मानवत्व का वरण करने को तरसता है। मनुष्य की भंगुर देह में उतर कर ईश्वरत्व जहाँ अपने परम पुरुषत्व को कसौटी पर चढ़ाता है...। अरे माँ, अप्रमेय विस्तारों में फैले ये असंख्यात द्वीप-समुद्र, कुलाचल, सुमेरु-शिखर, स्वयम्भू-रमण समुद्र के वे अन्तिम जल-वातायन मेरे अणु-अणु को खींच रहे हैं। उद्वेलित किये दे रहे हैं।...तुम्हीं कहो माँ, कैसे...कैसे रुकूँ इस बिन्दु-भर नन्द्यावर्त के खंडों, कक्षों, वरंडों, वातायनों में—जो मेरी आँखों पर पर्दे डाले रहते हैं।..."

"अरे मान, यहीं बैठा सारे लोकान्तरों में तो भ्रमण कर रहा है तू! फिर कहीं जाने का प्रश्न ही कहाँ उठता है?"

"भ्रमण से जी नहीं भरता, वह भटकन है, माँ। अब तो सदेह सर्वत्र इनमें रमण करने को मेरे प्राण पल-पल व्याकुल हैं।...सुमेरु-पर्वत के अनेक परिवेशगत वनों, अरण्यों, तटान्तों, कटिबन्धों में देव-देवांगनाओं को क्रीड़ा करते देख रहा हूँ। पृथ्वी के इस उपान्त से आगे देवों की सदेह गति नहीं।...और लो, सोलहों स्वर्गों के पटल खुलते जा रहे हैं। कल्पवृक्षों की सर्वकामपूरन आलोक-छाया में सारे मनोकाम्य फलों का उपभोग करते देव-देवांगना, इन्द्र-इन्द्राणियाँ। प्रत्येक अगले स्वर्ग में विपुलतर, ऊर्ध्वतर होते उनके रत्नाविल विमानों, सरोवरों, क्रीड़ा-पर्वतों, उद्यानों के अकल्प्य सुख-वैभव। क्षण-क्षण अभिनव सौन्दर्य और भोग की लहरों के इस चंचल लोक में आपा खो जाता है। भोग की प्रगाढ़तर होती महावासना में यहाँ सब कुछ अवमूर्च्छित, लुप्तप्राय, तन्द्रालीनता में इन्द्र-धनुषी लीला की तरह चल रहा है।...दिव्यांग जाति के कल्प-वृक्षों के ज्योतिर्मय वन सर्वत्र दिखाई पड़ते हैं। उनके तले कामना करते ही, मनचाहे दिव्य भोजन, दिव्य वसन तथा अन्य सारी ही दिव्य भोग-सामग्रियाँ इन देवों को प्राप्त हो जाती हैं। छहों ऋतुओं के वातावरण, प्रभाव, फल-फूल यहाँ के आकाश-वातास और कानन-उद्यानों में सदा सुप्राप्य हैं। रक्त-मांस, अस्थि-मज्जा से रहित इन देव-देवांगनाओं के शरीर विशुद्ध पुद्गल द्रव्य की तरह प्रवाही हैं। नितान्त लचीले और मनोभावी हैं। इनके दिव्य देह--बन्ध में तन-तन मानो एकाकार हो गये हैं। इनके शरीरों के बीच वर्ण, रस, गन्ध और स्पर्श भी बाधक नहीं, पारस्परिक संयोग में साधक होते हैं। मनचाही विक्रिया करने में ये सक्षम होते हैं। एक शरीर में से ठीक उसी के अनुरूप सहस्रों छोटे-बड़े मनचाहे शरीर ये बना लेने में असमर्थ हैं। दिव्य कक्ष की उपपाद शैया में स्वयंभु प्रक्रिया से सहसा ही ये अँगड़ायी भरकर उठ आते हैं और इस प्रकार अपने पूर्णकाय रूप में ही ये जन्म लेते हैं। तब किसी भी देव की एकान्त काम्या देवांगना, अन्यत्र जन्म लेकर, तत्काल उसके सम्मुख आ खड़ी होती

है। जन्म से देहपात तक इनके शरीर अक्षय सौन्दर्य-यौवन से मंडित रहते हैं।...''

''अरे मेरा मान भी तो ऐसा ही है, वह किस देव या इन्द्र से कम है...?''

''...सागरों पर्यन्त ऐसे विपुल वैभव-भोग में जीकर भी, ये देव बेचारे अतृप्त ही रह जाते हैं। और काल के भीतर बुद-बुद की तरह विलीन हो जाते हैं। ऐसी अतृप्ति और मृत्यु से मुझे सीमित करोगी माँ? क्षय और विनाश की इस परम्परा में जुड़े रहने को अब मैं तैयार नहीं।...काम को परा-कोटि पर भोग कर भी, क्या ये पूर्णकाम हो सके हैं? काम जितने रूपों में तृप्ति चाह सकता है, वे सारे आयाम इन्हें सुलभ हैं। एक प्रमुख देवांगना या इन्द्राणी, फिर कई-कई देवियाँ, इनकी भोग-शैया में बिलसती रहती हैं। इन देवांगनाओं के प्रासादों से भी ऊँचे इनकी वल्लभाओं के भवन होते हैं, जो इनकी विदग्ध भाव-चेतना को एक विलक्षण तृप्ति देती हैं। और फिर होती हैं सहस्रों गणिकाएँ, जो इन देवों के उद्दामतम देह-काम और मनोकाम को निर्बन्ध, उच्छृंखल आलोड़नों और विलासों से तृप्त करती हैं।...इन देव-निकायों में, उच्च से उच्चतर स्वर्गों के देव-देवांगनाओं का काम-सुख और ऐन्द्रिक सुख सूक्ष्मतर और गहिरतर होता चला जाता है। अपने मैथुन को ये प्रवीचार कहते हैं। इस प्रवीचार के सूक्ष्मतर और निविड़तर होते स्तर को देखकर स्तब्ध हूँ। काम स्वयं ही अपनी सघनता में तीव्रतर होता हुआ, ऊर्ध्वतर अनुभूतियों में रूपान्तरित होता चला जाता है। सौधर्म और ईशान स्वर्ग के देव-देवियाँ मानवों की तरह ही स्थूल काय-मैथुन से तृप्ति पाते हैं। उससे ऊपर के सनत्कुमार और माहेन्द्र स्वर्ग के देव-देवांगनाओं के स्पर्श मात्र से परम प्रीति को प्राप्त होते हैं। उससे ऊपर ब्रह्म, ब्रह्मोत्तर, लान्तव, कापिष्ठ स्वर्गों के देव अपनी देवियों के शृंगार, आकृति, अंग-भंग और भाव-भंगिमा, विलास-चातुरी, मनोज्ञ वेष तथा मोहक रूप के देखने मात्र से आह्लाद-मग्न हो जाते हैं।...और यह क्या देख रहा हूँ, सामने शैया में लेटा वह देव नैपथ्य में कहीं दूर अपनी प्रिया की नूपुर-झंकार सुनकर ही गहन रमण-सुख की मूर्च्छा में लीन हो गया है।...हाँ, यह शुक्र, महाशुक्र, शतार और सहस्रार स्वर्ग के देवों का क्रीड़ा-लोक है। यहाँ के देव, देवांगना के संगीत, कोमल हास्य, ललित कथा और भूषणों के मृदु रव को सुनकर ही एक अद्‌भुत विदग्ध सुरति-समाधि में लीन हो जाते हैं।...और यह क्या देख रहा हूँ, सामने शैया में लेटा वह देव नैपथ्य में कहीं दूर अपनी प्रिया की नुपुर-झंकार सुनकर ही गहन रमण-सुख की मूर्च्छा में लीन हो गया है।...हाँ, यह शुक्र, महाशुक्र, शतार और सहस्रार स्वर्ग के देवों का क्रीड़ा-लोक है। यहाँ के देव, देवांगना के संगीत, कोमल हास्य, ललित कथा और भूषणों के मृदु रव को सुनकर ही एक अद्‌भुत सुरति-समाधि में लीन हो जाते हैं। इससे भी ऊपर जाकर आनत, प्राणत, आरण और अच्युत कल्प के देव अपनी अंगना का मन में संकल्प करने मात्र से,

उसके साथ संयुक्ति का सुख पा जाते हैं। प्रिया के स्मरण मात्र से, यहाँ स्मर-देवता आत्मलीनता की कोटि का मैथुन-सुख पा जाते हैं। रति का सुख यहाँ समाधि के अनन्त सुख-राज्य का स्पर्श करता है। इससे ऊपर के अनुत्तर स्वर्गों, सर्वार्थ-सिद्धियों और नव-ग्रैवेयकों में बहिर्मुख काम की वेदना ही तिरोहित हो जाती है। प्रतिकार की आवश्यकता से परे उनका प्रवीचार यहाँ अन्तर्मुख और स्वायत्त हो जाता है। उनकी सहज आत्म-स्थिति में, सुरति-सुख स्वयमेव ही उनके भीतर निरन्तर प्रवाहित रहता है।...कामिक चेतना की इन सारी स्थितियों और भूमिकाओं में इस क्षण, संयुक्त रूप से अपने को रममाण अनुभव कर रहा हूँ, माँ। पर इनके भी सारे प्रस्तरों में संसरित होता हुआ, मैं इनके अन्तिम छोर पर आ खड़ा हुआ हूँ।...और सामने देख रहा हूँ—मृत्यु की अतलान्त अभेद्य, अँधियारी खन्दक। यह जब तक है, परमतम काम-सुख का अन्त भी वियोग और विच्छेद में होना ही है। चरम तमस के इस राज्य को भेदे बिना, मेरी चेतना को विराम नहीं, माँ...!''

''रुको, रुको मान, तुम इस समय बड़े दुर्दान्त और भयंकर दिखाई पड़ रहे हो। हर पार्थिव आधार से उच्छिन्न, इस खन्दक में कूद पड़ने को उद्यत लग रहे हो।...मान, इस किनारे को सहना, देखना, मेरी सामर्थ्य से बाहर है।...लौट आओ बेटा...लौट आओ...। तुम्हारी माँ की छाती टूटी जा रही है।...हाय, मेरी बाँहें छोटी पड़ गयीं!...मेरी हड्डी-हड्डी तड़क रही है...और मैं चूर-चूर हुई जा रही हूँ। तुम्हें पकड़ पाने में असमर्थ!...भीतर-बाहर की दृष्टि मात्र इस भय और असह्यता में मुँद गयी है।...कहाँ है मान तू, मेरे लालू...! हाय, तूने यह कैसा वज्राघात दे कर खोल दी मेरी आँखें।...यह क्या देख रही हूँ...एक ही छलाँग में पार गया तू यह खन्दक।...और उस पार एक नीली रोशनी के तट पर अकेला खड़ा है तू। हमारे बीच अपरिमेय अलंघ्य फैली है यह खाई। मान, इससे बड़ा वियोग तू मुझे क्या दे सकता था। पुत्र होकर ऐसा हत्यारा, निर्दय हो गया तू? जीते जी, खुली आँखों, चलती साँसों के बीच तू मुझे मौत के इस अँधियारे निर्जन तट पर अकेली छोड़ गया...? हाय, अब कहाँ जाऊँ...क्या करूँ...मान...मान...मान...कहाँ अदृश्य हो गया तू?''

''अरे ऊपर, इधर, मेरी ओर देखो माँ, यहाँ खड़ा तो हूँ मैं। देखो न, सर्वार्थसिद्धि के इन्द्रक-विमान का ध्वजा-दंड नीचे रह गया। उससे भी बारह योजन ऊपर आकर देखो, यह ईषत्-प्राग्भार नाम की आठवीं पृथ्वी है। नरकों की सात पृथ्वियों से ऊपर, सर्वार्थसिद्धि तक के सारे लोक पृथ्वी तत्त्व से उत्सेधित होकर अन्तरिक्षों में ही उप-पृथ्वियों पर अवस्थित हैं। पर तीन लोक के मस्तक पर, यह जो सिद्धालय है, यह फिर विशुद्ध पृथ्वी से आलिंगित है। मूलगत ठोस पार्थिवता ही यहाँ परम दिव्यता में परिणत हो गयी है। मुक्त सिद्धात्मा यहाँ पृथ्वी के साथ अन्तिम और अभेद रूप से संयुक्त हो गये हैं। दोनों ही पूर्ण स्वरूपस्थ होने से, महासत्ता यहाँ

भेद–विज्ञान से परे निजानन्द में लीन हो गयी है। लोक–शीर्ष पर आरूढ़ यह प्राग्भार पृथ्वी ही मोक्षधाम है, निर्वाण–भूमि है। इसके मध्य में उत्तान श्वेत छत्र के समान, अर्द्धचन्द्राकार सिद्धशिला विद्यमान है। यह उत्तरोत्तर ऊपर की ओर अपसारित होती हुई त्रिलोक के चूड़ान्त में अंगुल के असंख्यातवें अंश परिमाण में तनु, सूक्ष्मतम हो गयी है। अपने छोर पर यह तीसरे तनु–वातवलय को भेद गयी है। उस वातवलय की सघनताओं में निर्बन्ध अवगाहना करते हुए अनन्त कोटि सिद्धात्मा नित्य शुद्ध, बुद्ध, आत्म–स्वरूप में लीन, अपने ही भीतर के अनन्तों में निर्बाध परिणमनशील हैं। अनन्त दर्शन, अनन्त ज्ञान, अनन्त वीर्य, अनुन्त सुख आदि अनन्तानन्त गुण और शक्तियाँ उनमें स्वत:स्फूर्त भाव से निरन्तर सक्रिय हैं। इसी को सर्वकाल के द्रष्टा, ज्ञानी और शास्ता मुक्ति, मोक्ष, निर्वाण आदि संज्ञाओं से अभिहित करते आये हैं।...इन मुक्तात्माओं के सुख की कल्पना कर सकती हो, माँ?''

''...देख लालू, तू मेरे कितना पास आ गया फिर। मैं तो केवल तेरा यह सलोना मुखड़ा देख रही हूँ। इस सुख से बड़ा तो कोई सुख माँ के लिए नहीं। तेरे चेहरे में वह सारा सुख समाया है। फिर किसी कल्पना की मरीचिका में क्यों पड़ूँ!''

''यह कल्पना की मरीचिका नहीं, माँ। मेरे भीतर इस क्षण जो प्रतीयमान है, वही कह रहा हूँ। तुम मुझे चक्रवर्ती देखना चाहती हो न? पर उसके आगे भी सुख के कई सोपान हैं। चक्रवर्ती के सुख से भोग–भूमिज मनुष्य का सुख अनन्त गुना है। उससे अनन्त गुना सुखी धरणेन्द्र है। उससे अनन्त गुने सुख का भोगी देवेन्द्र है। उससे अनन्त गुने सुख में अहमिन्द्र विलास करता है। विगत, आगत, अनागत की इन सारी सत्ताओं के सुख को एकत्र किया जाए, तो उससे भी अनन्त गुना सुख मोक्ष में आसीन सिद्धात्मा एक क्षण में भोगते हैं। सत्यत: यह गुणानुगुणन भी उस सुख का सही आयाम प्रकट नहीं करता। क्योंकि अहमिन्द्रों तक के सारे सुख पराश्रित हैं, इन्द्रियजन्य हैं, सो आकुलतामय हैं। पर सिद्धात्मा का सुख स्वायत्त, आत्मोत्थ, निराकुल, आत्मन्येवात्माना तुष्ट: हैं। इसी से वह वचन और गणना से अतीत मात्र अनुभव्य है।...''

''ऐसे सुख को तू मेरी गोद में लेटा अनुभव कर रहा है, फिर कहाँ जाने की पड़ी है तुझे?''

''नहीं माँ, यह उस सुख की अनुभूति नहीं, उसमें स्थिति नहीं, यह मात्र उसकी प्रतीति है। चाहो तो इसे सम्यक्–दर्शन कह लो। इस दर्शन को सम्यक्–ज्ञान बनना होगा। और उस सम्यक्–ज्ञान को चारित्र बन जाना होगा। यानी इस सुख में ही तब निरन्तर रमण और विचरण होगा।...''

''कोई अन्त भी है तेरे इन उलझावों का! सभी श्रमणों और शास्त्रों से यही गाथा सुनते मैं थक गयी हूँ। कोई उस मोक्ष में जाकर आज तक लौटा तो नहीं। कौन

साक्षी दे कि ऐसा कोई सुख कहीं है?''

''हो सके तो वह साक्षी, मैं सदेह यहाँ उपस्थित करना चाहता हूँ।...जाने क्यों, मुझे ऐसा लग रहा है, माँ, कि यह निर्वाण भी अन्तिम उपलब्धि नहीं। मेरी यात्रा यहीं समाप्त नहीं दिखती।...इस निर्वाण से भी आगे की एक स्थिति मेरी अभीप्सा में झलक रही है। भेद-विज्ञान से परे एक अद्वैत महासत्ता में स्थिति : जिसमें संसार और निर्वाण एकाकार हैं। वे परस्पर एक-दूसरे में अन्तर-संक्रान्त हैं।...अरे माँ, देखो न, मैं निर्वाण को अनिर्वाण जगत् में पग-धारण करते देख रहा हूँ। मैं अपने भीतर सदेह सिद्धात्मा को लोक में शाश्वत संचरण करते देख रहा हूँ!...''

''कितनी देर हो गयी तुझे, बोलते-बोलते। चुप हो जा लालू...मेरे लाल...!''

...और सहसा ही अपने बालों और गालों पर माँ का हाथ फिरता अनुभव किया। आँखें खुल गयीं।...यह क्या देख रहा हूँ। माँ की गोद में उत्संगित हूँ। बरसों से ऐसा नहीं हुआ था। मोह की उस ऊष्मा को सह न पाया, और उठने को हुआ कि माँ ने दोनों बाँहों से मुझे समूचा आवरित कर लिया।...लगा, जैसे एक तीखा प्रश्न माँ ने बिन बोले ही, मेरी नस-नस में झनझना दिया...!

''...सच ही तो है तुम्हारा अनुरोध माँ, अनन्त केवल सिद्धात्मा ही नहीं, यह सारा लोक, इसके सारे बद्धात्मा जीव भी अनन्त हैं। सत्ता मात्र अपने द्रव्यत्व में अनन्त और अविनाशी है। तीनों लोकों का ढाँचा, उसके कई पटलों में स्थित पर्वत, नदियाँ, समुद्र, कई भवन-मन्दिर जैसे पुद्गल-समुच्चय तक शाश्वत अनादि-निधन हैं। तब सिद्धात्मा की अनन्तता, और अविनाशीकता की क्या विशेषता! वह अनन्त जब तक अपनी सारी अनन्त गुणवत्ताओं के साथ, सान्त में व्यक्त न हो, अभी और यहाँ जीवन की लीला में संक्रान्त न हो, उसकी क्या सार्थकता? अपार सन्त्रास, यातना, मृत्यु झेलते असंख्य संसारी जीवों से मुँह मोड़कर, जो अपने ही निर्वाण-सुख में बन्द हो गया है, उस सिद्धत्व को लेकर मैं क्या करूँगा! हो सके तो उस परात्पर सिद्धत्व को, लोक की रचना में सिद्ध और संचरित देखना चाहता हूँ!...''

''...मेरी बात तो तू मानने से रहा। जब से मैं यही तो कह रही हूँ...। पर तू सुने तब न। चिर दिन का हठीला जो है। पर आया न वहीं, जो मैं कह रही थी। देख मैं हूँ न, मुझ में ला अपनी मुक्ति। इस कक्ष में, इस महल में, माँ की गोद में लेटे-लेटे सभी कुछ तो देख लिया तेने...? फिर अब कहाँ जाना है रे?''

''...नहीं माँ, मोक्ष से भी आगे की सिद्धि जिसे लाना है, वह यहाँ कैसे रुक सकता है। त्रिलोक और त्रिकाल के समस्त जीवों की सृष्टि में, उनके जीवन में, मुक्ति के शाश्वत संवादी सुख को जो संचरित देखना चाहता है, उसे उन तमाम असंख्यात जीवों की चेतना में उतरकर, उनके साथ तद्रूप तदाकार होना होगा। उसके लिए उसे विराट् प्रकृति के असीम जीव-राज्य में विचरण करना होगा। और जीवों के और

अपने बीच जो अनन्तकाल के कर्मावरण और मनोग्रन्थियाँ पड़ी हैं, उन्हें भेदकर, प्रत्येक जीवाणु के साथ आत्मसात् हो जाना पड़ेगा। माँ की मोहोष्म गोद, और नन्द्यावर्त की सुख-शैया में वह सम्भव नहीं। प्रकृति में व्याप्त युग-युगों के हिंसा-प्रतिहिंसा और कर्मों के दुश्चक्रों के प्रति आत्मोत्सर्ग कर देना होगा। उनके प्रति अपने को खोलकर, उनके सारे कषाघातों को झेलते हुए, अपने चैतन्य को अव्याबाध अवगाहना में उन्हें विसर्जित कर देना होगा। अपनी देह के रेशे-रेशे को योगाग्नि में तपकर, गलाकर, अपने विशुद्ध द्रव्य में संस्थित होने पर ही निखिल के साथ ऐसी एकाकारिता सम्भव है।...अभी-अभी अन्तहीन नरकाग्नियों में जलते जीवों की यातनाएँ आँखों आगे देखी हैं। अनन्त निगोदिया जीव-राशियों को वेदना तक से आत्म-विस्मृत, अपने ही में खदबदाते, बैचेनी के साथ एक साँस में अठारह बार जनमते-मरते अनुभव किया है। वे सारे जीव मेरी आत्मा में त्राण के लिए चीत्कार कर रहे हैं, आक्रन्द कर रहे हैं...। माँ, मेरी पीड़ा को समझने को कोशिश करो।...''

"कहो बेटा, सुन रही हूँ।...''

"जाने कितने जन्मान्तरों में, जाने कितनी योनियों में, कितने ही जीवों से मैंने शत्रुत्व बाँधा होगा। वे सारे जीव अपने बैर का बदला मुझसे लेने को, कषाय-प्रमत्त होकर निम्नातिनिम्न योनियों में मोहान्ध भटक रहे हैं। जहाँ-जहाँ भी होंगे वे, अपने कायोत्सर्ग के बल उन्हें अपने पास खींचूँगा। उनके प्रति आत्मार्पण करके, अपनी नग्न काया के अणु-अणु में उनके प्रतिशोधी बैर के सारे प्रहार मौन भाव से सहूँगा।...सहता ही चला जाऊँगा, ताकि वे अपनी समस्त कषाय को मुझ पर उतारकर, उससे मुक्त और निर्वैर हो जाएँ। पहले अपनी ही आत्मा में, अपने ही निजी वैरियों से, पूर्ण मैत्री और संवादिता स्थापित न कर लूँ, तब तक निखिल चराचर में मैत्री और संवाद का सुख-साम्राज्य कैसे स्थापित किया जा सकता है!...''

"...कायोत्सर्ग तो भीतरी बात है न, मानू! इस बाहर की छत में जाने कब से तेरा कार्यात्सर्ग चल तो रहा है। तेरी ध्यान-साधना में आप ही एक दिन, सारे जीव खिंचे चले आएँगे। है कि नहीं?''

"...नहीं...नहीं माँ, असम्भव! मुझे स्वयं जीवों के पास जाना होगा। अपने अहम् की सारी ग्रन्थियाँ भेदकर, उन्हें सुलभ हो जाना होगा। छोड़ो लोका-लोक की जीव-राशियों को : ठीक इस महल से बाहर निकलते ही, जो मानवों की बस्तियाँ हैं, उन्हीं के साथ मैं अभी कोई समत्व और संवाद नहीं साधा पाया। पिप्ली-कानन की यात्रा के समय, तुम्हारे इस आर्यावर्त की कई ग्राम-बस्तियों में भटका था। कृषकों, कम्मकरों, चांडालों, अन्त्यजों की जो जीवन-स्थिति देख आया था, उसके बाद तुम्हारे इस सुख-वैभव से भरे राजमहल में लौटने का मन न हुआ। वह सब असह्य लगा, अक्षम्य अपराध प्रतीत हुआ। इन महलों और राज्यों के ऐश्वर्यों की नीवों में जो

प्रतिपल अपने जीवनों की आहुतियाँ दे रहे हैं, उनकी विपन्नता, दीनता और आत्महीनता को देख, मुझे स्पष्ट प्रतीति हुई, कि लोक में कुछ समर्थ लोग, अपने बाहुबल और उत्तराधिकार के जोर पर, निरन्तर एक सार्वभौमिक हत्या और हिंसा की सृष्टि कर रहे हैं। कर्म-विपाक से यदि यह वैषम्य है, तो उस गलत कर्म-शृंखला को उलटना भी जागृत और चैतन्य मनुष्य का दायित्व है। कोई भी आत्मवान और जागृत व्यक्ति, होश-हवास रहते एक हत्यारी और शोषक जगत-व्यवस्था में सहभागी होकर, करोड़ों मानवों की सामुदायिक हिंसा के इस व्यापार को कैसे चलने दे सकता है?...

"क्या करूँ माँ, बहुत विवश हो गया हूँ मैं, यहाँ से चले जाने को। धनी-निर्धन, सुखी-दुःखी, शोषक-शोषित, पीड़क-पीड़ित के ये भेद, ये दरारें मुझसे सही नहीं जातीं। मेरी नसों में रक्त नहीं, जैसे बिच्छू बह रहे हैं। मेरे तन का अणु-अणु उनके निरन्तर दंशनों से उत्पीड़ित है। लगता है माँ, हजारों-लाखों लोग, जब तक पीढ़ी-दर-पीढ़ी बेहाल, निर्धन, मजबूर हैं, लाचारी और आत्महीनता में जी रहे हैं, तब तक इस ऐश्वर्य से मचलते महल में मैं कैसे रहूँ? तुम्हारा यह सारा वैभव मुझे काटता है, यह मुझे चोरी का लगता है। यह सार्वभौमिक हत्या की खेती का प्रतिफल लगता है। तुम नाराज न होना माँ...! क्या करूँ, जब यह सब मैं प्रत्यक्ष देख रहा हूँ। यह सब सहते हुए जीना अब मेरे वश का नहीं...!"

"मान, तेरी इन अनहोनी हठों का अन्त नहीं। जो आज तक कोई न कर सका सृष्टि के इतिहास में, वह तू करेगा? असम्भव को कौन सम्भव कर सका है?"

"असम्भव और महावीर साथ नहीं चल सकते, माँ। मनुष्य के कोष में से असम्भव शब्द को मैं सदा के लिए निकाल फेंकना चाहता हूँ। सत्ता यदि अनन्त-सम्भावी है, तो असम्भव यहाँ कुछ भी नहीं। वह केवल अज्ञानियों और अर्द्धज्ञानियों की, अपनी सीमा से निष्पन्न एक मिथ्या धारणा मात्र है। असम्भवों की लकीरें खींचने वाले तुम्हारे परम्परागत शास्त्र और श्रमण स्थापित स्वार्थों के स्थिति-पोषक हैं। यह असम्भव शब्द उन्हीं का आविष्कार है।...अर्हन्तों की कैवल्यवाणी को कौन लिपिबद्ध कर सका है। अर्हत् के मुख से असम्भव शब्द उच्चरित नहीं हो सकता। अर्हत् और असम्भव, ये दोनों विरोधी संज्ञाएँ हैं। सर्वसम्भव, सर्वज्ञ, तीर्थंकर असम्भव की मर्यादा पर कैसे अटक सकता है?..."

...एकाएक मैं उठ बैठा, और देखा, माँ प्रस्तरीभूत-सी, पहचान-भूली, भटकी आँखों से मुझे देख रही हैं। बहुत सूना लगा उनका आँचल, और वे निपट लुटी-सी बहुत अनाथ हो आयी हैं।...

"...मैं बहुत पीछे छूट गयी, मान। माँ से तू बहुत आगे जा चुका।...जाने कब का? फिर भी क्यों रह-रहकर भरम में पड़ जाती हूँ। जिसका बछड़ा सदा के लिए

खो गया है, उस गाय-सी रँभाती, बिलखती मैं बावली बेकार वीरानों में दौड़ी फिर रही हूँ...!''

माँ अपने आँसू न रोक सकीं। उन्हें पोंछने का अधिकार मैं खो चुका हूँ, जाने कब का। मोहरात्रि को पुचकार कर अब और सुलाये रखना मेरे वश का नहीं।...

''...जाओ, जहाँ तुम्हारा जी चाहे जाओ, मान। तुम्हें रोककर रखने वाली मैं कौन होती हूँ। सारे आसमान को अपने आँचल की कोर में गाँठ देकर बाँध लेने की भ्रान्ति में पड़ी हूँ मैं।...ऐसी मूढ़ स्त्री, तुम्हारी माँ कैसे हो सकती है?...''

''तन की माँ तो हो ही, अब मेरे मन, चेतना, आत्मा की माँ भी बन जाओ न! तुम्हारी ही गोद में द्विजन्म पाना चाहता हूँ, माँ, सत्य का ज्योतिर्मय जन्म... !''

''तो उसके लिए मुझे त्याग कर मौत की अँधेरी खन्दकों में कूदोगे तुम? मेरी मति-बुद्धि से बाहर है यह सब।''

''वह अँधेरी खन्दक भी तो तुम्हारे ही गर्भ में है, माँ। फिर लौटकर उसी में कूदूँगा, और उसकी मोहान्ध कारा को सचेतन, सज्ञान तोड़ कर, अखंड, अनन्त गुना अधिक, समूचा तुम्हारा होकर, तुम्हारी गोद के सिंहासन पर प्रकट हो उठूँगा... ?''

माँ ने शब्द न सुने : केवल भावित हो आयीं; बोध से उजल आया उनका मुख। और अखंड माँ को मैंने जैसे साक्षात् किया।...

''आवागमन से परे की, अपनी और मेरी स्थिति को मेरी आँखों में बूझो, माँ। तब पाओगी कि जाना-आना, यह निरी शब्द-माया है। तब मेरी जाती हुई बिछोही पीठ नहीं देखोगी, मेरा सन्मुख आता मुख ही देखोगी। काश सत्ता का वह आयाम तुम्हें प्रत्यक्ष दिखा सकता! लेकिन शब्द के राज्य की सीमा आ गयी...। अब बोलना निःसार लगता है। देख सको तो देखो, मैं तुम्हारे सामने हूँ समूचा...सदा।''

''...तू तो कहता है, मोक्ष में खो नहीं जाएगा। लौट कर आएगा मेरे पास। क्या लाएगा मेरे लिए?...''

''...हथेली पर रखा हुआ एक ऐसा सहस्त्र-पहलू हीरा, जिसमें त्रिलोक और त्रिकाल के तमाम परिणमन झलक रहे होंगे! तब दुःख, मृत्यु, विनाश, शोक, वियोग के अन्धकारों से आच्छन्न लोक मेरे हृत्कमल में सहज अनुभूत और आश्वस्त होगा। उसे प्राप्त करने को, उसमें व्यापने को, चौरासी लाख योनियों में मुझे फिर भटकना नहीं होगा। भ्रमण तो अनन्त बार किया इन सारी अन्ध योनियों में। पर क्या फिर भी उन्हें जान सका, अपने को जान सका, इस लोक को जान सका? बाहरी भ्रमण द्वारा नहीं, भीतरी आत्म-रमण द्वारा ही इसे सम्पूर्ण जाना और स्वायत्त किया जा सकता है। तभी इसमें निर्बाध रमण कर, इसके अणु-अणु में आत्मज्ञान का चक्रवर्तित्व स्थापित किया जा सकता है।...और वह चिन्तामणि हीरा लेकर, त्रिलोक और त्रिकाल का चक्रवर्ती, विश्वम्भरा माँ की गोद में नहीं लौटेगा, तो कहाँ जाएगा? वहीं बिछेगा

उसके चक्रवर्तित्व का सिंहासन...!''

माँ की मुँदी आँखों से आनन्द के अजस्र आँसू बह रहे हैं। और मैं उनके अन्तश्चक्षु बनकर, उनके इस अनहोने बेटे को निर्निमेष निहार रहा हूँ।...

वातावरण समाधि के अज्ञात फूलों की सौरभ से आप्लावित है।...

महाभिनिष्क्रमण

मार्गशीर्ष कृष्णा नवमी :

हेमन्ती सन्ध्या के इस कोहरिल तट में विचित्र फूल उभर रहे हैं। एक अपार्थिव सौरभ चेतना में व्याप गयी है : पर इससे अधिक सुपरिचित सुगन्ध का अनुभव तो पहले कभी हुआ नहीं।...वे सारे नाना रंगी फूल जाने कब विसर्जित होकर, एक जामुनी सरोवर की लहरों में परिणत हो गये।...और सहसा ही यह क्या देख रहा हूँ कि वह सरोवर फैल कर 'अरुण-समुद्र' में व्याप गया है। और उसमें से गोलाकार समुद्र-राशि की तरह प्रगाढ़ अन्धकार का एक विराट् तमः-स्कन्ध उठता हुआ सारे लोक पर छा गया है। अपने पादमूल में असंख्यात योजनों में विस्तृत यह तमोराशि, क्रमशः संख्यात योजनों में अपसारित होती हुई ब्रह्मयुगल के अरिष्ट-इन्द्रक विमान के तल में अवस्थित हो गयी है। उसकी अगणित अन्धकार-पंक्तियाँ ऊपर की ओर उठकर अरिष्ट विमान में चारों ओर फैल गयी हैं। फिर वे चारों दिशाओं में विभाजित होकर, मर्त्यलोक के अन्त तक व्याप गयी हैं। उन अन्धकार पंक्तियों के अन्तरालों में देख रहा हूँ—अग्न्याभ, सूर्याभ, चन्द्राभ, सत्याभ, क्षेमंकर आदि ब्रह्म-स्वर्ग के देवों के तैरते हुए जाने कितने द्युतिमान विमान।...

...और उस सागराकार गोल तमःस्कन्ध के चूड़ान्त पर लौकान्तिक देवों के कितने ही पंक्ति-बद्ध रत्नप्रभ वातायन उभर आये हैं। देवों के बीच देवर्षि कहे जाते हैं ये देव। स्वर्गों के सारे भोगों से घिरे रहकर भी ये स्वभाव से सहज ही वीतराग और योगी हैं। विषय और विषयी के भेद से परे इनकी चेतना एक निर्विषय सुख से सदा ऊर्मिल रहती है। इन्द्र-इन्द्राणियाँ तक इनकी पूजा करते हैं। उन चूड़ान्तिक वातायनों पर उन्हें क्रीड़ा भाव से लूमते देख रहा हूँ।...सहसा ही वहाँ से कई मणिप्रभ विमान उड़कर नन्द्यावर्त की ओर आते दीखे।...

...मेरे सामने पंक्तिबद्ध आकर खड़े हो गये हैं, ये दिव्य रूपधारी कुमारयोगी। सारस्वत, आदित्य, ब्रह्नि, अरुण, गर्तोदय, तुषित, अव्याबाध, अरिष्ठ आदि जाने

कितने ही नाम, कुहरिल हवा में गूँज कर, कहीं ज्योतिर्मय अक्षरों में भास्वर हो उठे।...ढेर सारे कल्प-वृक्षों के फूल उन्होंने मेरे चरणों में बिखेर दिये।

एक अत्यन्त सुखद मार्दवी तन्द्रा में मेरी चेतना डूबने-उतराने लगी। कई धनुषाकार सुन्दर ओठों की पंक्तियों से उच्चरित होता सुनाई पड़ा : 'बुज्झह...बुज्झह! मा मुज्झह...मा मुज्झह!...' : 'जागो...जागो! मूर्च्छा में ना रहो...मूर्च्छा में न रहो!' क्षणैक के अन्तराल से फिर सुनाई पड़ा : 'उट्ठाहि...उट्ठाहि...!' : 'उठो...उठो!' फिर गम्भीर चुप्पी के उपरान्त एक लम्बायमान ध्वनि अन्तहीन हो गयी : 'पट्ठाहि...पट्ठाहि!' : 'प्रस्थान करो...प्रस्थान करो!'

और उस ध्वनि के छोर पर पर मेरी बाह्य चेतना सर्वथा विलुप्त हो गयी।...

...अपूर्व है आज के ध्यान की गहराई और उसका विस्तार। अब तक के ध्यान की चरम तल्लीनता में, एक रेशमीन अन्तरिक्ष के दूरातिदूर विराट् प्रसार में कोई एकमेव नील नक्षत्र तैरता दिखाई पड़ता था।...इस क्षण वह वृहत्तर होता हुआ एक अंडाकार नील ज्योति-पुंज में प्रभास्वर हो उठा। और अगले ही क्षण, किसी नीलमी महल के तटान्त पर खड़ी एक नीलेश्वरी सुन्दरी, बाँहें पसारकर आवाहन-मुद्रा में विशालतर होती दिखाई पड़ी। उसकी देह के प्रत्येक अवयव में सहस्त्रों आँखें खुली हैं : और उन आँखों में सारी इन्द्रियों के द्वार एकाग्र, एकाकार होते जा रहे हैं।...देखते-देखते मैं एक सुनील समुद्र के प्रशान्त प्रसार में विसर्जित हो गया।...

मार्गशीर्ष कृष्ण दशमी :

...ब्राह्म मुहूर्त की निर्मल वायु-तरंगों में अनुभव हुआ : सारे स्वर्गों के पटल और इन्द्रों के आसन कम्पायमान हो रहे हैं। अनगिनत कल्प-विमानों के वैभव और ऐश्वर्य उमड़ कर नन्द्यावर्त-प्रासाद की ओर प्रवाहित हैं।

...उषःकाल के मोतिया आलोक में जब आँखें खुलीं, तो पाया कि अपनी शैया में नहीं हूँ। पद्मराग-शिला की एक चौकी पर पद्मासन में आसीन हूँ। सहस्त्रों इन्द्र अपनी इन्द्राणियों और देव-देवांगनाओं के परिकर के साथ, क्षीर-समुद्र के जल से भरे सुवर्ण-कुम्भों से मेरा अभिषेक कर रहे हैं।...शची जाने कितनी ही कमनीय बाँहों से मेरा अंग-लुंछन कर रही है। कल्प-लताओं के पुष्प-पराग से मेरे सारे शरीर में अंगराग-प्रसाधन किया गया है। फिर एक अखंड उज्ज्वल ज्योतिर्मय उत्तरीय मेरी देह पर धारण कराया गया। उसके उपरान्त अनादिनिधन चित्र-विचित्र रत्नों के किरीट, कुंडल, केयूर और समुद्र-तरंगिम मुक्ताफलों की मालाओं से आपाद-मस्तक मेरा शृंगार किया गया है।

...सारा आकाश एक प्रकांड मृदंग की तरह अन्तहीन नाद से शब्दायमान है।

स्वर्गों से नन्द्यावर्त के प्रांगण का समस्त अन्तरिक्ष देव-देवांगनाओं, अप्सराओं, यक्षों, गन्धर्वों के उतरते यूथों से छा गया है। जैसे एक निःसीम चित्रपटी दिव्य रंग-प्रभाओं से झलमला उठी। तरह-तरह के देव-वाद्यों, संगीतों, नृत्यों की झंकारों से दिगन्तों के तट रोमांचित और द्रवित हो उठे हैं।

...देख रहा हूँ, राजद्वार पर तुमुल वाद्य-संगीतों के बीच एक भव्य पालकी उतर आयी है। यह 'चन्द्रप्रभा' नामा पालकी, मानो करोड़ों चन्द्रमाओं के स्कन्ध में से तराशी गयी है। इसकी शीतल-तरल आभा से सारे लोकाकाश के हृदय में एक गहरी कपूरी शीतलता और शान्ति व्याप गयी है।

...शक्रेन्द्र और शची मुझे बड़े सम्भ्रम के साथ हाथ पकड़कर उस पालकी की ओर ले गये। शची ने अवलम्ब के लिए अपनी कमनीय कोमल बाहु पसार दी। उसे पकड़कर मैं पालकी में यों आरूढ़ हो गया, जैसे अपने चरम विलास-कक्ष के शयन पर आरोहण किया हो।

भासित हुआ कि काल-चक्र में विजया नामक मुहुर्त-क्षण प्रकट हुआ है। मेरे पद-नख पर उत्तरा और फाल्गुनी नक्षत्रों की संयुति हुई है। पालकी में मेरे पीताभ गरुड़-रत्न के सिंहासन का आलोक उदीयमान सूर्य के गोलक की तरह भास्वर हो उठा है। पूर्वाभिमुख आसीन मैंने देखा, कि ठीक सामने पूर्व दिशा में एक पुरुषाकार छाया दूर तक फैलती चली गयी है।

शिविका में दीखा : मेरी दायीं ओर एक कुल-महत्तरिका वृद्धा हंसोज्ज्वल वस्त्र लिये बैठी है। मेरी दायीं ओर धाय-माता विपुल सामग्रियों का सुवर्ण थाल लिये बैठी है। पीछे एक परम सुन्दरी युवती सोलहों शृंगार किये मुझ पर सुवर्णदंड का हीरक-श्वेत छत्र छाये हुए है। ईशान कोण में खड़ी एक पुंडरीक-सी ईषत् नमिता बाला मणिमय विजन डुला रही है। पादप्रान्त में कई वार-वनिताएँ नृत्य-भंगों में निवेदित होती हुई, कई-कई ग्रन्थियों-सी एक साथ खुल रही हैं। उनके आलुलायित केशों का मोहान्धकार मेरे चरण-तटों में आकर विलीन हो जाता है।...

अगल-बगल खड़े परिजन-परिवार के सारे चेहरे, किसी एकमेव आत्मीय चेहरे की चिरन्तन परिचिति में एकाकार-से दीखे। पास झुक आये माँ और पिता के युगलित मुखड़ों पर, आँसू-झरती मुँदी आँखें मेरे सम्मुख चित्रित-सी रह गयीं।...''माँ, बापू, वियोग की रात बीत गयी।...मेरे परम परिणय की इस मंगलवेला में आशीर्वाद दो, कि अपनी अनन्या वधू का वरण कर जल्दी ही तुम्हारे पास लौट आऊँ...!''

''ओ री पागल वैना, बहा दो अपने सब आँसू। इतने कि मेरी मुक्त जलक्रीड़ा के शाश्वत सरोवर हो जाएँ।...अरे सोमेश्वर, सखा का साथ नहीं दोगे, कि यों व्याकुल हो रहे हो? क्या तुम नहीं चाहते कि तुम्हारी कविता को लोकालोक में साकार करूँ? ठीक मुहूर्त में आ पहुँचोगे मेरे पास, और दोनों मिलकर महावीर की कैवल्य-प्रभा

से कण-कण को भावित और सुन्दर कर दोगे...!''

सहस्त्र-सहस्त्र प्रजाजनों की राशिकृत मेदनी चारों ओर घिरी है। सारे चेहरे आँसुओं से उफन रहे हैं। दबी सिसकियों से सुबकते जाने कितने नर-नारी वक्ष मेरे निश्चल अंगांगों में आलोड़ित हो रहे हैं।...एकाएक दिखाई पड़ा : चेटकराज, सुभद्रा नानी, सारे मामा लोग, रोहिणी मामी तथा वैशाली के अनेक लिच्छवि कुल-राजन्य आसपास घिर आये हैं।...''अरे नानी माँ, वियोग के अँधेरे में पीछे छूटोगी? विदा के इस क्षण में अटूट संयोग की गोदी में मुझे नहीं लोगी?...और मेरे चेटक-बापू, क्या वैशाली के ही गणनाथ होकर रहोगे, समस्त लोक के बापू नहीं बनोगे? और फिर जाकर भी, तुम से दूर मैं कहाँ जा सकता हूँ?...और आर्यावर्त की सिंहनी रोहिणी मामी, तुम तो मेरे सूरज-युद्ध की संगिनी हो, यों कातर होकर मुझे अकेला छोड़ जाओगी?...ओ मेरी प्रजाओ, मैं यदि जीवन का नया रक्त बनकर तुम्हारी शिराओं में व्याप जाना चाहता हूँ, तुम्हारी साँसों में बस जाना चाहता हूँ, तो क्या यों सुबककर मेरी राह रोकोगे? मुझे निर्बाध अपने भीतर न आने दोगे?...चन्दन, तुम यहाँ न दिखाई पड़ी न! ठीक ही तो है। तुम्हारे पास आने को ही तो यह महाप्रस्थान कर रहा हूँ।...तुम्हें सामने पाते ही जान लूँगा, कि जहाँ पहुँचना था, वहाँ पहुँच गया हूँ!...लिच्छवि कुलपत्रो, निश्चिन्त हो जाओ। मेरी आत्मजय और वैशाली की विजय को भिन्न न जानो। त्रिलोक का वैभव जो यहाँ समर्पित है इस घड़ी, इसे क्या अनदेखा करोगे?...''

मानवों और देवों की अन्तहीन जयकारों के बीच, आकाश में तोरणाकार उड़ते सहस्त्रों देव-देवांगना फूलों की राशियाँ बरसाते दिखाई पड़े।...

जब तुमुल जय-निनाद के साथ, परिजनों और प्रजाजनों के कन्धों पर पालकी उठी, तो लोक के सारे पटल रोमांच से कम्पायमान होते अनुभव हुए। कुछ ही दूर जाने पर शत-शत इन्द्रों और माहेन्द्रों ने चारों ओर से आकर पालकी अपने कन्धों पर ले ली। कुंडपुर के राजमार्ग में अनवरत बरसते फूलों के बीच से, दृष्टि के पार होती विशाल शोभा-यात्रा चल रही है। अन्तरिक्ष के अधर में शत-सहस्त्र अप्सराएँ नृत्य कर रही हैं। उनके नर्तित अंगांगों में से स्वर्गों के कितने ही क्रीड़ाकुल उद्यान और केलि-तरंगित सरोवर आविर्मान और लयमान होते दीख रहे हैं। बेशुमार फूल-पल्लवों, बन्दनवारों, रत्न-तोरणों में से यात्रा गुजर रही है।

दूरियों में देख रहा हूँ : अलंकृत हाथियों की कई-कई सरणियाँ चल रही हैं। हेषारव करते श्वेत अश्वों के यूथ गतिमान हैं। वैदूर्य-शिला का एक विशाल सिंहासन, मणि-कुट्टिम पादुकाओं से दीप्त, कहीं ऊँचाई पर आलोकित है। उसे घेरे अनगिनत रथ अपने रत्न-शिखरों से आकाश को चित्रित करते चले रहे हैं। देवों, विद्याधरों, राजाओं की चतुरंग सेनाओं का ओर-छोर नहीं। ठीक पालकी पर, उड्डीयमान मुद्राओं

में झुक-झूमकर नृत्य करती अप्सराओं ने चारों ओर रूपलावण्य का एक वितान-सा छा दिया है।

...और मेरे भीतर गूँज रहा है : ''नेति-नेति...नेति-नेति! : यह भी नहीं...यह भी नहीं! : यहाँ अन्त नहीं...यहाँ अन्त नहीं...!'' और इस सारे पार्थिव और दिव्य ऐश्वर्य के लोकान्त-व्यापी परिच्छद से निष्क्रान्त हो, अपने को एक अगाध शान्ति के सुरभित समुद्र पर चलते हुए देख रहा हूँ।...पूरे कोल्लाग सन्निवेश को पार कर, धीर गति से चलती हुई यह शोभा-यात्रा जब 'ज्ञातृ-खंड उद्यान' में पहुँची, उस समय हेमन्त के नमते अपराह्न की कोमल धूप, वन-शिखरों पर से सरकती दिखाई पड़ी।

शिविका जहाँ उतारी गयी, वहीं सामने सघन हरित मर्कत-छाया से आलोकित एक विशाल अशोक वृक्ष प्रणत मुद्रा में स्वागत करता दिखाई पड़ा। उसके तलदेश में स्थित एक ऊँची विपुलाकार सूर्यकान्त शिला पर इन्द्राणियों ने चन्दन, केशर, कुंकुम और मणि-चूर्णों से स्वस्तिक और आल्पनाएँ रचीं।...

...हठात् सहस्रों देव-किंकरों के हाथों में थमे दंडों की ताड़ना से इन्द्रों के करोड़ों दुन्दुभि बाजे आकाश-व्यापी होकर प्रचंड घोष करने लगे। नाना समवेत वाद्यों में करुण-कोमल रागनियाँ प्रवाहित होने लगीं।...और पाया कि पृथ्वी और स्वर्गों के तमाम समुद्रों और सरोवरों की संयुक्त जलधाराएँ महावीर का अभिषेक कर रही हैं। पाद-प्रान्त में विविध मंगल-द्रव्यों की सम्पदाएँ भीग रही हैं। धूपदानों से उठती सुगन्धित धूम्र-लहरियाँ एक अद्‌भुत पावनता से वातावरण को व्याप्त कर रही हैं।

इन्द्रों के उड़ते हुए चँवर धवल हंस-पंक्तियों की तरह दिव्य वीणाओं की सुरावलियों में बहने लगे। चित्रा-बेलियों से बरसते रंगारंग फूल हवा में सारणियाँ करते तिरोमान होने लगे। देवांगनाओं की अंजलीकृत लावण्य-प्रभाएँ कपूर-सी उड़ती दिखाई पड़ीं।...

...मेरे भीतर के अगाध में से चरम उल्लास का एक रोमांच उठकर मेरे अंगांगों को विगलित कर चला।...मुझ पर बरसती, प्रकृत अभिषेक की जलधाराएँ सहसा ही एक सुनील नीहार का वितान बनकर मेरे चारों ओर छा गयीं। एक निस्तब्ध नीलिमा की आभा के बीच मैंने अपने को एकाकी पाया।...सहसा ही मेरी देह पर से उतरकर, किरीट-कुंडल, केयूर, मुक्ताहार और सारे वस्त्राभूषण झरती पत्तियों की तरह झड़-झड़ कर महावीर के पाद-प्रान्त में आ गिरे!

...उस सूर्यकान्त शिला के आसन पर, मैंने किसी वयातीत नग्न शिशु को, एक निर्दोष निर्विकार पारदर्श प्रभा के रूप में अवस्थित देखा।

हठात् स्तब्धता की वह नील नीहारिका विलीयमान हो गयी।...असंख्य कंठों की त्रिलोक-व्यापी जयकारें गूँज उठीं। छोड़े हुए सर्प-कुंचक जैसे निष्प्रभ वस्त्रालंकारों को कुल-महत्तरिका ने अपने हंस-धवल वसन में समेट लिया।

...मैंने देखा कि मेरी कुंचित कमनीय अलकावलियाँ नागिनियों-सी उछल कर, मेरे सारे मस्तक को घेरकर लहरा उठी हैं। और चारों ओर घिरी दिव्य और पार्थिव कामिनियों के हृदय मोहिनी से व्याकुल हो उठे हैं।...

...महावीर किंचित् मुस्कुरा आये।...और अगले ही क्षण अपने दोनों हाथों की पंच-मुष्ठिकाओं से एक ही झटके में उन मोहान्धकार-भरे केशों का लोच कर, उन्होंने उन्हें हवा में उछाल दिया। सहस्रों सुन्दरियों के अंचलों, मृणाल बाँहों और इन्द्रों के रत्न-करंडकों ने उन्हें झेला।...दूर कहीं क्षीर-समुद्र की लहरों में वे केशावलियाँ तरंगित दिखाई पड़ीं।...

शक्रेन्द्र का गम्भीर स्वर सुनाई पड़ा : "हे त्रैलोक्येश्वर, हे निखिल के एकमेव आत्मीय, अवसर्पिणी काल के पुरोधा तीर्थंकर, शब्द में सामर्थ्य नहीं कि तुम्हारी महिमा का गान कर सकें। सृष्टि का कण-कण दारुण दुःख के दुश्चक्र में पिस रहा है। संसार की पीड़ाओं का अन्त नहीं। पारस्परिक राग-द्वेष, वैर-मात्सर्य के वशीभूत हो अज्ञानी जीव एक-दूसरे का घात, पीड़न, शोषण कर रहे हैं। जन्म, जरा, मरण, रोग, शोक, वियोग से असंख्य आत्माएँ सन्तप्त हैं। अबूझ कषायों के निरन्तर कषयन से हमारी चेतनाएँ सदा आरत, आहत और घायल रहती हैं। हमारी आत्मा के अभिन्न, एकमेव वल्लभ प्रभु, चिर काल से सन्त्रस्त इस लोक का त्राण करो। इसे अपने चरणों में अभय-शरण देकर, मुक्ति और जीवन का कोई अपूर्व मार्ग प्रशस्त करो...!"

...अपने होठों पर सहसा ही एक प्रसन्न स्मित को कमल की तरह खिल आते देखा।

...अपने भीतर के अथाह नीरव में ध्वनित सुनाई पड़ा :

—इस क्षण से मैं न रहूँ : केवल सत्य शेष रहे : मेरे तन, मन, वचन में आर-पार वही प्रकाशित हो उठे। केवल वही मुझमें जले, बोले, चले।

—इस क्षण से त्रिलोक और त्रिकाल के चराचर भूत मात्र मेरे तन, मन, वचन से अबात्य हो जाएँ। अणु-अणु के बीच मैं 'आत्मवत् सर्वभूतेषु' भाव से विचरूँ : उनके साथ तदाकार होकर रहूँ।

—इस क्षण से पदार्थ मात्र मेरी दृष्टि में स्वयं अपने आपका हो कर रहे। अपनी ईहा-तृप्ति की चाह के वशीभूत होकर उसपर मैं बलात्कार न करूँ। माटी, जल, तृण तक को मैं उनकी अनुमति से ही ग्रहण करूँ। वे जब मेरा वरण करें, तो मैं उनका संवरण हो रहूँ।

—इस क्षण से मेरे लिए, पल-पल पीड़ित 'मैं' और 'मेरा' समाप्त हो गया। सर्व को उनके स्वधर्म में निर्बाध और स्वाधिकृत रहने दूँ। न मैं उन पर अधिकार करूँ, न वे मुझपर अधिकार करें। न मैं उन्हें परिगृहीत करूँ, न वे मुझे परिगृहीत करें। तन, मन, वचन से क्षण-क्षण संचेतन, अप्रमत्त रहकर, वस्तु और व्यक्ति मात्र के साथ

परिग्रह का नहीं, परस्परोपग्रह का ही आचरण मुझसे हो।

—इस क्षण से मेरा रमण केवल अपने में हो, आत्मा में हो, अन्य और अन्यत्र में नहीं, स्व-रमण होकर ही सर्वरमण हो रहूँ। आत्म ही लिंग, आत्म ही योनि, आत्म ही काम, आत्म ही काम्य, आत्म ही मेरा एकमात्र विलास, सम्भोग, मैथुन और मिलन होकर रहे।...

...और समय के अविभाज्य मुहूर्त में मेरी आत्मा एक अपूर्व, अननुभूत ज्ञानालोक से उद्भासित हो उठी।...मनुष्य लोक में विद्यमान तमाम पर्याप्त और व्यक्त मन वाले संज्ञी पंचेन्द्रिय प्राणियों के मनोगत भाव मेरी अन्तश्चेतना में प्रत्यक्ष हो उठे!...क्या इसी को मनःपर्यय ज्ञान कहते हैं?

...और मेरे स्मित होठों से प्रस्फुटित हुआ :

''तथास्तु शक्रेन्द्र!...मित्ती मे सव्व भूदेसु वैरं मज्झणं केणवि...सर्वभूत मेरे मित्र हैं किसी से भी मुझे वैर नहीं। अणु-अणु की आत्मा में अवगाहन करेगा महावीर...!''

...और मैंने उस सूर्यकान्त शिलासन पर देखा : ऊर्ध्वों में उन्नीत तेज की एक नग्न तलवार की तरह दंडायमान वह पुरुष, निश्चल कार्योत्सर्ग में निस्तब्ध, निस्पन्द हो गया है।...

सूर्य की अन्तिम किरण उसके मस्तक के आभा-वलय में आकर डूब गयी।

सायाह्न की घिरती छायाओं में दूर-दूर जाता जन-रव, आसन्न रात्रि के घनान्धकार में खो गया।

□□

परिशिष्ट

निवेदन है कि इस 'परिशिष्ट' के अन्तर्गत जो 'प्रस्थानिका' प्रस्तुत है, उसे पाठक मित्र पुस्तक समाप्त कर लेने के उपरान्त ही पढ़ें। कृति और पाठक के बीच वह न आये, यह वांछनीय है। 'प्रस्थानिका' में उन सारे प्रस्थान-बिन्दुओं और मुद्दों को स्पष्ट कर दिया गया है, जिन्हें लेकर भ्रान्ति हो सकती है, प्रश्न और विवाद उठ सकते हैं।

प्रस्थानिका

ईसा पूर्व की छठी सदी में महावीर का उदय एक प्रतिवादी विश्व-शक्ति के रूप में हुआ। जो जीवन-दर्शन उस ज़माने में वाद (थीसिस) के रूप में उपलब्ध था, वह विकृत और मृत हो चुका था। प्रगतिमान जीवन को उससे सही दिशा नहीं मिल रही थी। पृथ्वी पर सर्वत्र ही एक गत्यवरोध और अराजकता व्याप्त थी। तब उस छिन्न-भिन्न वाद के विरुद्ध एक तीव्र प्रतिवाद (एंटीथीसिस) के रूप में महावीर आते दिखाई पड़ते हैं। उस समय में विसंवादी हो गये जगत् का प्रतिवाद करके, उन्होंने उनसे एक नया संवाद (सिन्थेसिस) प्रदान किया।

वेद के ऋषियों ने विश्व का एक सामग्रिक भावबोध पाया था। उनका विश्व-दर्शन एक महान् कविता के रूप में हमारे सामने आता है। पर उस कविता में भी वे विश्व के स्वयम्-प्रकाश केन्द्र सविता तक तो पहुँच ही गये थे। गायत्री में उनका वही साक्षात्कार व्यक्त हुआ है; किन्तु यह दर्शन केवल भावात्मक था, प्रज्ञात्मक नहीं। इसी कारण इसकी परिणति भावातिरेक में हुई। देह, प्राण, मन, इन्द्रियों के स्तर पर उतरकर यह भावातिरेक स्वयम्भू सविता के तेजस्-केन्द्र से विच्युत और वियुक्त हो गया। अभिव्यक्ति अपने मूल स्रोत आत्मशक्ति से बिछुड़ गयी। भावावेग में सारा ज़ोर अभिव्यक्ति पर ही आ गया। वृक्ष का मूल हाथ से निकल गया, केवल तूल पर ही निगाह अटक गयी। जड़ से कटकर झाड़ के कलेवर में हरियाली कब तक रह सकती थी? सो वह मुर्झाने लगा, उसका ह्रास होने लगा। वहीं वेद वेदाभास हो गया। सविता के उद्‌गीथों का गायक ब्राह्मण पथ-च्युत और वेद-भ्रष्ट हो गया। फलतः कर्म-कांडी ब्राह्मण-ग्रन्थों की रचना हुई।

तब उपनिषदों के ऋषि प्रतिवादी शक्ति के रूप में उदय हुए। क्षत्रिय राजर्षियों ने प्रकट होकर अपने विजेता ज्ञान तेज और तपस् द्वारा सविता का नूतन साक्षात्कार किया। वेदों की महाभाव वाणी के केन्द्र में उन्होंने प्रज्ञान का स्वयं-प्रकाश सूर्य उगाया। लेकिन उपनिषद् की ब्रह्मविद्या भी द्रष्टाभाव से आगे न जा सकी। कालान्तर में वह ज्ञान भी विकृत होकर स्वेच्छाचारियों के हाथों निष्क्रियता, पलायन और स्वार्थ का औज़ार बना। अवसर पाकर दबे हुए कर्म-कांडी ब्राह्मणत्व ने फिर सिर उठाया। ब्रह्मविद्या पर फिर छद्म वेद-विद्या हावी हो गयी। उपनिषद् के ब्रह्मज्ञानियों से लगाकर श्रमण पार्श्व तक, भाव, दर्शन, ज्ञान को तपस् द्वारा जीवन के आचार-व्यवहार में उतारने की जो एक महान प्रक्रिया घटित हुई थी, वह कुंठित हो गयी। तब महावीर का उदय एक अनिर्वार विप्लवी शक्ति के रूप में हुआ। दीर्घ और दारुण तपस्या द्वारा उन्होंने दर्शन और ज्ञान को जीवन के प्रतिपल के आचरण की एक शुद्ध क्रिया के रूप में परिणत कर दिखाया। इसी से दर्शन के इतिहासकारों ने उन्हें क्रियावादी कहा है; क्योंकि उन्होंने वस्तु और व्यक्तिमात्र के स्वतन्त्र परिणमन का मन्त्र-दर्शन जगत् को प्रदान किया था।...मनुष्य स्वयं ही अपने भाग्य का विधाता है। कर्म करने न करने, उसके बन्धन में बँधने न बँधने को वह स्वतन्त्र है। वह स्वयं ही अपने आत्म का कर्ता और विधाता है। वह स्वयं ही अपने सुख-दुःख, हर्ष-विषाद, जीवन-मृत्यु का निर्णायक और स्वामी है।

इससे प्रकट है कि आज का मनुष्य जिस आत्म-स्वातन्त्र्य को खोज रहा है, उसकी प्रस्थापना उपनिषद् युग के ऋषि, श्रमण पार्श्व और महाश्रमण महावीर कर चुके थे। इस तरह मूलतः आधुनिक युग-चेतना का सूत्रपात ईसापूर्व की छठी सदी में ही हो चुका था। विचार और आचार की एकता ही इस चेतना का मूलाधार था। महावीर के ठीक अनुसरण में ही बुद्ध आये। उनके व्यक्तित्व में मैं महावीर का ही एक प्रस्तार (प्रोजेक्शन) देख पाता हूँ। वे दोनों उस युग की एक ही क्रिया-शक्ति के दो परस्पर पूरक और अनिवार्य आयाम थे। महावीर को परात्पर परब्राह्मी सत्ता से पूर्ण साक्षात्कार के बिना चैन न पड़ा। बुद्ध जगत् के तात्कालिक दुःख से इतने विगलित हुए, कि दुःख के मूल की खोज तक जाकर, स्वयं दुःख-मुक्त होकर, सर्व के दुःख-मोचन के लिए संसार के समक्ष एक महाकारुणिक परित्राता के रूप में अवतरित हो गये। आत्म-तत्त्व और विश्व-तत्त्व, तथा उनके बीच में मौलिक सम्बन्ध के साक्षात्कार तक जाना उन्हें अनिवार्य न लगा। पूर्ण आत्म-दर्शन नहीं, आत्म-विलोपन ही उनके निर्वाण का लक्ष्य हो गया। सो 'अव्याकृत' और 'प्रतीत्य समुत्पाद' का कथन करके उन्होंने विश्व-प्रपंच से उत्पन्न होनेवाले प्रश्नों और समस्याओं को गौण कर दिया। मगर महावीर तत्त्व तक पहुँचे बिना न रह सके। सो वे तत्त्व के स्वभाव को ही अस्तित्व में उतार लाने को बैचेन हुए थे। ताकि जीवन की समस्याओं का जो समाधान इस तरह आये, वह केवल

तात्कालिक निपट बाह्याचार का क़ायल न हो; वह स्वयंभू सत्य का सार्वभौतिक और स्वाभाविक और स्वायत्त भी हो। स्वयं तत्त्व ही भाव बनकर जीवन के आचार में उतरे। उनका प्राप्तव्य चरम-परम सत्ता-स्वरूप था, इसी कारण इतिहास में अप्रतिम ऐसी दीर्घ और दुर्दान्त तपस्या की। वस्तु मात्र और प्राणि मात्र के साथ वे स्वगत और तद्‌गत हो गये। सर्वज्ञ अर्हत् महावीर में स्वयं विश्व-तत्त्व मूर्तिमान होकर इस पृथ्वी पर चला।

ईसापूर्व की छठीं सदी में, समूचा जगत् अन्तिम सत्य को जान लेने की इस बेचैनी से उद्विग्न दिखाई पड़ता है। सारे लोकाकाश में एक महान अति क्रान्ति की लहरें हिलोरें लेती दीखती हैं। उस काल में सभी द्रष्टा और ज्ञानी विचार को आचार बना देने के लिए, धर्म को कर्म में और तत्त्व को अस्तित्व में परिणत कर देने को जूझते दिखाई पड़ते हैं। इसी से सक्रिय ज्ञान (डायनामिक नॉलेज) के धुरन्धर व्यक्तित्व, उस काल के भूमंडल के हर देश में पैदा हुए। महाचीन में लाओत्से, मेन्शियस और कॅन्फ्यूसियस, यूनान में हिराक्लिटस और पायथागॉरस, फिलिस्तीन में येर्मियाह और इझेकिएल तथा पारस्य देश में जर्थूस्त्र, और भारत में महावीर और बुद्ध एक साथ आत्म-धर्म को सीधे आचार में उतारने की महाक्रियात्मिक मन्त्रवाणी उच्चरित कर रहे थे। वस्तुतः वह एक सार्वभौमिक क्रियावादी अतिक्रान्ति का युग था।

महावीर की पच्चीसवीं निर्वाण-शती की गूँज जब चारों ओर के वातावरण में सुनाई पड़ी, तो अनायास मेरे मन में यह भाव उदय हुआ, कि क्यों न भगवान के व्यक्तित्व और कृतित्व पर कोई सृजनात्मक काम किया जाये। राम, कृष्ण, बुद्ध, क्रीस्त केवल सम्प्रदायों तक सीमित नहीं रह सके हैं। इतिहास और साहित्य दोनों ही में उन पर पर्याप्त अन्वेषणात्मक और सृजनात्मक कार्य हुआ है। उनकी तुलना में महावीर इतिहास के पृष्ठों में बहुत धुँधले पड़ गये दिखाई पड़ते हैं। साम्प्रदायिकता के घेरे से परे, विश्व-पुरुष महावीर की कोई सही और ज़िन्दा 'इमेज' न इतिहास में सुलभ है, और न जगत् के दर्शन और साहित्य के क्षेत्रों में। मेरे जी में एक दुर्द्धर्ष संकल्प जागा कि, जो महावीर मूर्तिमान विश्व-तत्त्व होकर इतिहास में चले, काल के विपथगामी चक्र-नेमि को उखाड़कर जिन्होंने उसे अपने चिदाकाश में गाड़ दिया, और सम्पूर्ण सृष्टि को हिंसा के दुश्चक्र से मुक्त कर जो उसे अपनी जाज्वल्य चेतना से सम्यक् दिशा में मोड़ गये, उन्हें अपने सृजन द्वारा मैं साम्प्रदायिकता के मुर्दा कारागार से मुक्त करूँगा। एक अनिर्वार पुकार ने मुझे बेचैन कर दिया कि जिस परम पुरुष ने, प्राणि-मात्र को अपनी नियति का स्वयं-प्रकाश विधाता और निर्माता बनाने के लिए जड़त्व के अगम्य अन्धकारों में उतर जाना क़बूल किया, और महाकाल के शाश्वत चक्रेश्वर को समय के मलबों में से खोद निकालकर, जीवन की महाधारा में उसे यथास्थान प्रतिष्ठित करना

होगा। विश्वेश्वर महावीर के सच्चे और चिर जीवन्त व्यक्तित्व को सृजन द्वारा अनावृत करके, आज के स्वातन्त्र्य-कामी जगत् के सामने, उनकी एक सही अस्मिता और पहचान प्रकट करनी होगी।

इसी पुकार के प्रत्युत्तर के रूप में यह उपन्यास प्रस्तुत हुआ है। एक विशुद्ध कृतिकार की बेचैन और बेरोक ऊर्जा में से ही महावीर की यह 'सम्भवामि युगे युगे' व्यक्तिमत्ता अवतीर्ण हुई है। जैनागमों में और इतिहास में महावीर के व्यक्तित्व की एक बहुत धुँधली रूप-रेखा (कंटूर) ही हाथ आती है। इतिहास में महावीर को लेकर आज भी जितनी भ्रान्तियाँ मौजूद हैं, उतनी शायद ही उस कोटि के किसी महापुरुष के बारे में हों। दिगम्बर जैन सम्प्रदाय के ग्रन्थों में तो महावीर-जीवन के उपादान लगभग नहींवत् ही मिलते हैं। तत्कालीन इतिहास की पृष्ठ-भूमि और श्वेताम्बर आगमों में उपलब्ध महावीर-जीवन की पौराणिक गाथा ही एकमात्र वे स्रोत हैं, जिनसे मैं अपने सृजन के लिए, किसी क़दर मूर्त आधार प्राप्त कर सका हूँ। शेष में तो यहाँ प्रस्तुत महावीर, अन्ततः एक कलाकार के अन्तःसाक्षात्कार (विज़न) में से ही प्रतिफलित और प्रकाशित हुए हैं।

इस किताब को लिखने के दौरान बार-बार मैंने जैसे खुली आँखों देखा है, मानो साक्षात् हिमवान् आर्यावर्त की धरती पर चल रहा है। और उसके हर चरण-पात के साथ सृष्टि के कण-कण में एक मौलिक अतिक्रान्ति घटित हो रही है। जैनों के जड़ीभूत साम्प्रदायिक ढाँचे में ढले, और मन्दिर-मूर्तियों में बन्दी महावीर ये नहीं हैं। और न महज़ इतिहास की तथ्यों और तारीखों से निर्मित खिड़की पर दिखाई पड़ने वाले मीनियेचर महावीर ये हैं। ये तो वे महावीर हैं, जो मेरे सृजनात्मक ऊर्जा के उन्मेष में, मेरी रक्त-धमनियों में आपोआप, उत्तरोत्तर खुलते और उजलते चले गये हैं। मानों कि मैं केवल क़लम चलाता रह गया हूँ, और भगवान स्वयं ही मेरी क़लम की नोक से कागज़ पर उतरते चले आये हैं। अनेक बार आधी रातों में महाकाल के विराट् शून्य में एक टक ताकता रह गया हूँ, और मेरी दृष्टि के फलक पर वे प्रभु अन्तरिक्ष में से ज्वलन्त उत्कीर्ण होते चले आये हैं। अपनी इस सृजनानुभूति को इससे अधिक, शब्दों में व्यक्त नहीं किया जा सकता। निरन्तर यह प्रतीति दृढ़तर हुई है, कि स्वयं श्री भगवान के अनुग्रह बिना कोई मानुष कवि या रचनाकार उनकी यथार्थ जीवन-लीला का गान नहीं कर सकता; क्योंकि अंशतः और एक ख़ास अर्थ में उन प्रभु के जीवन में सहभागी हुए बिना, उनके समग्र के साथ एक तान हुए बिना, अपनी रक्तवाहिनियों में पल-पल उस परमाग्नि को धारण किये बिना, कला में उनकी जीवन मूर्ति नहीं उभारी जा सकती। इसी से कहना चाहता हूँ कि यह कृति मेरा कर्तृत्व नहीं, मेरे माध्यम से स्वयं उन भगवान का ही स्वैच्छिक प्रकटीकरण है। इसमें जहाँ भी सीमाएँ, त्रुटियाँ या कमियाँ हैं, वे मेरे माध्यम से अल्पता का परिणाम ही कही जा सकती हैं। वर्ना तो महावीर अपने को मेरी

अन्तर्दृष्टि के समक्ष आर-पार और अशेष खोलते चले गये हैं। इतने भावों, भंगिमाओं, रूपों और आयामों के साथ वे मुसलसल मेरे भीतर अनावृत (अनफ़ोल्ड) होते चले गये, कि उन अनन्त पुरुष के वैभव और विभा को समेटना, मेरे शान्त अस्तित्व के लिए एक भारी कसौटी सिद्ध हुआ है।

साम्प्रदायिक जैन अपने शास्त्रों की सीमित भाषा में वर्णित, किसी जैन महावीर को मेरी इस कृति में खोजेंगे, तो शायद उन्हें निराश होना पड़ेगा। यहाँ तो विशुद्ध विश्व-पुरुष महावीर आलेखित हुए हैं, जो केवल जैनों के नहीं, सबके थे, हैं। जो अपने युग के युगंधर, युगंकर और तीर्थंकर थे। उस युग की पीड़ा और प्रजा जिनमें संयुक्त रूप से व्यक्त हुई थी। अपने काल के एक तीखे प्रश्न और चुनौती के उत्तर में जो महाकाल-पुरुष हमारे बीच मानुष तन धरकर आये थे, वे आदर्श की निरी जड़ीभूत पूजामूर्ति नहीं थे। मानवीय रक्त-मांस की सारी ऊष्मा के साथ वे हमारे बीच, नितान्त हमारे आत्मीय होकर विचरे थे। उनके व्यक्तित्व में मानुष और अतिमानुष तत्व का अद्‌भुत समायोजन और संयोजन हुआ था। ऐसा न होता तो वे हमारे इतने प्रिय और पूज्य कैसे हो सकते थे! जैनागमों में महावीर की मानुष मूर्ति सुलभ नहीं है। एक आदर्श और अतिमानव की पूजा-मूर्ति ही साथ आती है। वह आज के मनुष्य को, आज के इस भीषण जीवन-संग्राम के बीच एक अभीष्ट तृप्ति और समाधान कैसे दे सकती है? उन भगवान का परम अनुग्रह हुआ, कि उन्होंने मेरे कवि के हाथों एक जीवन्त मनुष्य के रूप में, अभी और यहाँ के इस लोक में प्रकट होकर चलना स्वीकार किया है। मेरी इस कृति में, उनकी मानवता ही जीवन की नग्न असिधारा पर चलती हुई, अनायास अतिमानवता में उत्तीर्ण होती चली गयी है।

कोई भी सर्जक कलाकार सम्प्रदाय-बद्ध तो हो ही कैसे सकता है। इसी से मेरे महावीर जैन-अजैन, दिगम्बर, ब्राह्मण-श्रमण के सारे भेदों से परे, विशुद्ध विश्वात्मा महावीर हैं। इस सृजन में ब्राह्मण वाङ्मय, जैन वाङ्मय, जैन वाङ्मय या इतिहास का उपयोग मैंने केवल साधन-स्रोतों के रूप में किया है। उनमें से किसी का भी सटीक प्रतिनिधित्व करने का दावा मेरा नहीं है। मेरे महावीर सम्भवतः वे यथार्थ महावीर हैं, जैसे वे जहाँ जन्मे, जिये, चले और रहे। वे मेरे मन अत्यन्त निज-स्वरूप, निजी महावीर हैं।

दिगम्बर और श्वेताम्बर आगम तथा इतिहास में उपलब्ध तथ्यों का चुनाव मैंने नितान्त अपनी सृजनात्मक आवश्यकता के अनुसार किया है। किसी प्रकार का साम्प्रदायिक पूर्वग्रह मेरे यहाँ लेश मात्र भी सम्भव नहीं था। मेरे चिरकाल की सत्यान्वेषी दृष्टि, महाभाव चेतना, और सौन्दर्य-बोध में जो तथ्य अनायास आत्मसात् हो गये, उन्हीं

का उपयोग मैंने किया है।

इस सन्दर्भ में उदाहरण के साथ कुछ स्पष्टीकरण ज़रूरी हैं। मसलन श्वेताम्बर आगमों में कथित भगवान के ब्राह्मणी के गर्भ से क्षत्राणी के गर्भ में स्थानान्तरण का मैंने मात्र प्रतीकात्मक उपयोग किया है। यानी वेद-च्युत और यज्ञ-भ्रष्ट ब्राह्मणत्व की महावेदना इस ब्राह्मणी के भीतर ही उत्कटतम हो सकी, और उसी के उत्तर में मानो यज्ञ-पुरुष महावीर के ब्रह्मतेज ने पहले उसके हृदय-गर्भ में प्रवेश कर उसे समाधीत किया। और अगले ही क्षण वह स्वर्ण-सिंहारोही यज्ञ-पुरुष उसे क्षत्रिय-कुंडपुर की ओर धावमान दिखाई पड़ा। इस प्रकार ब्राह्म तेज और क्षात्र तेज के संयुक्त अवतार महावीर ने एक बारगी ही ब्राह्मणी और क्षत्राणी दोनों माँओं के गर्भ को कृतार्थ किया। इसी प्रकार श्वेताम्बरों की मान्यता है कि महावीर ने विवाह किया था, दिगम्बरों के अनुसार वे कुमार-तीर्थंकर ही रहे। विवाह को उन्होंने अंगीकार न किया। मैंने एक उपयुक्त प्रसंग उपस्थित कर, महावीर और यशोदा का परम मिलन तो आयोजित किया, पर किसी सांसारिक प्राणिक विवाह में उनको बाँधकर, उनके उस अनन्त मिलन को सीमित करना मेरे कवि-कलाकार को न भाया। देह के तट पर आत्मिक भाव से भरपूर मिलकर भी, सांसारिक स्तर पर वे एक-दूसरे से विदा ले गये। तब आत्मा के स्तर पर एक अन्तहीन रोमांस में उनका मिलन अनन्त हो गया। जरा, मृत्यु, रोग, शोक, वियोग की दैहिक-मानसिक उपाधियों और व्याधियों से परे, भूमा के भीतर उनका एक शाश्वत मिलन घटित हुआ। यह अधिक कलात्मक, सुन्दर, शिव, और महावीर के व्यक्तित्व के उपयुक्त लगता है। उनके परिवेश की अनेक स्त्रियों के साथ उनके सम्पर्क और मिलन को मैंने रोमानी भूमा के इसी बहुआयामी लोक में घटित किया है। उनके ऐसे सारे सम्बन्धों और व्यवहारों में मैंने परम वीतराग और पूर्ण अनुराग की संयुक्त (इन्टीग्रल) भूमिका उपस्थित की है। ठीक वही, जो किसी सर्व-वल्लभ पुरुषोत्तम या तीर्थंकर में सहज सम्भव होती है। वे किसी रूढ़ या भीरू नैतिकता से चालित नहीं होते, विशुद्ध और डायनामिक (प्रवाही) आत्मलोक से उज्ज्वल होता है उनका समूचा चारित्र्य। वह एक अविकल्प (इन्टीग्रेटेड) सम्यक् चारित्र्य होता है।

जैन ग्रन्थों में उपलब्ध महावीर की जीवनी में सती चन्दना का प्रसंग ही सबसे अधिक हृदय-स्पर्शी है। कृष्ण, बुद्ध और क्रीस्त के जीवन-चरितों में ऐसे मार्मिक प्रसंग बहुतायत से मिलते हैं। इसका कारण मुझे यही लगता है कि महावीर का जीवन और प्रवचन, बौद्धागमों के भी बहुत बाद में ही लिपिबद्ध हो सका। तब तक उनकी अनुशास्ता परम्परा के श्रमणों ने उनके वास्तविक जीवन-तथ्यों को बहुत हद तक बनी-बनायी, कठोर (रिजिड) आचार-संहिताओं तथा सिद्धान्तों से ढाँक दिया था। इसी से बुद्ध की तरह महावीर का कोई महाभाव व्यक्तित्व हमारे सामने नहीं आता। मुझे बार-बार प्रतीति हुई है, कि स्वयं उन भगवान की अचूक कृपा के फलस्वरूप ही, मेरे कवि की कलम

से उनका वह विलुप्त महाभाव स्वरूप इस कृति में किसी कदर मूर्त और साकार हो सका है। जो भगवान समस्त चराचर जगत् में एकमेव आत्मीय होकर रहे, उनका व्यक्तित्व ऐसा भावहीन, रसहीन और रूक्ष हो ही कैसे सकता है, जैसा कि वह जैनागमों में उपलब्ध होता है। वे मेरे मन केवल जड़ीभूत सिद्धान्तों और आचार-संहिताओं से गढ़े हुए महावीर नहीं हैं, वे हैं जीवन्त, ज्वलन्त और प्रवाही, उन्हीं के द्वारा निरूपित द्रव्य के निरन्तर परिणमनशील के अनुसार।

सती चन्दना का कथा-प्रसंग श्वेताम्बर ग्रन्थों में विभिन्न रूप से वर्णित है। श्वेताम्बरों ने चन्दना को अंगराज दधिवाहन की पुत्री और चम्पा की राजकुमारी शील चन्दना बताया है। इस रूप में वह महावीर की बड़ी मौसी पद्मावती की बेटी के रूप में सामने आती है। दिगम्बरों ने चन्दना को वैशाली के गणनाथ महाराज चेटक की सबसे छोटी पुत्री और महावीर की लगभग समवयस्का छोटी मौसी कहा है। चन्दना का यह दूसरा रूप और उसकी समूची दिगम्बर कथा, मेरे कथाकार को अपने प्रयोजन के लिए अधिक उपयुक्त और कलात्मक लगी। समग्र कथा-प्रबन्ध जिस तरह मेरी कल्पना में उद्भासित (कन्सीव) हुआ है, उसमें हमजोली मौसी चन्दना ही अधिक संगत प्रतीत होती है। चम्पा की राजकुमारी शील चन्दना को मैंने एक अतिरिक्त पात्र के रूप में अंगीकार कर लिया है, और उसे एक विशिष्ट प्रतीकात्मकता प्रदान कर दी है। प्रसंगत: यहाँ यह स्पष्ट कर दूँ कि इस पूरे उपन्यास में पात्रों की वय-निर्णय के झमेले में कतई नहीं पड़ा हूँ। एक काल-खंड विशेष में कई पात्र घटित हैं। उनके बीच के सम्बन्ध और कथा-सन्दर्भ ही अधिक महत्त्वपूर्ण हैं। एक सुरचित कथा-शृंखला में यथास्थान वे आ गये हैं। उनकी उम्रों को लेकर मेरे पाठक या समीक्षक विवाद में न पड़ें। क्योंकि उस हद तक की तथ्यात्मकता को मैंने मूलत: ही अस्वीकार कर दिया है।

मेरे कवि के अन्त:साक्षात्कार (विज़न) में, चन्दना भगवान के साथ भगवती के रूप में खड़ी दिखाई पड़ती है। सच्चिदानन्द प्रभु की अन्त:स्थ आह्लादिनी शक्ति, उनकी अभिन्नात्म धर्म-सहचारिणी, पुरुषोत्तम की आत्म-सहचरी, उन्हीं की क्रियाशील चिद्शक्ति का एक साकार विग्रह। उनकी परब्राह्मी आत्मा के सौन्दर्य और ऐश्वर्य की एक सांगोपांग अभिव्यक्ति। उनके अन्त:स्थ महाभाव और महाकारुणिक प्रेम की, सर्वचराचर को सुलभ एक मातृ-मूर्ति। जगदीश्वर के साथ खड़ी त्रिलोक और त्रिकाल की जगदीश्वरी माँ : छत्तीस हज़ार आर्यिका-संघ की अधिष्ठात्री महासती चन्दनबाला। नारीत्व का वह सारांशिक परम सौन्दर्य और प्रेममय स्वरूप, जो सहस्राब्दियों के आरपार, मानव-इतिहासों की कई पीढ़ियों को एक जगद्धात्री दूध की धारा की तरह आप्लावित करता चला जाता है। इस प्रकार मेरी चन्दना के रूप में, सृष्टि-प्रकृति में जो नारी का विशिष्ट 'फंक्शन' (प्रवृत्ति) है, उसे भागदीय योजना में स्वीकृति, समर्थन और तात्त्विक मूल्य प्राप्त होता है। यहाँ परम पुरुष ने प्रकृति में अपने आत्म-वैभव

को अभिव्यक्ति देकर, उसे भी परम सार्थकता और कृतार्थता प्रदान की है। इस चरित्र के अंकन में और नारी के साथ महावीर के अन्य सम्बन्ध-सन्दर्भों में, मेरा कलाकार जैनों की कट्टर सैद्धान्तिक मान्यताओं तथा आचार-शास्त्रीय सीमा-मर्यादाओं से बाधिक नहीं हो सका है, अनन्त पुरुष महावीर को सिद्धान्तों की जकड़ में कैसे बाँधा और उपलब्ध किया जा सकता है। उन्हें हम निरन्तर प्रवाही अपने आत्म-स्वरूप के अनुरूप ही अपने लिए उपलब्ध कर सकते हैं, और रच सकते हैं। 'जाकी रही भावना जैसी, प्रभु मूरत देखी तिन तैसी' के अनुसार ही भगवान को हम अपने अभिन्न आत्मीय रूप में प्राप्त कर सकते हैं।

कई और भी सत्यात्मक और तथ्यात्मक विभावनाएँ (कॉन्सेप्ट्स) श्वेताम्बर और दिगम्बर स्रोतों से समान रूप से, अपनी कलात्मक आवश्यकता और भगवान के समग्र व्यक्तित्व की अपनी सृजनात्मक अवतारणा के अनुरूप, मैंने स्वतन्त्र भाव से चुनी हैं। कोई साम्प्रदायिक पूर्वग्रह तो किसी कलाकार के साथ संगत ही नहीं हो सकता, केवल एक विधायक, सर्जनात्मक प्रेरणा ही ऐसे चुनावों की निर्णायक हो सकती है। मसलन महावीर के बड़े भाई नन्दिवर्द्धन का पात्र मुझे अनिवार्य नहीं लगा, सो उसे मैंने ग्रहण नहीं किया है। यशोधरा के साथ उसका सांसारिक विवाह मुझे अनुकूल नहीं पड़ा, सो महावीर की पुत्री प्रियदर्शना और जमातृ जामालि को उस सन्दर्भ में ग्रहण नहीं किया है। तीर्थंकर काल में इन पात्रों का प्राकट्य किसी अन्य रूप से ग्राह्य हो सकता है।

केवल दो सर्वथा कल्पित पात्र मैंने रचे हैं, जिनका उल्लेख यहाँ नहीं करूँगा। क्योंकि उनका यहाँ अनावरण, रचना में उनके वास्तविकता-बोध को ह्रस्व कर सकता है, और पाठक की रसधारा को आघात पहुँचा सकता है। कोई भी रचनाकार आखिर अपनी कल्पना-शक्ति से ही किन्हीं पौराणिक या ऐतिहासिक महापुरुष का सांगोपांग रचना कर सकता है। चाहे वाल्मीकि या तुलसी की रामायण हो, चाहे वेद व्यास का महाभारत, चाहे कालिदास का शाकुन्तल, और आचार्यों द्वारा तीर्थंकरों के जीवन-वृत्त हों, उनमें आलेखित सभी प्रमुख या सहयोगी पात्र उनकी सृजनात्मक पारदृष्टि और कल्पना की ही उपज होते हैं। और इन्हीं महाकवियों के सारस्वत प्रसाद में हम ऋणी हैं, कि आज भी हमारे भावलोक और कल्प-लोक में राम, कृष्ण, बुद्ध, महावीर या क्रीस्त जीवित रह सके हैं। इसी सर्जक कल्प-शक्ति ने अपनी कालजयी प्रतिभा के बल, उन्हें शताब्दियों के आर-पार मनुष्यों की हज़ारों पीढ़ियों के रक्त में संक्रान्त किया है, और इस क्षण तक हमारे रक्ताणुओं में उन्हें अमर और जीवित रखा है।

वैदिक ऋषि की यह उक्ति कि कवि 'कविर्मनीषी परिभू स्वयंभू' होता है, एक मौलिक सत्य की अभिव्यक्ति है और सर्वथा सार्थक है। अत्याधुनिक मनोविज्ञान और

फ़िज़िक्स (भौतिकी) तक से इस बात को समर्थन प्राप्त हुआ है कि कल्पना-शक्ति महज़ कोई हवाई उड़ान या जल्पना मात्र नहीं है। अत्याधुनिक परा-मनोविज्ञान और आध्यात्मिक मनोविज्ञान के आदि जनक कार्ल-गुस्तेव युंग ने गहरे अन्वेषण के साथ यह प्रस्थापित किया है कि सत्यतः और वस्तुतः किसी पारद्रष्टा कलाकार की सशक्त और तीव्र कल्पना शक्ति ही, मानवीय ज्ञान की एकमेव सुलभ ऐसी क्षमता (फ़ेकल्टी) है, जो बहुत हद तक अतीन्द्रिय प्रज्ञा के निकटतम पहुँच सकती है। वह मानों आत्मिक सर्वज्ञता का ही एक ऐन्द्रिक-मानसिक पर्याय है। रचनाकार की ज्ञानात्मक चेतना अपनी सृजनात्मक ऊर्जा के चरम उन्मेष के क्षणों में एक ऐसी पराकाष्ठा को स्पर्श करती है, जहाँ उसके कल्प-वातायन पर देशकाल के तमाम व्यवधानों को भेदकर, हजारों वर्ष पूर्व के व्यक्ति, वस्तु और घटना-क्रम तक अपने यथार्थ रूप में साक्षात् हो सकते हैं। तब कोई आश्चर्य नहीं कि ऋषभदेव, भरत, कृष्ण, बुद्ध, महावीर, शकुन्तला, सावित्री-सत्यवान् या होमर की हेलेन, उनके रचयिता महाकवियों द्वारा तादृष्ट अपने सारभूत रूप में हमें ज्यों-के-त्यों उपलब्ध हो सके हैं।

कई अधुनातन भौतिकी-शस्त्रियों (फ़िज़िसिस्ट), वैज्ञानिक उपन्यासकारों और विज्ञान-दार्शनिकों ने वर्तमान में यह प्रस्थापना की है कि व्यक्तियों, वस्तुओं और घटनाओं के स्थूल भौतिक पर्यायों का कालान्तर में विघटन हो जाने पर भी, उनके सूक्ष्म पर्याय अनन्त लोकाकाश में अक्षुण्ण रहते हैं। बहुत सम्भव है, कभी आगामी युग के वैज्ञानिक टेली-विज़न और रेडियो की तरह ही ऐसे यन्त्रों का आविष्कार कर दें, जिनके माध्यम से हम सुदूर अतीत में हुए वेद-उपनिषद् के मन्त्रोच्चार, या अन्य ज्योतिर्धरों की उपदेश वाणियों को तादृष्ट सुन सकें, और उनके सर्वांग व्यक्तित्वों और उनकी जीवन-लीलाओं को प्रत्यक्ष अपनी आँखों से देख सकें। जब स्थूलदर्शी भौतिक विज्ञान भी ऐसी कालभेदी उपलब्धि करने की बात सोच सकता है, तो मनुष्य की सूक्ष्मदर्शी मानसिक और आत्मिक ज्ञान-शक्ति तो निश्चय ही उससे आगे जाकर, देश-काल के आरपार व्याप्त सूक्ष्म सत्ताओं का और भी अधिक ज्वलन्त और सारांशिक साक्षात्कार कर ही सकती है। कल्पना शक्ति भी मनुष्य की एक ऐसी ही मानसिक-भाविक अतिदूरगामी, ऊर्ध्वगामी और अन्तर्गामी क्षमता है, जो आत्यन्तिक सृजनोन्मेष और तीव्र संवेदना के क्षण में, अपनी लक्ष्यभूत किसी भी सत्ता या अतीत व्यक्तिमत्ता की एक खास 'वेव लेंग्थ' (कम्पन-पटल) को स्पर्श कर, उसमें अक्षुण्ण विद्यमान उस सत्ता की सूक्ष्म परमाणविक पर्याय को पकड़ सकती है, उसका सचोट आकलन और अंकन कर सकती है।

उपनिषदों में और उससे प्रसूत वेदान्त में, इस सारी बाह्य सृष्टि को मनोमय कहा गया है। यानी कि उसका अस्तित्व केवल हमारे मन में उद्भूत कल्पना-तरंगों में है। अन्ततः अपने आप में इसका कोई ठोस अस्तित्व है ही नहीं। यह सब कुछ महज हमारी

कल्प-शक्ति का खेल है। इससे यह निष्कर्ष हाथ आता है कि मनस्तत्त्व में सब कुछ सतत विद्यमान है। भूत, वर्तमान, भविष्य की किसी भी सत्ता को लक्ष्य कर, यदि एक सतेज संकल्प, शक्ति से हम उसे खींचें, तो वह सत्ता यथावत् हमारी मानसिक चेतना में मूर्तिमान हो सकती है। वेदान्त के प्रतिनिधि और प्रामाणिक ग्रन्थ 'योग वसिष्ठ' में एक द्रष्टान्त-कथा आती है, जिसमें यह दिखाया गया है कि एक व्यक्ति को एक कुटीर में बन्द कर दिया जाता है, और कुछ ही घंटों में वह विगत हज़ारों वर्षों के अपने कई जन्मान्तरों को तादृष्ट अपनी सम्पूर्ण अनुभूति-चेतना के साथ जी लेता है। जैन पुराण आत्माओं के जाति-स्मरण, यानी उनक कई-कई पूर्व जन्मों की स्मृतियों की कथाओं से भरे पड़े हैं। कोई सचोट प्रसंग आने पर एक आत्मा विशेष, अपने एक या अनेक पूर्व जन्मों के जीवन को अपने मनोलोक में साक्षात् करके, उनकी समस्त घटनाओं और अनुभूतियों को जी लेती हैं। इन सब चीज़ों से यह प्रमाणित होता है कि हमारी मानसिक चेतना और अन्तश्चेतना में त्रिलोक और त्रिकाल की सारी जीवन-लीलाएँ सूक्ष्म रूप से समाहित और अक्षुण्ण रहती हैं और किसी प्रासंगिक तीव्र संघात के फलस्वरूप वे ज्यों-की-त्यों हमारे अन्तःकरण में प्रत्यक्ष सजीव हो उठती हैं।

इस तरह प्राचीन परम्परागत और आधुनिक मनोविज्ञान, दोनों ही से हम इस सम्भावना पर पहुँचते हैं, कि सहस्राब्दियों पूर्व के व्यक्तियों और घटनाओं को, उनके चरित्रों को हम अपनी तीव्र संवेदनात्मक कल्पना-शक्ति से उनके यथार्थ स्वरूप में आकलित कर सकते हैं। वर्तमान में महावीर की स्मृति से सारा लोकाकाश व्याप्त है। क्योंकि लाखों लोग एकाग्र भाव से उनके जीवन और प्रवचन को याद कर रहे हैं। फिर यह भी है कि महावीर अब केवल अपनी भौतिक-मानसिक सत्ता से सीमित नहीं; उससे परे उनका व्यक्तित्व नित्य-सत्य आत्मिक सत्ता में अक्षुण्ण हो गया है। उनकी सिद्धात्मा में त्रिलोक और त्रिकाल निरन्तर हस्तामतकवत् झलक रहे हैं। उनका ज्ञान-शरीर समस्त ब्रह्मांडों में व्याप्त है। इस प्रकार वे हमारी संकल्प-शक्ति और वैश्विक चेतना को, चहुँ ओर से और भी अधिक सुलभ हो गये हैं। इस वस्तु-स्थिति को समझकर सहज ही यह मान्य हो सकता है, कि महावीर की सत्ता से ओतप्रोत आज के लोकाकाश के बीच आज मेरे कवि-कलाकार ने अपनी समग्र-चेतना से उन्हें स्मरण किया है, और लगातार दो वर्ष के क्षण-क्षण में उन्हीं के ध्यान और संकल्प में वह जिया है, तो कोई आश्चर्य नहीं कि मेरी सृजन-चेतना में उनका यह यथार्थ जीवन और अन्तरंग सांगोपांग मूर्त्त हो सका है, जो आज से ढाई हज़ार वर्ष पूर्व उन्होंने जिया था। और कोई अजब नहीं कि जो दो या अधिक कल्पित पात्र मैंने रचे हैं, वे महज़ ख़्याली फ़ितूर नहीं, बल्कि वास्तविकता में वे तब अस्तित्व में रहे हों, और मैं अपनी एकाग्र सृजनात्मक कल्पना-शक्ति के बल उन्हें पकड़ने में समर्थ हो सका हूँ।

तब श्रद्धा की भाषा में यह भी कह सकता हूँ, कि अब जन्म-मरण के चक्र से

अतिक्रान्त, मोक्ष या शाश्वती (इटर्निटी) के सम्पूर्ण नित्य विद्यमान भगवान महावीर ने स्वयं सम्भवत: अपने कवि पर ऐसी कृपा की हो, कि हमारी पृथ्वी पर जिया गया उनका समग्र तीर्थंकर-जीवन, उसके शब्दों में साकार हो उठे। मेरी अत्यन्त निजी आत्मानुभूति से बारम्बार मुझे यह प्रत्यय कराया है कि मैंने महज़ अपनी आत्म-परक (सब्जेक्टिव) सनक से ही अपने प्रस्तुत महावीर को नहीं रचा है, बल्कि स्वयं तद्गत (ऑब्जेक्टिव) महावीर मेरे सृजनोन्मेषित चित्त-तन्त्र के माध्यम से, अपनी स्वेच्छा से ही मेरे शब्दों में ज्यों-के-त्यों व्यक्त हो उठे हैं। यह प्रतीति मेरे भीतर इतनी प्रबल, अतर्क्य और अनिर्वार है, कि इसके विरोध में आनेवाले किसी भी बौद्धिक तर्क के समक्ष में महज़ मौन हो रहता हूँ। उनका किंचित् भी प्रतिकार मुझे तुच्छ और अनावश्यक लगता है। और तो और प्रामाणिक और आर्ष माने जाने वाले परम्परागत शास्त्रों की सीमित बौद्धिक प्रस्थापनाएँ भी यदि इसके विरोध में सामने आएँ, तो मैं उनसे बाधित और विचलित नहीं हो सकता। क्योंकि सृजनात्मक चेतना सदा सर्वतोमुखी, संयुक्त (इंटीग्रल) और सामग्रिक होती है। वह सारे एकान्त बौद्धिक विधानों से कहीं बहुत अधिक पूर्णता के साथ, किसी भी सत्ता का सम्पूर्ण आकलन करने में समर्थ होती है। सच तो यह है कि अनेकान्त-मूर्ति, साक्षात् सत्ता-स्वरूप महावीर को किसी रचना-धर्मी कवि-कलाकार की अनैकान्तिक सृजन-चेतना ही सर्वांग आकलित और चित्रित करने में समर्थ हो जाती है।

हमारे देश का बौद्धिक और साहित्यिक वर्ग बेहद सीमित, संकीर्णमना और पिछड़ा हुआ है। हमारे आज के तथाकथित आधुनिकतावादी सूफ़यानी (सॉफिस्टिकेटेड) साहित्य-समीक्षकों, और एकान्त स्थूल वस्तुवाद से पूर्वगृहीत पाठकों के छोटे नज़रिये में मेरी उपरोक्त बातें हास्यास्पद भी हो सकती हैं। लेकिन जिस पश्चिम से यह भौतिक वस्तुवाद उधार लेकर हम अपनी आधुनिकतावादी दूकानदारी चला रहे हैं, उस पश्चिम के भौतिक-वैज्ञानिक, मनोवैज्ञानिक, दार्शनिक और साहित्यकार, उस महज़ इंद्रिय-गोचर भौतिक वस्तुवाद को जाने कब से पीछे छोड़ चुके हैं। वे प्रतिदिन वस्तु और चेतना के नवीनतर क्षितिजों का अनावरण कर रहे हैं। उनके यहाँ महज़ इन्द्रिय-मन सीमित वस्तुवादी अवबोधन (पर्सेप्शन) और दर्शन अब उन्नीसवीं सदी की चीज़ हो चुकी है। सच ही यह एक उत्कट व्यंग्य और दमनीय विडम्बना है कि भारत में अपने को अप-टूडेट समझने की भ्रान्ति में जी रहे लेखक और विचारक, बीते कल के पश्चिमी नज़रियों को दाँतों से पकड़कर ही, ज़ोरों-शोरों से अपनी आधुनिकता की नुमायश करने में आज भी दिन-रात मशगूल हैं।

इसी सिलसिले में एक और भी मुद्दे को स्पष्ट कर देना प्रासंगिक होगा, जिसका

प्रयोग इस उपन्यास में हुआ है और जो तथाकथित आधुनिकतावादी की निगाह में आपत्तिजनक और विवादास्पद हो सकता है। आर्ष जैन ग्रन्थों में तीर्थंकर के गर्भाधान, जन्म, अभिनिष्क्रमण, कैवल्य -प्राप्ति तथा निर्वाण के प्रसंगों को पंच-कल्याणक कहा गया है। इन अवसरों पर विभिन्न स्वर्गों के इन्द्र-इन्द्राणी, देव-देवांगना, यक्ष-गन्धर्व, अप्सराएँ आदि अधि-दैविक सत्ताएँ तीर्थंकर के कल्याणक-उत्सव का समारोह करने को पृथ्वी पर आते हैं। मैंने अपनी कथा में ध्यान-विज़न के माध्यम से उपर्युक्त देव-लोकों के धरती पर उतरने को स्वीकार किया है। तकनीकी युक्तियों द्वारा पार्थिव प्रसंग में उनके दिव्य वैभव के अवतरण को ज्यों-का-त्यों चित्रित किया है।

इस प्रयोग के पीछे दो हेतु मेरे मन में रहे हैं। पहला यह कि उक्त दिव्य परिवेश से मंडित जो तीर्थंकर की 'इमेज' सदियों से हमारे लोक-मानस में बद्धमूल है, उसे विच्छिन्न करना मझे उचित नहीं लगा। वह कुछ वैसा ही लगता है, जैसे किसी परिपूर्ण कला-कृति को उसके फलक, कम्पोज़ीशन (संरचना), परिवेश, वातावरण से हटाकर, उसकी संगति, सिम्फ़नी और संयुक्ति (यूनिटी) को भंगकर दिया गया हो। सदियों से जो तीर्थंकर स्परूप लोक के अवचेतन और अतिचेतन में संस्कारित है, उसे खडित करके यदि हम उसका कोई सुधारवादी चित्र उभारेंगे, तो लोक-मन के प्रति उसकी अचूक अपील सम्भव न हो सकेगी। इसी कारण जहाँ एक ओर मैंने बाह्य महावीर की परम्परागत (ट्रेडीशनल) 'इमेज' को यथा-स्थान अक्षुण्ण रखा है, वहाँ दूसरी ओर उनकी ज्ञानात्मक चेतना, भाव-चेतना और सारे वर्तन-व्यवहार को रूढ़ दार्शनिक और चारित्रिक मान्यताओं से मुक्त करके, एक सहज प्रवाही, स्वयं-प्रकाश, गति-प्रगतिमान (डायनामिक) टू-डेट महावीर को प्रस्तुत किया है। मनौवैज्ञानिक दृष्टि से लोक-हृदय के 'डायनामिक' महावीर को प्रतिष्ठित करने के लिए यही समायोजन मुझे सबसे कारगर प्रतीत हुआ।

इस किताब को लिखने के दौरान अक्सर मुझे कई साहित्यिक मित्रों तथा इस देश के मूर्धन्य पुरातात्त्विक और शोध-पंडितों तक ने बार-बार सावधान किया, कि मुझे अपने उपन्यास में शास्त्रों में वर्णित अलौकिक तत्त्वों, चमत्कारिक अतिशय-प्रसंगों (सुपर-नेचरल फिनॉमना) आदि को छाँट देना चाहिए। नहीं तो आज के जन-मन को मेरा महावीर अपील न कर सकेगा। इन धीमानों और विद्वानों के ऐसे सुझावों पर अक्सर मुझे बहुत हँसी आयी है। आज के जन-मन का उनका ज्ञान कितना किताबी, अखबारी और उथला है, यह स्पष्ट है। किसी भी कृतित्व को ग्रहण करनेवाला असली जन-मन वह सतही दिमाग़ नहीं है जो अनेक ऊपरी-बाहरी प्रभावों, प्रश्नों और सन्देहों के बीच झोले खाता रहता है। वह तो वह अन्तर्मन या सामग्रिक अवचेतना (कॅलेक्टिव अन्कॉन्शस) है, जो आदिकाल से आज तक के इतिहास-व्यापी ज्ञान, संस्कृति और विश्वासों की अखंड अन्तर्धारा से निर्मित है। उस तक जो कृतित्व पहुँच सके, उसे

अनायास अपील कर सके, उसे उद्‌बुद्ध और प्रगतिमान कर सके, उसके गत्यवरोध को तोड़कर, उसके बहाव को नयी भूमि और नयी दिशा दे सके, वही मेरे मन सच्चा सृजनात्मक कृतित्व कहा जा सकता है।

जो भी कुछ इन्द्रिय-गोचर न हो, जो स्थूल आँख से न दिखाई पड़े, उस सबको नकारने और उसमें अविश्वास करनेवाले एकान्त बुद्धिवाद और विज्ञान का युग तो जगत् के अप-टू-डेट ज्ञान-विज्ञान के क्षेत्रों में कभी का समाप्त हो चुका। अब तो विज्ञान की दुनिया में अन्तरिक्ष युग आर्विभूत हो चुका है; मनोविज्ञान परा-मानसिक, अतीन्द्रिय अगोचर के सीमान्तों पर मनुष्य की किसी सम्भावित आध्यात्मिक चेतना का अन्वेषण कर रहा है; और दर्शन के क्षेत्र में 'फिनॉमेनालॉजी' सारे दायरों को तोड़कर हर दृश्य-अदृश्य या कल्पनीय सम्भावना तक को अपने ज्ञान और खोज का विषय बना रही है। असीम अवकाश में हमारी आँख से परे, जाने कितनी दुनियाएँ फैली पड़ी हैं। हमारी पृथ्वी तो आज के ज्योतिर्वैज्ञानिकों की निगाह में, उन ज्ञात-अज्ञात परलोकों और ज्योतिर्मय विश्वों के आगे बहुत छोटी पड़ गयी है। तब महावीर या बुद्ध जैसे लोकोत्तर व्यक्तियों के सान्निध्य में देवलोकों के उतरने की बात पर चौंकना या मुँह बिदकाना, आज के सन्दर्भ में बहुत अज्ञानपूर्ण, अवैज्ञानिक और हास्यास्पद लगता है। मैं अपने इन आउट-मोडेड साहित्यिक मित्रों ओर भारतीय विद्या के बुद्धिवादी शोध-विद्वानों को स्पष्ट जताना चाहता हूँ कि उनका यह सुधारवादी और छद्म-आधुनिकतावादी नज़रिया असलियत में अब रूढ़िवादी होकर, बहुत पुराना पड़ चुका है। अवतारों, तीर्थंकरों या योगियों के सन्दर्भ में जो अधिदैविक घटनाओं के घटित होने, या दिव्य सत्ताओं के आविर्भाव के विवरण मिलते हैं, उनकी बौद्धिक-तार्किक या सुधारवादी व्याख्याएँ, आज के प्रगत-विज्ञान के युग में बहुत कृत्रिम, बचकानी और नादानी भरी लगती हैं।

तीर्थंकर महावीर के आध्यात्मिक और भागवदीय पदस्थ (स्टेटस) की जो भव्य-दिव्य विभावना (कॉन्सेप्ट) परम्पराओं और शास्त्रों से हमें उपलब्ध होती है, उसके यथेष्ठ कलात्मक और सौन्दर्यात्मक सर्जन के लिए, त्रिलोक और त्रिकाल के अधीश्वर कहे जाते तीर्थंकर के उस परम महिमा-मंडित स्वरूप की सचोट कलात्मक अपील उत्पन्न करने के लिए, उनके व्यक्तित्व के अलौकिक ऐश्वर्यशाली परिवेश को स्वीकारना मुझे अनिवार्य प्रतीत हुआ। उसे काट-छाँट देने पर तो उनकी वह त्रैलोक्येश्वर वाली इमेज ही ख़त्म हो जाती है, जिसके चरणों में लोक-लोकान्तरों के सारे वैभव समर्पित हो जाते हैं। देवलोक के अकल्पनीय सुख-भोग और ऐश्वर्य भी, मर्त्यलोक के उस मृत्यंजयी अतिमानव के क़दमों में पड़कर, अपनी तुच्छता और निःसारता प्रकट करते हैं।

हक़ीक़त चाहे जो भी हो, लेकिन आदिकाल से आज तक के सारे कवियों, कलाकारों और शिल्पियों के प्रतीकों के रूप में ही सही, अतिमानवों से सर्जन में, उनके

परिपार्श्व के रूप में, उनके अलौकिक परिसर का सौन्दर्यात्मक उपयोग तो किया ही है। पं. जवाहरलाल ने बहुत सही कहा था कि मिथकों और पुराकथाओं को हमें वास्तववादी नज़र से नहीं पढ़ना चाहिए, उन्हें रूपकों के रूप में पढ़कर उनके गहरे भावाशय में उतरने की कोशिश करनी चाहिए।

बौद्ध आगमों में ईसापूर्व छठी सदी के भारत एक सांगोपांग वस्तुनिष्ठ भौगोलिक और ऐतिहासिक स्वरूप उपलब्ध होता है। इसी कारण उस काल के भारत का ऐतिहासिक स्वरूप उभारने के लिए, भारतीय और पश्चिमी सभी इतिहासविदों और शोध-विद्वानों ने बौद्ध आगमों को ही मुख्य स्रोत के रूप में अपनाया है। इस माने में जैन आगमों के सन्दर्भ गौण स्रोत के रूप में ग्रहण किये गये हैं। जैनागमों में चित्रित महावीर ऐतिहासिक से अधिक पौराणिक ही हैं। सो उनके आधार पर महावीर की कोई ऐतिहासिक व्यक्तिमत्ता का रचना सहज साध्य नहीं लग रहा था। लेखन के आरम्भ में मेरी कुछ धुँधली-सी परिकल्पना ऐसी ही थी कि मुझे एक तीर्थंकर को मनोवैज्ञानिक तरीक़े से एक विराट् आध्यात्मिक और लोक-परित्राता व्यक्तित्व प्रदान करना है। उसके लिए एक वास्तविक पृष्ठभूमि रचने के उपक्रम में जब मैं बौद्धागमों में उतरा, और राइस डेविड आदि उस युग के प्रामाणिक इतिहासकारों को मैंने टटोला, तो वैशाली के विद्रोही राजपुत्र वर्द्धमान महावीर का एक सांगोपांग मूर्त स्वरूप मेरी आँखों आगे उभरता चला आया। उस काल के धार्मिक, दार्शनिक, राजनीतिक, आर्थिक, सामाजिक परिप्रेक्ष्य में, अपने समस्त परिवेश के प्रति सक्रिय और उत्तरदायी एक ज़िन्दा महावीर अपनी आँखों आगे मुझे चलते दिखाई पड़े। इस तरह अनायास ही अपने युग के इतिहास-विधाता के रूप में महावीर मुझे सुलभ हो गये। अपने काल के धर्म, दर्शन, राज, समाज और अर्थ-क्षेत्रों को वे सम्पूर्ण संचेतना से आत्मसात् करते हैं। एक मरते हुए जगत् और युग की पीड़ा, कराह और संघर्ष को वे अपने सीने में धड़कता अनुभव करते हैं।...सहसा ही मैं प्रतिबुद्ध हुआ कि जो नवीन युग-तीर्थ का प्रवर्तक तीर्थंकर है, जो अपने समय का सूर्य है, वह अपने आसपास के लोक की विकृतियों और वेदनाओं से बेसरोकार कैसे रह सकता है! अपने समय और विश्व को सम्पूर्ण मानवीय संवेदना के साथ वे अपने भीतर जीते और भोगते हैं।...और तब अनायास ही वे लोक-परित्राता और इतिहास-विधाता की तरह बोलते और वर्तन करते दिखाई पड़ते हैं। अपने युग की चीत्कार और पुकार का मूर्तिमान उत्तर बनकर वे आर्यावर्त की आसेतु-हिमाचल धरती पर विहार करते दिखाई पड़ते हैं।

पर उनकी चेतना और उनका व्यक्तित्व इतिहास पर समाप्त नहीं, देश-काल पर ख़त्म नहीं। वे एक जन्मजात योगी हैं। देश-कालभेदी यौगिक चेतना लेकर ही वे जन्मे

हैं। लोक के लिए उनकी संवेदना और सहानुभूति महज़ मानसिक और प्रासंगिक नहीं, वह प्रज्ञानात्मक और आध्यात्मिक है। प्रासंगिक समस्याओं का समाधान भी वे वस्तुओं के मूल में जाकर, अपने प्रज्ञान के केन्द्र में खोजते हैं। अपने युग की धार्मिक, मानसिक, दार्शनिक, अर्थ-राज-समाजनैतिक वस्तु-स्थिति का वे एक मौलिक विश्लेषण करते हैं, जो कि समस्या को अनायास ही आध्यात्मिक, सार्वभौमिक और सार्वकालिक स्तर पर संक्रान्त कर देता है।...और अचानक ही मैं देखता हूँ, कि मेरे महावीर की वाणी में, हमारे आज के जगत् की तमाम समस्याएँ ज्यों-की-त्यों प्रतिबिम्बित हो उठती हैं। स्पष्ट लग उठता है कि ठीक इस पल के हमारे भारत और विश्व को लक्ष्य करके बोल रहे हैं भगवान महावीर। और जिस अतिक्रान्ति की बात वे करते हैं, ठीक वही हमारे वर्तमान युग की तमाम दुश्चक्र-ग्रस्त समस्याओं को सुलझाने का एकमात्र कारगर उपाय प्रतीत होता है। लेकिन इस अतिक्रान्ति की मूलगामी रोशनी को पाने के लिए और उसे अपने युग के जगत् में घटित करने के लिए मेरे महावीर इतिहास के बाहर खड़े हो जाते हैं। मौजूदा अनाचारी व्यवस्था के दुश्चक्र को तोड़कर, उसे एक अभीष्ट संवादी दिशा में मोड़ देने के लिए उन्हें यह अनिवार्य लगता है, कि वे इस व्यवस्था से निर्वासित होकर ही इसकी नाशग्रस्त जड़ों में विस्फोट की सुरंगें लगा सकते हैं।

इस प्रकार अनायास कुछ ऐसा घटित हुआ कि मेरे महावीर एकबारगी ही संयुक्त रूप से ऐतिहासिक और परा-ऐतिहासिक (मेटा-हिस्टोरिक) व्यक्तित्व के रूप में सामने आते हैं। आरम्भ में ऐसी कोई स्पष्ट परिकल्पना मेरे सामने नहीं थी। लिखने के दौरान ही मुझे स्पष्ट प्रतीति होती गयी, कि महावीर को रचनेवाला मैं कोई नहीं होता। मुझे मात्र माध्यम बनाकर, स्वयं उन भगवान ने ही अपने को इस कृति में नये सिरे से उद्घाटित, अनावरित और पुन:सृजित किया है। आज की इस दिशाहारा, आत्महारा मानवता को देशकालानुरूप नूतन उद्‌बोधन देने के लिए, हमारे युग के उन तीर्थंकर प्रभु ने मेरी क़लम से उतरकर हमारी इस मर्त्य धरती पर फिर से चलना स्वीकार किया है। यह उनकी कृपा और मर्ज़ी है। मेरी क्या सामर्थ्य कि मैं उन्हें अपने मनचाहे साँचों में ढाल सकूँ।

महावीर-जीवन के जो यत्किंचित् उपादान इतिहास और आगमों में उपलब्ध होते हैं, उनके आधार पर कोई घटना-प्रधान सुशृंखलित महावीर कथा रचना सम्भव नहीं है। महावीर किसी कथा-नायक से अधिक एक युग-विधाता और युगान्तर-दर्शी व्यक्तित्व के रूप ही हमारे सामने आते हैं। इसी से यह उपन्यास एक व्यक्तित्व और विचार-प्रधान महागाथा (एपिक) के रूप में ही घटित हो सका है।

बीच में हमारे यहाँ विचार-कविता की बात उठी थी। मुझे लगता है कि उसके

पीछे हमारे युग का कोई अनिर्वार तक़ाज़ा काम कर रहा था। आज मनुष्य-जाति इतिहास के अन्तिम सीमान्तों पर, अपने अस्तित्व के लिए मरणान्तक युद्ध लड़ रही है। We are on the frontiers : and we seek a final answer, Here and Now, हम फ्रंटियर्स पर जूझ रहे हैं, और हमें दो टूक और आख़िरी जवाब चाहिए। कोई ऐसा मौलिक समाधान, जो हमारे उखड़े हुए अस्तित्व को एक नया और आधारभूत आयतन (सब्स्ट्रेटम) दे सके। हम मोर्चों पर हैं, और एक हद के आगे महज़ कलात्मक घुमाव-फिरावों, रचना-कौशलों और शिल्प-प्रयोगों में उलझने के लिए हमारे पास धैर्य और वक्त नहीं है। हमें तलाश है एक ऐसे केन्द्रीय व्यक्तित्व की, एक ऐसे शलाका-पुरुष की, जो इतिहास की विकृत बुनियादों और घमासान चौराहों पर, सीधा एक अतिक्रान्ता महाशक्ति का विस्फोट कर दे। जो अपने व्यक्तित्व की शलाका पर अपने काल को माप दे, और निर्विकल्प विचार की ऐसी जलती शलाखें सीधे-सीधे हमारे सामने फेंके कि जो एक बारगी ही तमाम जड़-जर्जर ढाँचों को भस्मसात् कर दें, और स्वस्थ अस्तित्व की एक अचूक नयी बुनियाद डालें। ऐसे मौके पर सपाट बयानी की नहीं जाती, वह आपोआप अनविार्य होती है। एक विप्लवी विचारधारा का सीधा विस्फोट इस घड़ी टाला नहीं जा सकता। बल्कि वही कारगर हो सकता है।

...हमारी सत्ता इस क्षण अधर में थरथरा रही है, और हम अपने ही भीतर की किसी परात्पर महाशक्ति से जवाब तलब कर रहे हैं। हमारे बस का कुछ भी नहीं रह गया है। मानवीय बुद्धि और कर्तृत्व के तमाम औज़ार और हथियार नाक़ाम हो चुके हैं। तब हमें अपने ही भीतर के किसी ऐसे उत्तीर्ण अतिमानव की तलाश है, जो हम सबकी पुँजीभूत शक्ति और परम ज्ञान का विग्रह हो, और जो हमारे मामलात में बरबस हस्तक्षेप करके, उन्हें किसी बुनियादी रोशनी में सुलझा दे, और हमारी ज़िन्दगी और इतिहास को एक नया मोड़ दे दे।

ऐसे ही किसी बेरोक तक़ाज़े ने मेरे भीतर भी काम किया है, और उसी का प्रतिफल है यह रचना। अनुत्तर-योगी महावीर, मेरी उसी बेचैन पुकार के उत्तर में एक बहुआयामी महासत्ता के रूप में व्यक्तित्वमान हुए हैं। हमारे मौजूदा जीवन-जगत् और चेतना के हर आयाम पर तीखे प्रश्न जल रहे हैं, और उन्हीं का अमोघ उत्तर देते-से वे सामने आये हैं। इसी से इस कृति को मैं एक व्यक्तित्व-प्रधान विचार-उपन्यास कहने की हिमाकत भी कर सकता हूँ।

इस मुक़ाम पर शिल्प का प्रश्न उठ सकता है। कोई भी समर्थ और मौलिक रचनाकार काव्य-शास्त्र पढ़कर महाकाव्य नहीं रच सकता। वह तो अपने भीतर के अनिवार्य तक़ाज़ों से बेताब होकर ही रचना कर सकता है। उसके भीतर से जब एक

पूरा युग और जगत् बोलने और बाहर आने को छटपटा रहा हो, तो यह उसके वश का नहीं होता, कि अपनी रचना के स्वरूप और शिल्प का विधाता वह स्वयं रह सके। ख़ासकर महावीर जैसी विश्वसत्ता जब किसी रचनाकार के हाथों रूप लेना चाहे, तो उस रचना के रूप-तन्त्र का स्टीयरिंग-व्हील (चालक-चक्र) भी वह अपने हाथ में ही ले लेती है। रचनाकार की हैसियत महज़ चक्र की रह जाती है, जो महावीर के हाथों में घूम रहा है।

इसी से कहना चाहूँगा कि यह कृति यदि कोरी कथा से अधिक एक व्यक्तित्व-प्रधान वैचारिक महागाथा बनी है, तो उसके विधायक और निर्णायक महावीर ही रहे हैं, मैं नहीं।

वैसे भी मैं यह मानता हूँ कि हर सच्चा और मौलिक कृतिकार अपनी विधा स्वयं ही निर्माण करता है। पहले ही से मौजूद निर्धारित विधाओं की परिधि में बँधना वह कुबूल नहीं कर सकता। आज तो सर्जना और कला के क्षेत्रों में ऐसा अपूर्व नवोन्मेष प्रकट हुआ है, कि हर कलाकार और सर्जक, अपनी हर अगली रचना में, अपनी भीतरी सृजनात्मक आवश्यकता के अनुरूप, नयी विधा प्रस्तुत करता दीख रहा है। काव्य, महाकाव्य, कहानी, उपन्यास, नाटक के तमाम पुराने ढाँचे धड़ल्ले से टूट रहे हैं। रचनाकार अपनी हर नवीन कृति में कोई नया ही स्वच्छन्द प्रयोग करते नज़र आते हैं। एक उपन्यास ठीक उपन्यास होने के लिए आज किन्हीं पूर्व-निर्णीत हदों और पाबन्दियों का क़ायल नहीं। भीतर का कथ्य और संवेदन, अपनी निसर्ग-धारा में बहता हुआ, अपने शिल्पन के ढाँचे अपने ही अन्दर से फेंकता चला जाता है। आज रचना-धर्मिता ज़रा भी कृत्रिम प्रयास-साध्य नहीं रह गयी है। वह बहुत सहज, मुक्त और निसर्ग हो गयी है। पहाड़, झरने, समन्दर, ज्वालामुखी, आत्मा और इतिहास सीधे-सीधे अपनी तमाम ताक़त और अस्मिता के साथ रचना में मुद्रित और शिल्पित होते चले जाते हैं।

शुरू में महावीर पर महाकाव्य लिखने का इरादा था, और आभारी हूँ मुनीश्वर विद्यानन्द स्वामी का, कि उपन्यास लिखा गया। महाकाव्य उपन्यास होने पर मजबूर हुआ, तो उपन्यास महाकाव्य हुए बिना न रह सका। एक नया ही आयाम पैदा हो गया। महावीर जैसे अनन्त पुरुष को महाकाव्य में ही समेटा जा सकता है। पराकोटि की कल्प-चेतना के बिना उसका सजीव कल्पन और बिम्बायन सम्भव नहीं। कवि की परात्पर-गामिनी कल्पक उड़ान, और अतलगामी धँसान के बिना, महावीर के अनन्त-आयामी और अथाह व्यक्तित्व को नहीं थाहा जा सकता, नहीं सिरजा जा सकता।

बेशक मुझे यह सुविधा रही, कि मैं मूलत: एक कवि हूँ। मेरी संवेदना और कल्पना स्वभाव से ही पारान्तर-वेधी है। वस्तुओं, व्यक्तियों, घटनाओं, सौन्दर्य और संवेदनों के छोरों तक गये बिना मुझे चैन नहीं पड़ता। अपनी इस स्वभावगत तीव्रता, बेधकता और विदग्धता (पोइगनेंसी) के चलते, महावीर की रचना में मुझे काफी सुविधा

हुई है। कटे-छँटे तर्क-संगत गद्य में एक विस्फोट और देश-कालोत्तीर्ण सत्ता-पुरुष को कैसे सहेजा जा सकता है।

यों भी आज कथा और कविता के बीच की मर्यादा-रेखा बहुत-बेमालूम हो गयी है। सृजन की सारी ही विधाएँ एक-दूसरे में अन्तर-संक्रान्त होती दीखती हैं। आधुनिक उपन्यास के आदि-जनक हेनरी प्रूस्त ने ही, कथा को कविता होने से नहीं बचाया था। वह मानव आत्मा के ऐसे अन्तस्थ कक्षों के द्वार खटखटा रहा था, जहाँ काव्य की सूक्ष्मता के बिना प्रवेश पाना सम्भव नहीं था। इसी से वह कविता की तमाम सूक्ष्मता, गीतिवत्ता (लिरिसिज्म), अवगाहनशीलता (प्रोबिंग), प्रवाहिता और लचीलापन एक बारगी ही अपने उपन्यास 'दि स्वान्स वे' में ले आया था। मेरे प्रस्तुत उपन्यास में काव्य और कथा की यह अन्तर-संक्रान्ति सहज ही घटित हुई है। विषय की असाधारणता के अनुरूप, अपना विलक्षण शिल्प-विधान, मेरी रचना प्रक्रिया में आपोआप ही प्रस्फुटित होता चला गया है।

इस प्रक्रिया के दौरान एक और भी आज़ादी मैंने ली है, या कहूँ कि बिना किसी अपने फ़ैसले के वह मुझसे लेते ही बनी है। यानी चाहे जब हर कोई पात्र स्वयम्, आत्म-कथात्मक अन्दाज़ में अपनी कथा कहने लगता है। प्रथम खंड के कुछ गिने-चुने अध्यायों में ही कथाकार कहानी कहता नज़र आता है। वर्ना तो लगभग सभी अध्यायों में, महावीर सहित सारे पात्र अपनी कथा स्वयं ही कहते सुनाई पड़ते हैं। द्वितीय खंड तो समूचा महावीर के आत्म-कथन के रूप में ही प्रस्तुत हुआ है। तृतीय खंड का रूप प्रथम खंड की तरह ही मिला-जुला है। कुछ ऐसा लगता है, मानों कि एक आत्मिक विवशता से उत्स्फूर्त होकर मात्र अपनी चेतना को पर्त-दर-पर्त खोलते चले जाते हैं। मगर अवचेतना-प्रवाह की विशृंखल अभिव्यक्ति यहाँ नहीं है, बल्कि अतिचेतना-प्रवाह का एक अन्तर्वेधी अन्वेषण और ऊर्जस्वल निवेदन ही इसमें अधिक स.क्रिय दीखता है।

मेरे उपन्यास में महावीर अवतार जैसा लग सकते हैं। जैनलोग अवतारवाद का सैद्धान्तिक ढंग से विरोध करते हैं। पर मेरे महावीर तो सारे बँधे-बँधाये ढाँचों और सिद्धान्तों को तोड़ते हुए सामने आते हैं। वे तो परम अनैकान्तिक और निरन्तर प्रगतिमान सत्तापुरुष हैं। अनेकानत मूलत: भावात्मक वस्तु है, तार्किक नहीं। वह एक बारगी ही नाना भाविनी निसर्ग वस्तु-सत्ता का द्योतक है। इसी से कहना चाहता हूँ कि अनैकान्तिक सत्ता के मूर्तिमान विग्रह महावीर को हिन्दी ऐकान्तिक गणित-फॉर्मूलों, परिभाषाओं और सिद्धान्तों के वाग्जाल में नहीं बाँधा जा सकता। युग की महावेदना और चरम पुकार के उत्तर में ही तीर्थंकर पृथ्वी पर अवतरित होकर, समकालीन जगत् को उस यातना

के नागचूड़ से मुक्त करते हैं, जन-जन और कण-कण को उनकी स्वाधीन मुक्ति का मार्ग दिखाते हैं, और एक नये मांगलिक युग-तीर्थ का प्रवर्तन करते हैं। प्रलय और उदय की शक्ति एक साथ उनके भीतर से विस्फोटित होती है। अज्ञानान्धकार का विनाश और ज्ञान का प्रकाश उनके हर वचन और वर्तन से एक साथ होता चला जाता है। उनके इस पुंजीभूत (कॉन्ससेट्रेटेड), केन्द्रीय, युगन्धर और युगंकर स्वरूप को अवतार के सिवाय और क्या कहा जा सकता है। कम-से-कम भावात्मक रूप से तो ऐसा सहज ही कहते बनता है। और सिद्धान्त की भाषा तो मेरे मन कट्टर एकान्तवाद की भाषा है, और प्रकट है कि मेरे महावीर उस कठघरे को तोड़ने आये थे। सो किसी कठघरे की भाषा में महावीर को कैसे परिभाषित किया जा सकता है?

भौगोलिक और ऐतिहासिक नामों के चुनाव में मैंने स्वतन्त्रता बरती है। उसमें प्रथमत: मेरी दृष्टि सौन्दर्यात्मक और कलात्मक रही है। कल्प-चित्र, ध्वनि और भावाशय, सभी दृष्टियों में से जो नाम अधिक सार्थक लगे, उन्हें मैंने अपना लिया है। पुरातात्त्विक और शोध-कर्ता की तथ्य-निर्णय की दृष्टि मेरे रचनाकार को स्वीकार्य न हो सकी। एक खास प्रसंग में किस नदी, पर्वत, वन, नगर, पुर-पत्तन का नाम अधिक सार्थक ध्वनि चित्र और कल्प-चित्र उत्पन्न करता है, उसी को मैंने चुनकर नियोजित कर दिया है।

कथा को एक बहुत गर्भवान और ताक़तवर 'सस्पेंस' देने के लिए मैंने क्षत्रिय-कुंडपुर को वैशाली के एक उपनगर के रूप में, एक ख़ास सन्दर्भ में, उससे अलग भी रखा है। वैशाली और कुंडपुर के बीच का फ़ासला कितने मील या योजन का है, इस तथ्य में मुझे दिलचस्पी नहीं। ना कुछ मीलों का जो भी फ़ासला है, उसे मैंने उभारा है। महावीर शैशव के बाद अट्ठाईस बरस की उम्र तक वैशाली नहीं जाते। हिमवान् और विन्ध्याचल गूँथ आये, कितने ही जनपदों में घूमते-फिरे, मगर बार-बार बुलाये जाने पर भी वैशाली नहीं गये। लगभग अपने गृह-त्याग की पूर्व-सन्ध्या में ही वे पहली बार, एक नियति-पुरुष की तरह वैशाली जाते हैं। और वहाँ के सन्थागार में उस सत्य-शक्ति का विस्फोट करते हैं, जिसे लेकर वे जन्मे थे, और जो यहाँ उनकी एकमात्र 'डेस्टिनी' (नियति) थी। तब कुंडपुर और वैशाली के बीच का उपरोक्त फ़ासला कितना महत्त्वपूर्ण और सार्थक सिद्ध होता है!

क्षत्रिय-कुंडपुर के पास गंडकी नदी बहती है। कुछ विद्वान इसी को हिरण्यवती भी कहते हैं। बिना किसी तथ्य-निर्णय की झंझट में पड़े मैंने 'हिरण्यवती' को अपना लिया है। क्योंकि इसकी ध्वनि भी सुन्दर है, और हिरण्यमय पुरुष महावीर की पृष्ठभूमि में वह एक अत्यन्त सार्थक प्रयोग सिद्ध होती है। वैशाली के प्रमुख राजवंश विदेह-

वंश भी कहे गये हैं। आगमों में स्वयं महावीर को विदेह-पुत्र और उनकी माँ त्रिशला को विदेहदत्ता भी कहा गया है। जनक विदेह का विदेह-वंश समाप्त होकर लिच्छवियों में निमज्जित हो गया लगता है। वैशाली और उसका समस्त राज्य-परिसर विदेह-देश भी कहलाता है। इसी से महावीर को मैंने आध्यात्मिक और कुल-परम्परा, दोनों ही अर्थों में जनक विदेह का वंशज भी कहा है। ज़ाहिर है कि इस तरह तथ्यात्मक संगति भी सहज ही बैठ जाती है और जनक तथा याज्ञवल्क्य के साथ जोड़कर महावीर को भारत के ज्ञानात्मक और सांस्कृतिक इतिहास और परम्परा में कड़ीबद्ध रूप में घटित करना सहज सम्भव हो जाता है, जो कि इस रचना में मेरा अनिवार्य अभीष्ट था। विदेहों की वैशाली कहकर, जनक की जनकपुरी को भी मैंने मोटे तौर पर बृहत्तर वैशाली क्षेत्र में ही सहज समावेशित कर लिया है। इसी से हिरण्यवती के जल को सीता, मैत्रेयी, गार्गी के स्नान से पावन कहना संगत हो सका है, और उससे महावीर की भौगोलिक पृष्ठभूमि में एक अद्‌भुत महिमा और पवित्रता की सृष्टि सम्भव हो सकी है।

ऐसे ही और भी भौगोलिक और ऐतिहासिक नामों में मैंने सम्बन्ध-सूत्र जहाँ-तहाँ जोड़े होंगे। तथ्य-निर्णायक शोध-पंडित मुझसे अपने विवादग्रस्त निर्णयों पर चलने की प्रत्याशा न करें। मोटे तौर पर भौगोलिक स्थितियों और नामों का मानचित्र के अनुरूप सहज निर्वाह किया गया है। पर चुनाव का सन्दर्भ-सूत्र मैंने अपना स्वतन्त्र रखा है। उसमें सौन्दर्य, भाव और कलात्मकता ही निर्णायक है। मैं उसे किसी भी कलाकार का एक स्व-सत्ताक 'ज्यूरिस्डिक्शन' (अधिकार-क्षेत्र) मानता हूँ, जो तथ्य-पंडितों की मदाखलत से परे है।

व्यक्तियों, उनके नामों और उनके बीच के सम्बन्धों के आकलन में भी मैंने स्वतन्त्रता बरती है। उपलब्ध सम्बन्ध-सम्भावनाओं में जो सम्बन्ध मेरी कथा को अधिक सतेज और पुष्ट करे, उसी को मैंने मान्यता दी है। दिगम्बर-श्वेताम्बर मान्यताओं के भेद को गौण कर, मैंने उन दोनों ही स्रोतों से अपने अनुकूल चुनाव कर लिये हैं।

श्वेताम्बर आगमों में ही महावीर की जीवनी के उपादान मिलते हैं। सभी अधिकारी इतिहासकारों ने उन्हें प्रामाणिक स्रोत के रूप में स्वीकारा है। आगमों की भाषा, कथन और कथा-शैली, प्रवचन और वार्तालाप की शैली, सम्बोधनात्मक शब्दावली आदि बौद्धागमों से बहुत मिलती-जुलती है। प्रमुखतः बौद्धागमों में ही महावीरकालीन भारत का जीवन्त प्रतिबिम्ब मिलता है। वही समकालीन सभ्यता-संस्कृति के सही आईने हैं। श्वेताम्बर आगमों में भी अंशतः यह विशेषता मौजूद है। साम्प्रदायिक पूर्वग्रहवश इन आगमों को न स्वीकार कर, दिगम्बरों ने महावीर की जीवनी को ही गँवा दिया है। महावीर के जीवन-चरित्र से भी उन्हें अपना मताग्रह अधिक

मूल्यवान प्रतीत हुआ। अनाग्रह, अपरिग्रह और मोह-मुक्ति का प्रवचन तो हम साँस-साँस में करते हैं। पर धर्म तक में अपने मोह, आग्रह और परिग्रह को ठोंक बैठाने में हमने कोई कसर नहीं रखी है। महावीर से अधिक हमें ये प्रिय हैं, और जी-जान से हम उनसे चिपटे हुए हैं। श्वेताम्बर आगमों का दिगम्बरों द्वारा अस्वीकार, महावीर के जिन-शासन की एक महामूल्य दस्तावेज़ और विरासत को नकार देने का सांस्कृतिक अपराध ही कहा जा सकता है।

दूसरी ओर श्वेताम्बर सम्प्रदाय, इतिहास में महावीर का दिगम्बरत्व सिद्ध होने पर भी, और आगमों में महावीर का अचेलक नग्न होना स्पष्ट उल्लिखित होने पर भी, श्वेताम्बरत्व के पूर्वग्रह से ग्रस्त होकर महावीर के चित्रों में उसे झाड़ की डाल, छाया, कोहरे, अन्धड़ की धूल, अग्नि-ज्वाला और साँपों के ढाँकने की हास्यास्पद चेष्टा करता है। पंथ-मूढ़तावश यह सत्य पर पर्दा डालने की नादानी है, जिस पर सिद्धात्मा महावीर को भी हँसी आ जाती होगी। एक ओर हम अनेकान्त, अहिंसा और अपरिग्रह के नारों से धरती-आसमान थर्रा रहे हैं, और दूसरी ओर हम इतने कट्टर एकान्तवादी, हिंसक, द्वेषी और परिग्रह-मूर्च्छित हैं कि अन्य धर्मियों की तो बात दूर, स्वयं महावीर की सन्तानों ने ही अपने सम्प्रदाय-कलह की वेदी पर, ठीक तीर्थंकर-मूर्तियों के समक्ष, परस्पर भाई-भाई को क़त्ल तक किया है! तीर्थों पर अपने क़ानूनी क़ब्जे जमाने को हम चार-चार दशकों से अदालतों में लड़ रहे हैं, और लाखों रुपयों की आतिशबाजी कर रहे हैं। अपने गिरते हुए और लाचारी में जीते हुए सहधर्मी बन्धुओं को उठाने और ज़िन्दा रखने को हमारे श्रीमन्त अपना दात्वि और कर्त्तव्य नहीं मानते, पर तीर्थों की सम्पत्ति पर तालेबन्दी करने की तीव्र कषाय के वशीभूत हो, वे अपने धन को पानी की तरह अनर्गल बहा सकते हैं।

जो महावीर सारे बन्धन काटकर, सारे वाद-सम्प्रदाय के घेरे तोड़कर, इतिहास में नग्न और निर्ग्रन्थ खड़ा है, उसे अपनी साम्प्रदायिक ग्रन्थियों में जकड़कर, मनमाना काट-छाँट कर विकृत कर देने में हमने कोई कसर नहीं उठा रखी है। भगवान के इस विश्वव्यापी महानिर्वाणोत्सव की मंगल-बेला में भी यदि हम उपरोक्त स्थूल कषाय और मोटे पूर्वग्रहों से मुक्त हो, आत्मिक एकता के सूत्र में न बँध सकें, तो इतिहास में यह निर्वाणोत्सव हमारे गौरव का नहीं, लज्जा और कलंक का अध्याय होगा।

जहाँ तक मेरी अपनी बात है, सम्प्रदाय तो दूर, मैं तो तथाकथित जैनत्व के दायरे से भी बहुत पहले निष्क्रान्त हो चुका। कृष्ण, महावीर और क्रीस्त को एक ही महासत्ता के विभिन्न-मुखीन प्रकटीकरण (मेनीफ़ेस्टेशन) मानने वाला मैं, एक स्वतन्त्र सत्य-संधानी कवि हूँ। तब साम्प्रदायिकता तो मुझे छू भी कैसे सकती है। इसी में महावीर का आत्मज कवि वीरेन्द्र, उनके अनुयायियों की एक कट्टर धर्मान्धता, और स्वार्थ-साधन के लिए महावीर की हत्या तक कर देने की उनकी तत्परता देखकर, ख़ून के

आँसू रो आया है।

मेरे धर्म-रक्त की बिरादरी, क्या मेरे इस हृदय-रक्त को देखकर पिघल सकेगी?

पहले ही महावीर को अपनी घोर साम्प्रदायिकता के कारागार में पच्चीस सदियों तक क़ैद रखकर, उन्हें इतिहास के तट पर से मिटा देने का महा अपराध हम बराबर करते चले आ रहे हैं। और आज भी, भारतीय राष्ट्र और भू-मंडल-व्यापी निर्वाण-महोत्सव का विरोध करके, महावीर को अपने ठेके की सम्पत्ति घोषित करने का एक महान षड्यन्त्र भी कहीं चल रहा है। यह विश्व-पुरुष महावीर को विश्व-पट पर से भूँस देने की आख़िरी बर्बरता का द्योतक है। हम जैनों का गत कई सदियों का इतिहास महावीर-पूजा का नहीं, महावीर-द्रोह का इतिहास है। अजब व्यंग्य है, कि महावीर के नाम का नक्काड़ा पीटकर हम इस वक्त सारी दुनिया को जगाने में लगे हैं, मगर हम खुद ही सोये हुए हैं बदहवास और ग़ाफ़िल हैं। ऐसी आत्म हत्यारी धार्मिक बिरादरी दुनिया में विरल ही कोई होगी।

सत्ता जैसी सामने आती है, वह स्थिति और गति की संयुति होती है। इसी से जैन द्रष्टाओं ने उसे ठीक इसी रूप में परिभाषित किया है। महावीर सत्ता के उस तात्त्विक स्वरूप के चरम मानवीय प्रकटीकरण थे। उनके स्थिति पक्ष का गान तो जिन-शासन में सदियों से होता चला आया है। पर उनके गति-प्रगतिशील पक्ष का कोई जीवन्त मानवीय स्वरूप, मौजूदा स्रोतों से हमें उपलब्ध नहीं होता। जो अपने काल का सूर्य, और अपने युग-तीर्थ का प्रवर्त्तक तीर्थंकर था, क्या वह अपने समय की विविध-आयामी जीवन-व्यवस्था से बेसरोकार रह सकता था? उस ज़माने में सत्ताधारियों, धर्म-पतियों और वणिक-श्रेष्ठियों के भ्रष्टाचारों और अनाचारों को क्या वह अनदेखा कर सकता था? यह वस्तुतः ही सम्भव नहीं है, और न उनके तीर्थंकरत्व के साथ संगत हो सकता है। अनुगामी आचार्य परम्पराओं ने चाहे महावीर के इस 'रोल' की अवगणना को हो, पर वास्तव में उनके विश्व-परित्राता स्वरूप का यह जीवनोन्मुख आयाम भी अनिवार्यतः प्रकट हुआ ही होगा। मैंने अपनी इस कृति में भगवान के उन कर्मयोगी धर्म-धुरन्धर व्यक्तित्व को जीवन्त करने का प्रयास किया। पर उनकी समग्र जीवन-दृष्टि और विश्व-दृष्टि को मैंने सत्ता के उपरोक्त तात्त्विक स्वरूप पर ही आधारित किया है। 'उत्पाद-व्यय-ध्रौव्ययुक्तं सत्' : सत्ता एक बारगी ही उत्पाद, व्यय और ध्रुव की संयुति है। आधारभूत सत्ता (फंडामेंटल रियालिटी) की यह जिनेश्वरों द्वारा उपदिष्ट परिभाषा संसार के दर्शनों में अप्रतिम है। इसी को वस्तु या व्यक्ति का स्वभाव भी कहा गया है। इसी सत्ता-स्वरूप या वस्तु-स्वभाव पर मैंने महावीर के समूचे व्यक्तित्व, कृतित्व, जीवन और प्रवचन को आधारित किया है।

जैनों का अनेकान्त-दर्शन भी, सत्ता के उपरोक्त अनन्त-आयामी (अनन्त गुण-पर्याय) स्वरूप को सही रूप में पकड़ने की एक कुंजी है। सम्यक् दर्शन, सम्यक् ज्ञान, सम्यक् चारित्र्य, यानी सम्यक् देखना, सम्यक् जानना, सम्यक् जीना, उक्त सत्ता-स्वरूप में तद्गत रूप से जीवन-धारण और मोक्ष-प्राप्ति का एकमात्र उपाय है। कर्म-सिद्धान्त, अहिंसा-अपरिग्रह आदि भी स्थिति-गति-संयुक्त सत्ता के उसी प्रकृत स्वरूप की ही अनिवार्य उपज हैं। कमोबेश सभी भारतीय धर्म-दर्शनों ने अपने-अपने तरीक़े से कर्म-सिद्धान्त का प्रवचन किया है। वह मूलतः मनुष्य के स्वायत्त पुरुषार्थ का उद्योतक है। पर इतिहास के चक्रावर्तनों में, प्रभु-वर्गीय शोषक शक्तियों ने ही उसकी भाग्यवादी व्याख्याएँ कीं और करवायी हैं। धर्मों और धर्माचार्यों तक को उन्होंने अपनी मदान्ध भौतिक प्रभुता का खिलौना बनाकर रखा है। उसी दौरान कर्म-सिद्धान्त को स्थापित-स्वार्थी वर्गों के हित में व्याख्यायित किया और करवाया गया है। कर्मवाद, भाग्यवाद, पुण्य-पापवाद की आड़ में शोषक शक्तियों ने भारत के इतिहास में जिन अमानुषिक अत्याचारों की सृष्टि की, वह तो इस क्षण तक भी स्पष्ट प्रकट ही है। वह सिलसिला भारत में आज के धर्म और अध्यात्म गुरुओं की छत्रछाया में भी ज्यों-का-त्यों अटूट चल और पल रहा है। वर्तमान भारत के सारे ही शीर्षस्थ और अध्यात्म-शक्ति-सम्पन्न श्रीगुरु-दरबार भी काले-बाजारियों की सम्पदा के बल पर ही फल-फूल रहे हैं। भारतीय जन-जीवन के विकृष्ट हत्यारों को भी इन श्रीगुरुओं के चरण-कमलों में बेशर्त शरण और अभयदान प्राप्त होता है।

इन श्रीगुरु दरबारों में मैंने देखा है, दीन-दलित, पीड़ित जन-साधारण दुःख से लवरेज़, आँसू टपकाते हुए, दर्शनार्थियों के क्यू में अपनी बारी आने पर जब श्रीगुरु के समक्ष आते हैं, तो श्रीगुरु उनकी ओर देखते तक नहीं। वे अपनी व्यथा-कथा कहते ही रह जाते हैं, और श्रीगुरु के छड़ीदार उन्हें वहाँ से खींच-ढकेलकर अपनी राह भेज देते हैं। जबकि दूसरी ओर काले बाज़ारों से करोड़पति बने महाजन और रिश्वतख़ोर राज्याधिकारी श्रीगुरु के चुनिन्दा भक्तों के रूप में उनके दायीं ओर खड़े रहने के विशिष्ट हक़दार होते हैं। यही लोग आश्रयों के श्रेष्ठ साधनों के उपभोक्ता होते हैं, और हँसते-बलखाते जश्न मनाते दिखाई पड़ते हैं। कोई भी तीर्थंकरत्व, योगीत्व या सन्तत्व यदि आज के भीषण वैषम्य के युग में कर्म-सिद्धान्त और प्रारब्धवाद की आड़ में, दीनहीन, शोषणग्रस्त जन-साधारण के सुख-दुःख, संघर्ष और समस्याओं से बेसरोकार रहे, तो मैं उसे गम्भीर शंका की दृष्टि से देखता हूँ। मैं उसे स्थापित-स्वार्थी, शोषक और अत्याचारी शक्तियों का समर्थक और पक्षधर मानने को लाचार होता हूँ।

मेरे युग-युग सम्भव नित-नव्य महावीर ने कर्म-सिद्धान्त की इस स्थापित स्वार्थी और शोषण-समर्थक व्याख्या का सीधा-सीधा भंडाफोड़ किया है। जिनेश्वरों द्वारा आदिकाल से उपदिष्ट सत्ता-स्वरूप के आधार पर ही उन स्वयं सत्ताधीश्वर भगवान

ने कर्म-सिद्धान्त को उसके प्रकृत स्वरूप में खोलकर सामने रखा है। व्यक्ति-स्वातन्त्र्य, समाजवाद, विकासवाद-प्रगतिवाद आदि हमारे मौजूदा युग की सर्वोपरि पुकारें हैं। उनके पीछे निश्चय ही महासत्य का कोई अनिर्वार तक़ाज़ा काम कर रहा है। शाश्वत सत्ता-पुरुष महावीर के संयुक्त स्थिति-गतिमान व्यक्तित्व से यदि इन पुकारों का युगानुरूप उत्तर न आये, तो जिनेश्वरों द्वारा कथित सत्ता-स्वरूप ही ग़लत और व्यर्थ सिद्ध हो जाता है।

जैसा कि आरम्भ में ही कह चुका हूँ, महावीर अपने समकालीन इतिहास में एक प्रतिवादी विश्व-शक्ति के रूप में प्रकट हुए थे। मौलिक सत्ता के सन्तुलन-भंग से, तत्कालीन विश्व-व्यवस्था में जो भीषण विकृति उत्पन्न हुई थी, उसके विरुद्ध वे विप्लव और विद्रोह के ज्वालामुखी के रूप में उठे थे। इस अतिक्रान्ति और प्रतिवाद का स्रोत सतही इतिहास की क्रिया-प्रतिक्रिया-जनित दृष्ट शृंखला में नहीं था। वह सत्ता और आत्मा के मूल स्वरूप में था। इस प्रचंड क्रियावादी का कर्मयोग, विशुद्ध आत्म-स्वभाव में से विस्फोटित हुआ था। वैशाली का वह विद्रोही राजपुत्र अपने युग की मूर्धा पर ज्ञान और अतिक्रान्ति के अनिर्वार सूर्य के रूप में उद्‌भासित दिखाई पड़ता है।

इसी कारण वर्तमान युग की तमाम मौलिक पुकारों और समस्याओं का मौलिक उत्तर और समाधान मेरे महावीर की वाणी में सहज प्रतिध्वनित हुआ है। महावीर के धर्म-शासन में व्यक्तिगत सम्पत्ति के संचय और शोषक समाज-व्यवस्था के लिए कोई स्थान नहीं। जिनेश्वरों द्वारा उपदिष्ट वस्तु-स्वरूप, अनेकान्त, अहिंसा और अपरिग्रह से अधिक सशक्त समर्थन और अचूक आधार, आज की समाजवादी पुकार को शायद ही कहीं अन्यत्र मिल सके। पर यह सच है कि आज का जैन समाज महावीर के उस धर्म-शासन का प्रतिनिधि नहीं, प्रतिरोधी ही कहा जा सकता है। महावीर का व्यक्तित्व इसमें प्रतिबिम्बित नहीं; महावीर से इसका कोई लेना-देना नहीं।

एक और भी अहम मुद्दे का स्पष्टीकरण आवश्यक है। ज्यादातर इतिहासकारों ने महावीर को ब्राह्मण-धर्म और वेद का विरोधी बताया है। यह एक ऐसा भयंकर 'ब्लंडर' है, जिसका सख्त प्रत्याख्यान होना चाहिए। महावीर ने कहीं भी वैदिक-उपनिषदिक वाङ्मय, और विशुद्ध ब्राह्मण-धर्म का विरोध नहीं किया है। उन्होंने वेद-भ्रष्ट पथच्युत ब्राह्मणों द्वारा की गयी वेद और यज्ञ की असत्य, स्वार्थी और विकृत व्याख्याओं का निश्चय ही भंजन किया था। सच तो यह है कि भगवान ब्रह्मज्ञानी ब्राह्मण को ही समाज की मूर्धा पर प्रतिष्ठित किया चाहते थे। यह नियम है कि सर्वज्ञ केवली हो जाने पर, तत्काल ही तीर्थंकर की लोक-कल्याणकारी धर्म-देशना अचूक आरंभ हो जाती है। पर कैवल्य-सूर्य महावीर की दिव्यध्वनि तब तक अटकी रही, जब तक उस काल का ब्राह्मण-श्रेष्ठ इन्द्रभूति गौतम, एक उपयुक्त और नियत पट्टगणधर के रूप में उनके समक्ष आकर उपस्थित न हो गया। आगमों में इसके प्रचुर प्रमाण मिलते हैं

कि अपने ग्यारह प्रमुख ब्राह्मण गणधरों द्वारा ब्राह्मण श्रुति-कथनों पर ही सन्देह प्रकट किये जाने पर, बारम्बार भगवान ने उन ब्राह्मण पंडितों की समझ को दूषित और गलत बताया, तथा स्वयं उपनिषद्-सूत्रों को उद्धृत कर, उनकी सत्यता का यथास्थान समर्थन करते चले गये। भगवान ने हर चन्द यह स्पष्ट किया है कि ब्राह्मण श्रुतियाँ अपने प्रकृत कथनों में सापेक्ष दृष्टि से एकदम सही हैं, पर संशायात्मा और स्वार्थमूढ़ ब्राह्मणों ने स्वयं ही अपने अधूरे ज्ञान से उनकी गलत व्याख्याएँ करके, वेद, यज्ञ और आर्ष ब्राह्मण धर्म को अध:पतित किया है। महावीर के प्रथम ग्यारह गणधरों का ब्राह्मण होना, और जिन-शासन के सभी प्रमुख आचार्यों का ब्राह्मण होना इस बात को प्रमाणित करता है कि ब्रह्म को जीवन में आचरित करनेवाले सच्चे ब्राह्मण का जिनेश्वरों की धर्म-परम्परा में सदा ही सर्वोच्च स्थान रहा है, और आगे भी रहेगा।

मेरे महावीर परम्परागत श्रमणों और शास्त्रों की शब्द-बद्ध सीमित वाणी नहीं बोलते। जो स्वयं पर्यायी यानी शुद्ध द्रव्य-स्वरूप (कन्टेंट) हो चुका है, वह किसी भाषा पर्याय (फॉर्म) की क़ैद स्वीकार करके मौलिक और नित-नव्य सत्य का प्रवचन कैसे कर सकता है। महावीर तो जन्म से ही मति-श्रुति-अवधिज्ञान के धारक थे। जन्मजात योगी थे। वे सर्वतन्त्र-स्वतन्त्र चिद्पुरुष थे। उनका हर वचन और व्यवहार चिर स्वतन्त्र चिति-शक्ति में से स्फूर्त चिद्वाणी, चिद्क्रिया और चिद्विलास ही हो सकता था। इसी से मेरे महावीर के कथनों और क्रियाओं में, उनके रूढ़ीवादी और परम्पराग्रस्त परिजनों को स्थापित धर्म-मर्यादाओं के भंग, विरोध और विलोपन तक की भ्रान्ति हो सकती है। वे प्रश्न उठा सकते हैं कि क्यों मेरे महावीर के विचार और व्यवहार पूर्वगामी तीर्थंकरों की शास्त्रबद्ध चर्याओं से विसंगत और अतिरिक्त लगते हैं ? पर सत्ता तो अपने निज स्वरूप में ही नित-नूतन होती है, किसी भी भाषा और व्यवहार की परम्परागत पर्याय (फॉर्म) में वह प्रतिबद्ध कैसे हो सकती है। तब स्पष्ट है कि उस सत्ता के मूर्तिमान अवतार महावीर के उच्चार, व्यवहार और तौर-तरीक़े महज़ परम्परा के अनुगामी नहीं हो सकते। परम्परा एकमात्र मौलिक सत्य की ही अटूट और शिरोधार्य हो सकती है : उस सत्य के व्यंजक रूप-आकारों की परम्परा तो अपना काम समाप्त करके कालान्तर में, स्वयं ही जर्जर-जीर्ण होकर सूखे पत्ते की तरह झड़ जाती है। और यदि वह सड़-गलकर भी मोहग्रस्त मानव चेतना से चिपटी रह जाए, तो नवयुग विधाता तीर्थंकर और शलाका-पुरुष अपने मौलिक सत्य-तेज के प्रहार से उसे ध्वस्त कर देते हैं। महासत्ता के इसी शाश्वत नियम-विधान के अनुसार तीर्थंकर महावीर ने, पुरातन पर्यायों के सारे जड़ीभूत ढाँचों और परम्पराओं को बड़ी निर्ममता से नेस्तनाबूद कर दिया था। वे एक स्वयम्भू-परिभू, परम सत्ताधीश्वर थे, और उनके स्वाभाविक और स्वत: स्फूर्त प्रत्येक

विचरण, आचरण और प्रवचन से, ह्रास-ग्रस्त युग-स्वरूपों का ध्वंस होता चला गया था। और नवीन युग-तीर्थ का प्रवर्तन होता चला गया था। एक बारगी ही प्रलय और उदय की धुरा पर बैठा वह सत्यन्धर, अपने तृतीय नेत्र से जड़-पुरातन को ज़मींदोज़ करता हुआ, नूतन रचना के सूर्य मुसलसल बहाता चला गया था।

इसी से निवेदन है कि परम्परा से उपलब्ध जैन शास्त्रों और सिद्धान्तों की शाब्दिक कसौटी पर यदि कोई धर्माचार्य या पंडित महानुभाव मेरे महावीर को कसने और परखने की कोशिश करेंगे तो उन्हें निराश होना पड़ेगा। इसी प्रकार कोई इतिहासविद् ईसा-पूर्व छठी सदी के सटीक ऐतिहासिक ढाँचे में मेरे महावीर को फिट करके जाँचना चाहेंगे, तो उनके पल्ले भी निराशा ही पड़ सकती है। जो महावीर परा-ऐतिहासिक भी थे, वे अपने युग में घटित होकर भी, उसकी तथ्यात्मक परिधि में सीमित नहीं पाये जा सकते। वे आज के रचनाकार के विज़न-वातायन पर ठीक आज के भी लग सकते हैं। कोई भी मौलिक प्रतिभा का सृजक कलाकार, अपने भीतर मौलिक सत्ता का यत्किंचित् प्रकाश लेकर ही जन्म लेता है। वह योगियों और तीर्थंकर का ही एक सारस्वत सूर्य-पुत्र होता है। इसी से वह शास्त्र और इतिहास पढ़कर रचना नहीं करता, वह स्वयं नूतन शास्त्र और इतिहास का निर्माता होता है।

समापन

अगम और अथाह की सी ख़तरनाक़ खोज-यात्रा में महाशक्ति ने मुझे आत्मतः अकेला ही रखा है। महावीर तक पहुँचने के लिए, एक हद के बाद सर्वथा अकेले ही हो जाना पड़ता है। जब तक दो हैं, उस एकमेवाऽद्वितीयम् की झलक कैसे पायी जा सकती है।...फिर भी वस्तुतः देखा है, कि इस बीच मेरे हृदय में गुरुजनों का स्नेह-सम्बल मुझे यथास्थान चारों ओर से थामे रहा है। उन सबको यहाँ स्मरण किये बिना समापन सम्भव नहीं।

गणेशपुरी के नित्यानन्द-तीर्थ में श्रीगुरु एकाएक बोल उठे : 'लिखो... लिखो...लिखो...'। शोलापुर की बाल-तपस्विनी सुमति दीदी (पद्मश्री पं. सुमतिबाई शहा) ने श्रीभगवान के आवाहन का मंगल-स्वस्तिक मेरे हृदय पर अंकित किया। पाँडिचेरी के समुद्र-तट से श्री माँ का सुवर्ण-नील आशीर्वाद प्राप्त हुआ। और श्री महावीरजी में विश्व-धर्म के अधुनातन मन्त्र-द्रष्टा श्रीगुरु विद्यानन्द का अविकल्प आदेश सुनाई पड़ा : 'विश्व-पुरुष महावीर पर उपन्यास लिखकर, उनके इस विश्व-व्यापी निर्वाणोत्सव की मंगल-बेला में अपनी कलम को कृतार्थ करो।' महाकाव्य लिखने के मेरे अनुरोध पर वे बोले : 'उपन्यास के रूप में ही अपना महाकाव्य लिखो। यही युग की पुकार है। उपन्यास के माध्यम से ही तुम्हारी श्रीमहावीर-कथा आज के जन-जन के हृदय तक पहुँच सकेगी। और वह उसे होना है, यह मैं स्पष्ट देख रहा हूँ।' मेरे सारे विकल्प श्रीगुरु-आदेश के सम्मुख समाप्त हो गये हैं। और यह उपन्यास प्रस्तुत है।...

श्रीमहावीरजी के प्रांगण में ही इस कृति का बीजारोपण हुआ था। यह घटना एक गम्भीर आशय रखती है। चाँदनपुर के उन त्रैलोक्येश्वर प्रभु की परम इच्छा ही मुनिश्री के मुख से मुखरित हुई थी। उन भगवान का वह निर्णय अटल था। और इस रचना के शब्द-शब्द के साथ मुझे यह अविकल्प प्रतीति होती रही है, कि चाँदनपुराधीश्वर श्री महावीर ही मेरे कवि की कलम से स्वयम् अपने चरित का गान और पुनराख्यान कर रहे हैं। यह कृति उन्हीं का उच्छ्वास है, उन्हीं का चिद्विलास है, मेरा वाग्विलास नहीं। हाँ, इसकी त्रुटियाँ और सीमाएँ जो भी हों, वे मेरे पात्र की न्यूनतम का ही परिणाम कही जा सकती हैं।

मेरे सारस्वत द्विजन्म की मातृभूमि इन्दौर की 'श्री वीर-निर्वाण-ग्रन्थ प्रकाशन

समिति' के मन्त्री श्री बाबूभाई पाटोदी ठीक निर्णय-मुहूर्त में, श्रीमहावीरजी में आ उपस्थित हुए। मुनिश्री ने उन्हें ही इस अक्षर-यज्ञ का ऋत्विक नियुक्त किया। उनके माध्यम से इन्दौर ने और 'समिति' ने कवि का और रचना का भार उठा लिया। उस प्रथम क्षण से ही बाबूभाई के मुँह से यह अभीप्सा सतत व्यक्त होती रही; 'वीरेन् भाई, तुम्हारी इस कृति को विश्वव्यापी होना है।' और अपने इस संकल्प को सिद्ध करने के दौरान, इसके लेखन और प्रकाशन के इस क्षण तक बाबूभाई का जो गर्वीला लाड़-प्यार और वात्सल्य मुझ पर बरसता रहा, उसे शब्दों में नहीं सहेजा जा सकता। पर उनकी अभीप्सा को मैं सम्पन्न न कर सका या नहीं, इसका निर्णय तो समय ही करेगा।

'श्री वीर-निर्वाण-ग्रन्थ-प्रकाशन-समिति' के कर्त्ता-धरता हैं श्री मानकभाई पांड्या। श्रीभगवान के अदृश्य देवदूत की तरह, इस रचना-काल में अपने अथाह मौन प्यार से वे मुझे घेरे रहे हैं। विज्ञापन-प्रकाशन और यशःकाम से अलिप्त इस साधुमना व्यक्ति के मार्दव, आर्जव और निष्काम सेवा-भाव के आगे सदा मेरा माथा श्रद्धा और कृतज्ञता से झुक गया है। मानवत्व में देवत्व की छाया यहाँ मैंने देखी, और अचूक देखी।

'तीर्थंकर' के सम्पादक डॉ. नेमीचन्द जैन हमारे युग की वेदना के एक अनोखे चिन्तक, और नूतन विश्व-सन्धान के तपोनिष्ठ साधक हैं। मेरी इस रचना के दौरान, आदि से अन्त तक, जैसे वे मेरी हृदय-धड़कन बनकर मेरे साथ रहे हैं। इस अवधि के मेरे संघर्षों, पीड़ाओं और थकानों में, वे मुझे अकम्प बाँह से थामे और साधे रहे हैं। पत्र-व्यवहार के माध्यम से, इस उपन्यास की समूची रचना-प्रक्रिया के वे एकमेव साक्षी और गोप्ता होकर रहे। आज के युग में ऐसा अन्तस्सखा कहाँ सुलभ होता है। उनके और मेरे अनुज भाई प्रेमचन्द जैन भी मानकभाई की तरह ही, इस काल में अपनी दिव्य आत्मीयता की गोद में चुपचाप मेरी अविश्रान्त सृजनरत काया और चेतना को सहलाते रहे, और उसे अपने प्यार का अमृत पिलाते रहे। गाँधी के अहिंसक क्रान्ति -पथ के एकनिष्ठ अनुचारी और साधक इस आजन्म ब्रह्मचारी युवा के भीतर बार-बार मुझे एक छुपे महापुरुष का दर्शन होता है। इस पुस्तक के अन्तर बाह्य कलेवर को सँवारने का सारा भार मानकभाई के साथ वे भी चुपचाप अपने ऊपर उठाए हुए हैं।

समस्त मध्यप्रदेश के श्रद्धेय लोक-पिता और वात्सल्य की चलती-फिरती मूरत श्री मिश्रीलाल भैया, सौजन्यमूर्ति पं. नाथूलाल शास्त्री, और धर्मानुरागी दानेश्वर बाबू राजकुमारसिंह कासलीवाल आदि 'श्री वीर-निर्वाण-ग्रन्थ-प्रकाशन-समिति' के आधार-स्तम्भ उन सभी अग्रज धर्म-बन्धुओं का अतिशय कृतज्ञ हूँ, जिनके उदात्त साहसिक समर्थन और दाक्षिण्य के बल पर ही, ऐसी दुःसाहसिक रचना मैं कर रहा हूँ।

मेरी सरस्वती के अनन्य प्रेमी, और मेरी संकट-घड़ियों के निष्कारण सहायक, स्व. महाकवि दिनकर को इस क्षण में कैसे भूल सकता हूँ। अपनी जीवन-सन्ध्या में दिल्ली विश्वविद्यालय में बोलते हुए एक बार उन्होंने कहा था : 'वीरेन्द्रकुमार जैन की कविता में इस देश की मिट्टी की सुगन्ध साकार हुई है।'...कितनी साध थी मन में कि दिनकर भाई कब मेरी इस रचना को पढ़ें। पर आज वे भव्य आर्य-पुरुष, पार्थिव देह में हमारे बीच नहीं हैं। उनके चरण छूकर, उनके वत्सल हाथों में यह कृति सौंपने का सौभाग्य मेरा नहीं रहा।...दिनकर भाई, तुम तो इतने ज़िन्दा थे, हो, कि मर सकते ही नहीं। जहाँ भी इस समय तुम हो, भगवान मेरी इस रचना को तुम्हारे हाथ में पहुँचाएँ।...मुझे आशीर्वाद दोगे न, कि मेरी आजीवन तपस्या का यह फल कृतकाम हो सके।

इस बीच पूज्य जैनेन्द्रजी के आशीर्वाद की छत्रछाया में मुझे अटूट बल प्राप्त होता रहा। सदा की तरह इस बार भी वे मेरी हर समस्या के सहज समाधान होकर रहे।...राजस्थान विश्वविद्यालय के एक स्तम्भ और अन्तरराष्ट्रीय ख्याति के राजनीति-शास्त्री डॉ. शान्तिप्रसाद वर्मा मेरे आदि बौद्धिक गुरु और अनन्य स्नेही अग्रज रहे हैं। इस रचना-काल में शान्ति भाई साहब के पत्र सतत मेरे भीतर की उसी अदृष्ट महानता को उभारते रहे, जिसकी प्रत्यभिज्ञा ही, किसी लेखक से उसका श्रेष्ठ सृजन करवा सकती है। आज से 30-40 वर्ष पूर्व एक दिन उन्होंने ही मेरे भीतर अनायास उस अन्तर-आत्मिक महिमा का बीज अंकुरित कर दिया था। और देश-काल की तमाम दूरियों के बावजूद, आज उसके सतत विकास के प्रेरणा-स्रोत होकर वे रहे। ऐसे आत्मीय सम्बन्ध जगत् में कितने दुर्लभ होते हैं! सोचकर मेरा हृदय सुख से विभोर हो जाता है।

मेरा एकमात्र सहोदराधिक आत्म-त्यागी भाई श्रीकुमार 'मुक्तिदूत' से लगाकर इस कृति तक, मेरी रचना-प्रक्रिया का प्रथम साक्षी और अटूट सम्बल रहा है। सौ. अनिला रानी की अक्षुण्ण शील-तपस्या ने ही, मृत्यु-मुख से एकाधिक बार मुझे खींचकर, वह लिख सकने को मुझे जीवित रखा है। मेरी कुशल कथा-शिल्पी बेटी ज्योत्स्ना मिलन मेरी इस कथा के रचाव को अपना सम्पूर्ण समर्थन देती रही। अभिन्न रमेश (रमेशचन्द्र शाह) की निर्मम समीक्षा-दृष्टि भी इसके कई अंशों को सुनकर मुगध और स्तब्ध हुई है। इस रचना के दु:साध्य 'एडवेंचर' और खड़ी चढ़ाइयों के बीच मेरे आत्मज ज्योतीन्द्र जैन और पवनकुमार जैन की तटस्थ कला-दृष्टि से जो परामर्श और प्रोत्साहन मुझे मिलता रहा, उससे रचना के सधाव में और अपने पथ पर अडिग रहने में मुझे बेहद मदद मिली है।

बम्बई के अपने नित्य के साथी-संगियों में, मेरे अभिन्न भाई जितेन्द्र पटनी, आत्मवत् भाई श्रीहरि, हरिमोहन शर्मा और सम्पत ठाकुर यह कहते नहीं अघाते कि

यह रचना अपने समय का अतिक्रमण कर जीवित रहेगी। साधुमना जीवन-तपस्वी और स्वतन्त्र चिन्तक मेरे प्यारे भाई जमनालाल जैन तथा महावीर की फ़कीरी लेकर, सारे देश की पद-यात्रा कर रहे तेजस्वी चिन्तक भाई भानीराम वर्मा 'अग्निमुख' का उद्‌बोधन, मेरी इस रचना को अद्‌भुत शक्ति देता रहा है।

मेरे निष्काम आत्मार्थी स्नेही श्री रमणीक भाई जवेरी ने मेरे महावीर के भारत में पुनःपगधारण के इस मुहूर्त में उन त्रिभुवन-सम्राट प्रभु को राजतिलक लगाया है। मेरा सौभाग्य कि महावीर के प्रेम की एक सजीव मूरत उनके भीतर सुलभ हुई है।

इस देश के जिन हज़ारों पाठकों और मुग्ध भावकों ने समय-समय पर प्रकाशित इस उपन्यास के अंशों को जो प्यार और अपनत्व दिया है, वह मेरे यहाँ जीवन-धारण की एकमात्र कृतार्थता है। उनके मन्तव्यों की मुझे सदा प्रतीक्षा रहेगी।

शब्दों के इस अपार जंगल को जिन टाइपिस्ट मित्रों ने रात-दिन अविश्रान्त श्रम करके सुन्दर प्रेस कॉपी में परिणत कर दिया, उसका मूल्य शब्दों और रुपयों से नहीं चुकाया जा सकता। नयी दुनिया प्रेस, इन्दौर, के व्यवस्थापक और सारे ही श्रमिक बन्धुओं ने इस ग्रन्थ के मुद्रण को सविशेष स्नेह और लगन से सँजोया है। उनका हृदय से आभारी हूँ।

मेरी छोटी बहन मयूरी इस रचना के पीछे एक अकम्प दीप-शिखा की तरह खड़ी है। माँ जाने कितने रूपों में कब अचानक हमारे पास आकर खड़ी हो जाती है, सो कौन बता सकता है।...भगवती चन्दनबाला के प्रभा-मंडल की एक किरण मेरी द्वार-देहरी पर औचक ही आ खड़ी हुई। उसे प्रणाम करता हूँ।...

फिर अन्तिम रूप से निवेदन है, कि इस कृति में स्वयं श्रीभगवान ने ही अपनी जीवन-लीला का युगानुरूप गान किया है। आप ही वे यहाँ अपनपौ प्रकट हुए हैं। इस पर मैं अपने कर्तृत्व की मुहर कैसे लगा सकता हूँ। हमारे युग के प्रति उनके इस परम अनुगृही दान को, उन्हीं के श्रीचरणों में समर्पित करता हूँ।

वीरेन्द्र कुमार

अनन्त चतुर्दशी
३० सितम्बर, १९७४

णाणं

पयासयं

वीर नि.सं.
2470

ई. सन्
1944

भारतीय ज्ञानपीठ

ज्ञान गरिमा के

72 वर्ष

भारतीय

ज्ञानपीठ

णाणं

पयासयं

वीर नि.सं. 2470

ई.सन् 1944

भारतीय ज्ञानपीठ